大 学 问

始 于 问 而 终 于 明

守望学术的视界

钱谦益
《病榻消寒杂咏》论释

严志雄 著

广西师范大学出版社
·桂林·

钱谦益《病榻消寒杂咏》论释
QIANQIANYI 《BINGTA XIAOHAN ZAYONG》 LUNSHI

版權所有©嚴志雄
本書版權經由聯經出版事業公司授權廣西師範大學出版社集團有限公司簡體中文版
委任 Andrew Nurnberg Associates International Limited 代理授權
非經書面同意，不得以任何形式任意重制、轉載。
本書中文簡體字版由著作人，"中研院"與聯經出版公司授權出版
著作权合同登记号桂图登字：20-2024-057 号

图书在版编目（CIP）数据

钱谦益《病榻消寒杂咏》论释 / 严志雄著. -- 桂林：广西师范大学出版社，2024.8. -- ISBN 978-7-5598-7127-5

Ⅰ. I222.749

中国国家版本馆 CIP 数据核字第 2024KQ8397 号

广西师范大学出版社出版发行

(广西桂林市五里店路 9 号　邮政编码：541004)
网址：http://www.bbtpress.com
出版人：黄轩庄
全国新华书店经销
广西广大印务有限责任公司印刷
（桂林市临桂区秧塘工业园西城大道北侧广西师范大学出版社
集团有限公司创意产业园内　邮政编码：541199）
开本：880 mm ×1 240 mm　1/32
印张：17.625　　　字数：420 千
2024 年 8 月第 1 版　　2024 年 8 月第 1 次印刷
定价：108.00 元
如发现印装质量问题，影响阅读，请与出版社发行部门联系调换。

目 录

上编 研究编

导 论 3
    牧斋之身后名 3
    我读牧斋 10
    牧斋之《病榻消寒杂咏四十六首》 26
    本书之章节及结构 41

第一章 诗书可卜中兴事，天地还留不死人——牧斋的诗学工夫论
    与"自我技艺"观 48
    一、"自我关注"与生命的终极意义 50
    二、"思想"与"行动"的辩证关系 53
        "自我技艺"与主体性 53
        主体化模式的四元结构 57
        差异、变易或逾越的地带 60

思想作为道德实践的内容　62

　三、"自我技艺"与牧斋晚年诗论　65

　　诗人"自贵重""交相贵重"说　66

　　"淘洗镕炼""弹斥淘汰"作为诗人自我塑造的手段　69

　　"汲古去俗"、重"学问"的诗学工夫论　73

　　"诗人救世之诗"与权力、政治话语　78

第二章　陶家形影神——牧斋的自画像、"自传性时刻"与自我
　　　　声音　88

　一、"自传性时刻"　90

　二、自画像　93

　三、"反传记行动"　100

　四、自我声音　117

第三章　蒲团历历前尘事——牧斋《病榻消寒杂咏》诗中之佛教
　　　　意象　128

　一、"将世间文字因缘，回向般若"　130

　二、"大梁仍是布衣僧"与"老大荒凉余井邑"　135

　　大梁仍是布衣僧　136

　　老大荒凉余井邑　143

　三、钱柳因缘与柳氏"下发入道"　153

　　好梦何曾逐水流　158

　　横陈嚼蜡君能晓　161

　　扬尽春来未断肠　166

　四、"针孔藕丝浑未定"——牧斋暮年心境管窥　172

针孔藕丝浑未定　172
　　牢笼世界莲花里　176
五、余论：句　185
第四章　声气无如文字亲——牧斋"乱余斑白尚沉沦"之
　　人/文世界　202
　一　209
　　春浮精舍营堂斧/萧士玮　209
　　东壁高楼束楚薪/卢世㴶　218
　二　241
　　越绝新书征宛委/徐𬭚　241
　　秦碑古字访河滨/李楷　248
　三　258
　　嗜痂辛苦王烟客，摘蘖怀铅十指皴/王时敏　258
　　自写秋槐落叶图　263
　　嗜痂辛苦王烟客　291

下编　笺释编

凡例　303
《病榻消寒杂咏四十六首》序笺释　305
《病榻消寒杂咏四十六首》其一笺释　310
《病榻消寒杂咏四十六首》其二笺释　315
《病榻消寒杂咏四十六首》其三笺释　318
《病榻消寒杂咏四十六首》其四笺释　320

《病榻消寒杂咏四十六首》其五笺释　324
《病榻消寒杂咏四十六首》其六笺释　328
《病榻消寒杂咏四十六首》其七笺释　335
《病榻消寒杂咏四十六首》其八笺释　338
《病榻消寒杂咏四十六首》其九笺释　343
《病榻消寒杂咏四十六首》其十笺释　346
《病榻消寒杂咏四十六首》其十一笺释　352
《病榻消寒杂咏四十六首》其十二笺释　357
《病榻消寒杂咏四十六首》其十三笺释　363
《病榻消寒杂咏四十六首》其十四笺释　371
《病榻消寒杂咏四十六首》其十五笺释　379
《病榻消寒杂咏四十六首》其十六笺释　382
《病榻消寒杂咏四十六首》其十七笺释　386
《病榻消寒杂咏四十六首》其十八笺释　394
《病榻消寒杂咏四十六首》其十九笺释　401
《病榻消寒杂咏四十六首》其二十笺释　404
《病榻消寒杂咏四十六首》其二十一笺释　407
《病榻消寒杂咏四十六首》其二十二笺释　414
《病榻消寒杂咏四十六首》其二十三笺释　420
《病榻消寒杂咏四十六首》其二十四笺释　425
《病榻消寒杂咏四十六首》其二十五笺释　428
《病榻消寒杂咏四十六首》其二十六笺释　433
《病榻消寒杂咏四十六首》其二十七笺释　438

《病榻消寒杂咏四十六首》其二十八笺释　441

《病榻消寒杂咏四十六首》其二十九笺释　448

《病榻消寒杂咏四十六首》其三十笺释　452

《病榻消寒杂咏四十六首》其三十一笺释　456

《病榻消寒杂咏四十六首》其三十二笺释　460

《病榻消寒杂咏四十六首》其三十三笺释　465

《病榻消寒杂咏四十六首》其三十四笺释　470

《病榻消寒杂咏四十六首》其三十五笺释　474

《病榻消寒杂咏四十六首》其三十六笺释　479

《病榻消寒杂咏四十六首》其三十七笺释　483

《病榻消寒杂咏四十六首》其三十八笺释　489

《病榻消寒杂咏四十六首》其三十九笺释　497

《病榻消寒杂咏四十六首》其四十笺释　501

《病榻消寒杂咏四十六首》其四十一笺释　505

《病榻消寒杂咏四十六首》其四十二笺释　510

《病榻消寒杂咏四十六首》其四十三笺释　516

《病榻消寒杂咏四十六首》其四十四笺释　521

《病榻消寒杂咏四十六首》其四十五笺释　526

《病榻消寒杂咏四十六首》其四十六笺释　529

原版后记　532

新版后记　534

参考书目　536

上编

研究编

梅日春光不暂停 过岭笑口破冱寒 苔边鹤迹寻莓
衲花底鸎儿挝小鼓 天鹅酒泻拓绿醅 星中参宿
试红炬侵风未到 先闹冻闲教凌人间新咏

八十三叟钱谦益

牧斋手书《病榻消寒杂咏》诗其四十六
上海博物馆藏

导论

牧斋之身后名

辛亥革命后,中华民国北洋政府于1914年设立"清史馆",赵尔巽等百余学者受命编修《清史》,至1927—1928年间《清史稿》刊印完成。《清史稿·文苑传》为缪荃孙所撰(马其昶修正),其《序》述论有清一代文学,首举钱谦益(字受之,号牧斋,1582—1664),云:

> 明末文衰甚矣!清运既兴,文气亦随之而一振。谦益归命,以诗文雄于时,足负起衰之责;而魏(禧)、侯(方域)、申

（涵光）、吴（嘉纪），山林遗逸，隐与推移，亦开风气之先。*①

清史馆学者多清朝遗老，"清运既兴，文气亦随之而一振""谦益归命"云云，似"我大清"史官言，不必当真，而其谓牧斋以诗文雄于时，有"起衰"之功，对牧斋于明清之际文坛的成就、名望、领导地位给予了充分的肯定，斯则得之。

《清史稿·文苑传》中有《钱谦益传》，篇幅不长，却大有玄机在。传文录如后：

> 钱谦益，字受之，常熟人。明万历中进士，授编修。博学工词章，名隶东林党。天启中，御史陈以瑞劾罢之。崇祯元年（1628），起官，不数月至礼部侍郎。会推阁臣，谦益虑尚书温体仁、侍郎周延儒并推，则名出己上，谋沮之。体仁追论谦益典试浙江取钱千秋关节事，予杖论赎。体仁复贿常熟人张汉儒讦谦益贪肆不法。谦益求救于司礼太监曹化淳，刑毙汉儒。体仁引疾去，谦益亦削籍归。
>
> 流贼陷京师，明臣议立君江宁。谦益阴推戴潞王，与马士

---

* 本书引用钱谦益著作所据版本如下：〔清〕钱谦益著，〔清〕钱曾笺注，钱仲联标校：《牧斋初学集》（上海：上海古籍出版社，1985），下简称《初学集》；〔清〕钱谦益著，〔清〕钱曾笺注，钱仲联标校：《牧斋有学集》（上海：上海古籍出版社，1996），下简称《有学集》；〔清〕钱谦益著，〔清〕钱曾笺注，钱仲联标校：《钱牧斋全集》（上海：上海古籍出版社，2003），下简称《全集》；〔清〕钱谦益著：《列朝诗集小传》（上海：上海古籍出版社，1983）；〔唐〕杜甫著，〔清〕钱谦益笺注：《钱注杜诗》（上海：上海古籍出版社，2009年）。《初学集》《有学集》《全集》重出随文注，不另出脚注。

① 〔清〕赵尔巽等：《文苑传·序》，《清史稿》（北京：中华书局，1976—1977）卷484，第13314—13315页。

英议不合。已而福王立,惧得罪,上书诵士英功,士英引为礼部尚书。复力荐阉党阮大铖等,大铖遂为兵部侍郎。顺治三(案:应作"二")年(1645),豫亲王多铎定江南,谦益迎降,命以礼部侍郎管秘书院事。冯铨充明史馆正总裁,而谦益副之。俄乞归。五年(1648),凤阳巡抚陈之龙获黄毓祺,谦益坐与交通,诏总督马国柱逮讯。谦益诉辩,国柱遂以谦益、毓祺素非相识定案。得放还,以著述自娱,越十年卒。

谦益为文博赡,谙悉朝典,诗尤擅其胜。明季王、李号称复古,文体日下,谦益起而力振之。家富藏书,晚岁绛云楼火,惟一佛像不烬,遂归心释教,著《楞严经蒙钞》。其自为诗文,曰《牧斋集》,曰《初学集》《有学集》。乾隆三十四年(1769),诏毁板,然传本至今不绝。①

对初接触牧斋其人的读者而言,读此传或可知其若干生平事迹,若问牧斋何以为其时文苑一大家,传内只以三句接引学人:"博学工词章,名隶东林党""谦益为文博赡,谙悉朝典,诗尤擅其胜""明季王、李号称复古,文体日下,谦益起而力振之"。明清之际,牧斋为文坛一代宗师,"四海宗盟五十年"(黄宗羲语),著述繁富,波澜壮阔,执贽从游者多名士,卓然名世,此传之不足以表其诗文成就、贡献,思过半矣。② 或谓此传统史传体例所限,一般只能突出传

---

① 〔清〕赵尔巽等:《文苑传·序》,《清史稿》卷484,第13324页。
② 牧斋生平事迹,可看蔡营源《钱谦益之生平与著述》(苗栗:作者自印,1976);方良《钱谦益年谱》(北京:线装书局,2007),下简称《方谱》;裴世俊《四海宗盟五十年》(北京:东方出版社,2001)。

主生平行实、事功,固难周全。唯唯,否否。试取《文苑传·序》中所谓与牧斋"隐与推移"的"山林遗逸"魏禧、侯方域、申涵光、吴嘉纪诸传读之,其所述诸人之诗文特色、文学主张、文坛轶事又何以较牧斋传为详?且牧斋传中所述之牧斋遗事,更难言"事功"。虽然如此,此传文最后一段可说是近现代"官史"对牧斋评价(相对于清乾隆朝以降的"定论")的一大突破。上述数句肯定了牧斋为明季清初文坛作出过的不可磨灭的贡献,而"乾隆三十四年,诏毁板,然传本至今不绝"云云,亦从侧面反映出朝廷禁毁牧斋著作是一回事,而民间爱读、私藏牧斋著作又是一回事,乾隆朝对牧斋所作"定论"之不足以服人也就不言而喻了。

然而,传文的主体显然以叙述牧斋的政治、历史行迹为重心(占全文篇幅四分之三)。传文所叙牧斋事迹有四大端:一、牧斋名隶东林党,屡历明季万历、天启、崇祯数朝党争。二、南明建立之际,牧斋先拟拥立潞王,已而福王登极之局成,复输诚于福王,并阴结权奸马士英、阮大铖等。三、清兵下江南,牧斋以礼部尚书迎降,复仕清。四、辞清官里居后,坐黄毓祺谋复故明事,颂系金陵。此数事者,错综复杂,扑朔迷离,关乎明季政治内幕并明朝衰亡之一因、明清易代之际士大夫之人格操守、人之忠奸贤佞。传统知识分子素负道德使命感,以褒忠贬奸之责在己,对有争议的历史人物尤喜议论,加之牧斋曾参与的政治、历史事件不可谓不重大,足以引起许许多多论者的兴趣。明乎此,就不难了解清史馆馆员于《文苑传》中修此《钱谦益传》时,何以详于牧斋的政治经历而略于其于"文苑"的成就。

究其实,《文苑传·钱谦益传》最大的失策在于其取材。此传文其来有自,除最后一段为新增外(约占全文篇幅四分之一),几全袭自十八世纪乾隆帝(1736—1796在位)敕修之《贰臣传·钱谦益传》,但撮略其词而成文耳。(如此一来,《文苑传》作者虽未直接评论牧斋的政治行为,但传文先天上就带有强烈的道德批判意味。)《贰臣传》牧斋传之撰,乾隆帝特下了御旨,文末附记此事始末:

> (乾隆)四十一年(1776)十二月,诏于国史内增立《贰臣传》,谕及钱谦益反侧贪鄙,尤宜据事直书,以示传信。四十三(1778)年二月,谕曰:"钱谦益素行不端。及明祚既移,率先归命。乃敢于诗文阴行诋谤,是为进退无据,非复人类。若与洪承畴等同列《贰臣传》,不示差等,又何以昭彰瘅!钱谦益应列入乙编,俾斧钺凛然,合于《春秋》之义焉。"[1]

《贰臣传》中传文对牧斋所加的"笔削褒贬"之义不言而喻,在此也毋庸细表了。

乾隆对牧斋的"斧钺之诛"影响深远。终清之世,官家著述无敢有枝梧者,此不在话下,而即便私家撰作,论及牧斋,亦率多于牧斋的政治行为、人格操守再三致意,乐此不疲。钱谦益成为一个政

---

[1] 王钟翰点校:《清史列传》(北京:中华书局,1987)卷79,第6578页。

治、历史、道德的问题,"贰臣"成了钱氏的标签。① 直到今日,牧斋此一"定性"、形象依旧盘桓于学者脑海中,即使是文学研究者,亦每对牧斋的政治行为多所议论,至若执此泛历史、泛道德论以为诠释牧斋诗文之基础者,亦所在多有。牧斋的政治、历史、道德问题固然是值得思考的问题,但它不应该成为探论牧斋的终极问题,或答案。设若我们的目的是研究牧斋的诗文,又以此种泛历史、泛道德判断为认识基础,则我们的赋义过程(signification process)就难免在上述的范畴中流转,不无画地为牢之虞,限制了多方讨论的空间与展开。谓余不信? 请观一例。在下诏于国史内增立《贰臣传》之前六七年,乾隆帝读牧斋《初学集》,因题诗曰:

平生谈节义,两姓事君王。

---

① 关于牧斋身后清人对其议论之改变,谢正光撰有《探论清初诗文对钱牧斋评价之转变》一文详论之。谢文指出,清初之议论牧斋者,主要在其人之政治操守及学术成就二端。牧斋新故之时,故旧门生表哀思之余,发为诗文,于牧斋之学术备极推崇,而对其政治操守则略而不谈。至于与牧斋交往不深之时人(此中明遗民与清官吏皆有),对牧斋之议论则颇分歧,争议亦烈,其争议主要在牧斋政治操守之一端,或搰击之,或为之回护。及康熙之末,去牧斋之世渐远,议论者视牧斋为一与己无涉之历史人物而已。此等议论皆出于士大夫之流,纯为论者一己之私见。及乎乾隆中叶,清廷明令禁毁牧斋著述,乃始有来自朝廷之官方言论。往后十数年间,高宗及其文学侍从之臣,遂渐为牧斋定谳。及牧斋名列"贰臣",然后于牧斋乃有所谓定论,而此一定论延续至清室覆亡为止。见氏著《清初诗文与士人交游考》(南京:南京大学出版社,2001),第60—108页。相关研究可参:Kang-i Sun Chang, "Qian Qianyi and His Place in History," in Wilt. L. Idema, Wai-yee Li, and Ellen Widmer, eds., *Trauma and Transcendence in Early Qing Literature* (Cambridge [Massachusetts] and London:Harvard University Asia Center, 2006), pp. 199-218;拙著 "Qian Qianyi's Reception in Qing Times," *The Poet-historian Qian Qianyi* (London and New York:Routledge, 2009), pp. 56-78。

> 进退都无据,文章那有光?
> 真堪覆酒瓮,屡见咏香囊。
> 末路逃禅去,原为孟八郎。
>> 禅宗以不解真空妙有者为孟八郎。①

乾隆此御制诗,作"口号诗"之一例观可也,无多圣哲,打油有余,讥讽之意,一泄无遗。牧斋确喜于诗文谈朝廷之安危、名士之节义,而在乾隆看来,此满口节义之人,却"两姓事君王",言行不一,修辞不立其诚,更全无臣节。如此进退无据、大节有亏之人,根本已失,文章复何足观哉!复由牧斋之道德与夫文章而及其"咏香囊",将其言情之作亦一并否定。最后抨击牧斋另一生命面向,判其晚年"逃禅"乃走投无路之举,实于佛教之真谛无识。乾隆之咏牧斋,因人废言之极致,以道德批判为终始,把牧斋一棍子打死。后之研究者固然鲜少抱持如此极端的立场,但泰半会对牧斋的出处进退作出如乾隆诗首三句般的述评。如此一来,仍难免落入道德判断的窠臼。真正的困难或尴尬在于,道德批评的依据及逻辑难以延伸至其他与之性质不同的意义场域(fields of meaning),譬如,牧斋的诗文、宗教信仰等。

议论、评论也许是学者的原始冲动。研究牧斋,我们绕不过牧斋的政治言论、作为等话题。但也许走出道德批判的窠臼,采取别

---

① 〔清〕高宗:《观钱谦益初学集因题句》,《御制诗集·三集》(台北:台湾商务印书馆,1983年《景印文渊阁四库全书》影印台北故宫博物院藏本,第1302—1331册)卷87,第6a—6b。《清史列传·钱谦益传》中亦引述本诗,见王钟翰点校《清史列传》卷79,第6577—6578页。

的思考、提问、分析范式(paradigm)以接近牧斋,会更妥帖而有效,所得更多？牧斋殁后,黄宗羲(1610—1695)就曾对牧斋的诗文做过一番相当尖锐的"实际批评",其言曰:

> 钱谦益,字受之,常熟人。主文章之坛坫者五十年,几与弇洲(王世贞)相上下。其叙事必兼议论,而恶夫剿袭,诗章贵乎铺序而贱夫凋巧,可谓堂堂之阵,正正之旗矣。然有数病:阔大过于震川(归有光),而不能入情,一也;用六经之语,而不能穷经,二也;喜谈鬼神方外,而非事实,三也;所用词华每每重出,不能谢华启秀,四也;往往以朝廷之安危,名士之隐亡,判不相涉,以为由己之出处,五也;至使人以为口实,掇拾为《正钱录》,亦有以取之也。①

我们不必同意黄宗羲的评论,但会认为,黄氏选择的议题、切入的角度、谈论的方式相当精到,循之可以开展深刻而丰富的讨论。最重要的是,黄氏是从牧斋诗文的具体表现出发,再加以论断,故启发亦多。吾人立言之始、立意之先,可不慎乎？

我读牧斋

可以从牧斋卒前数年所写的三封信谈起。顺治十七年(1660)

---

① 〔清〕黄宗羲撰,沈善洪主编:《黄宗羲全集·思旧录》(杭州:浙江古籍出版社,2005)第1册,第377—378页。

十月,牧斋为吴伟业(梅村,1609—1672)诗集制序①毕,意犹未尽,复投梅村一札,有语云:

> 别后捧持大集,坐卧吟啸,如渡大海,久而得其津涉。清词丽句,层见叠出,鸿章缛绣,富有日新。有事采剟者,或能望洋而叹。若其攒簇化工,陶冶今古,阳施阴设,移步换形,或歌或哭,欲死欲生,或半夜而啼,或当餐而叹,则非精求于韩、杜二家,吸取其神髓,而佽助之以眉山、剑南,断断乎不能窥其篱落、识其阡陌也。
>
> 《与吴梅村书》,《有学集》卷39,第1363页

其年夏,钱曾(遵王,1629—1701)开始笺注牧斋《初学集》《有学集》诗。后三年,康熙二年(1663)七月,笺注稿本成,呈正于牧斋,牧斋阅后,有《复遵王书》②,内云:

> 四十年来,希风接响之流,汤临川亦从六朝起手,晚而效香山、眉山。袁氏兄弟,则从眉山起手,眼捷手快,能一洗近代

---

① 即《梅村先生诗集序》,《有学集》卷17,第756—757页。
② 遵王《判春词二十五首意之所至笔亦及之都无伦次》其十八诗后小注云:"《初学》《有学》诗集笺始于庚子(1660)之夏,星纪一周,麓得告藏,癸卯(1663)七夕后一日,以笺注稿本就正牧翁,报章云:'居恒妄想,愿得一明眼人,为我代下注脚,发皇心曲,以俟百世。今不意近得之于足下。'今牧翁仙去数年,而诗笺挂一漏万,殊不足副公之意,未知后人视之、虎狗鸡凤,置之于何等耳。"见谢正光笺校,严志雄编订《钱遵王诗集笺校》(增订版)(台北:"中研院"中国文哲研究所,2007),第235页。遵王谓牧斋报章"居恒妄想"云云数语,见牧斋此《复遵王书》,故知牧斋此函之作期为康熙二年七月初。

窠臼。眉山之学，实根本六经，又贯穿两汉诸史，演迤弘奥，故能凌躐千古。……偶读谢康乐诗云："连岩觉路塞，密竹使径迷。来人志(忘)新术，去子惑故蹊。"子美今体，撮为两句云："过客径须迷出入，居人不自解东西。"此诗家采铜缩银，攒簇烹炼之法也。今人注杜，辄云某句出某书，便是印板死水，不堪把玩矣。袁小修尝论坡诗云："他诗来龙甚远，一章一句，不是他来脉处。"余心师其语，故于声句之外，颇寓比物托兴之旨。廋辞谵语，往往有之。今一一为足下拈出，便不值半文钱矣。

《复遵王书》，《有学集》卷39，第1359—1360页

同年岁末，约在牧斋写作《病榻消寒杂咏》诗同时，王时敏(烟客，1592—1680)贻书牧斋，商榷文事，[①]牧斋报书有语云：

来教指用事奥僻，此诚有之，其故有二：一则曰苦畏，二则曰苦贫。昔者夫子作《春秋》，度秦至汉，始著竹帛。以《公羊》三世考之，则立于定、哀之日也。为衮为钺，一无可加。徵人徵鬼，两无所当。或数典于子虚，或图形于罔象。灯谜交加，市语杂出。有其言不必有其事，有其事不必有其理。始犹托寄微词，旋复钩牵谵语。辍简回思，亦有茫无消释者矣。此所

[①] 《致钱谦益》(1663/1664?)，见〔清〕王时敏《王烟客先生集·尺牍下》(苏州：振新书社，1916)，第17a—18a页。牧斋于康熙二年癸卯(1663)岁末复烟客此函，公元已在1664年(详见本书第四章考论)。烟客函谓"凝寒濡毫"，应亦作于是冬。本年十二月四日为公元1664年元旦，特未审烟客函实书于1663年末或1664年初耳。

谓苦畏也。文章之道,无过简易。词尚体要,简也。辞达而已,易也。古人修词立诚,富有日新。文从字顺,陈言务去。虽复铺陈排比,不失其为简,诘曲聱牙,不害其为易。今则神贩异闻,饾饤奇字,骈花取妍,卖菜求益。譬如穷子制衣,天吴紫凤,颠倒裋褐,适足暴其单寒、露其补坼耳,此所谓苦贫也。苦畏之病,仆所独也;苦贫之病,众所同也。文章之病,与世运相传染。欲起沉痼,苦无金丹。安得与仁兄明灯促席,杯酒细论,相与俯仰江河,倾吐胸中结轖耶。

《复王烟客书》,《有学集》卷39,第1365—1366页

牧斋于此数处文字,音声流转在三四个身份与位置(positionings)之间:读者、作者、注释者、评论者。合而观之,不妨视作牧斋为读己之诗文者开示的一种"钱谦益诠释学"。

致梅村、遵王二书似援笔急就,词意纷沓,且八十老人,难免叨唠,所发议论,"盲点与洞见"(blindness and insight)互见。如谓吟啸梅村诗集,如痴如醉,久之始得其"津涉",以为"非精求于韩、杜二家,吸取其神髓,而佽助之以眉山(苏轼,东坡)、剑南(陆游,放翁),断断乎不能窥其篱落、识其阡陌",难辨其系牧斋夫子自数家珍,抑系点评梅村诗歌之言。若言梅村诗之高妙,在熔铸唐(韩、杜)、宋(眉山、剑南),则断难服人。梅村诗始终唐音。清代赵翼(1727—1814)之论,较能概括梅村诗风,其言即曰:"……梅村诗有不可及者二:一则神韵悉本唐人,不落宋以后腔调,而指事类情,又宛转如意,非如学唐者之徒袭其貌也;一则庀材多用正史,不取小说家故实,而选声作色,又华艳动人,非如食古者之物而不化也。

盖其生平,于宋以后诗,本未寓目,全濡染于唐人,而已之才情书卷,又自能澜翻不穷;故以唐人格调,写目前近事,宗派既正,词藻又丰,不得不推为近代中之大家。"① 又如于《复遵王书》中讥议"今人注杜,辄云某句出某书,便是印板死水,不堪把玩",这有道理。牧斋主张,读诗须注意诗家"采铜缩银,攒簇烹炼之法",观其脱胎换骨,别开生面的技艺。牧斋举谢灵运《登石门最高顶》诗四句:"连岩觉路塞,密竹使径迷。来人志新术,去子惑故蹊。"谓杜甫撮为两句:"过客径须迷出入,居人不自解东西。"以为诗家"采铜缩银,攒簇烹炼"之一例。牧斋此说固有见地,但不无小疵。牧斋引杜诗出自《将赴成都草堂途中有作,先寄严郑公五首》其三,次联上句今诸本俱作"过客径须愁出入",第五字作"愁",非牧斋所引"迷"字。杜公诗中有"迷"字,在首联韵脚处,二句作:"竹寒沙碧浣花溪,菱刺藤梢咫尺迷。"细味文词,杜公似仍以二联四句拟谢灵运原四句,非如牧斋所谓"子美今体,撮为两句"。牧翁引杜诗或一时糊涂记误(检其《钱注杜诗》,第450页,此句亦作"过客径须愁出入"),或故意窜改。错或改得却大妙,谢康乐四句正可撮为此"钱本杜诗"二句,词意更觉隽秀,且平仄都对("愁""迷"都属阳平声)。

之所以述上二事,非为辨正牧斋,特借之揭明,读牧斋诗文,会须熟绎其修辞,涵泳其华实,详其本源,探其精、变、微、险、奇之处,

---

① 〔清〕赵翼:《瓯北诗话》卷9,收入郭绍虞编选,富寿荪校点《清诗话续编》(上海:上海古籍出版社,1983),第1282页。赵翼甚不喜牧斋为人,于此论梅村诗前,即先讥讽牧斋道:"惟钱、吴二老,为海内所推,入国朝称两大家。顾谦益已仕我朝,又自托于前朝遗老,借陵谷沧桑之感,以掩其一身两姓之惭,其人已无足观,诗亦奉禁,固不必论也。"其说大似乾隆,乃上文所谓泛历史、泛道德批判之一例。

久之而知牧斋驭文之术、谋篇之大端,所得便多,乐趣无穷。牧斋告语梅村,云:"别后捧持大集,坐卧吟啸,如渡大海,久而得其津涉。清词丽句,层见叠出,鸿章缛绣,富有日新。"牧斋所据知梅村"津涉"者,"清词丽句""鸿章缛绣",一切首先是修辞、文章。牧斋说梅村诗的魅力足以让人"或歌或哭,欲死欲生,或半夜而啼,或当餐而叹"。其感染力何由致之?"攒簇化工,陶冶今古,阳施阴设,移步换形",仍然是修辞、文章。牧斋于《复遵王书》亟言"诗家采铜缩银,攒簇烹炼之法",谓"袁小修(中道,1575—1630)尝论坡诗云:'他诗来龙甚远,一章一句,不是他来脉处。'余心师其语,故于声句之外,颇寓比物托兴之旨"。"比物托兴"之旨,要通过"阳施阴设,移步换形"的手段、过程成就之。诗家"攒簇化工,陶冶今古""采铜缩银,攒簇烹炼"之法见诸何处?首先是"一章一句""声句"。得意忘形,得鱼忘筌?如不先端详其形、讲究其筌,何从得其意(或鱼)?羚羊挂角,无迹可求?曰有:可求之于其扪攀挂角处。

牧斋善以比兴见深致,托物以言志,妙思神笔,层出不穷。牧斋诵梅村诗,赞叹其"阳施阴设,移步换形"之精妙,谓其能精求于韩、杜二家,复佽助之以眉山、剑南,神乎其技。复书遵王,为言学眉山之妙:"四十年来,希风接响之流,汤临川(显祖)亦从六朝起手,晚而效香山(白居易)、眉山。袁氏兄弟,则从眉山起手,眼捷手快,能一洗近代窠臼。"此"四十年来""近代"非泛言,实指能于前后七子复古派以外别树一帜之劲旅,其所以能异军突起,牧斋似暗示,在于陶冶今古,打破分唐界宋、"诗必盛唐"的"近代窠臼"。不过牧斋于此一端只轻松带过,他似乎急着要说东坡对他更实在、具体而微的启发,"袁小修尝论坡诗云:'他诗来龙甚远,一章一句,不是他来脉处。'余心师其语,故于声句之外,颇寓比物托兴之旨。廋辞譋语,往往有之。""比物托兴",浅言之,"比兴"之谓也,《文心雕龙·比兴》:"故比者,附也;兴者,起也。附理者,切类以指事;起情者,依微以拟议。起情,故兴体以立;附理,故比例以生。比则畜愤以斥言,兴则环譬以托讽。"①牧斋诗文中比兴的运用琳琅满目,匠心独运,且每每要往更精巧、隐微的象征(symbolism)、隐喻(metaphor)、寓言(allegory)层面上探求、领悟。古今论比兴之胜义无算,此处独标刘勰《文心雕龙·比兴》之言,以其说理圆通,兼且内有"比则畜愤以斥言,兴则环譬以托讽"之语。牧斋"晚年好骂"②,又满腹孤愤牢骚,发而为声、为文,确乎"斥言""托讽"累累。

　　详味牧斋文词,其所谓"比物托兴之旨"是借着"廋辞譋语"的修辞策略(rhetorical strategies)而达致的。"廋辞"即"譋语";廋辞譋语,并言也。《国语·晋语》:"有秦客廋辞于朝,大夫莫之能对。"韦昭注:"廋,隐也,谓以隐伏谲诡之言问于朝也。"③《文心雕龙·谐譋》云:"譋者,隐也,遁辞以隐意,谲譬以指事也。"④"廋辞譋语",简言之,即谜语,利用暗示、比喻等手法以"指事",今人称编码、代码语言、暗语(coded language, a codified system of language)于义近之。先秦"隐语之用,被于纪传。大者兴治济身,其次弼违

---

① 〔南朝梁〕刘勰:《文心雕龙·比兴》(《景印文渊阁四库全书》,第1478册)卷8,第1a页。
② 牧斋于上述致梅村函中即自言:"信心冲口,便多与时人水火。豫章徐巨源规切不肖为文,晚年好骂,此叙一出,恐世之词人,树坛立站者,又将钳我于市矣。"《有学集》卷39,第1363页。
③ 〔吴〕韦昭注:《国语》(《景印文渊阁四库全书》,第406册)卷11,第5页。
④ 〔南朝梁〕刘勰:《文心雕龙·谐譋》卷3,第10a页。

晓惑。盖意生于权谲,而事出于机急,与夫谐辞,可相表里者也"①。到了汉魏,谐讔的传统则变为滑稽游戏、俚俗不雅之作,丧失了箴戒规讽的作用,故刘勰叹曰:"空戏滑稽,德音大坏。"②牧斋之廋辞讔语有此病否? 至少在《复遵王书》的脉络中,牧斋是会否认的。牧斋谓其廋辞讔语、比物托兴之旨遥承东坡,而论坡公之学曰:"眉山之学,实根本六经,又贯穿两汉诸史,演迤弘奥,故能凌躐千古。"则牧斋之遁辞谲譬,亦根本经典,掎摭诸史,生于权谲,出于要务,即彦和亦无弃也。(不过,必须指出,牧斋笔下,滑稽游戏的廋辞讔语亦层出屡见,甚或可视为牧斋文字之一大特色。其离经叛道的游戏、幽默文字堪称明清文学谐讔艺术的上佳展演,读之甚觉畅快有趣,不必以严肃沉痛专求牧斋。)

"廋辞讔语"若与"微言"相提并论,其权威性与政治性又立时彰显。康熙二年岁末,牧斋老友王烟客来函,谓嗜读牧斋文字,却以其用事奥僻,每有不能领会者。牧斋报书,以"二苦"自解。二苦一为"苦畏",有所畏惧,故以奥僻之文词、事典以隐其志、指其事。牧斋自审:"以《公羊》三世考之,则立于定、哀之日也。为衮为钺,一无可加。徵人徵鬼,两无所当。"昔者孔子作《春秋》,至鲁定公、哀公之世,多"微辞",所谓"定、哀多微辞"是也。如《公羊传·定公元年》云:"元年,春,王。定何以无'正月'?'正月'者,正即位也。定无'正月'者,即位后也。即位何以后? 昭公在外,得入不得入,未可知也。曷为未可知? 在季氏也。定、哀多微辞,主人习其

---

① 〔南朝梁〕刘勰:《文心雕龙·谐讔》(《景印文渊阁四库全书》,第1478册)卷3,第11a页。
② 同前注,第12a页。

读而问其传,则未知己之有罪焉尔。"①《公羊》诸家疏解,已释明个中原委,略云:"正月",正诸侯之即位,无"正月"者,昭公出奔,国当绝,定公不得继体奉正,故孔子讳为微辞。孔子之作《春秋》,当哀公之世,定公殁未几,臣子犹在,故孔子畏之,上以讳尊隆恩,下以辟害容身,故作微辞,谨慎也。② 要言之,隐微委曲的修辞策略之所以出现,是道德主体(the moral subject)一方面欲抒发其对历史、政治事件的价值判断(value judgment),即褒贬(衮钺)之义,而一方面又不能不对当时政治力量、时局有所忌讳(ideological and political taboos),遂出之以隐微修辞,以寄托其"笔削之义",或"微言大义"。③ 太史公曰:"孔氏著《春秋》,隐桓之间则章,至定哀之际则微,为其切当世之文而罔褒,忌讳之辞也。"④牧斋报王烟客书末有语云:"苦畏之病,仆所独也。"以其书写者,多明清之际军国大事,其所臧否者,多一时权要,立言不能不慎也。复次,牧斋身涉明清之际甚具敏感性、争议性的政治、历史事件,其隐情、衷情难以直抒胸臆可知。牧斋欲吐骨鲠,乃借种种事典增加迷障,此亦不难理解。牧斋意有所托而辞曲隐,诉诸种种隐喻修辞,自言:"或数典于子虚,或图形于罔象。灯谜交加,市语杂出。有其言不必有其事,有其事不必有其理。始犹托意微词,旋复钩牵谵语。辍简回思,亦

---

① 旧题〔周〕公羊高撰,〔汉〕何休解诂,〔唐〕徐彦疏,陆德明音义:《春秋公羊传注疏》(《景印文渊阁四库全书》,第145册)卷25,第1a—4a页。
② 同前注,第1a—5a页。
③ 此种隐微修辞的特色,我于他处论述牧斋的诗史观时曾有更详尽的讨论,可参拙著 The Poet-historian Qian Qianyi, pp. 20-25。
④ 〔汉〕司马迁撰,〔宋〕裴骃集解,〔唐〕司马贞索隐,张守节正义:《史记·匈奴列传·赞》(北京:中华书局,1959)卷110,第2919页。

有茫无消释者矣。"用当代的理论语言来说,牧斋几乎是在恳请读者留意、端详文本传达的"叙事真理"(narrative truth),不要以"历史真理"(historical truth)求之。桃李不言,下自成蹊。"阳施阴设,移步换形""比物托兴""廋辞谜语""微词"等语言结撰(linguistic formulations)总是踌躇满志地召唤着象喻诠释(figural interpretation)。

牧斋自判"用事奥僻"之另一原因在"苦贫",搦笔染翰时,苦于学浅才疏,遂"裨贩异闻,饾饤奇字,骈花取妍,卖菜求益。譬如穷子制衣,天吴紫凤,颠倒裋褐,适足暴其单寒、露其补坼",自数其馈贫之粮、之窘如此。牧斋"苦贫"云云,固自谦之词,却不经意地道出自己文字的另一特色。牧斋诗文,素以典故繁富、笔法繁复、寄托幽微见称,而词意窈渺、晦涩难解之处亦触目皆是。其所以如此,或不在"苦贫",反而在"苦博"。牧斋学富笔勤,藻思振扬,浅学者难窥其津涉,唯望洋兴叹而已矣;其才高意广,纵恣奇倔,亦每有笔在意先,骈拇枝指,芜杂不精者,用牧斋自己的话来说,"辍简回思,亦有茫无消释者矣"。牧斋文字不好懂,有因读者学力不足者,也有因牧老过于卖弄学问,笔墨恣纵而致者,要当分别观之。

从牧斋诗文的"一章一句"到其"来脉处",诠释者透过想象、学养、研究策略,依着各自的性情、关怀、知识性格,可以连接不同的知识体系,文学的、历史的、政治的,不一而足,抉发出不同的意涵(significance),兴发不同的意趣(interest)。如前辈史家陈寅恪氏之著《柳如是别传》,留意于牧斋诗文中"古典"(传统文史典实)与"今典"(明清之际的政治、历史事件,牧斋的行实、遭际)之交涉互动,诗、史互证,援用大量周边证据(circumstantial evidence),反复推

19

敲,多方钻研,提出牧斋入清后参与"复明运动"的种种可能性,洵为研究牧斋"心史"的一大功臣。①《柳如是别传》的辩证方法自成体系,陈氏博学、雄辩、想象力丰富,《别传》终成呈现"政治寓言"(political allegory)的一大奇书,漪欤盛哉！然而,陈书所揭橥的方法与信念不必是读牧斋最可靠或唯一的指南,陈氏展示的最终是一史家的"灵视"(a historian's vision)。也许在陈氏奠下的丰厚基础上,我们应尝试开拓不同的研究进路,有不同的关怀,并填补过去的偏废。

我始终认为,牧斋著作吸引当时后世许许多多读者的,最终是其文学成就,正在其"一章一句""声句"的魅力。固然,牧斋亦一重要历史人物,其政治行为、人格、文字之诚与伪,清初以降,一直是人们谈论的焦点。直到今天,牧斋研究(自觉或不自觉)泰半仍陷于一种泛历史、泛道德主义的话语、心理形式中。这似乎是一种没有出路的封闭回圈。我们赖以论述牧斋的,主要是他的诗文,而牧斋筑构的,本质上是一个隐喻性的文字、意义体系,从中浮现的是其文本身份(textual identity),充满筑构性(constructedness)。(至于出自他人之手而被记载下来的牧斋的种种事迹亦满载寓言意味,难辨真假,无异"传奇"。)这个再现性的世界(representational world)所反映的"志"(will, desire)、"真"(sincerity)、"行迹"(traces of action)不能直接指向须经由事实验证始能成立的历史真相(historical truth)。在缺乏真实证据支持下作的种种判断,无论逻辑如何雄辩、严密,只能被视作种种可能性(plausibilities),难以据言真

---

① 陈寅恪:《柳如是别传》(上海:上海古籍出版社,1980)。

正的牧斋究竟如何如何。

回到文学的认识论、本体论立场重新认识牧斋可能会更接近牧斋历久弥新的力量泉源——牧斋所赖以不朽的,是他的诗文。当时后世,牧斋读者无算(包括十八世纪批评牧斋最严苛并禁毁牧斋著作的乾隆皇帝),即便是非议牧斋其人者,鲜少不倾服其诗文(乾隆是例外)。固然,关于牧斋的历史、政治传说增加了他文字的魅力(正面也好,负面也好)。但假如牧斋只是一个政治、历史人物,而非"四海宗盟五十年"的文坛宗主,也没有留下可观的诗文(新式标点《钱牧斋全集》凡八册),则牧斋断不会至今仍留在人们的记忆中。(试问我们记得几个降清、仕清的明朝大臣的名字?谁又会诵读乾隆皇帝之诗以自娱?)

回到文学的立场上思考牧斋,并不意味着我们就会回避或相对化那些环绕牧斋的重要问题。我们仍会探论牧斋的形象、身份、思想、行为等,但方法论、目的论有所不同,我们会注目于这种种文化形式(cultural forms)与认知场域(cognitive fields)的构成机制与赋义过程,而文本与文本性(textuality)将成为我们悉力以赴的论述对象。这个转向,目的在于拓展一个重要的探索空间——牧斋的精神、思想、情感。我们循着文本的形式、目的、功能、结构、意象、修辞、寓意等等的探讨可以细致地体会、再现牧斋的性格、情感、内心底蕴。此一探问方式对了解牧斋其人其作极为重要,却是一般带有目的论的历史观、泛历史/道德批判性的研究所刻意忽视或无能力开展的。从文本与文本性的探论中涌现的牧斋会相对化、复杂化、问题化一些过往加诸其身上的道德判断、人格标签;而从中萌发的字词的歧义、多义、失义,价值的松动、翻转、转变,事件的莫衷一是、非逻辑性、不可理解性,会让即便是诚恳的研究者也无法将之收编进其抱持的认识与知识体系。(譬如,人们如何谈论牧斋诗文中洋溢着的遗民性情感与思想,而牧斋又是他们认定的"贰臣"?)

从牧斋诗文的"一章一句"到其来龙去脉是一个引人入胜的诠释与赋义空间,而牧斋笔下的"比物托兴""廋辞谲语""微词"尤其让读者低回沉思,寻味其寄托之所系、立言之指归。陈寅恪《柳如是别传》多以政治寓言为说解,结穴在明清改朝换代之际汉满的对立,牧斋对清朝新政权的仇视、对明室复兴的寄望,甚至落实到具体的历史事件与人物身上。过去数十年间,学人多视陈氏之说为确解、不二法门。《柳如是别传》影响深远。此种种意蕴的确存在于牧斋的诗文中,是一个重要的探索方向,值得大书特书。我一直认为,牧斋的某些诗篇透露着强烈的"用世"之心,是"行动"的一种独特方式(poetry as a way of action),牧斋借之抒表其对政治事件的评骘,企图影响舆论、公论、史论,也是他形塑自我、意欲形象(self-image, intended image)的重要手段。后之研究者倘能为牧斋"发皇心曲",牧斋是会感激的。追根究底是研究者的美德,若能沿波讨源,探得、彰显诗篇背后的"本事",自是大好事、乐事。然而,要是我们的终极关怀仅是对诗篇所影射的史事、政事探赜索隐,则不无画地为牢的遗憾;如果研究的目标是务必钩深致远,事事都必须落实到明清之际的某一事件或人物,或牧斋的某一生命环节,更不无过度诠释的危险。欲使这种讽寓式阅读(allegorical reading)成为严谨、有说服力的学术工作,而非仅停留在"感觉"的层面或演成"歧出之义"般的脱轨表演(甚或呓语),我们的诠释方法有必要更讲究。严格来说,在技术层面上,"讽寓解读"(allegoresis)能否成立,关键在于文本的细节(details)、形构(textual configuration)与所影射之事本身有否足够的相似关系(analogical relationship)(二者的形构、细节须整体相似,非仅是局部相似),以及解读的过程有否充分剖析、彰显二者之间的相似性。这首先要求对文本与所影射之事作相当细腻的解读与描述,继而能以分析性、概念性的语言具体而微地再现存在于二者间的类似关系,并述论作如此诠释的必要性、重要性、启发、创获。设若我们黾勉从事,而且成功地为牧斋"代下注脚,发皇心曲",牧斋的微言大义、皮里春秋一旦豁然开朗,岂不快哉!然而,假如我们求之过深,强作解人,则启蒙发覆、钩沉提玄之乐很有可能就会变成穿凿附会、捕风捉影之失,可不慎欤!

此外,还要斟酌有无必要一一实指其事。明人谢榛(1495—1575)讲过一句话,颇有见地。他说:"诗有可解,不可解,不必解,若水月镜花,勿泥其迹可也。"① 牧斋的诗多以隐喻性语言出之,字里行间充满多义性、歧义性、模糊性(ambiguity)。在我们释读的过程中,若已掌握、凸显、阐明诗中所欲传达的感情、思想、意蕴,也许就不必刻意坐实其背后的"本事",以免喧宾夺主,失去空灵,破坏"诗意"——在文学研究的立场上,审美观照与史事扬发之间应取得某种平衡。牧斋在《复遵王书》中说:"余心师其语,故于声句之外,颇寓比物托兴之旨。廋辞譣语,往往有之。今一一为足下拈出,便不值半文钱矣。"显然,牧斋亦自觉,他的诗"值钱"之处,正在

---

① 〔明〕谢榛:《四溟诗话》(北京:中华书局,1985年影印《丛书集成初编》本)卷1,第1页。

吸引读者再三咀嚼、反复寻味的语言魅力,若是将其托意、本事和盘托出,一览无余,未免不是煞风景的事。复次,牧斋诗有"不可解"者。此作者故意恍惚其词,蔽障重重,当时读者已难窥其奥,后世读者即便潜心玩索,亦无从知其底细。上引牧斋《复王烟客书》结云:"文章之病,与世运相传染。欲起沉痼,苦无金丹。安得与仁兄明灯促席,杯酒细论,相与俯仰江河,倾吐胸中结轖耶?"鲁定公元年,《春秋经》书:"元年,春,王。""定何以无'正月'?"经传以夫子书法寓含讥贬之义,而微辞婉晦,"主人习其读而问其传,则未知己之有罪焉尔"。或谓其时《春秋》诸传未传,夫子口授弟子以解诂之义,上以讳尊隆恩,下以辟害容身,慎之至也。烟客寓书牧斋,问其"奥僻"之所讳。牧斋报书谓胸中有种种"结轖",不能言,不敢言,须明灯促席,把酒面谈,才能尽情倾吐。牧斋的一些微言谲语,吾人生数百载以后,欲知其本末,除非起牧斋于九泉而问之了。哲学家路德维希·维特根斯坦(Ludwig Wittgenstein)有一句名言(容我断章取义):"What we cannot speak about we must pass over in silence."(凡是不能言说的,应该对之保持缄默。)① 对于牧斋"不可解"的廋辞谲语、诗人深致之言,也许我们就不必强作解人,喋喋不休了。

从牧斋的"一章一句""声句"到其来龙去脉处,除"祭如在,祭神如神在"的政治、历史世界外,尚有同样丰富多彩的感情世界、文化世界、思想世界、精神世界,有待读者细加研味。一沙一世界,一叶一菩提。"To see a world in a grain of sand / And a heaven in a

---

① Ludwig Wittgenstein, *Prototractatus* (London: Routledge & Kegan Paul, 1971), 7, p. 237.

wild flower."①用心看,当下世界一样圆满自在。在一切义理之前,先是章句——文字结撰、文采风流。牧斋读梅村诗集,在"窥其篱落、识其阡陌"的感悟前,先是陶醉于梅村的"清词丽句""鸿章缛绣",赞叹于其"攒簇化工,陶冶今古,阳施阴设,移步换形"之巧妙。指点遵王笺注己之篇什,牧斋先晓之以己之宗尚本源,诗家"采铜缩银,攒簇烹炼"之技法,提醒他不要落入"某句出某书"的"印板死水"层次。老友王烟客来书问其"用事奥僻"之用意,牧斋以"二苦"作答。"苦畏",攸关政治、历史之忌讳,而"苦贫",则关乎文章经纬法度、修辞组织之技艺,二者不分轩轾。在牧斋的文字世界里,政治与艺术同样重要。

假如不是因为牧斋文字的撩拨——固然,还有他的政治操守、立场——他死后一世纪乾隆皇帝断不会对他一再"鞭尸",而后之历史学家早就让他安眠地下,寻找别的褒贬对象去了。

庖丁解牛,信乎技进乎道。但如果没有牛,无用刀之地,庖丁解什么? 一;道立于一。一切先有象,然后有所谓意象。若言意象,盲的不盲的,摸到的(体)都是自己相信的象,像是。意中之象,镜中花、水中月,本来虚幻之景,却已是天地间可以印证的最大象限了。而前现代中国南方的象、东南亚的象,大阵象,可以训练成无坚不摧、如坦克般的战象。这又超乎一般人的想象了。故曰:象与道相依存,离象无道。而天下为道术裂,人心不足蛇吞象。"人若赢得全世界,却赔上自己的性命,能得着什么益处呢? 人要拿出

---

① William Blake, "Auguries of Innocence," *Blake: The Complete Poems* (Harlow, England; London: Pearson/Longman, 2007), p. 612.

什么来对换自己的性命呢?"①我等以文学研究为职志者,可不察乎?可不慎欤!《文心雕龙》的话总是那么华美而实在。彦和说:"神用象通,情变所孕。物以貌求,心以理应。刻镂声律,萌芽比兴。结虑司契,垂帷制胜。"②我服膺其言。

我读牧斋,愿从潜心揣摩其"一章一句""声句"始。

牧斋之《病榻消寒杂咏四十六首》

本书的研究素材是牧斋逝世前半年断断续续写成的最后一组重要诗作,题名《病榻消寒杂咏四十六首》,七言律体。《病榻消寒杂咏四十六首》前有序,其言曰:

> 癸卯(1663)冬,苦上气疾。卧榻无聊,时时蘸药汁写诗,都无伦次。升平之日,长安冬至后,内家戚里,竞传《九九消寒图》。取以铭诗,志《梦华》之感焉。亦名三体诗者,一为中麓体,章丘李伯华少卿罢官后,好为俚诗,嘲谑杂出,今所传《闲居集》是也;其二为少微体,里中许老秀才好即事即席为诗,杯盘梨枣,坐客赵、李,胪列八句中,李本宁叙其诗,殊似其为人;其三为怡荆体,怡荆者,江村刘老,庄家翁不识字,冲口哦诗,供人姗笑,间有可为抚掌者。有诗一册,自谓诗无他长,但韵脚熟耳。余诗上不能寄托如中麓,下亦不能绝倒如刘老,揆诸

---

① 《圣经·新约圣经·马太福音》(香港:香港圣经公会,1970)第16章26节,第33页。
② 〔南朝梁〕刘勰:《文心雕龙·神思》(《景印文渊阁四库全书》,第1478册)卷6,第3a页。

季孟之间,庶几似少微体,惜无本宁描画耳。或曰:三人皆准敕恶诗,何不近取佳者如归玄恭为四体耶?余籧然笑曰:有是哉!并识其语于后。腊月廿八日,东涧老人戏题。

《有学集》卷13,第636页

牧斋诗序透露,《病榻消寒杂咏四十六首》写于康熙二年癸卯(1663)的冬天。其时,牧斋已是八十二岁的耄耋之人。诗序下署"腊月廿八日"。癸卯年十二月廿八日已是公元的1664年1月25日,而牧斋殁于康熙三年甲辰五月二十四日,公元为1664年6月17日。由此可知,从《病榻消寒杂咏》组诗辍简到牧斋撒手西归,相隔仅四月余而已。《病榻消寒杂咏》诗几乎是牧斋诗艺的最后展演,《有学集》所收牧斋诗亦止于本题。牧斋病榻缠绵,赋诗"消寒",一咏再咏而至四十六章,漪欤盛哉。[①] 请先略述各诗之旨趣如下:

"儒流释部空闲身"一首(诗其一),牧斋自嘲自伤之词,以老病交逼,世出世间事,难再料理,抚今追昔,故旧凋丧,意绪不免沉痛。结以"年老成精"之"顽民"自喻,精神为之一振。

"栗冽凝寒炉火增"一首(诗其二),通篇自嘲之词,出语滑稽。牧斋亟言寒冷,夜不成寐,辗转反侧,状甚狼狈。读之可想象常熟穷冬之苦寒。

"耳病双聋眼又昏"一首(诗其三),言老病之无奈、服用药物之烦厌。无奈之余,却有一股兀傲之气潜行其中。

[①] 诗见《有学集》卷13,第636—674页。

"径寸难分瞒眘形"一首(诗其四),写病耳聋之困扰,自嘲自怜,诗意抽象,多譬喻之词,而运思甚巧,非庸手可办。

"病多难诉乳山翁"一首(诗其五),为"答乳山道士(林古度,茂之,1580—1665)问病"作。本首系答老友问疾之作,语调亲切,不嫌叨唠。牧斋细数病状,知有耳聋、瘖喑、风痹之疾。又道畏寒之状,语带幽默,读之莞尔。

"稚孙仍读鲁《春秋》"一首(诗其六),诗意幽微,寄兴遥深。牧斋稚孙读《春秋》,老人意绪稍见振拔。诗以"蠹简"起兴,接写杜预经解之成一家之学,又及何休、郑玄之各自是非、函矢相攻。牧斋所措意于《春秋》者,则在书之大义,"尊王攘夷",不在烦言碎义章句之学,牧斋以咏春秋之世齐桓、管仲霸业事寄寓此意。诗之末联,复似以两晋旧史喻明清之交之"百年"近事,以《春秋》之义理事功语"儿曹"古今之王业相业,指划明清百年间之军国大事、人物功过。

"懒学初无识字忧"一首(诗其七),牧斋自弃自嘲之词,惟亦颇寓自满自得之意。老人自嘲少时无心向学,老则视文学词章无异刻舟求剑,愚昧之举,又亟言厌恶经卷文词,思之即意乱心烦,气脉纷杂。末联颇寓自得之意,以古之高士仲长先生自喻,不期然而有类于仲长先生《独游颂》之作。

"直木风摇自古忧"一首(诗其八),典故繁富,运思缜密。前四句,多用《庄子》书中语,喻己"不才",唯仍不免遭群小攻讦,讥诮群小谤伤之无聊。下四句笔意荡开,咏己胸次坦然,又述己晚年于"文明"事业之"艰贞"。结以"鲁酒吴羹一笑休"总揽全篇。牧斋以酒之厚薄、羹之酸苦,喻人生遭际之难以逆料,五味杂陈,苦乐交集,一笑置之可也。

"词场稂莠递相仍"一首(诗其九),卫道者言,火气甚猛,骂后生信口雌黄,致讥诮于前贤。笔力较杜甫《戏为六绝句》犹健,近韩愈之《调张籍》。牧斋所批判者,文坛轻薄后生,斥彼辈于前贤嗤笑指点,以自抬身价。诗下半典故俱涉韩愈旧事,构句一气呵成,剪裁无痕。或云文人相轻,自古已然,牧斋则借咏美韩愈、孟郊事,表知己互不相掩,相惜相亲之难能可贵、之可钦佩。

"声气无如文字亲"一首(诗其十),所咏人物五,乃《病榻消寒杂咏》诗四十六章中之最夥者。本诗以"声气无如文字亲,乱余斑白尚沉沦"一联领起。牧斋桑榆晚景,所亲近者,"沉沦典籍"之文士也。"乱余斑白"云云,出语沉痛。"乱余",明清易鼎,天崩地坼劫余之时;"斑白",言其老。此辈文士沧桑历劫,犹埋首典籍,孜孜矻矻,至老不倦,牧斋引为知己同道。此五人者,萧士玮(1585—1651)、卢世㴶(1588—1653)、徐緘(?—1670)、李楷(1603—1670)、王时敏(1592—1680)。各人均身阅鼎革,明清改朝换代之际,出处行藏各有不同,而无减对牧斋的敬慕爱戴之情。牧斋与诸人之友谊基础,正在于以文字通声气,同声相应,同气相求,乱余斑白,犹沉沦典籍,惺惺相惜。

"柏寝梧宫事俨然"一首(诗其十一),牧斋追忆前辈国老之仪容丰度,与己初入仕时之青涩,语特驯雅,而鹤语尧年之感充斥字里行间。诗后小注云:"余五六岁,看演《鸣凤记》,见孙立庭袍笏登场。庚戌登第,富平为太宰延接,如见古人,迄今又五十四年矣。"富平即孙丕扬(1531—1614),陕西富平县人,明嘉靖、隆庆、万历年间名臣,为官以廉直、敢言、善筹著称。嘉靖间孙氏曾有劾奏严嵩父子事,《明史》孙氏传失载,而其事于时事剧《鸣凤记》中早有渲染,深入民心。牧斋本诗追忆富平旧事,特点题此剧,读者因之而记孙氏之挺劲不挠,敢于言事。牧斋本诗之富平写照,可补史之阙。

"砚席书生倚稚骄"一首(诗其十二),写五十余年前于登第名次饮恨之事,由夜观演戏触动,抒发人生如戏、戏如人生之感叹,而修辞特隐微,乃牧斋"廋辞谵语"之一例。牧斋于诗后置小注,云:"是夕又演《邯郸梦》。"《邯郸梦》,明汤显祖名作,"临川四梦"之一。牧斋此诗"朱衣早作胪传谶,青史翻为度曲妖"一联最扑朔迷离,乃借《邯郸梦》戏文影射前明庚戌(1610)科旧事,辱骂夺其状元荣宠之韩敬为狗。牧斋此首沧桑忆往,感慨系之,怨天、欷歔、愤怼兼而有之。

"纱縠禅衣召见新"一首(诗其十三),牧斋讥刺其于前明之头号政敌、仇人——权臣周延儒(1593—1644),并及崇祯帝,诗意狠辣,略无怨词。此诗亦牧斋之"廋辞谵语"。周延儒伏诛于1644年初,越数月,崇祯帝自缢煤山,明亡。迨牧斋本章之咏,又二十年矣。牧斋病榻上偶忆此笔旧账,犹愤恨难平,乃发为此章咒骂之词。牧斋"晚年好骂",而善骂,此篇骂人艺术之精妙,教人拍案叫绝。本诗后置小注,云:"壬午(1642)五日,鹅笼公有龙舟御席之宠。"牧斋才大,举重若轻。本首所咏之事,不在周延儒身败名裂之际,或借周氏伏诛后之舆论,落井下石,此庸手可办。牧斋切入之时间点,正周氏权望最隆,崇祯帝对之最宠信之时。牧斋追忆前朝旧事,犹唾其面鞭其尸而后快。牧斋对周氏怨毒之深,一至于斯。

"鼓妖鸡祸史频书"一首(诗其十四),牧斋撰许士柔(?—

1642)墓志铭成,有感而发。诗后小注云:"病中撰《许司成墓志》,辍简有感。"志文在牧斋《有学集》卷二十八。文与诗对读,诗之力量始尽显,其本事始明。牧斋与许氏为常熟同里人,钱、许两家交谊甚笃。牧斋本诗微言大义,贬斥崇祯帝并诸权臣,褒美许氏之忠贤,影射崇祯朝之党争内幕并许氏与己于其中之遭遇。诗首二联词气刚劲,大开大阖,讥讽之意,宣泄无遗。诗下半对崇祯帝虽不无讽意,而词气转为婉转蕴藉,恕词也。老人心事,五味杂陈,其感喟,别具一深沉之普遍意义,非独关崇祯一朝旧事矣。

"羊肠九折不堪书"一首(诗其十五),词纷意乱。《病榻消寒杂咏》自诗其十一之"牵丝入仕陪元宰",至其十四之"高空寥廓转愁余",牧斋于晚明数朝仕宦之挫折已咏其荦荦大者,诗其十五可视作牧斋忆记此种种经验后之情绪宣泄,故其词纷乱,其意绪郁闷难解。

"膻氅重围四浃旬"一首(诗其十六),咏陷狱事。清顺治四年(1647)至六年(1649)间,牧斋曾二度下清人狱:顺治四年,逮狱北京;顺治五年至六年,颂系金陵。本诗后有小注,云:"记丁亥(1647)羁囚事",即指下北京狱事。牧斋此次罹祸,其因不明,或谓受顺治三年(1646)冬山东谢陛"私藏兵器"案牵连。牧斋以三月梢被捕,同年夏释归,本诗即咏其与二仆羁囚时之可怜、狼狈景况,绘声绘影,甚传神,而对仗极工巧,非老手莫办。

"颂系金陵忆判年"一首(诗其十七),沉痛。清顺治四年羁囚事释后,牧斋返里。顺治五年秋,又遭清人逮捕,颂系金陵,逾年始解。牧斋本篇即咏囚系金陵期间,与乳山道士林古度"周旋"事。牧斋此次逮狱,乃受黄毓祺(1579—1648)起兵海上案牵连所致。

此次系狱,属软禁侦讯性质,故得与友朋应酬,并采诗旧京。牧斋诗后置小注,云:"事具戊子(1648)《秋槐集》。"即今《有学集》卷一之《秋槐诗集》,乃今传牧斋入清后第一集诗,而其于颂系金陵期间所写者,极重要,盖牧斋之"明遗民"形象,自此奠定,为其入清后自我建构不可或缺(甚或最重要)之一环。牧斋此一形象,首见于其与林古度、盛集陶、何瘖明等遗民唱和之什。

"忠驱义感国恩赊"一首(诗其十八),言志之作,追忆明亡前夕,与文武大臣谋王室事,即牧斋诗后小注所云:"记癸未(1643)岁与群公谋王室。"其时崇祯十六年,大明江山摇摇欲坠,牧斋思有所作为,赤手回天,与老成辈谋王事。本诗多以西汉末、东汉末故实以喻明末政局及己之抱负。崇祯十六年,牧斋六十二岁,在废籍,犹思奋起与群公谋王室事,终徒劳而事不济,明祚斩绝。至牧斋写本诗时,又二十年矣,病榻缠绵,时日无多,诗末发英雄迟暮之叹,意志消沉。

"萧疏寒雨打窗迟"一首(诗其十九),抒发身世之感,情绪惘然。全诗一派寂寥萧索,种种怖畏记忆如"愕梦",萦回脑际,无从排遣。首联"梦"与"思"二字为全篇主脑。

"呼鹰台下草蒙茸"一首(诗其二十),自嘲之词,亟写英雄迟暮,可笑复可怜之态。本章语调舒缓。

"龙屿鸡笼错小洲"一首(诗其二十一),诗后小注云:"读元人《岛夷志》有感。"《岛夷志》,元末汪大渊所撰。汪氏尝附舶以浮于海,此志即记其所见海外诸地,凡九十九条,涉及域外地名逾二百。牧斋于病榻上读《岛夷志》,或非纯为消寒送日而已,似有若干关心海外残明势力动向之意。《岛夷志》首二记为"彭湖"及"琉球",前者即今台湾之外岛澎湖,而后者,据学者考证,即今台湾。牧斋读《岛夷志》,开卷即此二记,因之而思及郑成功之入台,不亦自然?甚或牧斋之读《岛夷志》,正为此二记?本诗意象诡奇,浮想联翩。

"推篷剪烛梦悠悠"一首(诗其二十二),诗后小注云:"广陵人传研祥北讯。"研祥者,冯文昌,明万历间名宦、文人冯梦祯(1548?—1605)孙,牧斋门人。牧斋入清后诗文之及研祥者虽不频繁,然观其作期及内容,可借知研祥为事牧斋有始终之弟子,而牧斋病榻缠绵之际,犹关心研祥消息,亦可知牧斋之惦念研祥也。牧斋本诗表研祥于己始终不离不弃之情义,而于牧斋笔下,研祥似亦不忘故国旧君之遗民。

"中年招隐共丹黄"一首(诗其二十三),诗后小注云:"孟阳议仿《中州集》体例,编次本朝人诗。"牧斋此首追思故友程嘉燧(孟阳,1565—1644)。牧斋与孟阳情同手足,友谊真挚,当时后世,传为美谈。牧斋本诗之咏孟阳,低徊于"中年招隐"与"《中州》青简"二大端,宜也。盖前者最能见二人之情义与夫相处之乐,而后者乃二人学术文章相激荡之结果——崇祯中,牧斋罢官里居,构耦耕堂于拂水山庄,邀孟阳偕隐,孟阳乃移家相就,晨夕游处,先后十年。而牧斋之编纂《列朝诗集》,亦兴起于孟阳之有感于《中州集》以诗存史,建议牧斋与己仿《中州集》体例,编次明朝诗人。

"至后京华淑景催"一首(诗其二十四),写时序之感、人生之慨。新正将临,淑景初回,幽阳潜起,人间热闹而牧斋心事却显苍茫。全诗多虚设之词。

"望崖人远送孤藤"一首(诗其二十五),诗后小注云:"读黄鲁直先忠懿王《像赞》有感。"黄庭坚有《忠懿王赞》,乃咏五代十国吴越国王钱俶(929—988)者,而牧斋为忠懿王二十二世后裔。本首追思先祖王业并崇佛遗事,自伤衰残穷蹇,俯首低回,结以己能如远祖皈依佛法自慰。全诗典故繁富,寄托幽眇,语特雅驯。

"石语无凭响卜虚"一首(诗其二十六),牧斋岁暮胡思乱想、游戏之作。全诗押上平声六鱼部韵,而实用孟浩然《岁暮归南山》诗韵。孟夫子之诗系五律,岁暮书怀,自伤衰老放废,牧斋诗则七律,句句用典。孟诗疏放,牧斋诗曲折。以作意言,二诗同于岁末书怀一端,余则无多关涉。

"由来造物忌安排"一首(诗其二十七),平易舒缓,表颐养天年,行事一以随缘适意付之可也;尽管风烛残年,事事乖违,要之不迎不拒,听之可也;再则乱世不强出头,明哲保身,而动静行止,任运随缘可也。

"寒炉竟日画残灰"一首(诗其二十八),诗后小注云:"小尽日灵岩长老送参。"灵岩长老乃继起和尚释弘储(1605—1672),临济宗一代名僧,明清易代之际"以忠孝作佛事",座下龙象甚众,缁白出身不同凡响。牧斋与继起交游事迹之见于文字者,始自顺治十四年(1657),终于康熙三年(1664)春牧斋顺世前数月,其间二人相知相重,声气相投。灵岩长老不忘故人,岁末送参致意,牧斋感而作本诗,词气平易,不作道人语,直似向老友道家常、言近时心情、喊穷、自嘲自解,不一而足。

"儿童逼岁趁喧阗"一首(诗其二十九),苍老浑成,乃《病榻消寒杂咏》诗中之上佳者。似信笔写岁晚即将过年景况,而意象虚实交错,思入微茫,寄意幽眇,循之颇可窥见牧斋此际之幽微心境。全诗除句七"老大荒凉"一语外,全为景语,看似句句摹写具体意象,其实句句涉虚。本诗意境,须于抽象层次上推求之,而牧斋写意中之象,多诉诸感官。

"衰残未省似今年"一首(诗其三十),懊恼自嘲之词。牧斋于诗其二十八喊穷,谓退翁和尚曰:"躲避病魔无复壁,逋逃文债少高台。"本诗直似该联之申写,上半抱怨为"穷鬼""病鬼"所折磨,下半写自己如何为古今最穷之人。

"雀罗门巷隘荆薪"一首(诗其三十一),诗后小注云:"戏拟老杜《客至》之作。"牧斋本首之"戏拟"老杜,直似《客至》之"滑稽仿作",诙谐苛刻,兼而有之,与老杜所咏之宾主忘机、清幽绝俗迥然不同。牧斋诗旨,似在讽刺当时"隐沦"寒士之逢迎"上相",冀得其周济关照。牧斋此首讽意辛辣,语含讥诮。当代"隐沦"之士览之,得无赧然?

"高枕匡床白日眠"一首(诗其三十二),若作于上首同时,则牧斋赋"戏拟老杜《客至》之作"毕,意犹未尽,续写本诗以讽刺其时投机逐利、舞文弄法之文士。诗后小注云:"示遵王、敕先。"则弟子遵王(钱曾,1629—1701)、敕先(陆贻典,1617—1686)适过谈,牧斋示诸子以本诗,又或因二人来访,牧斋遂即席赋诗,以资谈助。遵王、敕先,牧斋常熟里人,晚年极亲近之门人。牧斋本诗须读至末联,其寄意始明。"柴桑集",陶渊明集,"画扇"则陶公之《扇上画赞》,其所颂美者悉古之隐士。牧斋于前三联所抒发者,乃对其时汲汲于名利之徒之讥讽。

"老病何当赋《子虚》"一首(诗其三十三),诗后小注云:"闻定远读道书,戏示。""定远"者,冯班(1602—1671)也,常熟人,与兄冯舒(1593—1649),吴中称"海虞二冯",皆牧斋高弟。此首幽默好

35

笑。师弟间相契甚厚,调笑为乐,牧斋戏谑作此,为定远读道书写照,用典巧切,生动传神,妙。究其实,"读道书"者,何止定远,牧斋亦殷勤读之,晚年且于虞山筑胎仙阁,练延年益寿术。虞山素称仙山,养生修炼之风气甚盛。

"老大聊为秉烛游"一首(诗其三十四),诗后小注云:"追忆庚辰(1640)冬半野堂文宴旧事。"牧斋本诗,追忆二十余年以前与一代才妓柳如是缔缘伊始时之美好时光。庚辰隆冬,柳如是扁舟访牧斋于虞山,半载后二人结褵。至牧斋赋《病榻消寒杂咏》本诗时,钱、柳二人已相守相随逾二纪。牧斋病榻缠绵之际,追忆庚辰冬半野堂文宴旧事,依然心花怒放。诗结句云:"好梦何曾逐水流",可见牧斋始终爱恋柳如是。

"一剪金刀绣佛前"一首(诗其三十五),诗后小注云:"同下,二首,为河东君入道而作。"本首凄美。"入道",皈依我佛,昨日种种,譬如昨日死,今日种种,譬如今日生。牧斋学佛人,柳如是入道,应喜得法侣,而牧斋写此首,却满载不忍不舍之情,且出之以绮词俪语,肃穆不足,艳丽有余。此老之心思真难摸透。

"鹦鹉疏窗昼语长"一首(诗其三十六),牧斋咏"河东君入道"之又一首。较诸上诗,本诗典故较简单,句法亦较平易,唯诗之寄意依然耐人寻味。要之,牧斋于柳如是入道之际,未见心生欢喜,喜得法侣,依旧爱欲痴慕,不忍不舍。语言则绮语丽词,予人绮思遐想。牧斋心中究竟作如何想,似未能于二诗中探得。

"夜静钟残换夕灰"一首(诗其三十七),诗后小注云:"和老杜'生长明妃'一首。"牧斋本首及下一首,词意惝恍飘忽,扑朔迷离。牧斋之和"生长明妃",取义非在明妃之身世始末,亦非在明妃远嫁匈奴之"怨恨",其措意者,在诗中人之返魂("香犹在")、再葬("葬几回"),并其零落飘沦之感("旧曲""新愁"),此皆与明妃遗事或杜诗旨意无多关涉。"和杜"云云,借题发挥而已。牧斋诗别有寄托,耐人寻味,其所影射对象,非为明妃,乃一吴地女子,歌妓出身,转徙流离,经历曲折,乃至于魂断异乡,然其本事云何,无从稽考矣。

"秦淮池馆御沟通"一首(诗其三十八),诗后小注云:"和刘屏山'师师垂老'绝句。"刘屏山即刘子翚(1101—1147),南北宋之交人,道学家,亦有诗传世。详味牧斋诗中意象,似别有本事,非关北宋末汴京青楼名妓李师师。牧斋歌咏对象,似为一出身秦淮池馆之娇娆名姝,其经历曲折,有入于帝王家之事,唯此究为何人,亦如上首,无从确考矣。

"编蒲曾记昔因缘"一首(诗其三十九),诗后小注云:"新制蒲龛成。"蒲龛,所以礼佛奉佛者。新制蒲龛完工,牧斋似颇得意,赋诗记之。此首语带幽默,自得自嘲,兼而有之。

"信笔涂鸦字不齐"一首(诗其四十),牧斋述己衰老无奈之状,大概即前诗其三十所谓"衰残未省似今年"之意,又嗟叹才思枯竭,江郎才尽。牧斋描画老态,入木三分,自嗟才尽,属词比事,亦甚传神。此首平易道来,干净利落,颤颤牧老,栩栩如在目前,真不可多得之好诗。

"落木萧萧吹竹风"一首(诗其四十一),诗后小注云:"怀落木庵主。"本诗乃牧斋岁末怀人之作。落木庵主,徐波(元叹,1590—1663?)是也,明清之际诗人,牧斋老友,少牧斋八岁。本诗末联曰:"永明百卷丹铅约,少待春灯烂漫红。"钱曾注其本事如此:"徐元叹见公所著《宗镜提纲》，欢喜赞叹，欲相资问，故有春灯之约。"此"春灯之约"，二老恐无法实现矣。牧斋写本诗后不及半年即逝世，而此时元叹甚或已卒。惟牧斋岁末仍有此首怀落木庵主之诗，又有"春灯"之约，固以元叹尚在人间。或牧斋写本诗时未悉元叹谢世之噩耗？

"丈室挑灯饯岁余"一首（诗其四十二），诗后小注云："除夜定远、夕公、遵王见过。"知除夕夜，弟子定远、夕公、遵王来谒，相谈甚欢，牧斋作本诗纪之。定远者，冯班也，遵王即钱曾，夕公则钱龙惕。亲近弟子过访，诗酒欢会，牧斋兴致高，谈兴浓，告众弟子以己拟编著之二书，即诗中第二联所咏并句后小注所谓"谓编次唐诗"及"余将订《武安王集》"。

"翻经点勘判年工"一首（诗其四十三），感触颇深。牧斋于生命之最后十余年间，花大力气著成《心经》《金刚经》《楞严经》《华严经》诸疏解。《病榻消寒杂咏》诗本首乃牧斋回忆年来注经甘苦之作。牧斋写本诗时，《心经》《金刚》《楞严经》诸疏已付梓人，本诗之咏，或专指《华严经疏钞》，此牧斋治佛书之最后一种。

"满堂欢笑解寒冰"一首（诗其四十四），诗后小注云："归玄恭送春联云：'居东海之滨，如南山之寿。'"本诗写将近过年热闹光景，兼谢弟子归庄（玄恭，1613—1673）送春联祝福，并邀其来虞山喝春酒。

"新年八十又加三"一首（诗其四十五），诗后小注云："元旦二首。"本诗及下一首，确是春意盎然，充满生趣。本诗似"新年愿望"，唯求适意任情，安享晚年，并"随身烦恼"消，远离忧患常安乐。

"排日春光不暂停"一首（诗其四十六）乃牧斋"元旦二首"之

二,亦《病榻消寒杂咏四十六首》最终篇。本首写春回大地,人间过年热闹取乐。

此癸卯冬数月间四十六章诗,牧斋命之曰"杂咏",确非刻意经营、有组织、有系统之组诗。然而,正其如此,这些诗篇可能是牧斋灵魂深层更忠实的映现与记录,而且,以文类言,几乎是牧斋生前最后一次的情感、思想袒露。牧斋八十二岁老人,病榻缠绵之际,赋诗吟对以消寒送日,竟然仍几乎首首精彩绝伦、妙趣横生,是牧斋一生诗艺的绚美绽放。命名"杂咏",或以其所赋咏者内容、情调不一;牧斋序谓诗"都无伦次",或以诸诗作期非顺序或接续,而题材亦不统一。然而,若细加董理,仍可归纳出若干主题或方向。请尝试言之。

一、言老、病、寒冷(诗其一至五)。

二、言文事:经史、文词、文坛风气、文友及人文世界(诗其六至十)。

三、追思晚明政坛:前辈国老、入仕、打击、政敌、忠臣同志(诗其十一至十五)。

四、回忆顺治四年、五年二次陷清人狱事(诗其十六至十七)。

五、追忆明亡前夕与诸公谋王室事并诉说今日之惘然、英雄迟暮之感(诗其十八至二十)。

六、伤时感事,讽刺时人时事(诗其三十一至三十二)。

七、缅怀与柳如是缔结因缘之始,并抒发于今柳氏"入道"时之感触(诗其三十四至三十六)。

八、以古喻今,咏二秦淮歌妓之遭遇(诗其三十七至三十八)。

九、写癸卯岁暮、除夕及甲辰(1664)元旦热闹、欢乐(诗其二十

八、四十二、四十四至四十六)。

　　此外,不在上述各诗组中者,尚有十余首,或怀人(诗其二十二至二十三、四十一),或抒发时序之感、人生之慨(诗其二十四至二十七、二十九至三十、三十九至四十),或读书感怀(诗其二十一),或言注佛经甘苦(诗其四十三)等。

　　《病榻消寒杂咏》诗四十六首虽断续写成,但可明确知道为癸卯冬数月间及甲辰元旦之作,出自八十二、八十三岁间之牧斋老人手笔。此四十六首诗中,老、病、寒乃其基调,总题《病榻消寒杂咏》,名副其实。抽绎其所思,回忆之诗(poems of remembrance)为大宗,牧斋咏及其生平最耿耿于怀、眷恋,或念念不忘之诸大事。"诗可以群",亦可借知诗人之交游状况。年在桑榆间,出现在《病榻消寒杂咏》诗中之人物(除了追思晚年政坛数诗所涉及之数人),几全为文士,如非挚友、文友,即为牧斋晚年最亲近之门弟子。贯穿全部诗作的另一特色,为首首有我,牧斋以抒情主体(lyrical subject)或道德主体(ethical subject)出现、发声,老气横秋,主体性(subjectivity)强烈。《病榻消寒杂咏四十六首》是牧斋诗作中一组重要的文本,可构成一相对统一而丰富的研究课题。①

---

① 牧斋《病榻消寒杂咏四十六首》向无全面、系统性的研究。陈寅恪《柳如是别传》对若干首有相当详尽的探论,但主要是为考论其他问题而述及,非专为论述《病榻消寒杂咏》而展开。孙之梅在其所著《钱谦益与明末清初文学》(济南:齐鲁书社,1996)的第四章"钱谦益与清初的诗歌"中以"回味生平的个人传记"一小节讨论《病榻消寒杂咏》,属综述泛论性质,见此书第453—460页。

本书之章节及结构

本书含上下二编,上编为"研究编",分四章探论《病榻消寒杂咏四十六首》及相关议题。本书之撰,肇始于若干疑问:牧斋虽在文学方面成就卓越,但亦自命"爱官人",事功、用世之心至老不减。诗歌,作为一种美学形式与实践,是否与牧斋的政治理想、抱负有所交集,可以互动互为?年逾八旬,病榻缠绵,隆冬苦寒,赋诗作为一种创作及心灵活动,对于一个临近生命尽头的老人而言,有何特别意义?《病榻消寒杂咏》诗前有序,撰于大部分诗作完成后的"腊月廿八日"。牧斋此序的表演性相当强烈,无疑是牧斋自我定义、自我建构的一次作为。牧斋自述其诗作旨趣时毋宁也在为自己造像。透过序及诗,牧斋究竟希望留下一个怎样的自我形象?这四十六首诗既然是牧斋生命终结前最后一组数量可观、内容丰富的诗作,我们可否从中窥探牧斋老人生命最后一段的心路历程?《病榻消寒杂咏》诗反映出怎样的精神世界、生命情态?牧斋自序谓己作似"少微体,里中许老秀才好即事即席为诗,杯盘梨枣,坐客赵、李,胪列八句中",为"恶诗",自嘲之意溢于言表,究竟《病榻消寒杂咏》诗的艺术特色如何?

兹述本书上编四章之要旨如次:

本书第一章为"诗书可卜中兴事,天地还留不死人——牧斋的诗学工夫论与'自我技艺'观"。牧斋的诗观与其诗作实践息息相关,是理解牧斋《病榻消寒杂咏》诗的重要基础。本章尝试透过牧斋诗论中的某些重要观念,先理论性地探讨赋诗此一创作行为于晚年牧斋的意义。本章的出发点是一个问题：中国古典诗的创作过程与经验是否可以（及如何可以）被视为一种思想及身体上的工夫论，创作者是否可以从中锻炼出主体性？《病榻消寒杂咏》诗多环绕老病的情境展开、作结。然而，细味这四十六章诗，却似有一股暗涌在默默地流动，那是一股顽强的生存意志，在在对抗着老病的诅咒。我联想到法国哲学家福柯（Michel Foucault）的"自我技艺"观（techniques of the self），这个主体性建构理论颇有助我们了解《病榻消寒杂咏》这组文本的生发过程，以及牧斋将病榻上的"呻吟语"转化为一首一首律诗的特殊意义。我援用福柯的自我技艺观探讨牧斋晚年诗论中两个重要的主题：诗人"自贵重"说及诗人"救世之诗"说。旨在探究牧斋诗论中"灵心""性情""学问""世运"等作为自我技艺锻炼场域的可能性及其意义，从而突显牧斋晚年的诗观，即诗不但是寄托个人情志的载体，更是锻炼、经营、安顿生命的场所，进而更是影响、干预、参与世运的力量。

第二章为"陶家形影神——牧斋的自画像、'自传性时刻'与自我声音"。本章的最终目的，是释读牧斋《病榻消寒杂咏》诗的前序。但直接谈论牧斋的诗序有点不智，可能会被牧斋牵着鼻子走。牧斋的前序是一个表演性的（performative）言说形构，有一个颇为缜密的"歪理"在。设若我们一开始就为牧斋"传意"，牧斋序文精彩的语言形构会让我们无从置喙。一般的诗前小序交代成诗的时、地、因缘、偶及其"本事"。牧斋的序含有这些讯息，但除此以外，牧斋还在序文的主体中作了一番对于所谓"三体"诗的思辨，自判自家诗歌究近何体、风格云何。这是牧斋对自己生前最后一组大型诗作的"自我声音"（self-voice）的宣告。"自我"（self）、"声音"(voice)云云,一般是诗人"习性"(habitus)的流露。我们有理由相信,牧斋的《病榻消寒杂咏》是他晚期风格(late style)的体现。如此,若要比较透彻地了解牧斋诗序对于"自我声音"的思辨,我们的视域有必要更开阔,对牧斋生命最后一二十年在诗文中所采取的种种"自我建构"策略有一定认识。是以虽然本章最终的目的是探论牧斋为《病榻消寒杂咏》诗所写的前序,但我将采取一个迂回进入的方式展开论述。我提出一个"自传性时刻"(the autobiographical moment)的理论概念用以统摄全章论及的诗文;讨论牧斋作品中文字性的"自画像"(self-portraiture)与"自我再现"(self-representation)之间的微妙关系;析论"传记"(biography)与"自传"(autobiography)之间的紧张性及其带来的焦虑(anxiety)如何影响着牧斋晚年作品的某些创作"意图"(intentionality)。最后,我将诠解牧斋《病榻消寒杂咏》的诗序,剖析其中的"自我声音"与牧斋自陈的《病榻消寒杂咏》的寄意。

第三章为"蒲团历历前尘事——牧斋《病榻消寒杂咏》诗中之佛教意象"。顺治七年庚寅(1650),牧斋苦心经营、宝爱无比的藏书楼绛云楼不戒于火,毁于一旦。牧斋劫后细思因果之由,百感交集,遂发大心愿:"誓尽余年,将世间文字因缘,回向般若。"嗣后十余年间,直至逝世前数月,牧斋孜孜矻矻,劳筋苦骨,制成佛经笺疏多种。毫无疑问,纂疏佛经及从事与宗门有关的工作是牧斋晚年生活中的重要部分,其诗文中佛教意象俯拾即是,乃牧斋晚年文字的一大特色。本章主要析论《病榻消寒杂咏四十六首》中以佛事为素材、为氛围的七首诗,余及其他取象于佛教事典的诗联十余联。本章侧重的是文学意象(literary imagery)的分析,虽难免涉及若干佛学义理,但都是为了更有效地诠释文本中的佛教意象,并非本章论述的重心。

本章含五节。第一节让"夫子自道",借由检讨牧斋为《大佛顶首楞严经疏解蒙钞》所撰的数篇《缘起》《后记》,突显庚寅绛云楼之遭火劫与牧斋"卖身充佛使",抖擞筋力为佛经作疏解的时节因缘。第二节以"家"为论述框架,观察牧斋如何以家族记忆及家园情景,表抒其佛教情愫与自我定义(self-definition)。第三节探论牧斋因柳如是下发"入道"而作三诗,剖析牧斋在追忆与柳氏缔结情缘之始及赋咏柳氏剃发入道之际,牧斋诗中佛教意象与情韵的"出轨"表现。第四节借由析论牧斋因"新制蒲龛成"及自述注经辛劳所写各一诗,管窥牧斋暮年"针孔藕丝浑未定"的心境。第五节为余论,点评散见于上述各诗外的不同诗联中的佛教意象,以勾勒佛教元素在牧斋诗中的随机表现与应用。《病榻消寒杂咏四十六首》写于牧斋病榻缠绵之际,也是牧斋下世前最后一组重要诗作。也许通过本章对牧斋诗中佛教意象的探讨,我们能从一个侧面窥视牧斋临终前的心境以及精神状态。

第四章为"声气无如文字亲——牧斋'乱余斑白尚沉沦'之人/文世界"。牧斋《病榻消寒杂咏四十六首》诗其十所咏人物最夥,共五人。此五人者,萧伯玉少牧斋三岁,卢德水少牧斋六岁,王烟客少牧斋十岁,牧斋与此三人可谓同辈。徐伯调生年不详,后死于牧斋六年,李叔则少牧斋二十一岁,揆诸相关文献,知伯调与叔则于牧斋为后辈。各人均身阅鼎革,明清改朝换代之际出处行藏各有不同,而无减对牧斋的敬慕爱戴之情。牧斋与各人之友谊基础,正在于以文字通声气,乱余斑白,尚沉沦典籍,惺惺相惜,相互爱重。牧斋《病榻消寒杂咏》诗其十所咏,仅牧斋与诸人交游事迹之一斑耳。窃以为,考论牧斋与各人交谊始末,于了解牧斋之行谊思想,大有裨益。本章辟三节,考述牧斋与此五君之交游,目的在重现章题中所谓"人/文世界",虽掠影浮光,或可见凤毛之一斑。"声气无如文字亲,乱余斑白尚沉沦。"此牧斋诗之主脑,本章各节亦以此意为纲领,铺陈材料,旨在彰显牧斋与各人于人文、文学、学问之共同关怀、交会与相互激荡。

至若探论牧斋与五人交往各别之细节,复有助了解牧斋于不同人生阶段之遭际与情志。要之,萧伯玉于五人中年齿与牧斋最近,约于同时立朝(明天启初)。二人阙下缔交,出处进退亦有相若者,而牧斋颠踬于仕途,困窘危急时,伯玉屡伸援手。卢德水入仕较牧斋与伯玉晚,居官年月与牧斋亦不相属。牧斋与德水初非政坛上共进退之党人,二人始以杜诗及书文相敬慕。牧斋与德水约于牧斋丁丑狱案前后定交,牧斋赴逮途中访德水于山东德州。二人气类相感,一见如故。德水约于此时出补礼部,旋改御史,攒漕运。牧斋、德水缔交后问讯不断,且共同阅历明朝末祚,二人相知深厚,以道义相勖勉。本章述牧斋与伯玉、德水之交,必兼叙牧斋于晚明政坛之经历始得深刻,而读者观览三人交游始末,可循知牧斋明季政治生涯之大略。徐伯调、李河滨则非牧斋所素识者,而于牧斋逝世前数年,相继贻书致敬,论学论文,求赐序,情意殷切。书文往返,牧斋乃引二人为知己同道,且有厚望焉。《初学集》删定之役,嘱于伯调;为"好古学者"张军,遏止复古派复兴于关中,托于河滨。牧斋为此二友所写书函、序文,述及一生学术、文学思想数番转变之因缘,并其最终之坚持与主张,乃探究牧斋学术之重要文献,可作牧斋"学思自传"观。牧斋与伯调、河滨之交,文坛前后辈文字之交,观其始末,可借知牧斋桑榆时对己文学"遗产"之安排、对后辈之期盼、对文坛之愿景,亦可窥见牧斋于时人心目中之地位。江南常熟、太仓一衣带水,百里相望,而牧斋与王烟客于前明有无交往无考。迨明社既屋,自顺治初至牧斋逝世前十余年间,二人交往殷勤,感情笃厚。牧斋与烟客于清初之文坛艺坛,巍然如鲁殿灵光,二人惺惺相惜,相互爱重。二老赠言、进退以礼,往返文字,或道家常、诉衷曲,或寄托遥深,百感交集,期于传世者,洵阳九百六,灰沉烟扬之时,诗文"可以群"之一段佳话。烟客高门之后,先世及己数世仕明,入清后不无"身份危机"(identity crisis)之忧虞,牧斋乃为设计其可对历史评价有所交代之"自我形象",厥功不细。顺康之世,大乱甫定,牧斋与烟客温文尔雅之交,亦反映江南吴中虞山、娄东文苑艺林之呼息,而人文世界、精神之渐次复苏。

本书下编为"笺释编",逐一笺解《病榻消寒杂咏四十六首》。牧斋诗素称难读。牧斋学问渊博,于内外典无所不窥,腹为箧笥,其诗典故繁富,冷典、僻典,所在多有。牧斋为诗,镕铸唐宋,下及金元,几无一字无来历,纵贯古今,千姿百态。牧斋诗讲求比物托兴,微言大义,廋辞谶语,层出叠见,读其诗,除须习读"古典"(classical allusions)外,尚须推求其"今典"(topical allusions),始能明其旨归。如欲透彻了解牧斋诗,或有必要为每诗作一笺解,本书的"笺释编"便是这方面的努力。在体例上,本书的"笺释"为一新尝试,以其结合传统的"注"与"笺"于一笺解。一般注与笺分别处理:注,释典故、字义;而笺,说诗旨、章法、句法、字法。牧斋诗已有钱曾为作注,造福读者,功德无量。然而,钱曾的注亦非浅易,有些不好懂。本书的笺释尽量汲取钱曾原注之精华，使薪火得以相传，不埋没前人的贡献。然而，古人注书，体尚简要，词贵清通，引述多撮略摆落，不尽合今日之学术规范。今为全面覆案原文，尽量恢复原书文面貌，并刊正误谬，方便读者观览研读。此外，若干典故、语词，于古人为常识，不烦出注，而近世以还，知识结构丕变，今之读者或已难明其原委，有必要补注增注。复次，钱曾注亦有不尽理想者，此注家所不免，本书笺释稍有辨正。

  本书牧斋诗笺释，务求疏通全诗意义脉络，以述句、联、章为经，以释典故、字义为纬。于此诠释框架中，注不另出，悉写入诗笺中。如此，材料之去取选择宜乎精严，重心不在名物训诂、隶事纂组，而在解说诗意，引述材料，力求精准，能"服务主题"。征引或详或略，不计较篇幅长短，以笺释明了为终始目的。笺文颇长，为详解，每篇甚或可作一小论文看，一则以牧斋诗意深微，三言两语，说不清楚，一则除典故、字义外，对牧斋之行谊、相关人物与牧斋之关系、涉及之历史事件与背景均有所交代或考辨，只得不惮辞费，老实道来。本书牧斋诗笺释之最终目的，务使读者不必分看诗文、注文、笺文，苟能耐心通读一过，全诗旨趣、意境、相关背景基本了然于心，乃可进一步思索牧斋诗奥妙之所在。时至今日，为古典诗文注入新活力，本书笺释编的述论方法，或不失为可行之途。至若辞繁不杀、黏咨缴绕，为达成上述目的，工拙不计，旨求引玉，贻笑大方，所自知也，诸希亮察为幸。

第一章　诗书可卜中兴事，天地还留不死人
——牧斋的诗学工夫论与"自我技艺"观

面对、阅读明清之际文坛盟主、历史争议人物钱谦益康熙二年癸卯(1663)冬断断续续写下的四十六首《病榻消寒杂咏》诗(《有学集》卷13,第636—674页)时,于我脑际浮现的,时而是一个鹤发龙钟、穷病交煎的衰颓老翁;时而是一个指点江山、议论文坛、意气飞腾的辩士;时而,又是一个追怀前缘、喋喋不休、旧情绵绵的恋人。嬉笑怒骂,穷情极变,他的意绪时或消沉,或鹰扬,或婉转,或悆悆。身阅明清二朝,他看尽世态炎凉,但前尘影事、悲欢离合却又无法去怀。不过,他始终得面对一个无法否认的事实:年过八秩之期,他已耳聋眼昏,气息交喘,体衰力竭。时日,似乎无多了。是以《病榻消寒杂咏》诗多环绕老病的情境展开、作结。然而,细味这四十六首诗,我却发现有一股暗涌在默默地流动,那是一股顽强的生存意志,在对抗着老病的诅咒。人生非金石,年寿有时而尽,但心事未了,牧斋不服老,不愿死。久病缠绵,他当然得靠药物维生,

但同时,我亦感到,诗乃至于文(兼取狭、广二义)亦是他赖以续命的"药剂"。(诗题"消寒",意味着赋诗这动作、这种精神活动能给予作者某种能量,抵御寒苦。)控引情理,离章合句之际,牧斋演排记忆、振起神思、锻炼生机。

我想到法国哲学家福柯的"自我技艺"观(techniques of the self),他构筑的这个主体性建构原理颇有助我们了解《病榻消寒杂咏》这组文本的生发过程,以及牧斋将病榻上的"呻吟语"转化为一首首律诗的特殊意义。拙著要析论的是明清之际(十七世纪中叶)钱谦益的诗作,并认为援借福柯晚年提出的"自我技艺"观可有效地阐发《病榻消寒杂咏》底蕴的某些特质。也许我先对这一思想参照作一阐释性、理论性的转化,建立"自我技艺"观与牧斋晚年诗论的会通基础,予以这个思考方向必要的合理性。牧斋的诗观与其诗作实践息息相关,是理解牧斋《病榻消寒杂咏》诗的重要基础。通过下面的分析,我们也可发现,牧斋的诗学理论具有相对完整的论述结构与向度,而中国传统诗学与现当代文论、哲学未必就一定风马牛不相及。不同文化、传统、体系的比较分析,也许能激发异样的思辨趣味,开拓更多的论述空间与可能性。

此外,虽然拙著的研究焦点是牧斋的诗作实践,但随着议论的展开,我们将会触及若干更深刻的课题,即中国古典诗的创作过程与经验是否可以(及如何可以)被视为一种思想及身体上的工夫论,创作者是否可以从中锻炼出主体性(subjectivity)?此中的主体意识与文本性(textuality)如何区判?文艺创作的经验与机制又会给诗人带来何种实存或体质上的变化?中国传统强调"技进于艺,艺进于道"的追求进程和理想目标,有一个分别和价值的高下序列。但形而下的"技"与"艺"与超验的"道"究竟存在着怎样的相互、辩证关系,而"道"又是否可以内蕴于"技"或"艺"之中,有无内在统一的可能?

一、"自我关注"与生命的终极意义

牧斋诗序透露,《病榻消寒杂咏四十六首》写于癸卯(1663)年的隆冬。那时牧斋已是八十二岁的耄耋之人了。牧斋诗序下署"腊月廿八日"。癸卯年十二月廿八日已是公元的1664年1月25日,而牧斋殁于甲辰年五月二十四日,公元为1664年6月17日。由此可知,从《病榻消寒杂咏》组诗辍简到牧斋逝世,相隔只有数月而已。《病榻消寒杂咏》诗几乎是牧斋诗艺的最后展演,《有学集》所录牧斋诗亦止于本题。《病榻消寒杂咏》诗这个颇为特别的写作背景让我联想到福柯"自我关注"(care of the self, *epimeleia heautou, cura de soi*)理论的某些面向。

始自20世纪70年代,福柯即不厌其详地说明,在古希腊—罗马文化里,"自我关注"发展成一个普遍的德目(自我技艺观即内蕴其中)。在他论述的现象里,有几个方面是颇可以比照牧斋所面对的情境以及钱诗所兴发的意绪的。一者,自我关注原先在柏拉图哲学里是以一个教育的(pedagogical)模式存在的,而到了这时期,一个医疗的(medical)模式取而代之。自我关注转变成一个长期的医疗诉求:人必须成为自己的医者,始能成就自我关注的义谛。再者,既然自我关注须终身以之,它的目的已不是为成年之后的生命或生活做准备,而是为生命的某种终极意义(a certain complete achievement)做准备,而且这终极意义是要到生命的最后阶段方能完成的。这种安乐—死亡相倚(a happy proximity to death)的认知强调了老年作为完成(old age as completion)的义谛。此外,前此伴随着"自我教养"(cultivation of the self)的发展,各种自我认知(self-knowledge)的实践(practices)已然形成,比如"缄默的教养"(a cultivation of silence)、"倾听的能耐"(the art of listening)等等。到了这时期,倾听真理的方向更反躬内省:人必须收视反听,观看并聆听自己,从而发掘蕴藏内里的真理(looking and listening to the self for the truth within)。① 要之,自我关注已非一时一地为将来生活的准备,而是一种生活的方式。它变成一个对自己——且为自己——关注的德目:人应该是自己的目标,为的是自己,且终身以之。(Attending to oneself is therefore not just a momentary preparation for living; it is a form of living.... [I]t becomes a matter of attending to oneself, for oneself:one should be, for oneself and throughout one's existence, one's own object.)②

上述的一些观念,对我们讨论钱诗中生死病老的意象及其象征意义是相当有启发性的。自秋徂冬,病榻缠绵,牧斋无疑处于

---

① Michel Foucault, "Technologies of the Self," in Paul Rabinow, ed., Robert Hurley & others, trans., *Ethics: Subjectivity and Truth* (New York: The New Press, 1997), pp. 235-236. 本章"Technologies of the Self"简称"TS"; *Ethics: Subjectivity and Truth* 简称"EST",重出随文注,不另出脚注。"Technologies of the Self"另有 Luther H. Martin, Huck Gutman, & Patrick H. Hutton, eds., *Technologies of the Self: A Seminar with Michel Foucault* (Amherst: The University of Massachusetts Press, 1988)本,两本文字稍有不同,今据 EST 本。

② Michel Foucault, "The Hermeneutic of the Subject," EST, p. 96. 本章"The Hermeneutic of the Subject"简称 Hermeneutic,重出随文注,不另出脚注。

"长期的医疗诉求"中,老病衰颓的自我和身体成为牧斋必须对治的目标,而"自我关注"现在成了牧斋时时刻刻要做的功课。长期卧病在床,在严寒冬日中一首诗又一首诗的完成,不啻牧斋"自我技艺"的展演。不难想象,这些文本都是自我凝视的产物,充满内省的意味。牧斋面对的是自己,关注的是自己,一生的记忆与当下的自我、病体互动互为,表述、抒发的是一己认定的真理。此时的诗,是老人迈向死亡路上安排种种自我知识、真理最绝对的手段,无人能干涉。老、病、主体(书写的、思想的、感觉的)、诗,互摄互融,成就着一种终极意义。然而老人始终不愿意在这个寒冬中死去(他的确也是撑到来年仲夏才撒手西归的),他挣扎着,思想、情绪剧烈地活动。这四十六首诗最后命名"消寒",而牧斋对抗的,不仅是寒冬,更是死亡。"杂咏",不唯意指即兴、无组织的诗作,它还见证着老人的思维、思绪还能延展到生命、记忆、经验的不同角落,而生命本就杂乱无章,"杂咏"是生命还在生发着。

牧斋如何面对、描画并企图克服"老病苦""生死海"带来的焦虑与困境?我们将会发现,牧斋赖以超越的精神资源之一是"文":诗文、文学、文史以至于为义更深广的文化。伴随着年老病痛的形容刻画,牧斋《病榻消寒杂咏》诗传达、体现着一个心灵探索与挣扎的历程。"文"在《病榻消寒杂咏》组诗中有结构性及象征性的重大意义。一者,它影响着某些篇章出现次第的安排以至于《病榻消寒杂咏》组诗的整体面貌。再者,反映在诗篇内容里,"文"是牧斋克服老病,转出主体性的关键所在:牧斋缔造的自我形象(intended self-image)之一就是以一个"文"的承载、传递者活着(并企图活在他身后的历史记忆中)。其中的自我塑造(self-formation)、自我改造(self-transformation)与主体性的互为互动关系,福柯的自我技艺观可为我们提供很精微的分析进路。

二、"思想"与"行动"的辩证关系

"自我技艺"与主体性

我必须先费些周章进一步说明福柯"自我技艺"的相关理论。

福柯1978年前后开始构筑自我关注的理论,自我技艺观为其核心。探究自我注重、自我修养的最终旨趣——福柯曾浅近地说过——是审视"一个人怎样将他/她自己塑造成一个主体"(a human being turns him or herself into a subject)。① 在一篇题为"Subjectivity and Truth"的文章里,福柯指出,"自我技艺"此一概念是了解"主体性"与"真理"(subjectivity and truth)②之间如何互动的锁钥。③

福柯曾从不同的角度阐发过自我技艺的含义。就其大者而言,自我技艺指向"某些肯定存在于任何文明的规程;个体被规劝或被规定遵行,以确定他们的身份,并通过自我宰制或自我认知的关系保有它,或转化它,以期达致一定的目的"(the procedures,

---

① Lecture to a conference on "Knowledge, Power, History: The Humanities as a Means and Object of Criticism," October 1981; later published as the first part of Foucault's "Afterword," in Hubert L. Dreyfus and Paul Rabinow, *Michel Foucault: Beyond Structuralism and Hermeneutics* (Chicago: University of Chicago Press, 1982), pp. 208–209.
② 二者的交涉,是"自我认知"(self-knowledge)在各种特定历史条件下的存在模式。
③ Michel Foucault, "Subjectivity and Truth," EST, p. 87. 本章"Subjectivity and Truth"简称"ST",重出随文注,不另出脚注。

which no doubt exist in every civilization, suggested or prescribed to individuals in order to determine their identity, maintain it, or transform it in terms of a certain number of ends, through relations of self-mastery or self-knowledge)。在哲学传统中,这意味着把"认识自己"(know yourself)这个古典德目放回它生成的、流衍的、更广大的背景中考虑。焦点转移之后,"认识自己"改而面对这些问题:个人该对自己做些什么?该对自我施行哪些工作?当自己本身就是行动的目标、行动施展的场域、行动使用的工具,以及行动的主体时,个人该如何施展行动去"管控自己"?(ST:EST, 87)这种种针对自我(或他人)的宰制(domination)及技艺,福柯说,可以以他过去提出的"治理性"(governmentality)观念去理解:自我技艺不啻为一种"自我治理"(self-government),①而"自我'关注'与'技艺'的历史于是乎亦可以是探论主体性历史的一个进路"。(The history of the "care" and the "techniques" of the self would thus be a way of doing the history of subjectivity.)(ST:EST, 88)在他处,福柯说,这个认识亦可以发展成一种自我或主体诠释学(a hermeneutics of the self; the hermeneutic of the subject)。(Hermeneutic:EST, 93–106; TS:EST, 225)②

---

① 福柯还强调,个人对自我的治理,是难免与别人形成种种关系的。这些关系可以彰显于诸如教育、行为辅导、灵性指引、生活模范的规定(pedagogy, behavior counseling, spiritual direction, the prescription of models for living)等结构中。(ST:EST, 88)

② 上述种种,可参 Robert M. Strozier, *Foucault, Subjectivity and Identity: Historical Constructions of Subject and Self* (Detroit: Wayne State University Press, 2002), pp. 139-174;又: *Technologies of the Self: A Seminar with Michel Foucault* 一集所收 Michel Foucault, Rux Martin, Luther H. Martin, William E. Paden, Kenneth S. Rothwell, Huck Gutman, Patrick H. Hutton 所著各文。

然而,据我的观察,福柯其实并不倾向以治理性的观念谈论自我技艺。个中原因,也许可以从福柯下面这番话中看出端倪。他说:"也许我一直过分强调宰制与权力的技术了。我现在越发对个人与别人的互动感兴趣,以至于自我宰制的技艺,以及个人通过自我技艺对自己施行动的方式。"(Perhaps I've insisted too much on the technology of domination and power. I am more and more interested in the interaction between oneself and others, and in the technologies of individual domination, in the mode of action that an individual exercises upon himself by means of the technologies of the self.)(TS:EST, 225)的确如此,主体、主体性、自我等意义范畴,而非治理性,才是福柯自我技艺观更欲琢磨的义理,而当他扣紧这些观念讲自我技艺时,语调最从容自得,游刃有余。下例可见一斑。福柯说,自我技艺"容许个人以他们自己的方式,或在别人的帮助下,在他们的身体上、灵魂上、思想上、行为上、生存方式上实施一定名目的作为,从而改造自己,以臻于某种快乐、纯洁、智慧、完美或不朽的境界"(permit individuals to effect by their own means, or with the help of others, a certain number of operations on their own bodies and souls, thoughts, conduct, and way of being, so as to transform themselves in order to attain a certain state of happiness, purity, wisdom, perfection, or immortality)。(TS:EST, 225)福柯又特别指出,某种自我"态度"(attitude)的获得与自我技艺的开展形影相随:"(自我技艺意指某些)个人锻炼或改造的模式,不独指某些技能的获得……它们更特别意味着某些态度的获得。"(ST:EST, 88)

福柯《性史》第二及第三卷的研究素材是古希腊—罗马文化和基督教早期传统。福柯以更谨严的哲学思维来经营他的方法学体系。于此,自我技艺被定义为个体在"自我塑造"过程中运用的种种手段,用以造就一个"道德主体"(ethical subject)。必须注意:这里及下文出现的"道德"或"伦理"一语,多指福柯所谓"自我与其自身的关系"(rapport à soi),但亦有指谓一般意义的道德/伦理行为、价值者,要视乎语境而定。在自我塑造的进程里,个体锁定自身的某些内容作为道德实践的对象,建立他与他所依从的戒律的相对关系,并为达成他的道德目的而决定以某种特定的方式生存,"这种种,都要求他对自己作出行动,去导引、考验、改进并改造自己"(And this requires him to act upon himself, to monitor, test, improve, and transform himself)。[①] 个体经由"道德主体化"(moral subjectivation)的努力,建构自己作为道德行为的主体;在这个过程里,个体确立并发展各种与自我的关系,借之反思、认识、考察、分析自我,并以自己作为改造的对象(object),当中牵涉种种自我的实践(practices of the self)。(HS2:29; XS:143)为使这个思辨方向得以展开,福柯强调了个体思想活动的重要性,以及主体性与行动紧密的互为互动关系。福柯声称,"没有任何道德活动不驱使个人塑造自己成为道德主体;没有任何道德主体的塑造不关涉'主体化模式'(modes of subjectivation)以及支撑它们的'禁欲活动'或'自我的实践'。道德行为与这种种自我活动(self-activity)是割裂不

[①] Michel Foucault, *The Use of Pleasure: The History of Sexuality: Volume 2*, trans., Robert Hurley (London:Penguin Books, 1992), p. 28. 中译见[法]米歇尔·福柯著,佘碧平译《性经验史》(增订版)(上海:上海人民出版社,2002)(世纪文库),第143页。本章 *The Use of Pleasure: The History of Sexuality: Volume 2*,简称 HS2;《性经验史》简称 XS,重出随文注,不另出脚注。中译大致参照佘译,但我据英译对佘译作了大幅度修改,务请注意。

开的……"。(HS2:28; XS:143)此中关系,福柯曾用更精微的哲学概念表述过,那就是论者乐道的、《性史》第二卷中主体化模式的"伦理学四元结构"(the ethical fourfold),意谓:"伦理实体"(the ethical substance)、"屈从模式"(mode of subjection; mode d'assujettissement)、"自我技艺"(travail éthique)及"道德目的论"(the moral teleology; telos)。[1]

主体化模式的四元结构

主体化模式的第一环是"伦理实体的决定"(the determination of the ethical substance):个体必须把自己的这一部分或那一部分建构成其道德行为的主要内容。(HS2:26; XS:141)"伦理实体"指我们自己或我们行为中被当作伦理判断的内容,可以是个人的情感、意图或欲望。它将决定与加之于我们身上的"道德符码"(moral

---

[1] 可参 Paul Rabinow 为 EST 所撰长序:"Introduction: The History of Systems of Thought," EST:xxvii—xl。又参何乏笔(Fabian Heubel)《从性史到修养史——论傅柯〈性史〉第二卷中的四元架构》,《欧美研究》第 32 卷第 3 期(2002 年 9 月),第 437—467 页;本文后收入黄瑞祺主编《后学新论:后现代/后结构/后殖民》(台北:左岸文化,2003),第 47—106 页,二本文字稍有不同。《后学新论》第 47—73 页另收入何乏笔《自我发现与自我创造——关于哈道特和傅柯修养论之差异》一文,亦可参考。《后学新论》第 11—45 页又收入黄瑞祺《自我修养与自我创新:晚年傅柯的主体/自我观》一文。黄文探究的旨趣与拙著不同,但拙著所触及的福柯的观念黄文多有阐发,可补拙著之不足,宜合观。

code)建立哪种关系,将自己哪一部分置诸考虑之内。① 第二环是"屈从模式":重点在于,个体确定与某一规律的关系,并认识到有义务依循这一规律立身行事。(HS2:27; XS:141)屈从模式可溯源于宗教性的教条、理性思维或风俗习惯。它决定道德符码与自我之间的具体连接以及这一符码如何控制我们自身。(Davidson:228—229)接而第三环,即主体"塑造"自我(elaboration)的种种"道德努力"(ethical work)。这些努力、实践、技艺的目的,福柯强调,不仅是为使行为符合既定的规律,更重要的是,试图借之把自己转化为行为的道德主体,释放出真正的自我。(HS2:27; XS:143)主体化模式的第四环归结于道德主体的"目的论"。福柯认为,一个道德活动(a moral action)的结果自然是活动本身的完结,但其意义,却不只在于完成此项活动而已:它期于确立一套个体乐于拳拳服膺的道德行为(a moral conduct),为的不只是教他的行动与各种价值和规则合拍,更是为了呼唤出一种属于道德主体自己的存在样态(a mode of being)。(HS2:28; XS:142)它可以是纯粹、不朽、自由,或成为我们自己的主宰,不一而足。(Davidson:229)

兹举一二实例如次,用以说明上述主体化四元结构可以引发的论述操作。《性史》第二卷探论的对象是古希腊文化中"快感享用"(the use of pleasure; *chrēsis aphrodisiōn*)的认识与实践。依上述

---

① Arnold I. Davidson, "Archaeology, Genealogy, Ethics," in David Couzens Hoy, ed., *Foucault: A Critical Reader* (Oxford, UK & Cambridge, MA: Blackwell Publishers Ltd., 1986), p. 228. 本章"Archaeology, Genealogy, Ethics"简称 Davidson,重出随文注,不另出脚注。Davidson:229 制有一图,标示道德行为及主体化模式的四元结构,颇一目了然,可参看。

四元结构来讲,这"快感享用"应该就是伦理实体的所在。《性史》第二章所论的"养生法"(Dietetics)、第三章的"家政学"(Economics)及第四章的"性爱论"(Erotics)等都可以理解为各种屈从模式体系。在第二章第四节里,福柯举论古希腊人出于对"性行为、消耗、死亡"(act, expenditure, death)三者的"担忧"(anxiety)而进行的各种肉体养生法。这些养生法毋宁就是种种自我技艺。福柯说:"(这些担忧)出于反思,其目的,不在于建立对性行为的规范,也不在于创发性爱的技巧,究其实,其目的是要发展出一套生存的技艺。"([These anxiety themes] took shape within a reflection that did not aim at a codification of acts, nor at the creation of an erotic art; rather, its objective was to develop a technique of existence.)福柯画龙点睛,道出其背后的道德目的论:"这一技艺造就了一个可能性:个人成为管控自己行为的主体,……是自己谨小慎微的导师,对时节、分寸充分了解。"(This *technē* created the possibility of forming oneself as a subject in control of his conduct; ... a skillful and prudent guide to himself, one who had a sense of the right time and the right measure.)(HS2:138—139; XS:235—236)在这一节中,福柯还援用了中国传统的房中术作为古希腊人这种生存技艺的参照。福柯认为——他根据的是高罗佩(Robert van Gulik)的研究——古希腊人对性欲所带来的激烈、消耗、死亡与不朽的忧虑同样存在于中国人的思维里,而中国人是通过实施"保留精液"的方法去取得"增强生命力和恢复青春的效果"的。福柯相信,"这种'性爱技巧'带有强烈的伦理目标,它试图尽可能强化一种有所控制的、深思熟虑的、多种多样的和延续不断的性活动的积极效果,其中,时间——

那种结束性行为、使身体衰老与带来死亡的时间——被消除了"（HS2:137; XS:234—235）。很明显,在福柯的理论体系里,中国古代的房中术是被看作带有特定道德目的论的自我技艺而被论及的。

差异、变易或逾越的地带

主体化模式的四元结构环环相扣,主体性的塑造得在种种屈从模式下展开,而福柯又不忘刻画个体生存无从规避的历史性（historicity）,即人活在更广大的、无所不在的权力（power）结构/话语之中的情状。（HS2:32）如此看来,"自我塑造"谈何容易?"自我技艺"的施展,又岂不困难重重?福柯似乎也意识到会启人这样的疑窦,所以他在论述这四元结构最详尽的地方——《性史》第二卷"导言"部分的第三节:"道德与自我实践"（Morality and Practice of the Self）——说明,这四方面之间互有关联,但彼此之间亦存在着某种独立性。这一点福柯研究者多会指出（如 Davidson:229—230）。其实,福柯花了不少心思,在描述这种种"规范体系"（prescriptive ensemble）、"规范机制"（prescriptive agencies）的同时,也或明示或暗示地强调了当中可能或必然的"差异"（differences）,而个人的主体性毋宁就是这些差异出现的原因（亦可以倒过来说,这些差异提供了个人主体性存在的空间）。例如,福柯指出,"规范机制"可以经由一种"分散的方式"（a diffuse manner）传播:"它们不太可能构成一个系统性的整体,它们构筑起的,是各种要素复杂的互动,在其中,它们或相互抗衡、纠正,或在某些关节上相互抵消,因此,妥协或漏洞在所难免。"(HS2:25; XS:140)福柯在谈论个体的实际道德行为(the morality of behaviors)时,使用了一连串正反兼顾的句式,亦予人他重视道德主体自主性的感觉,例如:"(道德主体)或多或少地遵循一种行为标准"(comply more or less fully with a standard of conduct);"服从或抵抗一项禁令或规范"(obey or resist an interdiction or a prescription);"尊重或蔑视一套价值"(respect or disrespect a set of values)。(HS2:25—26; XS:140)福柯提醒我们,探究人的实际行为时,我们必须辨识"个人或团体面对一套或明或暗地在文化中运作而人们又或多或少地意识到它的存在的规范体系时,他们如何行事,他们又拥有多少变易或逾越的边缘地带"(how and with what margins of variation or transgression individuals or groups conduct themselves in reference to a prescriptive system that is explicitly or implicitly operative in their culture, and of which they are more or less aware)。(HS2:25—26; XS:140)我觉得,福柯念兹在兹的,就是个人如何在重重有形无形的束缚中,利用"变易或逾越的边缘地带",争取个人的主体性。[1]

---

[1] 福柯区别两种道德行为:"以伦理为导向"的道德("ethics-oriented" moralities)及与之相对的"以规范为导向"的道德("code-oriented" moralities)。《性史》第二、三卷探论的重心无疑是前者:"……各种(个人)与自我发生关系的方式;个人努力把自己变成道德主体而有的种种行动、思想和情感。这里着重的,是与自我构成关系的形式、个人为达致这目的而应用的方法与技艺、为改造自己的生存模式而对自己所作的锻炼。"(...In the relationship he [the individual] has with himself, in his different actions, thoughts, and feelings as he endeavors to form himself as an ethical subject. Here the emphasis is on the forms of relations with the self, on the methods and techniques by which he works them out, on the exercises by which he makes of himself to transform his own mode of being.)(HS2:30; XS:144)

思想作为道德实践的内容

对我而言,福柯的主体化理论具有特殊魅力,因为它非常有利于指认个人自觉的、形之于外的种种努力、实践、技艺以及其指向的特定历史情境,同时又结构性地回溯到个人的思想情志,并逼近个人种种施为所欲达致的精神境界。而当我读到福柯下面的几句话时,觉得牧斋《病榻消寒杂咏》诗内蕴的"思想"与"行动"的辩证关系颇可以用福柯说的"灵魂里的交煎倾轧",即"道德实践"观来理解。福柯在论述主体化过程的"伦理实体的决定"时强调:

> ……个人可以在要完成的行动上严格遵循禁令,履行其义务,以之作为实践忠贞的要义。但是也可以把忠贞的真谛建构在对欲望的控制,即在对欲望的激烈斗争、在拒绝诱惑的能耐上;就此而言,构成忠贞的内涵是那警戒与那挣扎。在这些情况下,灵魂里的交煎倾轧便成为道德实践的主要内容,其意义远远超过是否真的会做出那些行为本身。

> ...[O]ne can relate the crucial aspects of the practice of fidelity to the strict observance of interdictions and obligations in the very acts one accomplishes. But one can also make the essence of fidelity consist in the mastery of desires, in the fervent combat one directs against them, in the strength with which one is able to resist temptations: what makes up the content of fidelity in this case is that vigilance and that struggle. In these conditions, the

contradictory movements of the soul—much more than the carrying out of the acts themselves—will be the prime material of moral practice. (HS2:26; XS:141)

福柯明确地把思想、情感、欲望等心灵活动等同于行为实践,这不啻把思想与行为一般的辩证关系作了一番本体论上的倒置,赋予了思想活动重要的行动性意义。① 再者,在主体化的历程里,个人的意识、心理活动更是个人与别人、社会、世界交接时产生意义的关键所在。福柯说:"我说的'思想',是指那建立……真与假的游戏,而最终把人建构成认知主体的那个什么;换言之,是个人据以接受或拒绝规则、建构自己作为社会及司法上的主体的基础;它是那建立个人与别人关系、建构个人作为道德主体的那个什么。"(Preface to HS2:EST, 200)②

本书要集中探论的,是以中国律诗面貌出现的一组文本;它们呈现的,除了诗人复杂微妙的情绪、姿势,还有诗人活跃的省思(introspection)活动,以及某些强烈的志愿与意向。律诗的体式划

---

① 自我技艺指向的最终目的,在福柯的形容下,又往往出人意表,充满诗意。例如,夫妻间的忠贞(conjugal fidelity)可以是为了"更完全地控制自我",可以是"一种突发而激烈的、弃绝世情的"行为,可以是源于渴求"心灵上绝对的宁静",或"对欲念的躁动无动于衷",又或"确保死后获得救赎和幸福不朽的净化"。(HS2:28; XS:142)

② Michel Foucault, "Preface to *The History of Sexuality,* Volume Two," EST, p. 200. 本章"Preface to *The History of Sexuality,* Volume Two"简称"Preface to HS2",重出随文注,不另出脚注。请注意:收入 EST 的"Preface to *The History of Sexuality,* Volume Two"与 HS2 的序文迥异,内容虽偶有重叠,实际上应判读为二文。请参 EST:199 编者案语。

定了诗人"灵魂"活动的物理性象限,诗人必须履行他对声韵、格律等的义务。我们会看到,诗人以精湛老练的诗艺满足了这种种要求;但更重要的是,我们将感觉到,诗人企图获得的,并非只是一首首精彩的诗的完成,而是要以诗为媒介、为场域,指向、窥探精神上某些重要的问题,并希望作出结论,获得解答。这些问题的探索以至于解决(或无法解决)又回向地影响着、构成着诗人的身体、精神、生存状况与情态。正是在这样的认识下,我把牧斋的赋诗行为及目的视作一种自我技艺或生存艺术,从而突显它自我锻炼及自我塑造的精神及实践。再者,利用诗篇所赋予的、思想可及的幅度,诗人的省思范围还延伸到外界:他对亲人、友朋、时流、社会与政治等都作出了思考、定义与评论。对诗人而言,这无疑是福柯定义下的,个人与别人及世界建立关系的一种特殊方式,即便这种种都只发生在诗人的思想里,它们已具有强烈的行动实践意味。而实际上,我们有理由相信,如果牧斋愿意,他写就的诗篇可以在很短时间内流通于友朋及为数不少的特定读者群中(当中包括明遗民与清朝大臣)。这意味着,牧斋知道,他有可能通过他的诗作参与、干涉、影响身外的、更广大的知识/权力话语(discourse)。明清易鼎之际政治情势复杂险恶,加上他又曾臣事明清二朝,晚年文坛领袖的地位亦四方垂视,牧斋命笔赋诗之际(乃至于写就而考虑公之于世、入集与否之际)是不可能不把这种种因素考虑进去的。① 这又必然加强了琢炼字句、经营情思的必要。

　　容或有读者会诘疑,我们将读到的,看来无非牧斋卧病榻上断

---

① 牧斋于明亡以前已雄视东南诗坛,后虽一度仕清而为"贰臣",于"大节有亏",但其文坛盟主的地位始终没有受到影响,名流后进奔走翕集其门者不可胜数。

断续续写下的,相当细碎的思想及生活片段,它们是否值得,或我们是否有可能借之,展开上述那些深刻的议题的探讨?容我再回到福柯,我同意他的看法。在福柯的论述里,个人情思和日常的琐碎活动都被视作探究"思想"(thought)的重要范围,且思与行、思与言的互动互为关系必须被给予高度的重视。他主张,"思想"不应只求之于诸如哲学或科学等理论体系,它可以,且应该,在众生的言说、动作、行为中探求得到。他强调:"在这意义上,思想被理解成行动的确凿形式——是行动没错,只要它意味着真与假的游戏、接受或拒绝规则、与自己及他人的关系。经验的形式的研究,于是乎可以从'实践'(琐碎与否不论)出发,但前提是,实践这里的含义是行动的不同体系,而这些体系又内蕴着上述定义的思想。"(Preface to HS2:EST, 200)

三、"自我技艺"与牧斋晚年诗论

以上集中地介绍了福柯的自我技艺观及其内蕴的几个关键观念,包括道德主体及行为、实践,主体性与自我意识、认知、反思,以及主体化模式与真理游戏、历史性等等。现在我尝试把它们理论性地过渡到牧斋晚年的诗学体系。认识牧斋的诗学主张与寄托是我们理解牧斋诗作实践十分重要的基础。我找到一个有利的切入点:牧斋为少他四十七岁的族曾孙钱曾(遵王)所撰的两篇诗序。[1]

---

[1] 钱曾生平及其诗作特色,请参谢正光著,严志雄编订《钱遵王诗集笺校》(增订版),《前言》,第5—19页。钱仲联认为:"牧斋门下,能一宗其家法,门庭阶阁,矩范秩然者,惟其族曾孙遵王一人而已。"见上揭书钱仲联序,第3页。

诗人"自贵重""交相贵重"说

牧斋《族孙遵王诗序》[①]说:

> 窃常论今人之诗所以不如古人者,以谓韩退之之评子厚,有勇于为人、不自贵重之语,庶几足必蔽之。何也?今之名能诗者,庀材惟恐其不博,取境惟恐其不变,引声度律惟恐其不谐美,骈枝斗叶惟恐其不妙丽,诗人之能事,可谓尽矣。而诗道顾愈远者,以其诗皆为人所作,剽耳佣目,追嗜逐好。标新领异之思,侧出于内;哗世炫俗之习,交攻于外,摘词拈韵,每怵人之我先;累牍连章,犹虑己之或后。虽其申写繁会,铺陈绮雅,而其中之所存者,固已薄而不美,索然而无余味矣,此所谓勇于为人者也。
>
> 《有学集》卷19,第827页

牧斋从韩愈论柳宗元"勇于为人,不自贵重"之语转出"自贵重"关系诗文成败的理论。[②] 他的实际目的,固然是评议"今人之诗"为

[①] 谢正光认为此序至迟成于顺治十年(1653),详参氏著《钱遵王诗集笺校》,第4—5页。
[②] 韩愈原文为:"子厚前时少年,勇于为人,不自贵重顾藉,谓功业可立就,故坐废退……"见《柳子厚墓志铭》,〔唐〕韩愈撰,马其昶校注,马茂元整理《韩昌黎文集校注》(上海:上海古籍出版社,1986)卷7,第513页。

了顺应时髦而竞逐于绚丽、奇诡、华美的诗艺。① 但在他看来,这都是"诗人"可尽的"能事"。然而吊诡的是,当他们获得时流的许可时,却离"诗道"愈远了,因为他们的诗是"为人所作"。关键之处,若用福柯的话来解释,是他们作诗的行为并没有充分地开展出一个主体化的过程,结果诗作缺乏诗人的真我,建构不出道德主体,呈现不出主体性,"薄而不美,索然而无余味"。今之名能诗者,"剽耳佣目,追嗜逐好""勇于为人",是屈从于别人的宰制、规范而已。"自贵重"与福柯"自我关注"的精神是相通的,二者强调的都是个人情志的积极活动,并通过一定的技艺锻炼,以进于道德目的论的

---

① 牧斋的诗文论多兼理论与争议(polemics)的双重目的,而其抨击者,多为他所谓"俗学""谬学"。他在给王士禛写的《王贻上诗序》中说:"诗道沦胥,浮伪并作,其大端有二。学古而赝者,影掠沧溟、弇山之剩语,尺寸比拟,此屈步之虫,寻条失枝者也。师心而妄者,惩创《品汇》《诗归》之流弊,眩运掉举,此牛羊之眼,但见方隅者也。"《有学集》卷17,第765页。他在《爱琴馆评选诗慰序》中说:"古学日远,人自作辟。邪师魔见,蕴酿于宋季之严羽卿、刘辰翁,而毒发于弘、德、嘉、万之间。学者甫知声病,则汉、魏、齐、梁、初、盛、中、晚之声响,已盘互于胸中,佣耳借目,寻条屈步,终其身为隶人而不能自出。"《有学集》卷15,第713页。牧斋对前后七子复古派的摹拟理论、不读唐以后书的主张深恶痛绝;对钟、谭竟陵派"凄声寒魄""嚾音促节",充满"鬼趣"与"兵象"的"凄清幽眇"诗学极力排击;对公安派的"独抒性灵"而"鄙俚公行"、不重学问亦不以为然。可参拙文《钱谦益攻排竟陵钟、谭侧议》,《中国文哲研究通讯》第14卷第2期(2004年6月),第93—119页。本章所引述牧斋诗文论或多或少都存在上述的针对性与指向性,但我不拟在文中一一指出。一者,时贤在这方面的研究已颇丰硕,没有必要在此再赘叙。再者,本章取径不同,希望发掘牧斋诗论中不同于诸家的理论意趣。牧斋诗论的研究颇多,可参胡幼峰《清初虞山派诗论》(台北:编译馆,1994);裴世俊《钱谦益诗歌研究》(银川:宁夏人民出版社,1991)、《钱谦益古文首探》(济南:齐鲁书社,1996);孙之梅《钱谦益与明末清初文学》;丁功谊《钱谦益文学思想研究》(上海:上海古籍出版社,2006);杨连民《钱谦益诗学研究》(北京:社会科学文献出版社,2007);拙著 *The Poet-historian Qian Qianyi* 等。

"道"。牧斋接着说:

> 生生不息者,灵心也,过用之则耗。新新不穷者,景物也,多取之则陈。能诗之士所谓节缩者川岳之英灵,所闷惜者天地之章光,非以为能事,故自贵重,虽欲菲薄而不可得也。……唐人之诗,或数篇而见古,或只韵而孤起,不惟自贵重也,兼以贵他人之诗。不自贵则诗之胎性贱,不自重则诗之骨气轻,不交相贵重则胥天下以浮华相诱说,伪体相覆盖,风气浸淫,而江河不可复挽。故至于不自贵重,而为人之流弊极矣。

《有学集》卷19,第828页

从"自贵重"再转深而为"交相贵重",牧斋开出了一个相当独特的诗学认识论,把个人的内心情思、群体活动与自然世界放置在一个有机的、互为互动的关系里。诗人不但要珍惜自己及他人的"灵心",也要珍惜物象世界的"英灵""章光",否则灵感将"耗",景物会"陈",戕伐生命、生机,害身残寿。上面说过,福柯的自我关注理论与对身体保养的重视息息相关,这里牧斋亦用身体、精力为喻,其理趣是相似的。自我技艺施展的最终目的是变化气质,呼唤出真我。牧斋认为,不自贵则诗的"胎性"贱,不自重则诗的"骨气"流于轻浮。胎性与骨气是最个人化的,强调诗要胎性贵、骨气重,其实是顺着身体的比喻而拈出,诗歌最珍贵的地方就是个人主体性的呈现。

主体化模式最重要的一环是自我的技艺、实践。牧斋的"自贵重"说没有缺少这一层。牧斋说:

遵王生长绮纨,好学汲古,逾于后门寒素。其为诗,别裁真伪,区明风雅,有志于古学者也。比来益知持择,不多作,不苟作,介介自好,戛戛乎其难之也。得我说而存之,其为进孰御焉? 吾老矣,庶有虞于子乎? 孟氏曰:"善哉! 不独为遵王告也。宜书之以示世之君子。"

《有学集》卷19,第828页

钱曾之获牧斋赞赏,诗艺而外,还在于他虽生长富贵之家,但他好学汲古的努力,甚或超过寒门子弟。这首先就强调了学问与磨砺的重要性。至于诗道,钱曾能"别裁真伪,区明风雅";换作福柯会说,钱曾作诗的实践与"真与假的游戏"建立了自觉的关联,有自我的坚持在。牧斋并为钱曾明白开示了诗学的自我技艺:志于古学、自我贵重、不多作、不苟作。牧斋知道,这样取径荆棘满途;其"难",在于为了建构诗人的主体性,他必须与当时的诗学规范体系背道而驰。牧斋认为,他为钱曾提供的自我贵重"说"是能"御"钱曾的志意的;在别人的辅导下进行自我教养亦是福柯自我技艺相关的内容。

"淘洗镕炼""弹斥淘汰"作为诗人自我塑造的手段

在给钱曾写的另一篇诗序里,牧斋再次强调诗人主体化与自

我塑造的紧密关系,其《题交芦言怨集》①说:

> 余年来采诗,撰《吾炙集》,盖兴起于遵王之诗。所至采掇,不能盈帙。然所采者多偃蹇幽仄,么弦孤兴之作,而世之通人大匠,掉鞅词坛者,顾不与焉。……今年秋,遵王复以近作见视,且属余为剪削。余告之曰:"古人之诗,以天真烂漫自然而然者为工,若以剪削为工,非工于诗者也。天之生物也,松自然直,棘自然曲,鹤不浴而白,乌不黔而黑。西子之捧心而妍也,合德之体自香也,岂有于矜颦笑、涂芳泽者哉?今之诗人,骈章丽句,谐声命律,轩然以诗为能事,而驱使吾性情以从之,诗为主而我为奴。由是而膏唇拭舌,描眉画眼,不至于补凑割剥,续凫断鹤,截足以适履,犹以为工未至也。如是则宁复有诗哉!吾之所取于《吾炙》者,皆其缘情导意、抑塞磊落、动乎天机而任其自尔者也。通人大匠之诗,铺张鸿丽,捃拾渊博,人自以为工,而非吾之所谓自然而然者也。遵王之学益富、心益苦,其新诗淘洗镕炼,不遗余力矣,而其天然去雕饰者自在。西施之嫣然一笑,岂不益增其妍,而合德亦何恶于异香也哉!……"
>
> 《有学集》卷19,第829—830页

钱曾向牧斋求教"剪削"诗章之道,牧斋却晓之以诗作不以"剪削为工"之理,主张诗章需"天真烂漫自然而然"始为工。然则,诗人自我之性情能否保存、表现、发挥在诗篇里,是牧斋评定诗艺高下的

---

① 谢正光主此序当作于顺治十三年(1656)以后,详参氏著《钱遵王诗集笺校》,第52页。

准则。牧斋强调"诗有本",诗人苟以卖弄技巧为鹄的,"驱使吾性情以从之,诗为主而我为奴",无非对规范机制的屈从,不但不能磨炼意志、塑造新吾,反而会丧失自我、埋没性情。"驱""从"之语,"主""奴"之喻,强烈透露了福柯所谓"以规范为导向的道德行为"的意味。① 牧斋提倡一种与之对抗的自我技艺:作诗须不遗余力地"淘洗镕炼","天然去雕饰"。其实,就个人付出的精神与力气言,牧斋批评的,以"骈章丽句,谐声命律"为能事的"今人"之诗,与他乐于见闻的,淘洗镕炼之诗可能是难分轩轾的。关键再次在于,在命笔作诗这个道德历程里,个人有否努力提炼自己成为道德主体,而这个过程又能否"缘情导意、抑塞磊落、动乎天机而任其自尔",借之可以导引出诗人的主体性。其实,牧斋并非完全反对"谐美""妙丽"等"诗人之能事"。请看他在《陆敕先诗稿序》②写的这段话:

> 读敕先之诗者,或听其扬征骋角,以称其节奏;或观其繁弦缛绣,以炫其文彩;或搜访其食跖祭獭、采珠集翠,以矜其渊博;而不知其根深殖厚,以性情为精神,以学问为孚尹,盖有志于缘情绮丽之诗,而非以俪花斗叶,颠倒相上者也。
>
> 《有学集》卷219,第825页

牧斋在意的,是诗人的"根殖":性情与学问。根深殖厚,则诗作虽

---

① 参本书第61页注①。
② 为陆贻典(1617—1686)作。陆贻典为明遗民诗人,牧斋弟子,虞山诗派重要成员,著《觌庵诗钞》,今存。

"缘情绮丽"而无损诗人的主体性。牧斋曾随机设教,说明过真诗之极致乃成就于诗人性情与学问的互为互动,以及诗人倾注其中的陶炼与持择。他在《陈古公诗集序》①中援佛学唯识学义理论析世界的"空有"与其反映于人身的识、心、语言文字的关系:

> 佛言此世界初,风金水火四轮,次第安立,故曰四轮持世。四轮之上为空轮,而空轮则无所依。道书载海内洞天福地,其中便阙疏窗,玲珑钩贯,一重一掩,如人肺腑。以此证知空轮建立,灼然不诬也。人身为小情器界,地水火风,与风金四轮相应。含而为识,窍而为心,落卸影现而为语言文字。偈颂歌词,与此方之诗,则语言之精者也。今之为诗者,矜声律,较时代,知见封锢,学术柴塞,片言只句,侧出于元和、永明之间,以为失机落节,引绳而批之,是可与言诗乎?此世界山河大地,皆唯识所变之相分。而吾人之为诗也,山川草木,水陆空行,情器依止,尘沙法界,皆含摄流变于此中。唯识所现之见分,盖莫亲切于此。今不知空有之妙,而执其知见学殖封锢柴塞者以为诗,则亦末之乎其为诗矣。……佛于鹿宛转四谛后,第三时用维摩弹斥,第四时用般若真空淘汰清静,然后以上乘圆顿甘露之味沃之。今不知弹斥,不知淘汰,取成糜之水乳以当醍醐,此所谓下劣诗魔入其心腑者也。呜呼!将使谁正之哉?陈子古公自评其诗曰:"意穷诸所无,句空诸所有。"闻者河汉其言。余独取而证明之,以为今之称诗可与谈弹斥淘汰之旨,

---

① 陈古公或即陈元素,遗民隐者之流,诗文见重一时。详参陈寅恪《柳如是别传》,下册,第 1094—1096 页。

必古公也。古公之诗,梯空蹑玄,霞思天想,无盐梅芍药之味,而有空青金碧之气,世之人莫能名也。昔人称西土赞颂之诗,凝寒静夜,朗月长宵,烟盖停氛,帷灯静耀,能使闻者情抱畅悦,怖泪交零。古公之诗,庶几近之。

《有学集》卷18,第799—800页

牧斋称扬陈古公的诗境已臻于佛教的"空有"之义,故能牵动人心里最深层的情绪,或大悲或大喜。牧斋这段议论容或有精微的佛理在,但其最终目的,仍是文学批评。陈古公的诗"梯空蹑玄,霞思天想,无盐梅芍药之味,而有空青金碧之气"。何以致之?牧斋表出,陈古公为诗能致力于"弹斥淘汰";换言之,其诗,其诗境,乃是努力锻炼出来的结果(当然,亦有弹斥淘汰"俗学"的意味)。牧斋又暗示,努力经营以外,陈古公的诗复以"上乘圆顿甘露之味沃之"。这"味",不好坐实,狭义当指陈古公的佛教情韵与修为,但以之指其性情与学问亦无不可。

"汲古去俗"、重"学问"的诗学工夫论

上文表过,牧斋认为诗人必须"自贵重"然后其诗的"胎性"始能贵。他另曾借道家"结胎"之说设喻,邕论"古学"于有志于诗文之士的重要性。《陈百史集序》[①]说:

---

① 为陈名夏(1601—1654)作。

泰昌纪元庚申(1620),与秦人文太青、齐人王季木谈文左
掖门下,各持所见,龂龂不相下。余曰:"子亦知道家结胎之说
乎?古之学者,六经为经,三史六子为纬,包孕陶铸,精气结
辖。发为诗文,譬之道家圣胎已就,飞升出神,无所不可。今
人认俗学为古学,安身立命于其中,凡胎俗骨,一成不可变,望
其轻身霞举,其将能乎?"……百史之学已成,其文可以传矣,
吾所谓就圣胎者信矣。自时厥后,愿益努力自任,以汲古去俗
为能事。余老且贱,不敢如先正所云以斯文付子,庶几正告海
内曰:"当今不得不以此事推百史。"余自此益绝意翰墨,不复
以只字落人世。岂不快哉!

《全集》册7,第676—677页

重学、"通经汲古"之说是牧斋诗文论中重要的内容与坚持。至于
"学"的指涉,此处牧斋拈出六经、三史、六子,在他处所举名目或不
一,要皆历代重要典坟(但偏重儒家),可资涵泳服习以建立学问根
柢者。经纬相错交织,"包孕陶铸,精气结辖",然后发为诗文,则无
往而不利。"圣胎"之喻虽或诡奇,但当中强调磨淬锻炼的功夫是
相当明晳的。

　　学问而外,牧斋之主诗以性情为主,以自然为工,自然有着儒
家古典诗学的气味。他在《尊拙斋诗集序》①中的一番话,就把《礼
记·乐记》和《毛诗·大序》的古训衍绎得淋漓尽致:

---

① 为龚鼎孳(1615—1673)作。

《记》曰:"人生而静,天之性也。感于物而动,性之欲也。"性不能以无感,感不能以无欲。物与性相摩,感与欲相荡,四轮三劫,促迫于外,七情八苦,煎煮于内,身世轧戛,心口交跲,萌于志,发于气,冲击于音声,而诗兴焉。故曰:"诗言志,歌永言,长言之不足,则嗟叹之,嗟叹之不足,则咏歌之。"畅其趋,极其致,可以哀乐而乐哀,穷通而通穷,死生而生死,性情之变穷,而诗之道尽矣。

《全集》册7,第411—412页

牧斋标举性情,崇尚天然,提倡"真诗",但我们却绝不能就以为他主张诗应该漫兴任性,冲口吟哦,不事文饰。牧斋在上引文字之后接着说:

　　今之论诗者,刊度格调,刿钵肌理,奇神幽鬼,旁行侧出,而不知原本性情。……有人曰:"真诗乃在民间。文人学士之诗,非诗也。"斯言也,窃性情之似,而大谬不然。夫诗之为道,性情学问参会者也。性情者,学问之精神也。学问者,性情之孚尹也。春女哀,秋士悲,物化而情丽者,譬诸春蚕之吐丝,夏虫之蚀字。文人学士之词章,役使百灵,感动神鬼,则帝珠之宝网,云汉之文章也。执性情而弃学问,采风谣而遗著作,舆歌巷谔,皆被管弦,《挂枝》《打枣》,咸播郊庙,胥天下用妄失学,为有目无睹之徒者,必此言也。

《全集》册7,第412页

"淘洗镕炼""天然去雕饰"(见上文)是作品呈现的艺术效果或达

致的境界,最终仍是诗人淬炼出来的,成就于诗人的刻意经营。这里的"淘""洗""镕""炼""去"各字即透露着活跃的"剪削"行动。牧斋将"民间"与"文人学士"之诗对立起来,认为前者不足以披表"性情"的真义。① 他主张,"性情"与"学问"互为因果,而诗,必须是二者互动互为的产物;在迈向诗道的进程里,个人的磨练、修养、进取不可或缺。文人学士的"词章"犹"宝网",是"文章""著作"(这几个词本身就显示着组织、结撰的成果),不应与春女秋士本能性的、如"春蚕之吐丝,夏虫之蚀字"的情感喷发相提并论。牧斋这段文字体现了一个真与假的论证过程,并提示了一个艺进于道的工夫论。

为了突出"自我技艺"的论点,上面的论述偏重于牧斋工夫论的一面。必须指出,牧斋论性情与学问的关系其实亦有相当形而上的面向。牧斋在《题杜苍略自评诗文》②中说:

> 夫诗文之道,萌折于灵心,蛰启于世运,而茁长于学问。三者相值,如灯之有炷有油有火,而焰发焉。今将欲剔其炷,拨其油,吹其火,而推寻其何者为光,岂理也哉!方其标举兴会,经营将迎。新吾故吾,剥换于行间。心神识神,涌现于句里。如蜕斯易,如蛾斯术。心了矣,而口或茫然。手了矣,而心犹介尔。于此之时,而欲镂尘画影,寻行而数墨,非愚则诬

---

① 牧斋此论,意在辟李梦阳晚年所倡"真诗乃在民间"之说。李梦阳以"途巷蠢蠢之夫"之呻吟皆其自然之情,实与《诗经》比兴之义无异,优于当世"文人学子""直率"而"情寡"之论。此论见李氏自编《弘德集》自序。
② 为明遗民杜芥作。

也。柳子之读《毛颖传》也,曰:"譬如追龙蛇、搏虎豹,欲与之角而力有不暇。"

《有学集》卷49,第1594—1595页

牧斋认为,当诗人与"道"终于交通时,上文所述的工夫论不复存在(但我们不应忘记,这个工夫论仍是诗人之艺得以进于道的先决条件)。那一刻,诗人经由性情与学问所孕育的灵心与外界引发歌诗行为的"世运"相激荡,其中,灵心、学问、世运何者是因,何者为果已不重要,也无从追究,而诗人的意识、情志来自过往,生发于现在,且只能存在于现在——没有将来,将来只可能是现在的再现。这时相中的内心活动无法呈现自己,必须凭寄于外物,那可以是诗。诗的物质性是字句与笔墨纸的构成,自成体系与世界,诗人必须屈从其格律声调。当诗人带着性情、学问与世运参与诗时,就某一意义来说,一个新的、互为主体性(intersubjective)的他者涌现:诗是一个相生相克的场域,"死生而生死",诗人与语言文字于此相争夺,相攻防,相扶持,相诱发;最后,假如成功的话,各安其所,物我两忘,一首真诗于焉诞生,它是属于诗人的,属于世界的,也属于自己的。[①] 它裹藏着凝住的时空与情思等待着重生。读者,必须出现。

[①] 当然,我这样的说法是在对"互为主体性"(intersubjectivity)这一概念作稍微"出轨"的使用下展开的。"互为主体性"一般指主体之间的沟通、接受与理解,旨在探究这样的交通缘何得以成立,以及其间所造就的主客间互动的样态。但既然牧斋文中有"新吾故吾,剥换于行间。心神识神,涌现于句里"的想象,俨然离析、催生着一个新的主体,而诗文作为一种存在,在牧斋的形容下又往往具有人格(甚或神格),则我用"互为主体"的观念去捕捉这里的创作情状似亦可自圆其说。

"诗人救世之诗"与权力、政治话语

我们必须进一步探论"世运"在牧斋诗学里的含义,因为这一观念不但关乎诗人与自己建立的内省关系,更是诗人与别人及世界接连起来的目的性与理论性的原因。在牧斋的形容下,文人学士之诗具有"役使百灵,感动神鬼"的神秘力量。诚然,在中国人的思想世界里,诗文与超自然世界的相关或亲缘性很早就借着《毛诗·大序》"故正得失,动天地,感鬼神,莫过于诗"的经典性信念与后来"天人合一"或"天人感应"的宇宙论、认识论建立了。但牧斋在明亡以后重新提出这个旧说并加以发展却具有特殊的历史意义。牧斋晚年诗论里有一个相当重要的主题,即诗并非只是寄托个人情志的载体,更是锻炼、经营、安顿生命的场所,进而更可以(并应该)是影响、干预、参与"世运"的力量,乃不朽之盛事,经国之大业。

上文表过,在福柯的论述里,当主体感知到自身的意义及与他人的关系并因决定对规范服从与否而介入真与假的游戏时,思想即行动。这个逻辑结构亦适用于描述牧斋的诗观。牧斋有"诗人救世之诗"之说。他在《施愚山诗集序》①中畅论歌诗与世运互为因果的关系:

> 昔者隆平之世,东风入律,青云干吕,士大夫得斯世太和

---

① 为施润章(1618—1683)作。

元气吹息而为诗。欧阳子称圣俞之诗哕然似春,凄然似秋,与乐同其苗裔者,此当有宋之初盛,运会使然,而非人之所能为也。兵兴以来,海内之诗弥盛,要皆角声多,宫声寡;阴律多,阳律寡;噍杀恚怒之音多,顺成啴缓之音寡。繁声入破,君子有余忧焉。愚山之诗异是,锵然而金和,温然而玉诎。拊搏升歌,朱弦清泛,求其为衰世之音,不可得也。欧阳子曰:"乐者,天地人之和气相接者也。地气不上应曰雺,天气不下应曰雾。天地之气不接,而人之声音从之。"愚山当此时,能以其诗回斡元气,以方寸之管,而代伶伦之吹律,师文之扣弦,何其雄也。

《有学集》卷17,第760页

"太和元气"与"隆平之世"相得益彰,诗风与"运会"交相鼓荡,这是《毛诗·大序》"治世之音安以乐,其政和"的意思。牧斋从宋之初盛跳接到天崩地坼、改朝换代的明清之际。他指出,在乱世的影响下,诗歌多表现出"角声""阴律""噍杀恚怒"与"繁声"等特征。"乱世之音怨以怒""亡国之音哀以思",这道理牧斋固然是懂得的,是以他特别欣赏施愚山那"锵然""温然"、迥异于时流的诗作。牧斋认为,施愚山的诗风出于自觉的选择与坚持,其目的是"以其诗回斡元气"。这个看法突显了诗人的自我技艺与实践,而从其中转出的道德主体及主体性的意义更非比寻常——诗人被赋予了"救世"的任务:

《记》曰:"温柔敦厚,诗之教也。"说《诗》者谓《鸡鸣》《沔水》殷勤而规切者,如扁鹊之疗太子;《溱洧》《桑中》咨嗟而哀叹者,如秦和之视平公。病有浅深,治有缓急,诗人之志在救世,归本于温柔敦厚,一也。……温柔敦厚之教,诗人之针药救世,愚山盖身有之。《诗》有之:"神之听之,终和且平。"和平而神听,天地神人之和气所由接也。其斯以同乐之苗裔而为诗人救世之诗也与?

《有学集》卷17,第760—761页

世界病了,诗人不但有"志"救世,而且有救世的"针药",不但有救世的针药,且其"身"即为针药。经由不同的表现方式(或"殷勤而规切",或"咨嗟而哀叹"),温柔敦厚的诗教与政治世界、历史事件发生关系、发挥作用。温柔敦厚导向"和平",和平然后可以"神听",和平神听而"天地神人之和气"于是乎相互交通:诗/诗人是灵媒,接引天上人间。在古希腊的传统里,自我注重的目的之一,是倾听、发现 logos(逻各斯),或曰"道"。希腊人的 logos 大概是"真理"的意思,[1]而牧斋这里的"神"却是比较接近于神秘意义的神了。此二者最终的指向容或不同,但其从物质世界出发而叩触而通向精神世界的活动与意向是相同的。牧斋的诗观有特定的历史性,又往往揉之以玄思,真假相生,虚实交错,情、意、志、知、行等概念时或兼有思想与行动的强烈意义。他在明亡前讲过一个以"歌风占敌"的故事:

---

[1] 更准确地说,希腊文 logos 一语同时含蕴 ratio(reason,理)与 oratio(speech,言)二义。Logos 与中国传统的"道"的可比性,可参 Longxi Zhang, *The Tao and the Logos: Literary Hermeneutics, East and West* (Durham & London: Duke University Press, 1992), pp. 22-33。

戊寅(1638)之春,余病卧请室。同絷者闻边遽,惊而相告。余方手一编诗,吟咀不辍,挟策而应之曰:以此占之,虏必不为害。告者不怿而去。居无何,边吏以乞款入告,举朝有喜色。告者复问:"子所诵何人诗?诗何以能占虏耶?"余展卷而应之曰:"此吾师高阳公之少子名铨字幼度之诗也。吾师为方叔元老,身系天下安危。诸公子皆奇伟雄骏,属橐鞬,握铅椠,以从公于行间……幼度之诗,有光熊熊然,有气灏灏然……今夫吾师者,国家之元气也,浑沦盘礴,地负海涵,其余气演迆不尽,而后有幼度兄弟,而后有幼度兄弟之诗。征国家之元气于吾师,征吾师之元气于幼度之诗。《传》有之,深山大泽,实生龙蛇。幼度之诗,殆亦国家之余气也。纯门之役,师旷骤歌北风,而知楚之不竞于晋。斯可以觇国已矣,而又何疑焉?"告者曰:"子之言则善矣,古者师能审音,子非师而效师之歌风也何居?"嗟夫!余固世之僇人也,幽囚困踣,懂而不死。余虽有目,无以异于师之瞽也。郑之师慧,过宋朝而私焉,曰:必无人焉。余之来也,归死于司败,不敢造朝,未知有人焉与否。羽书旁午,病卧请室,无已而以歌风占敌,自附于子野,子犹以有目靳我,不亦过乎?告者怃然而退。

《孙幼度诗序》,《初学集》卷31,第915—916页

在《施愚山诗集序》里,诗人可以"以其诗回斡元气",在这里,诗人

就是"元气"的化身。这元气是牧斋座师孙承宗(1563—1638)[①],"方叔元老,身系天下安危"的大臣,乃"国家之元气"。其子孙幼度曾握铅椠从父行间。牧斋认为,可以"征国家之元气于吾师,征吾师之元气于幼度之诗",孙幼度之诗,"殆亦国家之余气"[②]。明末孙承宗曾多次领军御清,而边境再次告急时,牧斋正在狱中诵读孙幼度的诗。(其时孙承宗已告老归田数年。)牧斋以孙诗"有光熊熊然,有气灏灏然",以之"占"战事必转危为安。后亦如牧斋所料。这纯是巧合而已,明朝毕竟在不久之后便为清人所破灭。牧斋在明末发为此论,是他美好的愿望(且不无戏语的成分),或亦偶有一二事可佐其说。但牧斋在明亡以后依然主张诗人可以回复元气,干涉世运,并提倡创作温柔敦厚的歌诗,这便迹近妄想了。但正亦由于这份近乎顽愚的坚执,致使我们可以视牧斋的诗论与诗作为一种自我技艺与自我实践。尝试论之:命笔作诗是伦理实体,而在明清之际特定的时代、历史条件的陶铸下,屈从的模式是顺应乱世之音、亡国之音。牧斋却反其道而行,提倡、从事一种与时代不合拍的"和平而神听"的诗,这无疑是牧斋执意的自我技艺与实践。

---

① 孙氏殁于崇祯十一年(1638),传见〔清〕张廷玉等《明史·列传》(北京:中华书局,1974)卷250,第138页。牧斋有长文多篇述孙氏行实,可参《特进光禄大夫左柱国少师兼太子太师兵部尚书中极殿大学士孙公行状》,《初学集》卷47,第1160—1238页。牧斋与孙氏一门关系十分密切。牧斋崇祯十五年(1642)有《高阳孙氏阖门忠义记》一文,记崇祯十一年孙氏一门死义事。清人陷高阳,孙家阖门起与之战,除孙承宗外,"子五人孙六人与从子孙八人皆死"。牧斋文见《初学集》卷41,第1088—1090页。

② 牧斋于《纯师集序》中更直言:"夫文章者,天地之元气也。忠臣志士之文章与日月争光,与天地俱磨灭。然其出也,往往在阳九百六、沦亡颠覆之时,宇宙偏沴之运,与人心愤盈之气,相与轧磨薄射,而忠臣志士之文章出焉。"见《初学集》卷40,第1085页。

其道德目的是救世,激昂蹈厉,回斡元气。这个主体化模式塑造出来的道德主体既是一个特立独行的诗人,亦是一个企图改变世运涂辙的行动者(agent)。如果我们再深思,这个道德主体所要挽回的元气属谁,如果是指向明室,则作诗更从自我技艺与实践转而为带有政治意图的行为了。再述数事以实吾说。

牧斋在《题纪伯紫诗》[①]中说:

> 余方银铛逮系,累然楚囚。诵伯紫之诗,如孟尝君听雍门之琴,不觉其歔欷太息,流涕而不能止也。虽然,愿伯紫少闷之,如其流传歌咏,广赉焦杀之音,感人而动物,则将如师旷援琴而鼓最悲之音,风雨至而廊瓦飞,平公恐惧,伏于廊屋之间,而晋国有大旱赤地之凶。可不慎乎!可不惧乎!
>
> 《有学集》卷47,第1548—1549页

牧斋于明季因介入党争下狱,狱中读孙幼度诗而占"奴(清人)必不为害",一派乐观。入清不久,他因涉嫌参与复明运动而再度下狱,[②]狱中他读纪伯紫的诗。这次,他怆然泪下,因纪氏的诗触动的是亡国之痛。牧斋用了两个典故表出这层意思:雍门之琴与师旷鼓最悲之音。古史传说:雍门周为孟尝君鼓琴,徐动宫徵,叩角羽,孟尝君歔欷而曰:"先生鼓琴,令文立若亡国之人也。"师旷为晋平公鼓最悲之音前,师涓曾为鼓"亡国之声"。及师旷援琴而鼓之,一奏而白云起西北,再奏而大风至雨随之,廊瓦飞,左右奔走,平公恐

---

① 为明遗民诗人纪映钟(1609—?)作。
② 顺治五、六年(1648—1649)间事,牧斋受黄毓祺谋反案牵连被捕,下南京狱。

惧,伏于廊屋之间,晋国大旱,赤地三年。牧斋读纪氏诗,欷歔流涕不能止,联想到雍门及师涓、旷之鼓琴,无疑是不得不承认国已破亡这个事实,而亡国之音声又是他们这一代人共同的情绪底蕴、发为诗文时显著的风格。尽管如此,他仍劝纪氏"少闷之",恐其诗歌助长"焦杀之音",必须"慎",必须"惧"。这表达了牧斋对抗屈从模式里的规范系统、机制的意志。

牧斋《答彭达生书》①说:

> 仆西垂之岁,皈心空门,于世事了不罣眼。独不喜观西台瞽井诸公之诗,如幽独若鬼语,无生人之气,使人意尽不欢。而亦以立夫《桑海》之编,克勤《遗民》之录,皆出于祥兴澌灭之后,今人忍于称引,或未之思耳。今日为诗文者,尚当激昂蹈厉,与天宝、元和相上下,足下有其质矣。仆故为之扬厉其辞,以张吾军,知不以我为夸为诞,而河汉其言也。

《有学集》卷38,第1333页

谢翱登西台哭祭文天祥,郑思肖沉《心史》于瞽井,都是宋遗民事迹之皎皎者。异代同悲,明遗民每喜以谢、郑自况。牧斋于此却谓恶读遗民歌诗,以其流露意志消沉郁邑的亡国之音;不独不喜遗民诗,亦不喜时人称引元朝吴莱(立夫)《桑海遗录》、明代程敏政(克勤)《宋遗民录》等载记,以其皆宋室灭亡后的遗民旧事,读之"使人

---

① 为彭士望(1610—1683)作。士望,字达生,号躬庵,又号晦农,"易堂九子"之一。

意尽不欢"①。际此衰颓之世,牧斋却勉励时人勠力为唐"天宝""元和"体。何故?天宝年间,安史祸乱未作之前,诗称盛唐;元和新体诗文,或奇诡,或苦涩,或流荡,或矫激,或浅切,或淫靡,不一而足,要皆体式与情韵之蜕变。② 由此观之,牧斋所期许同侪之"激昂蹈厉"者或盛与变,不欲其沦为了无生意的幽独之音。这不亦自我塑造、自我锻炼的殷切期盼吗?尤有进者:牧斋所取于元和者,实偏重于韩、柳,而寄意在"中兴"。他在《彭达生晦农草序》中说:

> 昔者有唐之文,莫盛于韩、柳,而皆出元和之世,《圣德》之颂,《淮西》之雅,铿锵其音,灏汗其气,晔然与三代同风。若宋之谢翱,当祥兴之后,作铙歌鼓吹之曲,一再吟咏,幽幽然如鸮啼鬼语,虫吟促而猿啸哀。③

《有学集》卷19,第811页

此处元和一义的最佳注脚,可以在牧斋明季所撰《徐司寇画溪诗集序》④中找到。他说:

---

① 必须指出,牧斋此论,有其为答彭士望来书的针对性,为强调"中兴"之义而刻意如此行文。实则牧斋对明遗民诗文、对历代易代之际遗民作品(尤其是宋遗民之作)多所青睐、嘉许,为清初推广"遗民学术"最力者之一。可参拙著 The Poet-historian Qian Qianyi, pp. 15-55。
② 〔唐〕李肇:《唐国史补》(《景印文渊阁四库全书》,第1035册)卷下,第11b页。
③ 时人亦确有以韩愈视牧斋者。牧斋在《戏题徐仲光藏山稿后》中说:"仲光贻书,属余评定其文,自比李翱、张籍,而以昌黎目吾。"见《有学集》卷49,第1605页。
④ 为徐石麒(1578—1645)作。

85

> 昔者有唐之世,天宝有戎羯之祸,而少陵之诗出;元和有淮蔡之乱,而昌黎之诗出。说者谓宣孝、章武中兴之盛,杜、韩之诗,实为鼓吹。

《初学集》卷30,第903—904页

"鼓吹"者,原指"军乐",引申为扬发、唱导、羽翼、辅佐之意,牧斋于此数语中用之,强调的是意志的作用。① 诗人目击时艰,秉才雄骛者踔厉风发,企图以文章之英华挽回运数,再造"中兴"之世。

虽然,时乖运蹇之日,变征之调又岂易排拒?牧斋《答杜苍略论文书》说:

> 足下谓吾之评文,恐流入可之、鲁望、表圣之伦,而微词相讽喻。此则高明之见如此,而仆固不敢有是论也。可之之文,出于退之,再传鲁望、表圣,托寄不一,要皆六经之苗裔,《骚》《雅》之耳孙也。其所以陷于促数噍杀、往而不返者,以其生于唐之季世,会逢末劫之运数,而发作于诗章。故吾于当世之文,欲其进而为元和,不欲其退而为天复,有望焉,有祷焉,非其文之谓也。

《有学集》卷38,第1307—1308页

尽管不愿意,但从牧斋述杜苍略语可知,大概牧斋自己的诗文亦已稍入"促数噍杀"一路了。既然牧斋知道,孙樵(可之)、陆龟蒙(鲁

---

① 牧斋于《唐诗鼓吹序》云:"夫鼓吹,角声也。人有少声,入于角则远,四子其将假遗山之《鼓吹》以吹角也,四子之声,自此远矣。"见《有学集》卷15,第710页。

望)、司空图(表圣)生长晚唐,"会逢末劫之运数",即使是"六经之苗裔,《骚》《雅》之耳孙",熏染既久,发为篇章,亦难免表现出乱世、衰世的情调,则牧斋又何尝不知道,世运、文运,又岂可能为一二子之意志所转移?虽然,他仍呼吁时人振起,踵武元和之体,不欲其屈服于如天复之末劫。天复朝后,哀帝以少年天子被挟持登基,越四年,唐亡。牧斋语重心长地说:"有望焉,有祷焉,非其文之谓也!"非其文之谓,非其文之谓,背后的寄托,其知其不可为而为之,思过半矣。牧斋晚年,明遗民曾灿(青藜)曾致书牧斋并赠诗三章,中有联云:"诗书可卜中兴事,天地还留不死人。"牧斋大喜,谓:"壮哉其言之也。"[①]而牧斋的自我期许以及在一特定社群中的物望亦可以想见矣。

---

① 见牧斋《与曾青黎书》引,《有学集》卷38,第1335页。

第二章　陶家形影神
——牧斋的自画像、"自传性时刻"与自我声音

> ...[A]n unlettered stone would leave the sun suspended in nothingness.
> ……没有铭刻文字的墓碑让太阳高悬于虚空中。
> Paul de Man, "Autobiography As De-Facement"[1]

　　本章的最终目的,是释读牧斋《病榻消寒杂咏》诗的前序。但直接谈论牧斋的诗序有点不智,可能会被牧斋牵着鼻子走。牧斋的前序是一个表演性的(performative)言说形构,有一个颇为缜密的"歪理"在。设若我们一开始就为牧斋"传意",牧斋序文精彩的语言形构(linguistic formulation)会让我们无从置喙。一般的诗前小序交代成诗的时、地、因缘,偶及其"本事",牧斋的序含有这些讯

---

[1] 保罗・德曼(Paul de Man)此文原刊于 *MLN* 94.5 (December 1979), pp. 919–930,后收入氏著 *The Rhetoric of Romanticism* (New York: Columbia University Press, 1984), pp. 67–81。

息,但除此以外,牧斋还在序文的主体作了一番对于所谓"三体"诗的思辨,自判自家诗歌究近何体、风格云何。这是牧斋对自己生前最后一组大型诗作的"自我声音"(self-voice)的宣告。"自我"(self)、"声音"(voice)云云,一般是诗人"习性"(*habitus*)的流露,文学批评所称作家创作的不同"时期"(periods),其中一个判别的根据可能就是作家创作生涯中的各个"习性"。我们有理由相信,牧斋的《病榻消寒杂咏》是他晚期风格(late style)的体现。(牧斋在另一可与《病榻消寒杂咏》诗序对读的文本中即自言:"老来作诗,约有二种。"详见下文第四节。)如此,若要比较透彻地了解牧斋诗序对于"自我声音"的思辨,我们的视域(perspective)有必要更开阔,对牧斋生命最后一二十年在诗文中所采取的种种"自我建构"(self-constitution)策略有一定认识。是以虽然本章最终的目的是探论牧斋为《病榻消寒杂咏》诗所写的前序,但我将采取一个迂回进入的方式展开论述。

在下文的第一节,我提出一个"自传性时刻"(the autobiographical moment)的概念,用以统摄全文论及的牧斋诗文;第二节讨论牧斋作品中文字性的"自画像"(self-portraiture)与"自我再现"(self-representation)的微妙关系;第三节析论"传记"(biography)与"自传"(autobiography)之间的紧张性及其带来的焦虑(anxiety)如何影响着牧斋晚年作品的某些创作"意图"(intentionality);第四节,在以上各节的奠基上,我将诠解牧斋《病榻消寒杂咏》的诗序,剖析其中的"自我声音"与牧斋自陈的《病榻消寒杂咏》的寄意。"苍颜白发是何人?试问陶家形影神。"这是下文将论及的牧斋诗的一联。我提醒读者,设若我们执"苍颜白发"的"历史性"(historicity, historicness)去描画牧斋之为"何人",钱老会窃笑。"揽镜端详聊自喜,莫应此老会分身。"这是上引诗联的下二句。我们在本书读到的所有诗文,都只是镜像中钱老的"分身""形影神",一切都是"再现""叙述"(narrative),历史无法复原,更没有"真理"(truth)这回事。

一、"自传性时刻"

以一个不断隐退、逃逸、逆反的姿态(stance)与世界交接,这是牧斋在入清以后诗文(后结集为《有学集》)中铭刻下的鲜明形象。像印章,上面刻的是阴文,而借着钤印的力度、印泥及纸张的物质作用,手提起来,却是清晰深刻的阳文,而且本来是符号性的线条(graph)立刻显现为文字,产生可以被阅读并理解的意义。生命存在的实际情态与经由文本机制反映出来的形象并非一体之两面,故而"叙述的真理"(narrative truth)不能直接指向"历史的真理"(historical truth)。我们必须细究其中经过的种种"隐喻性替换"(metaphorical substitutions)、"叙述与形象性策略"(narrative and figural strategies)与"文本性再现"(textual representations)。我不是在暗示着一个"言意之辩"式的困境。因为说"言不尽意"或"得鱼忘筌",首先是把"言"与"意"二元对待起来,而且认定两者都是实存。倘若我们所指的"言"与"意"是存在于一个相生相克、唇亡齿寒、互相催发而又互相藏闪的辩证关系中的呢?在这个结构中寻找真理或希企真理的显现,必然见山是山见水是水,可同时又见山不是山见水不是水,海市蜃楼,进退维谷。假如我们置身这个境况原来的目的是述说"自我的故事"(self-story),那么有两个可能性:一是离弃此间的山水,干脆放弃文字语言,以实际的行动参与历史、进入世界,留下行迹、行事交由别人描述,生命成为一篇"传记"的素材。一是虽然知悉文字的虚妄性、筑构性(constructedness),依旧安之若素,乐于支配其中的种种资源,刻意编织、建构一个"自我形象"(self-image),其产物,是"自传"。然而,前者并不表示对传记形构结果的完全放弃,不闻不问,而后者,亦不意味着我们就可以按图索骥,获知更多、更绝对的真理。

今天重读保罗·德曼(Paul de Man)二十多年前对自传所作的论述,依然觉得思辨深刻,引人入胜。德曼在"Autobiography As De-Facement"中雄辩地说:

> 人们一般以为,生命成就了自传,如同一个行动带来其后果,但我们又何尝不可以认为——且理由同样完足——自传性的作业(the autobiographical project)本身可以成就并限定生命,且不管自传作者做的是什么,都毫无疑问地受制于自画像的技术要求(technical demands of self-portraiture),因之,自始至终被限定于作者所选择的载体资源?再说,由于其中被认为起着作用的摹仿论是一个形构的模式(固然还有别的模式),究竟是被形构的对象(referent)限定着最后被形构出来的形象(the figure),还是刚好相反?难道,那个看似存在的出处(reference),不正也是形象产物结构的对应物,换言之,它已经绝非一个明晰直接的形构对象,而更接近某种虚拟(fiction),因而其本身就必然内涵着某种程度的参照性制作(referential

productivity)?①

对德曼而言,自传既非特定文类,亦非某种写作模式。抽象点说,它是一种形象释读(a figure of reading)或理解,可以存在于任何文本。当两个主体(subjects)——书写的与被书写的——相遇,而彼此以一种相互性的、反思性的替换(mutual reflexive substitution)限定着对方,一个"自传性的时刻"就出现了。其中发生的替换与限定建基于分别性(differentiation)与类同性(similarity)。这个自传性的时刻被内化在一个文本结构中,而这文本被冠上了作者的姓名,表示作者是进行理解的主体,而文本被乃其作品。德曼这论述的理论意义在于揭示了自传性时刻的抽象本质:它并非只存在于历史或经验中的某一处境或事件,更重要的,它出现在被形构的对象在一个语言结构(a linguistic structure)中应机示现(manifestation)的当下,而其中的种种认知(cognition)、自我知识(knowledge of self)都是在一个转喻性结构(tropological structure)中发生的。② 德曼宣称:

---

① Paul de Man, "De-Facement," p. 69.
② 转喻(或译转义,trope)是以形象化的修辞手法表达思想或概念。某一语词或形象的本义在转喻的位置上偏离本义,故须通过诠释以明寄意。转喻在现当代西方文学理论、语言学、历史哲学中有非常复杂的意涵。这里我们只强调它在德曼理论中的最基本性格。转喻一般包括隐喻(metaphor)、换喻(metonymy)、提喻(synecdoche)、反讽(irony)等,而转喻是在更大的"修辞性语言"(rhetorical language)或"形象性语言"(figurative language)的框架中被思考的。进一步的探论不妨参看"Figuration"和"Figure, Scheme, Trope"二词条,见 Alex Preminger et al., eds., *The New Princeton Encyclopedia of Poetry and Poetics* (Princeton, New Jersey: Princeton University Press, 1993), pp. 408-412。另可参许德金、朱锦平《转义》,收入赵一凡等编《西方文论关键词》(北京:外语教学与研究出版社,2006),第881—890页。

> 自传之所以堪玩味,不在于它会披露可靠的自我知识——它断不会——而在于它以教人讶异的方式暴露出,在一切以转喻替换筑构的文本系统中,结束(closure)和总体化(totalization)之不可能(那正是成为存有[coming into being]的不可能)。[①]

可以说,牧斋晚年的种种作为,文学性与非文学性的,都像在进行着一项"自传性作业",刻意留下一个又一个意味深长的姿态、身影、声音供人观看、思考、诠释。本章讨论的牧斋诗文大都内含一个自传性时刻,亦显露出一个转喻性结构。我们尝试透视牧斋如何运用文本、文学活动的种种资源,形构出不同的自我形象。我们逼近牧斋的这些身影,倾听牧斋的自我声音,分辨其中的主体与"言语行为"(speech act)、"文学主体性"(literary subjectivity)的微妙关系。本章探论的牧斋诗文,大都来自其一生的最后十年,尤其是逝世前数年。这些文本容或可以从某些侧面反映出牧斋在生命的最后阶段对自我的理解、对自我形象的建构与对自我"参照性制作"的努力。

二、自画像

"自画像"强烈的"自我再现"(self-representation)倾向和氛围

[①] Paul de Man, "De-Facement," p. 71.

使之成为一种非文字式的自传。① 在这个启发下,我们讨论牧斋为其"像"与"赞"所题的诗文,但我们的思考要再转一层。下论的像及赞是牧斋的图像性再现,而牧斋的题词是就"我"的再现所作的文字性再现,内里充满自我再现的意绪,是以我们以一种文字性的"自画像"视之。

牧斋《顾与治书房留余小像自题四绝句》(1656—1657)曰:

> 嶐嶒瘦颊隐灯看,况复撑衣骨相寒。
> 指示傍人浑不识,为他还著汉衣冠。
>
> 苍颜白发是何人?试问陶家形影神。
> 揽镜端详聊自喜,莫应此老会分身。
>
> 数卷函书倚净瓶,匡床兀坐白衣僧。
> 骊山老母休相问,此是西天贝叶经。
>
> 褪粉蛛丝网角巾,每烦棕拂拭煤尘。
> 凌烟褒鄂知无分,留与书帷伴古人。

《有学集》卷8,第380—381页

这里"余"是观者,观的也是"余";"自题"既是"自我评论"(self-commentary),也是"自我定义"(self-definition)。从"小像"到"绝

---

① Robert Folkenflik, "Introduction: The Institution of Autobiography," 见氏编 *The Culture of Autobiography: Constructions of Self-Representation* (Stanford, California: Stanford University Press, 1993), p. 12。

句"是视觉形象转变为文本形象的流动过程,其中隐含"自我认知"(self-cognition)与"自我建构"的活动;意识、思想的介入把"余小像"的静态性与历史性打破,昨日之我与今日之我重叠,互相定义着(也延异着)对方。

诗有四首,可诗中的"余"只为一? 其一聚焦于末句的"汉衣冠",而其二最突出的形象是首句的"苍颜白发"者。倘若我们不追问其一的"冠"与其二的"不冠"的分别,二诗的"余"大体可视作同一人。但其二的"苍颜白发"者缘何得以立变为其三的"白衣僧",而此僧又在其四裹上"网角巾",变回"书帷"中的一介书生?"莫应此老会分身"? 此老会分身——画中的我(the painted self)与诗中浮现的我(the poetic self)、画中与诗中的我与题诗的我(the writerly self)构成一个复杂的转喻结构,作者借题咏具象的我抒写抽象的我,我才刚出现就戛然转变。此中意象流动不居乃作者刻意为之。诗中夫子自道:"苍颜白发是何人? 试问陶家形影神。"[①]与

---

① 陶渊明《形影神》序云:"贵贱贤愚,莫不营营以惜生,斯甚惑焉。故极陈形影之苦,言神辨自然以释之。"陶诗三章,设为形、影、神赠答,其寄意历来人言言殊,涉及"形神相生相灭""神不灭""生必有死""自然委运"等意旨之辨,以及陶诗中佛、道、名教的哲学思想与人生观。惟细味牧斋本诗,实与陶渊明三诗并序无直接关联,特借用陶诗诗题之字面意义并其形、影、神之意象而已。陶诗见〔晋〕陶渊明《陶渊明集》(《景印文渊阁四库全书》,第 1063 册)卷 2,第 1a—2b 页。陶诗亦每多有自传意味,业师孙康宜教授在其著 Six Dynasties Poetry 一书中就特辟"Poetry as Autobiography"一节探论陶诗的自传特质。参 Kang-i Sun Chang, Six Dynasties Poetry (Princeton, New Jersey: Princeton University Press, 1986), pp. 16-37。此外,陶渊明的《五柳先生传》亦开创了中国自传文的一个新类型。参[日]川合康三著,蔡毅译《中国的自传文学》(北京:中央编译出版社,1999),第 56—70 页。换言之,私意以为,牧斋所欲兴发的,除了陶诗所唤出的形、影、神意象,还有陶氏诗文中的那种灵动的、多重视角的自我形象。

其说这是作者对画自问,不如说这是作者对读诗者的提示。"余"存在于形、影、神之间,不轻易落于言诠/筌。

可是史家陈寅恪却必欲解牧斋之胸臆。在陈氏建构的明清之际历史分析话语的框架下,牧斋诗的寄意无不历历可考。陈评牧斋诗其一说:"第二句有李广不封侯之叹,即己身在明清两代,终未能作宰相之意。末二句则谓己身已降顺清室,为世所笑骂,不知其在弘光以前,固为党社清流之魁首。感慨悔恨之意,溢于言表矣。"其二:"末二句自谓身虽降清,心思复明,殊有分身之妙术也。"其三:"牧斋表面虽屡称老归空门,实际后来曾有随护郑延平之举动。今故作反面之语,以逊辞自解,借之掩饰也。"其四:"网巾乃明室所创,前此未有,故可以为朱明室之标帜……末二句自谓不能将兵如唐之段志玄尉迟敬德,只能读书作文。"[①]这是顺着"汉衣冠"一语开出来的相当精彩的转喻性分析。然而,为令诗意与史意交通无隔,陈氏必须消解诗中一个逸出其诠释畦径的元素。很明显,牧斋诗其三的"白衣僧"形象与陈氏突显的复明志士形象不尽谐和。陈氏的策略是将此首读为"反面之语","逊辞""掩饰"之迹,保持了牧斋复明志士形象的统一性。陈氏之说或然,唯不必然、尽然。而且,为了诗,为了"白衣僧"的牧斋,我宁可选择流连在诗的美学系统内。细玩四诗文意,牧斋给予其三"白衣僧"的我的形容无疑是最怡然自得的:其一着汉衣冠的我骨相寒薄,崚嶒瘦颊;其二的我苍颜白发;其四戴网角巾的我晦暗不华;而白衣僧宴坐匡床,函书、净瓶旁置,玩诵着贝叶佛经,一派清净舒心。

---

① 陈寅恪:《柳如是别传》,第1145—1147页。

然而,我们且看牧斋如何描画置身于"法堂清众"间的自己。牧斋《自题小赞》曰:

> 法堂清众,云衣翩翩。供来西国,花雨诸天。叟何为者?不禅不玄,独立傲然。负苓拾穗,而支离攘臂于其间。相其眉毛抖擞,衣祴悉牵。殆将芒鞋露肘,柳栎横肩。历百城之烟水,而见德云于别峰之巅。

《有学集》卷42,第1445页

如真有像,断然出以充满动感的、逆出(顺入逆出)的笔意。赞文结构亦见一波三折之势,可以想象三个转接突兀、对比鲜明的画面。第一节,首四句:清众不立佛殿,集在法堂,牧斋该是会喜欢的。众僧礼佛诚笃,诸天护法,天人洒下缤纷花雨。种种无量花雨,种种无量妙法。如此法乐,"白衣僧"的牧斋应心生欢喜,乐于参与吧?牧斋的"分身"在第二节(含五句)出现,却是一"不禅不玄""独立傲然"的老叟。犹有进者,此叟竟以支离疏的面貌负苓拾穗、攘臂于清众之间。这一形象化的效果自然让我们联想到《庄子·人间世》中的支离疏。支离疏虽然奇形怪状,形体残缺,①但"挫针治繲,足以糊口;鼓策播精,足以食十人。上征武士,则支离攘臂于其间;上有大役,则支离以有常疾,不受功;上与病者粟,则受三钟,与十束薪"。庄子叹曰:"夫支离其形者,犹足以养其身,终其天年,又

---

① "颐隐于脐,肩高于顶,会撮指天,五管在上,两髀为胁。"见〔晋〕郭象注《庄子注》(《景印文渊阁四库全书》,第1056册)卷2,第18a页。

况支离其德者乎!"①然而牧斋并非在赞文中提倡道家无用之用、弃圣绝知的道理。此叟虽然不禅不玄,却仍负苓拾穗,劳力于其间,与清众们保持着若即若离的关系(不……不……而……于其间)。我们不妨想象此叟是厕身僧众中的一个苦行僧或行者。在赞文第三节(最后六句)中,此叟"眉毛抖擞,衣裓悉牵",锋芒毕露,精神外耀——支离疏摇身而变为遍历百城烟水,参五十三位善知识的善财童子。"见德云于别峰之颠",指善财童子初参德云比丘。善财登胜乐国妙峰顶,拜寻七日,不见德云比丘,及见德云比丘,则在别峰之上。②

牧斋《自题小赞》的底层依然是一个转喻式的结构。"自题小赞",首先就宣告了"我"书写的对象就是"我",一个自传性时刻于焉诞生。在第一节中"我"与"法堂清众"重叠交映,宛转互含。匀称的四言句、美妙的佛教意象与和谐的音韵营造出一种静态的美。"我"却在第二节与"清众"们戛然分判,显露出像支离疏般离奇怪异的形貌。赞题、第一节与第二节的结构关系或可曰顺入逆出。第二节老叟的形象鲜明突出,"独立傲然",与之互含的"我"遂亦志盈心满。至第三节而波澜再起,借善财童子坚毅求道的故事再转出一腾跃、逸出的身影。第二节到第三节,逆入逆出。在这两节中动感不断增强(不……不……独立傲然……攘臂……抖擞……悉牵……芒鞋露肘……枊枥横肩……历百城……见),给予了暗藏的"我"生机勃勃、勇猛向上的精神面貌。召唤出来的"我"且神龙见

---

① 〔晋〕郭象注:《庄子注》(《景印文渊阁四库全书》,第1056册)卷2,第18a—18b页。
② 善财童子五十三参的故事原出《华严经·入法界品》。

首不见尾。赞文第三节披露的,只是善财的第一参。入山七日,竭力拜寻,仍要在"别峰之颠"才偶遇德云比丘。之后五十二参,百城烟水,是漫长无际的时间岁月,说不尽的转折、历练。我们将会在哪一个山峰上遇见牧斋?

再看四首牧斋题"僧衣画像"的诗:

> 莫是伴狂老万回?坏衣掩胫发齐腮。
> 六时问汝何功课?一卷离骚酒百杯。
>
> 周冕殷哻又劫灰,缁衣僧帽且徘徊。
> 儒门亦有程夫子,赞叹他家礼乐来。
>
> 紫殿公然溺正衙,又从别室掉雷车。
> 天公罚作村夫子,点检千文与百家。
>
> 骂鬼文章载一车,吓蛮书檄走龙蛇。
> 颠书醉墨三千牍,圣少狂多言法华。

《有学集》卷9,第439—440页

此四诗传达的嬉笑怒骂的性情与傲岸不群的神态与上述的题像四绝句和小赞的意趣是何其相似!但此四诗题为《题归玄恭僧衣画像四首》(1658),描画的不是自己,而是门人归庄(玄恭,1613—1673)。我们在下面二节中将会申论,归庄是牧斋一个很特别的分身、声音,此处且先按下不表。

三、"反传记行动"

自传最重要的修辞概念,在德曼看来,是 prosopopeia,中译"活现法"或"拟人法":在一个语言环境里,虚拟一个已谢世的,或不在场的,或没有语言能力的个体,并给予这个体言说的能力(the power of speech)。可以这样想象——一个幽灵在坟后念诵着自己的墓志铭……于是从声音(voice)我们悬想到嘴巴、眼睛、脸孔。德曼说:

> 活现法是自传的转喻,借着它,一个人的名字……得以像一张脸孔般被理解、被记起。我们的课题关乎给予脸孔及剥夺脸孔、有脸与没脸、形象:形象化与抹去形象。
>
> Prosopopeia is the trope of autobiography, by which one's name...is made as intelligible and memorable as a face. Our topic deals with the giving and taking away of faces, with face and de-face, figure, figuration and disfiguration.[①]

德曼的自传理论是紧扣英国浪漫派诗人威廉·华兹华斯(William Wordsworth,1770—1850)的《墓志铭丛说》(*Essays upon Epitaphs*)展开的。他发现,尽管华兹华斯认为"让死者在他的墓碑后讲话"是一个"温柔的虚拟"(tender fiction),可以把阴间和人世

---

① Paul de Man, "De-Facement," p. 76.

间巧妙地联结起来,华兹华斯却终归主张,不如让"存活者"(survivors)自己现身说话。① 华兹华斯这看来自相矛盾的举动其实正好透露出"活现法"潜在的危险:我们让"死者"开口说话的那一刻,转喻法内含的对称结构必然会同时导致与"死者"相对的"生者"丧失说话的能力,冰封在自己的死亡中(struck dumb, frozen in their own death)。②

其实,华兹华斯所最终反对的,是隐喻性的、活现性的或转喻性的语言。他对不能承载思想(thoughts)的语言十分反感(语言是思想的化身[incarnation]几乎是他的信仰),说:"语言是神思的剥脱,假如它无法担当、提供养分并静默地离去……"(Language, if it do not uphold, and feed, and leave in quiet…is a counter-spirit…)③德曼揭开此话背后的玄机:"正因为语言是修辞格(或隐喻,或活现),它终究不是物事本身,只是其再现,物事的一幅图像,是以它是暗哑的,一如图像哑口无言。"(To the extent that language is figure [or metaphor, or prosopopeia] it is indeed not the thing itself but the representation, the picture of the thing and, as such, it is silent, mute as pictures are mute.)④又说:"正因为在书写中我们依赖这种语言,我们全都是……聋的,哑的——并非沉默不语,因为缄默意味着我们仍然拥有自主发声的可能,而像一幅图像般哑口无言,那是说,永远被剥夺了声音,注定默默无闻。"⑤

---

① Paul de Man, "De-Facement", p. 77.
② Ibid., p. 78.
③ Ibid., p. 79 引。
④ Ibid., p. 80.
⑤ Ibid., p. 80.

自传、传记、自传性、传记性文本所形构、所再现的是一个人的音、容、形、貌、行事为人，以及其精神、思想、情感世界。无论是自己进行诠释还是由他人操刀，传达心声、发皇心曲始终是书写的目的。然而，自传是自我发声与"自我披露"(speech acts of self-revelation)[1]——过去的命运容或由上天宰制，个人力量无法左右，但经由书写，通过文本，个人得以对过去的经验重加组织、理解、诠释、评论、解释。就某一意义而言，自传的书写行动无异于重新掌控命运的一种作为。相对而言，传记是他人对传主的客观叙述，观看、诠释的方式传主无从过问（至少理论上来说）。易言之，传主已被剥夺了直接发声的权力与空间，无由直陈自己的思想或情感，哑口无言。自传与传记还有一个更重要的、本质上的分别。这关乎传主的思想与意识(consciousness)结构："传记写的是一个业已完结的生命，一个终极；自传写的是一个仍在持续中的生命。"(Biography is about a completed life, a telos; autobiography, about a life in process.)[2]从这个角度来看，书写自己的故事有一个重要的本体论意义：文本在见证着，自己还存活，思想还在受想行识中，拥有生命

---

[1] Jerome Bruner, "The Autobiographical Process," in Folkenflik ed., *The Culture of Autobiography*, p. 42。
[2] Folkenflik, "Introduction：The Institution of Autobiography," p. 15.

的过去、现在与未来的生命。①

本节讨论牧斋一组相当特别的自传性文本,其撰作的缘由,是要摆脱一连串以牧斋为形构对象的传记性文本。牧斋拒绝被"冰封"在自己特定的生命阶段、被凝固在一个刻板印象中、被剥夺发声的权力和空间,变得像图像那样哑口无言。牧斋跟华兹华斯一样,厌恶那种无法"思想",苍白无力的比喻性语言。他要以"存活者"的态势开口说话,且不许岁月催人老。牧斋这个"反传记行动"的最终目的是要抗拒被他人索然无味地或错误地诠释,而"反传记",也是不让岁月、死亡狂傲的一种作为。

华兹华斯和德曼谈的是纪念死者的墓志铭,而我们要探讨的,却是无论从目的、功能或情韵来看都大异其趣的庆生文本:寿文、

---

① 本书稿审读人于审读意见书中有高明之论,颇可与笔者本章所述相发明,特节录如下,以飨读者,并以志谢。审读人云:……(杜联喆辑《明人自传文钞》[台北:艺文印书馆,1977])其中有钱世扬所撰《畸人传》。世扬乃牧斋之父,自号畸人。《畸人传》者,世扬之"自传"也。文末数行,述作"自传"之所由云:"既以畸于人,安所得身后名。然亦何可泯泯如荐草。令其出于他人之手而失真,不若自传之为真也。乃论次其生平作畸人传。"检《牧斋外集》卷十四《先父景行府君行状》收篇有云:"惟是先君大节懿行,较著耳目者,敢参伍先君所自传,而状之如右。固曰与其出于他人之手而失真,不若自传之为真也。孤之状先君,所一言半词,稍溢先君之自传者,先君其吐之乎?孤则何敢。"牧斋方外交弘储继起撰有《退翁自铭塔》,见《灵岩纪略》。审其撰《自铭》之由,与牧斋之父所言至相近:"自铭塔者何?门弟子与翁营归藏之地,而翁忧其身后之文之不获称心也,故自铭。盖自世有谀墓之文,于是有谀塔之文。身后之文,往往文过其实,翁耻之。"铭末署辛亥,合康熙十一年。盖示寂前之一载也。牧斋有同祖弟名谦贞字履之者,亦能诗,有《未学庵诗集》,顺治毛氏汲古阁刻。惜其书流传不广,今之治虞山之学者,遂鲜及之。履之三十时有《自叙》七律一首,五十二岁作《自叙小传》,四言十二韵。至牧斋之平生友好与门人,如缪昌期、李流芳、王时敏、黄道周、黄周星及归庄等,咸有《自传》行世,俱见杜辑《明人自传文钞》。然则作者所论述"自传性时刻"一说,亦明末清初作者一时之风尚耶?(见意见书,第11—12页)

寿诗。

顺治八年(1651)九月,牧斋七十初度,执意避寿,驰往南京小住,仍觉"市嚣聒耳,乃出城栖长干大报恩寺,与二三禅侣,优游涉月,论三宗而理八识"(葛谱)。又作《七十答人见寿》诗一首,其词曰:

> 七十余生底自嗟?有何鳞爪向人夸?
> 惊闻寒窣床头蚁,羞见彭亨道上蛙。
> 着眼空花多似絮,撑肠大字少于瓜。
> 三生悔不投胎处,罩饭僧坊卖饼家。

《有学集》卷4,第177页

牧斋诗是"答人见寿",可见此次避寿行动并没有完全成功。即便已住到大报恩寺里去了,依旧有人献上祝寿诗文。牧斋在诗末发出"三生悔不投胎处,罩饭僧坊卖饼家"之叹喟。言辞间除了表达了对宗门法海的倾心向往,更重要的是,道出了作为一个公众人物的尴尬困境:为盛名所累,不但己之言行在在要满足、呼应人们的期盼,且举手投足,一言一行,都有可能成为别人书写、刻画的对象,无所遁形于天地之间。牧斋不喜贺寿文词的原因在一篇贺人六十初度的寿文中有所透露,说:"余栖心内典,观世间文字相,如幻影阳焰,况近代祝嘏之词,类于俳优,久欲谢绝而未能也。"(《海宇王亲翁六十初度序》,1658;《全集》第7册,第451页)数年之后,他又说:"吴中近俗,争夸诩为称寿述德之词,牛腰行卷,所至塞屋,金厢玉轴,照曜堂户。"(《畔城张孝子锡类编序》,1660;《全集》第7

册,第391页)此种"类于俳优"的祝嘏诗文似乎并不只流行于吴中。归庄在康熙七年(1668)为吴伟业(1609—1671)写的《吴梅村先生六十寿序》中曾说:

> 戊申五月甲子,为先生六十诞辰。某方奉先生之书渡江至海陵,留滞逾时,不能以时趹进一觞;至长至节中,始获登堂,而又不知所以为寿。盖先生科名之盛,官阶之崇,誉望之隆,祚胤之繁昌,邱园室家之乐,眉寿之无疆,福嘏之未艾,计当世士大夫之为先生寿者,皆已称述无遗,无待于山野穷贱孤独之人。而山野穷贱孤独之人,欲铺扬颂美,以求媚悦,又非所以自处也。故特举文章一事,与先生之所以推扬先达、下交晚进者,叙述其略。冀先生之一笑而举其觞,知先生当不以世俗之所以为寿者为责我也。①

此段文字从侧面反映出,当时士大夫撰制寿诗寿文,泰半有公式套路可循:述"科名",美其举业出类拔群;述"官阶",颂其位居要津;述"誉望",表其德高望重;述"祚胤",歌其福祚隆兴、子孙繁昌;述"室家",羡其琴瑟和鸣;结以"眉寿""福嘏"之祝,亦不过寿比南山、福如东海之意。其千篇一律,趣味索然可以想见。难怪牧斋大发牢骚,认为"近代祝嘏之词,类于俳优",无非逢场作戏,喧闹一番,如优人模仿他人动作,拿腔作势,断不能彰显传主的真性情、真眉目,是故必欲"谢绝"之为痛快。

---

① 〔清〕归庄:《归庄集》(上海:上海古籍出版社,1984),第261—262页。

在八十岁来临前的一年,牧斋展开了更大规模的文宣活动,希望遏止别人在他来年诞辰时献奉寿诗寿文。他给族弟钱君鸿写了一封长信:《与族弟君鸿论求免庆寿诗文书》(1660),其主要内容录如后:

> 笺后人谦益白,君鸿贤弟秀才足下:昨得书,抚教甚至。惠长律六百言,期以明年初度,长筵促席,歌此诗以侑觞。开函狂喜,笑继以怃。俄而悄然以思,又俄而蹴然以恐,盖吾为此惧久矣。犬马之齿,幸而及耄。四方知交,不忘陈人长物,或有称诗撰文,引例而相存者,良欲致词祈免,而未敢先也。今此言自吾子发之,则吾得间矣。敢借子为鼛鼓,以申告于介众。吾子其敬听之无忽。
>
> 今夫人之恒情,所欣喜相告者,颂也,祝也。其所掩耳匿避者,骂也,咒也。子之爱我怜我,欲引而致于我者,其必为颂为祝,而不为骂且咒也审矣。今吾有质于子,夫有颂必有骂,有祝必有咒,此相待而成也。有因颂而召骂,有因祝而招咒,此相因而假也。若夫即颂而为骂,即祝而为咒,此则非待非因,非降自天,无可解免者也。
>
> 今吾抚前鞭后,重自循省,求其可颂者而无有也。少窃虚誉,长尘华贯,荣进败名,艰危苟免。无一事可及生人,无一言可书册府。濒死不死,偷生得生。绛县之吏不记其年,杏坛之杖久悬其胫。此天地间之不祥人,雄虺之所慭遗,鸺鹠之所接席者也。人亦有言:"臣犹知之,而况于君乎?"今我之无可颂也,我犹知之,而子顾不知?我昭而子反聋,无是理也。我知

之,子亦知之,而眯目糊心,懵而相颂。子之出于笔舌也则易,而我之恟骇怛悸,眊然而当之也则甚难。韩退之曰:"欢华不盈眼,咎责塞两仪。"今也欢华则无,咎责滋大。子虽善颂,将若之何?

子之颂我,铺陈排比,骈花而错绣。吾读之,毛竖骨惊,以为是《客嘲》之庾词、《头责》之变文也。允矣哉,颂之为骂也! 夫安得而不怖?哀哉斯民,老而不死。如秋机树,春则还生;如冬冰鱼,暖则旋活。昧昧焉,屯屯焉,听其以大地为圈牢,以人世为巢幕,斯亦已矣。颂赞之不已,又从而祝延之,申之以眉寿,飨之以钟鼓。当斯时也,如睡斯魇,如梦斯噩,耳目瞀乱,血脉偾张。三彭喁唲,五神奔窜。虽有善咒者,莫毒于此。奚必出子都之三物,诅熊相于实沈,而后谓之咒与?故曰:祝有益也,咒亦有损。知咒之有损,则祝之无益也,可知已矣。吾子其何择焉?子如不忍于骂我也,则如勿颂。子如不忍于咒我也,则如勿祝。以不骂为颂,颂莫祎焉。以无咒为祝,祝莫长焉。吾子而不爱我也则已,子诚爱我怜我,犹以是为橘中之遗叟,鸡窠之老人,矜全之,护惜之,养其不材,而保其天年,则盍亦祓除其骂咒,使其神安无恐怖乎?诚欲祓除骂咒,则请自祈免颂祝始,在吾子善择之而已矣。

《有学集》卷39,第1339—1341页

此处引文第一段嗟叹,自己还有一年才八十初度,但族弟君鸿已迫不及待,献上长律六百言(七十五句)贺寿。牧斋"蹴然以恐",遂借回复的机会,写下长篇大论的《求免庆寿诗文书》,用以辞谢四方知

107

交引例相存而称诗撰文。第二段点破庆寿体文在修辞上的筑构性、虚伪性。为满足此类文体特定功能的要求,寿诗寿文拼凑的意义必然在"为颂为祝"的语境中打转。第三段点出,庆寿文体另一基本性格是隐瞒真相、真理,刻意回避某些传主忌讳的重要情实。如自己"少窃虚誉,长尘华贯,荣进败名,艰危苟免",性格、行事充满缺憾,"无一事可及生人,无一言可书册府"。至其目下的生存境态:"濒死不死,偷生得生。绛县之吏不记其年,杏坛之杖久悬其胫。"意者子曰:老而不死是为贼,以杖叩其胫,①庶几近之。然而撰作寿诗寿文者必会"眯目糊心,懵而相颂",顾左右而言他,刻意遗落真相。第四段指出,庆寿诗文在先天上已为隐藏真相、真貌的话语,而在修辞策略上又必尽"铺陈排比,骈花而错绣"之能事,则在明眼人看来,称寿述德、"为颂为祝"之词,反而变为"为骂且咒",满载嘲讽意味的"廋词""变文"。②

《求免庆寿诗文书》的结尾突然出现一片清雅绝俗的超然情景:

> 江天孤迥,如在世外。禅诵之余,清斋迟客。盘无黄鸡紫蟹之具,饭有红莲白稻之炊,煮葵剪韭,酌醴焚枯,农家之常供

---

① 语出《论语·宪问》。
② 《汉书·扬雄传下》:"时雄方草《太玄》,有以自守,泊如也。或嘲雄以玄尚白,而雄解之,号曰《解嘲》。其辞曰:客嘲扬子曰……"〔汉〕班固撰,〔唐〕颜师古注:《汉书》(北京:中华书局,1962)卷87下,第3565—3566页。《世说新语·排调》:"头责秦子羽。"刘孝标注引张敏《头责秦子羽文》:"子欲以名高也,则当如许由、子威、卞随、务光,洗耳逃禄,千载流芳。"〔宋〕刘义庆撰,〔梁〕刘孝标注:《世说新语》(《景印文渊阁四库全书》,第1035册)卷下之下,第4a页。

也。捣香筛辣,折花倾酒,仙家之风物也。弟劝兄酬,我歌汝和,欢击瓦缶,醉卧竹根。诚不知夫东海之扬尘、北山之移谷也。子能去子之占占者、嘐嘐者,刳心易貌,而从我游焉,则善矣。去人促迫,语不能了。仅毕其说,以报谢足下,并以为约。谦益再拜。

《有学集》卷39,第1342页

"弟劝兄酬,我歌汝和",唤起的隐约仍是贺寿的场面,唯此老端的"会分身",妙笔一挥,从上面充满虚假、恶俗的"长筵促席",一跃而至"江天孤迥,如在世外"的桃源仙境,"欢击瓦缶,醉卧竹根",逍遥自在。这破空而来的"移置"(displacement)又完成了一次转喻性替换的表演。借之召唤出来的理想境态安静地、优雅地,但又强有力地疏离着、嘲讽着、批判着现实世界中的庆寿文字和种种做作。牧斋约请钱君鸿"去子之占占者、嘐嘐者,刳心易貌,而从我游",则在此清境美土中的牧斋的容颜,亦非世人所熟知的了。其为貌果何如?我们可能要再一次"试问陶家形影神"了。

《求免庆寿诗文书》牧斋刻印了不少副本,广寄四方友好。同年邮寄周安石的信中就附了一份:

> 弟以明年八旬,痛绝称寿之客,以此决不为人作寿诗,而不能不为仁兄破例,口占一律,以为元叹续貂,并辞寿小笺奉上。此笺与介寿之诗,同函奉致,恐当为歧舌国中人。明年仁

> 兄为守辞寿之戒,不必李桃之报也。①
>
> 《全集》卷7,第237—238页

牧斋逸脱的方向也可以是横向的:立足于另一种文类去颠覆朝他而来的传记性企图。与其寄望别人不以陈腐的方式描画自己,不如自己做一次"自我定义"的动作,以正视听。是以同年牧斋有《书史记齐太公世家后》一文,属史论,但牧斋是如此收结该文的:

> 昔者周史卜畋,其兆曰:"将大获,非熊非罴。"而诗人歌牧野肆伐,则曰"维师尚父,时维鹰扬。"鹰扬云者,所以极命百岁老人,飞腾鸷击,攫身侧目之状,非熊非罴,犹为笨伯云尔。廉颇老将,被甲上马,亦尚可用。马援征壶头病困,曳足以观鼓噪,年才六十余耳,独不畏此翁笑人耶?今秋脚病,蹒跚顾影。明年八十,耻随世俗举觞称寿,聊书此以发一笑,而并以自励焉。②
>
> 《有学集》卷45,第1501—1502页

---

① 另二例:《与徐元叹》:"昨有辞寿诗文一首,即日当呈看,却要求袁重其作说帖传送也。一笑!"《全集》第7册,第252页;《与邵潜夫》:"明年八十,有谢称寿笺一通,附博一笑,勿谓此老倔强犹昔也。"《全集》第7册,第264页。
② 越年,牧斋有《五石居诗小引》(1661)一文,再发挥此义:"生甫秦川公子,一麾出守,载廉石以归,补衣竹杖,居然道人也。然吾相生甫,方颐丰下,两颊光气隐隐,以为晚年当有遇合,为功名富贵中人,生甫闻而笑之。吾年八十,每搜史册中老人作伴侣。吴季子年九十,能将兵伐陈,苏长公以为仙去不死。太公七十起于屠钓,牧野鹰扬,正在百岁时。安知生甫晚遇,不如此两人耶?"《有学集》卷20,第859—860页。

此文绝大部分属考史文字,广引秦汉典籍,多方考论,辨明"太公七十鼓刀始学读书,则遇文王时为八十"。牧斋"书史记齐太公世家后"云云,究赜探微,其实意在"六经注我"。在上引文字中,牧斋坦白道出,此文之作,系因"明年八十,耻随世俗举觞称寿,聊书此以发一笑,而并以自励"。观此而知此文所欲兴发的,除史意外,是一个自传性时刻。文中"六十""七十""八十""百岁"的喻意,摇曳多姿地编织出一片生机、透露出种种抱负。牧斋不服老,拒绝被凝固在生命的某一阶段。年届八旬,世所谓高龄矣。惟牧斋犹指望百岁之时,以国师大老之姿,鹰扬于牧野之中。

虽然牧斋已经毫不含糊地、系统地做出了"辞寿"的"反传记"行动,还是有人成功地、满怀信心地在他的诞辰献上了称寿之文。那是归庄。今检归庄集中,有题《某先生八十寿序》一文。审其文词,系为牧斋作无疑。"某先生"云云,乃后之编辑归庄文集者窜改耳。归文曰:

先太仆尝言:"生辰为寿,非古也。"顾世俗尚之不能废,至近日尤滥甚。寻常无闻之人,至六七十岁,必广征诗文,盈屏累轴。于是有宜用诗文为寿,反峻却之为高如先生者。先生于辛丑(1661)岁年登八十,厌人之以诗文为寿,有答其从弟一书坚拒之,先期刻之传于世,盖惟恐人之赠之以言也。其门人归庄默而思曰:"吾师也,宜为寿。寿之维何?贫者不以货财为礼,舍文无以也。且先生年七十时,亦尝拒人之以诗古文为寿矣,顾于庄所作序独喜。序初书于便面,先生以为易于刊

111

敞,出册子命重录之。安知今日寿之以文,不仍得先生之欢乎?"因取先生答其弟书,反复诵玩。笑曰:"吾知所以寿先生矣!"

先生之文云:"祝我者,诅我也;颂我者,骂我也。"吾今则以诅为祝,以骂为颂。何言乎以诅为祝?先生之文云:"致祝者,将曰:'公侯之子孙,必复其始,其殆如先世籛铿,享年八百。'"吾则以为人生非金石,岂能累数百年长生久视乎!自汉以来,名臣享上寿者,如张苍、罗结百余岁,吕岱、高允、文彦博及吾朝魏、刘两文靖、王端毅、陆文定九十余岁,二千年间,指不多屈。先生之寿考,得如数公足矣,以为籛铿复见者,非愚则谀。此必无之事,岂非以诅为祝者乎。

何言乎以骂为颂?先生之文云:"绛县之老,自忘其年;杏坛之杖,久悬其胫。"据所用《论语》之事,先生盖自骂为贼矣!吾以为贼之名不必讳。李英公尝自言少为无赖贼,稍长为难当贼,为佳贼,后卒为大将,佐太宗平定天下,画像凌烟阁。且史臣之辞,不论国之正僭,人之贤否,与我敌,即为贼。是故曹魏之朝,以诸葛亮为贼;拓跋之臣,以檀道济为贼,入主出奴,无一定谓。然则贼之名何足讳,吾惟恐先生之不能为贼也!先生自骂为贼,吾不辨先生之非贼,又惟恐先生之不能为贼,此岂非以骂为颂者乎。

先生近著有《太公事考》[①]一篇,举史传所称而参互之,知其八十而从文王,垂百岁而封营丘。先生之寓意可知。庄既

[①] 即牧斋文《书史记齐太公世家后》。

以先生之自戏者戏先生,亦以先生之自期者期先生而已,他更无容置一辞也。先生如以庄之言果诅也,果骂也,跪之阶下而责数之,罚饮墨汁一斗亦惟命;如以为似诅而实祝,似骂而实颂也,进之堂前,赐之卮酒亦惟命。以先生拒人之为寿文也,故虽以文为献而不用寻常寿序之辞云。①

归庄是牧斋一个很特别的"分身""隐喻"(我们记得,隐喻得以建立,喻体与喻依之间必须存在某种类似性)。牧斋与归家是"三世有缘"。归庄是归有光(1506—1571)的曾孙。众所周知,牧斋于明季清初极力推扬归有光,誉为"宿学大儒",以其学术、文章、诗歌均非流俗可及。② 至归庄谋刻归有光全集,更以体例、编次之役属牧斋。牧斋与归庄父归昌世(1574—1645)为挚友,感情笃厚。归庄在牧斋身后曾满怀感激地述说:

> 文章之道,宋元以前无论,论近代。自宋金华开一代之风气,其后作者多有,至嘉靖而其派杂,至万历而其途塞。先太仆府君,当嘉靖横流之时,起而障之,回狂澜以就安流,而晋江、常州,其协力堤防者也。虞山钱牧斋先生,当万历芜秽之后,起而辟之,剪荆棘以成康庄,而嘉定之娄子柔、临川之艾千子,其同心扫除者也。顾府君晚达位卑,压于同时之有盛名者,不甚章显,虞山极力推尊,以为三百年第一人,于是天下仰

---

① 《归庄集》,第252—253页。
② 〔清〕钱谦益:《列朝诗集小传》丁集,"震川先生归有光",第559页。

之如日月之在天,后进缀文之士,不为歧途所惑,虞山之力为多。①

归庄是牧斋的及门弟子,但他与牧斋的关系在师友之间,过从甚密,而牧斋常以归庄为一出色的"索解人"、知音许之。牧斋有《与钱础日书》,内云:

> 齐人书邮,得见佳刻多帙。珠林玉府,使人应接不暇。至于微言苦语,唤醒人间大梦。翻阅之际,赏心夺目。然亦如哑子作梦,此中了了,而口不能言,亦不敢言也。见归玄恭叙,似略识此中风旨。悠悠世上,索解人正未可多得耳。

《有学集》卷38,第1332页

牧斋坦言读钱肃润(础日,1619—1699)书中的"微言苦语",约略领会,却又无法说清楚。及读归庄为钱书所撰序文,始"似略识此中风旨"。(或曰牧斋读钱础日之微言苦语,心领神会,特慎不敢言,而喜得归庄代己言之。)牧斋在为归庄诗集所撰的序文中忆述了一事:

> 丙申(1656)闰五月,余与朱子长孺屏居田舍,余翻《般若经》,长孺笺杜诗,各有能事。归子玄恭俨然造焉。余好佛,玄恭不好佛,余不好酒,而玄恭好酒,余衰老如枯鱼干萤,玄恭骨

---

① 见归庄《吴梅村先生六十寿序》(1668),《归庄集》,第260—261页。

腾肉飞,急人之难甚于己,两人若不相为谋者。玄恭早夜呼愤,思继述乃祖太仆公之文章,以余为知太仆也,时时就问于余。论文未竟,辄纵谈古今用兵方略如何,战争棋局如何,古今人才术志量如何。余隐几侧耳,若凭轼巢车以观战斗,不觉欣然移日。余老不喜多言,玄恭诱之使言,初犹格格然,久之若牵一茧之丝,缕缕而出,又如持瓶传水,倾泻殆尽,而余顾不自知,两人以此更相笑也。

《归玄恭恒轩集序》(1656),《有学集》卷19,第821页

钱、归二人表面上的差别无损二人若合符契、亲密无间的互动、爱惜。《庄子·大宗师》中,"子桑户、孟子反、子琴张,三人相与友曰:'孰能相与于无相与,相为于无相为,孰能登天游雾,挠挑无极,相忘以生,无所终穷?'三人相视而笑,莫逆于心,遂相与友,莫然有间"①。其笑类鱼相忘乎江湖,人相忘乎道术,莫逆于心,毋庸言表。而钱、归之相契相得,除了气味相投、性情相融,还有彼此叩问、切磋、调笑、戏谑之乐。牧斋不讳言,归庄能在不知不觉中"诱之"使其言,"若牵一茧之丝,缕缕而出,又如持瓶传水,倾泻殆尽"。除了善于诱发导引,归庄还极善于发皇牧斋之心曲,代下其文之注脚,充当牧斋之"索解人"。

牧斋读归庄《八十寿文》,当会喜上眉梢,莞尔而笑。然而牧斋的"反传记行动"亦被归庄带到一个既滑稽又尴尬的结局。归庄的确是一个出色的诠释者、注解者,文章亦写得跳脱宕宕。归庄自言

---

① 〔晋〕郭象注:《庄子注》(《景印文渊阁四库全书》,第1056册)卷3,第12b—13a页。

牧斋七十岁时已厌人以诗文为己庆寿,却独喜爱其所献之寿文。原文题在扇面,牧斋恐易于破损,特命移录别册保存,可见牧斋对归庄的欣赏与肯定。今读归庄献奉的《八十寿文》,亦的确另辟蹊径,"虽以文为献而不用寻常寿序之辞"。但修辞、结构上的创新并不意味意义含量的增加。归文虽谓"以诅为祝,以骂为颂",实则先行相对化(relativize)了"诅"与"骂"的惯常意义,使之在自己建立的语境中具有"祝"与"颂"的意义向度,然后顺着牧斋原文的理路、揣摩着牧斋的爱憎,补充了可符钱望的例子,肆意"为颂为祝",最后更画龙点睛地突显了牧斋"八十而从文王,垂百岁而封营丘"的愿望。然而典故作为隐喻是喻体联想性的延伸,不会增加喻体本质上的意义,而这里的"释义"是"随文而释",是原"词目"本义的对等置换。归庄的《八十寿文》与牧斋的《求免庆寿诗文书》《书史记齐太公世家后》构成了一个漂亮的"诠释循环"(hermeneutic circle),但同时亦带出了一个类似"活现法"的困局。数年来牧斋借着不同媒介、场合建立的流动不居的意义与自我形象被纳入归文与之对称的结构后被定型下来,形、影、神都被锁住了,无法再蜕衍变化。就此角度言,归庄是牧斋的自传性时刻、转喻、分身、发声的场所;当归庄为牧斋形神俱肖地发声、演义时,牧斋亦同时被封锁在自己的转喻中,被剥夺了声音与脸孔。当归庄朗读《八十寿文》时,我们亦仿佛听到牧斋在自己的墓碑后诵念自己的墓志铭。①

归庄善诱,但即便蚕茧之丝"缕缕而出",亦不会超过原来蚕茧的蓄藏,而"持瓶传水,倾泻殆尽",亦不会超出瓶身原来的容量。牧斋必须在"归庄"以外找寻自我发声的场所。

四、自我声音

牧斋曾说:"古人诗暮年必大进。诗不大进必日落,虽欲不进,不可得也。欲求进,必自能变始,不变则不能进。"(《与方尔止》,《有学集》卷39,第1356页)现在,我们且看牧斋如何给他自己一生中最后一组诗作品题(写于1664年1月,越数月,牧斋下世)。《病榻消寒杂咏四十六首》前冠自序,文颇长,其言曰:

> 癸卯(1663)冬,苦上气疾。卧榻无聊,时时蘸药汁写诗,都无伦次。升平之日,长安冬至后,内家戚里,竞传《九九消寒图》。取以铭诗,志《梦华》之感焉。亦名三体诗者,一为中麓体,章丘李伯华少卿罢官后,好为俚诗,嘲谑杂出,今所传《闲

---

① 固然,本节所谓之"反传记行动",不无"戏剧化"的意味,盖牧斋"辞寿"之诸多动作实"表演性"十足,作态的成分高,笔者特设计此一"情境"(situation),以便呈现各文本的表演性而已。实际上,本年前后,牧斋仍有为他人颂寿、贺寿之作,且诚如本书审稿人所指出,即便牧斋尝有"辞寿"之意,终亦不能无"自寿"之诗,即《红豆树二十年复花九月贼降时结子才一颗河东君遣僮探枝得之老夫欲不夸为己瑞其可得重赋十绝句示遵王更乞同人和之》是也(见《有学集》卷11,第549—553页)。钱曾(遵王)和作附牧斋原唱之后(同前书,第553—554页);其他同人(陆贻典、方文、冯班、钱龙惕)之和诗,见谢正光笺校、严志雄编订《钱遵王诗集笺校》(增订版),第319—323页。

居集》是也;其二为少微体,里中许老秀才好即事即席为诗,杯盘梨枣,坐客赵、李,胪列八句中,李本宁叙其诗,殊似其为人;其三为怡荆体,怡荆者,江村刘老,庄家翁不识字,冲口哦诗,供人姗笑,间有可为抚掌者。有诗一册,自谓诗无他长,但韵脚熟耳。余诗上不能寄托如中麓,下亦不能绝倒如刘老,揆诸季孟之间,庶几似少微体,惜无本宁描画耳。或曰:三人皆准敕恶诗,何不近取佳者如归玄恭为四体耶?余鞭然笑曰:有是哉!并识其语于后。腊月廿八日,东涧老人戏题。①

《有学集》卷13,第636页

此序结撰的意态、意趣有系谱可寻。《跋留题丁家水阁绝句》(1656)曰:

余澹心采诗,来索近作。余告之曰:"吾诗近有二种:长言放笔,漫兴无稽,强半是静轩先生有诗为证。若乃应酬牵率,枯肠觅对,'子路乘肥马,尧舜骑病猪',取作今体诗□,自谓独绝。"澹心为抚掌大笑。此诗削稿,改罢长吟,自家意思,便多不晓,大率是前所云耳。书一通寄澹心,传示白门诸友,共一哄堂耳。丙申仲春少三日,蒙叟书于燕子矶舟中。

《全集》册8,第906页

---

① "东涧老人"是牧斋顺治十二年(1655)开始用的别号,或曰"东涧遗老"。牧斋在《题吉州施氏先世遗册》(1662)中解释过此号之由来:"乙未(1655)岁,(施)伟长游临海,谒先庙,拜武肃、忠懿、文僖画像,获观铁券及周成王飨彭祖三事鼎,鼎足篆'东涧'二字。以周公卜宅时,乃卜涧水东,瀍水西,故有此款识也。谦益老耄昏庸,不克粪除先人之光烈,尚将策杖渡江,洒扫墓祠,拂拭宗器,以无忘忠孝刻文,乃自号东涧遗老,所以志也。"《有学集》卷49,第1600页。

《题为龚孝升书近诗册子》曰:

> 往在白下,余澹心采诗及余。余告之曰:老来作诗,约有二种。长言谰语,率意放笔,不征典故,不论声病,吴人嗤笑俚诗,谓是静轩先生有诗为证。余诗强半似之。至若取次应酬,牵率属和,撑肠少字,捻须乏苗,不免差排成联,寻扯作对。"子路乘肥马,尧舜骑病猪"。此十字金针诗格,闷为家宝。但是扇头屏上,利市十倍。不敢云"舍弟江南,家兄塞北"也。金陵士友,为之哄堂大笑。顷孝老过吴门,出素册属写近诗。扁舟细雨,聊为命笔。辍简观之,大约是二种诗中前一种耳。睆晚失学,老归空门。世间文字,都如嚼蜡。诗选之刻,流传咸阳,闻高句丽使人颇相访问。而大冠如箕,有戟手骂詈者。若令见余旧诗,拖沓潦倒,向慕者或不免抚掌三叹,而唾詈者庶可以开口一笑也。孝老爱我,将以"老去诗篇浑漫兴"代为解嘲,则吾岂敢。

《有学集》卷47,第1553页

三文都像戏言,洋溢着自嘲(self-mockery)的意味,但自嘲之余又复满载自得之意、自得之趣,而从其中对姿态(manner)、语态(tone)等话题的谈论,我们或可进窥牧斋对言语行为、发声(articulation)与文学主体性的最后思维向度。

诗歌在这里,几乎可视作"日用本领工夫"①,是日常生活(the everyday),"吾家事"②。《跋留题丁家水阁绝句》,自谓近作有两种写作模态,一是"长言放笔,漫兴无稽",一是"应酬牵率,枯肠觅对",均恃诗艺娴熟,出口成章。但牧斋于此二种撰制中仍是有所取舍的。《留题丁家水阁绝句》写就后有经过"削稿""改"的过程。虽云"放笔""漫兴",仍有可取之处,不忍割弃,修削后拦入集中。《题为龚孝升书近诗册子》显系《跋留题丁家水阁绝句》的扩充版。于此,所谓"长言放笔"的含义有进一步的引申,拈出"不征典故,不论声病"为其表征,则牧斋不以格律、格调为论,不以"俚诗"为鄙俗,讲求性情优于格调矣。至如"应酬牵率,枯肠觅对"之制,虽自嘲颇类"子路乘肥马,尧舜骑病猪"③一路诙谐韵语,却有"市场"价值,"扇头屏上,利市十倍"。率尔成咏亦游刃有余,言外之意,是颇满足于自己的急智巧思的。前跋《留题丁家水阁绝句》,自判所作多"放笔""漫兴"之什,今为龚鼎孳(1616—1673)书近诗册子,搁

---

① 挪用朱子语,但绝无其"平日庄敬涵养之功"的暗示。
② 挪用老杜语,但绝无其训子宗武郑重写诗的意味。
③ "子路乘肥马,尧舜骑病猪",实为明冯梦龙(1574—1646)所撰题联。《论语》有"骑肥马,衣轻裘""尧舜其犹病诸"之语。冯集《古今谭概·无术部》"中官出对"条嘲考官,"太监府有历事监生,遇大比,亦是本监考取类送乡试。一珰不深书义,曰:'今不必作文论,只一对佳便取。'因出对云:'子路乘肥马。'诸生俯首匿笑。一點者对云:'尧舜骑病猪。'珰大称善。"〔明〕冯梦龙辑:《古今谭概》(上海:上海古籍出版社,2002年《续修四库全书》,子部杂家类第1195册影印明刻本)卷6(原刻无页码,《续修》本总第274页)。上引《题为龚孝升书近诗册子》文中"舍弟江南,家兄塞北"云云,实作"舍弟江南没,家兄塞北亡",出〔宋〕胡仔《渔隐丛话》(《景印文渊阁四库全书》,第1480册)引《遁斋闲览》:"李廷彦献百韵诗于一达官,其间有句云:'舍弟江南没,家兄塞北亡。'达官恻然伤之,曰:'不意君家凶祸重并如此。'廷彦遽起自解曰:'实无此事,但图对属亲切。'"前集卷55,第7a—7b页。

笔睇视,依然满纸"长言谰语"。牧斋一代诗宗、文坛领袖,读者将如何看待?于此牧斋竟再下一转语,谓龚鼎孳爱己,必举老杜"老去诗篇浑漫兴"以况之,①为己"解嘲"。然则诗人"暮年"之变、之进,"漫兴"是一个方向。"拖沓潦倒",其人本色,"粗服乱头",亦可了悟自家面目,任性适情,笑骂由人可也。就此角度言,"漫兴"是"日常生活诗学"(everyday poetics)的一个美学范畴,也是牧斋暮年诗一大特色。然而我们不能就认为,牧斋晚岁之作都"不征典故,不论声病",率尔操觚,浅近鄙野。他所侧重的,应是诗性自我发声、抒发(poetic self-expression)的可能性、自由幅度,以及其可能呈现的面貌。牧斋在较严肃的场合曾论述过明人杨循吉(1456—1544)对"好诗"的看法。杨氏曰:"予观诗不以格律体裁为论,惟求直吐胸怀、实叙景象,妇人小子皆晓所谓者,然后定为好诗……"牧斋案曰:"近代崇奉俗学,以剽贼模拟为能事,君谦斯言,真对病之药也……"②可见《跋留题丁家水阁绝句》与《题为龚孝升书近诗册子》行文或似戏论,其实仍与牧斋的诗学主张有若干关联的。

《病榻消寒杂咏》诗序亦以诙谐幽默的语调写成,论所谓"三体诗"的部分亦似即兴而发,信手拈来。但此文与上述二文有两个重要的分别:一者牧斋在释解诗题"消寒"一语上,有一沉痛寄托。一者顺着牧斋论"三体诗"的方向,我们或可以探论牧斋对诗歌语言与主体性关系的最后看法。先论前者。

---

① 出杜甫《江上值水如海势聊短述》。
② 〔清〕钱谦益:《列朝诗集小传》丙集,"杨仪部循吉",第281页。

画《九九消寒图》,富贵人家"升平之日"事也。① 然牧斋撮其语"以铭诗",却是寄托"《梦华》之感",则追忆往昔升平岁月、心伤国变沧桑乃其弦外之音矣。《东京梦华录》作者孟元老生长于北宋末年,长住汴京,北宋覆亡后南逃。晚年追忆旧京繁华模样,写成《梦华录》。在写《病榻消寒杂咏》序文前一二年间,牧斋曾二度言及《梦华录》,皆不胜感慨唏嘘。其于《跋方言》(1661)云:

> 余旧藏子云《方言》,正是此本,而纸墨尤精好。纸背是南宋枢府诸公交承启札,翰墨灿然。于今思之,更有《东京梦华》之感。

《有学集》卷46,第1517页

于《跋抱朴子》(1662)云:

> 《抱朴子·内篇》二十卷,宋绍兴壬申岁刻,最为精致。其跋尾云:"旧日东京大相国寺东荣六郎家,见寄居临安府中瓦南街东,开印输经史书籍铺。今将京师旧本《抱朴子·内篇》

---

① 刘侗《帝京景物略》"春场"条述画《九九消寒图》之习俗:"日冬至,画素梅一枝,为瓣八十有一。日染一瓣,瓣尽而九九出,则春深矣。曰'九九消寒图',有直作'圈九丛''丛九圈'者,刻而市之,附以九九之歌,述其寒燠之候,歌曰:'一九二九,相唤不出手。三九二十七,篱头吹觱篥。四九三十六,夜眠如露宿。五九四十五,家家堆盐虎。六九五十四,口中呵暖气。七九六十三,行人把衣单。八九七十二,猫狗寻阴地。九九八十一,穷汉受罪毕。才要伸脚睡,蚊虫蟰蚤出。'"见〔明〕刘侗《帝京景物略》(《续修四库全书》,史部地理类第729册影印明天启刻崇祯增修本)卷2,第46b—47a页。

校正刊行。"此二行五十字,是一部《东京梦华录》也。老人抚卷,为之流涕。岁在壬寅(1662),正月四日,东涧遗老谦益题。

《有学集》卷46,第1522页

牧斋抚宋本《抱朴子》"为之流涕"之际,北宋覆亡与明清兴亡更替的历史记忆亦在牧斋的感喟中糅合为一。于此,不妨借古喻今,以孟元老序《梦华录》之语,转喻牧斋今日之心情。孟元老说:

仆从先人宦游南北,崇宁癸未到京师……。太平日久,人物繁阜。垂髫之童,但习鼓舞;班白之老,不识干戈。时节相次,各有观赏。……仆数十年烂赏叠游,莫知厌足。一旦兵火,靖康丙午之明年,出京南来,避地江左。情绪牢落,渐入桑榆。暗想当年,节物风流,人情和美,但成怅恨。……古人有梦游华胥之国,其乐无涯者。仆今追念,回首怅然。岂非华胥之梦觉哉。目之曰《梦华录》。……此录语言鄙俚,不以文饰者,盖欲上下通晓耳。观者幸详焉。[①]

千头万绪的记忆、幽怨哀伤的感情、隐微曲折的心事,亦需可以通达的语言承载。或曰"上下通晓"的语言背后,亦可寄托"华胥之梦觉"的沉痛记忆与感慨。下论牧斋诗序中"三体诗"之说。

"三体诗"云云,牧斋杜撰之词耳。"中麓体",李开先(1502—1568)四十岁罢官后所制《闲居集》之风貌,"嘲谑杂出"之"俚诗"。

---

① 〔宋〕孟元老:《东京梦华录》(《景印文渊阁四库全书》,第589册),第1a—2a页。

牧斋《列朝诗集小传》称李"为文一篇辄万言,诗一韵辄百首,不循格律,诙谐调笑,信手放笔。……所著,词多于文,文多于诗。……多流俗琐碎,士大夫所不道者"[①]。言下之意,不无讥弹。今考明嘉靖年间,唐顺之等出而矫文必秦汉、诗必盛唐之复古主张。李开先为诗文词曲,反模拟蹈袭,与唐等互通声气,颇为密切。于此一端,牧斋是颇为赞赏的。虽然,犹以其作"多流俗琐碎"为憾。此处则谓李诗有"寄托",为己所"不能"。则其"寄托"者何?牧斋《初学集》中有《跋一笑散》一文,谓"其自序以谓无他长,独长于词,远交王渼陂,近交袁西野,足以资而忘世,乐而忘老。……又曰:借此以坐消岁月,暗老豪杰。呜呼!其尤可感也!"(《初学集》卷85,第1791页)观此则牧斋或自谦不如李开先之能以文字游戏人生、消遣岁月,文酒词曲自乐而"老豪杰"于诙谐调笑之俚语中。则牧斋此"不能",乃人生情调之抉择、个人情性之不同,非谓己之制作不如中麓体嘲谑杂出之鄙俚也。

"少微体",老秀才"即事即席"之作,"近取诸身",眼前寻常物事,身边张三李四,亦可入诗,演成八句一律。与"少微体"创作机制相近者"怡荆体",庄家翁刘老不识字,冲口吟哦,诙谐滑稽,偶有天趣。牧斋谓己作"不能绝倒如刘老",纯系戏语,可勿论。三体相较,牧斋自揣"庶几似少微体",特标出"李本宁叙其诗,殊似其为人"。则"少微体"率性自在,以能显露个人性情面貌而又不失为艺事为胜矣。牧斋颇以"无本宁描画",叙己之诗为憾。本宁者,明季名臣李维桢(1547—1626)是也。李负文名于当世,唯牧斋对李诗

[①] 〔清〕钱谦益:《列朝诗集小传》丁集上,"李少卿开先",第377页。

文之"品格"不无微词。《列朝诗集小传》评李维桢云："自词林左迁，海内谒文者如市，洪裁艳词，援笔挥洒，又能骫骳曲随，以属厌求者之意。其诗文声价腾涌，而品格渐下。余志其墓云：'公之文章固已崇重于当代矣，后世当有知而论之者。'亦微词也。"①则牧斋缘何于诗序中又抒发了欲得李维桢为己叙诗的愿望？除了写活了少微体的许老秀才的面目，对牧斋而言，李维桢还代表着一个已逝去的、令人怀缅的时代。牧斋在《邵潜夫诗集序》(1660?)中说：

> 通州邵潜夫，以诗名万历中，为云杜李本宁，梁溪邹彦吉所推许。乙卯(1615)之秋，潜夫挟彦吉书谒余，不遇而去。迨今四十五年，潜夫附书渡江，以诗集见贻。……当鸿朗盛世，本宁以词林宿素，自南都来访彦吉及余，参会金昌、惠山之间。彦吉山居好客，园林歌舞，清妍妙丽，宾从皆一时胜流，觞咏杂沓。由今思之，则已为东都之燕喜、西园之宴游，灰沉梦断，迢然不可复即矣。……潜夫诗和平婉丽，规摹风雅，自以七叶为儒，行歌采薇，而绝无嘲啁噍杀之音。读潜夫之集，追思本宁、彦吉，升平士大夫，儒雅风流，仿佛在眼。于乎！其可感也！余每过彦吉园亭，回首昔游，天均之堂，塔光之榭，往者传杯度曲，移日分夜之处，胥化为黑灰红土。与旧客云间徐叟，杖藜指点，凄然别去。

《有学集》卷19，第811—812页

---

① 〔清〕钱谦益:《列朝诗集小传》丁集上，"李尚书维桢"，第444页。李维桢，《明史》有传。另参钱谦益《李本宁先生七十叙》，《初学集》卷36，第1006—1007页；《南京礼部尚书赠太子少保李公墓志铭》，《初学集》卷51，第1297—1299页。

125

牧斋之思怀李维桢,以李能唤起一个"鸿朗盛世""升平士大夫"文酒风流的年代。其诗文"品格"之高下与否,已不是至关重要的考虑了。循着李维桢的身影,牧斋能找回晚明时"儒雅风流"的自己。

《跋留题丁家水阁绝句》《题为龚孝升书近诗册子》中的"漫兴"与《病榻消寒杂咏》诗序中的"漫兴"在"日常生活诗学"中的展演是相似的、同质的,都建立在与身边物事、众生"游"的平常心与自在。既然诗是生活,内里的环节当然不可能尽是佳构,平庸、乏味、滑稽、荒唐的可能更多,更不用说败笔亦比比皆是。何况老人心事,过眼繁华,如梦如泡影,平常日用,亦别有滋味在心头,里中许老秀才,名不见经传,亦仿佛自己分身。然而,牧斋已暗示,我们观看《病榻消寒杂咏》诗,在日常生活的意态、意韵外,尚需注意其中所寄托的"《梦华》之感"。则这组文本,"漫兴"而外,也是一座"墓碑",上面的"墓志铭"铭写着明清之际的历史、文化记忆,以及牧斋个人的遭际与命运。就此意义言,牧斋晚岁之作,尤其是《病榻消寒杂咏》诗,"中麓""少微""怡荆"三体都是,又三体都不能道尽牧斋文词背后的隐微的寄托。

有人说,三体以外,别有一体,甚佳,时称"玄恭体"。牧斋靦然笑曰:"有是哉?"有是哉? 已经透过转喻结构捕捉到了里中的许老秀才,又何必劳烦昆山归庄玄恭子? 何必让自己再锁在自己的"分身"里,让"活现法"结构中自己的"对应物"代己发声?①

牧斋最后竟隐遁、停顿在一抹不置可否、得意的微笑里。

德曼说,在自传性文本中,"结束""总体化""成为存有"是不

---

① 不过牧斋亦的确有"玄恭体"长诗一首。可看《赠归玄恭八十二韵戏效玄恭体》(1662),《有学集》卷12,第595—597页。

可能的。他是指在依赖转喻性替换构形的自传性文本中,"我"永远都只是实存的我的再现,无法让"我"真正地"活"或"重活"。华兹华斯先是承认,经由"活现法"让"我"说话是一个"温柔的虚拟"。但最后仍然认为,不如让"存活者"直接发声说话。他对比喻性语言欲迎还拒、欲语还休,也是因为比喻永远无法传达、呈现、重构人作为人最本质性的存在感:感觉、感官(色、声、香、味、触等)。实际存在与文本性再现在华兹华斯的思维里形成一个无法消解的张力。而我们观看在自传性时刻出现的牧斋,就显得从容自在多了,书写的与被书写的主体各得其所,相得益彰。分别似乎在于,牧斋从不相信,诗性文本有可能呈现实存的我。他在文本中尝试缔造的,是一个借由种种"形象性"机制而示现的,在形、影、神之间不断流转、转喻的"我"。牧斋即东涧老人,牧斋又非东涧老人,二者都是自传性文本受想行识的结果而已——神与志的涌现才是牧斋的最终关怀。在这种状态下,筌所捕捉到的鱼永远都是一种再现的鱼,一种叙述的真理,是不能蒸来吃的。

第三章　蒲团历历前尘事

——牧斋《病榻消寒杂咏》诗中之佛教意象

顺治七年庚寅(1650),牧斋苦心经营、宝爱无比的藏书楼绛云楼不戒于火,毁于一旦。牧斋劫后细思因果之由,百感交集,遂发大心愿:"誓尽余年,将世间文字因缘,回向般若。"(《大佛顶首楞严经疏解蒙钞缘起论》,《全集·牧斋有学集文钞补遗》,第473页)嗣后十余年间,直至康熙三年(1664)逝世前数月,牧斋孜孜矻矻,劳筋苦骨,制成佛经笺疏多种,其中尤以《大佛顶首楞严经疏解蒙钞》耗时最久,卷帙最繁浩,于佛学的贡献功德无量。毫无疑问,纂疏佛经及从事与宗门有关的工作是牧斋晚年生活中的重要部分,其诗文中佛教意象更俯拾即是,乃牧斋晚年文字的一大特色。①

本章主要析论《病榻消寒杂咏四十六首》中以佛事为素材、为氛围的七首诗,余及其他取象于佛教事典的诗联十余联。本章侧重的是文学意象(literary imagery)的分析,虽难免涉及若干佛学义理,但都是为了更有效地诠释文本中的佛教意象而述及,并非本章论述的重心。究其实,本章所探论的诗篇及诗联,循之可彰显牧斋桑榆晚景时的心绪与情怀,或生活情景,但诗之为文学、美学结撰与佛学之为学,终究属不同的表义系统、知识论场域,若执诗中一二佛教意象、名相而邑谈佛学,过分强调牧斋诗中的佛学义理成分,难免有割裂文意之嫌,终非明智之举。

本章含五节。第一节让"夫子自道",借由检讨牧斋为《大佛顶首楞严经疏解蒙钞》所撰的数篇《缘起》《后记》,突显庚寅绛云楼之遭火劫与牧斋"卖身充佛使",抖擞筋力为佛经作疏解的时节因缘。第二节以"家"为论述框架,观察牧斋如何以家族记忆及家园情景,表抒其佛教情愫与自我定义(self-definition)。第三节探论牧斋因柳如是"下发入道"而作三诗,剖析牧斋在追忆与柳氏缔结情

---

① 牧斋与佛教、佛学之关系,相关论著多有述及,可看吉川幸次郎《居士としての錢謙益——錢謙益と仏教》,《吉川幸次郎全集》(东京:筑摩书屋,1970)第16卷,第36—54页;连瑞枝《钱谦益与明末清初的佛教》(新竹:台湾清华大学历史研究所硕士论文,1993),又氏著《钱谦益的佛教生涯与理念》,《中华佛学学报》第7期(1994年7月),第315—371页;裴世俊《钱谦益古文首探》,第44—55页;孙之梅《钱谦益与明末清初文学》,第203—257页。谢正光撰有《钱谦益奉佛之前后因缘及其意义》,《清华大学学报(哲学社会科学版)》第21卷(2006年第3期),第13—30页。谢文首驳钱锺书《管锥编》论牧斋"昌言佞佛,亦隐愧丧节耳"之说,复于牧斋先世与佛门夙缘、常熟一地其他宗族及牧斋知交之奉佛、牧斋之护佛与论政、破山寺住持去留之争诸端考辨特详,可参。

缘之始及赋咏柳氏剃发入道之际,牧斋诗中佛教意象与情韵的"出轨"表现。第四节借由析论牧斋因"新制蒲龛成"及自述注经辛劳所写各一诗,管窥牧斋暮年"针孔藕丝浑未定"的心境。第五节为余论,点评散见于上述各诗外的不同诗联中的佛教意象,以勾勒佛教元素在牧斋诗中的随机表现与应用。

《病榻消寒杂咏四十六首》写于牧斋病榻缠绵之际,也是牧斋下世前最后一组重要诗作。也许通过下文对牧斋诗中佛教意象的探讨,我们能从一个侧面窥视牧斋临终前的心境及精神状态,这也是本章写作的最终目的。

一、"将世间文字因缘,回向般若"

检读牧斋入清后诗文,我们发现,牧斋反复地说"余老归空门,不复染指声律"(《梅村先生诗集序》,《有学集》卷17,第756页)、"余老归空门,阔疏翰墨"(《叶九来锄经堂诗序》,《有学集》卷17,第773页)、"余自劫灰之后,不复作诗,见他人诗,不忍竟读"(《胡致果诗序》,《有学集》卷18,第801页)之类的话。究竟是什么因缘,使"四海宗盟五十年"(黄宗羲语)[①]的一代文坛宗匠摆出这样的姿态?

明清二代居士佛教盛行,缁白僧徒遍布天下,士大夫习禅礼

---

① 见黄宗羲《八哀诗》之五《钱宗伯牧斋》:"四海宗盟五十年,心期末后与谁传?凭几引烛烧残话,嘱笔完文抵债钱。红豆俄飘迷月路,美人欲绝指筝弦。平生知己谁人是,能不为公一泫然。"见〔清〕黄宗羲《南雷诗历》卷2,收入《黄梨洲诗集》(香港:中华书局,1977),第49页。黄诗原文夹注诗意本事,今略去。

佛，既是精神的向往，亦是社会文化氛围中的寻常活动。① 虽然牧斋在明季已为居士佛徒领袖，深通教义，广结高僧，但导致牧斋晚年于佛法义学之勇猛专攻，仍有待顺治七年庚寅，绛云楼之毁于一炬。绛云楼不戒于火，牧斋自叹为"江左书史图籍一小劫"②，其所藏宋元精本、图书玩好及所裒辑《明史稿》《昭代文集》略烬。但灵异的是，楼中诸佛像梵策却如有神护，得不焚。牧斋益信与佛事因缘非比寻常，于楼毁次年，开始撰造《楞严经疏解蒙钞》，发大心愿："誓尽余年，将世间文字因缘，回向般若。"牧斋于生命之最后十余年间，花大力气著成《心经》《金刚经》《楞严经》《华严经》诸疏解。诸经疏中，牧斋之制《楞严经疏解蒙钞》，自创始至付梓，前后历十载光阴，五六易其稿，其间艰辛备尝，于佛学贡献甚巨，亦最能见出牧斋于佛学著述之精勤。牧斋治佛经之时节因缘，其中之艰难，于数篇《楞严经疏解蒙钞》之《缘起》《后记》文字中有恳切之叙述。

命中注定要作"佛使"，抖擞筋力为《楞严经》作解，牧斋以为，少时佛祖已有开示。他十八岁时曾得一梦：

---

① 可参严耀中《江南佛教史》（上海：上海人民出版社，2000），第260—287页，"寺庙及其社会功能"一章；Timothy Brook, *Praying for Power: Buddhism and the Formation of Gentry Society in Late-Ming China* (Cambridge, Mass.: Harvard University Press, 1993)。

② 牧斋《书旧藏宋雕两汉书后》有语云："呜呼！甲申之乱，古今书史图籍一大劫也。庚寅之火，江左书史图籍一小劫也。今吴中一二藏书家，零星捃拾，不足当吾家一毛片羽。"《有学集》卷46，第1529页。牧斋又曾于《赠别胡静夫序》中云："己丑（1649）之岁，讼系放还，网罗古文逸典，藏弆所谓绛云楼者，经岁排缵，摩挲盈箱插架之间，未遑之洛诵讲复也。而忽已目明心开，欣如有得。劫火余烬，不复料理，蓬心茅塞，依然昔我。每谓此火非焚书，乃焚吾焦腑耳。"《有学集》卷23，第898页。

万历己亥(1599)之岁,蒙年一十有八,我神宗显皇帝二十有七年也。帖括之暇,先宫保命阅《首楞严经》。中秋之夕,读众生业果一章,忽发深省,寥然如凉风振箫,晨钟扣枕。夜梦至一空堂,世尊南面凝立,眉间白毫相光,昱昱面门。佛身衣袂,皆涌现白光中。旁有人传呼礼佛,蒙趋进礼拜已,手捧经函,中贮《金刚》《楞严》二经,《大学》一书。世尊手取《楞严》,压《金刚》上,仍面命曰:"世人知持诵《金刚》福德,不知持诵《楞严》,福德尤大。"蒙复跪接经函,肃拜而起。既寤,金口圆音,落落在耳。由是忆想隔生,思惟昔梦。染神浃骨,谛信不疑矣。

其开悟之神异如此。然令牧斋之发愿注经,犹待庚寅冬绛云楼之火灾。绛云毁燔,痛定思痛,悟往昔文字,都为虚妄。牧斋云:

庚寅之冬,不戒于火,五车万卷,荡为劫灰。佛像经厨,火焰辄返。金容梵夹,如有神护。震慑良久,矍然憬悟。是诚我佛世尊,深慈大悲,愍我多生旷劫,游盘世间文字海中,没命洄渊,不克自出。故遣火头金刚猛利告报,相拔救耳。克念疮痏,痛求对治。刳心发愿,誓尽余年,将世间文字因缘,回向般若。忆识诵习,缘熟是经,览尘未忘,披文如故。抚劫后之余烬,如寤时人说梦中事。开梦里之经函,如醒中人取梦中物。此《佛顶蒙钞》一大缘起也。

《大佛顶首楞严经疏解蒙钞缘起论》,《全集·牧斋有学集文钞补遗》,第472—473页牧斋此《缘起》，署年"阏逢敦牂"，即甲午，1654年，在庚寅绛云火灾后五载，书于《楞严经疏解蒙钞》稿之初成。数年后，牧斋又云：

> 蒙之钞是经也，创始于辛卯(1651)岁之孟陬月，至今年(1657)中秋而始具草。岁凡七改，稿则五易矣。七年之中，疾病侵寻，祸患煎逼，僦居促数，行旅喧呶，无一日不奉经与俱。细雨孤舟，朔风短檠，晓窗鸡语，秋户虫吟。暗烛晕笔，残膏渍纸，细书饮格，夹注差行。每至目轮火爆，肩髀石压，气息交缀，懵而就寝。盖残年老眼，著述之艰难若此。今得溃于成焉，幸矣！
>
> 《〈大佛顶首楞严经疏解蒙钞〉后记》，
> 《全集·牧斋有学集文钞补遗》，第476页

直至顺治十四年(1657)中秋，《楞严经疏解蒙钞》五削稿矣。顺治十三年(1656，《楞严经疏解蒙钞》脱稿前一年)，牧斋作《丙申元日》诗，再表志向坚定：

> 朝元颠倒旧衣裳，肃穆花宫礼梵王。
> 佛日东临辉象设，帝车南指涤文章。
> 秋衾昔梦禅灯稳，春饼残牙粥鼓香。
> 誓以丹铅回法海，三千床席劫初长。
>
> 《有学集》卷6，第264页

后数年,牧斋又云:

> 逾三年己亥(1659),江村岁晚,覆视旧稿,良多踳驳。抖擞筋力,刊定缮写。寒灯暗淡,老眼昏花,五阅月始辍简。……明岁(顺治十八年,1661),余年八十,室人劝请流通法宝,以报佛恩,遂勉徇其意。
>
> 《〈大佛顶首楞严经疏解蒙钞〉重记》,
> 《全集·牧斋有学集文钞补遗》,第478页

则牧斋之撰《楞严经疏解蒙钞》,历时几近一纪始竟其功,前后至少六易其稿。牧斋于是书耗费心血之巨,思之令人动容。除了《楞严经疏解蒙钞》,牧斋还撰述了《心经小笺》《金刚会笺》《华严经注》(是书或至牧斋逝世前一年始辍简,详下);又搜罗、编次了卷帙浩繁的《憨山大师梦游全集》,纂阅了《紫柏尊者别传》等。此外,牧斋还写下大量的高僧塔铭、传略,为高僧诗文集撰制序跋,代佛寺或佛事修募缘疏,为僧像作赞、偈、颂,并有不少与僧人往还或与佛事有关的书信。在生命的最后十余年中,从七十岁开始,牧斋为佛教典籍、佛事倾注了无限心力,其精勤与夫精进,让人肃然起敬。论者谓"先生晚岁,注经工夫居多"[①],这至少表现出了牧斋晚年生活极其重要的一面;又有谓其阐发佛学文字,明初宋濂(潜溪,1310—

[①] 〔清〕葛万里:《牧翁先生年谱》,见雷瑨、君曜编《清人说荟二编》(上海:扫叶山房,1917),第589页。

1381)以后一人而已,①推许甚厚。

在《楞严经疏解蒙钞》脱稿前后,牧斋函其友王时敏(烟客,1592—1680),有语云:

> 荒村残腊,风雪拒户。纸窗竹屋,佛火青荧。……老病日增,身世相弃。畏近城市,自窜于荒江墟落之间。人世声华,取次隔绝。……旧学荒落,老笔丛残。每思倾囊倒庋,自献左右,少慰嗜芰采菉之思。周章搪挡,惭惧而止,每以自愧,又以自伤也。衰残穷蹇,归心法门。辟如旅人穷路,迫思乡井。衣珠茫然,粪扫无计。②
>
> 《与王烟客》,《有学集》卷39,第1357—1358页

牧斋以旅人穷途感怀身世,以归依法门,犹浪子思乡,辞情逼切。但是,宗门法海,是否牧斋的最终救赎?生命临近尽头,佛教是否其安身立命之处?

二、"大梁仍是布衣僧"与"老大荒凉余井邑"

牧斋以"旅人穷路,追思乡井"比喻归心法门之逼切。"追思",是回忆、省思的心灵活动。"乡井"在闾里,安稳实在,日常引汲,近

---

① 参金鹤冲《钱牧斋先生年谱》,《全集·牧斋杂著·附录》,第8册,第948页。金鹤冲《钱牧斋先生年谱》下文简称《金谱》。
② 同书稍后,有"《首楞》一钞,稿已五削;《般若》二本,幸而先成"之语,则是书当作于顺治十四年(1657)前后。

在目前,而物比人长久,它又默默照看着时光及生命的消逝与延续。观之,察觉身下所在,难免点拨存在意识,而饮水思源,又或惹人缅想先人遗事,触动思古幽情。本节先论《病榻消寒杂咏》其二十五、二十九两章,不妨以此认知为切入点,观察牧斋如何以家族记忆及家园情境为兴寄,表抒他的佛教情愫与自我定义。

大梁仍是布衣僧

牧斋是五代十国吴越国的建立者吴越武肃王钱镠(852—932)二十五世孙。[①] 吴越王三代五世皆崇佛,于史知名。诚敬佛法,亦是海虞牧斋的家族传统,牧斋父祖辈均笃信佛教。《病榻消寒杂咏》其二十五曰:

> 望崖人远送孤藤,粟散金轮总不应。
> 三世版图归脱屣,千年宗镜护传灯。
> 聚沙塔涌幡幢影,堕泪碑磨赑屃棱。
> 莫叹曾孙憔悴尽,大梁仍是布衣僧。
> 读黄鲁直先忠懿王《像赞》有感。

《有学集》卷13,第656—657页

牧斋本首追思先祖遗事,自伤衰残穷蹇,俯首低回,结以己能如远祖皈依佛法自慰。诗后小注云:"读黄鲁直先忠懿王《像赞》有感。"

[①] 牧斋曾于《武略将军瞻云侄孙墓志铭》文后署"吴越二十五世王孙七十五翁牧斋撰"。见《牧斋杂著·牧斋外集》卷16,收入《全集》,第8册,第782页。

宋黄庭坚(鲁直)《山谷集》卷十四《钱忠懿王画像赞》云:"文武忠懿,堂堂如春。中有樏里,不以示人。雷行八区,震惊听闻。提十五州,共为帝民。送君者自崖而反,以安乐其子孙。九万里则风斯在下矣,眇大物而成仁。"①盖颂五代忠懿王归地赵宋,"共为帝民"为"成仁"之行,其子民亦得"安乐其子孙"。忠懿王即钱俶,钱镠之孙。牧斋《题武林两关碑记》亦云:"昔我先王,有国吴越。当五代浊乱之季,生全十四州之苍赤,仰父俯子,昌大繁庶。"(《有学集》卷49,第1597页)同意于黄庭坚《钱忠懿王画像赞》。

　　本诗流露着强烈的时间及历史意识,而意象与典故极为纷繁,宜逐句索解。全诗以环绕吴越王奉佛的典实为经,以己之身世及于佛法的抱负为纬。首联上句字面脱自黄山谷《钱忠懿王画像赞》:"送君者自崖而反,以安乐其子孙。"惟牧斋下"孤藤"一语,顿使"安乐"落空,而时间指涉,则自先祖远史转移至目前。"孤藤",或喻钱家直系子孙并不繁昌。牧斋为父世扬单传,自己亦只得一子孙爱(钱妾朱氏所出,钱、柳仅育有一女)。② 七十七岁时,孙佛日(孙爱子)夭逝,钱作《桂殇诗》哀悼之,达四十五章之多,悲恸可知。下句"粟散""金轮"云云,语本唐释道世《法苑珠林》之言"贵贱","总束贵贱,合有六品:一贵中之贵,谓轮王等;贵中之次,谓粟散王等;三贵中之下,谓如百僚等;四贱中之贱,谓驵驽竖子等;五贱中之次,谓仆隶等;六贱中之下,谓姬妾等。粗束如是,细分难

---

① 〔宋〕黄庭坚:《山谷集》(《景印文渊阁四库全书》,第1113册)卷14,第21a页。
② 牧斋另一子名寿耇,早夭。

137

尽"。① 牧斋句接以"总不应",则嗟叹先祖贵为王者而己家世并不富贵显赫。这是自伤之词而已。牧斋宦途虽蹇踬蹉跎,但立身明季数朝,后仕清,或出或处,仍负名望甚高,且钱家是海虞望族,牧斋至少大半生家境相当优裕,晚年欠债虽颇重,仍无衣食之虞。

次联曰:"三世版图归脱屣,千年宗镜护传灯。"句三承首二句来,言先祖三世经营,终"归脱屣"②,颇含宿命论悲观色彩,要之,祸福相倚,家族显贵,不过三代。此句本事实为吴越王之归地赵宋。明冯琦原编、陈邦瞻增辑《宋史纪事本末》略云:"太宗太平兴国三年己酉。……其臣崔仁冀曰:'朝廷意可知矣,大王不速纳土,祸且至!'俶左右争言不可。仁冀厉声曰:'今已在人掌握,且去国千里,惟有羽翼乃能飞去耳!'俶遂决策,上表献其境内十三州、一军、八十六县。俶朝退,将吏始知之,皆恸哭曰:'吾王不归矣!'"③其事确如"三世版图归脱屣"。此句言先祖"失国"事,对句则称美忠懿王之"千秋大业"。"宗镜",五代永明延寿法师(904—975)所撰《宗镜录》,马端临《文献通考》云,"晁氏曰:'皇朝僧延寿撰。……

---

① 《法苑珠林》卷5,收入大藏经刊行会编《大正新修大藏经》(台北:新文丰出版公司,1983年影印大正十三年至昭和九年大正一切经刊行会排印本),第53册,第2122经,第306a—306b页。《大正新修大藏经》下简称《大正藏》。
② "脱屣",《汉书·郊祀志》云:"天子曰:'嗟乎!诚得如黄帝,吾视去妻子如脱屣耳。'"见〔汉〕班固撰,〔唐〕颜师古注《汉书》卷25上,第1228页。又《三国志·魏书·崔林传》云:"刺史视去此州如脱屣,宁当相累邪?"见〔晋〕陈寿撰,〔刘宋〕裴松之注《三国志》(北京:中华书局,1959)卷24,第679页。又《列仙传·范蠡》云:"屣脱千金,与道舒卷。"见〔汉〕刘向《列仙传》(《景印文渊阁四库全书》,第1058册)卷上,第12a页。
③ 〔明〕冯琦原编,陈邦瞻增辑:《宋史纪事本末》(《景印文渊阁四库全书》,第353册)卷2"吴越归地",第2b—3a页。

建隆初,钱忠懿命居灵隐,以释教东流,中夏学者不见大全,而天台、贤首、慈恩性相三宗又互相矛盾,乃立重阁,馆三宗知法僧,更相诘难,至波险处,以心宗旨要折衷之。因集方等秘经六十部,华、梵圣贤之语三百家,以佐三宗之义,成此书。学佛者传诵焉。'"①吴越王崇佛,礼敬法师延寿,屡加供养,延寿《宗镜录》成且亲为制序。②《宗镜录》发明唯心义理,而"传灯"则指《景德传灯录》一类禅门著述,③灯以照暗,禅宗祖祖相授,以法传人,如传灯然,故名。其体例介于僧传与语录之间,与僧传相比,略于纪行,详于纪言,与语录相比,灯传撷取语录精要,又按授受传承世系编列,相当于史部中之谱录。"护传灯",犹护佛法以传之永久。牧斋此句歌颂先祖于佛法传承之贡献功莫大焉,诚千秋伟业。牧斋"传灯"云云,或有时代的针对性。明季清初,禅宗师承混乱,法嗣屡兴争讼,牧斋痛心疾首,一再强调撰修僧史的重要性,呼吁有心人致力厘清明末尊宿们在佛教史上的地位。④他曾相当恼火地说:

> 佛海发愿修《续传灯录》,乞言于余。……当佛海载笔之初,魔民外道,横踞法席,靡然从之者,如中风饮狂,叫号跳踯,余辞而辟之,欲以一掌埋江河,故于斯录之修,嗟咨太息,三致

---

① 〔清〕马端临:《文献通考》(《景印文渊阁四库全书》,第610—616册)卷227,"宗镜录一百卷",第9b—10a页。
② 参〔宋〕志磐《佛祖统纪》卷26,净土立教志第十二之一,莲社七祖,法师延寿,《大正藏》,第49册,第2035经。
③ 宋景德元年(1004)东吴道原撰。
④ 参连瑞枝《钱谦益的佛教生涯与理念》,《中华佛学学报》第7期(1994年7月),第349—351页。

意焉。……佛海斯录,区别宗派,勘辨机缘,其用心良苦。《传灯》之源流既明,一切野狐恶,又不攻而自破矣。闲邪去伪之指,隐然于笔削之间,此又其著录之深意也。

《〈题佛海上人卷〉又题》,《初学集》卷86,第1809页

牧斋个人并无一部完整的僧史或灯录著作,但他在文章及书信中,于"不详法嗣"的尊宿及"禅而不禅"的伪禅反复致意,[1]笔削予夺,无所贷宥,颇可印证此诗中"护灯传"的宏愿。如此,上述诗联除咏美吴越王崇佛事外,亦暗表自己对明清之际佛门宗派正统承传的关注。诗联中上句言人世功业,下句言宗门功德,一失一得,发人深省,对仗尤工妙。(三、四句合观,或亦有以先祖为"宗镜",己为"灯传"之意。)

第三联曰:"聚沙塔涌幡幢影,堕泪碑磨赑屃棱。"本联表层意象虽明晰,但用典实甚繁深,寄意亦相当幽眇。上句含二故实,皆出佛典。"聚沙塔",聚细沙成宝塔,儿童游戏,而《妙法莲华经·方便品》云:"乃至童子戏,聚沙为佛塔,如是诸人等,皆已成佛道。"其所以故者:"乃至童子戏,若草木及笔,或以指爪甲,而画作佛像,如是诸人等,渐渐积功德,具足大悲心,皆已成佛道。"[2]童子聚沙为宝塔,所积功德已如此。而吴越王真有造塔事佛事,至今仍为人称颂。《佛祖统纪》载:"吴越王钱俶,天性敬佛,慕阿育王造塔之事,用金铜精钢造八万四千塔,中藏《宝箧印心咒经》,布散部内,凡十

---

[1] 连瑞枝:《钱谦益的佛教生涯与理念》,《中华佛学学报》第7期(1994年7月),第349—351页。
[2] 〔姚秦〕鸠摩罗什译:《妙法莲华经》卷1,《大正藏》,第9册,第262经,第9a页。

年而讫功。"①"幡幢"即幢幡,刹上之幡。童子戏聚沙为塔,三宝感应,诸天欢喜,幡幢涌现。吴越王金铜精钢,十年造塔,塔中供藏经典,此多宝塔种种庄严殊胜更不可思议矣。

此联上下句对比强烈。"堕泪碑"固诗文习用之典实,然与末联二句合观,知牧斋此句实本苏轼《送表忠观道士归杭》诗。旧注云:"先生《表忠观碑》载赵抃知杭州,言故吴越国王钱氏坟庙在钱塘临安者,皆芜废不治。请以妙因院为观,使钱氏之孙为道士曰自然者居之,以守其坟庙。诏许之,改妙因为表忠观。"②知至坡公时,吴越王钱氏坟庙已芜废,无人照拂。苏诗云:"先王旧德在民心,著令称忠上意深。堕泪行看会祠下,挂名争欲刻碑阴。凄凉破屋尘凝座,憔悴云孙雪满簪。未信诸豪容郭解,却从他县施千金。"③"堕泪碑",襄阳百姓于岘山羊祜平生游憩之所建碑立庙,岁时飨祭,望碑者莫不流涕。杜预因名之曰堕泪碑。羊祜尝云:"自有宇宙,便有此山。由来贤达胜士,登此远望,如我与卿者多矣!皆湮灭无闻,使人悲伤。如百岁后有知,魂魄犹应登此也。"④是在宇宙和历史硕大的映照下,感悟一死生与乎人世的丰功伟绩,无非虚幻妄作,须臾散灭,却又依恋不舍。至唐而李白赋《襄阳曲四首》,诗其三云:"岘山临汉江,水绿沙如雪。上有堕泪碑,青苔久磨灭。"⑤"赑屃",猛士有力貌。"赑屃棱",许是碑座碑身诸灵兽、力

---

① 〔宋〕志磐:《佛祖统纪》卷43,《大正藏》,第49册,第2035经,第394c页。
② 〔宋〕王十朋:《东坡诗集注》(《景印文渊阁四库全书》,第1109册)引次公语,卷15,第38a页。
③ 同前注,第38a—38b页。
④ 见〔唐〕房玄龄等《晋书·羊祜传》(北京:中华书局,1974)卷34,第1020页。
⑤ 〔唐〕李白:《李太白文集》(《景印文渊阁四库全书》,第1066册)卷4,第4a—4b页。

士雕像。本句言"碑",复言"巀嶭棱",本最坚硕、期之永久之构设,却嵌"磨"字于其中,则碑已芜废磨灭矣。此联承次联意,咏吴越王之礼佛事并其现世功业,其佛事作为影响犹在,而于史上之功业,则已泯灭无闻矣。

合二句读,则牧斋于此追思先祖崇佛德业,以"幡幢影""巀嶭棱"颂美其模楷永存,流芳百世,而绎绐文理,又复有自伤、犹豫之思。上句"聚沙为佛塔"为"童子戏"的,不妨设想是牧斋,牧斋其中一号即"聚沙居士"。说"涌",仿佛现象自发,非人为念力牵动。此诗化描述,暗喻钱家与佛因缘,祖先所种,源远流长,后人承泽,重之以修持,佛法佛性,随机触发,都可参究。下句言"碑",有纪念碑(monument)不朽之意。但"堕泪"触发悲情,下接"磨"字,更意味深长。要之,先祖于历史、佛事之功业功德声棱绝俗,后人无限景仰,但岁月无情,风雨磨损,指认、传承维艰。(在这个认识下,上句"聚沙"一语亦难免沾染虚诞妄作的意味。)循此观照,上下句立显一微妙张力(tension)。此联在诗篇转处,牧斋俯首低徊,主体反思性(self-reflexivity)为全诗八句中之最稠密者。

末联曰:"莫叹曾孙憔悴尽,大梁仍是布衣僧。"此联振起作结。"曾孙",《事林广记》云:"俗传玉帝与太姥魏真人武夷君建幔亭、彩屋数百间,施云袥紫霞褥,宴乡人男女千余人于其上,皆呼为曾孙。"[1]"曾孙""憔悴"云云,实脱自坡公《送表忠观道士归杭》诗此联:"凄凉破屋尘凝座,憔悴云孙雪满簪。"旧注云:"此指言钱道士矣。《尔雅》:'子之子为孙,孙之子为曾孙,曾孙之子为玄孙,玄孙

---

[1] 〔宋〕祝穆等:《古今事文类聚》(《景印文渊阁四库全书》,第925—929册)前集卷34"武夷冲佑观",第38a页。

之子为来孙，来孙之子为昆孙，昆孙之子为仍孙，仍孙之子为云孙。'注云：'轻远如浮云也。'"①牧斋诗"曾孙"云云，泛指吴越王之苗裔。下句"大梁布衣"语出宋李焘撰《续资治通鉴长编》："（开宝七年十一月）戊子，吴越王俶遣使修贡，谢招抚制置之命也。并上江南国主所遗书，其略云：'今日无我，明日岂有君！明天子一旦易地酬勋，王亦大梁一布衣耳。'"②"布衣僧"，牧斋自喻。"大梁仍是布衣僧"，意谓即便功业无成，但诚心向佛，一如先祖，直可以以"僧"视己。此句尽显牧斋皈依佛法之坚决不移。

牧斋此首格律谨严，用意措语深刻，广用吴越王奉佛故实，而巧妙地将自己崇敬佛法并竭力护法的意愿穿贯其中，虽有自伤之词、低徊夷犹之思，但向佛之心仍显得相当坚确。

老大荒凉余井邑

《病榻消寒杂咏》其二十五追怀家族远史，其二十九则放眼于乡间闾里：

> 儿童逼岁趁喧阗，岳庙星坛言子阡。
> 梦里挨肩争爆竹，忙来哺饭看秋千。
> 气蒸篱落辞年酒，焰氅星河祭灶烟。
> 老大荒凉余井邑，半龛残火一翁禅。

《有学集》卷13，第660页

---

① 〔宋〕王十朋：《东坡诗集注》引次公语，卷15，第38b页。
② 〔宋〕李焘：《续资治通鉴长编》（《景印文渊阁四库全书》，第314—322册）卷15，第15b—16a页。

牧斋此首苍老浑成,乃《病榻消寒杂咏》诗中极佳之作。全诗八句,五十六字,除句七"老大荒凉"四字明显为情语外,俱为"意象"(imagistic)语,由一连串的具体意象(concrete images)筑构而成,[1]唯其虽句句摹写具体意象,实句句涉虚。这些意象的质地诉诸感官(senses),整首诗是一个精彩细腻的感官再现(sensory representation)。语调舒缓不逼,时空则结穴于现在,看似信笔写村墟岁晚热闹,罗布身边物事成篇。但我们是否只需以之为一首描绘过年热闹的即兴之作视之,毋庸深究?如诗中缺乏下列两个特征,不妨如此,但:(一)在诗的收结一联,牧斋以"半龛残火一翁禅"的形象出现;(二)仔细观察诗中各个意象的排列、构成形式,我们发现,诗的底层结构内含一个二元对待,而随立随破的辩证关系。上述特征,值得深入讨论,且提点了一个以禅宗现象、审美观来诠释本诗的可能策略。

本诗意象或写当下,或从当下起兴,而禅诗审美观,特重"现量境"[2]。(牧斋此首全诗几乎不用典,这无论在《病榻消寒杂咏》诗,或在牧斋晚年诗作中,都是十分罕见的。诗中不援用典故,可能是增加临即感[immediacy]的策略。)这里先略说以现量观释读本诗的可能性。禅者视外境为"浮尘",为"幻化相",如《楞严经》所云:"一切浮尘,诸幻化相,当处出生,随处灭尽。幻妄称相,其性真为妙觉明体。如是乃至五阴六入,从十二处,至十八界,因缘和合,虚

---

[1] 究其实,"荒凉"的情绪特质仍是来自物象的荒芜凄清的。
[2] 关于现量境、直觉境、圆融境、日用境等禅宗概念与禅宗诗歌审美观的关系,可参吴言生《禅宗诗歌境界》(北京:中华书局,2001)各章所述。

妄有生,因缘别离虚妄名灭。"①至于感官、外物与意识的相互生发作用,佛学说得很圆通:眼、耳、鼻、舌、身、意六根为内六入;色、香、声、味、触、法六尘为外六入;内六入与外六入互相涉入而产生眼识、耳识、鼻识、舌识、身识、意识,合称六识。意识活动可概括为五阴(或称五蕴),即色阴(一切物质现象)、受阴(感受、感觉)、想阴(知觉)、行阴(思维活动)、识阴(意识活动的主体)。佛教认为,五阴和合而成的身心只是暂时的、虚幻而不实的,故曰"五蕴皆空"。但是,在禅悟体验中,无情有佛性,山水悉真如,或谓"青青翠竹,总是法身;郁郁黄华,无非般若"②。禅者并不刻意排斥外境,而禅宗审美观,则崇尚禅定直觉意象。要之,"心随万境转,转处实能幽。随流认得性,无喜复无忧"③。要以"般若无知"的自性、本心自处,不陷逻辑思维("理障"),以直觉意象,使"现量"呈现。(《六祖坛经》说:"内见自性不动,名为禅。")④现量,感官对外境诸法自相的直接反映,不加诸思维,不起分别心,不计度推求。与现量相对的是比量,以分别之心,比类已知之事,量知未知之事。现量与比量的分别,大慧普觉禅师云:"岩头云:'若欲他时播扬大教,须是一一从自己胸襟流出。'……所谓胸襟流出者,乃是自己无始时来现量

---

① 〔清〕钱谦益:《楞严经疏解蒙钞》卷第2(之3),《卍新纂续藏经》(台北:新文丰出版公司,1987),第13册,第287经,第585c、586a页。《卍新纂续藏经》下简称《续藏经》。
② 〔宋〕道原纂:《景德传灯录》卷6,《大正藏》,第51册,第2076经,第247c页。
③ 同前注,卷2,第214a页,天竺三十五祖第二十二祖摩拏罗者偈语。又〔唐〕释义玄、慧然集《镇州临济慧照禅师语录》引,见《大正藏》,第47册,第1985经,第501a页。
④ 〔唐〕释慧能述,〔元〕宗宝编:《六祖大师法宝坛经》,坐禅第五,《大正藏》,第48册,第2008经,第353b页。

本自具足,才起第二念,则落比量矣。比量是外境庄严所得之法,现量是父母未生前威音那畔事。从现量中得者气力粗,从比量中得者气力弱。"①

借此现量观,既可判别禅悟的高下,亦可窥视诗歌的思想境界、诗艺的造诣。如王夫之(1619—1692)以为,诗人厕身天地,与外物相值相取,兴会标举之际,神于诗者,可臻现量之境。他说:"'长河落日圆',初无定景;'隔水问樵夫',初非想得。则禅家所谓'现量'也。"②又说:"禅家有'三量',唯'现量'发光,为依佛性;'比量'稍有不审,便入'非量';况直从'非量'中施朱而赤,施粉而白,勺水洗之,无盐之色败露无余,明眼人岂为所欺耶?"③禅悟、禅悦,可以默默了然于心中,而诗歌,终究是再现(representation)的语言行为。现量诗境追求一种神理凑合,带有主体胸次的"情"(或"性")

---

① [宋]大慧宗杲:《大慧普觉禅师语录》卷22,《大正藏》,第47册,第1998A经,第906b页。
② [清]王夫之:《姜斋诗话》卷下,《清诗话》(上海:上海古籍出版社,1963),上册,第9页。
③ 同前注,第22页。又:王夫之在《相宗络索》曾比较现量、比量及非量的本质:"'现量'现者有现在义,有现成义,有显现真实义。现在,不缘过去作影。现成,一触即觉,不假思量计较。显现真实,乃彼之体性本自如此,显现无疑,不参虚妄。……'比量'比者,以种种事,比度种种理。以相似比同,如以牛比兔,同是兽类;或以不相似比异,如以牛有角,比兔无角,遂得确信。此量于理无谬,而本等实相原不待比,此纯以意计分别而生。……'非量'情有理无之妄想,执为我所,坚自印持,遂觉有此一量,若可凭可证。"见傅云龙、吴可主编《船山遗书》(北京:北京出版社,1999)第7卷,第4093页。

的当下景物描画（description）。① 循此"认知—表现"（cognitive-expressionist）的理路出发，读者是有可能依由诗篇的语言再现，进窥/溯源"言"背后的"意"的。（这活动，可视作某种意义的"以意逆志"。）这"意"，可以特指形而上的、宗教上的禅境，或是心理性的、诗人的情志，此二者可以相通，但不必求（或言）其一定相通。就其依赖的表现形式言，现量禅境与现量诗境则必不抵牾。

下说牧斋诗。起联曰："儿童逼岁趁喧阗，岳庙星坛言子阡。""喧阗"，状声音震天，故此语又作"喧天"。牧斋耳聋，如何听得见？盖年关将近（"逼岁"），儿童放恣嬉闹玩耍，其高分贝之尖呼声中牧斋之耳。何以上句写儿童欢闹，下句却接以三地景意象？以牧斋耳聋，兼又耳鸣，声音虽入耳，却轰轰然，似远处传来，而牧斋居处稍远，正"岳庙""星坛""言子阡"之所在。明王鏊《姑苏志》卷九"虞山"云："（山麓）……又西北为拂水岩，崖石陡峻，水奔注如虹，凌风飞溅，最为奇胜。自南循山而西，有致道观，又西有招真宫，昭明太子读书台在焉，又西则岳祠诸庙……"② 致道观即牧斋句中"星坛"所在，其西即"岳庙"。钱曾注引元卢镇重修《琴川志》云："东岳行祠在县治西虞山南麓，依山高耸，规模雄伟。岁久摧圮，屡

---

① "Descriptive poetry with a strong sense of emotional involvement." 黄兆杰语，参 Siukit Wong, trans., *Notes on Poetry from the Ginger Studio* (Hong Kong: The Chinese University Press, 1987), p. 173n12。叙事学中"告诉"（telling）及"呈现"（showing）的概念亦有助这现象的思考。王夫之以现量论诗是其诗学体系特色之一。这方面迄今最具理论性的讨论可参萧驰《船山诗学中"现量"义涵的再探讨》，见氏著《抒情传统与中国思想：王夫之诗学发微》（上海：上海古籍出版社，2003），第1—39页。

② 〔明〕王鏊：《姑苏志》（《景印文渊阁四库全书》，第493册）卷9，第15b—16a页。

虽再新。然创造之由,无碑志可考。"又引《海虞文苑》张应遴《虞山记》云:"致道观,庭列虚皇坛,七星古桧,亦昭明所植,天师以神力移之。屈蟠夭矫,如龙如虬,其三犹萧梁时物。"① "言子阡"指"言子墓",今存,在虞山东麓,古墓依山建筑,规模雄伟。② 牧斋句取象于"言子墓",而改"墓"字为"阡"("阡"有"冢""坟"意),或牧斋先得上句,末字为"闠",下句末字在韵脚,故改"宅"为平声且协"闠"字韵之"阡"字。

岁暮是时相(春夏秋冬四季)在自然律中的终结,犹如人类生命周期(生老病死)中的晚景,濒临死亡。法国哲学家艾玛纽埃尔·勒维纳斯(Emmanuel Lévinas)说,死亡是存在向自我的一种回归,是与现象学相对的运动。终结的现象使人们爱好提问,譬如,对生命,对"自我表现着的表现行为,时间性的或历史性的表现"。③ 这无疑就是牧斋诗句一所唤起的当下之境,由耳识所触发。天真无邪、生命伊始的"儿童"对终结作放肆的、欢快的、最绝对的揶揄("逼""趁喧闠")。句一的绝对与纯粹"逼"出句二绝对与终极之景:"庙""坛""阡",涵盖山河大地、神秘力量与人文作为。"岳庙""星坛""言子阡"三意象真现量之景,而转注句一"喧闠",主体思想跃动的幅度是惊人的,直如王夫之所云:"初无定景""初

---

① 钱曾注引,见《有学集》卷13,第660—661页。
② 常熟城中又有"言子宅",范成大《吴郡志》云:"言偃宅,《苏州记》云:'在常熟县西。'《史记》云:'言偃,吴人也。'《吴地志》云:'宅有井,井边有洗衣石,周四尺,皆其故物。'《舆地志》云:'梁萧正德为郡太守,将石去,莫知所在。'"见〔宋〕范成大《吴郡志》(《景印文渊阁四库全书》,第485册)卷8,第1a—1b页。
③ 〔法〕艾玛纽埃尔·勒维纳斯著,余中先译:《上帝、死亡和时间》(*Dieu, la mort et le temps*)(北京:生活·读书·新知三联书店,1997),第51—52页。

非想得"。岳庙,五岳神庙,建于东南西北中五岳,以镇山河大地,王者所以巡狩,是世界与皇权相感通的表征。星坛则道观焚醮、施法之场所,道士搬运宇宙神异力量,以干涉人事的舞台。言子,指言偃,字子游,孔门高弟,文学:子游、子夏。武城弦歌,君子习礼学道表率,人文教化永恒的精神。(言子墓现存墓道有三座牌坊,第三道牌坊横额石刻"南方夫子"四大字。)即是之故,在某一层次言,这三个意象本身带有强烈的象征色彩。但妙的是,二句诸意象,虚实互摄,牧斋言"岳庙""星坛""言子阡",并非泛举以启发哲学性的思维,诗中所取,兼有自然拾得的实际义。牧斋世居常熟虞山。此三境地一方面可如上述,予人宏伟、神异与不朽的印象,而另一方面,从牧斋身处的角度观看,三者无疑又是身边景物,平居之所见,宜乎接于儿童欢闹句后。诗句取义,两方面都有可能,都无损其为耳识所引发的现量境。

次联曰:"梦里挨肩争爆竹,忙来哺饭看秋千。"此联意象虚实交错,思入微茫。"梦里"句可作数解。首联言"儿童",则本联此处或承上联意,写儿童兴奋,睡梦中犹"挨肩争爆竹"。或此为牧斋之梦,梦境中儿童挨肩争爆竹。又或牧斋梦已返老还童,挨肩争爆竹。又或牧斋在睡梦中,而户外儿童正闹翻天,挨肩争爆竹。上述种种情况都有可能。下句荡"秋千"者,应是儿童,而"忙来哺饭"[①]者,应指大人。

《金刚经》训诲道:"一切有为法,如梦幻泡影,如露亦如电,应作如是观!"(著名的六如偈)诸法无我,诸行无常,但首联中"无

[①]《汉书·高帝本纪》有"辍饭吐哺"之语,师古曰:"辍,止也。哺,口中所含食也。饭音扶晚反。哺音步。"见〔汉〕班固撰,〔唐〕颜师古注《汉书》卷1上,第40页。

149

明"的"儿童"被悬置在"岳庙""星坛""言子阡"所可以立的、巨大的贪恋欲乐诸意中,游戏其间,太危险了! 上述首联二句随耳识所兴发的意识情量虽模棱两可,但迁变流转,含义依然太丰富了。金刚般若,随说随扫。次联上句首字落"梦",紧承首联二句,立即破除了前二句可能引出的种种虚幻妄想。此句有极亮丽的色与声境:"挨肩争爆竹",表面仍是写儿童游戏,但更巧妙的是,此句有另一框架包盖,若依唯识学八识论的原理,可说是第六识的梦中意识(三种"独头意识"的其中一种)。如此一来,可以是儿童在梦里挨肩争爆竹,也可以是诗的主体梦见儿童挨肩争爆竹。前一解写实,后一解着虚;后者可以理解为主体对一切有为法(由首联所象征)的参悟,由自性反观,无异梦中热闹喧阗一场,凡所有相,所有因缘和合所生的感官世界,都如梦幻一般虚妄。此句的表象结构由虚实二元组成:挨肩争爆竹,声、色境之最强烈,但这却是包摄在更大的、最虚幻不实的梦境中的。是以句三终究为虚。句四发端即接以实景:"忙来哺饭",牵动六识中的舌识。全句呈现的,则是禅宗极重视的、饥餐困眠、随缘适性的日用境。这依然是由岁晚村居的现量境所衍生而来。但岁末农事已毕,"忙来"二字并无着落。这颠覆了人为的直线时间轨迹。取而代之的双向(现在、过去)互摄的时间圆融境,提示着读者,该注意诗句背后的精神层次。禅者追求存在而超越,日用是道的心境,不主张向外修道,而是将修行与生活一体化,"饥来吃饭""寒即向火""困来打睡"(九顶惠泉的"九顶三句"语)。① 牧斋诗的"忙来哺饭"与惠泉的"饥来吃饭",语构是何等的相似!钱句的寄意,思过半矣。句四承句三的梦识而来,而易之以最实在的口腹的舌识,指向禅修的日用境。但又随立随破,之后接以"看秋千"一意象。忙来哺饭,看着的,却是晃动不居的秋千,虚幻变迁的象征,又由实而入虚。

第三联曰:"气蒸篱落辞年酒,焰爇星河祭灶烟。""篱落",篱笆。"辞年酒"云云,写江南过年风俗。梁宗懔《荆楚岁时记》云:"岁暮,家家具肴蔌,诣宿岁之位,以迎新年。相聚酣饮,留宿岁饭,至新年十二日,则弃之街衢,以为去故纳新也。"②"祭灶",《荆楚岁时记》云:"十二月八日为腊月……其日,并以豚酒祭灶神。"又案语云:"《礼记》云:'灶者,老妇之祭也。尊于瓶,盛于盆。'言以瓶为樽、盆盛馔也。许慎《五经异义》云:'颛顼有子曰黎,为祝融,火正也。祀以为灶神,姓苏名吉利。妇姓王名搏颊。'汉宣帝时,阴子方者,至孝有仁恩。尝腊日辰炊,而灶神形见,子方再拜受庆。家有黄犬,因以祭之,谓为黄羊阴氏,世蒙其福,俗人所竞尚,以此故也。"③

本联二句,主要缘取味尘与色尘而构成充满鼻识与眼识的意象,时空指涉则扣紧乡村岁暮。句五"篱落",家园所有,予人私隐

---

① 〔宋〕释普济:《五灯会元》卷18"嘉定府九顶寂惺惠泉禅师":"上堂。昔日云门有三句,谓涵盖乾坤句、截断众流句、随波逐浪句。九顶今日亦有三句,所谓饥来吃饭句、寒即向火句、困来打睡句。若佛法而论,则九顶望云门,直立下风。若以世谛而论,则云门望九顶,直立下风。二语相违,且如何是九顶为人处。"《续藏经》,第80册,第1565经,第373a—373b页。
② 〔梁〕宗懔:《荆楚岁时记》(《景印文渊阁四库全书》,第589册),第25b页。
③ 同前注,第24b页。

151

与安全感。酒味辛,蒸之,可以想象氤氲弥漫,味觉的感受骤增。上句着墨于岁晚家常,取象最近。下句色境,却由与"辞年酒"同趣的"祭灶烟"一推而放眼至最邈远的"星河",然谓其为自家焰火灶烟所掩盖,则天河亦沾染人间色彩矣。本联虚实互摄,所缘之境本为最虚:"气""焰",《楞严经》说"火性无我,寄于诸缘",但放在家舍的(domesticated)氛围里思量,感觉却又最温煦实在。联中下句言"祭灶","灶者,老妇之祭也"。这个"老妇"的形象暗渡至末联。在诗篇收束二句,诗的主体直接出现。

末联曰:"老大荒凉余井邑,半龛残火一翁禅。""井邑",故里也,承上三联种种意蕴。《周易》曰:"井:改邑不改井,井,以不变为德者也。"《正义》曰:"'改邑不改井'者,以下明'井'有常德,此明'井'体有常,邑虽迁移,而'井体'无改,故云'改邑不改井'也。"①

"井邑"承前六句所有意象。"井体有常,邑虽迁移,而井体无改。"此解大可援借以喻诗中主体的心性。井邑间种种,一切现成。禅者以水喻心,"静则有照,动则无鉴"②,以般若慧眼烛破缘生幻相,不为色相所染,心境虚明澄澈。全诗末句中,"半龛残火""一翁禅"并列,宁静安稳,系牧斋自喻。万象森罗,人事纷纭,收摄为"半"、为"一",圆满自足,干净利落,是禅翁止观。

说诗至此,唯余三字未解,乃末联上句的"荒凉"与"余"。此虽寥寥三字,却把全诗从禅境带回人间的感情世界,映现出的是难忍

---

① 见〔魏〕王弼、〔晋〕韩康伯注,〔唐〕孔颖达疏,陆德明音义《周易注疏》(《景印文渊阁四库全书》,第 7 册),第 21a—21b 页。
② 〔姚秦〕僧肇选:《注维摩诘经》卷 6:"(僧)肇曰:心犹水也。静则有照,动则无鉴。痴爱所浊,邪风所扇,涌溢波荡,未始暂住。以此观法,何往不倒。"《大正藏》,第 38 册,第 1775 经,第 386c 页。

割舍的情尘。禅之所以为禅,为佛教,终究仍要终极地超越存在与生死。神照本如的开悟诗云:"处处逢归路,头头达故乡。本来成现事,何必待思量。"①如向真如理体回归("归路""故乡"),本来现成,又何用乎思量计较? 但牧斋诗末联上句无疑起了强烈的分别之心,分别生灭,分别世情。说"老大",而以"荒凉"形容,触动身、意二识,却只立不破,流露出对时间、寿命流逝的焦虑与感喟。说"余井邑",是对人世、家园无限的留恋与依靠。如此,则全诗末句的止观,是牧斋的愿望,甚或是他处理人生晚景的生存机制,而非他已达到的禅悟境界。"老大荒凉",桑榆晚景,一生显隐穷通,最终只余"井邑",固不无失意落寞之感,然"井邑"者,家庭闾里之慰藉也,安稳实在,故牧斋于末句虽以"一翁禅"之自我形象现身,其徘徊眷恋者,依旧在人间。

三、钱柳因缘与柳氏"下发入道"

柳如是二十四岁(1641)时嫁入钱家,时牧斋已届耳顺之年。越二年,钱、柳所营绛云楼落成,缔造了一段后人无限想象的风流韵事、文化记忆。绛云之筑,在所居半野堂后,据时人形容:房栊窈窕,绮疏青琐,旁龛金石文字。宋刻书数万卷、三代秦汉鼎彝环璧之属、晋唐宋元以来法书名画、官哥定州宣成之瓷、端溪灵璧大理之石、宣德之铜、果园厂之髹器,充牣其中。柳氏俭梳靓妆,湘帘棐

---

① 〔宋〕释普济:《五灯会元》卷6:"神照本如法师,尝以经王请益四明尊者。者震声曰:汝名本如。师即领悟。作偈曰:处处逢归路,头头达故乡。本来成现事,何必待思量。"《续藏经》,第80册,第1565经,第138c页。

几,煮沉水,斗旗枪,写青山,临墨妙,考异订讹,间以调谑。① 这种种,俨然宋世李清照与赵明诚、苏轼与朝云的故事在明季刻意搬演。信是人间美景、赏心乐事。尽管帝都的钟虡金人即将崩摧,江南的诗酒文宴并未因此停歇,虽然,对国事的忧虞还是有的。②

明清鼎革带来的政治和历史情势把钱、柳仙侣般的生活全然打乱。1644年,李自成陷北京,清人继之,入主中国。南京明福王弘光朝立,牧斋为筹划重臣。不多时,清兵大举南下。弘光朝瓦解,恭立金陵城下迎降的大臣包括礼部尚书牧斋。降臣随例北迁,牧斋受清主官,遂为"贰臣"③,时维顺治三年(1646)正月。至六月而牧斋以疾辞官南返。顺治五年(1648),牧斋以黄毓祺造反案受牵连下南京狱,至次年(1649)狱始解,得返家。劫余之人,再次回到绛云楼,是怎么样的一种心情呢?牧斋有《人日示内二首》赠柳如是,柳和作亦二首,诸谱或系顺治六年己丑(1649),或系七年庚寅(1650)。今考钱、柳所营绛云楼毁于庚寅岁十月。撰诸诗意,二人优游于图籍,笑语灯前,钱、柳之作当在牧斋狱解之后,绛云楼火灾之前。牧斋诗其一云:

梦华乐事满春城,今日凄凉故国情。

---

① 〔清〕顾苓:《河东君小传》,收入范景中、周书田编纂《柳如是事辑》(杭州:中国美术出版社,2002),第6页。
② 如陈寅恪于《柳如是别传》中指出,晚明几社宴集时,除饮酒赋诗外,亦热衷于当时实际政治问题的讨论,故氏认为,几社的组织,可视作"政治小集团"。参陈寅恪《柳如是别传》,第282页。
③ 此处用"贰臣"一语,为行文方便而已,"贰臣"之称,实肇于乾隆于十八世纪之创设《贰臣传》。

花燃旧枝空帖燕,柳燔新火不藏莺。
银幡头上冲愁阵,柏叶尊前放酒兵。
凭仗闺中刀尺好,剪裁春色报先庚。

其二云:

灵辰不共劫灰沉,人日人情泥故林。
黄口弄音娇语涩,绿窗停梵佛香深。
图花却喜同心蒂,学鸟应师共命禽。
梦向南枝每西笑,与君行坐数沉吟。

《有学集》卷2,第75页

柳氏《依韵奉和二首》其二云:

佛日初辉人日沉,彩幡清晓供珠林。
地于劫外风光近,人在花前笑语深。
洗罢新松看沁雪①,行残旧药写来禽。
香灯绣阁春常好,不唱卿家缓缓吟。②

牧斋诗其一首联上下句今昔对比。"梦华"指《东京梦华录》,

---

① 指沁雪石,原为元代赵孟頫家故物,后牧斋购得此石,置之绛云楼前,绛云楼焚毁,石亦烬。参陈寅恪《柳如是别传》,第813—814页。柳氏诗中言及此石,亦可证钱、柳此数章诗成于绛云楼失火以前。
② 《有学集》卷2附,第76页。

作者孟元老生于北宋末,长居汴京,北宋覆亡后南逃,晚年追忆旧京都市繁华,因有是书之制。牧斋以"乐事"形容"梦华",显系追念明亡以前的繁华岁月。但《梦华录》一书既有家国陵夷之思,则上句的"乐事"难免沾有不堪回首的意韵。下句落"凄凉"一语,道破牧斋经历明清鼎革,并因事下狱后的潦落心情。下接一联即极力刻画人事沧桑,不堪回首之感。第三联"冲愁阵""放酒兵"是欲振起意绪。但全诗要到最后一联,压抑的情绪始得舒缓。这二句带出闺中的柳如是。

承其一收二句,其二全首情绪一变而为宁静、喜悦。首二句是自宽之词,庆幸劫余之人仍得与妻子栖迟于故林,共享片时安乐之辰。次联上句借黄口弄音的意象渲染生意,下句则透露出佛教给予钱、柳的精神抚慰。言"佛香深",佛龛供香,六时礼拜,可以想象。唯此一宗教层面,在牧斋诗中点到即止,反而在柳氏的和作中占着更重要的位置。柳诗首联即全用佛事敷陈,洋溢虔敬之意。此下各句承牧斋诗其二意谱写吉祥,却不落陈套。如"来禽"用王羲之《来禽帖》"青李来禽"意,与牧斋诗"黄口弄音""共命禽"的意象相呼应,既工切,亦清新。而"黄口""来禽"等意象的实际指涉,很有可能是钱、柳刚诞生的女儿。[1] 果如是,诗文的喜悦感更显实在。末联略带调谑,博君一笑可知。[2]

柳如是是牧斋晚年的精神支柱。顺治四年三月,牧斋被捕,下

---

[1] 陈寅恪即采取这样的读法,参氏著《柳如是别传》,第924—925页。
[2] 钱、柳结缘前期,牧斋有《陌上花乐府三首东坡记吴越王妃事也临安道中感而和之和其词而反其意以有寄焉》三首赠柳氏,柳氏和作亦如数。诗用乐府旧体,末句均落"缓缓归"三字收结。钱、柳诗见《初学集》卷18,第636—637页。柳诗此处"缓缓吟"之语本此。此数首诗的释读另可参陈寅恪《柳如是别传》,第629—631页。

北京狱。① 羁囚期间,牧斋作"次东坡御史台寄妻诗",即出狱后写定的《和东坡西台诗韵六首》,其自序云:

> 丁亥(1647)三月晦日,晨兴礼佛,忽被急征。银铛拖曳,命在漏刻。河东夫人沉疴卧蓐,蹶然而起,冒死从行,誓上书代死,否则从死。慷慨首途,无刺刺可怜之语。余亦赖以自壮焉。狱急时,次东坡御史台寄妻诗,以当诀别。狱中遏纸笔,临风暗诵,饮泣而已。生还之后,寻绎遗忘,尚存六章。值君三十设帨之辰,长筵初启,引满放歌,以博如皋之一笑,并以传视同声,求属和焉。
>
> 《有学集》卷1,第9页

危急之际,牧斋只能依靠诗文安排身后、宣泄情绪,思之可怜。出狱后则坦然记述这段心路历程,不但将当时所作笔之于文,且传示友侪,嘱求和作,用以表彰高义,歌颂红妆。牧斋对文学力量的极度重视、迷恋,可见一斑,对柳氏的敬爱,更表露无遗。

又十余年,正当牧斋写作《病榻消寒杂咏》诗的秋天,柳如是"下发入道",照说有大智慧者应喜得法侣,但牧斋究竟如何反应,流露出怎样的情绪?

以下讨论牧斋《病榻消寒杂咏》诗其三十四到三十六三首。此

---

① 参方良《钱谦益年谱》,第156—157页。更详尽的考论可参氏著《钱谦益清初行踪考》,《江南大学学报(人文社会科学版)》第4卷第4期(2005年8月),第45—48页;《清初钱谦益、柳如是到德州考辩》,《常熟理工学院学报(哲学社会科学)》第9期(2008年9月),第118—120页。

数章追忆与柳如是缔结因缘之始、赋咏柳氏秋间剃发入道事,心事微妙复杂,索解不易,故以下所论多揣测之词,固不宜以定论观也。

好梦何曾逐水流

《病榻消寒杂咏》其三十四曰:

> 老大聊为秉烛游,青春浑似在红楼。
> 买回世上千金笑,送尽生年百岁忧。
> 留客笙歌围酒尾,看场神鬼坐人头。
> 蒲团历历前尘事,好梦何曾逐水流。
> 追忆庚辰(1640)冬半野堂文宴旧事。

《有学集》卷13,第664页

本诗诗后小注云:"追忆庚辰(1640)冬半野堂文宴旧事。"其时为前明崇祯十三年庚辰十一月。柳如是翩然来访,止居半野堂,牧斋为筑我闻室,十日落成,钱、柳等文宴欢娱浃月于斯。半载以后,二人结褵于茸城(松江)舟中,柳随牧斋返常熟,乃称柳夫人,结束前此将近十年之迁转漂泊。牧斋筑绛云楼于半野堂后,二人优游其中,仿如神仙眷侣。庚辰仲冬,牧斋之迷醉于柳氏不难想见。[①] 至牧斋

[①] 隔年仲春,牧斋尝言:"庚辰冬,余方咏《唐风·蟋蟀》之章,修文宴之乐,丝肉交奋,履舄错杂,嘉禾门人以某禅师开堂语录缄寄,且为乞叙。余不复省视,趣命僮子于蜡炬烧却,扬其灰于溷厕,勿令污吾诗酒场也。"《书西溪济舟长老册子》,《初学集》卷81,第1732页。牧斋奋如热恋中之公子哥儿。

赋《病榻消寒杂咏》本诗时,钱、柳二人已相守相随逾二十载。牧斋病榻缠绵之际,追忆庚辰冬半野堂文宴旧事,依然心花怒放。诗结句云"好梦何曾逐水流",可见牧斋始终爱恋柳如是。

诗上四曰:"老大聊为秉烛游,青春浑似在红楼。买回世上千金笑,送尽生年百岁忧。"陆游《学射道中感事》诗有句云:"得闲何惜倾家酿,渐老真须秉烛游。"①不及牧斋意兴之高昂。鲍照《代白纻曲》其六下半云:"卷幌结帷罗玉筵,齐讴秦吹卢女弦,千金顾笑买芳年。"②庶几牧斋千金买笑之欢,而牧斋句醇雅过之。牧斋此二联,实从《古诗十九首》之《生年不满百》一首翻出。《生年不满百》云:"生年不满百,常怀千岁忧。昼短苦夜长,何不秉烛游。为乐当及时,何能待来兹。愚者爱惜费,但为后世嗤。仙人王子乔,难可与等期。"③牧斋虽云"聊为"秉烛之游,实则兴致勃勃,乐而忘返,盖"青春浑似在红楼",如能买美人一笑,送尽生年百岁之忧,又何惜千金之费?钱、柳等文宴涘月,其时穷冬,虞山苦寒地,然我闻室中想已春意盎然。

诗第三联曰:"留客笙歌围酒尾,看场神鬼坐人头。"④本联下

---

① 〔宋〕陆游:《剑南诗稿》(《景印文渊阁四库全书》,第1162—1163册)卷7,第26b页。
② 〔宋〕鲍照:《鲍明远集》(《景印文渊阁四库全书》,第1063册)卷3,第11b—12a页。
③ 〔梁〕萧统编,〔唐〕李善等注:《六臣注文选》(《景印文渊阁四库全书》,第1330—1331册)卷29,第11a—b页。
④ 上句"留客"以"笙歌",可以想象,而"酒尾"一语却甚费解。明万历间许自昌《樗斋漫录》云:"吴中俗人宴会好说酒尾,盖饮后说古诗一句是也。"则"酒尾"或指饮酒后;"笙歌围酒尾"意谓饮酒后继以笙歌围簇。见〔明〕许自昌《樗斋漫录》(《续修四库全书》,子部杂家类第1133册影印明万历刻本)卷12,第2a—2b页。

句"看场神鬼坐人头"一空依傍,全无旧典,而"神鬼坐人头"之景况与宴会气氛、场面殊不谐协。钱曾注此句云:"公云:文宴时,有老妪见红袍乌帽三神坐绛云楼下。"①若非钱曾为转述钱公语,述其"本事"如此,吾人读牧斋此句必百思不得其解。

末联曰:"蒲团历历前尘事,好梦何曾逐水流。"上句"前尘事",钱曾注引《楞严经》"若分别性,离尘无体,斯则前尘分别影事"云云作解,②治丝愈棼,大可不必。要之,禅者视外境为"浮尘",为"幻化相",六尘非实存,虚幻如影,故有"前尘""影事"之说,此即牧斋"前尘事"一语之寄意。牧斋学佛人,坐"蒲团"上,固知五蕴皆空,一切经历无非前尘影事,唯与柳如是之情事犹历历在目,不忍割舍,纵堕情障所不计也。下句"好梦"之典原甚凄丽,元陆友仁《吴中旧事》引《竹坡诗话》云:

> 姑苏雍熙寺,每月夜向半,常有妇人往来廊庑间歌小词,且哭且叹。闻者就之,辄不见。其词云:"满目江山忆旧游,汀洲花草弄春柔。长亭舣住木兰舟。好梦易随流水去,芳心空逐晓云愁。行人莫上望京楼。"好事者录藏之。士子慕容岩卿见之,惊曰:"此予亡妻所为,外人无知者,君何从得之?"客告

---

① 《有学集》卷13,第665页。钱曾牧斋诗注之可贵,于此亦可见一斑。虽然,此解尚有可疑者,则"神鬼坐人头"之处是否即绛云楼? 牧斋已明言,此为庚辰冬半野堂文宴旧事,而绛云楼之筑,在钱、柳结褵后二年,即崇祯十六年(1643),庚辰冬文宴时绛云楼尚未存在。以此,注中"绛云楼"云云,若非牧斋记误,即为钱曾笔误。"神鬼"示现处,应在半野堂或我闻室。

② 同前注。

之故。岩卿悲叹曰:"此寺盖其旅榇所在也。"①

牧斋乃反用"好梦易随流水去"之意,以言与柳如是之情缘乃其生命中之好梦美梦,虽日月丸飞,星霜驹逝,世事到头须了彻,可前尘影事,事事关情,一切宛如昨日,刻骨铭心。

横陈嚼蜡君能晓

《病榻消寒杂咏》其三十五曰:

> 一剪金刀绣佛前,裹将红泪洒诸天。
> 三条裁制莲花服,数亩诛锄稂莠田。
> 朝日妆铅眉正妩,高楼点粉额犹鲜。
> 横陈嚼蜡君能晓,已过三冬枯木禅。
> 同下,二首,为河东君入道而作。

《有学集》卷13,第664页

牧斋于诗后置小注,云:"同下,二首,为河东君入道而作。"本首凄美。

首联曰:"一剪金刀绣佛前,裹将红泪洒诸天。"句构利落而意绪紊乱。"一剪金刀",脱自元好问《紫牡丹三首》其二,其诗云:

---

① 见〔元〕陆友仁《吴中旧事》(《景印文渊阁四库全书》,第590册),第25b页。另钱曾注引。陆书钱曾题《吴中记事》,当系笔误。见《有学集》卷13,第665页。

"梦里华胥失玉京,小阑春事自升平。只缘造物偏留意,须信凡花浪得名。蜀锦浪淘添色重,御炉风细觉香清。金刀一剪肠堪断,绿鬓刘郎半白生。"①遗山诗"一剪"者,犹"一枝",宋人称一枝曰一剪。② 以牧斋诗句言,"一剪金刀",剪花供"绣佛"前,自是礼佛所宜。惟本诗既为"河东君入道而作",则此"金刀一剪",谓剪断烦恼丝乎? 下句亦有所本,刘禹锡《怀妓四首》其一云:"玉钗重合两无缘,鱼在深潭鹤在天。得意紫鸾休舞镜,能言青鸟罢衔笺。金盆已覆难收水,玉轸长抛不续弦。若向蘼芜山下过,遥将红泪洒穷泉。"③钱句"裹将红泪洒诸天"与刘句"遥将红泪洒穷泉"构句大似,意象相近,谅非偶合。刘禹锡诗题"怀妓",而河东君亦妓人出身,此层关涉,恐亦非偶然。"红泪",旧诗文中借指美人之泪。④ "诸天",天空、天界,亦佛教名相:三界二十八天,即欲界六天、色界十八天、无色界四天。亦指各天之护法天神。⑤ 刘禹锡诗题"怀妓",实怨妓、恨妓之忿词,以玉钗无缘重合,覆水难收,妓有新欢而不我眷怀也。本诗系牧斋为柳如是入道而作,何以起首即启人以此种哀怨凄恻之联想? 抑牧斋仅撷用旧诗文之字面意象,无他深意?

---

① 〔金〕元好问:《遗山集》(《景印文渊阁四库全书》,第1191册)卷9,第20a页。
② "金刀一剪"者,剪花一枝,缄寄远人,以表相思。
③ 〔唐〕刘禹锡:《刘宾客文集》(《景印文渊阁四库全书》,第1077册)外集卷7,第9a页。
④ 王嘉《拾遗记》载:"文帝所爱美人,姓薛名灵芸,常山人也。……灵芸闻别父母,歔欷累日,泪下沾衣。至升车就路之时,以玉唾壶承泪,壶则红色。既发常山,及至京师,壶中泪凝如血。"见〔晋〕王嘉《拾遗记》(《景印文渊阁四库全书》,第1042册),第1a—1b页。后因以"红泪"称美人泪。
⑤ 参《佛光大辞典》(高雄:佛光出版社,1988),第6297页。

次联曰:"三条裁制莲花服,数亩诛锄穲穄田。"上句"三条","三衣""条衣"之谓,指僧衣。① "莲花服"亦即三衣、条衣。② 本句言河东君"入道",裁制袈裟。下句所以对者则出人意表。"诛锄",根除草木。③ "穲穄",稻名。④ "穲穄"云云,无佛教故实。牧斋或以"诛锄"、力耕喻河东君修善断恶、去染转净,精进修行?

第三联曰:"朝日妆铅眉正妩,高楼点粉额犹鲜。""朝日",曹植《美女篇》句:"容华耀朝日,谁不希令颜?"⑤ 上句"妆铅"、下句"点粉"实有所本。徐陵《玉台新咏》卷九载《王叔英妇赠答一首》,元末明初陶宗仪《说郛》引《林下诗谈》云:"王淑英妇,刘孝绰之妹,幼有辞藻。春日,淑英之官,刘不克从,寄赠以诗曰:'妆铅点黛拂

---

① 比丘有"三衣":大众集会或行受戒礼时穿大衣,或名众聚时衣;礼诵、听讲、说戒时穿上衣;日常作业、安寝时穿内衣。僧衣由割截之布片缝合而成,有九条至二十五条之别,故曰"条衣"。释法云《翻译名义集》云:"《菩萨经》云:'五条名中着衣,七条名上衣,大衣名众集时衣。'《戒坛经》云:'七条下衣,断贪身也。七条中衣,断嗔口也。大衣上衣,断痴心也。'"《佛光大辞典》,第551页。
② 《翻译名义集》卷7:"《真谛杂记》云:'袈裟是外国三衣之名,名含多义;或名离尘服,由断六尘故;或名消瘦服,由割烦恼故;或名莲华服,服者离着故;或名间色服,以三如法色所成故。'"《大正藏》,第54册,第2131经,第1170b—1170c页。
③ 《楚辞·卜居》:"宁诛锄草茅,以力耕乎?"见〔宋〕洪兴祖《楚辞补注》(《景印文渊阁四库全书》,第1062册),第2a页。
④ 杜牧《郡斋独酌》诗云:"罢亚百顷稻,西风吹半黄。尚可活乡里,岂唯满囷仓。""罢亚"后夹注:"稻名。"〔清〕圣祖御定:《御定全唐诗》(《景印文渊阁四库全书》,第1423—1431册)卷520,第6a页。〔宋〕赵与时:《宾退录》(《景印文渊阁四库全书》,第853册)卷10,第10b页,引苏轼诗亦有"翠浪舞翻红穲穄,白云穿破碧玲珑"之句。
⑤ 〔梁〕萧统编,〔唐〕李善等注:《六臣注文选》(《景印文渊阁四库全书》,第1330—1331册)卷27,第36b页。

轻红,鸣环动佩出房栊。看梅复看柳,泪满春衫中。'时人传诵之。"①牧斋易"黛"为"粉",并析原文为二语,嵌上下句中。② 上句"眉正妩"云云,亦有典实。《汉书·张敞列传》云:"(敞)又为妇画眉,长安中传张京兆眉怃。有司以奏敞。上问之,对曰:'臣闻闺房之内,夫妇之私,有过于画眉者。'上爱其能,弗备责也。然终不得大位。"③下句典出唐释道世《法苑珠林》引《杂宝藏经》:

> 佛在迦毗罗卫国入城乞食,到弟孙陀罗难陀舍,会值难陀与妇作妆香涂眉间,闻佛门中,欲出外看,妇共要言:"出看如来,使我额上妆未干顷便还入来。"难陀即出,见佛作礼,取钵向舍,盛食奉佛。佛不为取,过与阿难,亦不为取,阿难语言:"汝从谁得钵,还与本处。"于是持钵诣佛,至尼拘屡精舍。佛即敕剃发师,与难陀剃发。难陀不肯,怒拳而语剃发人言:"迦毗罗一切人民,汝今尽可剃其发耶。"佛问剃发者:"何以不剃?"答言:"畏故不敢为剃。"佛共阿难,自至其边,难陀畏故,不敢不剃。虽得剃发,常欲还家,佛常将行,不能得去。④

《玉台新咏》所载《王叔英妇赠答一首》有"看梅复看柳"之句,牧斋诗本联二句实牧斋"看柳(如是)"(gaze)之写照。张敞为妇画眉甚

---

① 〔明〕陶宗仪:《说郛》(《景印文渊阁四库全书》,第876—882册)卷84下,第24a页。
② "粉","自三代以铅为粉。秦穆公女弄玉有容德,感仙人萧史,为烧水银作粉与涂,亦名飞云丹,传以箫曲终而同上升。"〔五代〕马缟:《中华古今注》(《景印文渊阁四库全书》,第850册)卷中,第4b页。
③ 见〔汉〕班固撰,〔唐〕颜师古注《汉书·张敞列传》卷76,第3222页。
④ 《法苑珠林》卷22,《大正藏》,第53册,第2122经,第451a页。

妩,阿难为妇点额上妆,剃发后又亟欲还家就妇,皆"闺房之内,夫妇之私",牧斋以本联暗示与柳夫妇恩爱之情。本诗为柳入道而作,牧斋何苦作此绮语,勾起情欲之想,堕情障中?

末联曰:"横陈嚼蜡君能晓,已过三冬枯木禅。"本联寄意,耐人寻味。"横陈嚼蜡"云云,典出《楞严经》,经文云:"我无欲心,应汝行事,于横陈时,味如嚼蜡。命终之后,生越化地。如是一类,名乐变化天。"①此所谓"欲界六天"之"乐变化天",居第五界天,前四界为"四天王天""忉利天""须焰摩天""兜率陀天"。以性事言,四天王天能止身之外动,忉利天内动微细,须焰摩天过境方动,兜率陀天境遇尚能不违心。此四天所同者,为心超形外,似离于动。至于乐变化天,已无淫欲念,肉体横陈于前,不能引发淫欲之思,应汝行事,味同嚼蜡。此等人命终时,能生超越色尘化成自受乐之地,不必假借异性淫行而得乐,因无五欲之乐,故名乐变化天。牧斋言"横陈嚼蜡",不必寄托此全部意蕴,毕竟此是诗语而非法语,或只强调无淫欲之思一端。此意亦见于下句"三冬枯木禅"一典。

宋释普济《五灯会元》载:"昔有婆子,供养一庵主,经二十年。常令一二八女子送饭给侍。一日,令女子抱定,曰:'正恁么时如何?'主曰:'枯木倚寒岩,三冬无暖气。'女子举似婆。婆曰:'我二十年只养得个俗汉。'遂遣出,烧却庵。"②于横陈时,味同嚼蜡,妙龄女子抱庵主,庵主只觉枯木倚寒岩,无暖气,二事同一理趣。牧

---

① 〔清〕钱谦益:《楞严经疏解蒙钞》卷8(之4),《续藏经》,第13册,第287经,第762a页。

② 〔宋〕释普济:《五灯会元》卷6,《续藏经》,第80册,第1565经,第140c页。禅宗术语中,枯木比喻无心之状态,或只执着坐禅以求开悟,而无向下化他之功用。于丛林中,对于只知终日坐禅而不饮不卧之禅者,或贬称为枯木众。参《佛光大辞典》"枯木"条,第3844页。

斋句言"君能晓",乃指河东君晓得此道理,无欲念,抑指河东君知晓牧斋无性欲? 都有可能。惟本诗既为河东君入道而作,此联似归河东君为妥。则牧斋言河东君无欲念。虽说佛经常就众生"性欲",方便说法。《法华经·方便品》即云:"今我亦如是,安隐众生故,以种种法门,宣示于佛道。我以智慧力,知众生性欲,方便说诸法,皆令得欢喜。"[1]且色即是空,空即是色,亦大彻大悟之门。但此首写柳如是入道,牧斋于第三联写夫妇闺房中之恩爱,复于此联言性欲之有无,渲染烘托,发人遐思,究竟有无必要?

"入道",皈依我佛,昨日种种,譬如昨日死,今日种种,譬如今日生。牧斋写柳如是入道,却满载不忍不舍之情,且出以绮词丽语,肃穆不足,艳丽有余。此老之心思真难摸透。

扬尽春来未断肠

《病榻消寒杂咏》其三十六曰:

> 鹦鹉疏窗昼语长,又教双燕话雕梁。
> 雨交澧浦何曾湿,风认巫山别有香。

---

[1] 〔姚秦〕鸠摩罗什译:《妙法莲华经》卷1,《大正藏》,第9册,第262经,第9b页。此语系就广义言,《法华经》"性欲"语严格而言,"性"指众生因熏习所成之"染性","欲"指众生缘境来合而起之"欲乐"。《无量义经·说法品》,卷1,亦云:"性欲无量,故说法无量;说法无量,义亦无量。无量义者,从一法生;其一法者,即无相也。如是无相,无相不相,不相无相,名为实相。"《大正藏》,第9册,第276经,第385c页。

初着染衣身体涩,乍抛绸发顶门凉。①
萦烟飞絮三眠柳,扬尽春来未断肠。

《有学集》卷13,第665页

较诸上诗,本诗典故较简单,句法亦较平易,唯诗之寄意依然耐人寻味。

首联曰:"鹦鹉疏窗昼语长,又教双燕话雕梁。"牧斋于上首第三联曰:"朝日妆铅眉正妩,高楼点粉额犹鲜。"乃言夫妇闺中之恩爱者,出以绮艳之辞。本诗首联亦似写钱、柳琴瑟之好,家庭之乐,而造意较静好醇雅。《说文》云:"鹦鹉,能言鸟也。"②"双燕",似比目鸳鸯之可羡。"疏窗""雕梁",庭院朗畅,层阁雕梁堪稳栖。"昼语长""话雕梁",可以想象恋人絮语绵绵。

次联曰:"雨交澧浦何曾湿,风认巫山别有香。""澧浦",《楚辞·九歌·湘君》云:"捐余玦兮江中,遗余佩兮醴浦。"("醴"同"澧")③《山海经·中山经》云:"洞庭之山……帝之二女居之,是常游于江渊,澧沅之风,交潇湘之渊。"④此三湘之地帝尧二女娥皇、女

---

① 此二句别本作"斫却银轮蟾寂寞,捣残玉杵兔凄凉"。参钱仲联校语,见《有学集》卷13,第666页。
② 〔汉〕许慎撰,〔宋〕徐铉增释:《说文解字》(《景印文渊阁四库全书》,第223册)卷4上,第23a页。
③ 语出《楚辞·九歌·湘君》,见〔宋〕洪兴祖《楚辞补注》(《景印文渊阁四库全书》,第1062册)卷2,第10b页。
④ 〔晋〕郭璞撰:《山海经·中山经》(《景印文渊阁四库全书》,第1042册)卷5,第34b—35a页。又李白《远别离》云:"远别离,古有皇英之二女,乃在洞庭之南,潇湘之浦。海水直下万里深,谁人不言此离苦!日惨惨兮云冥冥,猩猩啼烟兮鬼啸雨。我纵言之将何补?"《李太白文集》(《景印文渊阁四库全书》,第1066册》)卷2,第1a页。

英之传说。古以帝舜陟方而死,葬苍梧之野,二妃从之,俱溺死湘江,遂为潇湘之神。合下句读之,知牧斋句非取义于二女之传说。"巫山",钱曾注引《六臣注文选》李善引《襄阳耆旧传》云:"赤帝女曰姚姬,未行而卒,葬于巫山之阳,故曰巫山之女。"①引实未完,后有"楚怀王游于高唐,昼寝,梦见神遇,自称是巫山之女"云云。② 究其实,此巫山神女故事方是牧斋句结穴所在,钱曾宜引宋玉《高唐赋》作解。《文选》载宋玉《高唐赋并序》云:

> 王问玉曰:"此何气也?"玉对曰:"所谓朝云者也。"王曰:"何谓朝云?"玉曰:"昔者先王尝游高唐,怠而昼寝,梦见一妇人曰:'妾巫山之女也,为高唐之客。闻君游高唐,愿荐枕席。'王因幸之,去而辞曰:'妾在巫山之阳,高丘之阻,旦为朝云,暮为行雨。朝朝暮暮,阳台之下。'旦朝视之如言,故为立庙,号曰'朝云'。"③

又《文选》载宋玉《神女赋并序》云:

> 楚襄王与宋玉游于云梦之浦,使玉赋高唐之事。其夜王寝,果梦与神女遇,其状甚丽。王异之,明日以白玉。……忽兮改容,婉若游龙乘云翔。嫷被服,侭薄装。沐兰泽,含若芳。

---

① 见《有学集》卷13,第666页。
② 〔梁〕萧统编,〔唐〕李善等注:《六臣注文选》李善引《襄阳耆旧传》(《景印文渊阁四库全书》,第1330—1331册)卷19,第1b页。
③ 同前注,第1b页。

168

性和适,宜侍旁。顺序卑,调心肠。①

此巫山神女云雨之事正牧斋本诗联赋咏之焦点,"雨""湿""风""香"云云,亦取象于宋玉之赋文,上句"澧浦"事特其陪衬耳。牧斋本联言荐枕席之事;巫山云雨,男女合欢之喻。惟牧斋赋此,却言"何曾湿""别有香",大似上引《楞严经》"我无欲心,应汝行事,于横陈时,味如嚼蜡"之寄意。牧斋于柳氏下发"入道"之际,于首联寄寓夫妇琴瑟调和之感,复于本联渲染巫山云雨之事,难免勾起绮思情恨,何苦来哉?

第三联曰:"初着染衣身体涩,乍抛绸发顶门凉。"牧斋本联正写柳如是下发"入道"。"染衣",即僧服,出家后,脱去在俗之衣,改着木兰色等坏色所染之衣。② "乍抛绸发",似言剃发。③ 出家时,须落发并着染衣,始成僧尼,故称"剃发染衣"。柳如是固未真正落发着染衣,出家为沙门,牧斋本联泛写耳。柳如是之"入道",应系受某戒,通过某种仪式而已,仍是在家居士,带发修行。本诗上联既出以绮语丽词,本联"身体涩""顶门凉"之意象亦难免沾上绮思(对柳氏身体之凝视遐思)。本联异文作"斫却银轮蟾寂寞,捣残玉

---

① 〔梁〕萧统编,〔唐〕李善等注:《六臣注文选》李善引《襄阳耆旧传》(《景印文渊阁四库全书》,第1330—1331册)卷19,第10b—11b页。
② 〔天竺〕佛驮跋陀罗译:《大方广佛华严经》卷17:"尔时,正念天子白法慧菩萨言:'佛子!一切世界诸菩萨众,依如来教,染衣出家。云何而得梵行清静,从菩萨位逮于无上菩提之道?'"《大正藏》,第10册,第279经,第88b页。
③ "绸发",《诗经·小雅·都人士》:"彼君子女,绸直如发。"《传》曰:"密直如发也。"见〔汉〕毛亨传,郑玄笺,〔唐〕孔颖达疏,陆德明音义《毛诗注疏》(《景印文渊阁四库全书》,第69册)卷22,第28b页。此"绸发"一语之出处。"绸"犹"稠",多而密也。

杵兔凄凉"。(《有学集》卷13,第666页"校记")旧言月中有玉桂,有蟾蜍,有玉兔,有姮娥,有吴刚。① 牧斋诗联言月中仙人仙物互动之"失序"(disorder),以表"寂寞""凄凉"之感。牧斋似言,柳如是"入道",自己顿失伴侣,不免寂寞凄凉。

末联曰:"紫烟飞絮三眠柳,扬尽春来未断肠。""三眠柳",宋计敏夫《唐诗纪事》云:"商隐赋云:'岂如河畔牛星,来年只闻一过;不及苑中人柳,终朝剩得三眠。'注:'汉(苑)中有人形柳,一日三起三侧。'"② "三眠柳"一语藏柳氏名,牧斋用以暗指柳氏,此种用例牧斋诗文中屡见。末句云"扬尽春来",此柳"未断肠",似咏柳如是"入道"时之心情。"未断肠",是否即平安喜乐,法喜充满?此意不见于二诗他处,未敢遽言。

诗其三十五、三十六合观,牧斋于柳如是入道之际,未见心生欢喜,喜得法侣,依旧爱欲痴慕,不忍不舍。措语则绮语丽词,予人绮思遐想。柳如是入道,牧斋心中究竟作如何想,诗意纷沓,探骊却未必能得珠。

以下再总述上论,以收结本节。

牧斋自注,其三十五、三十六二章乃"为河东君入道而作"。之前置其三十四,自注谓"追忆庚辰冬半野堂文宴旧事"。诗篇顺序如此安排,自有深意。三首合观,思旧抚今之感益彰。钱柳因缘,始自明崇祯十三年庚辰冬柳氏之访牧斋于虞山半野堂。牧斋为筑我闻室,留柳氏度岁。二人定情,约在此时。崇祯十四年春,钱、柳

---

① 李白《古朗月行》有句云:"白兔捣药成,问言与谁餐。"又云:"蟾蜍蚀圆形,大明夜已残。"《李太白文集》(《景印文渊阁四库全书》,第1066册)卷3,第10b页。
② 〔宋〕计有功:《唐诗纪事》(《景印文渊阁四库全书》,第1479册)卷53,第13a页。

作西湖之游。同年六月,行结褵礼于芙蓉舫中。① 此数月间钱、柳赠答篇什最多,皆藻词丽句,极尽缱绻绮艳之思,时人或以《香奁》《玉台》之体目之,笔者则曾以"情欲的诗学"(poetics of desire)一角度探论钱、柳之《东山酬和集》。②《病榻消寒杂咏》其三十四追思庚辰乐事,语调却稍见落寞。诗前四句虽有"秉烛游""青春""红楼""千金笑"等意象,但此四句以"老大"起,以"百岁忧"束,难免予人若干强颜欢笑之感。第三联更充满鬼气:上句述半野堂宾主文宴欢娱,却接之以下句之"神鬼坐人头",读之悚然。末联上句点出,牧斋是坐"蒲团"上回忆此种种往事的,则观看人世悲欢离合,无非"前尘"与"影事",诗中大喜大悲相互出现,当可理解。诗结以"好梦何曾逐水流"一句,固系自宽之词,言与柳氏婚姻为"好梦",未随流水东逝。但其联想,仍觉阴深,以其脱自鬼语。

其三十四如以"蒲团"上悟后之言视之,其悲欢互替、幽明交叠的视境大略可解。康熙二年秋,与牧斋结褵二十一年后,柳如是下发入道。牧斋《病榻消寒杂咏》其三十五、三十六赋咏此事,却满载不忍不舍之情,且出之以绮语丽词。其三十五前四句叙柳氏下发,"金刀""红泪"二句肃穆不足,艳丽有余。次联稍挽回虔洁之意,对仗亦工:上句言"莲花服",下句以"穤稊田"对,神来之笔,暗喻柳氏于佛事功课之用心。第三联虽援用佛典,却纯为绮语。以铅为妆,眉妩好媚,凝视者,柳氏姿色。"高楼"一句,用《杂宝藏经》事,其意在妇之娇嗔及蛊惑力量。结联更露骨,以"横陈嚼蜡"一义写柳氏

---

① 参《柳如是年谱》,收于范景中、周书田编纂《柳如是事辑》,第473—481页。
② 〔清〕顾苓:《河东君小传》,同前揭书,第5页。拙著《情欲的诗学——窥探钱谦益柳如是〈东山酬和集〉》,收入严志雄《牧斋初论集:诗文、生命、身后名》(香港:牛津大学出版社,2018),第43—79页。

171

性欲之有无。虽说佛经常就众生"性欲",方便说法,且色空之妙,佛法之良,不妨为大彻大悟之门。但此首写柳氏入道,情色之想,有否必要诸多渲染?

其三十六起二句以"鹦鹉""双燕"喻钱、柳琴瑟之欢。次联却如上首,涉性事,用巫山云雨之旧事以喻男女合欢。牧斋此二句化用赋文,表此意,却云"未曾湿""别有香"。是否暗示钱、柳云雨之际,柳氏如上引《楞严经》所云"我无欲心,应汝行事,于横陈时,味同嚼蜡"?如真有此意,则首联所写钱、柳鱼水合欢,对比之下,难免蒙上阴影。次联既着绮思,第三联"身体""顶门"二语难免兴发情色的联想。末联上句"三眠柳"暗藏柳氏名,暗指柳氏。全诗结句说"扬尽春来",此"柳""未断肠",是否暗示柳如是"依如来教,染衣出家",非为看破红尘?

四、"针孔藕丝浑未定"——牧斋暮年心境管窥

针孔藕丝浑未定

《病榻消寒杂咏》其三十九曰:

> 编蒲曾记昔因缘,蒲室蒲庵一样便。
> 宽比鹅笼能缩地,温如蚕室省装绵。
> 灯明龙蛰含珠睡,风暖鸡栖伏卵眠。
> 针孔藕丝浑未定,于今真学鸟窠禅。
> 新制蒲龛成。

《有学集》卷13,第668页

牧斋诗后小注云："新制蒲龛成。"新制"蒲龛"完成，牧斋似颇得意，赋诗记之。此首语带幽默，自得自嘲，兼而有之。

首联曰："编蒲曾记昔因缘，蒲室蒲庵一样便。""蒲龛"，以蒲草编制之小室，用以礼佛奉佛，犹"禅龛"①。牧斋联嵌三"蒲"字样，为义本各不同。"编蒲"，"编蒲书"之谓，本喻苦学不倦。②牧斋"编蒲"云云，似非取苦学之意，只因其禅龛亦编蒲而成，遂牵连及此。下句"蒲室""蒲庵"，可同义通假，指草庵、佛龛，③唯"蒲庵"云云，又有"思亲"义。④牧斋句似不涉思亲意，特其新制蒲龛成，高兴，"编蒲"也好，"蒲室"也好，"蒲庵"也好，"一样便"。"便"，安

---

① 杜甫《谒文公上方》诗有句云："吾师雨花外，不下十年余。长者自布金，禅龛只晏如。"见〔清〕仇兆鳌《杜诗详注》(《景印文渊阁四库全书》，第1070册) 卷11，第49a—b页。

② 《汉书·路温舒传》云："路温舒，字长君，钜鹿东里人也。父为里监门，使温舒牧羊，温舒取泽中蒲，截以为牒，编用书写。"见〔汉〕班固撰，〔唐〕颜师古注《汉书》卷51，第2367页。任昉《为萧扬州荐士表》云："既笔耕为养，亦佣书成学。至乃集萤映雪，编蒲辑柳。先言往行，人物雅俗，甘泉遗仪，南宫故事，画地成图，抵掌可述。"见〔梁〕萧统编，〔唐〕李善等注《六臣注文选》(《景印文渊阁四库全书》，第1330—1331册) 卷38，第38b—39b页。

③ 如元张翥《奉答新仲铭禅师》云："我识新公老禅衲，一灯蒲室是真传。"见〔元〕张翥《蜕庵集》(《景印文渊阁四库全书》，第1215册) 卷5，第12a页。陆游《梅市暮归》云："何当倚蒲龛，一坐十小劫。"见〔宋〕陆游《剑南诗稿》(《景印文渊阁四库全书》，第1162—1163册) 卷73，第13a页。〔元〕周伯琦《答复见心长老见寄》云："浙水东头佛舍连，蒲庵上士坐忘年。"见〔清〕顾嗣立编《元诗选·初集》(《景印文渊阁四库全书》，第1468—1471册) 卷52，第61a页。

④ 钱曾注引明初宋濂(景濂，1310—1381)《蒲庵禅师画像赞》云："师名来复，字见心。兵起，避地会稽山慈溪，与会稽邻壤，中有定水院，师主之，为起其废。寻以干戈载途，不能见母，筑室寺东涧，取陈尊宿故事名为蒲庵，示思亲也。"见《有学集》卷13，第668页。

也,适宜也,启下二联。

次联曰:"宽比鹅笼能缩地,温如蚕室省装绵。"此联言蒲龛大小适中,温暖。上句"鹅笼能缩地"云云,含二典。"鹅笼"事,见梁吴均《续齐谐记·阳羡书生》:"东晋阳羡许彦于绥安山行,遇一书生,年十七八,卧路侧,云'脚痛',求寄彦鹅笼中,彦以为戏言,书生便入笼。笼亦不更广,书生亦不更小。宛然与双鹅并坐,鹅亦不惊。彦负笼而去,都不觉重。"①"缩地",晋葛洪《神仙传·壶公》云:"(费长)房有神术,能缩地脉,千里存在,目前宛然,放之复舒如旧也。"②"鹅笼",下句以"蚕室"对,出语诙谐。"蚕室"谓宫刑,《汉书·张汤传》颜师古注云:"谓腐刑也。凡养蚕者,欲其温而早成,故为密室蓄火置之。而新腐刑亦有中风之患,须入密室乃得以全,因呼为蚕室耳。"③此联"温"字启下一联。

第三联曰:"灯明龙蛰含珠睡,风暖鸡栖伏卵眠。"此联写此蒲龛给予牧斋之温暖、安稳感。钱曾注引陈抟(希夷)《五龙甘卧法》云:"修仙之心,如如不动,如龙之养珠,鸡之抱卵。"④"五龙甘卧法"或称"五龙酣睡诀""五龙蛰法",道家"睡功",内丹胎息之法,其语常见于修仙口诀灵文,甚或房中术。牧斋固非于此蒲龛修炼道家胎息睡功,特借龙养珠、鸡抱卵之意象与感觉,以喻此龛之安泰。牧斋用此而添"灯明""风暖"二语领起上下句,益增温暖安逸之感,信宜"睡",宜"眠"。

---

① 〔宋〕李昉编:《太平广记》(《景印文渊阁四库全书》,第 1043—1046 册)卷 284,第 7a—7b 页。
② 同前注,卷 12,第 4a 页。
③ 〔汉〕班固撰,〔唐〕颜师古注:《汉书·张汤传》卷 59,第 2651 页。
④ 钱曾注引,见《有学集》卷 13,第 669 页。

末联曰:"针孔藕丝浑未定,于今真学鸟窠禅。"此联另起一意作结。下句"鸟窠禅"承上各联"蒲龛"之意蕴。宋释普济《五灯会元》"鸟窠道林禅师"云:"(禅师)后见秦望山有长松,枝叶繁茂,盘屈如盖,遂栖止其上,故时人谓之鸟窠禅师。复有鹊巢于其侧,自然驯狎,人亦目为鹊巢和尚。"①道林禅师栖止树上,牧斋谓己制蒲龛而礼佛其中似之。上句"针孔""藕丝"却喻不安、"未定"之感。"针孔",西晋傅咸《小语赋》云:"唐勒曰:'攀蚊髯,附蚋翼,我自谓重彼不极,邂逅有急相切逼,窜于针孔以自匿。'"②"藕丝"场面则较恐怖。《佛说观佛三昧海经》云:"我持此法当成佛道,令阿修罗自然退败。作是语时,于虚空中有四刀轮,帝释功德故自然而下,当阿修罗上时,阿修罗耳鼻手足一时尽落,令大海水赤如绛汁。时阿修罗即便惊怖。遁走无处,入藕丝孔。"③"针孔""藕丝"云云,牧斋自嘲也,谓己藏匿于蒲龛,求其稳暖,自欺欺人,无关道行修为。

在上论《病榻消寒杂咏》诗其三十四中,牧斋坐"蒲"上,细参前尘影事,追思与柳如是的情缘。此首起句则说"编蒲",参牧斋自注,知为牧斋"新制蒲龛成"。此蒲龛之制,触发牧斋思想往昔"因缘"。蒲团供坐禅、跪拜;蒲龛则视乎大小,或可用以静修。此诗对本章的意义,却在借此可管窥牧斋的心理与精神状态。牧斋因"编

---

① 〔宋〕释普济:《五灯会元》卷2,《续藏经》,第80册,第1565经,第51c页。
② 见〔唐〕欧阳询等《艺文类聚》(《景印文渊阁四库全书》,第887—888册)卷19,第6a—6b页。又《艺文类聚》同卷载宋玉《小言赋》云:"景差曰:'载氛埃兮乘剽尘,体轻蚊翼,形微蚤鳞,津逴浮踊,凌云纵身。经由针孔,出入罗巾,飘妙翩绵,乍见乍泯。'"注云:"言奋身腾踊不过由针眼穿罗巾。"第5b页。
③ [天竺]佛驮跋陀罗译:《佛说观佛三昧海经》卷1,《大正藏》,第15册,第643经,第647b页。

蒲"而记起何种往昔"因缘",反而不必坐实,诚如首联下句所谓"一样便"。诗中的象征意义指向隐遁或隐藏的强烈意欲,又反映出一种失魂落魄的精神状况。次联上句以"缩地"一典喻此蒲龛或"宽比鹅笼",虽小,却可容身,容大千世界。下句谓此龛"如蚕室",予人温暖、慰藉。第三联承此,极力补足安稳、安泰之感,牧斋化用"龙之养珠,鸡之抱卵"之语,添以"灯明""风暖"的意象,益增温暖安逸的感觉。唯上述种种至末联而全然崩解。牧斋在上句"藕丝"后接以"浑未定"一语,虽或不至于"惊怖",但心神怔忡可知。在这个认识下反观第三联的"龙蛰含珠睡""鸡栖伏卵眠",便觉表面安稳,实如累卵,岌岌可危。末联二句语意紧密相扣。牧斋借用"鸟窠禅"一典,却似无自得之意,而在表达隐遁或隐藏的心境。

牢笼世界莲花里

《病榻消寒杂咏》其四十三曰:

> 翻经点勘判年工,头白书生砚削同。
> 岂有钩深能摸象,却愁攻苦类雕虫。
> 牢笼世界莲花里,磨耗生涯贝叶中。
> 岁酒酌残儿女闹,犍椎声殷一灯红。

《有学集》卷13,第671页

牧斋于生命之最后十余年间,花大力气著成《心经》《金刚经》《楞严经》《华严经》诸经疏解。《病榻消寒杂咏》诗本首乃牧斋回忆年来注经甘苦之作。牧斋写本诗时,《心经》《金刚经》《楞严经》诸疏已付梓人,本诗之咏,或专指《华严经疏钞》,此牧斋治佛书之最后一种,《金谱》康熙二年(1663)条末云:"《华严经注》亦辍简。"①

本诗首联曰:"翻经点勘判年工,头白书生砚削同。""点勘",点校也。② "判年",犹半年。牧斋之制《楞严经疏解蒙钞》费时几一纪,其言"判年"者,或指其付梓前于顺治十六年(1659)最后一次整稿所耗时间("五阅月始辍简"),或指其治《华严经疏钞》费时半年。"砚削","摩研编削"之谓。③ "摩研",切磋研究;"编削",编次简册。此联状己注经之辛勤劳碌。《钱牧斋先生尺牍》载《与赵月潭》一函,有语云:"别后掩迹荒村,自了翻经公案。寒灯午夜,鸡鸣月落,揩摩老眼,钻穴贝叶。人世有八十老书生,未了灯窗夜债,如此矻矻不休者乎? 朔风日竞,青阳逼除。俯仰乾坤,又将王正。"(《与赵月潭》,《全集·钱牧斋先生尺牍》卷1,第255页)所述情状可与本诗此联相观照。

次联曰:"岂有钩深能摸象,却愁攻苦类雕虫。"此牧斋自谦之词,谓经义精深奥妙,虽黾勉为之,犹恐未得正解。"钩深","钩深致远",出《易·系辞上》:"探赜索隐,钩深致远,以定天下之亹亹

---

① 《金谱》,《牧斋杂著》附录,第951页。
② 韩愈《秋怀诗》十一首其七句云:"不如觑文字,丹铅事点勘。"见〔唐〕韩愈撰,〔宋〕魏仲举编《五百家注昌黎文集》(《景印文渊阁四库全书》,第1074册)卷1,第44b—45a页。
③ 典出《后汉书·苏竟传》:"(竟)王莽时,(与)刘歆等共典校书……与龚书(刘歆兄子)晓之曰:'君执事无恙。走昔以摩研编削之才,与国师公从事出入,校定秘书……'"注云:"《说文》曰:'编,次也。'削谓简也,一曰削书刀也。"见〔刘宋〕范晔撰,〔唐〕李贤等注《后汉书》(北京:中华书局,1965)卷30上,第1042页。

者,莫大乎蓍龟。"①"摸象",永明延寿《心赋注》注引《大涅槃经》云:"明众盲摸象,各说异端,不见象之真体,亦况错会般若之人。依通见解,说相似般若,九十六种外道,及三乘学者,禅宗不得旨人,并是不见象之真体。唯直下见心性之人,如昼见色,分明无惑,具己眼者,可相应矣。"②"雕虫"云云,出自扬雄《法言·吾子》:"或问:'吾子少而好赋。'曰:'然。童子雕虫篆刻。'俄而曰:'壮夫不为也。'"③牧斋用此,取"雕虫篆刻"之字面义以自谦抑。

第三联曰:"牢笼世界莲花里,磨耗生涯贝叶中。"对仗极工妙。"牢笼世界",钱曾注引王融《三月三日曲水诗序》"牢笼世界,弹压山川"云云为解。④ 此二语实出《淮南子·本经训》:"帝者体太一,王者法阴阳,霸者则四时,君者用六律。秉太一者,牢笼天地,弹压山川……"高诱注云:"牢,读屋霤,楚人谓牢为霤。弹山川,令出云雨,复能压止之也。"⑤牧斋"牢笼世界"后置"莲花里"三字,则易此太一世界为佛世界矣。《华严经·华藏世界品》云:"此上过佛刹微尘数世界,有世界名宝莲华庄严;形如半月,依一切莲华庄严海住,一切宝华云弥覆其上,七佛刹微尘数世界围绕,纯一清净,佛号功德华清净眼。"⑥莲华世界如此美好,而己只堪作佛奴,抖擞筋力为

---

① 《易·系辞上》,见〔魏〕王弼、〔晋〕韩康伯注、〔唐〕孔颖达疏,陆德明音义《周易注疏》(《景印文渊阁四库全书》,第7册)卷11,第43b页。
② 〔唐〕释延寿:《心赋注》卷2,《续藏经》,第63册,第1231经,第121a页。
③ 〔晋〕李轨、〔唐〕柳宗元注、〔宋〕宋咸、吴祕、司马光添注:《扬子法言》(《景印文渊阁四库全书》,第696册)卷2,第1b页。
④ 见《有学集》卷13,第672页。
⑤ 《淮南子·本经训》,见〔汉〕刘安撰,高诱注《淮南鸿烈解》(《景印文渊阁四库全书》,第848册)卷8,第10a页。
⑥ 〔天竺〕佛驮跋陀罗译:《大方广佛华严经》卷9,《大正藏》,第10册,第279经,第44b页。

佛经作疏解。(牧斋《赠归玄恭八十二韵戏效玄恭体》[1662]有句云:"吾老归空门,卖身充佛使。贝叶开心花,明灯息意蕊。三幡研精微,四轮征恢诡。"见《有学集》卷12,第596页)"磨耗",损耗也。"贝叶",贝多罗叶,梵语 pattra 之音译,古印度以此种树叶书写经文,故佛经又称贝叶经。①

末联曰:"岁酒酹残儿女闹,犍椎声殷一灯红。"前明天启七年(1627),牧斋有《丁卯元日》之作,其词云:"一樽岁酒拜庭除,稚子牵衣慰屏居。奉母犹欣餐有肉,占年更喜梦维鱼。钩帘欲迓新巢燕,涤砚还疏旧著书。旋了比邻鸡黍局,并无尘事到吾庐。"(《初学集》卷4,第123页)三四十年后,时日相近,牧斋依旧一"砚削书生",唯此时所疏之书已非前贤之"旧著书",乃佛门之贝叶经。"儿女闹",或脱自范成大诗。范成大《冬至晚起,枕上有怀晋陵杨使君》云:"新衣儿女闹灯前,梦里庄周正栩然。骑马十年听晓鼓,人生元有日高眠。"②"犍椎",又作犍迟、犍槌、犍抵,寺院敲打用之报时器具。《翻译名义集·犍椎道具篇》云:"阿难升讲堂击犍椎者,此是如来信鼓也。"③此钱曾注所引,而阿难此事实出《佛说受新岁经》:"是时尊者阿难闻此语已,欢喜踊跃不能自胜,即升讲堂手执犍槌,并作是说:'我今击此如来信鼓,诸有如来弟子众者尽当普集。'"④是"受新岁日"号召众如来弟子来集者也。然则本联上句

---

① 参《佛光大辞典》"贝多罗叶"条,第3009页。
② 〔宋〕范成大:《石湖诗集》(《景印文渊阁四库全书》,第1159册)卷20,第17b页。
③ 见《有学集》卷13,第672页。
④ 〔晋〕竺法护译:《佛说受新岁经》,《大正藏》,第1册,第61经,第858b页。"受岁",原指夏安居结束后,比丘新增一戒腊。参《佛光大辞典》"受新岁经"条,第3108页。

言家人热闹过年,下句召弟子来集,欢乐度岁。牧斋之"信鼓",依旧在人间。

在《病榻消寒杂咏》四十六首中,这是牧斋以佛教意象经营的最后一首。在病榻上,牧斋除了断断续续写作《病榻消寒杂咏》各诗,还勉力补订另一部佛学笺疏《华严经注》。牧斋注经,素称严谨赡详,是以治学的态度与方法对待的。本诗即充分表达了这志尚。首联下句以"砚削"借喻注经的辛劳。《后汉书》所载"摩研编削"事固"砚削"之出典,然削亦有消损意,首联二句既自述"头白书生"翻经点勘之勤劳,则直以损耗形骸解亦无不可,且更形象化。次联上句为自谦之词。钩深致远,探赜索隐,学者之师模。牧斋自谦无此广博精深的才学识力能为佛典摸得"象之实体",己所为者,仅"雕虫篆刻"之小技而已。第三联上句点出所注之经或即《华严经》,下句直陈注经辛苦,生命为之"磨耗"。本诗前三联顺理而成章,从容不迫,借此可知牧斋笺注佛典之投入与辛勤。但对本章而言,尤须注意者,却在牧斋能否在亲近佛经时取得宗教的慰藉,欢喜从事,不住外境,唯心独照。详味诗意,牧斋似乎还有罣碍,未能豁然莹净。除第三联"磨耗"一语外,首联的"砚削"、次联的"攻苦"都透露着某种程度的苦恼。而第三联上句用"牢笼世界"形容"莲花",尤须细味。《淮南子·本经训》有"牢笼天地,弹压山川"之语。在牧斋诗里,"牢笼"字面上固是形容莲花境界包摄一切,笼挫天地万物,但参之以《淮南子》的原义,仍难免隐隐然暗示着压逼、弹压、横制之感。此意合下句"磨耗生涯贝叶中"看,更呼之欲出,颇有精力不堪劳苦之喟叹。诗到最后两句却大有舒放之感,其来源,非莲花贝叶,而是小儿女的喧闹及新岁即至,门生故旧之来访。

上论《病榻消寒杂咏》诸诗有两种不同的表象、再现结构：一者或可曰因事成篇，一者属触景抒怀。

《病榻消寒杂咏》其二十五乃"读黄鲁直先忠懿王《像赞》"有感而作，是以诗中备陈吴越王奉佛故实，衍而成篇，歌咏吴越王为诗篇构体重心。吴越王乃牧斋先祖，是以语调尊敬严肃。牧斋歌颂先祖之余，复即吴越王崇佛典实而暗喻自己对佛事佛法的关怀与拥抱。"千年宗镜护传灯"一句，暗示牧斋对明清之际禅门法统传承的关注，愿以"世间文字"，力辟谬种流传，力攘野狐伪禅。结句直道"大梁仍是布衣僧"，以表向佛法的笃信皈依："老入空门"，安身立命，犹游子思乡。句四、句八，一为"经世"之学，一属个人宗教信仰层次。此二端颇可概括牧斋晚年于佛教的两种功课、努力（佛学与学佛）。此篇发端于家族远史，诗的"主体"亦隐隐然置身于"史"的脉络中，颇有知我罪我的考虑在。相对而言，其二十九一首语调转显舒缓平适，属岁暮抒怀之什。此诗前三联备写闾里岁晚准备过年的热闹光景。收结二句拈出主体，牧斋以在佛龛残火旁取暖的老翁出现，并透露出他对存在情境的反思，不唱高调，不着议论，以真面目视人观之可也——要之，一"井邑"间的老禅翁。佛法于他，是身边事，一如诗中前六句收入眼底的岁晚喧腾，道在平常日用中。牧斋依恋的终究在人间，虽慕道心切，仍是入世修身，非出世修为。

《病榻消寒杂咏》诗其三十四至三十六述与柳如是的关系。其三十五、三十六系"为河东君入道而作"。"入道"于佛教，是"出家"的宗教行为，昨日种种，从今视作前生。钱柳因缘，始于庚辰岁柳氏之访牧斋于半野堂，宜乎牧斋写柳氏入道之前，先置"追忆庚辰冬半野堂文宴旧事"一章。其三十四一诗颇见悟后之言，坐"蒲团"上观照一生中最感动、最重要的情事。诗中出入阴阳，亦可见牧斋能以佛教的眼界，看透人世幻象。相对而言，牧斋写柳氏削发入道，虽糅用佛典意象，究其实，纯为绮语。虽说就众生"性欲"，方便说法，绮语参禅，亦有传统，①但此二章丽词绮语，纷沓而至，未免渲染过甚，劝百而讽一。（虽然，男性老年，并害气喘咳嗽之疾卧榻，其性欲流动的情况，或可提供此二诗另一种解读的方向。）②总而言之，牧斋于柳氏入道之际，未见心生欢喜，喜得法侣。爱欲痴慕，依然是牧斋此二诗的底蕴。

《病榻消寒杂咏》诗其三十九兴发于"新制蒲龛成"。蒲龛制以供佛像、静修，此诗前六句即备言此龛（或象征佛法、佛门）可以寄托生命、予人慰藉。但收结二句，却显心神不宁，如阿修罗遁走藕丝孔，将前六句经营的止观全然打碎。诗之结句更透露，牧斋于佛法所求取的，可能是一种逃避、隐藏的机制。其四十三一首自陈笺疏佛经的投入与辛劳。其种种经验，却为学人语。牧斋晚年苦攻

---

① 牧斋在《注李义山诗集序》中就曾写道："余曰：'……义山《无题》诸什，春女读之而哀，秋士读之而悲。公（石林长老源公）真清净僧，何取乎尔也？'公曰：'佛言众生为有情。此世界，情世界也。欲火不烧然则不干，爱流不飘鼓则不息。诗至于义山，慧极而流，思深而荡。流旋荡复，尘影落谢，则情澜障而欲薪烬矣。……由是可以影视山河，长挹三界，疑神奏苦集之音，阿徙证那含之果。宁公称杼山能以诗句牵劝，令入佛智，吾又何择于义山乎？'"文见《有学集》卷15，第703—705页。佛徒与艳诗的关系，可参张伯伟《宫体诗与佛教》，《禅与诗学》（杭州：浙江人民出版社，1992），第187—223页；吴言生《禅宗诗歌境界》一书中亦有所论述。

② 牧斋《病榻消寒杂咏》诗序说他是因"苦上气疾"而卧榻的。见《有学集》卷13，第636页。

《金刚经》《心经》《楞严经》《华严经》等经,并为笺解,功德无量。唯牧斋仍徘徊于出世入世间,留恋人世烟云。此诗最后二句破空而来,虽寥寥数语,却殊堪玩味。要之,牧斋病榻呻吟,依恋的依然是人间,笺注佛经可以排遣永日,且将世间文字因缘,回向般若,但他最终的慰藉,来自身边小儿女的欢闹,以及新正时友朋之来盘桓左右。

牧斋其实并没有终止在"世间文字海"的"游盘"。尽管他一再说老入空门,不复染指声律、不复作诗,他存世诗什中足以让他在文学史上占一席位的作品却多半成于晚年,尤其是入清以后,他生命的最后二十年。诗文可能才是牧斋的最终救赎。《清史稿》评牧斋曰:"明末文衰甚矣!清运既兴,文气亦随之一振。谦益归命,以诗文雄于时,足负起衰之责。"[1]明清之际文学风气的推移自然不必与明清政权兴替挂钩,但无论如何,在这时期,牧斋的确是移风易俗的关键人物。晚明王、李复古派的势力依然雄厚,云间诗派亦源流于七子。牧斋起而著论排击,致力调和唐宋,特标宋元诗传统。牧斋放论既凌厉,所作诗又脍炙人口,影响所及,一时诗人相率而入宋元一路,诗风为之丕变。牧斋及其门下,甚至形成所谓"虞山诗派","有钱宗伯为宗主诗坛旗鼓,遂凌中原而雄一代"[2]。

上文表过牧斋如何备言纂疏《楞严经》的辛劳,以及他摒弃文学的种种姿态,但且看《楞严经疏解蒙钞》刚辍简,他读到让他赞叹

---

[1] 〔清〕赵尔巽等:《文苑传·序》,《清史稿》卷484,第13314页。
[2] 〔清〕陈祖范:《海虞诗苑序》,收于〔清〕王应奎辑《海虞诗苑》,清乾隆二十四年(1759)王氏家刊本,第1a—1b页。又可参胡幼峰《清初虞山派诗论》,第16—22页。

的诗篇时,是如何地手之舞之,足之蹈之:

> 老大归空门,沉心研内典。
> 钞解首楞严,目眴指亦茧。
> 诗筒如束笋,堆案不遑展。
> 虫蚀每成字,蛛网旋生藓。
> 今年中秋日,十轴粗告蒇。
> 暇日理素书,秋阳晒残卷。
> 鹤江一编诗,宛然在筐衍。
> 快读三四章,老眼霍如洗。
> 得意手欲笑,沉吟须尽捻。
> 君诗有远体,拂拭忌脓腇。

《秋日曝书得鹤江生诗卷题赠四十四韵　生名高,金坛人》,《有学集》卷8,第368页

笔者在上一章已论述过,牧斋入清以后的诗文每每流露出"自我建构"(self-constitution)的强烈意欲与企图,而在《病榻消寒杂咏四十六首》中,牧斋透过诗篇回忆性的再现,竭力营造种种"意欲形象"(intended image)。本章所述牧斋有关佛事的诗文都有这样的倾向。牧斋希望以一劫后余生、诚心事佛的"布衣僧"示人(及后世)。但当牧斋咏及柳如是及身边儿女,或孤寂自处时,却不经意地流露出对人世的百般依恋或怔忡不宁的心神。也许,这才是真正的、思想复杂而感情矛盾的牧斋。虽然,这无意,亦无法,贬低牧斋对佛法的向往及对佛学的贡献。

五、余论：句

除上文各节所述诗外，佛教意象散见于《病榻消寒杂咏四十六首》其他诗篇之诗联者，尚有十余见。这些意象多被牧斋挪用为老病的形容、隐喻，或心情的写照，或修辞效果的帮衬，多半已无佛教义理的寄托。以下为此种诗联稍做点评，以明其特色。

《病榻消寒杂咏四十六首》其一

儒流释部空闲身，酒户生疏药市亲。
未肯掉头抛白发，也容折角岸乌巾。
国殇急鼓多新鬼，庙社灵旗半故人。
年老成精君莫讶，天公也自辟顽民。

<small>年老成精，见《首楞严经》。</small>

《有学集》卷13，第637页

首联中"释部"与"儒流"并举，以指儒、佛二教，为一概念性隐喻（conceptual metaphor）。后接以"空闲身"一语，表己于此二事已无涉。"释部"此一佛教意象被置于牧斋自嘲自伤之语境中。"儒流"，儒家者流，助人君顺阴阳，明教化者。游文于六经之中，留意于仁义之际，祖述尧舜，宪章文武，宗师仲尼，以重其言，于道为最高。① "释部"，佛教典籍。牧斋终生，以儒为志业，而佛教宗门法

---

① 〔汉〕班固撰，〔唐〕颜师古注：《汉书·艺文志》卷30，第1728页。

海,其晚年所皈依,且曾倾力笺注《金刚经》《心经》《楞严经》《华严经》诸典籍,襄助教门事业,亦不遗余力。今则谓于"儒流释部"为"空闲身",以老耄病体,不复执着,亦不复有所作为。此固牧斋自嘲自伤之词。老病交逼,不唯于世出世间大事,难再闻问,即便美酒佳馔,亦无福消受;"酒户生疏",或其譬喻,"药市亲"云云,想是实情。起二构句,连缀"儒流""释部""酒户""药市"四名目,亟言其大者,而"身"字、"亲"字承接妥帖,虚实相济,此老意巧句练,可见一斑。

末联"年老成精"一语典出《楞严经》,唯于联语之意义结构中,被挪为老朽之形容,复转为"顽民"之借喻,前者偏重其形象性功能,后者则赋予"顽民"此一概念更深刻之意义。本诗第三联咏"故人"之殉国难,末联则反思己之身世。"年老成精",牧斋诗后自注,谓见《首楞严经》。今案《楞严经》中无此语,而"年老成魔"云云,则七、八见,牧斋笔误或约略言之耳。(固然,若于本联中落"魔"字,于义恐未安,易以"精"字,亦属理所当然。)据《楞严经》所述,此"年老成魔"者,或怪鬼、魅鬼、蛊毒魇胜恶鬼、厉鬼等等,不一而足,要皆妖魔鬼怪,附体于修行之人,"恼乱是人",使堕无间狱者。① 特牧斋"年老成魔"或"年老成精"云云,取其字面义,为己老朽形象写照耳,于《楞严经》经义,无甚关涉。全诗结以"顽民"一语,牧斋自喻,寄兴遥深。"天公"所"辟"、所回避者,此"年老成精"之"顽民"。顽民,典出《尚书·多士》。《序》曰:"成周既成,迁殷顽民,周公以王命诰,作《多士》。"《尚书注疏》曰:"'顽民'谓殷

---

① 见〔清〕钱谦益《楞严经疏解蒙钞》卷9、10,《续藏经》,第13册。

之大夫士从武庚叛者,以其无知,谓之'顽民'。民性安土重迁,或有怨恨,周公以成王之命诰此众士,言其须迁之意。"①《多士》具体文义,且置之不论,此"顽民"犹胜朝之"遗民",则明甚。明乎此,知牧斋于诗末以明之遗民,心怀"怨恨"者自居矣。"老年成精"后着"君莫讶"三字,复以"也自"说"天公",此老亦真"顽民"也!

《病榻消寒杂咏四十六首》其四

径寸难分聍耸形,《方言》云:"聍耸,聋也。"聍,音宰。方言州部比《玄经》。

人间若有治聋酒,天上应无附耳星。

斗蚁军声酣乍止,鸣蛙战鼓怒初停。

一灯遥礼潮音洞,梵呗从今用眼听。

《有学集》卷13,第638—639页

本诗下半由"形神"之思衍成,第三联为一隐喻(metaphor),结联则颇涉"文字禅"。在本诗意义脉络中,出自佛教经籍之意象被牧斋挪用为耳病之形容。第三联上下句以蚁斗忽停,蛙鸣骤止,比拟耳鸣耳聋之病状。唐柳宗元《为裴中丞伐黄贼转牒》文句中亦含此二典,曰:"众轻斗蚁,勇劣怒蛙。"旧注已揭明"斗蚁"之出典:"晋殷仲堪父尝患耳聪,闻床下蚁动,谓之牛斗。"②"怒蛙"则本《韩非子》:"越王伐吴,欲人之轻死也。出见怒蛙,乃为之式。从者曰:

---

① 〔汉〕孔安国传,〔唐〕孔颖达疏,陆德明音义:《尚书注疏》(《景印文渊阁四库全书》,第54册)卷15,第1a—1b页。
② 〔唐〕柳宗元:《柳河东集》(《景印文渊阁四库全书》,第1076册)卷39,第9a页。

'奚敬于此？'王曰：'为其有气故也。'"①"耳聪"而众声入耳喧哗，无限扩大。牧斋句则接以"酣乍止""怒初停"之语，二句中上四与下三字遂构成强烈对比之张力（tension），声浪由极剧烈而骤归死寂，极绘声绘影之能事。

耳病之扰人如此，患者亦无可奈何，故牧斋于结联以自嘲之妙语排遣之，曰："一灯遥礼潮音洞，梵呗从今用眼听。""潮音洞"，宋罗濬撰《宝庆四明志》云："补陁洛迦山在东海中，佛书所谓海岸孤绝处也。一名梅岑山，或谓梅福炼丹于此山，因以名。有善财岩、潮音洞，洞乃观音大士化现之地。唐大中年，西域僧来，即洞中，燔尽十指，亲睹观音与说妙法，授以七色宝石，灵迹始著。"②潮音洞远在海岸孤绝处，而观世音菩萨示现说法，意者牧斋乃感叹，从今欲闻威音妙法，唯待神迹出现方可矣。此句若合第三联读，潮音洞或亦耳穴之隐喻。"眼听"云云，本宋僧惠洪《泗州院旃檀白衣观音赞》中语："龙本无耳闻以神，蛇亦无耳闻以眼。牛无耳故闻以鼻，蝼蚁无耳闻以身。"③盖勉学人扪心求法闻道者也。明人卢之颐撰《本草乘雅半偈》卷十亦有语曰："《埤雅》言：'蛇以眼听。'《尔雅翼》言：'蛇死目皆闭，蕲产者目开如生；舒、蕲两界间者则一开一闭。此理之不可晓者。'然肝开窍于目。庄周云：'蛇怜风，风怜目。'故蛇听以眼。"④此中道理，尚待请教医家，而其循环论证，即

---

① 〔周〕韩非撰，〔元〕何犿注：《韩非子》（《景印文渊阁四库全书》，第729册）卷9，第15b页。
② 〔宋〕罗濬：《宝庆四明志》（《景印文渊阁四库全书》，第487册）卷20，第10b页。
③ 〔宋〕释觉范：《石门文字禅》（《景印文渊阁四库全书》，第1116册）卷18，第6a页。
④ 〔明〕卢之颐：《本草乘雅半偈》（《景印文渊阁四库全书》，第779册）卷10，第29b页。

庄子亦为发一笑可知。牧斋"用眼听"云云,用禅偈佛语(暗藏庄周语)以喻耳部生理机能衰竭不可复原,自嘲自怜耳,与其晚年唱为读诗以"香观"(用鼻闻)同趣,行文固有学问在,唯不必求之过深,以免失之于凿。

《病榻消寒杂咏四十六首》其五

病多难诉乳山翁,不但双荷睹赛聋。
喑讶仲长还有口,痹愁皇甫不关风。
畏寒塞向专涂北,负日循墙只傍东。
莫谓齒人徒改岁,老能熏鼠岂无功。

答乳山道士问病。

《有学集》卷13,第640页

本诗首联下句"双荷"一语本关乎佛教"耳体""六根"之概念,而牧斋借以指双耳,状耳聋之病。本首牧斋诗后自注,云:"答乳山道士问病。"乳山道士者,寓居金陵之闽人林古度(字茂之)是也,乃与牧斋年辈相若之挚友。本首系答老友问疾之作,故语调亲切,不嫌叨唠。牧斋细数病状,上四句即见耳聋、喑哑、风痹之疾。首联云:"病多难诉乳山翁,不但双荷睹赛聋。"牧斋耳聋似已甚久,众人皆知。"双荷",钱曾注引杨慎《禅林钩玄》云:"六根,眼如蒲桃朵,耳如新卷荷,鼻如双垂瓜,舌如初偃月,身如腰鼓颡。"[1]《楞严经疏解蒙钞》述"耳根",亦有"耳体,如新卷叶"之语:"由动静等二种相

---

[1] 见《有学集》卷13,第640页。

击,于妙圆中黏湛发听。听精映声,卷声成根。根元目为清静四大,因名耳体,如新卷叶。浮根四尘,流逸奔声。"①牧斋以"双荷"(卷曲之莲叶)借代双耳,其意象本此,唯句意实与佛经教义无涉。

《病榻消寒杂咏四十六首》其六

稚孙仍读鲁《春秋》,蠹简还从屋角搜。
定以孤行推杜预,每于败绩笑何休。
县车束马令支捷,蔽海牢山仲父谋。
聊与儿曹摊故纸,百年指掌话神州。

《有学集》卷13,第640页

本诗末联曰:"聊与儿曹摊故纸,百年指掌话神州。"上句"故纸"一语,钱曾诗注以禅门公案作解,实"过度诠释"(over-interpretation)之一例。"神州",钱曾注引《世说新语·轻诋》以解,则得其实。《世说》云:"桓公入洛,过淮、泗,践北境,与诸僚属登平乘楼,眺瞩中原,慨然曰:'遂使神州陆沉,百年丘墟,王夷甫诸人,不得不任其责!'"②"神州陆沉,百年丘墟",国破家亡也。"指掌",旧有春秋指掌图、春秋指要图、指掌图记之书,则首联《春秋》之语境,又延展至本句化用桓温语之脉络中,如盐入水,视之无痕。此"百年"者,揆诸诗意,非两晋旧史,实乃明清之交百年近事也。如此,则牧斋与

---

① 〔清〕钱谦益:《楞严经疏解蒙钞》卷4(之2),《续藏经》,第13册,第287经,第647c页。
② 〔宋〕刘义庆撰,〔梁〕刘孝标注:《世说新语》(《景印文渊阁四库全书》,第1035册)卷下之下,第22a页。

儿曹所话之百年近事,关乎明清二代兴废之迹、人物功过是非之月旦,牧斋特以《春秋》之事义譬况之,褒贬与夺必寓其中。本联上句"故纸"一语,钱曾引福州古灵神赞禅师事以解,其言曰:"本师又一日在窗下看经,蜂子投窗纸求出。师睹之曰:'世界如许广阔不肯出,钻他故纸驴年去!'遂有偈曰:'空门不肯出,投窗也大痴。百年钻故纸,何日出头时?'"① 盖古灵讽其本师不晓"体露真常,不拘文字"之理。② 钱曾此注,解"故纸"之为名物尚可,唯失之浅显矣。细味诗意,此"故纸"者,犹首联所谓"蠹简",鲁之《春秋》,牧斋以其义理事功语儿曹以古今之王业相业,指划明清百年间之军国大事、人物功过,复寓己之幽微心事,寄兴遥深,断不宜以禅门公案作解即了事。

《病榻消寒杂咏四十六首》其十五
羊肠九折不堪书,箭直刀横血肉余。
牢落技穷修月斧,颠狂心痒掉雷车。
伶仃怖影依枝鹆,吸呷呼人贯柳鱼。
补贴残骸惟老病,折枝摩腹梦回初。
《有学集》卷13,第648页

本诗第三联曰:"伶仃怖影依枝鹆,吸呷呼人贯柳鱼。"上句化用禅门公案事,而此联犹首联意,喻己经历险危,思之犹有余悸。

---
① 〔宋〕释普济:《五灯会元》卷4,《续藏经》,第80册,第1565经,第90b页。
② 此亦古灵语,同前注,第90c页。钱曾注则引《传灯录》,其文脱略甚多,乃至于混淆古灵及其本师之事,读者慎之。钱曾注见《有学集》卷13,第641页。

"伶仃",孤独貌。"怖影鸽",事见《五灯会元》《景德传灯录》等载记:鹞子趁鸽子,飞向佛殿栏子上颤。有人问僧:"一切众生,在佛影中常安常乐。鸽子见佛为什么却颤?"僧无对。法灯代云:"怕佛。"①牧斋句取其"怕"义,表孤独伶仃无依靠之心情耳,于原公案事无涉。

《病榻消寒杂咏四十六首》其十六

膻氋重围四浃旬,奴囚并命付灰尘。
三人缧索同三木,六足钩牵有六身。
伏鼠盘头遗宿溺,饥蝇攒口嘬余津。
频年风雨鸡鸣候,循省颠毛荷鬼神。

记丁亥羁囚事。

《有学集》卷13,第649页

本诗次联曰:"三人缧索同三木,六足钩牵有六身。""六足""六身"本佛教名相,而被"误置"于此。此联实咏与二仆同束缚于牢笼,行则若带缧索,处则若关桎梏。"缧索",绳索,《庄子·骈拇》:"附离不以胶漆,约束不以缧索。"②"三木",《后汉书·马援传》:"可有子抱三木,而跳梁妄作,自同分羹之事乎?"注云:"三木者,谓桎、梏及械也。"③又《范滂传》:"滂等皆三木囊头,暴于阶

---

① 〔宋〕释普济:《五灯会元》卷6,《续藏经》,第80册,第1565经,第140c页。
② 〔晋〕郭象注:《庄子注》(《景印文渊阁四库全书》,第1056册)卷4,第4a页。
③ 〔刘宋〕范晔撰,〔唐〕李贤等注:《后汉书·马援传》卷24,第832页。

下。"注云:"三木,项及手足皆有械,更以物蒙覆其头也。"①此"三木"之书义,牧斋句中"三木"云云,不若读如字,谓三人被束缚,形同三柱木,动弹不得也。其对句亦同其趣。三人六足,脚镣相"钩牵",如一足牵一身。此联极形象化,对仗巧妙。"六足""六身",亦佛教名相,前者指"六足论",小乘有部宗之六部根本论藏,后者指二"法身"、二"报身"、二"应身"。② 又《左传·襄公三十年》有"亥有二首六身"之字谜。③ 牧斋句与佛典及《左传》义无涉,只读者见此数语被"误置"于此,不免莞尔。

《病榻消寒杂咏四十六首》其二十三

中年招隐共丹黄,栝柏犹余翰墨香。
画里夜山秋水阁,镜中春瀑耦耕堂。
客来荡桨闻朝咏,僧到支筇话夕阳。
留却《中州》青简恨,尧年鹤语正悲凉。

孟阳议仿《中州集》体列,编次本朝人诗。

《有学集》卷13,第655—656页

本诗第三联言"僧",以见己与程嘉燧于前明结隐之地往来皆高人、法侣,无俗客,唯非关佛事。诗之次联曰:"画里夜山秋水阁,镜中春瀑耦耕堂。"第三联曰:"客来荡桨闻朝咏,僧到支筇话夕

---

① 〔刘宋〕范晔撰,〔唐〕李贤等注:《后汉书·范滂传》卷67,第2205页。
② 参《佛光大辞典》"六足论"条,第1267页。又"六身"条,第1268页。
③ 〔周〕左丘明传,〔晋〕杜预注,〔唐〕孔颖达疏,陆德明音义:《春秋左传注疏》(《景印文渊阁四库全书》,第143—144册)卷40,第5a页。

阳。""耦耕堂""秋水阁""闻咏",皆拂水山庄之构筑,而"夕阳"或亦暗指庄中之"朝阳榭"。牧斋《耦耕堂诗序》云:"耦耕堂在虞山西麓下,余与孟阳读书结隐之地也。天启初,孟阳归自泽潞,偕余栖拂水,磵泉活活循屋下,春水怒生,悬流喷激,孟阳乐之,为亭以踞磵右,颜之曰闻咏。又为长廊以面北山,行吟坐卧,皆与山接。朝阳榭、秋水阁次第落成。于是耦耕堂之名,遂假孟阳以闻四方。既而从形家言,斥为墓田,作明发堂于西偏,而徙耦耕堂于丙舍,以招孟阳,庐居比屋,晨夕晤对,其游从为最密。"(《有学集》卷18,第782页)诗云"画里""镜中""客来""僧到",耦耕堂风景如画,无俗客,可以想见。

《病榻消寒杂咏四十六首》其二十七

由来造物忌安排,遮莫残年事事乖。
无药堪能除老病,有钱不合买痴呆。
未论我法如何是,且道卿言亦自佳。
漫说赵州行脚事,云门犹未办青鞋。

《有学集》卷13,第655—656页

本诗末联曰:"漫说赵州行脚事,云门犹未办青鞋。"此为一概念性隐喻。"赵州",牧斋《石林长老七十序》云:"赵州年一百二十八,十方行脚,则七十已后,正其整理腰包,办草鞋钱之日也。……将使公争强粗力,为尘劳拿攫之事乎?则公为已老。将使公护法利生,为庄严净福之事乎?则公为方壮。然则世固不应老,而公亦不应以自老也。"(《有学集》卷25,第969页)下句"云门""青鞋"云云,脱自杜甫《奉先刘少府新画山水障歌》句:"若耶溪,云门寺。吾独胡为在泥滓,青鞋布袜从此始。"仇兆鳌《杜诗详注》卷四引胡夏客云:"若耶溪长数十里,凡有六寺,皆以云门冠之。"[1]赵州和尚年七十岁始十方行脚,牧翁盍兴乎来,办其青鞋布袜而往游云门,亦可能事也。又或奋起而弘护大法,谁曰不宜?此亦牧斋全诗动静行止,任运随缘之意也。

《病榻消寒杂咏四十六首》其二十八
寒炉竟日画残灰,情绪禁持未破梅。
躲避病魔无复壁,逋逃文债少高台。
生成穷骨难抛得,自锁愁肠且放开。
惭愧西堂分卫毕,旋倾斋钵送参来。

小尽日灵岩长老送参。

《有学集》卷13,第660页

本诗末联述己与灵岩继起和尚(1605—1672)之交游事,意象虚中带实。诗后小注云:"小尽日灵岩长老送参。"长老云谁?灵岩继起和尚是也。释弘储,字继起,号退翁、夫山和尚等,南通州人,俗姓李,明清之际一代名僧,临济宗大和尚。继起国变前已出家,师事三峰汉月(1573—1635),为高弟。其后十坐道场,而住苏州灵岩最久。明清交替,继起身为法王而"以忠孝作佛事",东南士子欲全忠孝大节者仰慕倾心,皈依门下者不在少数。继起座下龙象甚

---

[1] 〔清〕仇兆鳌:《杜诗详注》(《景印文渊阁四库全书》,第1070册)卷4,第19b页。

众,缁白出身不同凡响。①

诗末联曰:"惭愧西堂分卫毕,旋倾斋钵送参来。"二句咏灵岩长老送参之隆情美意。丛林制度,东为主位,西住宾位。《禅林象器笺·称呼门》云:"他山前住人,称西堂。盖西是宾位,他山退院人来此山,是宾客,故处西堂。"②禅门术语中,"分卫"犹"乞食"。《翻译名义集》云:"《善见论》云:'此云乞食。'《僧祇律》云:'乞食分施僧尼,卫护令修道业,故云分卫。'"③细味本联上句意,应指退翁和尚施食于西堂僧众。牧斋意或以此喻和尚普济众生之功德。继起独好人物,别具至心,当时穷困潦倒之士多得其赠与,而"志士诗人多与交游,常具供给不倦"④,如"海内三遗民"之名士徐枋穷甚,继起屡加周济扶持,徐枋感激不尽,当时后世传为美谈。下句咏继起"送参"与己,可见牧斋与继起交情笃厚。

《病榻消寒杂咏四十六首》其三十八

秦淮池馆御沟通,长养娇娆香界中。
十指琴心传漏月,千行佩响从翔风。
柳矜青眼舒隋苑,桃惜红颜坠汉宫。
垂老师师度湘水,缕衣檀板未为穷。

和刘屏山"师师垂老"绝句。

《有学集》卷13,第667页

---

① 参柴德赓《明末苏州灵岩山爱国和尚弘储》,《史学丛考》(北京:中华书局,1982),第372—414页。
② 参《佛光大辞典》"西堂"条,第2583页。
③ 〔宋〕释法云:《翻译名义集》卷7,《大正藏》,第54册,第2131经,第1174a页。
④ 见〔清〕王豫、阮亨辑《淮海英灵续集》(《续修四库全书》,集部总集类第1682册影印清道光刻本)辛集卷3,第1b页。

本诗首联下句"香界"本佛教名相,然于此语境中,读如字即可,此牧斋挪用佛教意象之又一例也。牧斋于诗后置小注云:"和刘屏山'师师垂老'绝句。"①首联曰:"秦淮池馆御沟通,长养娇娆香界中。"起句即启人疑窦。若牧斋以"御沟通""长养娇娆"影射李师师与宋徽宗有染,以青楼名媛而受宠于帝王,属词比事,尚属允洽。唯师师所居汴京青楼瓦子何得云"秦淮池馆"?北宋风月场所,青楼瓦子栉比,丝竹调笑,而"秦淮池馆",桨声灯影,锦绣辉煌则属晚明之文化记忆(cultural memory),虽同是烟花地,韵致始终不同。牧斋本首写晚明名妓,可谓"立竿见影"矣。"娇娆",妍媚貌,女貌娇娆,谓之尤物。"香界",《楞严经疏解蒙钞》云:"阿难!又汝所明,鼻香为缘,生于鼻识。此识为复因鼻所生,以鼻为界。因香所生,以香为界。"②牧斋用"香界"之字面义耳,与佛经义理无涉,实与所谓"天香国色"于义为近。本联二句合观,牧斋暗喻秦淮池馆之娇娆名姝入于帝王之家,唯此究为何人,不可确考矣。

《病榻消寒杂咏四十六首》其四十一

落木萧萧吹竹风,纸窗木榻与君同。

白头聋聩无三老,青镜须眉似一翁。

行药每于参礼后,安禅即在墓田中。

---

① 指刘子翚《汴京纪事二十首》其二十,见〔宋〕刘子翚《屏山集》(《景印文渊阁四库全书》,第1134册)卷18,第3a页。
② 〔清〕钱谦益:《楞严经疏解蒙钞》卷3(之1),《续藏经》,第13册,第287经,第600b页。

永明百卷丹铅约,少待春灯烂漫红。

怀落木庵主。

《有学集》卷13,第670页

此诗下半述落木庵主徐波(元叹,1590—1663?)之生活及其与己之交游事,颇用佛教意象及名义,唯与义理无关。第三联曰:"行药每于参礼后,安禅即在墓田中。"徐氏究心佛学,晚年礼中峰读彻苍雪法师、灵岩继起弘储禅师,时人甚或以"枯禅"视之,故牧斋本联有"参礼""安禅"之咏。"安禅即在墓田中",牧斋盖谓徐氏行将就木乎?非也。徐氏葬父母于天池山麓,遂结庐老焉,故落木庵所在,即其父母墓田丙舍之中,故云。

结联曰:"永明百卷丹铅约,少待春灯烂漫红。"钱曾注云:"徐元叹见公所著《宗镜提纲》,欢喜赞叹,欲相资问,故有春灯之约。"是徐氏与牧斋为法友矣。"永明百卷"指五代永明延寿禅师所纂《宗镜录》,凡百卷,八十余万字。牧斋著有《宗镜提纲》一卷(今似不传)。"丹铅约",徐氏欲就是书相资问,牧斋允相与研讨也。"春灯之约",二老恐无法实现矣。牧斋写本诗后不及半年即顺世,而此时徐氏甚或已卒。沈德潜(1673—1769)曾撰徐氏传文,谓其"年七十四卒",则徐氏殁于康熙二年(1663),正牧斋写《病榻消寒杂咏》诗之年。牧斋岁末仍有此首怀落木庵主之作,且有"春灯"之约云云,固以徐氏尚在世。或牧斋写本诗时未悉徐氏逝世之噩耗?或沈德潜记误?待确考。

《病榻消寒杂咏四十六首》其四十二

丈室挑灯饯岁余,披衣步屧有相于。

诗诠丽藻金壶墨,谓编次唐诗。史覆神逵玉洞书。余将订《武安王集》。

穷以文章为苑囿,老将知契托虫鱼。

无终路阻重华远,自合南村订卜居。除夜定远、夕公、遵王见过。

《有学集》卷13,第670—671页

诗首联曰:"丈室挑灯饯岁余,披衣步屧有相于。""丈室",本佛教名相,牧斋用之泛指斗室。唐释道世《法苑珠林》卷二十九云:"于大唐显庆年中,敕使卫长史王玄策,因向印度过净名宅,以笏量基,止有十笏,故号方丈之室也。"[①]后多以指寺院之正寝。牧斋句用此语泛指斗室耳,不必拘泥原义,如白居易《秋居书怀》诗云:"何须广居处,不用多积蓄。丈室可容身,斗储可充腹。"[②]"饯岁",设酒宴送别旧岁也。除夕夜,亲近弟子过访,诗酒欢会,牧斋兴致高,"披衣步屧",谈兴甚浓,下联即告众弟子以己拟编著之二书。

《病榻消寒杂咏四十六首》其四十五

新年八十又加三,老耄于今始学惔。

入眼欢娱应拾取,随身烦恼好辞担。

---

① 《法苑珠林》卷29,《大正藏》,第53册,第2122经,第501c页。
② 〔唐〕白居易:《白氏长庆集》(《景印文渊阁四库全书》,第1081册)卷5,第8b—9a页。

山催柳绿先含翠,水待桃红欲放蓝。
看取护花幡旋动,东风数日到江潭。
元旦二首。

《有学集》卷13,第673页

诗次联曰:"入眼欢娱应拾取,随身烦恼好辞担。""辞担"一语脱自《大智度论》,以寄轻松过日之愿望。日子波澜不惊,自有喜乐年华,当心存感慰。"辞担",犹"弃担",《大智度论·大智度初品中》云:"(经)弃担能担。(论)五众粗重常恼故,名为'担'。如佛所说:'何谓担?五众是担。'诸阿罗汉此担已除,以是故言'弃担'。'能担'者,是佛法中二种功德担应担:'一者自益利,二者他益利。'一切诸漏尽,不悔解脱等诸功德,是名自利益;信、戒、舍、定、慧等诸功德能与他人,是名他利益。是诸阿罗汉,自担、他担能担,故名'能担'。复次,譬如大牛壮力,能服重载;此诸阿罗汉亦如是,得无漏根、力、觉、道,能担佛法大事担。以是故诸阿罗汉名'能担'。"[1]牧斋句未必全依此佛学名义,只愿"随身烦恼"消,远离忧患常安乐,自在清静。此牧斋之"新年愿望"也。

《病榻消寒杂咏四十六首》其四十六
排日春光不暂停,凭将笑口破沉冥。
苔边鹤迹寻孤衲,花底莺歌拉小伶。
天曳酒旗招绿醑,星中参宿试红灯。

---

[1] [印度]龙树菩萨造,[姚秦]鸠摩罗什译:《大智度论》卷3,《大正藏》,第25册,第1509经,第81c—82a页。

条风未到先开冻,闲杀凌人问斩冰。

《有学集》卷13,第674页

诗之次联曰:"苔边鹤迹寻孤衲,花底莺歌拉小伶。"本联上句应自白居易《小台》诗化出。白诗云:"新树低如帐,小台平似掌。六尺白藤床,一茎青竹杖。风飘竹皮落,苔印鹤迹上。幽境与谁同,闲人自来往。"①牧斋诗中之幽境则野鹤与"孤衲"共徘徊。此句寂静,对句则热闹。"花底"百啭歌者,不辨为春莺抑小伶。此中"孤衲"为"排日春光不暂停,凭将笑口破沉冥"之陪衬耳。

---

① 〔唐〕白居易:《白氏长庆集》(《景印文渊阁四库全书》,第1081册)卷30,第8b页。

第四章　声气无如文字亲
——牧斋"乱余斑白尚沉沦"之人/文世界

牧斋下世前半年,娄东王时敏来函,连文累纸,尽吐倾慕之情,有语云:"……于先生鸿著,独有深嗜,不啻饥渴之于饮食。寤寐访求,寒暑抄写,积久遂已成帙。"又云:"倘蒙倾筐倒庋,悉畀录藏,俾得以炳烛之光,晨夕咀诵,乐而忘老,诚不啻绛雪引年,仙家十赉者矣。"①乃求借抄牧斋全部著作者也。烟客累幅来问,牧斋亦长篇作答。牧斋此札,乃其下世前数月间所写最长一封,可见其重视与烟客之友谊。牧斋复书有语云:"鄙人制作,不胜昌歜之嗜,至于篝灯缮写,目眵手胼,非知之深、好之笃,何以有此?"末云:"寒灯卧病,蘸药汁写诗,落句奉怀,附博一笑。方当饯岁,共感流年。穷冬惟息劳自爱。"(《有学集》卷39,第1364—1366页)烟客与牧斋函应写于康熙二年癸卯(1663)岁末(详见本章第三节),而牧斋"落句

---

① 《王烟客先生集·尺牍下》,第17a—18a页。

奉怀"云云,疑即牧斋《病榻消寒杂咏四十六首》诗其十之末联。然则《病榻消寒杂咏》诗其十或即兴起于烟客之贻书,而牧斋复函附录所以视烟客者也。

牧斋《病榻消寒杂咏四十六首》其十云:

声气无如文字亲,乱余斑白尚沉沦。

春浮精舍营堂斧,春浮,萧伯玉家园,今为葬地。东壁高楼束楚薪。东壁楼,在德州城南,卢德水为余假馆。

《越绝》新书征宛委,指山阴徐伯调。秦碑古字访河滨。指朝邑李叔则。

嗜痂辛苦王烟客,摘蘂怀铅十指皴。

《有学集》卷13,第644页

"声气无如文字亲"一句,或脱自《左传·襄公三十一年》:"故君子在位可畏,施舍可爱,进退可度,周旋可则,容止可观,作事可法,德行可象,声气可乐,动作有文,言语有章,以临其下,谓之有威仪也。"①此左氏传言君子之气象也。牧斋句似偏取"声气可乐,动作有文,言语有章"数义。"乱余斑白尚沉沦",其"尚沉沦"者,正上句之"文字"也。《后汉书·崔骃传》云:"崔氏世有美才,兼以沉沦典籍,遂为儒家文林。"②合二句读之,知牧斋所亲近者,"沉沦典

---

① 〔周〕左丘明传,〔晋〕杜预注,〔唐〕孔颖达疏,陆德明音义:《春秋左传注疏》(《景印文渊阁四库全书》,第143—144册)卷40,第34a页。
② 〔刘宋〕范晔撰,〔唐〕李贤等注:《后汉书》(北京:中华书局,1965)卷52,第1732页。

籍"之"儒家文林"也。"乱余斑白"云云,出语沉痛。"乱余",明清易鼎,天崩地坼劫余之时;"斑白",言其老也。此辈文士沧桑历劫,犹沉沦典籍,孜孜矻矻,至老不倦,牧斋引为同道知己。"声气""乱余"一联领起下六句。

次联曰:"春浮精舍营堂斧,东壁高楼束楚薪。"此联上句咏萧士玮(伯玉,1585—1651),下句咏卢世㴶(德水,1588—1653),二人皆牧斋由明入清垂三四十年之执友,至老犹殷殷怀念者。伯玉殁于顺治八年(1651),德水殁于后二年(1653)。牧斋于上句后置小注云:"春浮,萧伯玉家园,今为葬地。"此即句中"营堂斧"之意。"堂斧",坟墓也。① 牧斋于下句后置小注云:"东壁楼,在德州城南,卢德水为余假馆。"前明崇祯十年丁丑(1637),牧斋被奏劾,逮京究问,道经山东,乃访德水于德州,居停于程氏之东壁楼"浃旬"(十二日)。此为牧斋与德水之初次会晤,而牧斋于赴逮途中,得晤久相思慕之同调(牧斋与德水皆耽于杜诗,有著述),暂享诗、书、酒之乐,此东壁楼小住,于牧斋具有特殊意义,自不待言,宜乎牧斋有此追忆东壁楼之咏。句中"束楚薪"云云,脱自《诗·王风·扬之水》。《扬之水》三章,章六句。首章起句云:"扬之水,不流束薪。"次章起句云:"扬之水,不流束楚。"②意谓水至湍迅,而不能流移"束薪""束楚"。"薪""楚",木也,牧斋"束楚薪"云云,则感叹今东壁楼已毁,沦为捆捆炊薪矣。

第三联曰:"《越绝》新书征宛委,秦碑古字访河滨。"本联上下

---

① 语出《礼记·檀弓上》:"堂",四方而高者;"斧",下宽上狭长形者。
② 〔汉〕毛亨传,郑玄笺,〔唐〕孔颖达疏,陆德明音义:《毛诗注疏》(《景印文渊阁四库全书》,第69册)卷7,第47a页。

句分咏徐缄(伯调,？—1670)、李楷(叔则,1603—1670),用典甚妙。上句"《越绝》"云云,指《越绝书》,书载春秋吴、越二国史事,上起大禹治水,下迄两汉,旁及其他诸侯,文章以博奥伟丽称。"宛委",宛委山,传说禹登宛委山得金简玉字之书。① 后因以喻书文之珍贵难得。牧斋于本句后置小注云:"指山阴徐伯调。"以知句中《越绝》"宛委"云云,借其事以况伯调者也。"《越绝》"而言"新书",喻伯调能著文章博奥伟丽如《越绝》之书文也。"征宛委","征"于伯调也。《吴越春秋·越王无余外传》云:"在于九山东南天柱,号曰宛委。"旧注云:"在会稽县东南十五里。"②伯调山阴人。明清时期山阴、会稽两县一体(山阴即会稽,邑在山阴,故名),而宛委在会稽,牧斋乃以"宛委"借指山阴徐伯调。牧斋下句后置小注云:"指朝邑李叔则。""秦碑""河滨"云云,出典为"蔡中郎石经"。宋姚宽《西溪丛语》云:"汉灵帝熹平四年,(蔡)邕以古文、篆、隶三体书《五经》,刻石于太学。至魏正始中,又为一字石经,相承谓之七经正字。……北齐迁邕石经于邺都,至河滨,岸崩,石没于水者几半。"③此古代珍稀文物之传奇经历也。李楷,字叔则,晚号岸翁,学者称河滨先生,陕西朝邑人。陕西,古秦地,"秦碑古字访河滨"者,喻秦人李叔则满腹经籍,学者景仰。

诗末联曰:"嗜痂辛苦王烟客,摘䕫怀铅十指皴。"牧斋本联咏

---

① 《吴越春秋·越王无余外传》云:"(玄夷苍水使者)东顾谓禹曰:'欲得我山神书者,斋于黄帝岩岳之下三月,庚子登山发石,金简之书存矣。'禹退又斋三月,庚子登宛委山,发金简之书。案金简玉字,得通水之理。"〔汉〕赵煜:《吴越春秋》(《景印文渊阁四库全书》,第463册)卷4,第3a—3b页。
② 同前注,第2b—3a页。
③ 〔宋〕姚宽:《西溪丛语》(《景印文渊阁四库全书》,第850册)卷上,第14b页。

王时敏(烟客,1592—1680)酷爱己之著作。"嗜痂"者,南朝宋刘邕之"变态"行为也。《宋书·刘穆之传》载:"邕所至嗜食疮痂,以为味似鳆鱼。尝诣孟灵休,灵休先患灸疮,疮痂落床上,因取食之。灵休大惊。答曰:'性之所嗜。'灵休疮痂未落者,悉褫取以饴邕。邕既去,灵休与何勖书曰:'刘邕向顾见啖,遂举体流血。'南康国吏二百许人,不问有罪无罪,递互与鞭,鞭疮痂常以给膳。"①昔者周文王嗜昌歜(菖蒲根腌制物),②孔子慕文王而食之以取味,乃"文明"之啖食,而刘邕竟嗜吃疮痂,以为味似鳆鱼(鲍鱼),信乎人情、口味各殊,每有不可思议者。"摘椠怀铅",汉扬雄旧事。刘歆《西京杂记》云:"扬子云好事,常怀铅提椠,从诸计吏访殊方绝域四方之语,以为裨补辎轩所载,亦洪意也。"③"铅"者,铅粉;"椠",书写用木片。扬雄所从事者,犹今之"田野调查",终成《方言》一书,学者至今称之。牧斋以"嗜痂""摘椠怀铅"二事以喻王烟客。烟客明清之际江南太仓人,画坛巨擘,"娄东画派"鼻祖。明亡后,牧斋与烟客友情契洽,而烟客酷爱牧斋诗文,历年搜求,寒暑抄录,目眢手胼而不止,牧斋乃有句中"十指皴"之形容。

牧斋《病榻消寒杂咏四十六首》本首所咏人物最夥。此五人者,萧伯玉少牧斋三岁,卢德水少牧斋六岁,王烟客少牧斋十岁,牧斋与此三人可谓同辈。徐伯调生年不详,后死于牧斋六年,李叔则少牧斋二十一岁,揆诸相关文献,知伯调与叔则于牧斋为后辈也。

---

① 〔梁〕沈约撰:《宋书》(北京:中华书局,1974)卷42,第1308页。
② 〔周〕左丘明传,〔晋〕杜预注,〔唐〕孔颖达疏,陆德明音义:《春秋左传注疏·僖公三十年》:"王使周公阅来聘,飨有昌歜、白黑、形盐。"卷16,第9a页。
③ 〔汉〕刘歆撰,〔晋〕葛洪辑:《西京杂记》(《景印文渊阁四库全书》,第1035册)卷3,第1b页。

各人均身阅鼎革,明清改朝换代之际出处行藏各有不同,而无减对牧斋敬慕爱戴之情。牧斋与各人之友谊基础,正在于以文字通声气,同声相应,同气相求,乱余斑白,尚沉沦典籍,惺惺相惜,相互爱重。

牧斋《病榻消寒杂咏》诗其十所咏,仅牧斋与诸人交游事迹之一斑耳。窃以为,考论牧斋与各人交谊始末,于了解牧斋之行谊思想,大有裨益。下文辟三节,考述牧斋与此五君之交游,目的在重现章题中所谓之"人/文世界",虽掠影浮光,或可见凤毛之一斑。"声气无如文字亲,乱余斑白尚沉沦",此牧斋诗之主脑,下文各节亦以此意为纲领,铺陈材料,旨在彰显牧斋与各人于"人文"、文学、学问之共同关怀、交会与相互激荡。

至若探论牧斋与五人交往各别之细节,复有助了解牧斋于不同人生阶段之遭际与情志。要之,萧伯玉于五人中年齿与牧斋最近,约于同时立朝(明天启初)。二人阙下缔交,出处进退亦有相若者,而牧斋颠踬于仕途,困窘危急时,伯玉屡伸援手。卢德水入仕较牧斋与伯玉晚,居官年月与牧斋亦不相属。牧斋与德水初非政坛上共进退之党人,二人始以杜诗及书文相敬慕。牧斋与德水约于牧斋丁丑狱案前后定交,牧斋赴逮途中访德水于山东德州。二人气类相感,一见如故。德水约于此时出补礼部,旋改御史,攒漕运。牧斋、德水缔交后问讯不断,且共同阅历明朝末祚,二人相知深厚,以道义相亹勉。下文述牧斋与伯玉、德水之交,必兼叙牧斋于晚明政坛之经历始得深刻,而读者观览三人交游始末,可循知牧斋明季政治生涯之大略。

徐伯调、李河滨则似非牧斋所素识者,而于牧斋逝世前数年,相继贻书致敬,论学论文,求赐序,情意殷切。书文往返,牧斋乃引二人为知己同道,且有厚望焉。《初学集》删定之役,嘱于伯调;为"好古学者"张军,遏止复古派复兴于关中,托于河滨。牧斋为此二"笔友"所写书函、序文,述及一生学术、文学思想数番转变之因缘,并其最终之坚持与主张,乃探究牧斋学术之重要文献,可作牧斋"学思自传"观。牧斋与伯调、河滨之交,文坛前后辈文字之交,观其始末,可借知牧斋桑榆时对己文学"遗产"之安排、对后辈之期盼、对文坛之愿景,亦可窥见牧斋于时人心目中之地位。

江南常熟、太仓一衣带水,百里相望,而牧斋与王烟客于前明有无交往无考。迨明社既屋,自顺治初至牧斋于康熙三年(1664)逝世前,十余年间二人交往殷勤,感情笃厚。牧斋与烟客于清初之文坛艺坛,巍然如鲁殿灵光,二人惺惺相惜,相互爱重。二老赠言、进退以礼,往返文字,或道家常、诉衷曲,或寄托遥深,百感交集,期于传世者,洵阳九百六,灰沉烟扬之时,诗文"可以群"之一段佳话。烟客高门之后,先世及己数世仕明,入清后,不无"身份危机"(identity crisis)之忧虞,牧斋乃为设计其可对历史评价有所交代之"自我形象"(self-image),厥功不细。顺康之世,大乱甫定,牧斋与烟客温文尔雅之交,亦反映江南吴中虞山、娄东文苑艺林之呼息,而人文世界、精神之渐次复苏也。

下文于诸家文字,多所征引,以其隽永可诵,可为诸人传神留影,存其"声气"。至若文繁词琐之诮,所不辞也,幸谅之也。

一

春浮精舍营堂斧/萧士玮

顺世前三年（顺治十八年辛丑，1661），牧斋为门人虞山汲古阁主人毛晋（子晋，1599—1659）撰志墓之文。八十岁老人，语特悲哀。《隐湖毛君墓志铭》起首云：

> 兵兴以来，海内雄俊君子，不与劫灰俱烬者，豫章萧伯玉、徐巨源，德州卢德水，华州郭胤伯。浮囊片纸，异世相存，各以身在相慰藉。不及十年，寝门之外，赴哭踵至。余乃喟然叹曰："古之老于乡者，杖屦来往，不在东阡，即在北陌。今诸君子虽往矣，江乡百里，鸡豚近局，南村河渚之间，尚有人焉，吾犹不患乎无徒也。"少年间黄子子羽、毛子子晋相继捐馆舍（案：顺治十六年七月毛氏殁，十月黄翼圣殁），咸请余坐榻前，抗手诀别。嗟夫！陆平原年四十作《叹逝赋》，以涂暮意迟为感，今余老耄残躯，惯为朋友送死，世咸指目以为怪鸟恶物，而余亦不复敢以求友累人。所谓"托末契于后生"者，将安之乎？斯其可哀也已！

《有学集》卷31，第1140页

毛晋壮从牧斋游，事牧斋以师友之谊。牧斋生前著作，多付汲古阁梓行。《墓志》述及之萧伯玉，殁于顺治八年（1651），卢德水，

209

殁于后二年(1653)，皆牧斋由明入清相交垂三四十年之执友，而毛晋所敬事者。初，汲古阁刻《十三经注疏》行世，牧斋为撰序，而毛晋复请序于卢德水。卢氏之言曰："子晋携所刻《十三经注疏》相视，自谓平生精力，尽于此书。余取而观之，远胜监本。……子晋爰命余作序，余再三不敢出手。又谓子晋曰：'虞山一序，观止矣，何为益多？'子晋亦不复相强。然子晋雅意，终不可负。爰诠次数语，以赠子晋，并以留别。"①毛晋父殁后，墓志铭请托于牧斋，母殁将葬，墓志铭则求于萧伯玉。萧氏之言曰："虞山毛姥戈氏，长者毛公叔涟之妻，而凤苞(案：毛晋初名凤苞，后改子晋)之母也。将葬，凤苞以状来请，曰：'吾父则宗伯钱先生幸志而铭之矣。维吾母艰勤，乞彰，是在夫子。'"②观兹数事，足见此数人之惺惺相惜，交往之亲密无间也。

萧士玮，字伯玉，江西泰和人。文章奇肆奔放。中万历丙辰(1616)会试，天启壬戌(1622)赐同进士出身，除行人。历吏部郎中、太常寺卿，移疾还乡里。明亡，自屏草野，日痛哭祈死。辛卯(1651)四月，卒于西阳之僧舍，年六十七。萧伯玉之为人，牧斋《萧伯玉墓志铭》述之最传神，以无俗情、无俗务、无俗交、无俗学、无俗文、无俗诗誉之，其言略云：伯玉之为人，易直闲止，天性淡宕。登

---

① 〔清〕卢世㴶：《毛子晋刻十三经》，《尊水园集略》(《续修四库全书》，集部别集类第1392册影印复旦大学图书馆藏清顺治刻十七年〔1660〕卢孝余增修本)卷8，第2a—2b页。
② 〔明〕萧士玮：《毛母戈孺人墓志铭》，《春浮园集》(北京：北京出版社，2000年《四库禁毁书丛刊》，集部第108册影印北京大学图书馆藏清光绪刻本)卷下，第5b页。《春浮园集》含《文集》《附录》《诗》《南归日录》《偶录》《日涉录》《汴游录》《萧斋日记》。

第后,为园于柳溪,名曰"春浮",极云水林木之致。将之官,辄低徊不肯出,曰:"勿令春浮逋我。"其于荣利声势,泊如也。故其生平无俗情。清斋法筵,围坛结界。闲房棐几,横经籍书。门墙溷厕,皆置刀笔。驿亭旅舍,未尝不焚香诵读也。故其生平无俗务。在官则单车羸马,鼍蹩退朝。居家则铁门铜镮,剥啄绝迹。以朋友为性命,以缁衲为伴侣,以杂宾恶客烦文谰语为黥髡疻痏。故其生平无俗交。通晓佛法,精研性相。《起信》则截流贤首,《唯识》则穿穴窥基。(案:萧氏著有《起信论解》)四部之书,刊落章句,淘汰菁华。故其无俗学。于古今文章,辨析流派,搴剟砂砾,眼如观月,手如画风。故其无俗文无俗诗。(《有学集》卷31,第1128—1129页)

萧伯玉殁后六年(1657),其犹子伯升(萧孟昉)搜辑伯玉遗文,请牧斋删定,且为其序。牧斋乃为作《萧伯玉〈春浮园集〉序》,于文首即特表己与伯玉"文字之交"之"有终始",其言曰:

> 余每与伯玉晤语,移日分夜,谈谐间作,顾不恒商榷文字。间或微言评泊,相视目笑而已。天启初,余在长安,得伯玉愚山诗,喜其炼句似放翁,写置扇头。程孟阳见之,相向吟赏不去口。伯玉每得(余)诗文,矜重藏弆,丹黄点勘,比于欧、苏诸集。彼此落落,固未尝盱衡抵掌,以文人相命。然而两人闻之,交相得也。丧乱甫息,伯玉遣石涛僧遗书,劝以研心内典,刊落绮语。余方笺注《首楞严》,谢绝笔墨,报书曰:"如兄约久矣。"书往而伯玉已不及见,然吾两人文字之交,其终始如此也。

《有学集》卷18,第786页

牧斋于文后又郑重表扬伯玉之归心佛学,谓其所著能芟薙枝叶,诸所悟解,以了义为宗,以唯心为镜,不以性掩相,不以实掩权,不以圆融掩行布,"坊禅讲之末流,扫邪伪之恶网"云云。(牧斋另有《萧伯玉〈起信论解〉序》,载《初学集》卷28,可参。)

顺治八年(1651),萧伯玉托石涛致书,牧斋报书而外,又作《石涛上人自庐山致萧伯玉书于其归也漫书十四绝句送之兼简伯玉》,后缀小跋,云:"石涛开士自庐山致伯玉书,于其归,作十四绝句送之,兼简伯玉。非诗非偈,不伦不次,聊以代满纸之书,一夕之话,若云长歌当哭,所谓又是一重公案也。辛卯三月,蒙叟弟谦益谨上。"[①]诗其三云:

白社遗民剩阿谁?颠仙何处坐围棋?
天池御碣浑无恙,多谢天龙好护持。

其六云:

多生无着与天亲,七日同为劫外身。
饱吃残年须努力,种民天种不多人。

[①] 据汪世清考证,清初有二石涛。牧斋、伯玉之友乃弘铠,字石涛,庐山僧,雪峤圆信弟子,而此石涛弘铠并非清初著名画僧石涛(1642—1707;石涛生卒年有数说,此处亦据汪氏考证)。详汪世清《石涛生平的几个问题——石涛散考之一》,《卷怀天地自有真:汪世清艺苑查疑补证散考》(台北:石头出版股份有限公司,2006),第556页。

其九云：

纪历何须问义熙，桃源春尽落英知。
北窗大有羲皇地，闲和陶翁甲子诗。

《有学集》卷4，第131—133页

詳味诗意，除以身在相慰藉外，故国旧君之思寓焉。① 牧斋于《萧伯玉墓志铭》中记"陪京继陷，(伯玉)自屏草野，嘻嘻咄咄，野哭祈死。辛卯四月十三日，卒于西阳之僧舍，年六十有七"(《有学集》卷31，第1128页)，是以表伯玉以遗民终也。②

萧伯玉与牧斋缔交早，相知深，是真爱牧斋诗文，心折于牧斋者。伯玉云逝，陈家祯为撰《明太常寺卿萧伯玉先生行状》，有语曰："先生雄长文盟，虎视嘉隆诸君子后，意不可一世，顾独心折一虞山。又尝寓书于余，曰：'定吾文者，非子而谁？'余知先生而不能言，能言先生者，惟虞山。故其犹子孟昉，久虚玄宫之石，以俟钱先生，而使余先以状。"③时人亦知牧斋推许伯玉著作，胡致果(其毅)《春浮园集后序》云："毅闻之虞山宗伯钱公曰：古人著作，必有指归，指归所在，即吾之诚然者是也。……虞山公于近代文人，少所

---

① 石涛归前，牧斋有致毛晋一札，有语云："八行复伯玉，幸致石涛师兄，并附斋银一金，穷子老酸，正可一笑也。信笔作十四绝句，当令白家老媪诵之。兄见之，当为一笑也。《夏五集》有抄本，可属小史录一小册致伯玉，俾少知吾近况耳。"《与毛子晋》(其十七)，《全集·牧斋杂著·钱牧斋先生尺牍》卷2，第305页。
② 《皇明遗民传》卷一有萧士玮传，即撮牧斋萧氏《墓志》而成。见谢正光、范金民编《明遗民录汇编》(南京：南京大学出版社，1995)，第1096—1097页。
③ 〔明〕萧士玮：《春浮园集·附录》(《四库禁毁书丛刊》，集部第108册)，第8a页。

推让,独于先生之绪言,嘉叹不置,则其指归所在可知矣。"①崇祯十六年(1643)冬,牧斋《初学集》百卷刻成,以伯玉能读己文,索伯玉叙之。伯玉谓"每吮毫和墨,神气辄索",因思苏黄同世,山谷终身服膺坡老之文,然未尝为叙,其见于题跋者,往往有之,乃别出心裁,撰《读牧翁集七则》以应。伯玉文出以诗话体,谓牧斋文得"古法",见辄神思清发,宿累都捐,久而酣畅益发,怀古之思。又谓文之有法,如天地万物俱为妙道之行。牧斋文尺寸必谨于成法,至委折奇致,不烦绳削而自合,如骇鸡枕,四面视之皆正,非若院体书以无复增损为法。又谓近人诗文,间亦有长处,恨苦不"停当",牧斋诗文之教人赞服者,特以其"停当"。又谓柳如是文心慧目,于牧斋诗文寸心得失之际,妙有识鉴,铢两不失毫发,诚牧斋闺阁内之知己快友。又谓牧斋文章有为而作。牧斋含悲负痛,无以自解,故奋笔于楮端,其于政事之得失、邪正之消长,不以一身祸福易其忧国之思,锋铦芒竖,感慨淋漓。又谓古人以诗文两者难兼美,而牧斋独能。读牧斋文,体气高妙,以为至矣,而诗波澜老成,亦极其妙。②伯玉之论,为较早见且别具特色之钱牧斋"实际批评"(practical criticism),故特撮述如上,以供读者参考。

伯玉之推美牧斋者,所在多有,散见于其诗文、尺牍、日记。如《余读钱受之诗文,酷肖欧公。受之亦云,余诗甚类放翁。受之又

---

① 〔明〕萧士玮:《春浮园集·附录》(《四库禁毁书丛刊》,集部第108册),第15a—15b页。
② 〔明〕萧士玮:《春浮园集》卷下,第11b—13b页。约在写《病榻消寒杂咏》诗同时,牧斋有《和遵王述怀感德四十韵兼示夕公敕先》一诗,乃示门人以己生平诗文之指归者也,中有句云:"深惭初学陋,委信古人贤。文字期从顺,源流属溯沿。"可见伯玉牧斋诗文"停当"之论,牧斋亦当首肯。牧斋诗见《有学集》卷13,第630—631页。

与余言,有程孟阳者,为老成人,不可不亟见之。余爱闲多病,安得出门。近闻受之为孟阳结庐拂水,敷文析理,与相晨夕,致足乐也。朋友文章之福,世有如受之者乎?余故赋此遥寄之。》中有句云:

堪语一片石,远在虞山麓。
此中有怒虎,挟以老苍鹘。
名士乐沃土,两雄而一宿。
我欲独身来,壁观龙象蹴。
生畏狂弥明,压倒刘师服。
善将贵代谋,火攻非吾欲。
匆匆聊及此,付与钱郎读。①

又如《萧斋日记》(崇祯八年乙亥,1635)腊月十七日条云:"钱牧斋寄来杨忠烈志,随取读之,沉痛纶至,觉李献吉于肃愍庙碑犹多矜顾之意。近来诗文,能别裁伪体,直追正始,惟此老耳。迩日读归太仆集,亦不愧古人。乃是古非今之辈,妄云唐以下文须禁入目。此种议论,皆于文章源流未梦见耳。"②

萧伯玉集以园名,春浮园主人以园寄寓其性情怀抱可知。伯玉曾作《春浮园记》,有语曰:"余世家柳溪,杨文贞贻先宗伯,有'溪影入帘春雨足'之句。余园去柳溪可二百武,背市负郭,便耕钓之乐,而无鸣吠之警,结屋数椽,以畜妻子。左带平原,水木幽茂,蝉

---

① 〔明〕萧士玮:《春浮园集·诗》(《四库禁毁书丛刊》,集部第108册),第23a—23b页;又见氏著《春浮园集·偶录》(崇祯四年辛未,1631),第23b—24a页。
② 〔明〕萧士玮:《春浮园集·萧斋日记》(崇祯八年乙亥,1635),第23b页。

鸣鸟呼,颇类山谷。"①萧伯升云:"(伯玉)生平淫书史、耽林泉,殆其天性。郭子玄所谓天地所不能易,阴阳所不能回者。故坐春浮园中,矻矻著书,岭上白云,只以自怡,乞言者趾错户外,辄矜慎不肯应。"②春浮园胜景,牧斋《寄题泰和萧伯玉春浮园十四咏》③组诗为一一赋咏,计有柳溪、公安亭、金粟堂、芙蓉池、婵娟径、杯山、听莺弄、宜月桥、宿云墩、愚山、浮山、秋声阁、萧斋、凫阁,循之颇可想象春浮园昔日风貌。伯玉既殁,殓葬斯园。牧斋《萧伯玉墓志铭》述萧伯升之语云:"饭僧补藏,吾伯父与吾父之慧命也,必以蒇事。春浮,伯父之所钓游也,必以葬。虞山夫子,伯父之师资也,必以铭。"(《有学集》卷31,第1129页)伯玉逝,园废。赵进美《春浮园集·序》云:"丁酉(1657)冬,按部西昌,复过春浮园,取先生旧记而问其一二故迹存者,为之流连叹息。嗟乎,先生不可复作,思其生平意会所寄,则此园之水石竹树,犹庶几见之。今甫十年,而污池

---

① 〔明〕萧士玮:《春浮园集》(《四库禁毁书丛刊》,集部第108册)卷上,第35a—35b页。关于萧伯玉及其春浮园于明清之际地域、园林文化之意义,可参 John W. Dardess, *A Ming Society: T'ai-ho County, Kiangsi, in the Fourteenth to Seventeenth Centuries* (Berkeley & London: University of California Press, 1996), pp. 39-42, 251-253。
② 〔清〕萧伯升:《先集恭跋》,〔明〕萧士玮:《春浮园集》卷下,第36a—36b 页。虽然,春浮园主人亦非万虑俱寂。伯玉于《深牧庵日涉录》(1633)九月初五条记:"余以亡血过多,百病俱作,间服参蓍,收效亦鲜,惟服补脾之剂及六味地黄丸,血乃渐止。盖余喜读书,好深沉之思,思能伤脾。"〔明〕萧士玮:《春浮园集》卷下,第1b—2a 页。好学深思之士,精神劳累久之,难免伤身。
③ 作于崇祯二年(1629),见《初学集》卷7,第228—231页。

颓岩,断烟冷砌,已令人兴平泉草木之感。过此以往,岂复可知?"①

揆诸相关诗文,尚有一事,或可附述于此。萧伯玉殁后,萧伯升搜辑遗文,请牧斋诠次删定,则今传《春浮园集》颇寓牧斋为故友编定遗稿最终面貌之用心。观乎牧斋云"秋窗小极,辍两日翻经功课,删定伯玉《春浮》遗集,遂得辍简。集中诗文,度可二百纸,而杂著如《南归》《汴游》诸录,却与相半。……世有解人,展卷玄对,可以知吾伯玉风流蕴藉,须眉洒落,迢迢如在尺幅之上。吾辈道人,寻味其劝修策进,微言苦语,加受钳锤,如闻呵咄,以《林间录》《智证传》例观,则所益尤不浅也"可证。② 今检伯玉集中《春浮园记》后附二跋,一为韩敬所撰《春浮园记跋》。③ 颇疑此韩敬即牧斋终生厌恶之归安韩敬(其事详本书下编诗其十二笺释)。牧斋云:"我交伯玉,忘分忘年。"又云:"我与伯玉,宿世善友。"(《祭萧伯玉文》,《有学集》卷37,第1195—1196页)唯伯玉又爱赏韩敬文,乃至于缀诸己文后,牧斋览之,情何以堪? 而牧斋为伯玉整理遗稿,不以个人恩怨而抹去韩敬此文,不失厚道矣。信乎明季清初人物之恩怨情仇,盘根错节,错综复杂,实非局外人或后之读者所可轻易议论者也。

---

① 稍后,萧伯升似曾为修葺整饰。吴伟业《萧孟昉五十寿序》云:"同里许君尧文官于吉水,贻书及余,述所谓春浮园者,嘉树名卉,高台曲池,滋荣而益观;图书彝鼎,庋藏而加富。孟昉又能以其余力撑拄道法,为淄素之所归往。"康熙七年(1668)作,见〔清〕吴伟业著,李学颖集评标校《吴梅村全集》(上海:上海古籍出版社,1999)卷36,第772页。
② 文后署丁酉(1657)七月十八日,题作《春浮园别集小序》,萧氏《南归日录》前附,第1a—b页。此文《钱牧斋全集》失收。《林间录》《智证传》皆佛典。
③〔明〕萧士玮:《春浮园集》(《四库禁毁书丛刊》,集部第108册)卷上,第38b—39a页。

东壁高楼束楚薪/卢世㴶

卢世㴶,明清之际一雄俊人也,曾作《具籧求友人作生志》,乃"自我定义"(self-definition)之妙文,其词曰:

山东有人焉,曰卢世㴶,字德水,号南村。曾官户礼两部主事,改授御史,都无所表见。今则疾矣,废矣!年五十五,须发皓然,一似七八十岁者。其为人快口浅衷,有触辄发,发不中节,辄悔,随悔随改,或不及改,直任曰是吾之过也。约略平生,颇得志于酒。无之而非酒,无酒而不醉。一尊陶然,百虑俱淡,相期终此身而不必名后世,生老病死,听之而已。性好书,积至数千卷,塞座外而不遑研,掀翻涉猎,聊复自娱。问以经济,恍堕烟雾,进之穷理尽性,益复茫如矣。庄周有言:人之君子,天之小人;天之小人,人之君子。世㴶既不能为君子,遂无籧为小人。材不材,两无所底。或有举五柳先生所云"无怀葛天之民"以相拟者,逡巡未敢承也。①

明清之际,卢德水虽非显宦,然亦有可称道者,卢氏同里人田雯(1635—1704)《卢南村公传》述之详矣,其言曰:

公为人简易佚荡,高自位置,耻矜饰以邀名当世。读书

---

① 〔清〕卢世㴶:《尊水园集略》(《续修四库全书》,集部别集类 1392 册)卷 11,第 70a—70b 页。以文中"年五十五"之语推断,本文应作于崇祯十五年(1642)。

尚志，驰骋百家。为文章，不屑雷同，笔墨飞动，无馆阁僻怪之习。寻登进士第（天启五年，1625），除户部主事。未几，省母归。复强起，补礼部，改监察御史，领泛舟之役（案：漕运）。值久旱河竭，盗贼充斥。公疏数十上，犁中漕弊，皆报可。役甫竣，竟移疾去。当是时，国事日非，东西交讧。公俯卬兴怀，如抱隐忧，悲天悯人，往往发之于诗，游于酒，人日沉饮自放而已。甲申已后，每抠衣循发，歌泣无聊，扫除墓地，有沉渊荷锸之意。本朝拜原官，征诣京师，以病废辞。癸巳（1653），卒于家，年六十六。①

卢氏事迹，尚可补充者，则甲申年李自成陷北京后，四月间派兵攻克山东德州，置官。卢氏与御史赵继鼎、主事程先贞、推官李赞明等谋，擒斩大顺官将。后又以为明故王发丧之名，倡议讨贼，诛杀数处大顺所设置官吏。或云清兵入德州，卢氏迎降。②

迹卢氏平生，一学者也。屏居尊水园中，营杜亭、画扇斋、匿峰庵、涪轩等，堆书数千卷，塞破户外，几案排连，笔研置数处，蜡泪纵横。卢氏脱帽袯襫，立而读之，读竟，转立它处，再读它书，洛诵长吟，戊夜不休，亟呼酒。二奴子取㼡瓢贮酘酒，大容十升，舁以进之。卢氏叉手鲸饮，微醉则假寐，鼻息雷鸣。少顷辄醒，醒复读书

---

① 〔清〕田雯：《古欢堂集》（济南：山东大学出版社，2006年《山东文献集成》，第1辑第35册影印山东省图书馆藏清康熙间德州田氏刻本）卷1，第1a—1b页。
② 〔清〕计六奇：《明季南略》（北京：中华书局，1984）卷2，"北事"："（六月）廿七癸未，清兵入德州，卢世㴶迎降，济王走死，马元骧奔南京，谢升亦出山入仕于清。"第135页。

如故。奴子垂头而睡,弗问也。"① 卢氏一生,酷爱读书、抄书、藏书,自言:"余生而有书癖,见古集善本,必斋戒以将之,危坐以进之,鼓歌以舞之,流略摩挲,不啻彝鼎。"②此外,尚有刻书著书之役。今传《尊水园集略》卷七为"钞书杂序",叙《庄子外篇杂篇》等七十种书。卷八为"刻书序",叙己刻及他人刻书三十四种。卢氏拳拳嗜书之心,可见一斑。"卒之日,其子孝余以公书千百本,纳之古朴长宽之棺中。"③

卢氏一生读书之最勤奋者,杜甫诗,曾著《杜诗胥钞》,崇祯七年(1634)刻行,含"杜诗胥钞"十五卷、"赠言"一卷、"大凡"一卷、"余论"一卷。"胥钞",录杜诗白文及杜甫自注;"赠言",收友人所为作序、记、赠诗等;"大凡",述编撰始末、体例、杜甫生平及杜诗概观;"余论",分论各体杜诗。卢氏于"大凡"言:"余数年间,于杜诗近四十余读。"可见其于杜诗用力之精勤,《杜诗胥钞》对杜诗研究至今仍有一定价值。④

牧斋之与德水结缘,应亦以杜诗始。通检牧斋《初学》《有学》二集,卢氏之名首见于牧斋所著《读杜小笺》卷首。牧斋曰:"今年夏(1633),德州卢户部德水刻《杜诗胥钞》,属陈司业无盟寄予,俾为其叙。予既不敢注杜矣,其又敢叙杜哉?"又曰:"德水北方之学者,奋起而昌杜氏之业,其殆将箴宋、元之膏肓,起今人之废疾,使

---

① 《卢南村公传》,第1b—2a页。
② 〔清〕卢世㴶:《毛子晋刻十三经》,《尊水园集略》(《续修四库全书》,集部别集类1392册)卷8,第1a页。
③ 《卢南村公传》,第4a页。
④ 2009年冬,访南京图书馆,得观所藏《杜诗胥钞》电子扫描档二种,原书以"善本"著录,惜非全帙,仅存"杜诗胥钞"白文部分,余皆缺焉。

三千年①以后,涣然复见古人之总萃乎? 苦次幽忧,寒窗抱影,绅绎腹笥,漫录若干则,题曰《读杜诗寄卢小笺》,明其因德水而兴起也。曰《小笺》,不贤者识其小也。寄之以就正于卢,且道所以不敢当序之意。"②(《初学集》卷106,第2153—2154页)越年(1634)九月,牧斋续成《读杜二笺》,于卷首复及卢氏,曰:"《读杜小笺》既成,续有所得,取次书之,复得二卷。侯豫瞻自都门归,携《杜诗胥钞》,已成帙矣。无盟过吴门,则曰:《寄卢小笺》尚未付邮筒也。德水于杜,别具手眼,余言之戋戋者,未必有当于德水,宜无盟为我藏拙也。子美《和春陵行》序曰:'简知我者,不必寄元。'余窃取斯义,题之曰《二笺》而刻之。"(《初学集》卷109,第2187页)又二年(1636),卢氏复刻书一种,牧斋为书《读卢德水所辑龙川二书后题》,曰:"德州卢德水刻陈同甫《三国纪年》《史传序》,题之曰《龙川二书》。又深自贬损,以谓浅见寡闻,不敢出手作序,拟请虞山先生数语,以发明二书之所以然。呜呼! 余少而读龙川之书,为之窹而叹,寐而起。酒阑灯灺,屏营欷歔者,二十余年矣,其敢无一言以副德水之意乎?"文末曰:"今天下全盛,建州小奴,游魂残魄,渐就澌灭。而士大夫深忧过计,有如欧阳子之云唐子孙不能以天下取河北者。天子方拊髀英豪,一旦登庸德水使执政,召问当从何处下手,德水必有以自献矣。余老矣,尚能执简以记之。"(《初学集》卷26,第817—818页)

观上述数处文字可知,牧斋固引德水为气类相契之同道同志

---

① "三千年"云云,原文如此,疑误字。
② 文后署癸酉腊日,在崇祯六年(1633)。

也。此际二人应未曾面晤,而已深相仰慕若此。其间,德水有《奉寄钱牧斋先生》诗一题,表欲"执贽"于牧斋,奉为"吾师"。其言曰:

当年举业时,喜公制举义。
案上与袖中,明诵而暗记。
兴来取下酒,时时得大醉。
及至通籍后,涉猎古文字。
间获公一篇,捧之如辑瑞。
亲手楷录过,密密收箧笥。
此道颇难言,小技实大事。
前后不相接,赖公幸未坠。
贱子亦孤硬,不肯泛执贽。
惟遇公所作,遂尔倾心媚。
翘首望东南,饥渴通梦寐。
每想公肝肠,渐及公眉鼻。
定是古人心,应复天人质。
逢人必细问,答者多不备。
更端再三询,希微领其意。
人固未易知,知人亦不易。
吾师吾师乎,何日笑相视?
虞山一拳石,俨与岱宗二。
破龙拂水间,光怪多奇閟。
我敬瞿纯仁,清刚刷油腻。

我敬王宇春,沉寂饶禅智。
我敬何允泓,方雅复深邃。
又有陆生铣,光明俊伟器。
先辈顾朗仲,文已诣境地。
冯陶吴汤许,中可置一位。
昔也今则亡,堪下文章泪。
凡此数君子,隐约嗟沦踬。
左右公提携,世始识项臂。
先达急穷交,古道今人弃。
惟公能续古,惟公能锡类。
博大真人称,赠公公不愧。
宽敦风鄙薄,鸿蒙换叔季。
即予一荒伧,公亦不遐遗。
笺杜乃因卢,用意何渊粹。
贱子焉敢当,没世受其赐。
陈辞惭不文,临风再拜寄。①

词气恭顺,崇慕敬仰之情,跃然纸上。

迨崇祯十年至十三年间(1637—1640),牧斋与德水友谊愈见亲密。先是崇祯十年(丁丑)三月,牧斋同邑人张汉儒赴京疏奏牧斋及瞿式耜恶状五十六款。案发,牧斋与瞿氏、冯舒逮京究问。闰四月,被捕进京,道经山东,乃造访卢氏于德州,居停于程鲁瞻之东

---

① 〔清〕卢世㴶:《尊水园集略》(《续修四库全书》,集部别集类 1392 册)卷 1,第 8b—9b 页。

壁楼"浃洵"(十二日)。将抵德州,牧斋有《将抵德州遣问卢德水》诗,中有句云:"抱经有约寻卢阁,书牍何颜问杜亭。"(《初学集》,卷11,第367页)客居东壁楼时,有《德水送芍药》诗(同上书,第370页),可以想见德水待牧斋之殷勤。又有《东壁楼怀德水》诗(同上书),虽近在咫尺,犹赋诗言"怀",情意缠绵。其间德水作《上牧斋先生》一首,曰:

> 平生一寸心,结托数番纸。
> 梦想凡几年,今日奉絢履。
> 摄衽聆微言,彻骨透脑髓。
> 方知有身世,方知有经史。
> 旷观古及今,怀抱尽于此。
> 先生救世手,渊渊饶内美。
> 伊吕伯仲间,名位偶然耳。
> 从不受人誉,何乃来人毁?
> 谗夫即高张,焉能乱天纪?
> 风雨动鱼龙,仁义动君子。

《初学集》卷11,第371页牧斋答诗后附①

牧斋应和之诗为《次韵酬德水见赠》:

---

① 亦见〔清〕卢世㴶《尊水园集略》(《续修四库全书》,集部别集类1392册)卷1,第10a页。《尊水园集略》本有异文:"先生救世手"句作"先生盖代才";"从不受人誉"句作"并不受人誉"。

苍黄被急征，性命落片纸。
昔为头上布，今为足下履。
感君逢迎意，缠绵入骨髓。
炙眉忘艰辛，抗言论文史。
半生历坎陷，刺刺正坐此。
逆人吐刺芒，爱我甘痎美。
辟如中风走，暂息聊复耳。
惭无席上珍，视彼楱中毁。
志士思风雨，瞽史知星纪。
矢诗敢遂歌，聊以复吾子。

《初学集》卷11，第370—371页

卢诗"逢迎"牧斋，谓亲聆教益，始知"身世""经史"之为义。下半则誉美牧斋为"救世手"，老成持重，此案必无虞。牧斋和诗除答谢德水厚待之意外，亦借申己之清白。读此二诗，复可知二人此际谈文论史，相得甚欢。

居停"浃洵"后，牧斋再上"征"途，适德水以事外出，无从握手道别，牧斋乃作《欲别东楼去四首》留别留题。诗前小序曰：

闰四月望日，发德州，将归死于司败，吏卒促迫，仆马惶遽。居此楼浃旬，一旦别去，又不获与主人执手，欲哭欲泣皆不可，赋《欲别东楼去》四章，题于楼之前荣壁上。庶几他日解网生还，要德水、鲁瞻痛饮此楼，属而和之。

诗其一曰：

> 欲别东楼去，栖迟念浃旬。
> 槐阴亭早夏，燕语殢余春。
> 酒为开尝好，书从借看新。
> 他时与朋好，风雨话斯晨。

《初学集》卷11，第381—382页

牧斋于赴逮途中，得晤久相思慕之同调于患难中，暂享诗、书、酒之乐，此东壁楼小住，信乎难忘也。本年冬，牧斋于北京写长诗《送何士龙南归兼简卢紫房一百十韵》。何士龙者，牧斋同邑人，名云，学者，牧斋延至家塾。丁丑案发，何慷慨誓死，草索相从。① 《送何士龙南归》诗有句曰："孟冬家书来，念母心不遑。"又云："子行急师难，子归慰母望。"可知何氏之归，为慰母望也。牧斋诗述狱案始末，颂何士龙自愿相从之高义，亦及卢德水款待之情。诗末云："君归持此诗，洒扫揭东厢。解鞍憩杜亭，先以告紫房。"（《初学集》卷12，第428—430页）可见牧斋别后对德水之忆念。

崇祯十一年（1638）五月二十四日，牧斋得赦，出狱。中秋夜，与众宴集于城西方阁老园池，时卢德水、崔道母、冯跻仲俱集，牧斋作《中秋夜饯冯尔赓使君于城西方阁老园池感怀叙别赋诗八章时德州卢德水东莱崔道母及冯五十跻仲俱集》。诗其五云：

---

① 牧斋本年《桑林诗集》自序云："丁丑春尽赴急征，稼轩并列刊章，士龙相从，草索渡淮而北。赤地千里，不忘吁嗟闵雨之思，遂名其诗曰《桑林诗集》。"《初学集》卷11，第355页。

咨嗟思古人，今有卢德水。
逆我槛车中，开门纳行李。
汉吏捕亡命，秦相搜客子。
汹汹踪迹及，卢生若瑱耳。
却笑北海家，阖门浪争死。
杜亭三间屋，轩车行至止。
或有磊落人，定交复壁里。

其六云：

杜亭主人出，居停有两公。德水祠少陵及杜十郎，颜曰杜亭。
一为浣花叟，一为阳翟翁。
十郎不出户，卧阴杨柳风。
杜二长羁旅，屋茅卷三重。
人生非鹿麇，安得骨相同？
指爪旋灭没，有如踏雪鸿。
巫阳谁筮与？詹尹何去从？
且醉平原酒，豁达开心胸。

《初学集》卷14，第496—499页

二章皆咏德水之风义与性情者也。

崇祯十一年九月,牧斋南还,复经德州,不及登东壁楼,于城西旅社拾纸作诗四首留题。此后数年间,牧斋与德水应尚有京口晤

227

饮一事,唯二家集中无直接诗文可资考述。牧斋崇祯十三年(1640)有《得卢德水宿迁书却寄六十四韵》诗,起首云:

> 自君持斧来,辄订衔杯约。
> 三春候倏过,三年梦犹噩。
> 含桃已褪红,绿竹旋解箨。
> 始泛南徐舟,共蹑北固屩。
> 淮海势郁盘,江山气磊落。
> 于兹见伟人,执手向寥廓。
> 置席忘寒温,开颜匪喑嗥。
> 试饮京口酒,还想平原酌。

《初学集》卷17,第590页

则牧斋与德水京口之会,或即在本年暮春。除本诗外,同卷中又有《得书之夕梦与德水共简书笥得徐武功告天文一纸因口占赠德水有与我并闲千亩竹为君长啸一窗风之句觉而成之并寄德水河上》诗,作于上诗同时,牧斋想念德水之殷切,于兹可见一斑。德水集中,有《奉寄虞山先生》二首,其一云:

> 经国文章截众流,片言只字足千秋。
> 羽陵简蠹烦收拾,汲冢书残要纂修。
> 左马两公魂自举,韩欧数子气相求。
> 眼捷手快饶心赏,莫向青山叹白头。

其二云：

> 贱子平原一鄙伧，偶从笔墨识先生。
> 东楼问字诗详说，北固携尊酒细倾。
> 天上纶扉真险事，山中宰相亦虚名。
> 何如高卧观今古，四海朋来善气迎。①

揆诸诗义，应作于上述牧斋二诗约略同时。牧斋诗谓于梦中与德水共简书笥，德水诗则以"经国文章"归牧斋，又殷殷以书史著述事期诸牧斋，可见二人友谊之一大基础，乃在文章学问，亦正其如此，二人之交情始能醇厚绵长。

德水集中，尚有《仿杜为六绝句》一题，似作于面晤牧斋之前，可作时人对牧斋评价之一种看。诗曰：

> 弇州历下文章好，别出临川灯一枝。
> 犹有人焉徐渭在，逼在史汉又工诗。

> 苦爱虞山钱受之，两场墨义冠当时。
> 间观古作尤冲雅，安得执鞭一问奇。

> 云杜文宗李本宁，大官厨内五侯鲭。
> 平铺直叙能条贯，传记题辞墓志铭。

---

① 〔清〕卢世㴆：《尊水园集略》（《续修四库全书》，集部别集类1392册）卷3，第23a—23b页。

干辣尖酸钟伯敬,依稀出土凤凰钗。
其人既往书行世,我所耽兮在史怀。

洺水诗人白砺甫,吟成山鬼哭秋坟。
一生任性真穷死,此语得之我友云。

遐想高人潘雪松,天然清水出芙蓉。
几回细把遗编读,雪气松心夏亦冬。①

牧斋生于明万历十年(1582),德水论及诸人,徐渭(文长,1521—1593)、李攀龙(历下,1514—1570)、王世贞(弇州,1526—1590)、潘士藻(雪松,1537—1600)、李维桢(本宁,1547—1626)、汤显祖(临川,1550—1616)于牧斋为前辈,钟惺(伯敬,1574—1624)则为同辈,牧斋后生于众人。②

此中各人,徐渭天才超轶,诗文绝出伦辈。善草书,工写花草竹石。尝自言:"吾书第一,诗次之,文次之,画又次之。"当嘉靖时,王、李倡七子社,谢榛以布衣被摈。渭愤其以轩冕压韦布,誓不入二人党。后二十年,公安袁宏道游越中,得渭残帙以示祭酒陶望

---

① 〔清〕卢世㴶:《尊水园集略》(《续修四库全书》,集部别集类1392册)卷4,第16b—17a页。诗中谓钟惺"其人既往"。案钟氏殁于天启四年(1624),则德水此题诗当作于此年以后。
② 诗其五所咏之白砺甫生平无考,幸读者有以教之。河北《永年县志》载:"白南金,字砺甫,性倜傥不羁。少为诸生,不喜事帖括,旋弃去。专肆力于诗,所著自成一家言,脱去窠臼。赵侪鹤、魏懋权、李霖寰诸先达皆亟称之。有《洺词》二集行世。"〔清〕夏诒钰等纂修:《永年县志》(台北:成文出版社,1969年《中国方志丛书》,华北地方河省第187号影印清光绪三年[1877]年刊本)卷31,第3b页(总第722页)。

龄,相与激赏,刻其集行世。① 李攀龙为明后七子领袖之一,才思劲鸷,名最高,独心重王世贞,天下亦并称王、李。所著《沧溟集》风行天下,历百年而不衰。好之者推为一代宗匠,亦多受世抉摘云。② 王世贞早年与李攀龙为后七子领袖。攀龙死后,世贞独主诗坛二十年。一时士大夫及山人、词客、衲子、羽流,莫不奔走门下。善诗,尤擅律、绝。著述繁富,影响深邃。③ 潘士藻,为官以敢言直谏闻。焦竑《奉直大夫协正庶尹尚宝司少卿雪松潘君墓志铭》曰:"(士藻)雅嗜读书,闻贤人君子之言行与时事之大者动有纪述。尝见其数巨册于几间,君辄自掩避,不欲遽传也。今行世者有《暗然堂杂集》、诗文集、《周易述》若干卷,亦足见君之大都矣。"④ 李维桢官至礼部尚书,《明史》称其为人乐易阔达,宾客杂进。其文章,弘肆有才气,海内请求者无虚日,能屈曲以副其望,碑版之文,照耀四裔,负重名垂四十年。⑤ 汤显祖,江西临川人。少善属文,有时名,性刚正不阿,仕途蹭蹬。退而筑玉茗堂,致力于戏曲、诗文创作,所作"临川四梦"脍炙人口,至今不衰。⑥ 钟惺,竟陵派宗师。官南都时,僦秦淮水阁读史,恒至丙夜,有所见即笔之,名曰《史怀》。自袁宏道矫王、李诗之弊,倡以清真,惺复矫其弊,变而为幽深孤峭。与同里谭元春评选《唐诗归》《古诗归》。钟、谭之名满天下,谓之竟陵体。⑦ 此中除潘士藻与白南金外,皆明嘉靖以降,百年内之文坛宗

---

① 〔清〕张廷玉等:《明史·徐渭传》卷288,第7388页。
② 〔清〕张廷玉等:《明史·李攀龙传》卷287,第7378页。
③ 〔清〕张廷玉等:《明史·王世贞传》卷287,第7381页。
④ 〔明〕焦竑:《澹园集》(北京:中华书局,1999)卷30,第460页。
⑤ 〔清〕张廷玉等:《明史·李维桢传》卷288,第7386页。
⑥ 《明史》有传。
⑦ 〔清〕张廷玉等:《明史·钟惺传》卷288,第7399页。

匠级人物。德水此戏为六绝句,固非文学史系统论说,然于徐渭、李攀龙、王世贞、李维桢、汤显祖间置牧斋,足见其推许之隆盛矣。

以上所述,所据材料皆明亡前牧斋、德水著述。见闻所及,除《病榻消寒杂咏》诗其十句外,入清后牧斋似无诗及德水。岂天崩地坼,二人交往亦告中断?非也。

清顺治三年丙戌(1646)秋,牧斋与德水尚有一会,牧斋再寓杜亭,且此次有柳如是作伴。牧斋《列朝诗集》丁集中"鹅池生宋登春"小传中有语曰:"丙戌岁,余寓杜亭浃旬,与德水谈诗甚快。"①考丙戌岁为清顺治三年。本年一月牧斋赴北京,仕清为礼部右侍郎,管秘书院事,充任《明史》副总裁。六月,称疾乞归,七月动身南返。归乡途中,访德水于德州,寓杜亭"浃旬"焉。"浃旬"云云,屡见牧斋崇祯十年寓东壁楼诗,此次居停时间长短不可考,"浃旬"或泛写耳,而访期月日则可知为中秋前后。②

---

① 〔清〕钱谦益:《列朝诗集小传》丁集中,"鹅池生宋登春",第517页。
② 参方良《清初钱谦益、柳如是到德州考辨》,《常熟理工学院学报(哲学社会科学)》第9期(2008年9月),第118—120。方文考论牧斋之再访德水在本年中秋前后,主要证据为:德水集中有《正夫家藏思陵石墨钱牧斋先生题诗其上余次韵奉和》一诗。正夫,指程先贞,德州人,约与牧斋同时辞清官归里。又德水《无题六首》其二有自注云:"余作《安人墓志》,虞山牧翁谓:'简古,直逼子厚。觉李北地《志左宜人》为烦。'"方氏考德水亡妻谢安人生卒年并德水此志作期,指出牧斋此评当在顺治三年。又牧斋为程先贞《海右陈人集》撰序,文后署"丙戌中秋蒙叟钱谦益书",此为牧斋在德州时日之重要线索。此外,牧斋辞官南返,柳如是特意北上迎接,寓杜亭并题诗壁上。德水、程先贞、先贞父程泰(鲁瞻、鲁翁)均有和诗,内容亦有"中秋"之指涉。总上言之,本文所举牧斋《列朝诗集》丁集第十"鹅池生宋登春"小传中牧斋"丙戌岁,余寓杜亭浃旬,与德水谈诗甚快"云云,为明亡后牧斋与德水于顺治三年再晤之直接证据,而方所举之周边文献可借知此会在中秋前后,牧斋回南途中。特此时牧斋、德水沧桑劫后重晤于杜亭,牧斋谓与德水"谈诗甚快",而二家集中却无唱和之什留存,莫解其故。

《有学集》中,牧斋之忆及德水者,尚见于《李长蘅画扇册》,其语曰:"渊明集有《画扇赞》,卢德水取以名室,曰画扇斋。余爱德水之妙于欣赏而工于标举也,过杜亭,信宿斋中,因语德水:'此中难着俗物,如吾友程孟阳、李长蘅,乃画扇斋中人耳。'德水死,此斋为马肆矣。子羽得长蘅画扇,宜举德水例以名其斋。德水以渊明之赞,而子羽以长蘅之画,如灯取影,各有其致,余他日当补为之赞。"(《有学集》卷46,第1539页)乃不忘故友之风雅绝俗者也。再则晚年述及注杜诗因缘,则必谓兴起于德水。此外,《列朝诗集》诗人小传中,亦有数处附记德水论诗之语。① 凡此种种,亦可作牧斋与德水交之有始终观也。

以下略述牧斋于晚明数朝之政治经历,并萧伯玉、卢德水于此脉络中与牧斋之交集,以明牧斋、伯玉、德水相交之另一面向与意义。读者循此,亦可稍知明季政坛之复杂险巇与士人立身行事之艰难危厉。

明崇祯元年(1628),牧斋四十七岁。春,朝廷起牧斋自废籍(详下),授官礼部右侍郎兼翰林院侍读学士。十月,会推阁臣。十一月,阁讼事发。初,有司上报大臣入阁人选,牧斋与焉,"枚卜"入阁在望。或云枚卜一事,牧斋志在必得,欲首推,而时周延儒为崇祯所眷注,乃力阻之,令不得列名。温体仁亦为时望所摈,不得与名。于是体仁、延儒相勾结,体仁发难,延儒为之助,以浙闱韩千秋旧事为词(详下),疏劾牧斋结党受贿。十一月初六日,召对文华殿,命体仁与牧斋廷辩,体仁应答如流,而牧斋嚅不能言,以事前不

---

① 见〔清〕钱谦益《列朝诗集小传》丁集上,"李同知先芳";丁集中,"鹅池生宋登春";丁集下,"郑秀才胤骥";丁集下,"刘尚书荣嗣";闰集·香奁中,"邢氏慈静"诸条。

知情,无心理准备故也。崇祯乃疑真有植党事,怒,命革职回籍听勘。① 次年,阁讼结案,牧斋坐杖论赎。六月,出都南归。此乃牧斋于前明最有希望致身台阁之一次,亦其所受政治打击最严酷之一次。

前此,万历三十八年(1610),牧斋廷试高第中探花,授翰林院编修。有谓廷试本置牧斋为状元,及榜发,状元乃浙江归安韩敬,盖韩敬受业汤宾尹,廷对,汤为韩夤缘得之。(次年,韩敬以京察见黜。)发榜后不久,牧斋丁父忧归里。至光宗泰昌元年(1620),始还朝,补翰林院编修原官。翌年为天启元年(1621)。八月,牧斋为浙江乡试正考官。还朝,补右春坊右中允,知制诰,分撰神宗实录。浙闱事发。牧斋奉浙江典试命,韩敬等设计陷害,使人冒牧斋门客,授关节于士之有文誉者,约事成取偿,士多堕术中。榜发,韩敬请抚、按,将全场朱卷刻板,表章人文。迨京省广布,所取士钱千秋首场文,用俚语诗"一朝平步上青天"之句,分置七篇结尾。韩敬等即使人举发。牧斋大骇,自具疏检举。次年(1622)二月,事白,部议牧斋以主考官失察,命夺俸三月。冬,以太子中允移疾归。天启四年(1624)秋,赴召,以太子谕德兼翰林院编修,充经筵日讲官,历詹事府少詹事,纂修神宗实录。五年,兼侍读大学士。时有兴风作浪者,作《东林党人同志录》,列牧斋为党魁。五月,朝廷究"党人"名目,牧斋"除名为民",乃南归。崇祯朝以前,牧斋立朝事迹之大较如此,尝自言:"余自通籍以后,浮湛连蹇,强半里居。"(《黄子羽六十寿序》,《有学集》卷23,第923页)系实情,而其"浮湛连蹇",

---

① 参《方谱》,第55—56页。此处及下述牧斋于晚明政局中之经历,可参《方谱》相关各年载述。

又与数朝党争、东林党人之起废升沉相终始。迨崇祯改元，牧斋应召还朝，升迁颇快，甚负时望，年底得列名于枚卜，入阁在望。不意阁讼不胜，削职罢归。此事牧斋终生含恨，耿耿挂胸臆间。而终明之世，牧斋未再复起，时人以"山林宰相"目之。

阁讼后数年，牧斋居乡。至崇祯十年（丁丑，1637）二月，因张汉儒奏劾案赴京就逮，是为丁丑狱案。先是崇祯九年有常熟人张景良者，欲攻尚书陈必谦以邀官，入京谋之于常熟人陈履谦。履谦谓不如诬告牧斋及瞿式耜，以其为当国者所顾忌者。遂捃拾牧斋、式耜居乡事而周内之，景良更名汉儒而上其疏。温体仁果持之，拟旨逮牧斋及式耜，事在其年冬也。崇祯十年二月，牧斋及式耜赴逮，途中访卢德水于山东德州，事如上述。闰四月，牧斋下刑部狱严讯。入狱后，作《辩冤疏》，对张汉儒之奏，逐条反驳。时尚书、侍郎暨台谏、郎署多声援牧斋，相见者五十余人。四方孝秀在阙下者，从牧斋于请室而受经。牧斋在狱忧危，读书吟咏作文，未尝或辍。各方为牧斋奔走鸣冤者益众，崇祯始悟温体仁有党。六月，体仁佯引疾，遂罢相，得旨放归。狱渐解。崇祯十一年五月二十四日，牧斋得赦，出狱。九月，得谕旨，着赎徒三年去，乃出都门。

牧斋《祭萧伯玉文》云："昔在公车，秋牍邮传。"又云："阙下定交，如杵臼间。"（《有学集》卷37，第1295页）伯玉万历四十四年（1616）成进士，天启二年（1622）廷试，授行人司行人，是年牧斋在朝。牧斋与伯玉之初晤、定交，即在本年，前此有书信往还。浙闽韩千秋案及后牧斋因党人名目被削籍为民事，伯玉固在阙下目睹也。至崇祯元年牧斋还朝，枚卜阁臣之际，牧斋谓"伯玉遗余方寸牍曰：'政将及子，勉赴物望'"。及阁讼事发，牧斋谓"伯玉谋于李忠文(邦华,? —1644),间行走使,赍千金为纳橐馆"。(《萧伯玉墓志铭》,《有学集》卷31,第1129—1130页)考崇祯元年以前,伯玉曾引疾还里,杜门却客。① 至崇祯改元,"辇上诸君子咸推毂,先生因强起赴阙"②。则牧斋与伯玉约略于同时还朝。惟本年伯玉事亦不顺。伯玉册封秦府,同官当使琉球,规避相排挤,伯玉争之力,左迁光禄寺典簿,出补府僚。(同上书,第1128页)牧斋有《出都门口占寄萧伯玉》一首,可作此时二人之写照看。诗云:

> 同日南迁客,前期潞水槎。
> 不知萧伯玉,底事尚京华?
> 赤日烧肌烬,苍蝇聒耳哗。
> 想君消受得,犹未苦思家。

《初学集》卷8,第237页

牧斋以阁讼不胜,罢废田间。崇祯四年(1631),伯玉曾致书相慰,其言曰:"山中图史足娱,兼得好友(案:指程嘉燧),相与晨夕,此福当矜慎享之。异时坐中书堂,四体不得暂安,口腹不得美厚,身肩天下之忧苦,思欲一唱渭城,不暇矣。玮居家一无所为,然后世或以懒废,误入高逸,未可知也。"③至崇祯十年(1637)丁丑狱案发前,伯玉又致书牧斋,云:

---

① 〔清〕陈家祯:《明太常寺卿萧伯玉先生行状》,〔明〕萧士玮:《春浮园集·附录》(《四库禁毁书丛刊》,集部第108册),第10a页。
② 同前注,第10a—10b页。
③ 〔明〕萧士玮:《与钱牧斋书》,《春浮园集·偶录》(辛未[1631]九月二十八日),第40a—40b页。

咄咄怪事，玮为眠食不安者月余。世议迫隘，蛇蝎一器，聚发狂闹，正人君子，必不见赦，子瞻诸公，累见于前事矣。然困厄之中，无所不有。天佑正人，穷而愈明。谛观往局，亦未有不获护持而安全之者。所云如国手棋，不烦大段，用意终局，便须赢也，然国手亦已苦矣。顾翁当此际，亦惟有弘以达观，付以宿因，庶无往而不夷耳。玮一官无所事事，而能使此身不得自由。亟图扁舟一往见翁而不得。季弟家来，欲候钱先生，适与意合，翁毋以他客而并绝之。欲与言者，可与之言也。[1]

崇祯十一年（1638）牧斋狱解，九月遂南还。岁末，伯玉往访牧斋于虞山，侨居瞿式耜之西园（春晖园），留月余。[2] 牧斋劫后初归，老友来访（时程嘉燧亦在，伯玉弟季公后亦至），流连度岁，其乐何如！二家集中，收此时应和投赠之诗多题，如牧斋《戊寅除夕偕孟阳守岁时萧伯玉侨居春晖园》云：

归来喜得共茅蓬，又饯流年爆竹中。

---

[1] 〔明〕萧士玮：《与钱牧斋》，《春浮园集》（《四库禁毁书丛刊》，集部第108册）卷下，第26a—26b页。此函应作于伯玉任南京大理评事最后一年（崇祯九年，1636）。丁丑年闰四月以后，牧斋已下刑部狱，而伯玉"丁丑服阙"（《明太常寺卿萧伯玉先生行状》，第11b页），大可见牧斋于京中，与函中"亟图扁舟一往见翁而不得"云云意不协。再者，若牧斋时已在北京，则绝非"扁舟"可达也。
[2] "南评事除服，携家而北，过拂水丙舍，流连度岁，忾然赋诗返棹。"《萧伯玉墓志铭》，第1128页。

绕屋松楸停早雪,绿堤桃李迟春风。
梅怜分张冲寒白,灯惜团圞破晓红。
明日还寻抱关叟,以萧望之喻伯玉。蹇驴应过小桥东。

《初学集》卷14,第523页

伯玉《牧斋投余诗有明日还寻抱关叟蹇驴应过小桥东句再次其韵》云:

清霜日日点飞蓬,桃李迟归待嫁中。
与老维忧藏谷牧,破愁恃酒马牛风。
山笼暮霭微烘碧,梅勒余寒倒晕红。
徒惜可人能办贼,蹇驴冲雪踏桥东。①

及伯玉告别,牧斋依依不舍,赋诗十章赠别,诗题《太和萧伯玉自白下过访假馆稼轩西园过从促数且有判年之约忽焉告别骊驹在门扳留不皇分张多感赋诗十章以当折赠云》。诗其九曰:

南国无衣赋,中原板荡忧。
临河能不叹,蹈海亦堪羞。
生计东风菜,前期夜雪舟。
还须凭快阁,极目揽神州。
快阁在太和县。黄鲁直诗云:"快阁东西倚晚晴。"

---

① 〔明〕萧士玮:《春浮园集·诗》(《四库禁毁书丛刊》,集部第108册),第32a页。

其十曰：

古人嗟赠处，斯义在今朝。
马肆长宜闭，羊裘莫浪招。
时清危部党，世难稳渔樵。
共饱残年饭，音书慰寂寥。

《初学集》卷15，第534—537页

前者犹以国事相勉许，后者则谆谆以明哲保身相诫约，可知牧斋与伯玉固有心社稷者，而明季政局险仄难为也。此时伯玉有一诗，亦见此意。《钱牧斋北归留余拂水度岁得白门信有剚刃于余者时箕仙言牧斋为远公再来》云：

天心仁爱托风雷，圣主原无毕世猜。
苏子相传其已死，远公说法再归来。
弓矰谩道集高翼，斤斧何曾赦弃材。
入社攒眉缘止酒，灯青竹屋且衔杯。[1]

顾牧斋与伯玉约于同时立朝（天启初），出处行藏亦有相若者，而牧斋处境危险时，伯玉屡加扶持，宜乎牧斋爱伯玉之深也。牧斋《祭萧伯玉文》郑重表彰伯玉对己之恩义，有语曰：

---

[1]〔明〕萧士玮：《春浮园集·诗》（《四库禁毁书丛刊》，集部第108册），第31a页。

椓人窃柄，群飞刺天。我如危林，一叶未镌。兄与梅公，屏迹周旋。喋而告我，何以自全。君胡不胄？国人望焉。阳甲乍坼，冰腹弥坚。使节兄颁，阁讼我牵。促数叫阍，号咷橐饘。钩党批格，饮章蔓延。以我标榜，累尔迍邅。兄曰无畏，公其晏眠。勿以悬车，忘彼控弦。相思命驾，访我归田。耦耕老友，明发新阡。梅白布车，桃红放船。班荆语数，作黍就便。相望衡宇，共此华颠。曾不五稔，南北播迁。生死诀别，沉灰扬烟。

　　　　　　　　　　　　《有学集》卷37，第1296页

　　牧斋与伯玉，文章之交，亦性命之交也。

　　卢德水之成进士、入仕较牧斋与伯玉晚，其居官年月与牧斋不相属。德水天启五年（1625）登进士，授户部主事，时牧斋在朝。然本年五月，牧斋即以党人名目被除名为民，南归。疑二人此时未及相见，二家集中亦无文字道及此时相识。德水授户部主事后，未几即趋归，侍太安人养。太安人既天年终，栖迟久之，始强起补礼部，旋改御史，攒漕运。① 牧斋崇祯六年（1633）自序《读杜小笺》，犹称德水"德州卢户部德水"；崇祯九年（1636）"阳月朔"（十月一日）为德水作《读卢德水所辑龙川二书后题》，复有"天子方抚髀英豪，一旦登庸德水使执政"之语。准此，德水此时似仍乡居未出。德水之复起补礼部，似正牧斋崇祯十年丁丑狱案前后。崇祯十一年牧斋

---

① 〔清〕王永吉：《墓志铭》，〔清〕卢世㴶：《尊水园集略》（《续修四库全书》，集部别集类1392册）附，第2b页。

狱解后,中秋夜宴集北京城西阁老园池,德水亦在座,时德水或正供职礼部。牧斋崇祯十三年(1640)《得卢德水宿迁书却寄六十四韵》诗有"帝曰汝往哉,漕事汝经度""君衔督漕命,雄才恣挥霍"等句,时德水已改御史,督漕运。

　　设若上考不误,则牧斋与德水之初晤,在牧斋崇祯十年赴逮途中访德水于山东德州。牧斋戴罪之身而德水热情款待,语恭情切,牧斋感激,不在话下。此后数年,二人尚有北京、京口之会,又屡有投赠篇什并书信往还。明清易鼎,牧斋事二姓为"贰臣",德水或亦有"迎降"事,"清兴,即家拜监察御史,征诣京师,病笃,不能行,蒙恩以原官在籍调理"①,乃隐于乡。二人情谊未减,顺治三年牧斋辞清廷官南返,再访德水于德州,复寓杜亭。牧斋与德水初非政坛上共进退之党人,二人始以杜诗及书文相敬慕,而气类相感,一见如故,终以道义相激荡,且共阅历明室之末祚,宜乎牧斋感念德水之深也。

二

越绝新书征宛委/徐缄

　　徐缄,字伯调,明清之际特立独行士也,殁于康熙九年,生年无考。伯调与毛奇龄(1623—1716)、施闰章(1619—1683)友好,其诗见赏于宋琬(1614—1674),年齿或亦与三人为近。伯调事迹,毛奇

---

① 〔清〕王永吉:《墓志铭》,〔清〕卢世㴶:《尊水园集略》(《续修四库全书》,集部别集类1392册)附,第3a页。

龄《二友铭》述之甚详,略云:

> 伯调家山阴之木汀,又家梅市。初擅举子文,为云门五子之一。既以诗、古文争长海内,人皆知其名。方是时,山阴诗文自靖、庆后沿趋不振,而伯调力反之,一归于正。伯调出游,所至饰厨馔,争相为欢。四方请教,日益辐辏,而伯调以蹇傲,未能委曲随世氏仰,且韦布轩冕,相形转骄,每见之诗文,以写忼忾,以故人多媢之,间有困者。宣城施闰章独重伯调,所至必迎之。伯调好炼冲举,餐气啜液,尝自厌毛发不洁,作《游仙诗》以自喻。后竟以炼功不得法毙死。伯调初为祁彪佳(1602—1645)爱重,使二子从学,故邀伯调家梅市。至是祁已殉国,其兄弟犹在也,与永诀曰:"读书种子绝矣。"伯调尝著《读书说》,计应读经共二千八百四十七叶,史共一万七千七百九十八叶,以一岁之日力计之,除吉凶、庆吊、祭祀、伏腊外,可得三百日。每日以半治经,限三叶,以半治史,限二十叶,阅三年讫功,其勤如此。尤富闻见,虽口吃不善辩,而傍通曲引,历历穿贯,叩之无不鸣。与人语,纤屑不略,语过辄记忆,每见之行文,以资辩论。伯调诗十卷、文六卷,已刻名《岁星堂集》。①

宋琬《徐伯调岁星堂集序》述伯调之为人曰:"余友施愚山(闰章)寓书于余曰:'山阴有徐缄者,(徐)渭之亚也。'余遗人招徐生

---

① 〔清〕毛奇龄:《二友铭》,《西河合集》("中研院"傅斯年图书馆藏清康熙间李塨等刊萧山陆凝瑞堂藏板本)卷10,第2b—8b页。王晫《今世说》《皇明遗民传》等徐缄小传均袭自毛氏此文。

久之,竟不至。比余罢官客湖上,徐生顾时时来,相与盱衡抵掌,抗言今昔,意所不合,虽尊贵有气势者,口期期不服也。"又曰:"徐生家在若耶、镜湖之间,其所居曰梅市,汉梅福栖隐地也。扁舟箬笠,弋钓自娱,落落焉与世俗鲜有所谐,故时人亦无知徐生者。其言曰:'文章非以悦俗,不为当世所骂,则必无后世之传也。'"①

至伯调所著诗文,宋琬评曰:"纵横辩博,矩矱森整,虽破除崖岸而无险怪晃兀之态,使其生与渭同时,角材而校其胜负,《白鹿表》曷足为徐生道哉。"②施闰章亦为《岁星堂集》撰序,所论较宋琬周详。施以文词之卓然表见于世者,或"可喜",或"可畏"。可喜者如吴楚之艳质,粉白黛绿,争妍取怜;可畏者则如伟人,高冠佩剑,顾盼非常,袒臂大呼,众皆溃散。施以"可畏"归伯调,曰:"伯调与予论诗最久,其诗不甚可喜,然魁梧自负。当其研练匠心,则坚金美玉,无可瑕疵。以予官齐鲁,褰裳渡江,北游淮泗,涉黄河,登泰山而望沧海,郁其苍茫之气。著为诗歌,尤洋洋多大风,望气者皆错愕敛手。予尝畏其难,欲抑之使近人。伯调握笔不肯下,殆未易与争雄也。……若使诗能穷人如伯调者,虽欲不穷不可得已。"③施闰章另有《徐伯调五言律序》,论伯调所为五律"熊熊浑浑,磅礴光怪,可喜可怖,虽或镵刻险仄,不合时宜,亦杜之苗裔矣。即此一

---

① 〔清〕宋琬著,辛鸿义、赵家斌点校:《宋琬全集·安雅堂文集》(济南:齐鲁书社,2003)卷1,第21页。
② 同前注。
③ 〔清〕施闰章:《岁星堂诗序》,《学余堂文集》(《景印文渊阁四库全书》,第1313册)卷7,第27a—27b页。

体,足留伯调天地间"①。

《岁星堂集》,民国初孙殿起《贩书偶记》尝著录,其时或仍可见其书,今已不见中外图书馆藏,不知尚存天壤间否?伯调诗零星见于清代诗选、诗话载录,如《全浙诗话》《两浙輶轩录》《国朝诗人征略二编》等。② 今上海图书馆庋藏伯调《雪屋未刻集》稿本一种,尽七言古,约合百题,此或伯调存世诗之最大宗矣。③

《雪屋未刻集》载《志感》一题("志感"前有二字,首字漶漫不可辨,次为"申"字,皆抹去,颇疑即"甲申"二字),前有小序,序与诗文合读,对了解伯调之生平及其国变后之志节情操,颇有帮助。序曰:

> 崇祯壬午(1642)闰冬,大冢宰郑玄岳 讳三俊 首授司李。志不欲就选人,癸未(1643)春,给假南归,所签假单,适三月十九日也。甲申(1644)是日,天崩地坼,继弘光乙酉,日陷月沉。今转盼沧桑矣。虽隔岁逾期,而展视之余,不觉泫然流

---

① 〔清〕施闰章:《岁星堂诗序》,《学余堂文集》(《景印文渊阁四库全书》,第1313册)卷6,第13b页。
② 承蒙本书审稿人不吝赐告,下列十九种清初诗选收录有伯调诗,计为:黄传祖《扶轮广集》;魏裔介《观始集》;程棅、施谞《鼓吹新编》;魏耕、钱价人《今诗粹》;陈允衡《国雅》;徐崧、陈济生《诗南》;顾有孝《骊珠集》;赵炎《莼阁诗藏》;邓汉仪《天下名家诗观》;徐崧《诗风初集》;王士禛《感旧集》;陆次云《诗平初集》;蒋鑨、翁介眉《清诗初集》;曾灿《过日集》;孙铉《皇清诗选》;陶煊、张灿《国朝诗的》;吴元桂《昭代诗针》;彭廷梅《国朝诗选》。
③ 2009年冬,访书沪上,得借读上海图书馆藏本,似为海内外孤本。此本上图制有影像档,唯摄制品质不佳,原钞字体在行楷间,影像档中笔画每有难辨识者,宜重加摄制,以造福读者。

涕,继以太息也。先帝英明驭世,威福繇己,往往破格用人。于乙亥(1635)岁,诏如科场式,拔士之尤者贡于廷,余亦滥厕充数。壬午既籍天官,可出为小草,而忽经鼎革,苟全性命。功名出处,信有数存焉,而废兴存亡之际,则为感深矣。

诗曰:

中原鹿走苍鹅飞,鲁阳莫挽虞渊晖。新亭勠力者谁子,一夕北风空泪挥。辞汉金人滴铅水,昆明劫灰烟不起。金符铁券总浮尘,何况区区告身纸。浮名一去流水弃,葛巾漉酒倾瓦盆。昔年鸡肋不足问,但看纸上月日惊心魂。呜呼三月何月何日,四海悲风哭声失。赤角妖芒暗紫宫,龙髯堕地山河毕。南迁天子亦何有,但办华林后园走。烂羊都尉尽星散,空把黄金入人手。如今翻覆泪沾巾,忽听啼鹃叫过春。独耻帝秦君莫笑,鲁连东海一波臣。①

据知伯调于前明崇祯八年(1635)破格拔为贡生,十五年(1642)取得入仕资格,十六年不欲谒选,于三月十九日告假南归,翌年同月日,崇祯帝自缢于煤山,明亡。伯调对崇祯犹多眷慕之情,于"南迁天子"弘光,则略无恕词矣。诗之末联曰:"独耻帝秦君莫笑,鲁连东海一波臣。"伯调固明遗民,伤心国变,义不仕新朝者也。以秦喻清,亦可见伯调视清朝为暴虐政权。惜本诗作期无考,未审其为丧

---

① 原本无页数。

乱之初过激之言,抑为伯调入清后二十余年始终抱持志节之抒表矣。

康熙元年(1662),牧斋有《答山阴徐伯调书》一通,篇幅颇长。(《有学集》卷39,第1346—1349页)书末有"长夏端居"之语,则本函应写于是年夏日。文首云:"往年获示大集,茹吐包孕,鲸铿春丽。"又云:"手教累纸,称赞仆文章媲美古人,致不容口。"知伯调曾寄牧斋己著《岁星堂集》并长函,内多颂美之词。牧斋谓"敢援古人信于知己之义,略陈其生平所得",以告伯调。后即缕述己少时至老"七十年来"文学、学术思想之发展,李流芳(长蘅)、程嘉燧、汤显祖(若士)等对己之教益,并自判文章"不如古人者"四大端。此段文字(约莫千言),为了解牧斋文学渊源、转变、坚持、体会之重要材料,然与本文考述之重心关系不大,于此不赘。牧斋书如此结尾:

……以足下爱我之深,誉我之过,仆不能奉承德音,郑重策进,而厚自贬抑,如前所云云者,亦恃足下知我,以斯言为质,而深求文章学问之利病,庶可以自附师资相长之谊云耳。

今更重有属于足下,《初学》往刻,稼轩及诸门人,取盈卷帙,遂至百卷。敢假灵如椽之笔,重加删定,汰去其蘩芿骈驳,而诃其可存者,或什而取一,或什而取五,庶斯文存者得少薙稂莠,而向所自断者,亦借手以自解于古人。则足下昌歜之嗜,庶乎不虚,而仆果可以自附于知己矣。今之好古学者,有叔则、愚公、确庵、孝章、玄恭诸贤,其爱我良不减于足下,刊定之役,互为订之,其信于后世必也。长夏端居,幸为点笔,以代拭汗。新秋得辍简见示,幸甚。

《有学集》卷39,第1349页

此牧斋"八十余老人"安排书稿编订事之重要文献。伯调学者、诗人，有名于时，对牧斋著述有"昌歜之嗜"，牧斋引为"爱我""誉我""知我"之"知己"，郑重请托《初学集》重加删定之役。牧斋点名"爱我"之"编辑委员"，"今之好古学者"，尚有李楷(叔则)、施闰章(愚公)、陈瑚(确庵)、金俊明(孝章)、归庄(玄恭)。借此名单，颇可知牧斋下世前数年所亲近信赖之小社群。

牧斋去函后，伯调有复书，毛奇龄《二友铭》为迻录。伯调《岁星堂集》今既不传，兹不惮文繁，过录于此，以为省览伯调"声气"之一助，并借以反映其与牧斋论文章旨归之一斑。伯调书云：

> 长者教思，敢忘佩诵？但历引长蘅、若士之言，以规模秦汉为俗学，不如奉唐宋大家为质的，则不然。夫学无古今，真与赝而已。学史汉者，正如孔庙奏古乐，琴瑟枳敔，仅得形模，故难为耳。若夫学大家，则古乐之递变者也。三百汉魏乐府以降，如近世清商梨园等曲，虽去古已远，其穷情极态，亦复感动顽惠，故可为。实则彼以古而难追，以今而易袭，未可谓易为者为古，而难为者反非古也。夫真能为史汉者，莫如大家，然大家之文不类史汉，真能为大家者，莫如先生，然先生之文不类大家。此无他，真者内有余，故不求类，赝者内不足，故求类也。若夫景濂、熙甫之文，乡者亦尝略观之。今因先生之言，复从南昌人家借得学士集，反复览观。窃以为，惟圣人之文能兼德行、言语之盛。下此即《国策》《史记》，诎于谭理，濂洛关闽，不善行墨。今景濂思起而兼之，取理于程朱，而挨词

于迁固,惘然自以为古之作者莫己若也,而不知其去古者,正复坐此。今其集具在,凡文少埋蔽,稍模前古,犹卓然可观。若明明言理,则皆卑薾熟烂,老生学究,振笔有余。由此观之,二者之不能合并也决矣,景濂之不及古人明矣。遂欲悬此为质,使后学咸宗焉?缄不能无少惑也。且夫长薾、若士之言,亦安足据也?①

伯调文词,不卑不亢,与牧斋论辩,勇于提出己见。此函周亮工《赖古堂名贤尺牍新钞·藏弆集》亦收入,系撮录,约上引篇幅之半。② 二本颇有异文,特不知孰近原本矣。《二友铭》载伯调复书,无一语及牧斋嘱咐编订《初学集》事,颇不合情理,疑亦非原函照录也。

秦碑古字访河滨/李楷

李楷,字叔则,号雾堂,晚号岸翁,学者称河滨先生,陕西朝邑(今大荔)人。少聪敏,好古文学,读书朝莱山,殊自刻苦。弱冠举天启甲子(1624)乡试,后屡上春官不第。筑通帝楼,高十丈许,命书估日送图籍,手自评骘。已而避寇白门,与马元御、韩圣秋等称关中四子。抗疏论秦事,不果行。入清朝,知宝应县。暇则行游名胜,题咏遍邑中,求诗若字者,皆厌其意。然竟以傲睨忤谗,谢去,

---

① 〔清〕毛奇龄:《二友铭》,《西河合集》,第7a—8a页。
② 〔清〕周在浚等辑:《赖古堂名贤尺牍新钞·藏弆集》(《四库禁毁书丛刊》,集部第36册影印清华大学图书馆藏清康熙赖古堂刻本)卷9,第6b—7a页。

流寓广陵,几二十载,构堂名雾,与李太虚著《二李珏书》,文名倾海内,舆金币以乞者日踵于门。久之归里。每有一作,当事争付梓。其制义、古文、诗歌,当代名宿交口引重,书法称一代神手,画事云间萧尺木自让不及。亦旁及二氏之学,故自号枣栢居士,又曰西岳褐道人。所著文集若干种,合为《河滨全书》,一百卷。① 王士禛《居易录》载:"(李)平生作诗文,每广坐酒酣,令两人张绢素定纸,悬腕直书,略不加点,如疾雷破山,怒潮穿胁,移晷而罢。掷笔引满,旁若无人,举坐为之夺气,名噪一时。亦以此坎壈失职,傲然不屑也。书学东坡,尤善飞白。"②

《河滨全书》共百卷,叔则勤于著述,可想而知,然直至最近,可见叔则著作仅六卷,收入《河滨遗书钞》,其七世族孙李元春清嘉庆间所选辑者也。所谓遗书六种,实戋戋小册耳,卷一《雾堂经训》,卷二《雾堂詹言》,卷三《雾堂杂著》,卷四《岸翁散笔》,卷五《飞翰丛话》,卷六《楚骚偶拟》,乃论经史、杂录、随笔、拟骚之属,而叔则之诗集、文集不与焉。李元春序《河滨遗书钞》云:"因合选诸集,分为三部,而先以《遗书》付梓,《文选》《诗选》次焉。"③而李氏所谓《文选》《诗选》,不知究竟有无,近世以还,向无传本。叔则诗只零星见于《朝邑县后志》《晚晴移诗汇》等。至二〇一〇年,《清代诗文集汇编》问世,第三十四册收河滨著作,《文选》《诗选》竟赫然在

---

① 〔清〕王兆鳌纂修:《朝邑县后志》(《中国方志丛书》,华北地方陕西省第241号影印清嘉庆间重刊康熙五十一年[1712]刊本)卷6,第14a—14b页(总第283—284页)。
② 〔清〕王士禛著,袁世硕主编:《王士禛全集·杂著·居易录》(济南:齐鲁书社,2007),第5册卷11,第3886页。重出随文注,不另出脚注。
③ 〔清〕李元春选辑:《河滨遗书钞·序》(上海:上海古籍出版社,2010年《清代诗文集汇编》,第34册影印清嘉庆谢兰佩谢泽刻本),第2b页。

249

焉。《河滨文选》十卷(附赋选一卷),《河滨诗选》亦十卷,各体悉备,二书共一千一百多叶(今二叶缩印为一页),虽非大观,亦云富矣(《河滨遗书钞》亦附《文选》《诗选》后)。(本书定稿之际,借得《清代诗文集汇编》该册,大喜过望,急读一过,唯《文选》《诗选》中,未发现与牧斋直接有关之材料,不无遗憾云。)①

牧斋康熙元年(1662)所作文中,有一序、一书、一跋,皆与叔则有关。先是本年仲冬,牧斋"中寒强卧",翻阅李长科(小有)《宋遗民传》目录,得叔则序文。叔则有言"宋存而中国存,宋亡而中国亡"者,牧斋谓读之而"抚卷失席",曰:"此《元经》陈亡而书五国之旨也。"复沉思:"其文回翔萌折,缠绵恻怆。……不意其笔力老苍曲折,一至于此。"(《复李叔则书》,《有学集》卷39,第1343页)浃两月,"风林雪被"之际,牧斋族孙携叔则函及《雾堂全集》至,乃叔则请序于牧斋也。牧斋云:"扶病开卷,感慨则涕泣横流,赏心则欢抃俱会。幽忧之疾,霍然有喜。既而翻覆芳讯,寻味话言。缅怀豫州知我之言,深惟敬礼后世之托,不辞固陋,作序一篇。"(同上书,第1343页)此序即《有学集》卷二十所载《李叔则雾堂集序》是也。序文起首云:"河滨李子叔则,不远数千里,邮寄所著《雾堂集》,以唐刻石经为贽,而请序于余。叔则手书累幅,执礼恭甚。以余老于文学,略知其利病,谓可以一言定其文。余读之赧然,感而卒业,欷歔叹息焉。"(《有学集》卷20,第832页)

---

① 《河滨全书》称百卷,今李元春所选刻《遗书》《文选》《诗选》合共仅二十余卷,知其遗落尚多也。李元春于《诗选》末即有识语云:"集中各体悉备,然晚年游戏之作,实不欲以示后人,故存者亦少,录附八音诗数首,以见曼倩诙谐,正无一不关理要也。"可证。语见《河滨诗选》卷10,第40b页。

牧斋序置叔则文于"秦学"之传承中而丈量之,谓朝邑二韩氏(苑洛、五泉)之文"逶迤乐易,流而近今,而其基址则古学也,是谓今而古",西极文太青则"诘盘槷兀,峻而逼古,而其梯航则今学也,是谓古而今"。牧斋谓文太青之后二十余年,"叔则代兴",其"含茹陶铸,旁摭曲绍,其在二韩、太青季孟之间"。(同上书)

牧斋《列朝诗集小传》中有"韩参议邦靖""文少卿翔凤""王考功象春"相关诸传,参互阅读,可进一步探论牧斋心目中所谓之"秦学"。二韩者,韩邦奇(汝节,1479—1556)、韩邦靖(汝庆,1488—1523)兄弟也,二人同举正德三年(1508)进士。汝节性刚直,尚气节,嗜学,诸经子史及天文、地理、乐律、术数、兵法之学,无不精悉,所著书今传者尚多。汝庆与兄同举进士,亦负重名,时称"关中二韩",所著《朝邑县志》及《韩五泉诗》今传(其《朝邑县志》以语言简练、体例严谨尤为学者称颂)。牧斋汝庆传末引王九思(敬夫,1468—1551)之语论汝庆之文学造诣,云:"五泉子(汝庆号)古词歌,浸淫唐初,逼汉魏;七言绝句诗,类少陵。《朝邑志》,其文章之宏丽者。"①牧斋并论二韩曰:"汝节奇伟倜傥,谭理学,负经济,海内称苑雒先生,以地震死。汝庆才藻烂发,风节凛然,关中至今称二韩子。"②

二韩正德、嘉靖间人,牧斋生万历初,未之及见也。牧斋与文翔凤(字天瑞,号太青,生卒年不详,1625年前后在世)则为同辈,且有同年之谊(二人同登万历庚戌[1610]榜进士),甚友好。天瑞为理学家而能诗文,其治学宗旨,在"事天尊孔而黜佛氏"(此其诗文

---

① 〔清〕钱谦益:《列朝诗集小传》丙集,"韩参议邦靖",第358页。
② 同前注。

251

集《皇极篇》自序语)①。牧斋云:"其论学以事天为极则,力排西来之教,著《太微》以翼《易》,谓《太玄》潜虚,未窥其藩。余将行,携其稿过邸舍,再拜付余,语人曰:'《太微》南矣。'余愧不能为桓谭也。"②于天瑞之诗、赋,牧斋予以佳评,云:"其为诗离奇鼎兀,不经绳削,驰骋其才力,可与唐之刘叉、马异角奇斗险。晚作《嘉莲诗》,七言今体,至四百余首,亦古未有也。"又云:"以辞赋为专门绝学,覃思腐毫,必欲追配古人。"③

究其实,牧斋与天瑞,学问渊源、旨归不同,信奉亦异(牧斋信佛,故有上引"余愧不能为桓谭"之语),而牧斋始终厚爱天瑞,文氏传后半于此表露无遗,云:

> 天瑞白晰长身,秀眉飘髯,风神标格,如世所图画文昌者。其为人忠孝诚敬,开明岂弟,迥然非世之君子也。初第时,与余辨论佛学,数日夜不寝食,曰:"子姑无困我。"庚申(1620)冬,以国丧,会阙门,极论近代诗文俗学,祈其改而从古。天瑞告王季木曰:"虞山兄再困我矣。"天瑞与余不为苟同如此。然而天瑞之文赋,牢笼负涵,波谲云诡,其学问渊博千古,真如贯珠。其笔力雄健,一言可以扛鼎。世之人或惊怖如河汉,或引绳为批格,要不能不谓之异人,不能不谓之才子也。文中子曰:"扬子云古之振奇人也。"余于天瑞亦云。④

---

① 〔明〕文翔凤:《皇极篇》(《四库禁毁书丛刊》,集部第49册影印天津图书馆藏明万历刻本),第1b页。
② 〔清〕钱谦益:《列朝诗集小传》丁集下,"文少卿翔凤",第652页。
③ 同前注。
④ 同前注,第652—653页。

虽然，牧斋于天瑞之学问宗尚、诗文面目难免不无遗憾，以天瑞师从"近代"也。此"近代"者，于牧斋非同小可，意指前后七子复古派。王象春（季木，1578—1632），牧斋、天瑞另一同榜进士也。牧斋于"王考功象春"传中追忆数人阙下论学一段往事，尽揭其规劝二人舍"近代"而从古学之言论，云：

> 季木于诗文，傲睨辈流，无所推逊，独心折于文天瑞。两人学问皆以近代为宗。天瑞赠诗曰："元美吾兼爱，空同尔独师。"其大略也。（案：元美指王世贞[1526—1590]，后七子之一；空同指李梦阳[1472—1529]，前七子之一。）岁庚申，以哭临集西阙门下，相与抵掌论文，余为极论近代诗文之流弊，因切规之曰："二兄读古人之书，而学今人之学，胸中安身立命，毕竟以今人为本根，以古人为枝叶，窠臼一成，藏识日固，并所读古人之书胥化为今人之俗学而已矣。譬之堪舆家，寻龙捉穴，必有发脉处。二兄之论诗文，从古人何者发脉乎？抑亦但从空同、元美发脉乎？"季木抔然不应。天瑞曰："善哉斯言，姑舍是，吾不能遽脱履以从也。"厥后论赋，颇辨驳元美訾謷子云之语，盖亦自余发之。季木退而深惟，未尝不是吾言也。……余尝戏论之："天瑞如魔波旬，具诸天相，能与帝释战斗，遇佛出世，不免愁宫殿震坏。季木则如西域波罗门教邪师外道，自有门庭，终难皈依正法。"①

意者于"秦学"之谱系中，叔则之奇辞奥旨似天瑞，此牧斋之所

---

① 〔清〕钱谦益：《列朝诗集小传》丁集下，"王考功象春"，第653—654页。

以言"其后二十余年,而叔则代兴,人咸谓《太微》之冢嫡也。"(《李叔则雾堂集序》,《有学集》卷20,第832页)而牧斋又许叔则有近于二韩者。牧斋论二韩氏之文曰:"苑洛之文奥而雄,五泉之文丽而放,皆自立阡陌,不倚傍时世者也。"(同上书)除文章词丰意雄、沉博绝丽以外,牧斋所强调者,或更在"自立阡陌,不倚傍时世"之"独立"精神。牧斋以二韩氏之"基址"在"古学",故能"今而古",天瑞之"梯航"自"今学",实乃"古而今",于二者有所轩轾,不言而喻。复次,二韩与前七子之空同子李梦阳为同时人,牧斋之推重二韩氏,又或在二韩能于当时复古派坛坫以外独树一帜也。天瑞"从空同、元美发脉",牧斋为之握腕者再。循此而思,则牧斋之奖勉叔则,端在其才力可比美天瑞,而其为学,可以踵武二韩氏,"今而古",不落复古派之窠臼也。

牧斋尤赏叔则文之不自意而"精魂离合,意匠互诡"者,曰:"吾读叔则文,至《詹言》、论辨诸篇,穿穴天悭,笼挫万物,罕譬曲喻,支出横贯,眩掉颠踬,若癫若厌,久之如出梦中。此则文心恍忽,作者有不自喻,宜其借目于我也。"又曰:"举世叹誉叔则,徒骇其高骋复厉,疾怒急击,驱涛涌云,凌纸怪发,岂知其杼轴余怀,有若是与!"则叔则作文,又有合于牧斋所提倡之"灵心"说矣。牧斋复谓"叔则才力雄健,既已绝流文海,以余老为没人也,就而问涉焉"(同上书,第833页),则叔则固心折于牧斋之议论者也。

牧斋此序,有隐约其词莫名所指者,在末段。其言曰:"若夫危苦激切,悲忧酸伤,樊南之三叹于次山者,周览叔则之文,历历然捣心动魄,而论次则姑舍是。《诗》不云乎:'我闻有命,不敢以告人。'叔则闻余言也,欷歔叹息,殆有甚于余也哉!"(同上书)叔则之"危苦激切,悲忧酸伤"者,关乎明清交替国变沧桑之事乎?牧斋"舍是","不敢以告人",以其触犯时讳乎？诚如是,则牧斋与叔则之同情共鸣,又有在文章以外者矣。

牧斋序《雾堂集》已,意犹未尽,复修长札投叔则,谓"生平迂愚,耻以文字媚人,况敢膏唇歧舌,以诳知己？私心结轖,偶多粍触。序有未尽,辄复略陈"。(《复李叔则书》,《有学集》卷39,第1343页)此后一大段文字,攸关其时关中文风之动向及牧斋之关怀抱负。牧斋曰:"仆年四十,始稍知讲求古昔,拨弃俗学。门弟子过听,诵说流传,遂有虞山之学。瘦闻空质,重自惭悔。老归空门,都不省记。侧闻中原士大夫,扬何、李之后尘,集矢加遗,虽圣秋亦背而咻我。"(同上书)牧斋往昔建立通经汲古之"虞山之学",排击复古派,廓清文苑,而近者秦中文士复扬何、李之后尘,牧斋焉能不多"粍触"？接言:"而足下以不朽大业,郑重质问,沧桑竹素,取决于老耊之一言,此其识见,固已超轶时俗,而追配古人矣。"叔则问道于己,牧斋引以为同志同调,而于叔则之秦地时人,牧斋则讥诮有加,曰:"天地之大也,古今之远也,文心如此其深,文海如此其广也,窃窃然戴一二人为巨子,仰而曰李、何,俯而曰钟、谭,乘车而入鼠穴,不亦愚而可笑乎！"(同上书,第1343—1344页)论者谓牧斋晚年好骂,信焉。上犹仅诉叱李、何,此则殃及池鱼,竟陵钟、谭,一齐挨骂。牧斋又言:

仆既已畏影逃虚,舍然于前尘影事,而犹视缕相告者,良愍举世之人,乘舟不知东西,望吾叔则,勿与陇人同游,而晓示之以斗极也。来教谆复以昌黎、李翱为况,闻命震掉,若坠渊井。循览大集,大率虚怀乐善,贬损过当,则又伏而深思,以足下学殖富、才力强,冥搜博采,出神入天,有能尺尺寸寸,从事商讨,策骐骥于九阪之途,而闲之以秋驾,至则文苑之邮良矣。

又言:

《易》曰:"或之者,疑之也。"岂叔则于此,犹有或而疑与?抑亦巽以自下,未敢质言与?帝车冥冥,蛙紫错互,叔则不以此时断金觿决,示斗极于中流,而又奚待与?伏胜笃老,师丹多忘,斯文未坠,所跂望于达人良厚。唇燥笔干,意重词满,扶病点笔,略约累纸。要以下上今古,申导志意。非布席函丈,明灯永夕,固未能倾倒百一也。

《有学集》卷39,第1344—1346页

牧斋离合其文,控引其词,怂恿秦人内讼,真文章圣手也。其意在激励叔则奋起于关中,别裁伪体,匡时救弊,遏止复古派复萌。"晓示之以斗极""示斗极于中流"云云,固指牧斋所谓古学之所从来与为文之阡陌次第,唯细味文意,亦不无喻己虞山之学之意也。牧斋此一号召,叔则如何反应,有无报书,无从考论矣。①

约略与《复李叔则书》同时,牧斋作《书广宋遗民录后》一文(文后署"玄默摄提格之涂月",即壬寅[1662]十二月,见《有学集》卷49,第1607—1608页),亦及叔则。文谓牧斋时人李长科(小有)以"陆沉之祸,自以先世相韩,辑《广遗民录》以见志"。牧斋嘉其

---

① 《河滨文选》卷七收河滨书信十五通,无与牧斋者。

志,而惜其"所采于逸民史,其间录者,殊多谬误",至有"令人掩口失笑"者。序李长科书者,叔则也,牧斋嘉叹不置,曰:"撰序者李叔则氏,谓宋之存亡,为中国之存亡,深得文中子《元经》陈亡具五国之义。余为之泣下沾襟。其文感慨曲折,则立夫《桑海录序》及黄晋卿《陆君宝传后序》,可以方驾千古,非时人所能办也。小有,字长科,故相国李文定公之孙。叔则,名楷,秦之朝邑人。逝者如斯,长夜未旦。尚论遗民者,殆又将以二君为眉目。"(同上书)叔则书宋亡而中国亡,牧斋读而泣下沾襟,何其感慨如斯之深?其视宋若明,以元为清,伤心外族之入主中国欤?若然,则"逝者如斯,长夜未旦"云云,寄慨遥深矣。牧斋本年数文之推奖叔则,或与叔则能发此政治正统论(theory of political legitimacy)不无关系。

陆机年四十而为《叹逝赋》,序之曰:"昔每闻长老追计平生同时亲故,或凋落已尽,或仅有存者。余年方四十,而懿亲戚属,亡多存寡,昵交密友,亦不半在。或所曾共游一涂,同宴一室,十年之内,索然已尽。以是思哀,哀可知矣。"[1]牧斋八十为毛晋作志墓之文,洵"年弥往而念广,涂薄暮而意迮"[2],其哀思不知几倍于陆机矣。《叹逝赋》云:"托末契于后生,余将老而为客。"《六臣注文选》李周翰曰:"言后生见我老,不与我交,以客礼相待,复增其忧耳。末契,下交也。"[3]后生待我以虚伪不诚,老杜《莫相疑行》言之最深刻,曰:"晚将末契托年少,当面输心背面笑。"[4]牧斋"末契"之叹,

---

[1] 〔梁〕萧统编,〔唐〕李善等注:《六臣注文选》(《景印文渊阁四库全书》,第1330—1331册)卷16,第21a—b页。
[2] 同前注,第25a页。
[3] 同前注,第25b页。
[4] 〔清〕仇兆鳌:《杜诗详注》(《景印文渊阁四库全书》,第1070册)卷14,第35a页。

良可愍也。

至牧斋八十余垂暮之龄,徐伯调、李河滨相继贻书致敬,情意殷切。二人固后生于牧斋,而此际已非"后生",老成人也。由明入清,阅历兴亡,二人均以学问文章著名于时,而特立独行,不随世俯仰,亦牧斋所谓"雄俊君子"也。前此牧斋与二人曾否晤面,有否交情,不可考。书文往返,牧斋乃引二人为知己同道,有厚望焉。《初学集》删定之役,嘱于伯调;为"好古学者"张军,遏止复古派复兴,托于河滨,非"晚将末契托年少"也。二人对牧斋之付托,反应曰何,亦不可考。惟牧斋垂老犹对文事文苑念兹在兹,则明甚。编定诗文集,以垂永久,为身后计;攘斥复古后劲,关乎当时后世文统之承绪。牧斋固"爱官人",热衷于政治者,然至老未能置身台阶斗柄之地,而于文坛,则始终勇猛自信,屹立不摇,无怪乎"四海宗盟五十年"矣。

三

嗜痂辛苦王烟客,摘椠怀铅十指皴/王时敏

王时敏,字逊之,号烟客,明末清初江南太仓人,明大学士王锡爵孙。以荫官至太常寺少卿。烟客系出高门,文采早著。鼎革后,家居不出,奖掖后进,名德为时所重。明季画学,董其昌有开继之功,烟客少时亲炙,得其真传。锡爵晚而抱孙,弥钟爱,居之别业,广收名迹,悉穷秘奥。于黄公望墨法,尤有深契,暮年益臻神化。爱才若渴,四方工画者踵接于门,得其指授,无不知名于时,为一代

画苑领袖。①烟客之于画道也,所谓娄东派之鼻祖,上续华亭董其昌之绪,下导虞山画派,入清三十余年,巍然如鲁殿灵光。烟客与王鉴、王翚、王原祁并称"四王",加吴历、恽恪,亦称"清六家"。亦工诗文,善书法,隶书尤为出名。

烟客少牧斋十岁。窃尝疑烟客系出名门,王锡爵万历三十八年(1610)卒,烟客于四十二年(1614)即就门荫,拜官玺司,居官前后二十四年,至崇祯十三年(1640)始不复出,且烟客师事董其昌,早有画名于时,其昌与牧斋素有交谊,加之虞山、太仓一衣带水,百里相望,缘何牧斋刊刻于明末之《初学集》中,竟无只字片语及烟客?近读烟客七世孙王宝仁所编烟客年谱(《奉常公年谱》)及相关复社文献,始稍解其故。《年谱》载,天启六年(1626)烟客为父卜地迁葬,请唐时升为作行状,温体仁作墓志铭。②崇祯四年(1631),为生母营葬事,自作行略,而请周延儒撰墓志铭。③牧斋、体仁、延儒于崇祯朝之恩怨过节,已于上文述及。烟客父母之墓志铭,分别请于体仁、延儒,王氏与二人关系之密切,思过半矣。牧斋与烟客于前明即便相识,而交情冷漠,亦在常理之中。

约与牧斋丁丑狱案同时,复有一事,可借知牧斋与烟客之难以亲近。或谓崇祯一朝党争,温体仁修郄牧斋,思一举并弹治复社张溥(天如)。陆世仪《复社纪略》云:"社事以文章气谊为重,尤以奖进后学为务。其于先达所崇为宗主者,皆宇内名宿:南直则文震

---

① 〔清〕赵尔巽等:《清史稿·王时敏传》卷504,第13900页。
② 〔清〕王宝仁编:《奉常公年谱》(北京:北京图书馆出版社,1998年《北京图书馆藏珍本年谱丛刊》,第66册影印清道光十八年[1838]刻本)卷2,第2b页。
③ 同前注,第4b页。

孟、姚希孟、顾锡畴、钱谦益、郑三俊、瞿式耜、侯峒曾、金举、陈仁锡、吴甡等……"①其时复社声气遍天下,其奔走附丽者,辄自矜曰:"吾以嗣东林也。"执政大僚由此恶之。②崇祯九年(1636)、十年(1637),多事之秋,张汉儒讦奏牧斋、陆文声奏陈复社,两案并兴。(计六奇《明季北略》卷十三"崇祯十年丁丑"正月记"温体仁拟旨逮钱、瞿"事,后即置三月"陆文声奏复社"事。)③《明史·温体仁传》云:"庶吉士张溥、知县张采等倡为复社,与东林响应和。体仁因推官周之夔及奸人陆文声讦奏,将兴大狱,严旨察治。"④《明史·张溥传》云:"里人陆文声者,输赀为监生,求入社不许,(张)采又尝以事挞之。文声诣阙言:'风俗之弊,皆原于士子。溥、采为主盟,倡复社,乱天下。'"⑤有谓陆文声在京奏陈复社,烟客曾阴为之助。陆世仪《复社纪略》云:"(陆文声)……缮疏走入京,期登闻上奏。逢玺卿王时敏家人引之,进谒乌程。其党人自韩城、德清外,又有四任子焉:一为朱泰藩,文懿公赓之后也;一为许曦,颖阳相国之后也;一为袁枢,文荣公炜之后也;一为王时敏,文肃公锡爵之后也。四人皆以才识通练为相君所倚重;时敏与体仁又以两世通家谊,恩礼较他人尤厚。"⑥陆世仪又载烟客"蓄怨复社"者二事:一者,烟客子挺、揆、撰,甥吴世睿皆美秀能文,独外坛坫;两张以其立

---

① 〔清〕陆世仪:《复社纪略》(台北:明文书局,1991年《明代传记丛刊》,第7册影印排印本)卷2,第57—575页。
② 〔清〕张廷玉等:《明史·张溥传》卷288,第7404页。
③ 〔清〕计六奇:《明季北略》(北京:中华书局,1984)卷13,第215—216页。
④ 〔清〕张廷玉等:《明史·温体仁传》卷308,第7936页。
⑤ 〔清〕张廷玉等:《明史·张溥传》卷288,第7404页。
⑥ 〔清〕陆世仪:《复社纪略》(《明代传记丛刊》,第7册影印排印本)卷4,第600页。

异,颇少之。一者,二张纳某家僮为徒,并助之削隶籍。烟客家法素严,僮仆千余,深以此为耻,而竟无如之何。"由此,蓄怨复社久矣。"①《复社纪略》于烟客之介入陆文声事言之凿凿,记其关节如此:

> 文声一见时敏,告以入京之意。前张溆事,两张主之;故时敏衔受先(张采)甚于天如,乃曰:"相君仇复社,参之正当其机。但相君严重,不轻见人;而主局者惟德清为政,宜就商之。"因导往弈琛。文声面进疏稿,弈琛即袖入示体仁。②

陆世仪此记,不无可疑之处。上谓陆文声"逢玺卿王时敏家人引之,进谒乌程",此处则谓居中引线献计者,乃烟客本人。究竟烟客于此事件中扮演之角色如何,文献不足,难以确考,然当时舆论对烟客不利,则大有可能。《奉常公年谱》崇祯九年丙子(1636)条载烟客寄家中诸子长信一通,颇可反映烟客当时之处境及心情。其词如下:

> 我为陆人一事,虽绵薄不能排解,然数月以来,或当面痛切晓警,或托人婉持,自谓竭尽心力,不意里中反以为罪。京师此时,群小得志,滴水兴波。此人迩来脚步愈阔,心胆愈横,如瘐狗逢人便噬,不论生熟。同里士绅在都者畏其唇舌,无不与之周旋,款赠特厚。我家门望尤其所最注意,彼若有时而

---

① 〔清〕陆世仪:《复社纪略》(《明代传记丛刊》,第7册影印排印本)卷4,第601页。
② 同前注,第601页。

261

来,我何能独拒之?然闻彼在人前尚谓我待之简薄,颇有恶言,乃独以密字加我,岂不冤哉!总之,里中有非常风波,我在京不能消弭,又不能绝其往来,旁观者自然疑猜。况吾州小人,流落京师者甚多,险幻万端,凿空驾虚,固自不免。要之,久当自明,不必分剖。至若首揆严峭孤冷,人不可得而亲。我每随众朝房一见,并无私觌。乃同乡诸公及地方当事者,妄以先世旧谊,谓我可片言解纷,屡贻书托我,使我何以置对?我婆娑一官,久思引退,悔抽身不早耳。①

时烟客职玺司,虽谓闲曹冷署,然列禁廷侍从,体貌优崇,而烟客与温体仁两世通家谊,系事实,加之陆文声在京积极活动时,烟客颇与之周旋,且有款赠,自亦承认。烟客于此事之嫌疑,洗脱匪易。至如前此烟客蓄怨于复社二张,空穴来风,未必无因。惟烟客于上引致诸子信中力辩己之清白及其时京中形势,所述亦入情入理。且此函系家书,似无须作假。(固然,烟客欲借口于诸子以求谅解于乡党亦不无可能。)正值陆文声事扰扰攘攘之际,烟客晋升太常寺少卿(此乃烟客于明朝所获最高官位)。② 烟客是否温体仁党人,体仁是否倚重烟客,恩礼较他人尤厚可置之不论,唯烟客与首揆体仁关系至少不恶,此则明甚。约在同时,张汉儒讦牧斋案发。牧斋与瞿氏等既涉案,自然尽量收集京中、江南一带相关情报,以做准备,而其间风闻烟客种种,可以想象。至来年春牧斋赴

---

① 〔清〕王宝仁编:《奉常公年谱》卷2,第8b—9a页。
② 同前注,第6b页。

京就逮时,烟客已于二月"领敕出都",差役在外,与牧斋等系狱事无涉。① 虽然,晚明时烟客与温体仁、周延儒之关系既剪不断理还乱,而温、周又系牧斋最怨恨之人,烟客与牧斋若有芥蒂,亦属自然。明乎此,则牧斋《初学集》中不见烟客踪影,似又不难理解。

以上所述,系仅据相当有限之文献,作一可能之猜测而已。而明季政局、人事关系错综复杂,诸家载记复各有偏袒、矛盾,欲究其实,恐不容易,或无甚必要。

自写秋槐落叶图

迨明社既屋,清人定鼎中原,江南动荡稍定,二家集中(牧斋《有学集》《钱牧斋先生尺牍》,烟客《王烟客先生集》),或诗、或文、或书信之及对方者夥矣。为排纂如次:

顺治七年(1650):烟客有《致钱谦益》函。

顺治八年(1651):牧斋为烟客作《奉常王烟客先生见示西田园记寄题十二绝句》《西田记》;烟客有《致钱谦益》函。

顺治十一年(1654)岁末(1655):烟客有《致钱谦益》函。

顺治十四年(1657)岁末(1658):牧斋有《与王烟客书》。

顺治十七年(1660)岁末(1661):牧斋为烟客作《书西方十六妙观图颂有序》《王奉常烟客七十寿序》,又有《与王烟客》二札。

康熙元年(1662):牧斋作《题烟客画扇》,又有《题王文肃公南宫墨卷》《壬寅三月十六日太原王端士异公悴民虹友琅琊王惟夏次谷许九日顾伊人吴江朱长孺

---

① 〔清〕王宝仁编:《奉常公年谱》卷2,第10b页。

族孙遵王墇微仲集于小阁是日敬题烟客奉常所藏文肃公南宫墨卷论文即事欣感交并予为斐然不辞首作》四首。

康熙二年(1663)岁末(1663/1664?):烟客有《致钱谦益》函;牧斋有《复王烟客》《与王烟客》二通;牧斋为烟客作《王烟客奉常像赞》。

此外,作期无考者,尚有牧斋为烟客二子所作《二王子今体诗引》。

下文谨据上列文献,试考述牧斋与烟客于顺治七年(1650)至康熙二年岁末(1663/1664)十余年间之互动与情谊。

通检牧斋、烟客二人诗文集,烟客顺治七年《致钱谦益》一札,似为二人互动可考之最早文件。烟客函有语云:

> 伏闻老先生杜门却扫,精选国朝诗文,以付剞劂,撷一代之菁华,树千秋之仪的,为后学津梁不浅,匪止艺林巨丽之观。昨子羽(黄翼圣)传述台意,欲得先文肃(王锡爵)三草寓目,端僮驰上记室,倘蒙浏览采择,获附鸿编以不朽,何幸如之。暑月无可为献,沙瓜颇称佳产,而今夏为霪雨所薄,不能多得,谨以六十枚奉贡,别侑一二粗物,真所谓野人芹也。惟笑存之。秋深事略,倘幸稍间,即趋侍左右,不尽驰仰。①

烟客此札最可能之作期为顺治七年季夏。考牧斋此数年间行事,顺治五年(1648)起始有编纂诗文集事。烟客谓牧斋时选"国朝诗文",欲得王锡爵三草寓目云云。牧斋《列朝诗集》本年前后竣工,唯集中不收王锡爵诗。牧斋索阅王锡爵三草,应非为斯选。所谓

---

① 《王烟客先生集·尺牍上》,第 23b—24a 页。

"国朝诗文",疑为牧斋所编《昭代文集》,其稿百余卷,毁于绛云楼火灾①。绛云楼祝融之劫乃本年十月间事,此后牧斋再无编纂前明诗文集之役,则烟客本函当写于绛云火灾之前。信之开首云:"客夏抠谒台阶,得侍提诲者竟日。"牧斋顺治五年(1648)三月至六年(1649)上半年犹颂系南京,牧斋与烟客会晤,只能在牧斋自南京归里后不久。顺治七年五、六月间,牧斋曾有远行,而信谓牧斋"杜门却扫,精选国朝诗文",则本函应写于赋归后之"暑月"。又《奉常公年谱》本年条载:"十月十五日前后,有虞山之行。"②亦与此处谓"秋深事略,倘幸稍间,即趋侍左右"事合。

顺治七年本函以前,烟客之奉赠于牧斋者,有千百倍贵重于六十枚"沙瓜"(西瓜)之物。烟客门人、清初"四王"之常熟人王翚(石谷,1632—1717)于康熙五年(1666)曾凭记忆,摹绘十余载前曾寓目之宋徽宗《江渚秋晴》图真迹。画成,题识其上,有语云:

娄东王东尝(奉尝)家收藏缣素甲于江南。西庐清暇日,出所珍秘,啜茗相赏,内得徽庙仿刘宋陆探微《江渚秋晴卷》。树石纤秀,气象疏远,独山水不施轮廓,竟以青赤渲染而成,尤为奇古,洵乎圣藻宸翰,自与凡手不同。吾邑钱牧翁宗伯诞日,奉常以此画为寿。宗伯宝之,不啻如胐髓。绛云一烬,惜为天公夺去。③

---

① 〔清〕顾苓:《东涧遗老钱公别传》,收入《全集》,册8,第961页。
② 〔清〕王宝仁编:《奉常公年谱》卷3,第5b页。
③ 〔清〕陆时化:《吴越所见书画录》(《续修四库全书》,子部艺术类第1068册影印复旦大学图书馆藏清乾隆怀烟阁刻本)卷6,第48b—49a页。

越三年,王翚携画过娄东示烟客,烟客为题其后,有语曰:

> 此《江渚秋晴卷》,纯仿杨升,不多用笔,全以色渲染成图,疏秀高奇,如三代彝鼎照人,洵称希世之宝。旧为余所购藏,后归虞山宗伯。既闻其遭郁攸之厄,时复怅然于怀。不意石谷乃能追忆临摹……反复披玩,焕若神明顿还旧观,欢喜不能释手。①

观此二记,足见烟客之宝爱此《江渚秋晴卷》。牧斋寿,烟客以此遗牧斋,二老尊贵爱重对方若此。明亡以后,牧斋选辑《列朝诗集》,以诗存史,工程庞大,耗费心力极巨,思之令人动容。所编《昭代文集》未成,毁于绛云一炬,其内容为何,不详,唯曾见其稿者谓有百卷,可知亦卷帙浩繁之制。牧斋对前明诗文之整理保存,贡献莫大焉。烟客高门之后,沧桑劫后,对家族历史之传承、门户家业之维持,念兹在兹,若乃祖文章能入选牧斋《昭代文集》中,意义极其重大。宋徽宗真迹固希世之宝,牧斋与烟客于其时之文坛艺坛,不亦巍然如鲁殿灵光?宜乎其惺惺相惜,相互爱重。

顺治八年(1651),烟客复投牧斋一札,曰:

> 睽侍左右,倏又经年。尘累茧牵,带水久阔,拥彗扫省,疏节何以自逭,惟有朝宗一念,晨夕潆洄左右而已。西田荒落,

---

① 〔清〕陆时化:《吴越所见书画录》(《续修四库全书》,子部艺术类第1068册影印复旦大学图书馆藏清乾隆怀烟阁刻本)卷6,第49a—49b页。

绝无景物可观，只以残年厌苦尘鞅，聊缚把茅，为处阴息影之地。不知农舍渔庵，何由入巨公清听，既蒙赐之诗歌，复重之以大记，雕言玮撰，直轶少陵、昌黎而上之，使沮茹污菜，遂与敬湖、辋水争胜，而感慨淋漓，一唱三叹，绰有余音，尤令人低徊不能已已。

又曰：

窃不自揣，尚欲装成一册，仰丐手书，为子孙世世之宝，想老先生必不我拒也。恭谂大寿揽揆，千龄伊始，初知老先生客戒方坚，未敢遽尔唐突。既与子相约，拟辰下驰诣奉觞，而以疡发于足，不戒于汤，臃肿支离，平复未可旦夕冀。瞻言尺五，深惧后时，特先令豚儿拜舞阶下，俟贱足稍可蹒跚，即当跻堂称兕，以效冈陵之祝耳。空囊无可为敬，一丝将悃，寒窭之意可掬。伏惟老先生以形外莞存之，邀宠何如？诸容百顿不备。①

烟客此札写于顺治八年仲秋以后。"既蒙赐之诗歌，复重之以大记"云云，前者指牧斋《奉常王烟客先生见示西田园记寄题十二绝句》，后者指牧斋《西田记》，皆写于本年。《西田记》后署"中秋二十日"，而本札有"恭谂大寿揽揆……特先令豚儿拜舞阶下"之语。牧斋生于九月二十六日，本年七十岁。烟客此札当写于本年八月

---

① 《王烟客先生集·尺牍上》，第24a—24b页。

267

二十日后,九月二十六日以前,乃命子赴常熟为牧斋贺寿时所奉呈者。本札与上札合读,知牧斋与烟客于顺治六年(1649)、七年(1650)均曾晤面。

"西田"者,烟客于太仓城西十二里所筑别业也,兴筑于顺治三年(1646)秋,至本年园中构筑相继告成。烟客子抃自撰《王巢松年谱》云:"(丙戌,1646)秋间兴筑始起,嗣后日积月累,费至四五千金,垒石穿池,亭台竹树,颇堪游赏,时集文人谈客,触咏其中,如是者三十余年。"①顺治四年(1647)烟客有由西田寄儿辈札,云:"城中人情,日异而月不同,我畏之真如火坑,得汝等分任家事,一毫不以相闻,我投老村坞,经年不入城市,岂非至乐?"②西园中有农庆堂、语稼轩、饭犊轩、逢渠处、巢安、绿画阁、垂丝千尺、西庐等建筑。烟客又延画友卞文瑜为绘壁,"高妙直追董巨公"③云云。至顺治八年,烟客乃作《西田感兴》诗三十章,其序云:

> 余以颓龄,适丁迍运,西村卜筑,六载于兹。惟田圃之是谋,与樵牧而为侣。眷焉晨夕,永矢寤歌。岂其离群索居,妄希高蹈?庶几处阴息影,用毕余生。何图世路巉岨,时态狞恶,既困诛求于刻木,复惊毒蠚于含沙。且也洪潦为灾,田庐胥溺。卒岁无计,笺楚徒嗟。每当抑郁无憀,不胜低徊永叹。触物兴感,因事属辞。每韵各为一章近体,共得三十首。数年

---

① 〔清〕王抃:《王巢松年谱》(上海:上海书店,1994年《丛书集成续编》,史部第37册影印吴中文献小丛书),第18页。
② 〔清〕王宝仁编:《奉常公年谱》顺治四年条卷3,第3b—4a页。
③ 同前注,顺治七年条卷3,第5a页。

来岁功时景,人事物情,丰歉悲愉,约略可见。俚浅鄙儜,讵可云诗。正如蛙响虫吟,聊取排愁破闷。匪敢曰贤,差足以拟钉铰云尔。①

本年牧斋为烟客作《奉常王烟客先生见示西田园记寄题十二绝句》及《西田记》。记文末云:"西田落成,会奉常六十始寿,群公属予言张之。余未游西田,于其胜未能详也,聊约梦语以为记。重光单阏(1651)之岁中秋二十日。"(《有学集》,卷26,第999页)烟客诞日为八月十三日,牧斋之诗并文应作于约略同时,颇有以诗文为烟客贺寿之意。

烟客《西田感兴》共三十章,为其集中最大宗之组诗,虽自谦"俚浅鄙儜",实颇得意,诗成邮寄诸友好,求赓和焉。在上述致牧斋札之前,烟客修函寄常熟陆铣(孟凫,1581—1654),有语云:

不肖某,马齿虚度,故国遗民,自愧腼焉视荫。桑蓬忽届,蒿蔚增悲,概不敢当觞赐。惟西田村舍数椽,为情赏所寄,冀得邀名公佳什,使沮茹顿沐光辉。乃承贤昆仲先生埙篪叠和,珠琳竞爽,字字玉琢锦洗,光华首压缥缃。而老先生意犹未尽,复为寄托古人,反复歌咏,穷工极妙,变化入神,尤令人洞心骇目。但比拟过当,非庸劣所堪承。捧诵周环,只增愧汗。而仰藉鼎嘘,又得邀宗伯翁大记,异日并载名集,渔庵农舍,遂与昌黎盘谷、次山杯湖并传,何幸如之!②

---

① 《王烟客先生集·西庐诗草》上卷补,第3a—b页。
② 《王烟客先生集·尺牍上》,第25b页。

知烟客与孟兕兄弟曾赠和,寄祝嘏意也。牧斋与孟兕为挚友,烟客缘孟兕致意,牧斋乃为作十二绝句并《西田记》贺烟客寿。细味牧斋诗文,疑牧斋诗题"王烟客先生见示西田园记"云云,或即烟客《西田感兴》诗,非别有所谓"西田园记",盖牧斋诗语颇有袭自烟客《西田感兴》诸诗者。烟客诗亟写栖隐西田渔村,"投老菰芦身始闲,惟余幽事得相关"之乐,复寓流年、身世之感,不宜尽以寻常田园诗视之。其中有隐约透露心事者,如其十六:

> 白夹乌巾道服凉,茶烟禅榻鬓丝扬。
> 关情旧雨英游隔,回首前尘噩梦长。
> 林壑犹能容钓弋,乾坤何用识沧桑。
> 含愁默默支颐坐,匣剑依然夜吐芒。①

烟客白夹乌巾,茶烟禅榻,宛如林壑间隐者,而追忆旧雨,回首前尘,却有"噩梦"之叹。既已泯迹江村,沧桑去怀,却又支颐愁坐,且谓"匣剑依然夜吐芒"。昔者"吴之未灭也,斗牛之间常有紫气……华曰:'是何祥也?'焕曰:'宝剑之精,上彻于天耳。'"②(又:《西京杂记》卷一:"高祖斩白蛇剑,剑上七采珠、九华玉以为饰,杂厕五色琉璃为剑匣,剑在室中,光景犹照于外,与挺剑不殊。")③则烟客似

---

① 《王烟客先生集·西庐诗草》上卷,第5a页。
② 〔唐〕房玄龄等:《晋书·张华传》卷36,第1069页。
③ 〔汉〕刘歆撰,〔晋〕葛洪辑:《西京杂记》(《景印文渊阁四库全书》,第1035册)卷1,第3b页。

仍有未能释怀于国变沧桑者也。牧斋赠诗其一云：

天宝繁华噩梦长，西田茅屋是西庄。
最怜清夜禅灯畔，村犬声如华子冈。

《有学集》卷4，第159页

以唐王维拟烟客。王维《山中与裴秀才迪书》云："夜登华子冈，辋水沦涟，与月上下。寒山远火，明灭林外。深巷寒犬，吠声如豹。村墟夜舂，复与疏钟相间。"① 一片清趣。唯牧斋诗起句谓"天宝繁华噩梦长"，则诗禅、幽栖而外，尚以阅历天宝之乱之王拾遗以喻烟客也。

烟客诗三十首，此首最耐人寻味：

钟阜细缊紫气收，江天寥阔迥生愁。
宫槐叶落迷芳苑，海峤龙归失故湫。
哀角悲笳燕市雨，暮烟衰草石城秋。
痴顽却笑归村老，蜗舍溪边只自谋。②

此为烟客《西田感兴》组诗中唯一放眼于西田风物之外者，而其所咏，关乎明清兴替，语特沉痛。"钟阜"者，钟山也，明太祖孝陵所在。"紫气收"，神光不再。"宫槐""海峤"一联，伤心国变，缅怀旧

---

① 〔唐〕王维撰，〔清〕赵殿成注：《王右丞集笺注》（《景印文渊阁四库全书》，第1971册）卷18，第14b页。
② 《王烟客先生集·西庐诗草》上卷，第5b页。

君。王维《菩提寺禁裴迪来相看说逆贼等凝碧池上作音乐供奉人等举声便一时泪下私成口号诵示裴迪》云:"万户伤心生野烟,百寮何日再朝天? 秋槐叶落空宫里,凝碧池头奏管弦。"①《旧唐书·王维传》载:

> 禄山陷两都,玄宗出幸,维扈从不及,为贼所得。维服药取痢,伪称瘖病。禄山素怜之,遣人迎置洛阳,拘于普施寺,迫以伪署。禄山宴其徒于凝碧宫,其乐工皆梨园弟子、教坊工人。维闻之悲恻,潜为诗曰:"万户伤心生野烟,百官何日再朝天? 秋槐花落空宫里,凝碧池头奏管弦。"贼平,陷贼官三等定罪。维以凝碧诗闻于行在,肃宗嘉之,会缙请削己刑部侍郎以赎兄罪,特宥之,责授太子中允,乾元中,迁太子中庶子、中书舍人,复拜给事中,转尚书右丞。②

而今"宫槐叶落",芳苑迷离,百官无日再朝天,此烟客之悯明室也。杜甫《同谷七歌》歌之六:"南有龙兮在山湫,古木巃嵷枝相樛。木叶黄落龙正蛰,蝮蛇东来水上游。我行怪此安敢出,拔剑欲斩且复休。"③今则"海峤龙归",失其故湫,烟客故国旧君之思寓焉。下联"燕市""石城",分写北京南京。燕市风雨栖迟,唯闻哀角悲笳,似鬼哭神号。石城之秋,尽是暮烟枯草,一片衰颓零落。结联自嘲。

---

① 〔清〕圣祖御定:《御定全唐诗》(《景印文渊阁四库全书》,第1423—1431册)卷128,第18b页。
② 〔后晋〕刘昫等:《旧唐书》(北京:中华书局,1975)卷190下,第5051—5052页。
③ 〔清〕圣祖御定:《御定全唐诗》(《景印文渊阁四库全书》,第1423—1431册)卷128,第20a页。

国云亡矣,己一归村老叟,独抱此幽忧之思,不亦"痴顽"不合流俗?"虑难曰谋"①"二人对议谓之谋"②,今乃"自谋",无人可与语此牢愁之思也。

牧斋赠烟客诗之其七大有情味,其词曰:

列槛虞山近可呼,野烟村火见平芜。
闲窗泼墨支颐坐,自写秋槐落叶图。

《有学集》卷4,第161页

烟客诗末联伤无人与言其艰苦者,牧斋诗起句直谓"虞山近可呼",知其素心者虞山牧斋也(牧斋有号曰"虞山老民"),可与为友,诉衷曲。(烟客诗其四有联曰:"雨霁南轩看积翠,天空此牖见浮眉。"后置小注曰:"玉峰在南,虞山在北。")③烟客前诗谓"含愁默默支颐坐",牧斋于此则言不妨"闲窗泼墨支颐坐",大可宽心绘其"秋槐落叶图"。寻味牧斋诗意,似告语烟客,与其怀抱"秋槐落叶"之隐痛,不若以此为自我形象,正告世人,烟客乃一故国遗民,不忘宗国旧君者。

烟客诗三十首,以此殿后:

六十颓龄住钓岩,绕篱苍翠郁松杉。

---

① 〔汉〕许慎撰,〔宋〕徐铉增释:《说文解字》(《景印文渊阁四库全书》,第223册)卷3上,第7a页。
② 〔唐〕房玄龄等:《晋书·刑法志》卷30,第928页。
③ 《王烟客先生集·西庐诗草》上卷,第6a页。

273

> 身同邱井悲空老,家似秋蓬苦战荭。
> 缃帙遗书余蠧蚀,紫囊传笏但尘缄。
> 惟藏宸翰茅茨里,长有祥云拥玉函。①

烟客此首自伤沦落,哀已六十颓龄而栖迟于寂寞荒江,老大无成。"缃帙遗书",传家之宝,烟客祖父、父数世仕宦之资本,而今"余蠧蚀",伤己不能以斯文光大门楣。"紫囊""笏",士人高第帝主所恩赐,烟客大父、父之旧物也,家族仕宦光荣历史之表征,而今"但尘缄",伤家门举业、仕宦显赫不再。末联隐约寄寓故国旧君之思。烟客家藏明神宗御札,即诗中所谓之"宸翰"也。烟客宝之,谓其虽藏于己之"茅茨"中,自有佛力护持。

牧斋赠烟客诗其八云:

> 闶阁香灯小筑幽,金函神祖御书留。
> 吉祥云海茅茨里,长涌神光镇斗牛。
> 《有学集》卷4,第161页

此牧斋之所以广烟客诗结联意,振起烟客意绪者也。烟客自愧所居乃荆扉"茅茨",牧斋则言西田之筑也幽,闶阁香灯,神宗御书且赫赫在焉,非寻常居所也。神庙之御藻宸章不独诸天庇护,且神光颎颎,如宝剑之精光上彻于天,洞然长镇斗牛吴越之地,仿佛明室王气仍腾涌示现其间也。牧斋《吴渔山临宋元人缩本题跋》(1663)

---

① 《王烟客先生集·西庐诗草》上卷,第6a页。

274

有语云:"盖江左开天之地,斗牛王气,垂芒散翼,焕为图绘,非偶然者。"(《有学集》卷46,第1544页)

上述牧斋诗意亦见于其为烟客所作之《西田记》,而文词更诡奇。其述西田之风物,曰:"广平百里,却望极目,玉山西南,虞山西北,若前而揖,若背而负,日落霞起,月降水升,归云属连,倒影薄射,西田之景物也。"此固描画西田景色者,唯亦不无太仓、虞山同土壤、共呼吸,可望可即之意也。然则牧斋、烟客可以友矣。

牧斋文中段最奇,设为客游西田归述其所见。其词曰:

客游西田者,以谓江岸萦回,柴门不正,诛茅覆宇,丹臒罕加。竹屋绳床,类岩穴之结构;牛栏蟹舍,胥江村之物色。主人却谢朝簪,息机云壑。箕裘日新,兰锜如故。凤世词客,前身画师。擅辋水欹湖之乐,谢三年一病之苦。杖履盈门,漉囊接席。无朝非花,靡夕不月。此则主人之乐,而西田之所以胜也。

此美西田之出尘绝俗者也。主人"却谢朝簪",优游其间,得享诗画、儿孙、宾客、花月之乐。主人画师,西园犹王右丞之辋川别业也。此贺寿之得体语。不意牧斋紧接又设一客语,其言尽揭主人之隐忧:

客有曰:"子知主人之乐矣,未知主人之忧。家世相韩,身居法从,宸章昭回,行马交互。大田卒获,宁无周京离黍之思?嘉宾高会,或有青门种瓜之感。读方(案:"文"之讹)叔名园之记,忾叹盛衰;咏右丞秋槐之诗,留连图画。子非主人也,亦焉

275

知主人之乐乎?"

《有学集》卷26,第998页

此忧者,遗民旧臣忧戚之思也。牧斋虽设为或之之词,实句句落实,字字咬紧。"家世相韩",典出《史记·留侯世家》:"留侯张良者,其先韩人也。大父开地,相韩昭侯、宣惠王、襄哀王。父平,相厘王、悼惠王。……秦灭韩。良年少,未宦事韩。韩破,良家僮三百人,弟死不葬,悉以家财求客刺秦王,为韩报仇,以大父、父五世相韩故。"①烟客大父王锡爵历仕明嘉靖、隆庆、万历三朝,且为万历朝首辅;父王衡亦万历朝翰林编修,所谓太史者。牧斋"相韩"之喻,得其实。秦灭韩时张良犹年少,未宦事韩,烟客则万历、泰昌、天启、崇祯四世旧臣,即牧斋所谓"身居法从,宸章昭回,行马交互"者也。"周京离黍",亡国之叹也。《诗·王风·黍离序》:"《黍离》,闵宗周也。周大夫行役至于宗周,过故宗庙宫室,尽为禾黍,闵周室之颠覆,仿徨不忍去,而作是诗也。"②"嘉宾高会,或有青门种瓜之感"云云,化用阮籍《咏怀·昔闻东陵瓜》诗语:"昔闻东陵瓜,近在青门外。连畛距阡陌,子母相钩带。五色曜朝日,嘉宾四面会。膏火自煎熬,多财为患害。布衣可终身,宠禄岂足赖。"③东陵侯本事,见《史记·萧相国世家》:"召平者,故秦东陵侯。秦破,

---

① 〔汉〕司马迁撰,〔宋〕裴骃集解,〔唐〕司马贞索隐,张守节正义:《史记·留侯世家》卷55,第2033页。
② 〔汉〕毛亨传,郑玄笺,〔唐〕孔颖达疏,陆德明音义:《毛诗注疏》(《景印文渊阁四库全书》,第69册)卷6,第1a页。
③ 〔梁〕萧统编,〔唐〕李善等注:《六臣注文选》(《景印文渊阁四库全书》,第1330—1331册)卷23,第7b—8a页。

为布衣,贫,种瓜于长安城东。瓜美,故世俗谓之东陵瓜。"①则东陵侯亦亡国之人也。"文叔",指宋李格非,字文叔,尝著《洛阳名园记》。其《书洛阳名园记后》有语云:"方唐贞观、开元之间,公卿贵戚开馆列第于东都者,号千有余邸。及其乱离,继以五季之酷,其池塘竹树,兵车蹂践,废而为丘墟;高亭大榭,烟火焚燎,化而为灰烬,与唐共灭而俱亡者,无余处矣。"②名园之废毁,亦唐朝之末路也。"右丞秋槐之诗",即上述王维安史之乱时拘执于菩提寺而作"凝碧池"诗事。

此际烟客六十大寿,前此已析家产与诸子,退隐西田且数年,牧斋缘何设此沉重之语以探诱烟客心思?明亡以后,烟客名德为地方所仰重,艺苑则奉为宗师,家业尚丰厚,子孙繁昌,大可就此安度余生。惟太仓王烟客一族始终非寻常百姓,嘉靖以降,数世显宦,帝主恩誉有加,明清鼎易,烟客如何立身、如何自我定义,不独关系烟客有生之年之形象,实与乃祖王锡爵、父王衡及己于青史上如何留名后世攸关。烟客若无明确表示,友朋或亦感不安。牧斋赠烟客诗即有此首(诗其九):

沧海波如古井澜,圮桥流水去漫漫。
世人苦解人间事,家世纷纷说相韩。

《有学集》卷 4,第 162 页

---

① 〔汉〕司马迁撰,〔宋〕裴骃集解,〔唐〕司马贞索引,张守节正义:《史记·留侯世家》卷 55,第 2017 页。
② 〔宋〕李格非:《书洛阳名园记后》,《洛阳名园记》(《景印文渊阁四库全书》,第 587 册),第 11a 页。

明清易代,天崩地坼,沧海横流,于今只剩古井之微波？圯桥流水去漫漫,上已无为韩复仇之张良？即便当时历史形势正其如此,世人对"诗性正义"(poetic justice)仍有诉求："世人苦解人间事,家世纷纷说相韩。"为家族于后世之名声计,为释"世人"之疑,烟客宜有一言以对。上述烟客《西田感兴》"钟阜绸缊紫气收"一首于此"自我建构"(self-constitution)之工作已露端倪,唯语词尚或含糊。牧斋读后有感,乃于《西田记》中设客之言"主人之忧",为尽揭其覆。

"秋槐"之为义,牧斋知之深矣,其入清后第一集诗即命名《秋槐诗集》,序目云："起乙酉,尽戊子年",即顺治二年(1645)至五年(1648)间诗也。牧斋又有《题〈秋槐小稿〉后》(1650)一文,其言曰：

> 余自甲申以后,发誓不作诗文。间有应酬,都不削稿。戊子(1648)之秋,囚系白门,身为俘虏。闽人林叟茂之,偻行相劳苦,执手慰存,继以涕泣。感叹之余,互有赠答。林叟为收拾残弃,楷书成册,题之曰《秋槐小稿》。盖取王右丞"叶落空宫"之句也。己丑(1649)冬,子羽持孟阳诗帙见示,并以素册索书近诗。简得林叟所书小册,拂拭蛛网,录今体诗二十余首,并以近诗系之。嗟夫！庄舄之越吟,汉军之楚歌,讹然而吟,讪然而止,是岂可以谐宫商、较声病者哉？《河上》之歌,同病相怜,其亦有为之歇歔烦酲,顿挫放咽,如李贺所谓金铜仙人拆盘临载,潸然泪下者乎？孟阳已矣！子羽其并视孟觊,庶几实获我心尔。庚寅(1650)二月二十五日,蒙叟钱谦益书于

绛云楼左厢之沁雪石下。

《全集·牧斋杂著·牧斋有学集文钞补遗》,第503页

《秋槐诗集》所载诗意义极不寻常,牧斋与闽人林古度(茂之)等唱和之什乃牧斋于明亡后重新面对社群之首批作品,而牧斋作为明遗民之自我形象亦于焉诞生。(关于林古度,另请参本书下编诗其五之笺释。)文中提及之子羽为常熟人黄翼圣(1595—1659),牧斋门人而烟客之姊丈也。子羽所得牧斋手书之《秋槐小稿》曾示烟客亦极有可能。无论如何,烟客读牧斋西田诗及文极感激,有谢函如上引。烟客且求牧斋为手书之,俾"装成一册","为子孙世世之宝"。

又十年(1661),烟客七十大寿,有《七十自咏》四首之作,诗其二云:

恩波太液浩无津,每咏秋槐倍怆神。
窃禄五朝叨法从,偷生七帙愧遗民。
身因顽健翻为累,时际艰难转幸贫。
传笏当年称盛事,梦华今已隔前尘。[①]

烟客此首,词气笃定,句句有我,其"自咏",犹"自我宣言"(self-proclamation)。前四句,直似对牧斋诗文之回应:故国旧臣之思,未尝去怀,以累世受国恩。咏"秋槐叶落"之句,伤心倍于右丞。唐世

[①]《王烟客先生集·西庐诗草》下卷,第3a页。

天宝乱后,百官尚有朝天之日,明清易鼎,钟山紫气永销。"五世相韩",窃禄五朝,自愧偷生而为遗民遗老矣。("愧遗民"此语可作二解:"愧为遗民",或"愧对遗民",均以"遗民"为"自我认同"[self-identification]之指归。)身虽在,而时际艰难,家门维持匪易。紫囊传筑,门楣光耀,前尘往事耳,思之如宋孟元老之追忆东京梦华。

《七十自咏》前有自序,其言曰:

> 余偷延视息,忽届稀龄。循省生平,深惭虚度。惟是胸怀结辖,梦寐呓喃。每思效蛙黾之鸣,少摅蓁苓之感。而椎拙自愧,牵缀未能。勉赋俚句四章,仰呈词坛一笑。傥荷不遗鄙僿,俯赐赓酬,庶沙砾溷投,反博珠(珍)圆入手。而春花蔚薿,顿令茅塞开心,不但绛雪延年,兼亦黄露洗髓矣。①

烟客顺治十八年(1661)七十岁,诞日为八月十三,然据《奉常公年谱》载:"亲朋子侄,请于新正预祝。四方知交,及诸戚党来贺者,接踵而至,开燕累日,有《七十自咏》诗四律……"②知亲朋子侄于新正为烟客预祝生日。③烟客既嘱和于亲友,此诗或于寿宴前已写就并邮寄诸宾客,则其实际作期为顺治十七年年底而非十八年。顺治十七年十二月,牧斋有二函致烟客,皆与贺烟客寿有关。牧斋《与王烟客》(1661)云:

---

① 《王烟客先生集·西庐诗草》下卷,第3a页。
② 〔清〕王宝仁编:《奉常公年谱》卷3,第13b—14a页。
③ 据〔清〕王抃《王巢松年谱》顺治十八年条:"是年大人七十,于正月中旬豫庆。"第28页。

长至之后,便拟拿舟挈榼,登堂再拜,献西方妙观之图,致南极老人之祝。月之十三日,舟至吴门,封船驱迫,势如豺虎,宵遁昼伏,懂而得免,心悸魂摇。加以寒风砭骨,僵卧委顿,匍匐而返。只得先遣一介,赍捧颂图,九顿堂下,以告不宁。严寒稍解,贱体健饭,即当躬诣潭府,搏颡拜手,以请后至之罚。恃老先生道义骨肉,当怜其老病而恕其惰慢,不以为非人而鄙遗之也。公郎俱不遑另启,谨一一道意。孝逸、伊人,常在侍右,并道积恼。临启不胜瞻悚之至。①

《全集·钱牧斋先生尺牍》卷 1,第 195 页

除夕以前,牧斋复有另一《与王烟客》书(1661),有语云:

祝嘏之文,仰体仁人君子一腔忠孝,遂放笔而极言之,亦自分必有当于高明。顷见《自寿》诗云:"恩波太液浩无津,每咏秋槐倍怆神。"斯可谓丰山九钟,应霜而鸣。旋观鄙作,真不觉抚卷自失也。……荒村节物,重辱嘉贶。脯醢饼饵,事事精绝,既醉饱德,不但辛盘生色也。逼除匆匆,率笔奉谢。诸俟

---

① 牧斋函谓冬至日后本拟拿舟挈榼,赴太仓为烟客祝寿,"献西方妙观之图,致南极老人之祝"。顺治十七年冬至日为十一月廿日(阳历 12 月 21 日),牧斋信又有"月之十三日"之语,而函中所述为穷冬物色,应指十二月十三日。牧斋之赴太仓,似在顺治十七年十二月中前后,为预贺烟客七十寿辰,但似无与新正寿宴之意。若上论不误,则牧斋本函应作于顺治十七年十二月十三日以后,公元已在 1661 年。

面时九顿,不多及。①

《全集·钱牧斋先生尺牍》卷1,第196页

知牧斋本拟亲赴太仓为烟客祝寿(但似非赴寿宴),唯以路阻兼天寒,中途折返。牧斋之贺礼二事:"西方妙观之图",有序及颂,即《书西方十六妙观图颂有序》(1661)②,又有"祝嘏之文",即《王奉常烟客七十寿序》(1661)③。二文皆别出心裁之妙文,非寻常笔墨也。十载以前,牧斋作西田诗并文以寿烟客,犹支离其词以诱烟客,至本年书《图颂》及《寿序》,直以"忠孝"归烟客矣。牧斋"丰山九钟,应霜而鸣"云云,典出《山海经·中山经》:"丰山……有九钟

---

① 此札或作于顺治十七年岁末,稍晚于上札,公元已在1661年。信谓"顷见(烟客)《自寿》诗",如上文所述,烟客亲朋子侄作请于顺治十八年新正预祝烟客寿,而烟客有《七十自咏》诗四律。(〔清〕王宝仁编:《奉常公年谱》卷3,第414页)烟客《七十自咏》序云:"……勉赋俚句四章,仰呈词坛一笑。倪荷不遗鄙僿,俯赐赓酬,庶沙砾涸投,反博珠(珍)圆入手。而春花蔚檠,顿令茅塞开心,不但绛雪延年,兼亦黄露洗髓矣。"(《王烟客先生集·西庐诗草》下卷,第3a页)烟客既嘱和于亲友,此诗或于寿宴前已先行邮出,故而牧斋于"逼除"时已得读。

② 此篇乃牧斋为贺烟客七十大寿所作。上述牧斋《与王烟客》(1661)一札有语云:"长至之后,便拟拿舟挈檝,登堂再拜,献西方妙观之图,致南极老人之祝。月之十三日,舟至吴门,封船驱迫,势如豺虎,宵通昼伏,懂而得免,心悸魂摇。加以寒风砭骨,僵卧委顿,匍匐而返。只得先遣一介,赍捧颂图,九顿堂下,以告不宁。"信中所谓"颂图"即本文。上考牧斋之赴太仓,似在顺治十七年十二月中前后,本颂文亦应成于此时之前不久,公元应已入1661年(顺治十七年十二月一日已为公元1661年元旦)。惟牧斋颂文起首云:"岁在辛丑"。辛丑乃顺治十八年,此牧斋预写烟客庆寿之时耳,颂文实际作期应在顺治十七年十二月中前后。

③ 牧斋本篇为寿文。上述除夕以前牧斋有《与王烟客》书(1661),内云:"祝嘏之文,仰体仁人君子一腔忠孝,遂放笔而极言之,亦自分必有当于高明。""祝嘏之文"云云,即此《寿序》,其作期应亦在顺治十七年十二月中前后,公元已入1661年,理由如上数注所述。

焉,是知霜鸣。"郭璞注云:"霜降则钟鸣,故言知也。物有自然感应,而不可为也。"①牧斋以此喻烟客知己,"自然感应",己为"霜",烟客为"钟",而其所以"应"己者,《七十自咏》四首诗其二是也。

牧斋《书西方十六妙观图颂有序》之序文云:

> 岁在辛丑(1661),太原奉常卿烟客先生,春秋七十。奉常身藉高华,心栖禅寂。尝授西方十六观门于闻谷印公,深味其要妙。于斯世之燕喜寿岂,称千金而奉万年者,不啻条风之过耳也。顾独以五世韩相,七叶汉貂,白首耆艾,忠君爱国,有未能舍然者。予窃谓西方极乐国土之观,与吾人忠君爱国之心,同此心也,同此观也。清净以证果,凭十念而往生;忠孝以植因,即六尘为净域。其归一而已矣。妙喜言:"余虽学佛者,然忠君爱国之心,与忠义士大夫等。"妙喜尝阅《华严》八地文,洞彻央崛因缘。彼岂谓沤和涉有,与心观有异相哉?从孙游邺国,持西方十六观画册为余寿。睟容观相,金碧交光,盖赵藩居敬堂物也,谨以献于奉常,以无量寿佛观门,当宝掌千仪之祝。
>
> 《有学集》卷42,第1449页

"忠君爱国"云云,言之再三,牧斋本篇之指归,思过半矣。"五世韩相",其事如上述,"七叶汉貂",取义近之。左思《咏史》诗句:"金、

---

① 〔晋〕郭璞:《山海经》(《景印文渊阁四库全书》,第1042册)卷5,第27b页。

283

张藉旧业,七叶珥汉貂。"①汉朝世族金日磾、张汤七代为高官,②以之况烟客数世仕宦,亦贴切。妙喜,南宋初大慧宗杲(1089—1163),对金主战。其谓"予虽学佛者,然爱君忧国之心,与忠士大夫等"③,牧斋于诗文中屡述之,为其会通出世入世间事之重要资源。烟客亦学佛人,牧斋以西方十六观图为贺寿之礼,烟客必欢喜赞叹不已。此图系明嘉靖间赵康王朱厚煜居敬堂旧物,珍贵可知,且此图本牧斋从孙所以寿牧斋者(牧斋本年八十大寿),而牧斋以之转赠烟客,并为作颂十二首,牧斋对烟客情意之殷厚可知。

明神宗万历朝,有所谓"国本之争",前后长达十余年。所争者,以神宗迟迟不册立元嗣为东宫,而朝臣以建储为国本大事,与帝争之急。万历二十一年(1593)正月,王锡爵还朝,出任首辅。锡爵在阁时所曾处理最重大之政治事件即此国本之争,并以曾奉召拟"三王并封"之谕旨而引致举朝大哗,被物议。万历二十二年(1594)六月锡爵引疾乞休,归里,然此后十余年间,仍以建储事屡遭攻击。④ 锡爵万历三十八年(1610)卒,谥文肃,赐全祭葬,加赠太傅,敕建特祠,春秋丁祭。⑤《明史·王锡爵传》载:"(万历二十一

---

① 〔梁〕萧统编,〔唐〕李善等注:《六臣注文选》(《景印文渊阁四库全书》,第1330—1331册)卷21,第4b页。"珥貂",冠以貂为饰,喻显贵近臣。
② 见左思《咏史》句李善注,〔梁〕萧统编,〔唐〕李善等注:《六臣注文选》(《景印文渊阁四库全书》,第1330—1331册)卷21,第4b页。
③ 〔宋〕大慧宗杲:《示成机宜》,《大慧普觉禅师语录》卷24,《大正藏》,第47册,第1998A经,第912c页。
④ 〔清〕王宝仁编:《奉常公年谱》万历三十八年(王锡爵终年)条云:"文肃公以建储事,横被流言。去秋因病移床,检出书箱一只。……至是文肃公重写一通,并录原谕原揭,随本上进。本中有'孤忠未明'及'以雪沉冤'之语。"可证。卷1,第8b页。
⑤ 〔清〕王宝仁编:《奉常公年谱》卷1,第2a页。

年)十一月,皇太后生辰,帝御门受贺毕,独召锡爵暖阁,劳之曰:'卿扶母来京,诚忠孝两全。'锡爵叩头谢,因力请早定国本。"①牧斋《王奉常烟客七十寿序》亦扣紧"忠孝两全"一意做其文章。《寿序》首段云:

> 余庚戌(1610)二座主,皆出太原文肃公之门。次世谊,二公于辰玉先生(烟客父王衡)辈行,而余于烟客奉常则兄弟也。奉常又命二子执经余门,盖余与王氏交四世矣。辛丑(1661)岁,奉常年七十,门人归子玄恭、周子孝逸辈请余为祝嘏之文。余老耄,厌生却贺,嗫嚅未敢应。然王氏之为寿,非寻常燕飨而已,君子于是葳国成焉,占天咫焉,又用以颂丰芭歌燕喜焉,不可以莫之识也。

牧斋此"于烟客奉常则兄弟""余与王氏交四世"之谱系固系乱编者也,牧斋对烟客所抒表之友好则可感,盛意可掬。本段之后,牧斋即倾力颂扬文肃公之忠、奉常公之孝。其词曰:

> 文肃事神宗皇帝,当盛明日中,君臣大有为之日,菀枯之集,孽于宫闱,水火之争,蔓于朝著。公以孤忠赤诚,撺挂官府,上欲泯伏蒲廷诤之迹,而下不欲暴羽翼保护之心。久之,事见言信,身去而国本定。余尝论次申文定事,谓昔人有言,此陛下家事。东朝之事,神庙与先帝亲为证明,岂可动哉。

---

① 〔清〕张廷玉等:《明史·王锡爵传》卷218,第5753页。

又曰：

> 奉常藐然孤孙，痛愤谣诼，胪陈本末，丹青炳然，使天下后世，通知两朝慈孝，君父无金玦衣庉之嫌，储贰无黄台瓜蔓之恐，而文肃日中见斗，值负涂盈车之候，遇雨之吉，已应于生前，张弧之疑，并消于身后，则奉常锡类之孝远矣，所谓盖国成者此也。

王锡爵之任首揆，以"惧失上旨"，立奉诏拟"三王并封"谕旨，而又"外虑公论"，同时上反对三王并封之疏一事最招非议。① 牧斋之论锡爵，以"孤忠赤诚"为旨归，于其中细节，无多叙述，实模糊焦点而为长者讳之词也。至谓烟客"痛愤谣诼，胪陈本末"，则有其事。据《奉常公年谱》万历三十八年（1610）条载：

> 文肃公以建储事，横被流言。去秋因病移床，检出书箱一只，题"紧要文卷"四字。起封阅之，皆缑山公（王衡）手录次第御札，并御笔批答之语。至是文肃公重写一通，并录原谕原揭，随本上进。本中有"孤忠未明"及"以雪沉冤"之语。②

此"紧要文卷"乃烟客父王衡所辑藏，后王锡爵本人董理之而上进者。王锡爵于是年十二月十九日卒。《奉常公年谱》万历三十九年

---

① 〔清〕张廷玉等：《明史·王锡爵传》卷218，第5752页。
② 〔清〕王宝仁编：《奉常公年谱》万历三十八年条，卷1，第8b页。

(1611)条载烟客于居丧之日即为王锡爵补辑年谱、奏草、文集并刻行之。① 申时行《王文肃公疏草叙》云:"(锡爵)先后与同官合奏,或独请,或密陈疏若干首,其子辰玉太史椟而藏之,秘不示人,人亦莫之知也。公没而其孙时敏出椟中疏草刻之,刻成以属余叙。"② 或谓烟客此刻流布远近,锡爵东朝定策,心事乃白。

牧斋如椽之笔、舌底莲花所欲成就者一印象:太仓太原王氏乃一忠孝传家之高门望族。牧斋此文为寿序。牧斋才大,乃能顺转此忠孝之论为贺寿之吉祥语。牧斋言烟客一家之"福报"如此:

《文王》之诗曰:"陈锡哉周侯,文王孙子,本支百世。凡周之士,不显亦世。"谓文王受命于天,其本支嫡庶,百世为天子诸侯,而周士之有显德者亦如之。文肃阴翊元良,于本支嫡庶,有百世功。其子孙受亦世之报,宜也。自古阴德之食,不报于其满,而报于其余。文肃之股肱国本,眉目清流也,而不能免于浮石沉木之口。虽其功成名遂,身致太平,而申旦不寐,未有能舍然者,此则其余而未满者也。岁有余十二日未盈,三岁得一月而置闰,取其余而未盈也。文肃之余,在君臣邦国间,其未盈也,则食报于子孙,奉常父子,其当之矣。天道不僭其容,以不显亦世,本支之报,私与太原一家,所谓占天咫者此也。

---

① 〔清〕王宝仁编:《奉常公年谱》万历三十八年条,卷1,第9a—9b页。
② 申时行:《王文肃公疏草叙》,文见〔明〕王锡爵《王文肃公文集》(《四库禁毁书丛刊》,第7—8册影印北京大学图书馆藏明万历王时敏刻本),第1b—2a页。

此后一大段文字,乃烟客寿宴盛美之形容,至谓"凡百君子,与于燕会者,相与念国恩,仰旧德,颂丰芑而歌燕喜,忠孝之心,有不油然而生矣乎?"牧斋妙笔生花,真可谓参天地之化育矣。牧斋全文如此作结:"余定陵老史官也,佩文肃琬琰之遗训,故记斯宴也,亦用史法从事。诸子有志于古学者也,作为诗歌以祝寿,岂亦将取征诗史,耻为巫祝之词,则余之志其不孤也矣!"(《有学集》卷24,第949—951页)

牧斋此《王奉常烟客七十寿序》后段写烟客之寿宴,绘声绘影,至谓"今观于王氏之寿宴,其知之矣。升其堂……御其宾筵……奉常拜于前,诸子拜于后"云云,予人牧斋亦在座之印象。实则牧斋未与斯宴,上述牧斋《与王烟客》(1661)一札已坦言:"长至之后,便拟拿舟挈榼,登堂再拜,献西方妙观之图,致南极老人之祝。月之十三日,舟至吴门,封船驱迫,势如豺虎,宵遁昼伏,懂而得免,心悸魂摇。加以寒风砭骨,僵卧委顿,匍匐而返。只得先遣一介,赍捧颂图,九顿堂下,以告不宁。"知此寿序为牧斋想象之词耳,寿宴之前已写就,"为情造文",其情可掬。

明亡以后,王烟客为维系王锡爵所传家业、承继王家之斯文传统费尽心思。今"定陵老史官"钱谦益以"史法"将其家族历史结合忠孝之价值观大书特书,且将之形容为一家族、一社群乃至一地生生不息之力量泉源,不啻为王氏觅得于历史记忆中之理想及意欲形象(ideal, intended image),上可接续王文肃之相业垂光,下可世代传家。

牧斋书就《图颂》及《寿序》,为王氏延续十余年之形象建构工作可谓大功告成。宜有赞。后四年,牧斋作《王烟客奉常像赞》

(1664)，其词曰：

> 穆穆文肃,配食清庙。衮衣介圭,即图周、召。英英太史,鳌禁继出。麻纸方新,巾香犹郁。奉常世美,有光厥绪。天球河图,恒在东序。惟明有臣,惟王有子。奉璋峨峨,是茂是似。武颂《丰芑》,成诰《梓材》。高曾乔木,有人矣哉！铢衣拂石,沉灰填海。幅巾道衣,一床未改。西庄辋川,芍圃兰亭。人之视之,右军右丞。秋槐吟孤,誓墓心苦。顾瞻周道,泣涕如雨。澄怀观水,熏心染香。不起于座,刀齐尺梁。我怀斯人,菰烟葭露。穆如清风,拂此毫素。
>
> 《有学集》卷42,第1434页

"秋槐"之义,上文已表,"誓墓"云云,亦非等闲字也。《誓墓文》,晋王羲之所作,乃于父母墓前自誓,归隐不仕者也。① 不仕乃"遗民"之一大特征,牧斋以之归烟客。

康熙元年(1662),烟客诸子谒牧斋于常熟,文宴雅集,并观赏烟客藏王锡爵南宫墨卷。《奉常公年谱》顺治二年(1645)条载:"是年得文肃公南宫闱牍墨本,以数百千易诸老兵之手。吴梅村伟业为之跋尾。"②烟客子抃云:"三月初,虞山钱遵王托伊人道意,折柬相招。余兄弟暨琅玡昆仲、九日、伊人俱赴其约。惟子俶、庭表

---

① 《晋书·王羲之传》略云:时骠骑将军王述少有名誉,与羲之齐名,而羲之甚轻之,由是情好不协。……述后检察会稽郡,辩其刑政,主者疲于简对。羲之深耻之,遂称病去郡,于父母墓前自誓。后因以誓墓称去官归隐。〔唐〕房玄龄等:《晋书·王羲之传》卷80,第2100页。

② 〔清〕王宝仁编:《奉常公年谱》卷3,第2b—3a页。

两公,以远游不与。初到第一夕,集拂水山庄。第二夕,集述古堂。冯定远、钱夕公、邓肯堂皆在座。第三日集牧翁夫子胎仙阁,出新题先文肃南宫墨卷。夫子即席首唱七律四章。一代巨公,得登龙望见颜色,真非常幸事也。"①斯会也,牧斋为作《题王文肃公南宫墨卷》,有语云:

> 奉常少侍文肃,曾睹此卷,谓出严文靖家。乱后乃得之不知何人。呜呼异哉!有唐之季,赞郑公之遗笏,记卫公之故物,承平久长,寤叹斯作。居今之世,获见斯笔,其隐心动色,又如何也?周陈大训,鲁归宝玉。天之所与,有物来相。谦益敢谨书其事,以示观者。其将以为西清东观,遗文未坠,而慨然有遐思焉,斯亦文肃之志也。

《有学集》卷49,第1599页

牧斋知礼,后恭署:"壬寅岁三月望,门下学生虞山钱谦益再拜谨书。"牧斋述王锡爵遗墨始末,亦颂王氏斯文之未坠。

牧斋所作四律即《有学集》中之《壬寅三月十六日太仓太原王端士异公怿民虹友琅琊王惟夏次谷许九日顾伊人吴江朱长孺族孙遵王婿微仲集于小阁是日敬题烟客奉常所藏文肃公南宫墨卷论文即事欣感交并予为斐然不辞首作》,有句曰:"字里锋芒环斗极,行间筋骨护皇舆。娄江荣气浮河洛,午夜虹光夹御书。"(其三)又有句曰:"横经问字皆同术,即席分题各擅场。自愧疏慵徒捧腹,更无

---

① 〔清〕王抃:《王巢松年谱》,第29页。

衣钵付欧阳。"(其二)(《有学集》卷12,第577—580页)诗题中之"太原",指王锡爵一族,而"琅琊"则王世贞一族也。太仓此二王氏众子弟联袂来谒,"横经问字"于虞山门下,"天下归心",牧斋何乐如之!

嗜痂辛苦王烟客

顺治十七年(1660)十月,牧斋投吴梅村一札,乃序梅村诗集后,意犹未尽,再表读梅村集之感慨者也。牧斋《与吴梅村书》末则附笔云:"烟老有嗜痂之癖,或可传示,以博一笑。"(《有学集》卷39,第1363页)盖梅村与烟客同里,比邻而居,相友善,故牧斋有"可传示"此函之托,不无传示同人,"奇文共欣赏"之意。入清后,牧斋与烟客感情契密之另一原因,在于烟客之酷爱牧斋诗文。此烟客于致牧斋诸札中表露无遗,而牧斋复烟客信中,亦有所披露。如顺治十一年(1654)十二月梢(1655),烟客《致钱谦益》函有语云:

……鸿著诗文,时于友人扇册借抄,晨夕快读,以当刮瞖金鎞,延年绛雪,用助炳烛之光,欢喜更无量也。言念学问文章,如先生泛澜渊海,光焰千古,旷世而不一遇。[①]

牧斋顺治十四年(1657)岁末《与王烟客书》有语云:

[①]《王烟客先生集·尺牍上》,第24b—25a页。

……仁兄留心长物,耿耿胸臆间。长言谰语,每相荐撙,断编呫翰,手自披录。昔人破琴辍弦,希风千古,不揆衰朽,坐而得之。旧学荒落,老笔丛残,每思倾囊倒庋,自献左右,少慰嗜芰采莳之思。周章拥挡,惭惧而止,每以自愧,又以自伤也。

《有学集》卷39,第1357—1358页

顺治十七年(1660)岁末(1661)牧斋《与王烟客》函有语曰:

岁月逾迈,老病侵寻。陈人长物,不免引镜自憎,且复自笑。每士友从娄东来,流传仁翁记存之殷,奖借之过,欣慨交并,感愧兼集。至于少壮失学,衰老无闻,文章之道,茫无识知。不谓谬妄流传,以嗜痂之癖,仰累法眼。子羽每言仁翁笃好之过,每得片纸,必篝灯拂几,手自缮写。闻之不禁背汗横流,身毛俱竖。……顷见《自寿》诗云:"恩波太液浩无津,每咏秋槐倍怆神。"斯可谓丰山九钟,应霜而鸣。旋观鄙作,真不觉抚卷自失也。

《全集·钱牧斋先生尺牍》卷1,第196页

至牧斋下世前数月,烟客复有长札投牧斋,尽吐倾慕之情。《致钱谦益》(1663/1664?)[1]内云:

---

[1] 牧斋复烟客此函时在康熙二年癸卯(1663)岁末,公元已在1664年(详见牧斋复函作期考论)。烟客函谓"凝寒濡毫",应亦作于是冬。本年十二月四日为公元1664年元旦,特未审烟客函实书于1663年末或1664年初耳。

垂老端忧，屏居多暇，时取古人书读之，而早岁迫遽，未尝学问，触处抵滞，罔识津涯耳，不得其指要。差幸一隙微明，于先生鸿著，独有深嗜，不啻饥渴之于饮食。瘖瘝访求，寒暑抄写，积久遂已成帙。每当衰惫不支，忧思轸结，旋视录本，则霍然体轻，洒然意释，顿失愁病所在。小窗晴暖，病眼昏眵，映檐把读，不知日之移晷。自谓残年乐事，无以逾之。然而耽好徒勤，于作文关键、立言指归，实未窥万一。至于用字奥僻处，茫然不得其解，醯鸡之覆，悼叹良多。惟是光焰飞腾，元气磅礴，如高旻圆盖而星纬错陈，大海洄澜而环怪垒涌，以为雄肆高华，臻文宗之极致。上下千百年，纵横一万里，惟老先生一人而已。固自念言，生幸同时，又同土壤，参承洵至宿缘。乃壮年以萍梗浮踪，弗获北面称弟，丐余芬以自淑，良为虚负此生。今则景逼崦嵫，残光行尽，自分枯柯黤黮，不能为问字之侯芭。惟爱慕博奥，庶或得比于萧颖士之仆耳。

烟客溢美之词固有，唯其情之真切亦可感知。接下一段，则较坦率，有判断，且能指出牧斋文若干可议处：

简阅旧抄，应酬之作，约略居半，多非老先生精思所属，然率意挥洒而鱼龙百变，波澜老成，迥非时流所可企及。乃若碑版之文，一日系九鼎，照四裔而垂千秋者，直当轶驾韩、欧，顾靳固非肯遽出。愚意惇史直笔，南董是师，品骘抑扬，毋庸鲠避。其间兴叹劫尘，寓感舟壑，轮囷肝胆，隐跃笔端，疑或有掞

293

时眼,然抚宝帐秘,自古有之。亦何妨密示同志?矧某愍慎,每先缄縢夙戒者乎?

烟客此函,重有求于牧斋者:

> 兹因孝逸趋侍,特托恳请。倘蒙倾筐倒庋,悉畀录藏,俾得以炳烛之光,晨夕咀诵,乐而忘老,诚不啻绛雪引年,仙家十赉者矣。①

烟老"嗜痂之癖",可谓深矣,是真爱牧斋文者。② 烟客累纸来问,牧斋亦长篇作答。牧斋此札,乃其下世前数月间所写最长一封,可

---

① 《王烟客先生集·尺牍下》,第 17a—18a 页。
② 前辈学者潘重规先生旧藏清初抄本《初学集》,据云凡五册,几达千叶,约合八十万字,抄写字体在行楷间,复用朱笔勘校,加圈点。潘氏判此本即王烟客手抄本,为撰《王烟客手钞钱谦益初学集考》,附氏著《钱谦益投笔集校本》(台北:文史哲出版社,1973)后,第 69—86 页。此本若真出自烟客手笔,历经数百年而尚存于世,深具文献、艺术价值,弥足珍贵。不知此本现藏何处,异日苟得观赏,则幸甚矣。烟客又曾藏牧斋信札数十通,其《跋顾伊人湄所藏牧翁杂简》云:"牧翁宗伯文章之妙,超轶古今,振耀寰宇,已不待言。其为简牍,长篇则布濩浩瀚,莫测涯涘,即小言亦停泓演迤,沾丐不穷。故凡从游者,以得只字为至宝。伊人于及门中,讲艺论诗,尤有水乳之合。平生往来尺牍,所得独多,汇辑装褫成卷,虽短笺剩语,而风流激赏,辞约意尽,已不啻连篇累幅,此固字字出神龙颔下,实伊人髻中珠也。余亦积有数十通,箧藏岁久,半委之蛛丝蠹腹。屡欲检出付梓,奈耄荒,举念辄忘。兹辱见视,深幸起予,因于尾卷漫缀数行,聊志同心之喜。若名迹珍重,轻以尘垢,点污朵云,则吾岂敢。"〔清〕王时敏:《王奉常书画题跋》(《续修四库全书》,子部第 1065 册影印复旦大学图书馆藏清宣统二年李氏瓯钵罗室刻本)卷上,第 8a—8b 页。又烟客好抄书,王宾《奉常公事略》云:"(烟客)平生撮录经传子集,不下数万卷。"《王烟客先生集·西庐怀旧集》,第 3b 页。

见其重视与烟客之友谊也。《复王烟客书》(1664)[1]有语云：

> 孝逸来，得手书劳问，情事委折，如侍函丈。回环捧诵，拊掌太息。窃怪仁兄学殖深厚，辞条清芬，当世文士，罕有其比。重自闷藏，被褐怀玉，不欲少见孚尹，吐光怪于人间，此真加于人数等矣。鄙人制作，不胜昌歜之嗜，至于篝灯缮写，目眵手胼，非知之深、好之笃，何以有此？上下古今，横见推挹，顾影茫然，不知所措。殆有如庄子所云"始闻之惧，复闻之怠，卒闻之而惑"者。拊心定气，伏枕沉思，始知仁兄知我爱我，终不若仆之自知也。

牧斋此后即详述其"自知"者何，自愧文章远不及韩、苏数家，甚或"自唐李遐叔、独孤至之，以迨金之元好问，元之姚燧"，于古学之阃奥犹蒙蒙然云云。复次，牧斋又回答烟客"来教指用事奥僻"之问题，谓"此诚有之，其故有二：一则曰苦畏，二则曰苦贫"。所谓"苦畏"，牧斋云：

> 或数典于子虚，或图形于罔象。灯谜交加，市语杂出。有

---

[1] 牧斋此札或作于康熙二年癸卯(1663)岁末，公元已在1664年初。信中谓"客岁"有答李叔则(楷)、徐伯调(缄)二书。牧斋《答山阴徐伯调》《复李叔则书》(《有学集》卷39)，皆作于康熙元年(1662)。书中又云："寒灯卧病，蘸药汁写诗。"牧斋《病榻消寒杂咏四十六首》序云："癸卯冬，苦上气疾。卧榻无聊，时时蘸药汁写诗，都无伦次。"(《有学集》卷13，第636页)所述病况、词意与牧斋札中所言近似。《消寒》诗序后署"腊月廿八日"，即公元1664年1月25日，此札中谓"方当饯岁，共感流年。穷冬惟息劳自爱"，与该时日亦相约。

其言不必有其事,有其事不必有其理。始犹托寄微词,旋复钩牵谵语。辍简回思,亦有茫无消释者矣。

此牧斋道其微词谵语之修辞策略,唯其所"畏"者何,而必出之以隐微之语言,则牧斋始终未正面道破。以常理度之,或牧斋所书写者较具敏感性,若直而不迂,恐犯时讳,此其所"畏"也。至若"苦贫",牧斋云:

文章之道,无过简易。词尚体要,简也。辞达而已,易也。古人修词立诚,富有日新。文从字顺,陈言务去。虽复铺陈排比,不失其为简,诘曲聱牙,不害其为易。今则裨贩异闻,饾饤奇字,骈花取妍,卖菜求益。譬如穷子制衣,天吴紫凤,颠倒裋褐,适足暴其单寒、露其补坼耳,此所谓苦贫也。

此牧斋所以自谦学问不足,而不得不乞巧于骈花骊叶者也。至于烟客求悉录己文,牧斋不之拒(唯不欲即予烟客),并告以文稿编辑安排事:

《初学》之刻,稼轩为政。取盈卷帙,未薙榛芜。此后草稿丛残,都无诠次。累承嘉命,不敢自弃。拟以汤液余晷,少为排缵,初集剪削繁芿,汰其强半,效庐山内外之例,厘为二集。后集亦效此例。俟有成编,专求是正,然后写以故纸,藏诸敝箧,放唐衢之诗瓢,埋刘蜕之文冢。山川陵谷,劫火洞然。海墨因缘,深资启发。仁人之言,其利溥哉!乱后无意为文,障壁蜡车,不堪涂乙。一二族子,有志勘雠,意欲请孝逸、伊人,共事油素。惟仁兄力为奖劝,俾勿以槐市为辞,则厚幸矣。

《有学集》卷39,第1364—1366页

本札后,牧斋再有一短札与烟客,乃所知见二家问讯之最后一通矣。录如次:

别后衰病日增,上气结塞。药多于食,眠多于起。笔床砚匣,不复相亲。昨始强起握管,作报书一通,并缮写像赞,属东床遣书驰致。忽奉翰贶,珍羞错列。寒庐病榻,暄如阳春。台丈念我爱我,不啻解衣推食。心中藏之,未知何以报称也。商确文事,已具前札,不复累书。犬子重承垂念,深荷记存。草次奉谢,未尽百一。①

《全集·钱牧斋先生尺牍》卷1,第195页

此中所谓"像赞",应即上述《王烟客奉常像赞》。后不及半年,牧斋辞世。

牧斋与烟客自顺治七年以迄康熙二年垂十余年之交谊,温文儒雅君子之交也。二人赠言、进退以礼,多文饰,后之读者,必有以

---

① 牧斋此札或作于康熙二年癸卯(1663)岁末,公元已在1664年初。函中谓"别后衰病日增,上气结塞。药多于食,眠多于起",又有"病榻"之语。牧斋《病榻消寒杂咏四十六首》序云:"癸卯冬,苦上气疾。卧榻无聊,时时蘸药汁写诗,都无伦次。"《有学集》卷13,第636页。所述事与词意与牧斋札中所言近似。《消寒》诗序后署"腊月廿八日",即公元1664年1月25日,此函或作于约略同时。牧斋信又谓"忽奉翰贶,珍羞错列",而烟客惯于岁末送年礼,亦可证牧斋此报书写在岁暮。

迂腐视之可知。而窃以为,二老之交,其可贵可爱处亦正在此。顺康之世,大乱甫定,兵火近销,牧斋与烟客之交,亦反映吴中虞山、娄东文苑艺林之呼息,而人文世界之渐次复苏也。复次,牧斋、烟客,前明数朝旧臣,沧桑劫后,其所忧虑有不止于幸存者,即在其身后名也,而此又关乎其家族于历史上之评价与形象,不可谓不重大。至烟客之怆神于"宫槐叶落",牧斋知烟客可经营之而为己之自我形象矣。故明"遗民"之身份,清人默许。其人若无过于激烈之言论或实际对抗之行为,身家性命无虞。既无咎,复可对传统道德价值观有所交代,是宜就之。牧斋乃多方设喻,离合其文以诱唤烟客。至烟客终自称"遗民",牧斋乃以"忠君爱国"大书特书烟客及其先世。牧斋诚为烟客解决其历史评价上"身份危机"之师资也。烟客亦真嗜爱牧斋诗文者,历年搜求,寒暑抄录,目眵手胼而不止,宜乎牧斋引以为知己也。且烟客周到体己,逢年过节,例有遗赠于牧斋者,又曾数访牧斋于虞山。牧斋、烟客于其时,文坛画坛二巨擘也,学者宗之,而其惺惺相惜,彼此敬爱若此,数百载以后,思之犹令人无限神往。

牧斋为烟客所写诗,尚有一绝,康熙元年(1662)间之作,循之正可思见牧斋与烟客交之情味与人文意义。牧斋《题烟客画扇》云:

吹笛车箱去不回,人间粉本付沉灰。
空斋画扇秋风里,重见浮岚暖翠来。

《有学集》卷12,第582页

牧斋《王石谷画跋》(1663)有语云:"黄子久(公望,1269—1354)没二百余年,沈、文一派,近在娄江。……子久居乌目西小山下,坐湖桥,看山饮酒,饮罢,辄投其瓶于桥下,舟子刺篙得之。至今呼黄大痴酒瓶。晚年游华山,憩车箱谷,吹仙人所遗铁笛,白云瀹起足下,拥之而去。"(《有学集》卷46,第1546页)①又《题孟阳仿大痴仙山图》(1658)诗有句云:"每对山窗图粉本,更从禅榻仿浮岚。"后置夹注云:"大痴有《浮岚暖翠图》。"(《有学集》卷9,第426页)牧斋《题烟客画扇》诗固咏烟客之艺事者也,誉美烟客能踵武黄公望,而读上数语亦已可知诗中典故之意。惟诗上半"付沉灰"云云,不无象征旧日美好世界已付劫灰之意,以之指国变沧桑、人物凋零亦无不可。烟客艺术之可贵处,乃在秋风萧瑟之时,让人间"重见浮岚暖翠"。此"浮岚""暖翠",何止图画景致,乃人文化成之创造,亦天崩地坼后重现之生机。牧斋与烟客改朝换代后之幸存于世、二人建立之真挚情意、其反复往来之文字,正可视为此"浮岚""暖翠"之转喻,宜乎牧斋与烟客于顺治七年至康熙二年十余年间惺惺相惜也。

---

① 文后署"癸卯仲冬十七日",即康熙二年(1663)十一月十七日。

下编

笺释编

凡例

一、本编笺释引用钱谦益著作所据版本如下:〔清〕钱谦益著,〔清〕钱曾笺注,钱仲联标校:《牧斋初学集》(上海:上海古籍出版社,1985年),笺中简称《初学集》;〔清〕钱谦益著,〔清〕钱曾笺注,钱仲联标校:《牧斋有学集》(上海:上海古籍出版社,1996年),简称《有学集》;〔清〕钱谦益著,〔清〕钱曾笺注,钱仲联标校:《钱牧斋全集》(上海:上海古籍出版社,2003年),简称《全集》;〔清〕钱谦益著:《列朝诗集小传》(上海:上海古籍出版社,1983年);〔唐〕杜甫著,〔清〕钱谦益笺注:《钱注杜诗》(上海:上海古籍出版社,2009年第2版)。牧斋《病榻消寒杂咏四十六首》并钱曾注见《有学集》卷13,第636—674页。

二、一般古籍,统一使用台湾商务印书馆1983年《景印文渊阁四库全书》影印台北故宫博物院藏本,以此《四库全书》本有网上电子版,读者覆案较便捷也。正史据北京中华书局标点本。佛典一般使用《大正藏》《续藏经》本。

三、牧斋诗已有钱曾为作注，造福读者，功德无量。本编笺释尽量汲取钱曾原注之精华，使薪火得以相传，不埋没前人贡献。然而，古人注书，体尚简要，词贵清通，引述多撮略摆落，不尽合今日之学术规范。今为全面覆案原文，尽量恢复原书文面貌，并刊正误谬，方便读者观览研读。此外，若干典故、语词，于古人为常识，不烦出注，而近世以还，知识结构丕变，今之读者或已难明其原委，有必要补注增注。复次，钱曾注亦有不尽理想者，此注家所不免，本编笺释稍有辨正。

四、体例上，本编笺释为一新尝试，结合传统"注"与"笺"于一笺解。本编牧斋诗笺释，务求疏通全诗意义脉络，以述句、联、章为经，以释典故、字义为纬。于此诠释框架中，注不另出，悉写入诗笺中。如此，材料之去取选择力求精严，重心不在名物训诂、隶事纂组，而在解说诗意。征引或详或略，不计较篇幅长短，以笺释明了为终始目的。除典故、字义外，笺文中对牧斋之行谊、相关人物与牧斋之关系、涉及之历史事件与背景均有所交代或考辨。本编牧斋诗笺释之最终目的，务使读者不必分看诗文、注文、笺文，苟能耐心通读一过，全诗旨趣、意境、相关背景基本了然于心，乃可进一步思索牧斋诗奥妙之所在。至若词繁不杀、黏咨缴绕，为达成上述目的，工拙不计，旨求引玉，贻笑大方，所自知也，诸希亮察为幸。

《病榻消寒杂咏四十六首》序笺释

牧斋《病榻消寒杂咏四十六首》序曰:

癸卯(1663)冬,苦上气疾。卧榻无聊,时时蘸药汁写诗,都无伦次。升平之日,长安冬至后,内家戚里,竞传《九九消寒图》。取以铭诗,志《梦华》之感焉。亦名三体诗者,一为中麓体,章丘李伯华少卿罢官后,好为俚诗,嘲谑杂出,今所传《闲居集》是也;其二为少微体,里中许老秀才好即事即席为诗,杯盘梨枣,坐客赵、李,胪列八句中,李本宁叙其诗,殊似其为人;其三为怡荆体,怡荆者,江村刘老,庄家翁不识字,冲口哦诗,供人册笑,间有可为抚掌者。有诗一册,自谓诗无他长,但韵脚熟耳。余诗上不能寄托如中麓,下亦不能绝倒如刘老,揆诸季孟之间,庶几似少微体,惜无本宁描画耳。或曰:三人皆准敕恶诗,何不近取佳者如归玄恭为四体耶?余鞠然笑曰:有是哉!并识其语于后。腊月廿八日,东涧老人戏题。

【笺释】

牧斋诗序后署"东涧老人"。"东涧老人"或"东涧遗老",牧斋别号,牧斋于顺治十二年(1655)始用之。牧斋于《题吉州施氏先世遗册》(1662)曾释此号之由来,曰:"乙未(1655)岁,(施)伟长游临海,谒先庙,拜武肃、忠懿、文僖画像,获观铁券及周成王飨彭祖三事鼎,鼎足篆'东涧'二字。以周公卜宅时,乃卜涧水东、瀍水西,故有此款识也。谦益老耄昏庸,不克粪除先人之光烈,尚将策杖渡江,洒扫墓祠,拂拭宗器,以无忘忠孝刻文,乃自号东涧遗老,所以志也。"(《有学集》卷49)

牧斋诗序透露,《病榻消寒杂咏四十六首》写于康熙二年癸卯(1663)冬。其时,牧斋八十二岁。诗序落款日期为"腊月廿八日"。癸卯年十二月廿八日为公元1664年1月25日,而牧斋殁于康熙三年甲辰五月二十四日,公元为1664年6月17日。由此可知,自《病榻消寒杂咏》组诗辍简至牧斋撒手人寰,相距仅四月余而已。牧斋一生诗作以此压轴,《有学集》所收牧斋诗亦止于本题。牧斋病榻缠绵,赋诗"消寒",一咏再咏而至四十六章,可云富矣。(组诗最后二章,牧斋自注云:"元旦二首。"知系写于牧斋序诗后数日之甲辰年元旦。)

《病榻消寒杂咏》诗序语调诙谐幽默,似即兴而发,信手拈来。然牧斋诗题"消寒"一语,实有沉痛寓意。画《九九消寒图》,富贵人家"升平之日"事也,而牧斋撮其语"以铭诗",却为寄托《梦华》之感",则追忆往昔升平岁月、心伤国变沧桑乃其弦外之音矣。《东京

《梦华录》作者孟元老生长北宋末年,长住汴京,北宋覆亡后南逃,晚年追忆旧京繁华模样,乃有《梦华录》之作。于此,不妨借古喻今,以孟元老序《梦华录》之语,转喻牧斋今日之怀抱。孟氏云:"仆从先人宦游南北,崇宁癸未到京师……太平日久,人物繁阜。垂髫之童,但习鼓舞;斑白之老,不识干戈。时节相次,各有观赏。……仆数十年烂赏叠游,莫知厌足。一旦兵火,靖康丙午之明年,出京南来,避地江左。情绪牢落,渐入桑榆。暗想当年,节物风流,人情和美,但成怅恨。……古人有梦游华胥之国,其乐无涯者。仆今追念,回首怅然。岂非华胥之梦觉哉。目之曰《梦华录》。"(《东京梦华录》,收入周光培编《历代笔记小说集成·宋代笔记小说》,第7册)

"三体诗"云云,牧斋杜撰之词耳。"中麓体",李开先(1502—1568)四十岁罢官后所制《闲居集》之风貌,"嘲谑杂出"之"俚诗"。牧斋《列朝诗集小传》称李"为文一篇辄万言,诗一韵辄百首,不循格律,诙谐调笑,信手放笔。……所著,词多于文,文多于诗。……多流俗琐碎,士大夫所不道者。"(丁集上"李少卿开先")言下之意,不无讥弹。今考明嘉靖间,唐顺之(1507—1560)等出而矫文必秦汉、诗必盛唐之复古主义。李开先为诗文词曲,反模拟蹈袭,与唐等互通声气,颇为密切。于此一端,牧斋颇为赞赏。虽然,犹以其作"多流俗琐碎"为憾。此处则谓李诗有"寄托",为己所"不能"。则其"寄托"者何?牧斋《初学集》中有《跋一笑散》一文,谓"其自序以谓无他长,独长于词,远交王渼陂,近交袁西野,足以资而忘世,乐而忘老。……又曰:借此以坐消岁月,暗老豪杰。呜呼!其尤可感也!"(《初学集》卷85)观此则牧斋或自谦不如李开先之

307

能以文字游戏人生、消遣岁月,文酒词曲自乐而"老豪杰"于诙谐调笑之俚语中。则牧斋此"不能",乃人生情调之抉择、个人情性之不同,非谓己之制作不如中麓体嘲谑杂出之鄙俚也。

"少微体",老秀才"即事即席"之作,"近取诸身",眼前寻常物事,身边张三李四,亦可入诗,演成八句一律。与"少微体"创作机制相近者"怡荆体",庄家翁刘老不识字,冲口吟哦,诙谐滑稽,偶有天趣。牧斋谓己作"不能绝倒如刘老",纯系戏语,可勿论。三体相较,牧斋自揣"庶几似少微体",又谓"李本宁叙其诗,殊似其为人"。则"少微体"率性自在,以能显露个人性情面貌,而又不失为艺事为胜矣。牧斋颇以"无本宁描画",叙己之诗为憾。本宁者,明季名臣李维桢(1547—1626)是也。李负文名于当世,唯牧斋对李诗文之"品格"不无微词。《列朝诗集小传》评李维桢云:"自词林左迁,海内谒文者如市,洪裁艳词,援笔挥洒,又能骫骳曲随,以属厌求者之意。其诗文声价腾涌,而品格渐下。余志其墓云:'公之文章固已崇重于当代矣,后世当有知而论之者。'亦微词也。"(丁集上"李尚书维桢")然则牧斋又缘何于诗序中抒发欲得李氏为己叙诗之愿望?除写活少微体许老秀才之面目外,对牧斋而言,李维桢复象征一业已消逝而教人怀缅之世代。数载以前,牧斋曾于《邵潜夫诗集序》(1660?)中云:"通州邵潜夫,以诗名万历中,为云杜李本宁,梁溪邹彦吉所推许。乙卯(1615)之秋,潜夫挟彦吉书谒余,不遇而去。迨今四十五年,潜夫附书渡江,以诗集见贻。……当鸿朗盛世,本宁以词林宿素,自南都来访彦吉及余,参会金昌、惠山之间。彦吉山居好客,园林歌舞,清妍妙丽,宾从皆一时胜流,觞咏杂沓。由今思之,则已为东都之燕喜、西园之宴游,灰沉梦断,迢然不可复即矣。……潜夫诗和平婉丽,规摹风雅,自以七叶为儒,行歌采薇,而绝无嘲啁嗾杀之音。读潜夫之集,追思本宁、彦吉,升平士大夫,儒雅风流,仿佛在眼。于乎!其可感也!余每过彦吉园亭,回首昔游,天均之堂,塔光之榭,往者传杯度曲,移日分夜之处,胥化为黑灰红土。与旧客云间徐叟,杖藜指点,凄然别去。"(《有学集》卷19)牧斋之思怀李维桢,以李能唤起一"鸿朗盛世""升平士大夫"文酒风流之年代。李诗文"品格"之高下与否,已不复至关重要之考虑矣。追溯李维桢身影,牧斋能回首来时路,重认己之风华岁月与夫天崩地坼前之"鸿朗盛世"。

(牧斋此诗序更详尽之分析,请看本书上编第二章"陶家形影神"。)

《病榻消寒杂咏四十六首》其一笺释

儒流释部空闲身,酒户生疏药市亲。
未肯掉头抛白发,也容折角岸乌巾。
国殇急鼓多新鬼,庙社灵旗半故人。
年老成精君莫讶,天公也自辟顽民。

年老成精,见《首楞严经》。

【笺释】

诗首联曰:"儒流释部空闲身,酒户生疏药市亲。""儒流",儒家者流,助人君顺阴阳,明教化者。游文于六经之中,留意于仁义之际,祖述尧舜,宪章文武,宗师仲尼,以重其言,于道为最高。(《汉书·艺文志》)"释部",佛教典籍。牧斋终身以儒为志业,而佛教宗门法海,其晚年所皈依,且曾倾力笺注《心经》《金刚经》《楞严经》《华严经》诸典籍,襄助教门事业,亦不遗余力。今则谓于"儒流释部"为"空闲身",以老耄病体,不复执着,亦不复有所作为矣。此固牧斋自嘲自伤(self-mockery, self-pity)之词。老病交逼,不唯于世出世间大事,难再闻问,即便美酒佳馔,亦无福消受;"酒户生疏",或其譬喻,"药市亲"云云,想是实情。起二构句,连缀"儒流""释部""酒户""药市"四名目,亟言其大者,而"身"字、"亲"字承接妥帖,虚实相济,此老意巧句炼,可见一斑。

起联难免稍带衰飒颓唐之感,接以"未肯掉头抛白发,也容折角岸乌巾"一联,则精神为之一振,笔意峭拔。《庄子·在宥》云:"云将曰:'天气不和,地气郁结,六气不调,四时不节。今我愿合六气之精,以育群生,为之奈何?'鸿蒙拊脾雀跃掉头曰:'吾弗知!吾弗知!'云将不得问。"盖神人以干涉天地四时为愚蠢无知之举。牧斋句则从老杜来。杜甫《送孔巢父谢病归游江东兼呈李白》句曰:"巢父掉头不肯住,东将入海随烟雾。"言高士疾俗尚之难谐。又《乐游园歌》曰:"数茎白发那抛得,百罚深杯亦不辞。"则与友畅饮,不以衰老辞杯也。牧斋"未肯掉头抛白发"者,俯仰身世,所怀万端,特不肯屈服于年老衰朽也。此意与本联下句合读,更见彰显。上言"未肯",下言"也容";"也容"者,所甘心也,甘心于戴"折角"之乌角巾。杜公《南邻》诗云:"锦里先生乌角巾,园收芋栗不全贫。"仇兆鳌注:"角巾,隐士之冠。"牧斋谓"也容折角岸乌巾",甘为隐者,亦欲友善如汉郭太之隐逸高士也。《后汉书·郭太传》略云:郭太字林宗,家世贫贱,母欲使给事县廷。林宗曰:"大丈夫焉能处斗筲之役乎?"遂辞。就成皋屈伯彦学,三年业毕,博通坟籍。游于洛阳,名震京师。或劝林宗仕进,对曰:"吾夜观乾象,昼察人事,天之所废,不可支也。"遂不应。性明知人,好奖训士类,身长八尺,容貌魁伟,褒衣博带,周游郡国。尝于陈、梁间行遇雨,巾一角垫,时人乃故折巾一角,以为"林宗巾",其见慕皆如此。知林宗风流儒雅,特立独行,亦洞烛机先之饱学士也。宋陆游《闲居自述》诗咏及"岸乌巾",意境最妙:"自许山翁懒是真,纷纷外物岂关身。花如解笑还多事,石不能言最可人。净扫明窗凭素几,闲穿密竹岸乌巾。残年自有青天管,便是无锥也未贫。"幽居静志,率性任运,真乃排遣桑榆晚景最惬意之方式也。特牧斋一辈文士,遭逢明清鼎革,身丁丧乱,抚今追昔,恐只能兴发如牧斋本诗第三联之感喟。

第三联曰:"国殇急鼓多新鬼,庙社灵旗半故人。"极沉痛。国殇,"谓死于国事者,《小尔雅》曰:'无主之鬼谓之殇'"。(《楚辞集注》)凡军旅夜鼓鼜,军动则鼓其众。"急鼓",本防夜警之,以致忧戚之鼓。(《周礼》)揆诸诗意,牧斋用为军动之喻。"国殇急鼓",军动接战,为国事捐躯而成无主之孤魂矣。"庙社",宗庙社稷。"灵旗",《史记·孝武本纪》:"其秋,为伐南越,告祷泰一,以牡荆画幡日月北斗登龙,以象天一三星,为泰一锋,名曰'灵旗'。为兵祷,则太史奉以指所伐国。"《史记正义》曰:"韦昭云:'牡,刚也。荆,强。'案:用牡、荆指伐国,取其刚为称,故画此旗指之。"今附灵旗之上者,多牧斋"故人",则彼等为社稷殒命,化为刚强贞烈之英魂矣。本联"新鬼""故人"对偶,互摄互含,牧斋语特沉痛悲楚,致悼念哀思也。复次,清朝于1644年入主中土,至牧斋书此,已近二纪。此"国殇"之"新鬼",泛指明季清初二十年来为"庙社"牺牲之烈士自无不可。惟"急鼓""灵旗""新鬼"数语,情词激越,似为近事所牵动。今考清人定鼎中原后,南明数朝之克复事,至牧斋殁前五六年而最轰烈,后又转最消沉。先是,顺治十六年(1659)年郑成功以戈船八千北征,围攻南京,东南大震。已而败绩城下,仓皇撤退,其派驻城外将士,几全数为清兵歼灭。同年五月,缅王具龙舟鼓乐,遣人迎永历帝。十八年(1661),郑成功移驻台湾。冬,缅人执永历,献诸清师,次年(康熙元年,1662)四月,吴三桂旋绞帝于昆明。五月,郑成功殂于台。十一月,前监国鲁王薨。康熙二年(1663)夏月,牧斋感愤无极,遂不复咏《投笔集》《后秋兴》组诗。《投笔集》最后二叠诗为《后秋兴》之十二、十三,诗前小序即云:"壬寅(1662)三月二十三日以后,大临无时,啜泣而作""自壬寅七月,至癸卯(1663)五月,讹言繁兴,鼠忧泣血,感恸而作,犹冀其言之或诬也"。此二叠十六章诗,显系为永历帝被执杀及相关大事而作。由是观之,牧斋本年冬赋《病榻消寒杂咏》,本联"国殇急鼓多新鬼,庙社灵旗半故人"所指,此数年间相继薨逝之南明诸君臣将士亦大有可能。

本诗第三联咏"故人"之殉国难,末联则反思己之身世。"年老成精",牧斋诗后自注,谓见《首楞严经》。今案《楞严经》中无此语,而"年老成魔"云云,则七八见,牧斋笔误或约略言之耳。(固然,若于本联中落"魔"字,于义恐未安,易以"精"字,亦属理所当然。)据《楞严经》所述,此"年老成魔"者,或怪鬼、魅鬼、蛊毒魇胜恶鬼、厉鬼等等,不一而足,要皆妖魔鬼怪,附体于修行之人,"恼乱是人",使堕无间狱者。(《大佛顶首楞严经疏解蒙钞》卷9、10)特牧斋"年老成魔"或"年老成精"云云,取其字面义,为己老朽形象写照耳,于《楞严经》经义,无多关涉。全诗结以"顽民"一语,牧斋自喻,寄兴遥深。"天公"所"辟"、所回避者,此"年老成精"之"顽民"。顽民,典出《尚书·多士》。《序》曰:"成周既成,迁殷顽民,周公以王命诰,作《多士》。"《尚书正义》曰:"'顽民'谓殷之大夫士从武庚叛者,以其无知,谓之'顽民'。民性安土重迁,或有怨恨,周公以成王之命语此众士,言其须迁之意。"《多士》具体文义,且置之不论,此"顽民",犹胜朝之"遗民",则明甚。明乎此,知牧斋于诗末以明之遗民,心怀"怨恨"者自居矣。"老年成精"后着"君莫讶"三字,复以"也自"说"天公",此老亦真"顽民"也!

《病榻消寒杂咏四十六首》其二笺释

> 栗冽凝寒炉火增,抱薪拥絮转凌兢。
> 漆身吞炭依稀是,烂额焦头取次能。
> 儿放空拳窗裂纸,婢伸赤脚被添冰。
> 长安九九消寒夜,黑褥丹衣叠几层?

【笺释】

  此首亟言常熟冬夜之寒冷难耐,诗人状甚狼狈。全诗意象并各联意义结构,以冷热为对比。首联上句前四,"栗冽凝寒",言冷;下三,"炉火增",状热。下句上四,"抱薪拥絮",状暖;下三,"转凌兢",言冷。次联:"漆身吞炭依稀是,烂额焦头取次能",言取暖。第三联:"儿放空拳窗裂纸,婢伸赤脚被添冰",状其冷。诗中此对仗之第二联及第三联意象结构,分别由热与冷之感觉筑构而成。末联上句,言冷,下句,言暖。此冷热交替之辩证关系于诗中形同斗争,实诗人诸方取暖之隐喻,唯暖不胜寒,诗人夜不成寐,辗转反侧,可以想见。本诗意象妙绝,读之不禁莞尔。

本诗通篇自嘲(self-mockery)之词,出语滑稽。起联曰:"栗冽凝寒炉火增,抱薪拥絮转凌兢。"上句:凝寒栗冽,故增炉火。下句言"抱薪",紧承上句下三字。古常言抱薪救火,以汤止沸,喻不得其法,无济于事。牧斋此则抱薪增炉火也,而其无补于事则同。陶渊明《与子俨等疏》云:"自量为己,必贻俗患。僶俛辞世,使汝等幼而饥寒。余尝感孺仲贤妻之言,败絮自拥,何惭儿子。"勉子高洁自持,毋以贫贱妄自菲薄也。牧斋"拥絮"云云,纯是说冷,虽"拥絮",犹"转凌兢"。(扬雄《甘泉赋》"捂闾阖而入凌兢"句,注云:"凌兢,寒凉战栗之处也。")

次联曰:"漆身吞炭依稀是,烂额焦头取次能。"上句"漆身吞炭",语出《史记·刺客列传》:"居顷之,豫让又漆身为厉,吞炭为哑,使形状不可知。"牧斋用此,绝非言自残躯体而图复仇之苦节。本联"漆身吞炭""烂额焦头"云云,喻其抱薪增炉火以驱寒之狼狈貌耳。

第三联曰:"儿放空拳窗裂纸,婢伸赤脚被添冰。"本联似化用杜诗《茅屋为秋风所破歌》"布衾多年冷似铁,娇儿恶卧踏里裂"二句,又益之以唐诗人卢仝旧事。《唐才子传》载:"卢仝,范阳人。初隐少室山,号玉川子。家甚贫,惟图书堆积。后卜居洛城,破屋数间而已。一奴,长须,不裹头;一婢,赤脚,老无齿。终日苦哦,邻僧送米。朝廷知其清介之节,凡两备礼征为谏议大夫,不起。"牧斋用此写为"婢伸赤脚",又益"被添冰"之形容,设为老婢寒夜睡觉之情状,有趣,想象力丰富。"窗裂纸"之意象,亦杜诗所无,或受卢仝传文"破屋数间"意象之启发而得,亦未可知。

末联"九九消寒"云云,冬日数九之旧俗也。其法不一,有"画九"者。预画素梅一枝,枝有梅九,梅有九瓣,凡八十一瓣。自冬至日起,每日填色染瓣一,迨及仲春,终成"消寒图",而冬去寒消矣。审牧斋诗意,"长安"富贵人家自有"消寒"妙法,不同凡俗,以其"罴褥""丹衣"甚多,足以御寒也。"罴褥",《拾遗记》载:施西域所献之"紫罴文褥"于台上,坐者皆温。《拾遗记》又载,羽山之民献火浣布于中国。"羽山之上,有文石,生火,烟色以随四时而见,名为'净火'。有不洁之衣,投于火石之上,虽滞污渍涅,皆如新浣。"其布或赤色,制为"丹衣"。长安富贵人家,"罴褥""丹衣"不知"叠几层",自无本诗上三联所言之寒苦相也。唯本诗末联,幸勿读作牧斋之"社会批评"(social criticism)。此老冷不可支,通篇发牢骚语而已耳。

《病榻消寒杂咏四十六首》其三笺释

耳病双聋眼又昏,肉消分半不堪扪。
液汤蜇鼻医方苦,参附充肠药券烦。
好友祷嵩求益算,恶人诅岱请收魂。
两家剥啄知谁胜?凭仗苍穹自讨论。

【笺释】

　　此首言病,无奈之余,却有一股兀傲之气潜行其中。首二联牢骚语,亟言老病之无奈,服用药物之烦厌。起联细数病状,曰耳聋、眼昏、消瘦。"肉消分半",用《梁书·沈约传》典:"(沈约)与徐勉素善,遂以书陈情于勉曰:'……百日数旬,革带常应移孔;以手握臂,率计月小半分。以此推算,岂能支久?若此不休,日复一日,将贻圣主不追之恨。'"盖欲谢事求归老也。牧斋八秩高龄,此种种老人病痛,自属难免。无可奈何,仍赖药石维生,遂有"液汤""参附"

一联。"参附",人参、附子,煮为"液汤"服用之,冀能补气益血,保命扶衰也。

第三联笔意荡开,转写他人对己病情之反应,此中又有"好友""恶人"之辨,分置上下句。友朋爱己,为祷于嵩岳,求"益算"。"益算",延年益寿也。(《三国志·赵达传》:"闲居无为,引算自校,乃叹曰:'吾算讫尽某年月日,其终矣。'")"祷嵩"者,似为虚写,古无此延寿之习,应系为对下句"诅岱"一语而泛写。岱者,岱山,即泰山,五岳之东岳。《博物志》云:"泰山一曰天孙,言为天帝孙也。主召人魂魄。方万物始成,知人生命之长短。""恶人诅岱",致诅于岱,求其召牧斋之魂魄,望其速死。(此虽牧斋自言时人待己之态度,移之以况牧斋身后之评价,亦无不可,盖牧斋生前死后,评价始终毁誉参半,爱憎各异。而诅咒牧斋最狠毒之"恶人",则无过于十八世纪中叶以后之清高宗乾隆皇帝。乾隆对牧斋口诛笔伐,斥其为"贰臣"中之最不堪者,"非复人类",直欲起牧斋于九泉,鞭之挞之而后快。)对爱己恶己"两家"之愿望,牧斋竟如置身事外,视若"剥啄"之叩门声,与己无关。(唐韩愈《剥啄行》有妙语云:"剥剥啄啄,有客至门。我不出应,客去而嗔。"又宋苏轼《听贤师琴》云:"门前剥啄谁叩门,山僧未闲君勿嗔。")今"好友"与"恶人""两家"之"剥啄"者,牧斋存亡攸关,此老却故作洒脱,谓付之"苍穹"可也,其意或近唐李白《门有车马客行》中语:"大运且如此,苍穹宁匪仁。恻怆意何道,存亡任大钧。"

《病榻消寒杂咏四十六首》其四笺释

径寸难分聤聋形,《方言》云:"聤聋,聋也。"聤,音宰。方言州部比《玄经》。

人间若有治聋酒,天上应无附耳星。

斗蚁军声酣乍止,鸣蛙战鼓怒初停。

一灯遥礼潮音洞,梵呗从今用眼听。

【笺释】

本首写病耳聋之困扰,而诗意抽象,多譬喻之词,如强作解人,或可循"形名""形神"二端而观察之。要之,诗上半,以形名之辨结撰;下半,以形神之特质成章。

首联上句谓"径寸难分聤聋形",牧斋于句后置小注,引述扬雄《方言》云:"聤聋,聋也。"牧斋乃嗟叹,即便得"径寸"大之夜光明珠,亦难鉴察"聤聋"之本质及情状。(《史记·田敬仲完世家》:

"梁王曰：'若寡人国小也，尚有径寸之珠照车前后各十二乘者十枚，奈何以万乘之国而无宝乎？'")耳聋之难以名状，其犹《方言》分疏之繁复乎？《方言》云："聋、聤，聋也。半聋，梁益之间谓之聤，秦晋之间听而不聪，闻而不达谓之聤。生而聋，陈楚江淮之间谓之聋。荆扬之间及山之东西双聋者谓之聋。聋之甚者，秦晋之间谓之聩，吴楚之外郊凡无耳者亦谓之聩。其言聪者，若秦晋中土谓堕耳者聤也。"聋之名义，随"州部"转移，其义符均从"耳"，而愈治愈繁，读之如堕五里雾中，无怪乎牧斋有下句"方言州部比《玄经》"之叹，譬之以"玄之又玄"之《太玄经》（句二）。《太玄经》，亦扬雄所著书，仿《周易》体裁组织，分一玄、三方、九州、二十七部、八十一家、七百二十九赞，以应《周易》之两仪、四象、八卦、六十四重卦、三百八十四爻。牧斋"州部"云云，取《太玄经》"方州部家"之名目以譬《方言》之区域耳。

次联曰："人间若有治聋酒，天上应无附耳星"，堪称妙对；以"治聋酒""附耳星"二语入诗者不多见，而牧斋运思甚巧，非庸手可办。旧诗话中有载社日饮酒治聋之事者，如南唐宋初《贾氏谈录》云："宋李昉为翰林学士，月给内酝，兵部李相涛，小字社翁，好滑稽，尝因春社寄昉诗：'社翁今日没心情，为乞治聋酒一瓶。恼乱玉堂将欲遍，依稀巡到第三厅。'社酒号治聋酒。""附耳星"之征兆，其解更妙："西毕大星旁小星附耳摇动，有谗乱在侧。"（《天原发微》卷3）牧斋用此二典，而谓"若有""应无"，非发为议论也。其时牧斋正苦于耳聋，乃取二典"治聋""附耳"之字面意义，描绘"聤聋"之情状，复表老人失聪之无可奈何耳。

上言本诗下半由"形神"之思衍成，盖本诗第三联为一隐喻

(metaphor),结联则颇涉"文字禅",故云。第三联曰:"斗蚁军声酣乍止,鸣蛙战鼓怒初停。"上下句以蚁斗忽停,蛙鸣骤止,比拟耳鸣耳聋之病状。唐柳宗元《为裴中丞伐黄贼转牒》文句中亦含此二典,曰:"众轻斗蚁,勇劣怒蛙。"旧注已揭明"斗蚁"之出典:"晋殷仲堪父尝患耳聪,闻床下蚁动,谓之牛斗。""怒蛙"则本《韩非子》:"越王伐吴,欲人之轻死也。出见怒蛙,乃为之式。从者曰:'奚敬于此?'王曰:'为其有气故也。'""耳聪"而众声入耳喧哗,无限扩大也。牧斋句则接以"酣乍止""怒初停"之语,二句中上四与下三字遂构成强烈对比之张力(tension),声浪由极剧烈而骤归死寂,极绘声绘影之能事。

耳病之扰人如此,患者亦无可奈何,故牧斋于结联以自嘲之妙语排遣之,曰:"一灯遥礼潮音洞,梵呗从今用眼听。""潮音洞",宋罗濬撰《宝庆四明志》云:"补陁洛迦山在东海中,佛书所谓海岸孤绝处也。一名梅岑山,或谓梅福炼丹于此山,因以名。有善财岩、潮音洞,洞乃观音大士化现之地。唐大中年,西域僧来,即洞中,燔尽十指,亲睹观音与说妙法,授以七色宝石,灵迹始著。"潮音洞远在海岸孤绝处,而观世音菩萨示现说法。意者牧斋乃感叹,从今欲闻威音妙法,唯待神迹出现方可矣。此句若合第三联读,潮音洞或亦耳穴之隐喻。"眼听",本宋释觉范《泗州院旃檀白衣观音赞》,其言曰:"龙本无耳闻以神,蛇亦无耳闻以眼。牛无耳故闻以鼻,蝼蚁无耳闻以身。"(《石门文字禅》卷18)盖勉学人扪心求法闻道也。(明人卢之颐撰《本草乘雅半偈》卷十亦有语曰:"《埤雅》言:'蛇以眼听。'《尔雅翼》言:'蛇死目皆闭,蕲产者目开如生;舒、蕲两界间者则一开一闭。此理之不可晓者。'然肝开窍于目。庄周云:'蛇怜风,风怜目。'故蛇听以眼。"此中道理,尚待请教医家,而其循环论证,即庄子亦为发一笑可知。)牧斋"用眼听"云云,用禅偈佛语(暗藏庄周语)以喻耳部生理机能衰竭不可复原,自嘲自怜耳,与其晚年唱为读诗以"香观"(用鼻闻)同趣,行文固有学问在,唯不必求之过深,以免失之于凿。

《病榻消寒杂咏四十六首》其五笺释

病多难诉乳山翁,不但双荷睹赛聋。
喑讶仲长还有口,痹愁皇甫不关风。
畏寒塞向专涂北,负日循墙只傍东。
莫谓齮人徒改岁,老能熏鼠岂无功。
答乳山道士问病。

【笺释】

本首牧斋诗后自注,曰:"答乳山道士问病。"乳山道士者,寓居金陵之闽人林古度(字茂之)是也,牧斋年辈相若之挚友。本首系答老友问疾之作,故语调亲切,不嫌叨唠。牧斋细数病状,上四句即见耳聋、痖喑、风痹之疾。

首联曰:"病多难诉乳山翁,不但双荷睹赛聋。"牧斋耳聋似已甚久,众人皆知。"双荷",钱曾注引杨慎《禅林钩玄》云:"六根,眼如蒲桃朵,耳如新卷荷,鼻如双垂瓜,舌如初偃月,身如腰鼓颡。"《楞严经》述"耳根",亦有"耳体,如新卷叶"之语:"由动静等二种相击,于妙圆中黏湛发听。听精映声,卷声成根。根元目为清静四大,因名耳体,如新卷叶。浮根四尘,流逸奔声。"(《大佛顶首楞严经疏解蒙钞》卷4)牧斋以"双荷"(卷曲之莲叶)借代双耳,其意象本此,唯句意实与佛经教义无涉。

次联云:"喑哑仲长还有口,痹愁皇甫不关风。"上句用《新唐书·隐逸传·王绩传》典:"仲长子光者,亦隐者也,无妻子,结庐北渚,凡三十年,非其力不食。绩爱其真,徙与相近。子光喑,未尝交语。与对酌酒欢甚。"(清王念孙《广雅疏证》:"規䀩、篷䈜、侏儒、僬侥、痖喑、僮昏、聋聩、蒙眬,八疾也。")牧斋盖言,虽"还有口",然已如隐者仲长子光,患"痖喑"之疾,难于言语矣。皇甫事,见《晋书·皇甫谧传》:"居贫,躬自稼穑,带经而农,遂博综典籍百家之言。沉静寡欲,始有高尚之志,以著述为务,自号玄晏先生,著《礼乐》《圣真》之论。后得风痹疾,犹手不辍卷。"皇甫痛风,苦于痹疾(风湿性关节炎一类病痛),牧斋反言"不关风",意者牧斋手脚关节疼痛,风湿痛,不风湿亦痛,故有此妙语苦语无奈语。

诗下半,述畏寒之状,语带幽默,读之莞尔。第三联下句"负日循墙只傍东",钱曾注引《列子》及《左传》文以解。《列子》云:"昔者宋国有田夫,常衣缊黂,仅以过冬。暨春东作,自曝于日,不知天下之有广厦隩室,绵纩狐貉,顾谓其妻曰:'负日之暄,人莫知者,以献吾君,将有重赏。'"此"野人献曝"之事典也。《左传》:"及正考父佐戴、武、宣,三命兹益共,故其鼎铭云:'一命而偻,再命而伛,三命而俯,循墙而走,亦莫余敢侮。饘于是,鬻于是,以糊余口。'其共也如是。""循墙"者,盖如晋陆云《赠鄱阳府君张仲膺》诗所云:"古贤受爵,循墙虔恭。"牧斋诗"负日循墙"云云,仅取旧典之字面形象,以表畏寒、诸方取暖之狼狈状耳。

第三联上句"畏寒塞向专涂北",及末联"莫谓豳人徒改岁,老能熏鼠岂无功"二句,用《诗经·豳风·七月》典故,钱曾失注。《七月》第五章云:"五月斯螽动股,六月莎鸡振羽。七月在野,八月在宇,九月在户,十月蟋蟀入我床下。穹窒熏鼠,塞向墐户。嗟我妇子,曰为改岁,入此室处。"《毛诗正义》述诗意甚明,其言曰:"……蟋蟀之虫,六月居壁中,至七月则在野田之中,八月在堂宇之下,九月则在室户之内,至于十月,则蟋蟀之虫入于我之床下。……虫既近人,大寒将至,故穹塞其室之孔穴,熏鼠令出其窟,塞北出之向,墐涂荆竹所织之户,使令室无隙孔,寒气不入。豳人又告妻子,言已穹窒墐户之意。嗟乎!我之妇与子,我所以为此者,曰为改岁之后,觱发、栗烈大寒之时,当入此室而居处以避寒,故为此也。"旧年将尽,豳人为备寒所为者四事:尽塞其室之孔穴、熏鼠令其出窟、塞北向之窗牖("向","北出牖也",北向窗)、用泥涂荆竹所织之门,以其通风故也。牧斋诗第三联上句化用《七月》所咏之后二事,下句对以《列子》及《左传》所述"负日""循墙"二事,真妙绝之对也。末联纯为戏语,博乳山道士一粲耳。论者谓《七月》乃周公旦"忧劳民事"之作,朱熹《诗集传》则以古已有其诗,自周公始陈成王前,俾知稼穑艰难,并王业所自始。由此观之,豳民以过十月改岁(《毛诗正义》曰:"以仲冬阳气始萌,可以为年之始,故改正朔者以建子为正,岁亦莫。"),乃做种种度寒之准备,亦岁时之要紧事也。牧斋则以多病畏寒,乃有诸多御寒取暖之动作,甚或自比豳人,而句中"改岁"一语前落一"徒"字,自嘲也。盖知己之作为,非关农桑稼穑之艰难也。诗末又言,己固老病放废之人,然做此"熏鼠"之事,亦非全无功劳(至少妇子入此室处而不用与鼠同居也),此纯属戏语,牧斋真老顽童。

《病榻消寒杂咏四十六首》其六笺释

稚孙仍读鲁《春秋》,蠹简还从屋角搜。
定以孤行推杜预,每于败绩笑何休。
县车束马令支捷,蔽海牢山仲父谋。
聊与儿曹摊故纸,百年指掌话神州。

【笺释】

本诗首联言"蠹简",蠹虫蛀蚀后残存之书简。此蠹简,竟为牧斋稚孙欲读之"鲁《春秋》",今搜之于"屋角",则其废弃久矣。牧斋本首诗意幽微,寄兴遥深。

牧斋时人吴伟业有《许九日顾伊人和元人斋中杂咏诗成持示戏效其体·蠹简》诗云:"饱食终何用,难全不朽名。秦灰招鼠盗,鲁壁窜鲋生。刀笔偏无害,神仙岂易成。却留残阙处,付与竖儒争。"(《梅村集》卷10)以咏蠹简起兴,嘲讽古今经师之各是其是、各非其非，于经文之"残阙处"，争讼不休，欲"立言"以求不朽之名，实则与"竖儒"无异，词气刻薄。牧斋诗次联曰："定以孤行推杜预，每于败绩笑何休"，亦稍寓讥诮之意，唯语气较内敛，亦不一笔抹杀先儒于经解之贡献。中国传统经典中，《春秋》并其三传之文与义争议独多，为中国诠释学（hermeneutics）传统中极具特色之一环。此联上句咏晋杜预经解之作。《晋书·杜预传》云："既立功之后，从容无事，乃耽思经籍，为《春秋左氏经传集解》。又参考众家谱第，谓之《释例》。又作《盟会图》《春秋长历》，备成一家之学，比老乃成。……当时论者谓预文义质直，世人未之重，唯秘书监挚虞赏之，曰：'左丘明本为《春秋》作传，而《左传》遂自孤行。《释例》本为《传》设，而所发明何但《左传》，故亦孤行。'"则杜预著书，初非欲称名于后世，而其《左传》释例之作，耽思典坟，博学多通，备成一家之学，遂亦"孤行"。孤行者，单行也，本为诠解他书之作，以其胜义、发明独多，乃自成一经典著作（a canonical work）。推扬杜预书之必"孤行"者，挚虞也，其言力排众议。则书籍之经典性（canonicity）或非不争之实，犹待明眼人、有心人为之抉发，甚或建构。若言本句所咏，颇有经典性建立之思，则其对句，又涉及经解传统中一"去经典化"（de-canonize）之重要事件。后汉何休发愤著述，甚自信，自序其《春秋公羊传注疏》云："……是以治古学贵文章者谓之俗儒，至使贾逵缘隙奋笔，以为《公羊》可夺，《左氏》可兴。恨先师观听不决，多随二创。此世之余事，斯岂非守文、持论、败绩、失据之过哉？"《公羊疏》云："解云：此先师，戴宏等也。凡论义之法，先观前人之理，听其辞之曲直，然后以义正决之。今戴宏作《解疑论》而难《左氏》，不得《左氏》之理，不能以正义决之，故云

'观听不决.'"多随二创"者,上文云'至有背经、任意、反传违戾'者,与《公羊》为一创;又云'援引他经失其句读'者,又与《公羊》为一创。今戴宏作《解疑论》多随此二事,故曰'多随二创'也。"何休以公羊学先辈犹不免"守文、持论、败绩、失据"之过,遂著己书以正之。牧斋诗虽仅拈出"败绩"一事,其意当亦含训解失当之他病。《公羊疏》云:"解云:'守文'者,守《公羊》之文。'持论'者,执持《公羊》之文以论《左氏》,即戴宏《解疑论》之流矣。'败绩'者,争义似战陈,故以败绩言之。'失据'者,凡战陈之法,必先据其险势以自固,若失所据,即不免败绩。若似《公羊》先师,欲持《公羊》以论《左氏》,不闲《公羊》《左氏》之义,反为所穷,已业破散,是失所依据,故以喻焉。"何休得理不饶人,即其"先师"亦在批评之列,大有亚里士多德言"吾爱吾师,吾更爱真理"(Plato is dear to me, but dearer still is truth)之余韵。不意何休亦有"入室操戈",以"败绩"驳难之者,其人郑玄康成是也。《后汉书·郑玄传》云:"时任城何休好《公羊》学,遂著《公羊墨守》《左氏膏肓》《谷梁废疾》;玄乃发《墨守》,针《膏肓》,起《废疾》。休见而叹曰:'康成入吾室,操吾矛,以伐我乎!'"观此数事,足见大师宿儒,函矢相攻,自古而然,不知"败绩"者果谁氏。牧斋授稚孙以《春秋》,亦在此等烦言碎义章句之学乎?非也。

孟子曰:"王者之迹熄而诗亡,诗亡然后春秋作。晋之乘,楚之梼杌,鲁之春秋,一也。其事则齐桓、晋文,其文则史。孔子曰:'其义则丘窃取之矣。'"(《离娄下》)又曰:"孔子成《春秋》,而乱臣贼子惧。"(《滕文公下》)读牧斋诗下半,知其所措意于《春秋》者,在书之大义,"春秋大义",不在章句训诂。第三联二句均咏春秋之世齐桓、管仲霸业之事,曰:"县车束马令支捷,蔽海牢山仲父谋。"上句"县车束马"一典,钱曾注引《汉书·郊祀志》作解,下句"蔽海牢山"一语,则引《国语》。以愚见,引《汉书·郊祀志》不若引《史记·封禅书》,而以此诗联之文义言,不若俱引《国语·齐语》,盖其中不仅"县车""蔽海"之事在焉,而"令支""仲父"于诗句中之寄意亦粲然可观。兹不嫌文烦,具录于后。

《国语·齐语》曰:"桓公曰:'吾欲南伐,何主?'管子对曰:'以鲁为主,反其侵地棠、潜,使海于有蔽,渠弭于有渚,环山于有牢。'桓公曰:'吾欲西伐,何主?'管子对曰:'以卫为主,反其侵地台、原、姑与漆里,使海于有蔽,渠弭于有渚,环山于有牢。'桓公曰:'吾欲北伐,何主?'管子对曰:'以燕为主,反其侵地柴夫、吠狗,使海于有蔽,渠弭于有渚,环山于有牢。'四邻大亲。既反侵地,正封疆,地南至于䲡阴,西至于济,北至于河,东至于纪酅,有革车八百乘。择天下之甚淫乱者而先征之。"又曰:"即位数年,东南多有淫乱者,莱、莒、徐夷、吴、越,一战帅服三十一国。遂南征伐楚,济汝,逾方城,望汶山,使贡丝于周而反。荆州诸侯莫敢不来服。遂北伐山戎,刜令支,斩孤竹而南归。海滨诸侯莫敢不来服。与诸侯饰牲为载,以约誓于上下庶神,与诸侯勠力同心。西征攘白狄之地,至于西河,方舟设泭,乘桴济河,至于石枕。县车束马,逾太行与辟耳之溪拘夏,西服流沙、西吴。南城于周,反胙于绛,岳滨诸侯莫敢不来服。而大朝诸侯于阳谷。兵车之属六,乘车之会三,诸侯甲不解累,兵不解翳,弢无弓,服无矢。隐武事,行文道,帅诸侯而朝天子。"

"县车束马",齐桓公西征攘白狄之地时行军之事,盖其逾山险溪谷,故悬钩其车、缠束其马以渡。"令支",春秋时令支国,曾为山

331

戎所统治,秦时为离枝县,属辽西郡,汉改离枝为令支县,属幽州辽西郡。观《国语》所载,令支为桓公此数年间所攘诸夷地之一耳,而牧斋诗中独举此地,何居？诗中平仄声韵之布置固为考虑之一,而传统以满人崛起于东北辽地,则牧斋诗"令支"云云,别具政治象征意义(political significance)矣。以古喻今,此句或暗含满人终败灭于中土霸主之弦外之音。无论如何,牧斋此句结穴于《春秋》"尊王攘夷"之大义可知,上引《国语》文中即有"海滨诸侯莫敢不来服""岳滨诸侯莫敢不来服"之句,而归结于"隐武事,行文道,帅诸侯而朝天子",可征。(《管子·大匡篇》亦云:"桓公遇南州侯于召陵,曰:狄为无道,犯天子令,以伐小国。以天子之故,敬天之命,令以救伐。北州侯莫至。上不听天子令,下无礼诸侯,寡人请诛于北州之侯。诸侯许诺。桓公乃北伐令支,下凫之山,斩孤竹,遇山戎。"《小匡篇》又云:"北伐山戎,制泠支,斩孤竹,而九夷始听。海滨诸侯,莫不来服。")

"蔽海牢山"一语,脱自管仲之语于桓公,"使海于有蔽,渠弭于有渚,环山于有牢",言之再三。旧注云:"海,海滨也。有蔽言可依蔽也。渠弭,裨海也。水中可居者曰渚。"又云:"环,绕也。牢,牛、羊、豕也。言虽山险,皆有牢牧。一曰牢固也。"则蔽海、渠弭、牢山者,皆疆土防御之长久策略也。管仲言之,则在桓公之问南伐、西伐、北伐事时。其所成就者,"四邻大亲。既反侵地,正封疆,地南至于𩵱阴,西至于济,北至于河,东至于纪酅,有革车八百乘"。国境四邻既巩固,其后乃有上述攘夷地之事,终帅诸侯而朝天子,完成其为春秋霸主之事业。桓公既霸,尝自言:"寡人北伐山戎,过孤竹,西伐大夏,涉流沙,束马县车,上卑耳之山。南伐至召陵,登熊耳山,以望江汉。兵车之会三,而乘车之会六,九合诸侯,一匡天下,诸侯莫违我。昔三代受命,亦何以异乎?"(《史记·封禅书》)齐桓公尊王攘夷之霸业,得力于管仲之谋略为多,桓公尊称管仲为仲父。此正牧斋于诗句中致意于"仲父谋"之深意。复次,仲父之咏,或亦出于牧斋自我认同或定义(self-identification, self-definition)之心理机制。管仲于中原民族之意义经孔子点评而几圣人化,垂之书史而不朽。管仲何人哉?子贡曰:"管仲非仁者与?桓公杀公子纠,不能死,又相之。"子曰:"管仲相桓公,霸诸侯,一匡天下,民到于今受其赐。微管仲,吾其被发左衽矣。岂若匹夫匹妇之为谅也,自经于沟渎,而莫之知也。"(《论语·宪问》)"不能死,又相之",何似十八世纪清高宗乾隆帝责难明清之交"贰臣"之词?孔子之评管仲,美词也,亦谅词也,乃以管仲于天下之更大意义而不绳之以一家一姓之愚忠死节。论者或谓牧斋之不殉明,复仕清,以"有待"也。设若有移孔子之言以论牧斋者,牧斋必感激流涕。无论如何,读牧斋诗下半,知其所取汲于《春秋》者,在义理与事功,在王业与相业。

诗末联云:"聊与儿曹摊故纸,百年指掌话神州。""神州",钱曾注引《世说新语·轻诋》以解,得其实。《世说》云:"桓公入洛,过淮、泗,践北境,与诸僚属登平乘楼,眺瞩中原,慨然曰:'遂使神州陆沉,百年丘墟,王夷甫诸人,不得不任其责!'""神州陆沉,百年丘墟",国破家亡也。"指掌",旧有春秋指掌图、春秋指要图、指掌图记之书,则上述《春秋》之语境,又延展至本句化用桓温(《世说》中亦称桓公)语之脉络中,如盐入水,视之无痕,妙甚。此"百年"者,揆诸诗意,非两晋旧史,实乃明清之交百年近事也。如此,则牧斋与儿曹所话之百年近事,关乎明清二代兴废之迹、人物功过是非之月旦,牧斋特以《春秋》之事义譬况之,而褒贬与夺又必寓其中。本联上句"故纸"一语,钱曾引福州古灵神赞禅师事以解,其言曰:"本师又一日在窗下看经,蜂子投窗纸求出。师睹之曰:'世界如许广阔不肯出,钻他故纸驴年去!'遂有偈曰:'空门不肯出,投窗也大痴。百年钻故纸,何日出头时?'"盖古灵讽其本师不晓"体露真常,不拘文字"之理。(此亦古灵语,见《五灯会元》。钱曾注引《传灯录》,其文脱略甚多,乃至于混淆古灵及其本师之事,读者慎之。)钱曾此注,解"故纸"之为名物尚可,唯失之浅显矣。细味诗意,此"故纸"者,犹首联所谓之"蠹简",鲁之《春秋》,牧斋以其义理事功语儿曹以古今之王业相业,指划明清百年间之军国大事、人物功过,复寓己之幽微心事,寄兴遥深,断不宜以禅门公案作解。

"稚孙仍读鲁《春秋》",牧斋意绪于本诗稍见振起。

《病榻消寒杂咏四十六首》其七笺释

懒学初无识字忧,不多肝肺戒雕锼。
少知诵读皆缘木,老解词章尽刻舟。
扶养心神朝碧落,招回气母守丹丘。
病喑何敢方河渚,摇笔居然颂《独游》。

【笺释】

"四海宗盟五十年",此牧斋时人晚辈黄宗羲悼念牧斋诗中之名句也。明清之际,牧斋以学问、诗文称雄当世,与吴伟业、龚鼎孳并称"江左三大家",四方以文坛宗匠目之,洵非虚誉。此首则老人自弃自嘲之词,唯亦颇寓自满自得之意。起联曰:"懒学初无识字忧,不多肝肺戒雕锼。"汉范晔《狱中与诸甥侄书·自序》云:"吾少懒学问,晚成人,年三十许,政始有向耳。自尔以来,转为心化,推老将至者,亦当未已也。"苏轼诗名句:"人生识字忧患始,姓名粗记可以休。"(《石苍舒醉墨堂》,《东坡诗集注》卷28)牧斋句似无因识文字而致祸害之意,自嘲少时无心向学耳。苏轼又有诗联云:"一篇向人写肝肺,四海知我霜鬓须。"(《次前韵送刘景文》)意者搦笔和墨,为诗文,"不多肝肺",则不伤肝肾,不劳神思,然"戒雕镂"一语,亦稍寓牧斋于文学词章,以自然为尚之主张。(宋张表臣《珊瑚钩诗话》云:"篇章以含蓄天成为上,破碎雕镂为下。")

次联曰:"少知诵读皆缘木,老解词章尽刻舟。"《孟子·梁惠王上》曰:"犹缘木而求鱼也。""刻舟",寻常典故:"楚人有涉江者,其剑自舟中坠于水,遽契其舟曰:'是吾剑之所从坠。'舟止,从其所契者入水求之。舟已行矣,而剑不行,求剑若此,不亦惑乎?"缘木求鱼,刻舟求剑,愚昧之举,必徒劳无功。牧斋以此言少年之诵读、老年之词章,真斯文扫地,每况愈下矣。此联平直有力,语气斩钉截铁(注意"皆"字、"尽"字),无商量余地。

本诗最妙者第三联,曰:"扶养心神朝碧落,招回气母守丹丘。"此联直可以导引之术观。上下二句,气转一小周天。"心神",用《太平广记·北齐李广》故事:"北齐侍御史李广,博览群书。修史。夜梦一人曰:'我心神也,君役我太苦,辞去。'俄而广疾卒。"(出《独异志》)(此值近时"过劳死"事例,学者同仁,幸慎之。)"气母",元气之谓。(元末明初宋濂诗:"奈何子有疾,客邪干气母。"晋孙楚《石人铭》:"大象无形,元气为母,杳兮冥兮,陶冶众有。")"丹丘",犹丹田也。《上清黄庭内景经·治生章》云:"丹田之中精气微,玉池清水上生肥。"(宋张君房撰《云笈七签》卷12)(微,非小,乃"精气微妙,难可尽分,故曰微矣"。)牧斋诗曰"扶养",曰"招回",以吐纳气功原理言,以意导气之术也。曰"扶养",知行气徐缓,而至于顶门("朝碧落";"碧落",犹青天也)。元气最后使归于丹田,盖此为蓄储所练精气之处所也。就最基本功用言,此犹深呼吸,可收摄心神,平服血脉。此"扶养""招回"一联,紧承上联言"诵读""词章"而来,予人牧斋真厌恶经卷文词之感,思之即意乱心烦,气脉纷杂,须行一吐纳周天功以收摄之。

末联颇寓自得之意,曰:"病喑何敢方河渚,摇笔居然颂《独游》。""河渚",指仲长先生,隐者之流也,事见唐王绩《东皋子集》卷下《仲长先生传》:"先生讳子光,字不曜,自云洛阳人也。往来河东,佣力自给,无室庐,绝妻子。开皇末,始结庵河渚间,以息身焉。十余年卖药为业,人莫知之也。汾阴侯生以筮著,因游河渚,一睹而伏,曰:'东方朔、管辂不如也。'由是显重。守令至者皆亲谒,先生辞以喑疾,未尝交语。著《独游颂》及《河渚先生传》以自喻,识者有以知其悬解也。人有请道者,则书'老易'二字示之。弹琴饵药,以终其世。文中子比之虞仲夷逸。"牧斋与仲长先生均患喑疾,故有此句之联想,而仲长先生真古之隐士高士也,故牧斋谓未敢比拟于河渚。惟诗末又谓援笔行文之际,不期然而有类于《独游颂》之作,则牧斋以己为高洁自持,特立独行之高士矣。

《病榻消寒杂咏四十六首》其八笺释

直木风摇自古忧,不材何意纵寻矛。
群蜉柱撼盆池树,积羽空沉芥子舟。
说《易》累伸箕子难,编书频访大航头。
白颠炳烛浑无暇,鲁酒吴羹一笑休。

【笺释】

本诗典故繁富。前四句,多用《庄子》书中语,喻己"不才",唯仍不免遭群小攻讦。起联曰:"直木风摇自古忧,不材何意纵寻矛。""直木",典出《庄子·山木》篇,其言曰:"直木先伐,甘井先竭。子其意者饰知以惊愚,修身以明污,昭昭乎如揭日月而行,故不免也。""风摇",出《逍遥游》:"齐谐者,志怪者也。谐之言曰:'鹏之徙于南冥也,水击三千里,抟扶摇而上者九万里,去以六月息者也。'"郭象注云:"夫翼大则难举,故抟扶摇而后能上九万里,乃足自胜耳。""扶摇",风名,故牧斋诗云"风摇"。直木先伐,以其为才而遇害。鹏之徙南冥,非冥海不足以运其身,非九万里不足以负其翼,以其为物大,其难亦大。人之立身行事,苟必直必大,则与众为忤矣,故智者忧之,韬光养晦,混然大同。"不材",不材之木,见《庄子·人间世》:"匠石之齐,至于曲辕,见栎社树。其大蔽数千牛,絜之百围,其高临山十仞,而后有枝,其可以为舟者旁十数。观者如市,匠伯不顾,遂行不辍。"其弟子异之,乃曰:"散木也,以为舟则沉,以为棺椁则速腐,以为器则速毁,以为门户则液樠,以为柱则蠹,是不材之木也,无所可用,故能若是之寿。"栎社树以其为不材之木,免遭斧斤之伐,此庄子无用之用之意也。牧斋谓己以"不材"自处,明哲保身,他人仍"纵寻矛"。"纵寻矛",犹"纵寻斧",语见《左传·文公七年》:"昭公将去群公子,乐豫曰:'不可。公族,公室之枝叶也,若去之则本根无所庇荫矣。葛藟犹能庇其本根,故君子以为比,况国君乎?此谚所谓庇焉而纵寻斧焉者也。……'""寻",训用,寻斧,用斧也。《文选》陆机《五等诸侯论》:"寻斧始于所庇,制国昧于弱下。"李善注引贾逵《国语》注曰:"寻,用也。"牧斋时人张溥亦曾用此典以论文事。其《汉魏六朝百三家集题辞·庾子山集题词》云:"夫唐人文章,去徐庾实近,穷情写态,模范是出,而敢于毁侮,殆将讳所自来,先纵寻斧欤?")

次联申写首联意,曰:"群蜉柱撼盆池树,积羽空沉芥子舟。"上句脱自韩愈《调张籍》之句:"李杜文章在,光焰万丈长。不知群儿愚,那用故谤伤。蚍蜉撼大树,可笑不自量。"(《五百家注昌黎文集》卷5)蚍蜉,大蚂蚁,以喻妄人之论李、杜优劣。"蚍蜉"于韩诗中所撼者"大树",于牧斋诗中所撼者,则为"盆池树",一大一小,不

339

言而喻。"盆池树"之意象,牧斋得于韩愈另一诗。韩愈《盆池五首》其一云:"老翁真个似童儿,汲水埋盆作小池。一夜青蛙鸣到晓,恰如方口钓鱼时。"(《五百家注昌黎文集》卷9)韩愈"盆池"为戏,牧斋则言"盆池树",此树自上联《庄子》书中诸树之寓言发展而来,以况己为微物,无用之物。牧斋句意越炼越密,"积羽空沉芥子舟"一句亦然。"积羽沉舟",语见《史记·张仪列传》:"臣闻之,积羽沉舟,群轻折轴,众口铄金,积毁销骨,故原大王审定计议,且赐骸骨辟魏。"牧斋句中"积羽空沉"云云,喻小人诽谤之言,与上句中"群蜉柱撼"相呼应。以"芥子舟"对"盆池树",尤妙。《庄子·逍遥游》云:"且夫水积也不厚,则其负大舟也无力。覆杯水于坳堂之上,则芥为之舟;置杯焉则胶,水浅而舟大也。"(芥,小草也。)此中道理,郭象注已为揭明:"故理有至分,物有定极,各足称事,其济一也。"牧斋句则非取此义,乃自喻为"芥子舟",微物,以显群小谤伤之无聊也,联中"柱"字、"空"字足见此意。

  本诗下四句笔意荡开,咏己胸次坦然。第三联曰:"说《易》累伸箕子难,编书频访大航头。"上句以箕子自况。《周易·明夷》:"离下坤上。明夷:利艰贞。"《正义》曰:"'明夷',卦名。夷者,伤也。此卦日入地中,明夷之象。施之于人事,暗主在上,明臣在下,不敢显其明智,亦明夷之义也。时虽至暗,不可随世倾邪,故宜艰难坚固,守其贞正之德。故明夷之世,利在艰贞。"《彖》曰:"明入地中,明夷。内文明而外柔顺,以蒙大难,文王以之,'利艰贞',晦其明也。内难而能正其志,箕子以之。""六五":"箕子之明夷,利贞。最近于晦,与难为比,险莫如兹。而在斯中,犹暗不能没,明不可息,正不忧危,故'利贞'也。"《正义》曰:"'箕子之明夷'者,六五最比暗君，似箕子之近殷纣，故曰'箕子之明夷'也。'利贞'者，箕子执志不回，'暗不能没，明不可息，正不忧危'，故曰'利贞'。"《论语·微子》称箕子与微子、比干为"殷有三仁"。今本《竹书纪年·殷纪》载纣王五十一年"冬十一月戊子，周师渡孟津而还。王囚箕子，杀王子比干，微子出奔"。"箕子难"者，箕子谏纣王，不听，被囚。箕子以"内难而能正其志"，终脱险，为武王师。《周易》"明夷""内文明而外柔顺，以蒙大难"之义，牧斋劫余之人，于此感喟特深，乃自号"蒙叟"，其《题〈易笺〉》云："文王明夷，则君可知矣。仲尼旅人，则世可知矣。故曰：'作《易》者其有忧患乎？'……余再蒙大难，思文明柔顺之义，自名为蒙叟。"（文后署"壬辰夏五"，即1652年；《有学集》卷50）知牧斋之取于"明夷"者，兼"内文明而外柔顺""内难而能正其志"二端也。"编书频访大航头"一句，则述己晚年于"文明"事业之"艰贞"。"大航头"，事关《尚书·虞书·舜典》佚文之复完。《舜典》有句曰："曰若稽古，帝舜，亦言其顺考古道而行之。曰重华，协于帝。"（别本此下有"浚哲文明，温恭允塞，玄德升闻，乃命以位"十六字。）《正义》曰："昔东晋之初，豫章内史梅赜上孔氏传，犹阙《舜典》。自此'乃命以位'已上二十八字，世所不传。多用王、范之注补之，而皆以'慎徽'已下为《舜典》之初。至齐萧鸾建武四年，吴兴姚方兴于大航头得孔氏传古文《舜典》，亦类太康中书，乃表上之。事未施行，方兴以罪致戮。至隋开皇初购求遗典，始得之。"《舜典》文本二十八字之补足，其事曲折如斯，足见文献搜讨之艰且难也。牧斋谓"编书频访大航头"，似指其于1640、1650年代编纂如《列朝诗集》《昭代文集》等巨著时之艰辛与坚持。

末联曰："白颠炳烛浑无暇，鲁酒吴羹一笑休"，洒脱语也。上言"说易""编书",此联上句则言读书。"白颠",白头,指老叟。(《晋书·束晳传》:"丹墀步纨裤之童,东野遗白颠之叟。")"炳烛",炳烛之明,言老而好学之好处,事见《说苑·建本》:"晋平公问于师旷曰:'吾年七十欲学,恐已暮矣。'师旷曰:'何不炳烛乎?'平公曰:'安有为人臣而戏其君乎?'师旷曰:'盲臣安敢戏其君乎?臣闻之,少而好学,如日出之阳,壮而好学,如日中之光;老而好学,如炳烛之明。炳烛之明,孰与昧行乎?'平公曰:'善哉!'"善哉,而钱公曰:"浑无暇。"此语可作二解。一者,虽老,犹炳烛读书不倦,于他事"浑无暇"。一者,老而好学虽好,而他事分心费神,"浑无暇"读书也。合本联下句读,后解似较佳。"鲁酒",典出《庄子·胠箧》篇:"故曰:'唇竭则齿寒,鲁酒薄而邯郸围,圣人生而大盗起。'"郭象注引许慎注《淮南》云:"楚会诸侯,鲁、赵俱献酒于楚王,鲁酒薄而赵酒厚。楚之主酒吏求酒于赵,赵不与,吏怒,乃以赵厚酒易鲁薄酒,奏之。楚王以赵酒薄,故围邯郸也。""吴羹",《楚辞·招魂》:"和酸若苦,陈吴羹些!"招魂而奉以吴羹,以吴人善作羹,酸苦皆得中,善咸酸之和。"鲁酒吴羹一笑休",此结句总揽全篇。牧斋以酒之厚薄、羹之酸苦,喻人生遭际之难以逆料,五味杂陈,苦乐交集,诗思巧妙。"一笑休",一笑置之。唐韦庄《东阳酒家赠别二绝句》其一云:"送君同上酒家楼,酩酊翻成一笑休。正是落花饶怅望,醉乡前路莫回头。"(《浣花集》卷5)莫回头,牧翁已八十余龄,何必回头?

《病榻消寒杂咏四十六首》其九笺释

词场稂莠递相仍,嗤点前贤莽自矜。
北斗文章谁比并,南山诗句敢凭陵?
昔年蛟鳄犹知避,今日虮虱恐未胜。
梦里孟郊还拊手,千秋丹篆尚飞腾。

【笺释】

牧斋此首,卫道者言,火气甚猛,骂后生之信口雌黄,致讥诮于前贤也,其笔力较老杜《戏为六绝句》犹健,近韩愈之《调张籍》诗。

首联曰:"词场稂莠递相仍,嗤点前贤莽自矜。"知牧斋所批判者,文坛轻薄之后生,斥彼辈于前贤嗤笑指点,以自抬身价也。"嗤点前贤"云云,脱自杜甫名篇《戏为六绝句》其一:"庾信文章老更成,凌云健笔意纵横。今人嗤点流传赋,不觉前贤畏后生。"

牧斋次联曰:"北斗文章谁比并,南山诗句敢凭陵?"乃推美韩愈，诘责后生之狂妄无知也。"北斗"，见《新唐书·韩愈传》，其赞文云："昔孟轲拒杨、墨，去孔子才二百年。愈排二家，乃去千余岁，拨衰反正，功与齐而力倍之，所以过况、雄为不少矣。自愈没，其言大行，学者仰之如泰山、北斗云。"传文所推崇者，韩愈之道学正统，牧斋则移之以美韩愈之"文章"。"凭陵"，欺侮也。《南山》诗，韩愈名篇。钱曾注"南山"句，引牧斋《跋沈石田手抄吟窗小会前卷》一文，信而可征。牧斋文云："石田先生《吟窗小会》，前卷皆古今人小诗警句，心赏手抄者。今为遵王所收。后卷向在绛云楼，为六丁取去久矣。少陵云：'不薄今人爱古人。'前辈读书学诗，眼明心细，虚怀求益，于此卷可以想见。今之妄人，中风狂走，斥梅圣俞不知比兴，薄韩退之《南山诗》为不佳，又云张承吉《金山诗》是学究对联。公然批判，不复知世上复有两眼，虽其愚而可愍，亦良可为世道惧也。"（《有学集》卷46）读此可知牧斋不满于当时文坛风气之更大范围，唯文中所议论者为"今之妄人"，当亦包括其所痛恨之复古、竟陵派中人，不独"词场"之"后生"而已。此宜辨明者。

本诗下四句，典故俱涉韩愈旧事，而构句一气呵成，剪裁无痕，且甚形象化，句法老练。第三联曰："昔年蛟鳄犹知避，今日蚍蜉恐未胜。""蛟鳄"事，亦见《新唐书·韩愈传》："初，愈至潮，问民疾苦，皆曰：'恶溪有鳄鱼，食民畜产且尽，民以是穷。'数日，愈自往视之，令其属秦济以一羊一豚投溪水而祝之曰……祝之夕，暴风震电起溪中，数日水尽涸，西徙六十里。自是潮无鳄鱼患。"此韩愈遗事，文苑美谭，读者当耳熟能详。下句"蚍蜉"之喻，脱自韩愈《调张籍》诗："李杜文章在，光焰万丈长。不知群儿愚，那用故谤伤。蚍蜉撼大树，可笑不自量。"（《五百家注昌黎文集》卷5）牧斋于此用韩愈诗意,甚妙,盖韩愈诗亦为指斥后生之妄论前贤高下而发(可参上首诗笺)。

或云文人相轻,自古已然,唯亦有互不相掩,惺惺相惜者,如韩愈之与孟郊,此即牧斋末联所咏美者,其言曰:"梦里孟郊还拊手,千秋丹篆尚飞腾。"其本事见题唐柳宗元《龙城录》卷上"韩退之梦吞丹篆":"退之常说,少时,梦人与《丹篆》一卷,令强吞之,傍一人抚掌而笑,觉后亦似胸中如物噎,经数日方无恙。尚由记其一两字,笔势非人间书也。后识孟郊,似与知目熟。思之,乃梦中傍笑者,信乎相契如此。"(《五百家注柳先生集》)其事之有无,不可考,姑妄言之,姑妄听之可也。而牧斋以之表知己知音之相惜相亲,则明甚。明季清初,文坛一片戾气,牧斋此诗,虽为呵护前贤而作,若论苦口婆心,不及杜公矣。此牧斋"晚年好骂"之一例欤?虽然,是可忍,孰不可忍,亦人之常情,有些后生是非骂不可。

《病榻消寒杂咏四十六首》其十笺释

声气无如文字亲,乱余斑白尚沉沦。

春浮精舍营堂斧,春浮,萧伯玉家园,今为葬地。东壁高楼束楚薪。东壁楼,在德州城南,卢德水为余假馆。

《越绝》新书征宛委,指山阴徐伯调。秦碑古字访河滨。指朝邑李叔则。

嗜痂辛苦王烟客,摘棐怀铅十指皴。

【笺释】

本诗首联曰:"声气无如文字亲,乱余斑白尚沉沦。"上句"声气"云云,或脱自《左传·襄公三十一年》:"故君子在位可畏,施舍可爱,进退可度,周旋可则,容止可观,作事可法,德行可象,声气可乐,动作有文,言语有章,以临其下,谓之有威仪也。"此左氏传言君子之气象也。牧斋句似偏取"声气可乐,动作有文,言语有章"数义。"乱余斑白尚沉沦",其"尚沉沦"者,正上句之"文字"也。《后汉书·崔骃传》云:"崔氏世有美才,兼以沉沦典籍,遂为儒家文林。"合二句读之,知牧斋所亲近者,"沉沦典籍"之"儒家文林"也。"乱余斑白"云云,出语沉痛。"乱余",明清易鼎,天崩地坼劫余之时;"斑白",言其老也。此辈文士沧桑历劫,犹沉沦典籍,孜孜矻矻,至老不倦,牧斋引为同道知己。"声气""乱余"一联领起下六句。

次联曰:"春浮精舍营堂斧,东壁高楼束楚薪。"此联上句咏萧士玮,下句咏卢世㴶,二人皆牧斋由明入清垂三四十年之执友,至老犹殷殷怀念者。伯玉殁于顺治八年(1651),德水殁于后二年(1653)。牧斋于上句后置小注云:"春浮,萧伯玉家园,今为葬地。"此即句中"营堂斧"之意。"堂斧",坟墓也。"堂"指四方形而高者,"斧"指下宽上狭长形者,语出《礼记·檀弓上》。牧斋于下句后置小注云:"东壁楼,在德州城南,卢德水为余假馆。"前明崇祯十年丁丑(1637),牧斋被奏劾,逮京究问,道经山东,乃访德水于德州,居停于程氏之东壁楼十余日。此为牧斋与德水之初次会晤,而牧斋于赴逮途中,得晤久相思慕之同调(牧斋与德水皆耽于杜诗,有著述),暂享诗、书、酒之乐,此东壁楼小住,于牧斋具有特殊意义,自不待言,宜乎牧斋有此追忆东壁楼之咏。句中"束楚薪"云云,脱自《诗·王风·扬之水》。《扬之水》三章,章六句。首章起句云:"扬之水,不流束薪。"次章起句云:"扬之水,不流束楚。"意谓水至湍迅,而不能流移"束薪""束楚"。"薪""楚",木也,牧斋"束楚薪"云云,则感叹今东壁楼已毁,沦为捆捆炊薪矣。

第三联曰:"《越绝》新书征宛委,秦碑古字访河滨。"本联上下句分咏徐缄(伯调,？—1670)、李楷(叔则,1603—1670),用典甚妙。上句"《越绝》"云云,指《越绝书》,书载春秋吴、越二国史事,上起大禹治水,下迄两汉,旁及其他诸侯,文章以博奥伟丽称。"宛委",宛委山,传说禹登宛委山得金简玉字之书。汉赵煜撰《吴越春秋》卷四《越王无余外传》云:"(玄夷苍水使者)东顾谓禹曰:'欲得我山神书者,斋于黄帝岩岳之下三月,庚子登山发石,金简之书存矣。'禹退又斋三月,庚子登宛委山,发金简之书。案金简玉字,得通水之理。"后因以喻书文之珍贵难得。牧斋于本句后置小注云:"指山阴徐伯调。"以知句中"《越绝》""宛委"云云,借其事以况伯调者也。"《越绝》"而言"新书",喻伯调能著文章博奥伟丽如《越绝》之书文也。"征宛委","征"于伯调也。《吴越春秋·越王无余外传》云:"在于九山东南天柱,号曰宛委。"旧注云:"在会稽县东南十五里。"伯调山阴人。明清时期山阴、会稽两县一体(山阴即会稽,邑在山阴,故名),而宛委在会稽,牧斋乃以"宛委"借指山阴徐伯调。牧斋下句后置小注云:"指朝邑李叔则。""秦碑""河滨"云云,出典为"蔡中郎石经"。宋姚宽《西溪丛语》卷上云:"汉灵帝熹平四年,(蔡)邕以古文、篆、隶三体书《五经》,刻石于太学。至魏正始中,又为《一字石经》,相承谓之《七经正字》。……北齐迁邕石经于邺都,至河滨,岸崩,石没于水者几半。"此古代珍稀文物之传奇经历也。李楷,字叔则,晚号岸翁,学者称河滨先生,陕西朝邑人。陕西,古秦地,"秦碑古字访河滨"者,喻秦人李叔则满腹经籍,学者景仰。

诗末联曰:"嗜痂辛苦王烟客,摘蘩怀铅十指皴。"牧斋本联咏王烟客酷爱己之著作。"嗜痂"者,南朝宋刘邕之"变态"行为也。

《宋书·刘穆之传》载:"邕所至嗜食疮痂,以为味似鳆鱼。尝诣孟灵休,灵休先患灸疮,疮痂落床上,因取食之。灵休大惊。答曰:'性之所嗜。'灵休疮痂未落者,悉褫取以饴邕。邕既去,灵休与何勖书曰:'刘邕向顾见啖,遂举体流血。'南康国吏二百许人,不问有罪无罪,递互与鞭,鞭疮痂常以给膳。"昔者周文王嗜昌歜(菖蒲根腌制物),孔子慕文王而食之以取味,乃"文明"之啖食,而刘邕竟嗜吃疮痂,以为味似鳆鱼(鲍鱼),信乎人情、口味各殊,每有不可思议者。"摘椠怀铅",汉扬雄旧事。刘歆《西京杂记》云:"扬子云好事,常怀铅提椠,从诸计吏访殊方绝域四方之语,以为裨补辎轩所载,亦洪意也。""铅"者,铅粉;"椠",书写用木片。扬雄所从事者,犹今之"田野调查",终成《方言》一书,学者至今称之。牧斋以"嗜痂""摘椠怀铅"二事以喻王烟客。烟客明清之际江南太仓人,画坛巨擘,"娄东画派"鼻祖。明亡后,牧斋与烟客友情契洽,而烟客酷爱牧斋诗文,历年搜求,寒暑抄录,目眵手胼而不止,牧斋乃有句中"十指皴"之形容。

牧斋《病榻消寒杂咏四十六首》本首所咏人物最夥。此五人者,萧伯玉少牧斋三岁,卢德水少牧斋六岁,王烟客少牧斋十岁,牧斋与此三人可谓同辈。徐伯调生年不详,后死于牧斋六年,李叔则少牧斋二十一岁,揆诸相关文献,知伯调与叔则于牧斋为后辈也。各人均身阅鼎革,明清改朝换代之际出处行藏各有不同,而无减对牧斋敬慕爱戴之情。牧斋与各人之友谊基础,正在于以文字通声气,同声相应,同气相求,乱余斑白,尚沉沦典籍,惺惺相惜,相互爱重。

牧斋《病榻消寒杂咏》诗其十所咏,仅牧斋与诸人交游事迹之一斑耳。窃以为,考论牧斋与各人交谊始末,于了解牧斋之行谊思想,大有裨益。要之,萧伯玉于五人中年齿与牧斋最近,约于同时立朝(明天启初)。二人阙下谛交,出处进退亦有相若者,而牧斋颠踬于仕途,困窘危急时,伯玉屡伸援手。卢德水入仕较牧斋与伯玉晚,居官年月与牧斋亦不相属。牧斋与德水初非政坛上共进退之党人,二人始以杜诗及书文相敬慕。牧斋与德水约于牧斋丁丑狱案前后定交,牧斋赴逮途中访德水于山东德州。二人气类相感,一见如故。德水约于此时出补礼部,旋改御史,攒漕运。牧斋、德水谛交后问讯不断,且共同阅历明朝末祚,二人相知深厚,以道义相黾勉。

徐伯调、李河滨则非牧斋所素识者,而于牧斋逝世前数年,相继贻书致敬,论学论文,求赐序,情意殷切。书文往返,牧斋乃引二人为知己同道,且有厚望焉。《初学集》删定之役,嘱于伯调;为"好古学者"张军,遏止复古派复兴于关中,托于河滨。牧斋为此二"笔友"所写书函、序文,述及一生学术、文学思想数番转变之因缘,并其最终之坚持与主张,乃探究牧斋学术之重要文献,可作牧斋"学思自传"观。牧斋与伯调、河滨之交,文坛前后辈文字之交,观其始末,可借知牧斋桑榆时对己文学"遗产"之安排、对后辈之期盼、对文坛之愿景,亦可窥见牧斋于时人心目中之地位。

江南常熟、太仓一衣带水,百里相望,而牧斋与王烟客于前明有无交往无考。迨明社既屋,自顺治初至牧斋于康熙三年(1664)逝世前,十余年间二人交往殷勤,感情笃厚。牧斋与烟客于清初之文坛艺坛,巍然如鲁殿灵光,二人惺惺相惜,相互爱重。二老赠言、进退以礼,往返文字,或道家常、诉衷曲,或寄托遥深,百感交集,期于传世者,洵阳九百六,灰沉烟扬之时,诗文"可以群"之一段佳话。烟客高门之后,先世及己数世仕明,入清后,不无"身份危机"(identity crisis)之忧虞,牧斋乃为设计其可对历史评价有所交代之"自我形象"(self-image),厥功不细。顺康之世,大乱甫定,牧斋与烟客温文尔雅之交,亦反映江南吴中虞山、娄东文苑艺林之呼息,而人文世界、精神之渐次复苏也。

(牧斋与五人交游之始末,详请参本书上编第四章"声气无如文字亲"。)

《病榻消寒杂咏四十六首》其十一笺释

柏寝梧宫事俨然,富平一叟记登延。

牵丝入仕陪元宰,执简排场见古贤。

早岁光阴频跋烛,百年人物递当筵。

举杯欲理沧桑话,儿女欢哗拥膝前。

> 余五六岁,看演《鸣凤记》,见孙立庭袍笏登场。庚戌登第,富平为太宰延接,如见古人,迄今又五十四年矣。

【笺释】

牧斋此首,追忆前辈国老仪容丰度与己初入仕时之青涩,语特驯雅,而鹤语尧年之感充斥字里行间。诗后小注曰:"余五六岁,看演《鸣凤记》,见孙立庭袍笏登场。庚戌(1610)登第,富平为太宰延接,如见古人,迄今又五十四年矣。"富平即孙丕扬(1531—1614),陕西富平县人,明嘉靖、隆庆、万历年间名臣,本传见《明史》卷二百二十四。(牧斋注谓见孙立庭袍笏登场,孙立庭似为扮演孙丕扬之演员。然孙丕扬号立山,"立庭"或为"立山"之讹,亦有可能。)孙丕扬为官以廉直、敢言、善筹划称。万历二十二年(1594),拜吏部尚书,《明史》载:"丕扬挺劲不挠,百僚无敢以私干者,独患中贵请谒,乃创为掣签法,大选急选,悉听其人自掣,请寄无所容。一时选人盛称无私,然诠政自是一大变矣。"

《鸣凤记》,明代传奇,作者不可确考,约成于隆庆年间,为中国传奇发展史上时事剧之滥觞。《鸣凤记》全剧四十一出,写嘉靖间权臣严嵩杀害力主收复河套之夏言、曾铣,即剧中之"双忠"。朝臣杨继盛等激于义愤,相继向朝廷陈言极谏,备尽种种曲折,终于斗倒严嵩。杨继盛等八大臣,剧中称"八义",孙丕扬与焉(孙氏劾奏严嵩事,《明史》本传中无载)。《鸣凤记》成于严嵩之子严世藩伏诛后不久,时事时人入剧,颇富社会现实主义(social realism)色彩。牧斋谓五六岁时看演《鸣凤记》,见扮演孙氏之演员袍笏登台。今案《鸣凤记》第三十六出《邹孙准奏》写监察御史邹应龙、刑科给事孙丕扬不约而同劾奏严嵩。兹录戏文一段于后,借之或可想见牧斋儿时所睹舞台上孙丕扬之风采:

【点绛唇后】〔末上〕为国忘眠,午夜听传漏。君知否?赞襄前后,忠骨潜消瘦。

颠衣起问夜何如,锦皂囊中有谏书。当道豺狼还未剪,何须郊外问狐狸?下官刑科给事孙丕扬便是。为严嵩父子奸党盘根,罪恶盈贯,故此日夜劳心,访得真情实迹,将他一一详奏。倘蒙听信,天下国家除大害矣。已到午门,想天气尚早,朝班未齐。呀,这是邹道长。〔生〕这是孙掌科。朝服在身,不敢施礼。〔末〕老道长几时回朝的?〔生〕下官昨日才回,今早复命。请问老掌科言责在身,奏何急务?〔末〕为严家事情。〔生〕实不相瞒,下官亦是此举。〔末〕可见贼臣为天下公恶。〔生〕恨吾辈面君之晚。……

〔末叩头〕万岁万岁,臣孙丕扬诚惶诚恐稽首顿首谨奏。

【前腔】给事班流,职主言词任国忧。〔老旦〕为甚事来?〔末〕只为八关贼子,九尾邪狐,敌国同舟。须防涓水泛洪流,燎原不灭难成救。恳乞天优,宥臣狂罪容臣奏。(见毛晋辑《六十种曲》)

《鸣凤记》中,正是邹、孙二人冒死弹奏,帝终悟严嵩父子无法无天,罪恶贯盈,"着锦衣卫亲领官校,速拿去三法司逐一究问"。牧斋之得晤孙丕扬本尊,在庚戌(1610)年,牧斋是年登第成进士,殿试第三名,授翰林院编修。时牧斋仅二十九岁,而孙氏已七十九高龄,任吏部尚书。(后二年,孙氏辞官归里,又二年,以八十三岁卒。)

牧斋诗首联曰:"柏寝梧宫事俨然,富平一叟记登延。""柏寝",用《史记·孝武本纪》事:"(李少君)尝从武安侯饮,坐中有年九十余老人,少君乃言与其大父游射处,老人为儿时从其大父行,识其处,一坐尽惊。少君见上,上有故铜器,问少君。少君曰:'此器齐桓公十年陈于柏寝。'已而案其刻,果齐桓公器,一宫尽骇,以少君为神,数百岁人也。""柏寝",齐国台名。"梧宫",亦齐宫殿,牧斋言柏寝,遂牵连及之。(旧诗亦有"柏寝""梧宫"同咏者,如唐韩翃《青州》诗:"柏寝寒芜变,梧台宿雨收。")牧斋乃以李少君喻孙丕扬,以丕扬耆硕,阅历数朝也。"登延",《汉书·五行志》"临延登受策"句注云："师古曰：'延入而登殿也。《汉旧仪》云："丞相、御史大夫初拜，皇帝延登亲诏也。"'"牧斋初见丕扬，正"登延"初拜之年，即注中"富平为太宰延接，如见古人"云云。

诗次联曰："牵丝入仕陪元宰，执简排场见古贤。"谢灵运《初去郡》句云："牵丝及元兴，解龟在景平。"《六臣注文选》李善注曰："牵丝，初仕。"张铣注曰："牵丝谓牵王如丝之言而仕也。"元稹《代李中丞谢官表》云："臣生值圣时，荫分天属，虽牵丝入仕，或因琐碎之文，而执简当朝，实由睦族而致。"牧斋诗"元宰"云云，固指丕扬，时任吏部尚书。"元宰"，冢宰、宰相、上相之谓。《明史》载："丕扬齿虽迈，帝重其老成清德，眷遇益隆。"可见牧斋"元宰"云云，盖写实也。"执简"者，史官、御史之属。牧斋牵丝入仕，授翰林院编修，正"执简"之史官。牧斋此联措语工切。牧斋以年不及三十而高第入仕，派翰林院官，"出身"一片光明，本联之咏，正可见其意得志满之神情。（虽然，牧斋对此榜之结果，不无遗憾，详参下首诗笺。）

牧斋诗第三联曰："早岁光阴频跋烛，百年人物递当筵。"牧斋于上联追忆畴昔峥嵘岁月，于本联则感叹光阴飞逝，一生所见风流人物，不无当筵舞袖之徒，逊于"古贤"远矣。"跋烛"，语见《礼记·曲礼上》："烛不见跋。"《注》云："跋，本也。烛尽则去之，嫌若烬多有厌倦。"《疏》云："跋，本也。本，把处也。古者未有蜡烛，唯呼火炬为烛也。"牧斋诗"频跋烛"云云，嗟惜人生如寄，岁月无凭，转瞬如烛之燃尽。（宋黄庭坚《次韵冕仲考进士试卷》句云："书窗过白驹，夜几跋红烛。"）"当筵"云云，稍寓讥诮之意。宋杨亿《傀儡》诗："鲍老当筵笑郭郎，笑他舞袖太郎当。若教鲍老当筵舞，转更郎当舞袖长。"极尽挖苦之能事。牧斋诗承上"登延""排场"之

355

情景来,则本联所咏之"百年人物",或官场中长袖善舞之权贵也。

末联甚妙,曰:"举杯欲理沧桑话,儿女欢呶拥膝前。"此联平易,欲语还休,余音袅袅。牧斋"爱官人",一生宦海浮沉,大起大落,五六十年所见、所交往者,率多"元宰"之流(牧斋于崇祯朝官至礼部侍郎,南明弘光朝拜礼部尚书,亦几乎元宰矣),欲董理其所与闻之"沧桑"旧事,无乃一部晚明政治斗争史,千头万绪,从何说起?宜乎"儿女欢呶拥膝前",牧斋就此打住。(唐韩愈《秋雨联句》诗句:"欢呶寻一声,灌注咽群籁。"旧注:"欢呶,喧号也。《诗》:'载号载呶'。")

明嘉靖间孙丕扬劾奏严嵩父子事,《明史·孙丕扬传》无载,而其事于《鸣凤记》中早有渲染,深入民心。牧斋本诗追忆富平旧事,特点题此剧,读者因之而记孙氏之挺劲不挠,敢于言事。牧斋本诗之富平写照,可补史之阙。

《病榻消寒杂咏四十六首》其十二笺释

砚席书生倚稚骄,邯郸一部夜呼嚣。
朱衣早作胪传谶,青史翻为度曲妖。
炊熟黄粱新剪韭,梦醒红烛旧分蕉。
卫灵石椁谁镌刻?莫向东城叹市朝。

是夕又演《邯郸梦》。

【笺释】

牧斋此首写五十余年前饮恨之事,由夜观演戏触动,抒发人生如戏,戏如人生之感叹。

首联写众人观戏之热闹场面,曰:"砚席书生倚稚骄,邯郸一部夜呼嚣。""砚席",砚台与坐席,借代同学,即下接二字之"书生"。与书生并肩而坐者,"稚骄"之人。"稚骄",犹"骄稚",语出《庄子·列御寇》:"人有见宋王者,锡车十乘,以其十乘骄稚庄子。"言此人以宋王所赐之十乘车骄矜炫耀于庄子也。("骄稚"二字同义，旧注云："穉［稚］亦骄也。")此一众人等杂坐嚣闹场面，牧斋于下句以"夜呼嚣"一语承接之。此首牧斋于诗后置小注，云："是夕又演《邯郸梦》。"即此首联下句"邯郸一部"所指。起二句，牧斋似写少年时看戏情景。

《邯郸梦》，或称《邯郸梦记》，明剧作家汤显祖名作，"临川四梦"之一，本事据唐人沈既济《枕中记》传奇小说。其故事梗概为：道士吕翁得神仙术，游邯郸道中，遇少年卢生，以囊中枕授之。生枕而梦，一生荣辱备尝，黄粱尚未熟也。此成语"黄粱梦""一梦黄粱""黄粱美梦""邯郸梦"之所由来，寓功名富贵犹如一梦，到头来一场空之意。牧斋本首之咏《邯郸梦》，则别有"今典"。

牧斋次联曰："朱衣早作胪传谶，青史翻为度曲妖。"观上句"朱衣""胪传"二语，大体可知与科举事有关。"朱衣"，"朱衣神"，着朱衣，主管文运，判文章优劣。宋赵令畤《侯鲭录》载："欧阳公（欧阳修）知贡举日，每遗考试卷，坐后尝觉一朱衣人时复点头，然后其文入格，始疑侍吏，及回视之，无所见，因语其事于同列，为之三叹，尝有句云：'文章自古无凭据，惟愿朱衣暗点头。'"朱衣神与文昌帝君、魁星、吕祖师、关帝君合称"五文昌"，士人学子尊奉之。朱衣亦指显宦。《后汉书·蔡邕传》云："臣自在宰府，及备朱衣，迎气五郊，而车驾稀出。"李贤注："朱衣，谓祭官也。"宋徐铉《送刘山阳》诗："旧族知名士，朱衣宰楚城。"清唐孙华《读梅村先生〈鹿樵纪闻〉有感题长句》之六有句云："东市朱衣多裹血，西台红泪与招魂。"朱衣，亦指入仕、升官。"胪传"，犹"传胪"，旧时科举殿试后，皇帝宣布登第进士名次之典礼。上传语告下曰胪，传胪即唱名之意。传胪唱名,其制始于宋世。《幼学须知》载:"天子临轩,宰臣进三卷,读于御案前,读毕拆视姓名,则曰某人。阁内则承之以传于阶下,卫士六七人,齐声传呼之,谓之传胪。"此传胪之广义,明代科举考试中,传胪又有专指。《明史·选举志》:"会试第一位会元,二甲第一为传胪。"牧斋诗"朱衣""胪传"云云,与《邯郸梦》中卢生由御笔点红,高中状元之情节相符。虽然,句中"谶"字该作何解?《邯郸梦》中无谶兆之事。其对句,"青史翻为度曲妖",更莫名其妙。钱曾注"胪传"一句,为记牧斋口授一事。读之,始知牧斋此联"今典"之始末。其文曰:"公云:'临川(汤显祖)尝语余,《邯郸梦》作于某年,曲中先有"韩卢"之句,竟成庚戌(1610)胪传之谶。'此曲似为公而作,亦可异也。"汤显祖《邯郸梦题词》自署"辛丑中秋前一日",即万历二十九年,公元1601年。其后十年为庚戌,即万历三十八年,公元1610年。是岁于牧斋极为重要,乃其成进士之年。该科"传胪"之事甚曲折。金鹤冲《钱牧斋先生年谱》"庚戌"条载:"廷试,以第三人授翰林院编修。先是先生以文望为中外属目,宰相叶向高,以先生置第一。小珰官报,谓先生状元,司礼监飞帖致意。胪传前夕,贺者盈门。及榜发,状元乃归安韩敬。盖敬受业宣城汤宾尹。廷对,宾尹为敬夤缘以得之。"此牧斋终身含恨之一事。"韩卢",传胪唱名韩敬为状元之意也。"胪传之谶"云云,以汤显祖《邯郸梦》作于1601年(或以前),而戏文中藏有谶语,预示十年后牧斋会试之下场,即所谓"'韩卢'之句"。今检《邯郸梦》全剧,三十出,并无"韩卢"字句。因复思之,昔时诗谶、经谶、谶记等,须用拆字、谐音诸法破译之始得。如此,则《邯郸梦》第七出《夺元》中有如此情节,或正牧斋所谓之"韩卢"之谶:

【一封书】都经御览裁,看上了山东卢秀才。〔净想介〕山东卢秀才?〔老〕名唤卢生。知他甚手策,动龙颜含笑孩?〔净〕老公公,看见当真点了他。〔老〕亲看御笔题红在,待剪宫袍赐绿来。〔合〕御筵排,榜花开,也是他际会风云直上台。

〔净〕奇哉,奇哉。这等,裴、萧二人第几?〔老〕萧第二,裴第三。

【前腔】〔净背介〕卷首定萧、裴,怎到的寒卢那狗才?〔回介〕是他命运该,遇重瞳着眼抬。〔老〕老先不知,也非万岁爷一人主裁,他与满朝勋贵相知,都保他文才第一。便是本监,也看见他字字端楷哩。〔净〕可知道了,他的书中有路能分拍,则道俺眼内无珠做总裁。(见钱南扬校点《汤显祖戏曲集》)

"寒卢那狗才",牧斋指"寒"骂"韩",甚泼辣。(钱曾注中所记牧斋语,犹今之 oral history,"口述历史",乃钱曾注牧斋诗之一大特色。于此,钱曾注犹牧斋自注,对诗句本事之诠解,帮助极大。然而,牧斋之口授钱曾者,往往无相关文献可资参互考订,其可信性亦无从完全确立。姑妄言之,姑妄听之可也。)此笔旧账,牧斋以"青史"目之,其事于牧斋生命之重要可知。此"青史",汤显祖于《邯郸梦》却早泄露天机,故牧斋联中有"度曲妖"之叹。旧史中记童谣、民歌一类谶语,谓之"诗妖",牧斋"度曲妖"云云,自此翻出。牧斋于明季清初,攘斥竟陵钟惺、谭元春等为"诗妖",视作亡国之兆,批判极为严苛。此诗联中之"度曲妖"则为汤显祖,牧斋相当敬重之前辈故人,则此妖应不坏,用表灵异事耳。

牧斋第三联:"炊熟黄粱新剪韭,梦醒红烛旧分蕉。"于沈既济《枕中记》及汤显祖《邯郸梦》中,黄粱未熟,卢生寤而富贵荣华之梦已然破灭,寓人世追求无非荒诞妄作之意(之后卢生即随吕翁赴蓬莱仙山修道去也)。牧斋诗则云"炊熟黄粱",后又添益"新剪韭"之意象。原故事中,卢生入梦之处为邯郸桥头小店,陈设简陋可想而知。牧斋诗则云"梦醒红烛",旁又有"旧分蕉"。牧斋本联对原传奇、戏文之改造可谓匠心独运。原故事中之举业、旅途、村店、黄粱梦,无不予人漂泊不安,转瞬无凭之感。牧斋所咏,意象已转"家居化"(domesticated),黄粱梦醒,而日常生活依然,一种秩序、延续感(a sense of order and continuity)寄寓其中。此意复可于次联及本联所含之时间观求之。次联谶兆、"度曲妖"所牵动之时间、事件前后颠倒("早作""翻为"),为异常、难以理解之时间观。第三联"炊熟黄粱",时间已过去,而接以"新剪韭",又似延续过去而开展未来。"梦醒红烛",时间亦过去,然于"旧分蕉"中,仍可记"梦醒"之前更早之时间,此中为可回溯、组织、理解之时间及事件。(联中上下句第五字位置分别落"新"字、"旧"字,声调一平一仄,语义、语音内部结构亦体现出秩序感。)诗次联而至第三联,由怪异而归于平常,唯此中时间,于牧斋生命而言,却可能横跨五纪星辰。思及此,黄粱一梦之幻灭、欷歔感又复挥之不去,能不为之慨然!牧斋此二联诗太奇妙。(以"分蕉"一语入诗者鲜见,及忆与梦有关之典故尚有"蕉鹿梦"者,始悟牧斋此处为押韵而以"蕉"代"鹿"也。《列子·周穆王》:"郑人有薪于野者,遇骇鹿,御而击之,毙之。恐人见之也。遽而藏诸隍中,覆之以蕉,不胜其喜。俄而遗其所藏之处,遂以为梦焉。顺涂而咏其事,傍人有闻者,用其言而取之。"后乃有

"蕉鹿""梦鹿分鹿""分鹿"等语,喻虚幻迷离、得失无常之意。)

"功名大抵黄粱梦,薄有田园便好闲。"此金元之际李俊民《送郡侯段正卿北行二首》诗中联语。道理易懂,然传统士子能超然于此名利场外者有几人?牧斋诗末联曰:"卫灵石椁谁镌刻?莫向东城叹市朝。"寄寓牧斋对此五十余年前"胪传"旧事之感叹。沧桑忆往,感慨系之;会元之荣幸,擦肩而过,一生耿耿于怀。"卫灵石椁"云云,用《庄子·则阳》篇事:"狶韦曰:'夫灵公也死,卜葬于故墓,不吉,卜葬于沙丘而吉。掘之数仞,得石椁焉。洗而视之,有铭焉,曰:'不冯其子,灵公夺而里之。'夫灵公之为灵也久矣,之二人可足以识之!"("夺而里":"而","汝"也;"里","居处"也。)郭象注云:"子,谓蒯聩也。言不冯其子,灵公将夺女处也。夫物皆先有其命,故来事可知也。是以凡所为者,不得不为;凡所不为者,不可得为;而愚者以为之在己,不亦妄乎!"庄子书中此寓言之原本寄意,可勿论。而此石椁并其铭文,亦谶记也。铭文曰"不冯其子,灵公夺而里之",此中不亦有某人位置为他人所夺之事?牧斋用此呼应次联所咏"胪传"之事。"谁镌刻?"牧斋怨天乎?尤人乎?欷歔乎?愤怼乎?似乎都有。下句"东城叹市朝",用《后汉书·蓟子训传》旧事:"后人复于长安东霸城见之(蓟子训),与一老公共摩挲铜人,相谓曰:'适见铸此,已近五百岁矣。'"此"铜人",秦始皇帝于咸阳所铸金人十二,重各千斤。魏文帝黄初元年,命徙之,重不可致,因留霸城南。此千斤金人,矜贵极矣,其重若此,期以永久,然仍有大能力者能稍移之,留之"东城"。此不亦上述"胪传"事之写照乎?"莫叹市朝",则回首旧事,岁月、身世之感寓焉,呼应第三联。

《病榻消寒杂咏四十六首》其十三笺释

纱縠禅衣召见新,至尊自贺得贤臣。
都将柱地擎天事,付与搔头拭舌人。
内苑御舟思匼匝,上尊法酒赐逡巡。
按图休问卢龙塞,万里山河博易频。

壬午五日,鹅笼公有龙舟御席之宠。

【笺释】

牧斋本诗讥刺明末权臣周延儒(1593—1644),并及崇祯帝,诗意狠辣,略无恕词。牧斋与周延儒之恩怨情仇,说来话长。

先是,崇祯登极(戊辰,1628)。七月,诏起牧斋,不数月,洊擢詹事,转礼部右侍郎,兼翰林院侍读学士,协理詹事府事。十月,会推阁臣。牧斋素负物望,廷臣列成基命及牧斋等十一人名以进。时周延儒亦任礼部右侍郎,甚得崇祯宠信,唯廷臣以延儒望轻置之。(参《金谱》戊辰崇祯元年条)崇祯以延儒不预,大疑。(《明史·周延儒传》)温体仁望轻,亦不在所举,乃引前浙闱事为词(其事详《金谱》天启元年[1621]、二年条),谓牧斋结党受贿,延儒亦助体仁讦牧斋。执政皆言牧斋无罪,体仁、延儒乃言满朝多牧斋之党。"帝遂发怒,黜谦益,尽罢会推者不用。"(《周延儒传》)明年,阁讼终结,牧斋坐杖论赎。六月,出都门南归。终明之世,牧斋未再复官。(至南明弘光朝,始复起为礼部尚书。)十二月,崇祯帝拜延儒为礼部尚书兼东阁大学士。崇祯三年,体仁亦入阁,延儒为首辅。体仁阳曲谨媚延儒,阴欲夺其位。延儒为官贪鄙,任用私人,数年间,中外交相讦奏,延儒大困。崇祯六年,延儒引疾乞归,体仁遂为首辅。

始延儒颇从东林党人游,既陷牧斋,遂仇东林。至是归,失势,心内惭。而体仁益横,越五年始去。去而张至发、薛国观相继当国,一时正人皆得罪。延儒谋再起,欲借东林党人朝野之力。张溥等语延儒曰:"公若再相,易前辙,可重得贤声。"延儒以为然。崇祯十二年(1639)春,延儒访牧斋于常熟拂水山庄,时牧斋五十八岁。延儒枉驾造访,牧斋颇得意,作《阳羡相公枉驾山居即事赋呈四首》,其一曰:"阁老行春至,山翁上冢回。裘衣争聚看,棋局漫相陪。乐饮倾村酿,和羹折野梅。缘堤桃李树,一一为公开。"其四曰:"若问山东事,将无畏简书?白衣悲命驾,红袖泣登车。甲第功谁奏?歌钟赏尚虚。安危有公在,一笑偃蓬庐。"(《初学集》卷15)不无谄媚之意。东山再起之美梦,何止延儒?

张溥友吴昌时乃为交关近侍,冯铨复助为谋。会崇祯亦颇思延儒,而薛国观适败。崇祯十四年(1641),诏起延儒,复为首辅。

寻加少师兼太子太师,进吏部尚书、中极殿大学士。延儒被召,张溥等以数事要之。延儒慨然曰:"吾当锐意行之,以谢诸公。"既入朝,悉反体仁弊政。延儒又言于崇祯:"老成名德,不可轻弃。"于是郑三俊长吏部,刘宗周掌都察院,范景文长工部,倪元璐佐兵部,皆起自废籍。他如李邦华、张国维、徐石麒、张玮、金光辰等,布满九列。释在狱傅宗龙等,赠已故文震孟、姚希孟等官。中外翕然称贤。(《周延儒传》)

崇祯十四、十五年间,延儒补敝起废,东林党人复兴,正牧斋回朝之大好时机,而延儒独不召牧斋。牧斋愤恨交加。崇祯十六年(1643)癸未,牧斋作《元日杂题长句八首》,其六起联云:"庙廊题目片言中,准拟山林着此翁。""题目",用《世说新语·政事》典:"山司徒前后选,殆周遍百官,举无失才,凡所题目,皆如其言。"牧斋于此联后置小注云:"阳羡公语所知曰:'虞山正堪领袖山林耳。'"知牧斋此联,盖刺延儒不己之援引推挽也。后四月,复写长信《寄长安诸公书》,情词激越,尽泄对"元老"之愤恨。兹不嫌文烦,过录一段如后,以见牧斋当时之情绪:

"谦益衰颓晼晚,放弃明时。春明之梦已残,京华之书久绝。……顷者一二门墙旧士,为元老之葭莩桃李者,相率诒书,连章累牍,盛道其殷勤推挽、郑重汲引,而天听弥高,转圜有待。窥其指意,则以为元老此出,补治之勋已成,伊、周之颂无忝。惟是陈人长物,尚滞菰芦,则格天之业,尚欠分毫,吠日之徒,或滋拟议。必欲描头画角,宣播其虚公;拭舌膏唇,补苴其罅隙。又谓谦益狂奴如故,倔强犹昔,从此当拆皮为纸,刺血为墨,涕泪悲泣,归命投诚。庶几平生之鲸刖可补,晚岁之桑榆可冀。其词诚急,而其情诚可哀也。嗟乎!果若所言,则元老之于我,心已尽矣,力已殚矣。主上以师臣待元老,言无不信,谏无不从,独难此一人一事,不啻如移山转石。……群公以圣上为天,诸人以元老为天,其为所天,区以别矣。谦益虽老钝无似,其肯附诸人之末光,移群公之所天以事元老乎?假令从诸人之言,包羞忍耻,摇尾乞怜,元老亦怜而与之以一官。则此一官者,非朝廷之官而元老之官也。拜官公朝,谢恩私室。呈身识面,廉耻扫地。生平须眉皎皎,颇思孤撑另立,自竖颐颏于天壤之间。迨乎崦嵫景迫,栈豆恋深,遂一旦腼颜俯首,希邻女之光,而附乞儿之火,静夜扪心,清晨引镜,能不哑然而一笑乎!分义决绝,事理分明。掷粪不得不避,食蝇不得不吐……"(《初学集》卷80)

崇祯尊礼延儒特重,"然延儒实庸驽无材略,且性贪"。(《周延儒传》)崇祯十六年(1643)四月,清兵略山东,还至近畿,延儒不得已,自请视师。然延儒实不敢战,假传捷报,蒙骗朝廷。侦清兵去,乃言敌退。中外交章弹劾延儒,崇祯乃大怒,放归。冬十二月,命勒延儒自尽,籍其家。翌年三月,明亦亡。延儒传入《明史·奸臣传》。延儒死后,民间有歌谣曰:"周延儒,字玉绳。先赐玉,后赐绳。绳系延儒之颈,一同狐狗之头。"

周延儒伏诛于1644年初,越数月,李自成陷北京,崇祯帝自缢身亡,迨牧斋之咏《病榻消寒杂咏》其十三,将近二十年矣。牧斋偶忆旧事,犹愤恨难平,乃发为此章咒骂之词。牧斋"晚年好骂",而善骂,此篇骂人艺术之精妙,教人拍案叫绝。本诗后置小注,曰:"壬午(1642)五日,鹅笼公有龙舟御席之宠。"牧斋才大,举重若轻。本首所咏之事,不在周延儒身败名裂之际,或借周氏伏诛后之舆论,落井下石,此庸手可办。牧斋切入之时间点,正周氏权望最隆,崇祯帝对之最宠信之际。牧斋以壬午年端午日,周延儒"有龙舟御席之宠"侧写当时情况。如上言,崇祯帝对周延儒特礼重,《明史·周延儒传》载:"帝尊礼延儒特重,尝于岁首日东向揖之,曰:'朕以天下听先生。'因遍及诸阁臣。"牧斋所述"龙舟御席"之事,在此后半载间,想非虚写。牧斋于他处称周延儒"阳羡公""阳羡相公""元首",于此处则曰"鹅笼公",丑化周氏之词也。南朝梁吴均《续齐谐记》有"鹅笼书生"故事:阳羡许彦负鹅笼而行,遇一书生,以脚痛求寄笼中。"阳羡"与"鹅笼"之连结本此。周延儒宜兴(阳羡)人,牧斋乃得说此俏皮话。

牧斋诗首联曰:"纱縠禅衣召见新,至尊自贺得贤臣。"牧斋于诗后小注指周延儒为"鹅",于本联上句则骂其为"走狗"。"纱縠禅衣召见"之事,出典为《汉书·江充传》:"初,充召见犬台宫,自请愿以所常被服冠见上。上许之。充衣纱縠禅衣,曲裾后垂交输,冠禅纚步摇冠,飞翮之缨。充为人魁岸,容貌甚壮。帝望见而异之,谓左右曰:'燕、赵固多奇士。'""纱縠禅衣",旧注曰:"纱縠,纺丝而织之也。轻者为纱,绉者为縠。禅衣,制807之朝服中禅也。"江充衣此,容貌甚壮,帝异之。牧斋用此事典,却非取容貌衣冠壮丽之义。江充与周延儒对衣饰仪容之讲究或同,《明史·周延儒传》谓周氏入仕时"美丽自喜",上述牧斋《阳羡相公枉驾山居即事赋呈》诗中亦有"裒衣争聚看"之形容。虽然,在牧斋眼中,周延儒无异衣冠禽兽。江充被召见处名"犬台宫"。旧注:"晋灼曰:'《黄图》:"上林有犬台宫,外有走狗观也。"'"牧斋乃言,周延儒之复被召,宜置之于"犬台",其人作"走狗观"可也。好笑。本联下句则讥议崇祯帝。"贺""得贤臣",语出《汉书·佞幸传·董贤传》:"是时,贤年二十二,虽为三公,常给事中,领尚书,百官因贤奏事。……匈奴单于来朝,宴见,群臣在前。单于怪贤年少,以问译,上令译报曰:'大司马年少,以大贤居位。'单于乃起拜,贺汉得贤臣。"(周延儒万历四十一年[1613]会试、殿试皆第一,授修撰,亦"年甫二十余"。)此所谓"贤臣",实"佞幸"之臣,其为非作歹,亦帝主宠幸之过。复次,《汉书》中,乃单于"贺汉得贤臣",牧斋于此则曰"至尊自贺得贤臣"。"自"之一字,褒贬寓焉,牧斋乃刺崇祯偏执自用,不听公论,误信佞臣。

牧斋次联词意严切,直《春秋》"尽而不污"之笔,曰:"都将柱地擎天事,付与搔头拭舌人。"此斧钺之贬也,责崇祯帝有眼无珠,宠幸周延儒,国事遂不可收拾矣。"柱地擎天",南朝梁陆倕(字佐公)《新漏刻铭》:"皇帝有天下之五载也,乐迁夏谚,礼变商俗,业类补天,功均柱地。"(《六臣注文选》卷56)唐张说《故开府仪同三司上柱国赐扬州刺史大都督梁国文贞公姚崇神道碑》:"八柱承天,高明之位定;四时成象,亭毒之功存。"(《文苑英华》卷884)"柱地擎天"事,国家政教大业也。顾其时外则辽事已急,内则饥旱连年,民变生,流寇起,而崇祯帝所言听计从之首辅,竟一"搔头拭舌人"。"搔头",《后汉书·李固传》载:"遂共作飞章虚诬固罪曰……大行在殡,路人掩涕,固独胡粉饰貌,搔头弄姿。"旧注引《西京杂记》释"搔头":"武帝遇李夫人,就取玉簪搔头。自此宫人搔头皆用玉。"

"拭舌",典出《后汉书·吕强传》:"陛下不密其言,至令宣露,群邪项领,膏唇拭舌,竞欲咀嚼,造作飞条。"注曰:"《毛诗》曰:'驾彼四牡,四牡项领。'注云:'项,大也。四牡者人所驾,今但养大其领,不肯为用。喻大臣自恣,王不能使也。'"史载:"延儒性警敏,善伺意指。崇祯元年冬,锦州兵哗,督师袁崇焕请给饷。帝御文华殿,召问诸大臣,皆请发内帑。延儒揣帝意,独进曰……帝方疑边将要挟,闻延儒言,大说,由此属意延儒。"又:"二年三月召对延儒于文华殿,漏下数十刻乃出,语秘不得闻。"又:"天下大乱,延儒一无所谋画。"又:"延儒席藁待罪,自请戍边。帝犹降温旨……"又:"及廷臣议上,帝复谕延儒功多罪寡,令免议。延儒遂归。"此崇祯宠任、庇护延儒之数例耳。牧斋之刺崇祯,论虽苛,亦有确见,秉董狐之笔,诗书不讳,临文不讳。

牧斋诗第三联笔意荡开,曰:"内苑御舟思匼匝,上尊法酒赐逡巡。"诗上一联言其大者,本联具体而微。上述诗后小注中所谓"龙舟御席"之宠,牧斋铺写为本联上下句。"匼匝",周绕貌;"逡巡",徘徊貌。牧斋言"思匼匝""赐逡巡",尽表崇祯对周延儒宠信之周至,二人情意之缠绵。

末联笔锋急转,斥周延儒罪大恶极,曰:"按图休问卢龙塞,万里山河博易频。""卢龙塞",在今河北喜峰口,城池依山而筑,汉朝修建以防胡族入侵。唐钱起有《卢龙塞》诗,曰:"雨雪纷纷黑山外,行人共指卢龙塞。万里飞沙咽鼓鼙,三军杀气凝旌旆。陈琳书记本翩翩,料敌张兵夺酒泉。圣主好文兼好武,封侯莫比汉皇年。"牧斋谓"按图休问卢龙塞",喻边疆已陷于女真矣。中国"万里山河",沦为周延儒"博易"之资。("博易",贸易,交易也。)《明史·周延儒传》载:"当边境丧师,李自成残掠河南,张献忠破楚、蜀,天下大乱,延儒一无所谋画。用侯恂、范志完督师,皆偾事,延儒无忧色。而门下客盛顺、董廷献因缘为奸利。"观此知牧斋之罪延儒,非纯为个人恩怨也。崇祯十六年四月,清兵逼近畿,延儒自请视师。"延儒驻通州不敢战,惟与幕下客饮酒娱乐,而日腾章奏捷,帝辄赐玺书褒励。侦大清兵去,乃言敌退,请下兵部议将吏功罪。既归朝,缴敕谕,帝即令藏贮,以识勋劳。论功,加太师,荫子中书舍人,赐银币、蟒服。"(《周延儒传》)此延儒欺君误国,以"万里山河"为"博易"事之最严重者,延儒亦因此身败。

周延儒于崇祯十五年夏五月有"龙舟御席之宠",来年冬十二月,帝勒其自缢,籍其家。其后二十年,牧斋追忆前朝旧事,犹唾其面鞭其尸而后快。牧斋对延儒怨毒之深,一至于斯。抑延儒真万恶不赦之人欤?

《病榻消寒杂咏四十六首》其十四笺释

鼓妖鸡祸史频书,字入杓中自扫除。
人讶九头能并唼,天教一首解横嘘。
钟沉禁漏纱灯杳,水冽寒泉露井虚。
闲向四游论近远,高空寥廓转愁余。
病中撰《许司成墓志》,辍简有感。

【笺释】

本章诗后小注云:"病中撰《许司成墓志》,辍简有感。"今检牧斋《有学集》卷二十八有《明故南京国子监祭酒赠詹事府詹事翰林院侍读学士石门许公合葬墓志铭》一文,即此《许司成墓志》。牧斋文为许士柔(天启二年[1622]进士,崇祯十五年[1642]卒)作,许氏《明史》卷二百一十六有传。牧斋本诗乃撰许士柔墓志铭成,有感而发,视之为该文之后跋亦无不可。文与诗对读,诗之力量始尽显,其本事始明。牧斋与许士柔为常熟同里人,牧斋父学《春秋》于许父,"为入室弟子"(《墓志铭》),钱、许二家交谊甚笃可知。许士柔卒于1642年,年五十六,则与牧斋为同辈,少数岁。士柔于1622年始入仕,晚牧斋十二年,唯立朝时间则较牧斋久,官至南京国子监祭酒。牧斋于明季天启、崇祯二朝之数番起落、政治斗争,士柔实为见证者,亦颇与其事。《明史》中许士柔本传甚简略,概述士柔上帝王世系二疏,论《三朝要典》载记有失体统,并因而遭权臣温体仁、张至发等排挤数事。《明史》许士柔传文内容不出牧斋墓志铭范围,而其重心几全同于牧斋文,颇疑清馆臣径取牧斋所为墓志铭,撮录成许传文。

牧斋诗首联曰:"鼓妖鸡祸史频书,孛入枓中自扫除。"上句"鼓妖""鸡祸"二典,俱出《汉书·五行志》。《五行志》曰:"传曰:'听之不聪,是谓不谋,厥咎急,厥罚恒寒,厥极贫。时则有鼓妖,时则有鱼孽,时则有豕祸,时则有耳痾,时则有黑眚黑祥。惟火沴水。'……言上偏听不聪,下情隔塞,……君严猛而闭下,臣战栗而塞耳,则妄闻之气发于音声,故有鼓妖。"又载"鼓妖"之实例一:"哀帝建平二年四月乙亥朔,御史大夫朱博为丞相,少府赵玄为御史大夫,临延登受策,有大声如钟鸣。……上以问黄门侍郎扬雄、李寻,寻对曰:'《洪范》所谓鼓妖者也。师法以为人君不聪,为众所惑,空名得进,则有声无形,不知所从生。……'扬雄亦以为鼓妖,听失之象也。朱博为人强毅多权谋,宜将不宜相,恐有凶恶亟疾之怒。八月,博、玄坐为奸谋,博自杀,玄减死论。""鸡祸",《汉书·五行志》曰:"传曰:'貌之不恭,是谓不肃,厥咎狂,厥罚恒雨,厥极恶。时则有服妖,时则有龟孽,时则有鸡祸。'……于《易》,'巽'为鸡,鸡有冠距文武之貌。不为威仪,貌气毁,故有鸡祸。一曰,水岁鸡多死,及为怪,亦是也。"牧斋以"鼓妖"喻帝偏听不聪,下情隔塞,罪君,"鼓妖"其陪衬耳。"鸡祸"则言群小当道,如鸡妖,朝纲不振。

本联下句中"孛入枓中"云云,用《左传》及《汉书·五行志》事。"孛"者,彗星也。《春秋左传·文公十四年》载:"秋,七月,有星孛入于北斗。"《注》曰:"孛,彗也。既见而移入北斗,非常所有,故书之。"《正义》曰:"经言'入于北斗',则从他处而入,是既见而移入北斗也。彗星长有尾,入于北斗枓中。妖星非常所有,故书。"《春秋谷梁传注疏》曰:"据孛于大辰及东方皆不言入,此言入者,明斗有规郭,入其魁中也。刘向曰:'北斗贵星,人君之象也。孛星,乱臣之类,言邪乱之臣,将并弑其君。'"《汉书·五行志》曰:"京房《易传》曰:'君不任贤,厥妖天雨星。'文公十四年'七月,有星孛入于北斗'。董仲舒以为孛者恶气之所生也。谓之孛者,言其孛孛有所妨蔽,暗乱不明之貌也。北斗,大国象。后齐、宋、鲁、莒、晋皆弑君。刘向以为,君臣乱于朝,政令亏于外,则上浊三光之精,五星赢缩,变色逆行,甚则为孛。北斗,人君象;孛星,乱臣类,篡杀之表也。"学者谓文公十四年(公元前613年)之"有星孛入北斗",或世界史上哈雷彗星之最早记载。彗星于古为不祥之兆。彗星见,帝主每自责修省,如《明史本纪·宪宗一》载:"十二月甲戌,彗星见,下诏自责,敕群臣修省,条时政得失。壬午,彗星入紫微垣,避正殿,撤乐,御奉天门听政。"牧斋句中"孛入枓中"云云,喻君不任贤,邪乱之臣恣虐于朝廷,欺君犯上,政令昏乱,与上句"鼓妖鸡祸"之寓意同。如此,则"自扫除",喻朝中忠贞大臣,际此昏暗之局,犹发愤图强,以匡扶国体士气。"扫除",用《汉书·李寻传》事:寻好

《洪范》灾异,又学天文月令阴阳。事丞相翟方进,方进亦善为星历,除寻为吏,数为翟侯言事。帝舅曲阳侯王根为大司马骠骑将军,厚遇寻。是时多灾异,根辅政,数虚己问寻。寻见汉家有中衰厄会之象,其意以为且有洪水为灾,乃说根曰:"不忧不改,洪水乃欲荡涤,流彗乃欲扫除;改之,则有年亡期。"(师古曰:"言可延期,得禳灾。")

崇祯一朝,许士柔先后上二疏,初论魏忠贤所辑《三朝要典》所载光宗事迹失实,请订正帝王世系,疏上,"奉旨谓累朝成例,不必滋烦"。士柔复抗疏言所以擿抉改录,政谓与累朝成例不合,孝端显皇后世系,不宜抹杀于寸管,"此尤天理人心,不容终泯者也"云云。疏上,"仍用前旨报闻"。其时温体仁当国,排斥异己,士柔之上帝王世系二疏,"明与乌程(温体仁)相排窄,而公益危"。(《墓志铭》)牧斋于《墓志铭》中秉如椽之笔,为揭明此中利害关系,其言曰:"呜呼!三朝之事,根柢宫掖,下穷私燕,上及山陵。……群小之改《实录》也,护《要典》也,当璧之忧危,伏蒲之谏诤,以迨于选婚诞嗣,一切彝典,皆毁而不录,以为必如是则椒涂之城堙日坚,汗青之罅隙尽杜。人主习其读而问其事,茫然如烂纸故牍,无可览观,何从拨煨烬于蕉园、埋科斗于汲冢?遂使宫邻金虎,皆得坐保百岁之安;而禁近铜龙,无复通知累朝之故。……识者叹公之更事深、奋笔勇,忧国远虑,比肩高阳(孙承宗),而惜人主之不见省也。"(《墓志铭》)人主不见省,听之不聪,下情隔塞,时则有"鼓妖",时则有"鸡祸",时则有妖星"孛入枸中",邪乱之臣,欺君危国矣。牧斋本诗联微言大义,贬斥崇祯帝并诸权臣,褒美许士柔之忠贤也。

牧斋诗次联曰:"人讶九头能并啖,天教一首解横嘘。"上句典出《楚辞·招魂》："雄虺九首，往来倏忽，吞人以益其心些。"王逸注曰："言复有雄虺，一身九头，往来奄忽，常喜吞人魂魄以益其心，贼害之甚也。"（洪兴祖《楚辞补注》卷9）下句用晋王嘉《拾遗记》卷九事："东方有解形之民，使头飞于南海，左手飞于东山，右手飞于西泽。自脐已下，两足孤立。至暮，头还肩上，两手遇疾风，飘于海外，落玄洲之上，化为五足兽，则一指为一足也。其人既失两手，使傍人割里肉以为两臂，宛然如旧也。"读牧斋许士柔《墓志铭》，知此联或影射崇祯朝之党争内幕并许氏与己于其中之遭遇。牧斋许氏《墓志铭》云："乌程攘枚卜逐余，锯牙歧舌，头角狰狞，会稽（倪元璐）叹曰：'文华殿为同文馆矣。'公（许氏）昌言于朝：'阁讼是非较然，安能将一手掩天下目。'言路攻乌程，章无虚日。乌程疑二公唱导，而尤以乡曲忌公。乌程当国久，势张甚。公岳岳不少屈。甲戌，官宫谕。上帝王世系二疏，明与乌程相排窄，而公益危矣。"又云："乌程起牢修狱杀余，罗网布中外。公焦头濡足，上告下诉，奸人遂飞章讦公。先帝逐乌程，尸奸人于市，祸始得解。"知牧斋诗中九头并啖之雄虺，即文中"锯牙歧舌，头角狰狞"之乌程温体仁是也。牧斋《墓志铭》又载："乌程锄异己益急，悬金购私人诋諆，黜逐会稽，牵连公族子《重熙私史》，请事穷究。公密封原书进御史，祸乃止。茂苑（文震孟）进购《春秋》，当上意登拜，乌程力排之，二月而罢。公复昌言于朝，如阁讼时。乌程语淄川（张至发）曰：'虞山、茂苑，二鸟也，有大小翮在，将怒飞，吾侪能安寝乎？'遂合谋出公于南。乌程去，淄川以诰词发难逐公。"许士柔乃出为南京国子监祭酒。甫莅任，坐前撰诰文越职事降调。牧斋诗中"一首横嘘"之"解形之民"于《拾遗记》中头飞于"南海"，牧斋似以之喻许士柔之被

375

出于南京。《拾遗记》中之东方异人乃自解其形者,牧斋诗则云"天教",责崇祯帝听之不聪,不从公论,遂使铮铮之臣被逐出帝都矣。牧斋述许士柔事,颇与己有关,二人相爱惜之情,溢于言表,则牧斋书许氏命之不辰,寓己之身世怀抱矣。无怪乎此联词气之郁苍劲健。

牧斋诗第三联曰:"钟沉禁漏纱灯杳,水冽寒泉露井虚。"牧斋诗上二联充满动感,至本联转趋冷静。诗联上句,于"钟沉禁漏"中,时间潺缓流逝;"纱灯杳",则灯前人面难辨。既言"禁漏"(宫中计时漏刻),指涉仍为宫掖。"纱灯"于旧诗传统中,多与佛寺、山居并言,如唐严维《宿法华寺》:"鱼梵空山静,纱灯古殿深。"李商隐《骄儿诗》:"又复纱灯旁,稽首礼夜佛。"张乔《题诠律师院》:"纱灯留火细,石井灌瓶清。"初颇疑"纱灯"与"禁漏"等之宫中意象不尽谐协。及读钱曾诗注,知此语或本苏轼《赠写御容妙善师》诗。如此,则无妨。坡公诗云:"忆昔射策干先皇,珠帘翠幄分两厢。紫衣中使下传诏,跪奉冉冉闻天香。仰观眩晃目生晕,但见晓色开扶桑。迎阳晚出步就坐,绛纱玉斧光照廊。野人不识日月角,仿佛尚记重瞳光。三年归来真一梦,桥山松桧凄风霜。天容玉色谁敢画,老师古寺昼闲房。梦中神授心有得,觉来信手笔已忘。幅巾常服俨不动,孤臣入门涕自滂。元老侑坐须眉古,虎臣侍立冠剑长。平生惯写龙凤质,肯顾草间猿与獐。都人踏破铁门限,黄金白璧空堆床。尔来摹写亦到我,为是先帝白发郎。不须览镜坐自了,明年乞身归故乡。"(王十朋《东坡诗集注》卷27)("绛纱玉斧光照廊"一句,钱曾引"绛纱"作"纱灯",疑误。"纱灯玉斧"之意象则牧斋诗中有之,其《清明日陪祀定陵恭述二首》其一句云:"纱灯玉斧俨垂旒,恸哭珠襦闷一丘。"[《初学集》卷2]又其《眼镜篇送张七异度北上公车》句云:"春王三月花婵娟,纱灯玉斧听胪传。"[《初学集》卷9])则牧斋此句所暗示者,"纱灯"旁"先帝"之"御容"也,而今杳然不可寻矣。"孤臣"思之,"涕自滂"。其对句"水洌寒泉"云云,看似寻常,实用《易经》意,钱曾失注。《易经·井》,"九五":"井洌寒泉,食。洌,洁也。居中得正,体刚不挠,不食不义,中正高洁,故'井洌寒泉',然后'食'也。"九五,天下主君之位,《正义》曰:"余爻不当贵位,但修德以待用。九五为卦之主,择人而用之。洌,洁也。九五居中得正,而体直。既体刚直,则不食污秽,必须井洁而寒泉,然后乃食。以言刚正之主,不纳非贤,必须行洁才高,而后乃用。故曰:'井洌寒泉,食'也。""井洌寒泉,食",喻人君中正刚直,用行洁才高之贤人。牧斋句"冰洌寒泉"之后,所接非"食"之意,言"露井虚"。"露井"一语,见于唐王昌龄《春宫怨》:"昨夜风开露井桃,未央前殿月轮高。平阳歌舞新承宠,帘外春寒赐锦袍。"设为君主另有新欢之怨词也。意者牧斋本句,乃言朝廷非无如"井洌寒泉"才德兼备之贤臣,特君主不能用耳。大贤人求自试而不见用,则君主虽居大位,无九五阳刚中正之德可知。牧斋本句既美贤臣,复暗刺君之失德,构句轻巧而寄意遥深,真不可多得之好句。牧斋诗首二联词气刚劲,大开大阖,讥讽之意,宣泄无遗。本联虽不无讽意,而词气婉转蕴藉,怨词也。老人心事,五味杂陈。上句"纱灯杳"云云,不无缱念先帝御容之思。下句"露井虚"云云,移之以言古今贤人之宿命亦无不可,则其感喟,别具一深沉之普遍意义(a universal meaning),非独指崇祯一朝旧事矣。

牧斋诗结联曰:"闲向四游论近远,高空寥廓转愁余。""四游",

《尔雅·释天》宋邢昺疏曰:"然二十八宿之外,上下东西各有万五千里,是为四游之极,谓之四表。据四表之内,并星宿内,总有三十八万七千里。"(《尔雅注疏》卷5)上联幽微之心事,至本联而推至更虚更远。四表皇穹,日月四时,世间沧桑,光阴流逝,此"近远"之"愁",难以告诉,唯发一浩叹耳,此杜公"独立苍茫自咏诗"之意欤?

读诗罢,复披卷诵牧斋许士柔《墓志铭》,可知老人诗结联苍茫情绪之所自。其文首段云:"天启壬戌,国方夷之初旦,制科得人为盛。胪传首茂苑文文肃公(文震孟),庶常擢会稽倪文正公(倪元璐)、漳浦黄石斋公(黄道周)暨吾邑许公(许士柔)。余在班行,群公谓词林有人,举手相贺。既而文大用,以复隍贞吝。倪、黄晚用,以过涉终凶。许公则不遂不退,入于坎窞以殁。迄于今,井灶堙夷,宿素澌尽。余乃以子遗荒耄,溃泪而铭公之墓,悲夫!"文后铭诗末云:"我刻铭诗讯金薤,金镜云亡世奚赖?王明受福终古喟。"许士柔子以乃父墓志铭请于牧斋,牧斋因之问许氏遗著之所在。("金薤",书也。韩愈《调张籍》诗:"平生千万篇,金薤垂琳琅。"旧注曰:"金薤,书也。古有薤叶书……言李、杜文章,播于金石云尔。")"金镜云亡":"金镜"以明正道者("金镜",亦书、文之谓),今不存矣。"世奚赖?"牧斋一辈文士之道义文章、事功志业,金镜云亡,奚所赖哉?

牧斋许士柔诗与文,宜合读。

《病榻消寒杂咏四十六首》其十五笺释

羊肠九折不堪书,箭直刀横血肉余。
牢落技穷修月斧,颠狂心痒掉雷车。
伶仃怖影依枝鸮,吸呷呼人贯柳鱼。
补贴残骸惟老病,折枝摩腹梦回初。

【笺释】

　　自诗其十一之"牵丝入仕陪元宰",至其十四之"高空寥廓转愁余",牧斋于晚明数朝仕宦之挫折已咏其荦荦大者,诗其十五可视作牧斋忆记此种种经验后之情绪宣泄,故其词纷乱,其意绪郁闷难以纾解。首联曰:"羊肠九折不堪书,箭直刀横血肉余。"言遭遇艰险曲折,此身虽在堪惊。"羊肠",旧记谓覆船山中十五里有七里坂,一名羊肠坂,"屈曲有壁立难升之路"。(《太平寰宇记》卷82引《益州记》)"九折",九折陂,在蜀郡严道县,孝子王阳奉先人遗体登之,叹其险畏。(《汉书·王尊传》)"不堪书",似直述,实含一典。李白《钓台》诗句:"霭峰尖似笔,堪画不堪书。"旧注引《方舆胜览》云:"霭峰在黟县南十五里,孤峭如削。"则牧斋诗起句取羊肠、九折、霭峰之险削难登以喻己经历之"不堪书",笔墨难以形容也。"箭直刀横",危险可以想见,"血肉余",幸存而已。

次联曰:"牢落技穷修月斧,颠狂心痒掉雷车。""牢落",陆机《文赋》:"心牢落而无偶,意徘徊而不能揥。""修月斧",传说月由七宝合成,其势如丸,其影多为日烁,其恶处也,常有八万二千户修之。(《酉阳杂俎》卷1)又以喻尽文章之能事。苏轼《王文玉挽词》云:"才名谁似广文寒,月斧云斤琢肺肝。"则牧斋此句或谓:世途险恶,心情牢落,于世道人心,己已"技穷",唯有勤磨"月斧",雕琢文词以寄寓心事耳。往事既险仄崎岖,思之犹激动如"颠狂",如"雷车"隆隆作响于心中。"掉雷车",形容雷声如车行,轰隆作响。《酉阳杂俎·雷》:"夜遇雷雨,每电起,光中见人头数十,大如栲栳。……见数人运斤造雷车,如图画者。"

第三联曰:"伶仃怖影依枝鸽,吸呷呼人贯柳鱼。"此犹首联意,喻己经历险危,思之犹有余悸。"伶仃",孤独貌。"怖影鸽",事见《五灯会元》《景德传灯录》等载记:鹞子趁鸽子,飞向佛殿栏子上颤。有人问僧:"一切众生,在佛影中常安常乐。鸽子见佛为什么却颤?"僧无对。法灯代云:"怕佛。"钱氏句取其"怕"义,表孤独伶仃无依靠之心情耳,于原公案事无涉。"吸呷",嘈杂貌。"呼人鱼",其事颇离奇。《太平广记·水族·薛伟》记薛伟"病七日,忽奄然若往者,连呼不应,而心头微暖。家人不忍即敛,环而伺之。经二十日,忽长吁起坐",乃告众梦中变为鲤鱼,将被杀制脍,急呼人,皆不应,"皆见其口动,实无闻焉",彼头适斩落,伟亦醒悟。(出《续玄怪录》)牧斋用此喻己历险时呼天不应,叫地不闻,无人救助也。"贯柳",贯,穿也,《石鼓文》:"其鱼维何,维鲊维鲤。何以橐之,维杨维柳。"

末联曰:"补贴残骸惟老病,折枝摩腹梦回初。"白居易《追欢偶作》云:"追欢逐乐少闲时,补贴平生得事迟。何处花开曾后看,谁家酒熟不先知。石楼月下吹芦管,金谷风前舞柳枝。十听春啼变莺舌,三嫌老丑换娥眉。乐天一过难知分,犹自咨嗟两鬓丝。"盖追惟平生,不无欢愉乐事也。牧斋则哀叹伴己残生者,唯余"老病",午夜梦回,"折枝摩腹",百无聊赖。《孟子》:"为长者折枝。"赵岐注:"折枝,案摩、折手节、解罢枝也。""折枝",按摩、舒展手足也。诗文中"摩腹"多用于饱食之后,表满足之意。牧斋"折枝摩腹"一语,则见"老病"之状,妙甚。

《病榻消寒杂咏四十六首》其十六笺释

膻氛重围四浃旬,奴囚并命付灰尘。
三人缧索同三木,六足钩牵有六身。
伏鼠盘头遗宿溺,饥蝇攒口嗍余津。
频年风雨鸡鸣候,循省颠毛荷鬼神。
记丁亥羁囚事。

【笺释】

顺治四年(1647)至六年(1649)间,牧斋曾二度下清人狱:顺治四年丁亥,逮狱北京;顺治五年戊子至六年己丑,颂系金陵。《病榻消寒杂咏》其十六后有小注,云:"记丁亥[1647]羁囚事",即指下北京狱事。牧斋此次罹祸,其因不明,或谓受顺治三年(1646)冬山东谢陛"私藏兵器"案牵连。(可参何龄修《〈柳如是别传〉读后》,《五库斋清史丛稿》[北京:学苑出版社,2004],第118—123页;另

参《方谱》,第157页。)牧斋以三月梢被捕,同年夏释归。出狱后有《和东坡西台诗韵六首》之作,其前序曾记此事:

丁亥三月晦日,晨兴礼佛,忽被急征。银铛拖曳,命在漏刻。河东夫人沉疴卧蓐,蹶然而起,冒死从行,誓上书代死,否则从死。慷慨首涂,无刺刺可怜之语。余亦赖以自壮焉。狱急时,次东坡御史台寄妻诗,以当诀别。狱中遏纸笔,临风暗诵,饮泣而已。生还之后,寻绎遗忘,尚存六章。值君三十设帨之辰,长筵初启,引满放歌,以博如皋之一笑,并以传视同声,求属和焉。(《有学集》卷1)

《病榻消寒杂咏》诗其十六,即咏与二仆羁囚时之可怜、狼狈景况。首联曰:"膻氉重围四浃旬,奴囚并命付灰尘。""膻氉",犹"氉膻"。《周礼注疏》卷四:"羊泠毛而氉,膻。"泠毛,毛长也。氉谓毛聚结。羊毛长聚结则其肉必膻臭也。此牧斋以状狱中恶臭"重围"。"浃旬",自子至亥十二日。(《周礼》)则牧斋陷狱中几五十日。"并命",共命运,同死也。《颜氏家训·兄弟》:"(王元绍)为兵所围,二弟争共抱持,各求代死,终不得解。遂并命尔。""灰尘",喻消亡。唐高适《古大梁行》诗句:"魏王宫观尽禾黍,信陵宾客随灰尘。"牧斋句谓自度必与仆一同遇害也。

次联曰:"三人缧索同三木,六足钩牵有六身。"咏与二仆同束缚于牢笼,行则若带缧索,处则若关桎梏。"缧索",绳索也,《庄子·骈拇》:"附离不以胶漆,约束不以缧索。""三木",《后汉书·马援传》:"可有子抱三木,而跳梁妄作,自同分羹之事乎?"注云:

"三木者,谓桎、梏及械也。"又《范滂传》:"滂等皆三木囊头,暴于阶下。"注云:"三木,项及手足皆有械,更以物蒙覆其头也。"此"三木"之书义,牧斋句中"三木"云云,不若读如字,谓三人被束缚,形同三柱木,动弹不得。其对句亦同其趣。三人六足,脚镣相"钩牵",如一足牵一身矣。此联极形象化,对仗巧妙。"六足""六身",亦佛教名相,前者指"六足论",小乘有部宗之六部根本论藏,后者指二"法身"、二"报身"、二"应身"。又《左传·襄公三十年》有"亥有二首六身"之字谜。牧斋句与佛典及《左传》义无涉,而读者见此数语被"误置"于此,不免莞尔。此老真爱玩。

第三联曰:"伏鼠盘头遗宿溺,饥蝇攒口嗒余津。"意象大不雅,牧斋因中卫生条件之恶劣可以想见。四十余日与鼠、蝇共处,腥臊膻臭必难顶,且鼠不畏人,遗溺头上,蝇攒人口,吸嗒"余津"(残留唾液),思之可怖复可怜。此联对仗亦极工巧,非老手莫办。

结联曰:"频年风雨鸡鸣候,循省颠毛荷鬼神。"叹造物弄人也。"鸡鸣候",本"鸡鸣候旦""鸡鸣戒旦"之谓,怕失晓误正事,未旦即起。《诗·齐风·鸡鸣序》:"思贤妃也,哀公荒淫怠慢,故陈贤妃贞女夙夜警戒相成之道焉。"牧斋或以此喻己年来行事已谨慎警惕,然造物弄人,即便立身行事谨小慎微,仍难远离祸患。"颠毛",头发。《左传·昭公三年》:"余发如此种种,余奚能为?"杜预注:"种种,短也。自言衰老,不能复为害。""颠毛种种",喻衰老。牧斋循览己之颠毛已种种,犹身陷囹圄,性命旦不保夕,能救己者谁,其唯鬼神乎?

牧斋狱解后作《和东坡西台诗韵六首》,诗其三,可与此首两相发明,其词曰:

三人贯索语酸凄,主犯灾星仆运低。
溲溺关通真并命,影形绊絷似连鸡。
梦回虎穴频呼母,话到牛衣并念妻。
尚说故山花信好,红阑桥在画楼西。

余与二仆,共桎拳者四十日。(《有学集》卷1)

《病榻消寒杂咏四十六首》其十七笺释

颂系金陵忆判年,乳山道士日周旋。
过从漫指龙门在,束缚真愁虎穴连。
桃叶春流亡国恨,槐花秋踏故宫烟。
于今敢下新亭泪,且为交游一惘然。

事具戊子《秋槐集》。

【笺释】

　　顺治四年(1647)羁囚事释后,牧斋归里(此狱事请参诗其十六笺释)。顺治五年戊子(1648)秋,又遭清人逮捕,颂系金陵,逾年始解。牧斋本篇即咏囚系金陵期间,与乳山道士林古度(茂之,1580—1665)"周旋"事。

　　牧斋此次逮狱,乃受黄毓祺(1579—1648)起兵海上案牵连所致。《清史列传·钱谦益传》载:"五年四月,凤阳巡抚陈之龙擒江阴人黄毓祺于通州法宝寺,搜出伪总督印及悖逆诗词,以谦益曾留黄毓祺宿其家,且许助赀招兵,入奏,诏总督马国柱逮讯,谦益至江宁诉辩:'前此供职内院,邀沐恩荣,图报不遑,况年已七十,奄奄余息,动履藉人扶掖,岂有他念?哀吁问官,乞开脱。'"复以首告牧斋之盛名儒逃匿不赴质,黄毓祺病死狱中,马国柱遂疏言"谦益以内院大臣,归老山林,子侄三人,新列科目,荣幸已极,必不丧心负恩"云云,狱乃解,得释归。(《贰臣传》)牧斋于顺治六年(1649)夏以前归里。牧斋曾否襄助黄毓祺起兵,众说纷纭,难以确考。

牧斋此次系狱,属软禁侦讯性质,故得以与友朋应酬,并采诗旧京,编纂《列朝诗集》。牧斋《新安方氏伯仲诗序》云:"戊子岁,余羁囚金陵,乳山道士林茂之,偻行相慰问。桐、皖间遗民盛集陶、何瘖明亦时过从,相与循故宫,踏落叶,悲歌相和,既而相泣,忘其身为楚囚也。"(《有学集》卷20)

林古度,字茂之,一字那子,福建福清人,一生阅历明万历、天启、崇祯、清顺治、康熙各朝,终身不仕,以布衣与当代名士交,长期寓居金陵,儿时一万历钱,终身佩之。(《清史列传·文苑传》)牧斋《初学集》中,未见茂之踪影,《有学集》及《钱牧斋先生尺牍》中,则多有咏及茂之者,其中又以此次颂系金陵期间所写者最夥。牧斋《列朝诗集》丁集中有茂之父"林举人章"诗及传,传文中有述及茂之者,曰:"初文二子,君迁、古度,皆能诗。古度与余好,居金陵市中,家徒四壁,架上多谢皋羽、郑所南残书,摩挲抚玩,流涕渍湿,亦初文之遗忠也。"(《列朝诗集小传》,第530页)则茂之亦明遗民也。茂之入清后贫甚,王士禛《林翁茂之挂剑集序》云:"……天下大乱,事势陵谷,永嘉南渡,石头不守,曩时风流文采之盛,不复可踪迹,而诸公亦零落老死,无复存者矣。顾翁独亡恙,旧家华林园侧有亭榭池馆之美,胥化为车库马厩,别卜数椽真珠桥南,陋巷掘门,蓬蒿蒙翳,弹琴读书不辍,有所感激,尚时发之于诗。海内士大夫慕其名而幸其不死,过金陵者,必停舟车访焉。翁既贫婆,无复少壮时意气,朝炊冬褐,不能不仰四方交游之力。顾世之士大夫,多非雅故,或阳浮慕之而已,卒不能有所缓急,由是穷益日甚。"(《王士禛全集·诗文集之十·蚕尾续文集》卷1,第1992页)

本诗首联曰:"颂系金陵忆判年,乳山道士日周旋。""颂系"者,散收而不戴狱具,但处曹吏舍,不入犴牢,以牧斋乃带衔之身而皇帝所知名者。《汉书·刑法志》颜师古注:"颂,读曰容。容,宽容之,不桎梏。""判年",犹半年,杜甫《重过何氏五首》诗句:"到此应常宿,相留可判年。"《杜诗详注》引旧注云:"《礼记》注云:'判,半也。'"牧斋以顺治五年秋赴逮金陵,则本诗所咏者,自秋徂春间事也,故下第三联有"桃叶春""槐花秋"之意象。"周旋",交际应酬,诗结句亦云"交游"。牧斋颂系已半载,而乳山道士日与周旋,二人亲密可知。

次联曰:"过从漫指龙门在,束缚真愁虎穴连。"自嘲之词也。"龙门",《世说新语·德行》云:"李元礼(膺)风格秀整,高自标持,欲以天下名教是非为己任。后进之士,有升其堂者,皆以为登龙门。"过从者咸以牧斋为一代龙门,牧斋曰"漫指",不敢当,以己为囚徒也。"龙门"以下句"虎穴"对,极工巧。《汉书·酷吏传·尹赏传》云:"赏至,修治长安狱,穿地方深各数丈,致令辟为郭,以大石覆其口,名为'虎穴'。……赏亲阅,见十置一,其余尽以次内虎穴中，百人为辈，覆以大石。数日一发视，皆相枕藉死，便舆出，瘗寺门桓东，楬著其姓名。"则"龙门"几投"虎穴"中矣。牧斋此联轻巧，又颇幽默。

第三联曰："桃叶春流亡国恨，槐花秋踏故宫烟。"本联沉痛。"桃叶"，桃叶渡，在秦淮河口。《方舆胜览》云："一名南浦渡。《金陵览古》：'在秦淮口。'桃叶者，晋王献之爱妾名也。献之诗云：'桃叶复桃叶，渡江不用楫。但渡无所苦，我自迎接汝。'"则此渡头本予人美好之联想，然牧斋以"亡国恨"三字承之，心怀怆恻矣。杜牧《泊秦淮》云："烟笼寒水月笼沙，夜泊秦淮近酒家。商女不知亡国恨，隔江犹唱后庭花。"牧斋此时与林茂之、盛集陶、何瘖明辈等周旋，循故宫、踏落叶，游赏之际，或"忘其身为楚囚"，而触景伤怀，"亡国恨"始终挥之不去。对句亦同此意，典出王维诗。《旧唐书·王维传》载："禄山陷两都，玄宗出幸，维扈从不及，为贼所得。维服药取痢，伪称喑病。禄山素怜之，遣人迎置洛阳，拘于普施寺，迫以伪署。禄山宴其徒于凝碧宫，其乐工皆梨园弟子、教坊工人。维闻之悲恻，潜为诗曰：'万户伤心生野烟，百官何日再朝天？秋槐叶落空宫里，凝碧池头奏管弦。'贼平，陷贼官三等定罪。维以凝碧诗闻于行在，肃宗嘉之……"王维诗曰"空宫"，牧斋诗则曰"故宫"。安史乱后，百官犹有朝天之日，南明弘光帝出亡，清军入金陵，南京宫阙廊庙真沦为"故宫"矣。王维被迫就"伪署"，乱后犹可呈凝碧池诗自白，卒获宥。牧斋以礼部尚书迎降，复仕清，身败名裂。牧斋此际"身为楚囚"而赋"秋槐"之句，哀悼国破之余，反思己之遭际经历，其凄楚感慨又不知多少倍于王右丞矣。

结联曰："于今敢下新亭泪，且为交游一惘然。"意志消沉。《世说新语·言语》云:"过江诸人,每至美日,辄相邀新亭,借卉饮宴。周侯(颢)中坐而叹曰:'风景不殊,正自有山河之异!'皆相视流泪。唯王丞相(导)愀然变色曰:'当共勠力王室,克复神州,何至作楚囚相对?'"刘孝标注引《春秋传》云:"楚伐郑,诸侯救之。郑执郧公钟仪献晋,景公观军府,见而问之曰:'南冠而絷者为谁?'有司对曰:'楚囚也。'使税之。问其族,对曰:'伶人也。''能为乐乎?'曰:'先父之职,敢有二事。'与之琴,操南音。范文子曰:'楚囚,君子也。乐操土风,不忘旧也。君盍归之?以合晋、楚之成。'""新亭""楚囚"之旧事,切牧斋明清之际遭遇。牧斋固"龙门",素以"天下名教是非为己任"者,如今敢作王导"勠力王室"之慷慨激昂语否?山河变色,陵谷迁移,身为楚囚,不忘旧君,其下者正新亭之泪。末云"惘然",老实语,大佳。牧斋心情心事,实难以言喻,付之"惘然"可也。

牧斋诗后置小注,云:"事具戊子《秋槐集》。"即今《有学集》卷一之《秋槐诗集》,乃牧斋入清后第一集诗,而其于颂系金陵期间所写者,极重要,盖牧斋之"明遗民"形象,自此奠定,为其入清后自我建构(self-constitution)不可或缺(甚或最重要)之一环。而牧斋此一形象,首见于其与林茂之、盛集陶、何蘧明等遗民唱和之什。牧斋此集诗之得以保存,茂之之功且莫大焉。牧斋《题〈秋槐小稿〉后》(1650)云:

> 余自甲申以后,发誓不作诗文。间有应酬,都不削稿。戊子之秋,囚系白门,身为俘虏。闽人林叟茂之,偻行相劳苦,执手慰存,继以涕泣。感叹之余,互有赠答。林叟为收拾残弃,

楷书成册，题之曰《秋槐小稿》。盖取王右丞"叶落空宫"之句也。己丑（1649）冬，子羽（黄翼圣）持孟阳（程嘉燧）诗帙见示，并以素册索书近诗。简得林叟所书小册，拂拭蛛网，录今体诗二十余首，并以近诗系之。嗟夫！庄舄之越吟，汉军之楚歌，讹然而吟，诎然而止，是岂可以谐宫商、较声病者哉？《河上》之歌，同病相怜，其亦有为之欷歔烦酲，顿挫放咽，如李贺所谓金铜仙人拆盘临载，潸然泪下者乎？……庚寅（1650）二月二十五日，蒙叟钱谦益书于绛云楼左厢之沁雪石下。(《钱牧斋全集·牧斋杂著·牧斋有学集文钞补遗》，第503页）

《病榻消寒杂咏》本诗宜与此文合观。牧斋逝世前二年（1662），有《复林茂之》一札，其词曰：

洞庭邮中，得和诗长篇。诗出老手，不烦赞叹。但喜其壮心生气，涌出笔间。知乳山老人当亦如戋后人老而不死，苦驻人间，看尽沧桑世界也。诗集排缵已定，是大好事，此今日一部井中《心史》也。翁诗非吾，谁当序者？不但翁生平一腔热血，非我不能发挥，即如弟年来苦心，灰头土面，不求人知，惟兄为海内一人知己，亦须借此序发挥一番。但以看经课程严，自朝至夕，无晷刻之暇。即如兄命作洞庭一友诗序，便费我翻经两日工夫，殊为懊恼。此序又不敢随手应付，须待秋冬经课少缓，料理一年宿逋，定以兄序作黄巢开刀树也。一笑！来札中有暗河蛙食其子，可后天地不死云云，上下文都不相属，不知何谓？幸详明再示之，俾知奉行也。弟年来穷困，都无人理。盗劫岁荒,催征叠困。上下无交困,无斗粟,天地间第一穷人,人不知也。案头无墨,每向人乞墨,如尺璧斗金,莫有应者,不能有余墨奉寄也。可笑如此,亦复可叹!尔止已游齐矣,秋期未可刻定。奈何!奈何!

"暗河蛙食其子,可后天地不死""上下文都不相属,不知何谓""俾知奉行"云云,应系茂之于致牧斋函中提供延年益寿之偏方,却文义不通或语焉不详,牧斋乃于此追问也。二老八十余高龄,衰颓之态呼之欲出,可笑复可怜。牧斋又自命天地间第一穷人,谓案头无墨,向人乞墨,莫有应者,无余墨可奉寄,知茂之函中求牧斋赠墨。二老桑榆暮景颇不堪。茂之来函应系索序于牧斋,故牧斋谓"诗集排缵已定,是大好事""翁诗非吾,谁当序者?不但翁生平一腔热血,非我不能发挥"云云。然牧斋不果序茂之诗,可能茂之诗集当时非马上开雕,又不久后牧斋即辞世,故《有学集》中无茂之诗集序文。

究其实,设若牧斋曾寓目茂之此"排缵已定"之诗集,真不知作何感想,又如何为茂翁发挥其"生平一腔热血"。茂之诗之传与不传,功过都在渔洋山人王士禛。茂之晚年颇与渔洋游。渔洋《池北偶谈》卷十三"林茂之"条云:"因忆辛丑壬寅(1661—1662)间,予在江南,常与林茂之(古度)先生游……时林方携其万历甲辰(1604)以后六十年所作,属予论定,……因为披拣得百五六十首,皆清新婉缛,有六朝、初唐之风。"(《王士禛全集·杂著之六·池北偶谈》,第3130页)此应即今尚传之《林茂之诗选》,二卷,仅载诗二百又四首耳。渔洋为茂之集曾撰二序,读之可知其编刻始末。《林翁茂之挂剑集序》透露,康熙甲辰(1664),茂之携其万历甲辰以来六十年间所写之诗来广陵,属渔洋删定。酒酣,喟然曰:"吾束发交游,今年八十五,屈指平生师友凋丧尽矣!卷中诸君子皆化异物,每开卷见其姓字,辄作数日恶。此数巨轴,虽更兵燹仅存,然庋阁饱鼠蠹者,垂三十年矣,后世谁相知定吾文者?千秋之事,今以付子。"渔洋谓乃为披拣而精择之,仅存百数十篇,率皆辛亥(1611)以前所作,以本年以后茂之与竟陵钟、谭游,其诗一变而为楚音,非其"真面目"。(《王士禛全集·诗文集之十·蚕尾续文集》卷1,第1992—1993页)

林茂之一甲子数千首诗,其国变前后之什,牧斋谓"此今日一部井中《心史》""翁生平一腔热血"者,遂为渔洋剔抹殆尽。每思及此,辄作数日恶,故曰茂之诗之不传,过在渔洋。虽然,茂之此集诗之传,功亦在渔洋。茂之晚年贫甚,无能力刻己集。茂之殁后,康熙八年(1669)前后渔洋曾谋为雕布,欲刻未果。又四十年,至康熙四十九年(1710)(渔洋病逝前一年,时渔洋已七十七岁),渔洋命弟子主其事而刻之,遂有今传之茂之诗集。(《林翁茂之挂剑集又序》,《王士禛全集·诗文集之十·蚕尾续文集》卷1,第1993页)以此,茂之诗之传,功在渔洋。

《病榻消寒杂咏四十六首》其十八笺释

忠驱义感国恩赊,板荡凭将赤手遮。
星散诸侯屯渤海,飙回子弟走长沙。
神愁玉玺归新室,天哭铜人别汉家。一云:"共和六载仍周室,章武三年亦汉家。"
迟暮自怜长塌翼,垂杨古道数昏鸦。记癸未岁与群公谋王室事。

【笺释】

牧斋于本章后置小注,云:"记癸未岁与群公谋王室事。"癸未,崇祯十六年(1643),大明江山摇摇欲坠,牧斋思有所作为,赤手回天,与文武大臣谋王事。

先是,崇祯十五年(1642)岁暮,有欲举荐牧斋治水师者,牧斋乃有《送程九屏领兵入卫二首时有郎官欲上书请余开府东海任捣剿之事故次首及之》之作。诗其二结联云："东征倘用楼船策，先与东风酹一卮。"(《初学集》卷20)可见牧斋跃跃欲试之情状。牧斋《初学集》最后一集诗题名"东山诗集四"，"起癸未正月，尽十二月"。(《初学集》卷20)集中之诗颇可反映牧斋与诸公谋王事之梗概。《元日杂题长句八首》其三诗中夹注云："淮抚史公唱义勤王，驰书相约。"此"淮抚史公"即史可法，时有勤王之议，驰书约牧斋共事。诗其四后置小注云："沈中翰上疏，请余开府登莱，以肄水师。疏甫入，而奴至，事亦中格。"沈中翰即上文述及之"郎官"，中书沈廷扬是也。《癸未四月吉水公总宪诣阙诒书辇下知己及二三及门谢绝中朝寝阁启事慨然书怀因成长句四首》其四首联曰："虚堂长日对空枰，择帅流闻及外兵。"后置小注："上命精择大帅，冢宰建德公以衰晚姓名列上。""冢宰建德公"乃吏部尚书郑三俊，"吉水公"则李邦华，江西吉水人。(详下)《嘉禾司寇再承召对下询幽仄恭传天语流闻吴中恭赋今体十四韵以识荣感》句："虚名劳物色，朴学愧天人。"后置夹注云："上曰：'钱某博通今古，学贯天人。'咨嗟询问者再。"崇祯帝询及牧斋，牧斋大为感动，故诗结云："歌罢临青镜，萧然整角巾。"欲有所报效也。"嘉禾司寇"指徐石麒。《中秋日得凤督马公书来报剿寇师期喜而有作》乃歌颂马士英者，时马氏任凤阳巡抚。观此数事，知其时牧斋虽废籍家居——《元日杂题长句八首》其六夹注云："阳羡公(周延儒)语所知曰：'虞山正堪领袖山林耳。'"——而负物望，文武大臣颇有望其东山再起，与谋国事者。牧斋固素有此志，设若明室不亡于次年春，牧斋复出实大有可能。

上述沈廷扬上疏请牧斋开府登莱事，牧斋于《卓去病先生墓志铭》中亦述及。去病，姓卓，名尔康，明季推官。去病喜谈兵，"人皆

395

易之,谓纸上兵法耳"。后卢象升用其议,"于是向之易去病者,诧去病果知兵,又惜卢公能用去病,而坐视其抑没以终老也"。至沈廷扬疏请牧斋开府东海,设重镇,任援剿,牧斋云:"去病家居,老且病矣,闻之大喜,画图系说,条列用海大计,惟恐余之不得当也。疏入未报,而事已不可为。去病晚岁论兵,专为东事,及其所期许于余者。至是而心灰梦断,臣精销亡,不复能久居此世矣。"去病卒于甲申十一月廿九日。牧斋论去病云:"余尝谓去病以文士喜论兵,述战守胜负之要,似尹师鲁。遇事发愤,是是非非,无所忌讳,似石守道。欧阳公论守道曰:'其违世惊俗,人皆笑之,则曰吾非狂痴者也。'然则天下之士,虽知去病,其能推其心而哀其志者,则亦鲜矣。"(《有学集》卷32)此牧斋哀去病,亦自哀志不得申,复为己以文人喜谈兵置辩者也。

复有一事,可借知其时邦国元老对牧斋之期许。崇祯十六年四月,牧斋赴扬州晤李邦华。牧斋于《明都察院左都御史赠特进光禄大夫柱国太保吏部尚书谥忠文李公神道碑》末段记其事之始末如此:

> 谦益辱公末契,逾壮迄老,函丈晤对,竿牍往来,师友笃论,家儿絮语,惟是怜才忧国,语不及私。癸未北上,要语广陵僧舍,艰危执手,潸然流涕,嘱曰:"左宁南(良玉),名将也。东南有警,兄当与共事,我有成言于彼矣。"箧中出宁南牍授余,曰:"所以识也。"入都,复邮书曰:"天下事不可为矣。东南根本地,兄当努力,宁南必不负我,勿失此人也。"偷生假年,移日视息,生我知我,辜负良友。伤心刻骨,有余痛焉!仿徨执笔,

老泪渍纸,而不忍终辞者,以为比及未死,效只字于青简,庶可以有辞于枯竹朽骨也。洪惟万历以来,高阳(孙承宗)与公,当并为宗臣,配食清庙,有其举之,工歌之颂词,曷可以已。(《有学集》卷34)

李邦华,字孟暗,号懋明,江西吉水人,万历甲辰进士,与孙承宗同榜,历官都察院左都御史,殉甲申三月十九日之难,享年七十一岁。或谓甲申三月十九日之事,"文臣殉难者十有二人,而李公为首"。(同上)明季数朝,邦华对牧斋多所提携。

本诗首联曰:"忠驱义感国恩赊,板荡凭将赤手遮。"语激昂。《诗经》之《板》《荡》二诗皆刺周厉王无道者。《板·序》曰:"凡伯刺厉王也";《荡·序》曰:"召穆公伤周室大坏也。厉王无道,天下荡荡,无纲纪文章,故作是诗也。"后以"板荡"喻政局混乱,社会动荡。牧斋"板荡"之语即取此"天下荡荡,无纲纪文章"之意。际此板荡之世,犹思"赤手"回天,以臣民受国恩,当有忠义之举以相报也。(《新唐书·萧瑀传》载李世民《赐萧瑀》诗句:"疾风知劲草,板荡识诚臣。")诗下三联,多以西汉末、东汉末故实以喻明季政局及己之抱负。

次联曰:"星散诸侯屯渤海,飙回子弟走长沙。""星散""飙回"二语皆喻乱象。《后汉书·光武帝纪》云:"炎正中微,大盗移国。九县飙回,三精雾塞。"注云:"飙回谓乱也。三精,日月星也。雾塞言昏昧也。"上句用东汉末袁绍起兵讨董卓事。《后汉书·袁绍传》云:"初平元年,绍遂以勃海起兵,以从弟后将军术……济北相鲍信等同时俱起,众各数万,以讨卓为名。"下句"子弟""长沙"云云,本唐吕温《题阳人城》诗:"忠驱义感即风雷,谁道南方乏武才？天下起兵诛董卓,长沙子弟最先来。"(《吕衡州集》卷2)亦咏起兵讨董卓事。牧斋诗起句"忠驱义感"一语即袭自吕温此诗。"渤海"在东北,"长沙"在东南。本联上下二句分咏南北"诸侯""子弟",纷纷起而匡护汉室。此本联旧典之寓意。"渤海""长沙",又非虚写,切牧斋之"今典"。崇祯十五年底,沈廷扬上疏请牧斋开府登莱,治水师,其地正"渤海":登州属山东省莱州府,渤海处于直隶(河北)、辽东、胶东之间。复次,崇祯十六年李邦华所嘱于牧斋者,"东南根本地",言可以合作者,左良玉(1599—1645)。其时,左良玉拥兵湖北武昌一带,有众二十万。"长沙子弟",借喻其军也。牧斋本联似谓,崇祯帝苟能用己,则己出而开府登莱,巩固近卫,复可联络东南军事力量,南北响应,天下事仍有可为。

第三联曰:"神愁玉玺归新室,天哭铜人别汉家。"喻己对社稷安危忧心如焚也。上句"玉玺""新室"云云,指王莽篡汉事。《汉书·元后传》载:"初,汉高祖入咸阳至霸上,秦王子婴降于轵道,奉上始皇玺。及高祖诛项籍,即天子位,因御服其玺,世世传受,号曰汉传国玺,以孺子未立,玺藏长乐宫。"此玺,乃汉朝皇权、治权(imperial authority, political legitimacy)之象征。王莽即位,请玺,使安阳侯舜谕旨。元后无计,"乃出汉传国玺,投之地以授舜,曰:'我老已死,如而兄弟,今族灭也！'舜既得传国玺,奏之,莽大说"。汉失传国玺,犹亡国。下句"铜人别汉家"事,见《三国志·魏书·明帝纪》引《魏略》《汉晋春秋》诸记所述铜人事。铜人乃汉时所铸,后为魏所取,思汉,故哭。李贺有名篇《金铜仙人辞汉歌》,其序曰:"魏明帝青龙元年八月,诏宫官牵车西取汉孝武捧露盘仙人,欲立置前殿。宫官既拆盘,仙人临载乃潸然泪下。唐诸王孙李长吉遂作《金铜仙人辞汉歌》。"诗有联曰:"魏官牵车指千里,东关酸风射眸子。空将汉月出宫门,忆君清泪如铅水。"(宋吴正子注,刘辰翁评《笺注评点李长吉歌诗》卷2)"铜人别汉"之典,牧斋诗文屡用之,喻亡国之痛也。

上述第三联异文作:"共和六载仍周室,章武三年亦汉家。"详味诗意,"共和""章武"一联于义胜于"神愁""天哭"一联。"共和",西周自厉王失政,至宣王执政,其间十四年,号共和。《史记·周本纪》载:"王出奔于彘。厉王太子静匿召公之家,国人闻之,乃围之。召公曰:'昔吾骤谏王,王不从,以及此难也。今杀王太子,王其以我为仇而懫怒乎?夫事君者,险而不仇懫,怨而不怒,况事王乎!'乃以其子代王太子,太子竟得脱。召公、周公二相行政,号曰'共和'。""章武",三国蜀先主刘备年号。《三国志·蜀书·后主传》:"三年夏四月,先主殂于永安宫。五月,后主袭位于成都,时年十七。……是岁魏黄初四年也。"二句意谓:周王虽出奔,召公、周公"共和"行政,仍为周室正统,而蜀汉偏安,章武朝仅三载,仍为汉室正统。此联实借古喻今,以况明崇祯朝最后一年间南迁之议。其时明室已岌岌可危,朝不保夕,南迁陪京南京,不失为苟延残喘之计。南迁者,或太子监抚南京,或皇帝亲行南迁。(牧斋联上句切前者,下句切后者。)其时李邦华先力主南迁,后见大势已去,乃主死守,唯请用成祖朝仁宗皇帝监国故事,急遣皇太子监国南京,又请命定、永二王分封江南。(《李公神道碑》)牧斋云:"公于此筹之熟矣。请死守,所以力杜播迁之谋;请监国,所以全收固守之局。"(同上)牧斋《投笔集》卷上《后秋兴之七》诗其三亦有联云:

"即看灵武收京早,转恨亲贤授钺违。"句后牧斋自注:"指甲申春李忠文监国分封之议。"钱曾注云:"甲申二月,李忠文公邦华,具疏请用成祖朝仁宗皇帝监国故事,急遣皇太子监国南京。越数日,又请分封永、定王于南京。皆不报。"(《全集·牧斋杂著·投笔集》,第34页)监国、分封之请不果行,甲申三月,李自成陷北京,十九日,崇祯帝自缢煤山,明亡。

末联曰:"迟暮自怜长塌翼,垂杨古道数昏鸦。"崇祯十六年癸未,牧斋六十二岁,在废籍,犹思奋起与群公谋王室事,终徒劳而事不济,明祚斩绝。至牧斋写本诗时,又二十年矣,病榻缠绵,时日无多,能不兴英雄迟暮之叹?"塌翼",失意消沉貌,语见《文选》卷四十四陈琳《为袁绍檄豫州》:"方今汉室陵迟,纲维弛绝,圣朝无一介之辅,股肱无折冲之势,方畿之内,简练之臣,皆垂头拓翼,莫所凭恃。虽有忠义之佐,胁于暴虐之臣,焉能展其节?"(《六臣注文选》张铣曰:"拓,敛。")陈琳为袁绍书此檄以讨曹操时,犹在汉末,而癸未之后,明社屋而清人入主中国,牧斋焉能不"长塌翼"?结句"垂杨古道数昏鸦",似马致远小令《天净沙》之凄恻:"枯藤老树昏鸦,小桥流水人家,古道西风瘦马。夕阳西下,断肠人在天涯。"

《病榻消寒杂咏四十六首》其十九笺释

萧疏寒雨打窗迟,愕梦惊回黯黯思。
箕斗每遭三尺喙,摄提犹列两行眉。
抛残短发身方老,着尽枯棋局始知。
顾影有谁同此夕?焚枯拨芋夜谈诗。

【笺释】

诗其十九首联曰:"萧疏寒雨打窗迟,愕梦惊回黯黯思。"一派寂寥萧索。老人久坐窗前,种种怖畏之记忆如"愕梦",萦回脑际,无从排遣。回过神来始觉寒雨打窗,前尘往事,又再费一番思量。此"梦"与"思"启下三联。

其宦途如"愕梦":"箕斗每遭三尺喙,摄提犹列两行眉。""箕斗",南箕北斗。箕宿四星,形似簸箕;斗宿六星,似盛酒之斗。《诗·小雅·大东》云:"维南有箕,不可以簸扬;维北有斗,不可以挹酒浆。"又《文选·古诗十九首》:"南箕北有斗,牵牛不负轭。"《六臣注文选》李善曰:"言有名而无实也。"刘良曰:"南箕,星也。虽名箕反不可得以簸扬也。北斗,星也。虽名斗不可量用也;牵牛,星也。虽名牛不可以得负车轭……"牧斋自谦己实徒负虚名耳,如其于《戊辰七月应召赴阙车中言怀》所云:"白马清流伤往事,南箕北斗愧虚名。"(《初学集》卷6)无奈世人以"党魁""龙门"视我,致"每遭三尺喙"之害矣。喙,嘴也。"三尺喙",语出《庄子·徐无鬼》:"丘愿有喙三尺。彼之谓不道之道,此之谓不言不辩,故德总乎道之所一,而言休乎知之所不知。至矣。"后则以喻人强言善辩,含讥讽之意。如唐冯贽《云仙杂记》卷九云:"陆余庆为洛州长史,善论事而缪于决判。时嘲之曰:'说事则喙长三尺,判事则手重五斤。'"牧斋乃叹己为虚名所累,群小妒忌,屡为逸言评语所害。"摄提",星也;"眉",其"芒角"也。《晋书·天文志上》云:"摄提六星,直斗杓之南,主建时节,伺机祥。摄提为楯,以夹拥帝座也,主九卿。"《汉书·瞿方进传》云:"今提扬眉。"服虔注曰:"提,摄提星也。扬眉,扬其芒角也。"本联上下句合读,知牧斋所怨恨者,"夹拥帝座","主九卿"之"摄提"星也,其"扬眉"犹"三尺喙"。牧斋意指温体仁、周延儒辈欤?

第三联曰:"抛残短发身方老,着尽枯棋局始知。"梦里不知身在梦,"愕梦"醒时身已老。猛回首,一生翻覆战枯棋,推枰始知结局如许惨淡,为时已晚,徒添懊恼。

结联曰:"顾影有谁同此夕?焚枯拨芋夜谈诗。"上句用陶公《饮酒》诗前序意:"余闲居寡欢,兼比夜已长,偶有名酒,无夕不饮。顾影独尽,忽焉复醉。既醉之后,辄题数句自娱。纸墨遂多,辞无诠次。聊命故人书之,以为欢笑尔。"陶公"顾影"独酌,犹有自得自乐之态。牧斋之"顾影",似寂寞满怀。下句"焚枯"者,"焚枯鱼"之意。《文选》卷二十一应璩《百一》诗云:"田家无所有,酌醴焚枯鱼。"李善曰:"蔡邕《与袁公书》曰:'酌麦醴,燔干鱼,欣然乐在其中矣。'"田家喝酒燔干鱼吃,真一乐也。唯牧斋句"焚枯"云云无此意,仅为下接之"拨芋"陪衬耳。"拨芋",典出唐袁郊《甘泽谣·懒残》事:懒残者,唐天宝初衡岳寺役僧也。邺侯李泌读书寺中,知非凡物。候中夜,潜往谒焉。"懒残大诟,仰空而唾曰:'是将贼我。'李公愈加敬谨,惟拜而已。懒残正拨牛粪火,出芋啖之。良久乃曰:'可以席地。'取所啖芋之半,以授焉。李公奉承就食而谢。谓李公曰:'慎勿多言,领取十年宰相。'"牧斋"领取十年宰相"之梦,换来毁誉参半,代价何其巨大!今老耄之年,思之悯然。"此夕"若有可与语者,莫提相业,"谈诗""以为欢笑"可也。

《病榻消寒杂咏四十六首》其二十笺释

呼鹰台下草蒙茸,扶杖登临指断蓬。
倚杖我应占北叟,兴亡君莫问南公。
药栏进圻疏篱外,鸡栅欹斜细雨中。
种罢芜菁还失笑,莫将老圃算英雄。

【笺释】

本首自嘲之词,亟写英雄迟暮,可笑复可怜之态。

首联曰:"呼鹰台下草蒙茸,扶杖登临指断蓬。""呼鹰台"在今湖南襄阳,汉末荆州刺史刘表所建。宋乐史《太平寰宇记》卷一四五云:"呼鹰台在县东南一里。刘表所筑。表往登之鼓琴作乐,有鹰来集,因名。"刘表曾作《野鹰来》曲。(《襄阳耆旧传》)呼鹰台固古英雄鹰扬之地。今诗人设想"扶杖登临",所见唯野草蒙茸杂乱,断梗飞蓬,难兴英雄意气也。

次联曰:"倚杖我应占北叟,兴亡君莫问南公。""北叟""南公",古时二"智慧老人"(wise old man)也。北叟,塞上翁,知祸福倚伏之理,事见《淮南子·人间》。《文选》卷十四班固《幽通赋》云:"叛回穴其若兹兮,北叟颇识其倚伏。"《六臣注文选》吕延济曰:"言祸福纷乱反侧如此。北叟,塞上翁也。马亡入胡,人吊之,翁曰:'安知非福乎?'后马将骏马而归,人贺之,翁曰:'安知非祸乎?'后其子骑堕故折髀,人吊之,翁曰:'安知非福乎?'后胡兵大出,丁壮者战而死,唯子以跛故得父子相保,以此叟知祸福相因倚而生也。"牧斋句谓将学北叟祸福相倚之道以处世。南公,事见《史记·项羽本纪》:"故楚南公曰:'楚虽三户,亡秦必楚'也。"裴骃曰:"文颖曰:'南方老人也。'"《正义》曰:"虞喜《志林》云:'南公者,道士,识废兴之数,知亡秦者必于楚。'"牧斋句谓勿以我为南公而问我兴亡之数。

第三联曰:"药栏迸坏疏篱外,鸡栅欹斜细雨中。"云今所作者,尽农家老叟之事耳。上句"药栏"多指芍药之栏,或泛指花栏。杜甫《宾至》有句曰:"不嫌野外无供给,乘兴还来看药栏。"然牧斋《病榻消寒杂咏》诗多言老病,此处"药"读如字,作"草药"解亦无不可。下句"鸡栅"亦见杜诗,《催宗文树鸡栅》云:"墙东有隙地,可以树高栅。"牧斋本联以老农自况,不无自得之意。

末联曰:"种罢芜菁还失笑,莫将老圃算英雄。"此二句虽自嘲英雄迟暮,唯亦不无潇洒之意。上句"芜菁",俗称大头菜,块根可吃,古诗文屡见,牧斋此句则用《三国志·蜀书·先主传》注中事。《先主传》云:"先主据下邳。灵等还,先主乃杀徐州刺史车胄,留关羽守下邳,而身还小沛。"注引胡冲《吴历》曰:"曹公数遣亲近密觇诸将有宾客酒食者,辄因事害之。备时闭门,将人种芜菁,曹公使人窥门。既去,备谓张飞、关羽曰:'吾岂种菜者乎?曹公必有疑意,不可复留。'……"下句"老圃",老农也,《论语》:"请学为圃,曰:'吾不如老圃。'""英雄"云云,亦用刘备事。《三国志·蜀书·先主传》云:"时曹公从容谓先主曰:'今天下英雄,唯使君与操耳。本初之徒,不足数也。'先主方食,失匕箸。"牧斋乃笑谓我真种大头菜之老圃,切莫以假装种菜之英雄视我。

《病榻消寒杂咏四十六首》其二十一笺释

龙屿鸡笼错小洲,秦皇缆系刹江头。
烟消贝阙常开市,风引蓬莱且放舟。
鱼鳖星微沉后浪,鼋鼍梁阔驾中流。
天涯地少云多处,纵步期为汗漫游。
读元人《岛夷志》有感。

【笺释】

本首诗后小注云:"读元人《岛夷志》有感。"诗中复多海屿地理意象(geographical images)。初意牧斋本首所咏,或即《岛夷志》中之载记,乃穷一日力读《岛夷志》并诸考(苏继顾《岛夷志略校释》)。读《岛夷志》竟,始知牧斋本首之诠解,不能直接于是书中探得。牧斋所抒表者,特其读《岛夷志》之所感耳。

《岛夷志》,元末汪大渊(字焕章,生平不详,或云生于公元

407

1311年前后)所撰。大渊《〈岛夷志〉后序》云:"大渊少年尝附舶以浮于海。所过之地,窃尝赋诗以记其山川、土俗、风景、物产之诡异,与夫可怪可愕可鄙可笑之事,皆身所游览,耳目所亲见。传说之事,则不载焉。"(《校释》,第385页)《岛夷志》则以笔记文出之,叙述其身所游览,耳目亲见海外诸地,凡九十九条,涉及域外地名逾二百。《四库全书总目》云:"诸史外国列传秉笔之人,皆未尝身历其地,即赵汝适《诸蕃志》之类,亦多得于市舶之口传。大渊此书,则皆亲历而手记之,究非空谈无征者比。"大渊此书,近世以还,素为中外学者重视,以其所记载者为元代航海家之亲历,乃中外交通史之珍贵材料也。特牧斋本诗与大渊之书直接相关者,仅起句"龙屿"一语及后"烟消贝阙常开市"一句。《岛夷志》"龙涎屿"条云:"屿方而平,延袤荒野,上如云坞之盘,绝无田产之利。每值天清气和,风作浪涌,群龙游戏,出没海滨,时吐涎沫于其屿之上,故以得名。涎之色或黑于乌香,或类于浮石,闻之微有腥气。然用之合诸香,则味尤清远,虽茄蓝木、梅花脑、檀、麝、栀子花、沉速木、蔷薇水众香,必待此以发之。此地前代无人居之,间有他番之人,用完木凿舟,驾使以拾之,转鬻于他国。货用金银之属博之。"(《校释》,第43—44页)或云此屿在今苏门答腊北部一带,而"龙涎"者,实抹香鲸痛胃中所分泌之物质。李时珍《本草纲目》云:"龙涎,方药鲜用,惟入诸香,焚之则翠烟浮空,出西南海洋中,番人采得货之,每两千钱。"苏轼《玉糁羹》诗有句云:"香似龙涎仍酽白,味如牛乳更全清。"(参《校释》,第45—46页)牧斋诗取义,于龙涎屿实地及龙涎之为物实无涉。

通检牧斋诗文集,与《岛夷志》相关意象仅二见,一者即本诗所咏,一者在牧斋《投笔集》《后秋兴》之第十三叠中。《后秋兴》之十三为《投笔集》最后一叠,约写于《病榻消寒杂咏》之前半年,诗题下小序曰:"自壬寅(1662)七月至癸卯(1663)五月,讹言繁兴,鼠忧泣血,感恸而作,犹冀其言之或诬也。"壬寅、癸卯二年间,关系南明最重要之事件:壬寅(康熙元年,1662)二月,郑成功收复台湾;四月,明桂王(永历帝)被杀于昆明;五月,郑成功病逝于台湾;十一月,前监国鲁王薨(一说鲁王逝于九月)。金鹤冲《钱牧斋先生年谱》云:"先生至此,感愤无极,而《投笔集》遂于五月间终止。"观乎《后秋兴》之十三诗八首,情词激切,忧愤交煎,歌哭无端,其喻旨确在上述关乎南明命运之数事。如诗其一上半云:"地坼天崩桂树林,金枝玉叶痛萧森。衣冠雨绝支祈锁,闾阖风凄纣绝阴。"伤桂王之被害也。诗下半云:"丑虏贯盈知有日,鬼神助虐果何心?贼臣万古无伦匹,缕切挥刀候斧砧。"诅咒清人及杀桂王之"贼臣"吴三桂。《后秋兴》之十三诗其二则有《岛夷志》"龙涎屿"之意象。诗云:"海角崖山一线斜,从今也不属中华。更无鱼腹捐躯地,况有龙涎泛海槎?望断关河非汉帜,吹残日月是胡笳。嫦娥老大无归处,独倚银轮哭桂花。"郑成功弃守闽南,移驻台湾,不数月而殂于东宁,年三十九耳。牧斋此首,对郑成功之去渡海据台,略无怨词。郑氏之渡台,张煌言曾移书责之,谓军有寸进而无尺退,一入台湾,则孤天下之望也。牧斋诗意近之,而沉痛过之。诗次联上句曰:"更无鱼腹捐躯地。"用方回《挽陆君实》诗句"曾微一抔土,鱼腹葬君臣"意(钱曾注引),以宋末陆秀夫抱帝昺赴水死事喻明帝死而国土尽丧。下句曰:"况有龙涎泛海槎?""龙涎"一语,钱曾注引上述《岛夷志》"龙涎屿"条文释之。牧斋句出以诘责之语气,盖以郑氏之浮槎海外为不智之举也。由此观之,牧斋于病榻上读《岛夷志》,或非纯为消寒送日而已,似有若干关心海外残明势力动向之意。《岛夷志》首二条为"彭湖"及"琉球"。"彭湖"即今台湾之外岛澎湖,而《岛夷志》所载之"琉球",学者指出,即今台湾。牧斋读《岛夷志》,开卷即此二记,因之而思及郑氏之入台,不亦自然?甚或牧斋之读《岛夷志》,正为此二记?

较诸夏五"海角崖山"之咏,《病榻消寒杂咏》"龙屿鸡笼"一首情绪已转冷静。诗首联曰:"龙屿鸡笼错小洲,秦皇缆系刹江头。""龙屿"之义如上述,而"鸡笼"亦海外一岛屿,宋乐史《太平寰宇记》卷一七七"赤土国"云:"赤土国,隋时通焉,扶南之别种也。直崖州之南,渡海水行百余日,便风十余日,经鸡笼岛至其国。所都土色多赤,因以为号。"鸡笼岛似无特别故实,或因前言"龙屿",遂牵连及另一以动物命名之海屿耳。牧斋想象,大海之中错落如"龙屿""鸡笼"之类"小洲"。"秦皇缆系"云云,则指宇内之"秦皇缆船石"。宋潜说友《咸淳临安志》卷三十云:"在钱塘门外,相传秦始皇东游望海,舣舟于此。陆羽《武林山记》云:'自钱塘门至秦皇缆船石,俗呼西石头。北关僧思净刻大石佛于此。旧传西湖本通海,东至沙河塘,向南一岸皆大江也,故始皇缆舟于此。'""刹江"与秦始皇东游另一地点有关。钱塘有秦望山。《咸淳临安志》卷二十三引晏元献公《舆地志》云:"秦始皇东游,登此山,欲度会稽。"又云:"近东南有罗刹石。大石崔巍,横截江涛,商船海舶经此多为风浪倾覆,因呼为罗刹。每岁仲秋既望,必迎潮设祭,乐工鼓舞其上。"秦始皇东游览船之石曰"西石头",非"刹江头",牧斋以钱塘江诸名胜名泛言之耳。本联上句言海外洲屿,下句言内陆通海之地,构思颇妙。

次联曰:"烟消贝阙常开市,风引蓬莱且放舟。"上句字面脱自苏轼《登州海市》诗。坡公诗序云:"予闻登州海市旧矣。父老云:'尝出于春夏,今岁晚不复见矣。'予到官五日而去,以不见为恨,祷于海神广德王之庙,明日见焉,乃作此诗。""海市","海市蜃楼"之谓,幻象也。苏诗前半云:"东方云海空复空,群仙出没空明中。荡摇浮世生万象,岂有贝阙藏珠宫。心知所见皆幻影,敢以耳目烦神工。岁寒水冷天地闭,为我起蛰鞭鱼龙。重楼翠阜出霜晓,异事惊倒百岁翁。"牧斋句脱于此。唯苏诗已言此海市为难得一见"幻影""异事",牧斋诗何得以言"常开市"?此则援借汪大渊《岛夷志》记文之特色也。汪志每述一地毕,例必并记其地之物殖并以资贸易之货,篇篇如此,确予人"常开市"之印象。诗联下句"蓬莱"云云,其事屡见旧史。《史记·秦始皇本纪》云:"齐人徐市等上书,言海中有三神山,名曰蓬莱、方丈、瀛洲,仙人居之。"《正义》引《汉书·郊祀志》云:"此三神山者,其传在渤海中,去人不远。……未至,望之如云;及至,三神山乃居水下;临之,患且至,风辄引船而去,终莫能至云。"此旧载言蓬莱仙山之终不可至。牧斋句"风引蓬莱且放舟",反用其意,言放舟风引,蓬莱可即可及。牧斋此联似对海市幻象、海中仙山向往不已。

诗第三联曰:"鱼鳖星微沉后浪,鼋鼍梁阔驾中流。"鱼、鳖皆星名,《晋书·天文志上》云:"鱼一星,在尾后河中,主阴事,知云雨之期也。"又:"鳖十四星,在南斗南。鳖为水虫,归太阴。"以星象喻明清之际军政大事乃牧斋诗歌之一大特色。(可参拙著 The Poet-

411

historian Qian Qianyi, pp. 88, 95-96。)以此联言,以"微""沉"状二星,其黯晦衰微可知。鳖十四星,在南斗南。《投笔集》《金陵秋兴八首次草堂韵》(《后秋兴》之一)诗其二首联云:"杂虏横戈倒载斜,依然南斗是中华。"以"杂虏"称满人而指"南斗"为"中华"。(传统诗文中,"南斗"亦借指南方,南部地区。)以此,此南斗南之鳖十四星亦"中华"一隅之象征乎?"鱼鳖星微"而"鼍鼋梁阔",对比也。《文选》江淹《恨赋》云:"雄图既溢,武力未毕,方架(一作"驾")鼋鼍以为梁,巡海右以送日。"《六臣注文选》李善注引《纪年》曰:"周穆王三十七年,征伐,大起九师,东至于九江。叱鼋鼍以为梁。"可以想见其意气之高昂也。"中流",《史记·周本纪》云:"武王渡河,中流,白鱼跃入王舟中,武王俯取以祭。"又《晋书·祖逖传》:"帝乃以逖为奋威将军、豫州刺史……渡江,中流击楫而誓曰:'祖逖不能清中原而复济者,有如大江!'"本联二句合观之,意者中华之星微而牧斋犹望有王者兴于海国,匡复中原乎?《后秋兴》之十三诗其八(《投笔集》组诗最后一首)曰:"蛟宫螭窟势逶迤,蹙浪排波似越陂。荷鼓虚危新气象,白茅青社旧孙枝。磨刀雨过看兵洗,舳舻风来想檥移。昨夜江天聊举首,寒芒二八已昭垂。"亦对海国间残明力量寄予希望者也。由是观之,本联对海天物象之形容,不无政治象征意义矣。

诗末联曰:"天涯地少云多处,纵步期为汗漫游。"《淮南子·道应训》载卢敖游北海,遇一士,"就而视之,方倦龟壳而食蛤梨"("倦",蹲坐。"蛤梨",海蚌)。卢欲友之而同游,士曰:"吾与汗漫期于九垓之外,吾不可久驻。"乃举臂而竦身,遂入云中。牧斋浮想联翩,似对"天涯地少云多处"之南方海屿充满遐想。此其读元人汪大渊《岛夷志》所兴发之神仙之思,复寓其对南明海上力量之关怀与期望也。

《病榻消寒杂咏四十六首》其二十二笺释

推篷剪烛梦悠悠，旧雨依稀记昔游。
南国枭卢谁剧孟，北平鸡酒有田畴。
霜前啼鸟皆朱嘴，月下飞乌尽白头。
病树枝颠天一握，为君吹笛上高楼。
广陵人传研祥北讯。

【笺释】

牧斋于本章后置小注，云："广陵人传研祥北讯。"研祥者，冯文昌，明万历间名宦、文人冯梦祯（开之，1548？—1605）孙。（陈寅恪《柳如是别传》称研祥为"冯开之梦祯孙文昌之子"，不确。）冯梦祯殁时，牧斋二十四岁，居邑读书，为举子业，应未及亲炙，唯后诗文中屡称之，为牧斋极景仰之前辈风流人物。牧斋《列朝诗集》丁集下收梦祯诗若干题，于冯氏小传中云："余志其墓，以谓位不大，齿不尊，而风流弘长，衣被海内，谢安石之携伎采药，房次律之鸣琴弈棋，天下以王佐归之，固不以用不用为轩轾也。有《真实居士集》若干卷，为诗文疏朗通脱，不以刻镂求工。而佛乘之文憨大师极推之，以为宋金华之后一人也。孙文昌博学好修，实请余志公葬云。"牧斋之心仪冯梦祯，可见一斑。牧斋为撰《南京国子监祭酒冯公墓志铭》，收入《初学集》卷五十一，文末云："公卒于万历乙巳（1605）十月廿二日，享年五十有八。子三人：骥子、鹓雏、去邪，葬公于西溪之梅坞，公所乐游欲携家地也。余与鹓雏好，而骥子之子文昌游于吾门。公殁后三十八年，文昌奉其父所述行状来请铭。"知牧斋与梦祯子友善，而研祥之游于牧斋门，称弟子，不能迟于本文之作年，即崇祯十五年（1642）前后。冯家数世雅好收藏，梦祯"移病去官"后，筑庵于西湖孤山之麓，家藏《快雪时晴帖》，名其堂曰"快雪"。牧斋《初学集》卷八十五《跋董玄宰与冯开之尺牍》尝记云："冯祭酒开之先生，得王右丞《江山霁雪图》，藏弄快雪堂，为生平鉴赏之冠。董玄宰（其昌）在史馆，诒书借阅。祭酒于三千里外缄寄，经年而后归。祭酒之孙研祥以玄宰借画手书装潢成册，而属余志之。……祭酒殁，此卷为新安富人购去，烟云笔墨，堕落铜山钱库中三十余年。余游黄山，始赎而出之。"牧斋黄山之游，崇祯十四年（1641）二月事也，其跋董其昌与冯梦祯尺牍，当在赋归以后，则崇祯十四、十五年之际，研祥已游于牧斋之门墙亦可知。

入清以后，牧斋之咏研祥而作期确切可知者，有四题诗：《有学集》卷二"秋槐诗支集"载《冯研祥金梦蜚不远千里自武林喧我白门喜而有作》及《叠前韵送别研祥梦蜚三首》，集目标"起己丑（1649）年，尽庚寅（1650）四月"；卷十"红豆诗二集"载《酒逢知己歌赠冯生研祥》,集目标"起己亥(1659),尽一年";再则卷十三《病榻消寒杂咏四十六首》本首之咏。除《病榻消寒杂咏》本首兴发于"广陵人传研祥北讯"外,皆牧斋与研祥面晤时作。牧斋入清后诗文之及研祥虽不频繁,然观其作期及内容,可知研祥为事牧斋有始终之弟子,而牧斋病榻缠绵之际,犹关心研祥消息,亦可知牧斋之惦念研祥也。(葛万里《牧斋先生年谱》载牧斋顺治七年[1650]夏五金华之行"同行有冯范研祥",不知何据。又冯、范实二人,葛氏错判为一。)

冯研祥之生平行实今已不可确知,文献不足故也,其所著《吴越野民集》似亦不传。据零星载记,知研祥号吴越野民,颜其室曰"三余堂"。诸生,寓于杭之西湖,善书画,收藏甚富。得宋刊《金石录》十卷,殊为宝重,题跋其后,并钤印"金石录十卷人家",长笺短札,帖尾书头每每用之。(参《武林藏书录》《清稗类钞》等)黄宗羲《思旧录》"张溥"条有语云:"甲戌[1634],余与冯研祥同至太仓,值端午,天如宴于舟中,以观竞渡,远方来执贽者纷然。"则研祥早岁亦颇与复社中人游也。

牧斋之颂冯梦祯遗事,侧重其"风流弘长,衣被海内"一面,而赋咏研祥,则表其于己始终不离不弃之情。顺治五年(1648)秋至六年(1649)春,牧斋因黄毓祺案牵连,有南京之逮,颂系逾年。上述《冯研祥金梦蜚不远千里自武林唁我白门喜而有作》及《叠前韵送别研祥梦蜚三首》二题诗正作于此时。《冯研祥金梦蜚不远千里自武林唁我白门喜而有作》云:"逾冬免死又经旬,四海相存两故人。吴浙各天如岭峤,干戈满地况风尘。灯前细认平时面,坐久频惊乱后身。詹尹朝来传好语,可知容易有斯晨。"及研祥、梦蜚(金渐皋,字梦蜚,号怡安,仁和人)告归,牧斋依依不舍,乃有《叠前韵送别研祥梦蜚三首》之作,内有句云:"残生握别无多泪,乱世遭逢有几身。"(其一)"关心憔悴无过死,执手叮咛要此身。"(其二)"自顾但余惊破胆,相看莫是意生身。"(其三)此段旧事,对了解十余载后牧斋病榻上所写忆念研祥之诗相当重要。

牧斋《病榻消寒杂咏》之咏研祥,起联曰:"推篷剪烛梦悠悠,旧雨依稀记昔游。"意韵仿佛李商隐《夜雨寄北》诗:"君问归期未有期,巴山夜雨涨秋池。何当共剪西窗烛,却话巴山夜雨时。"此时研祥在北地,李商隐诗题"寄北"之意,亦切牧斋思念之方向。此联实有"近典",钱曾注已为拈出,知牧斋诗开首"推篷"一语亦非虚写。钱曾注引李东阳《怀麓堂诗话》云:"维扬周岐凤多艺能,坐事亡命,扁舟野泊无锡。钱晔投之以诗,有'一身为客如张俭,四海何人是孔融?野寺莺花春对酒,河桥风雨夜推篷'之句。岐凤得诗,为之大恸,江南人至今传之。"李东阳诗话引钱晔诗略去首尾二联,实则牧斋本联之寄意,与该二联不无关涉。朱彝尊《明诗综》卷二十三载钱晔全诗作:"琴剑飘零西复东,旧游清兴几时同?一身作客如张俭,四海何人是孔融?野寺莺花春对酒,河桥风雨夜推篷。机心尽属东流水,惟有家山在梦中。"其时牧斋因黄毓祺事颂系金陵,亦"坐事"也(但牧斋赴逮金陵,并无"亡命"之举)。"机心尽属东流水,惟有家山在梦中"云云,正可作牧斋心情之写照看。钱晔诗以张俭、孔融旧事喻己之关怀周岐凤,牧斋诗复又借之咏研祥爱己,特自武林来谒己于患难中之隆情高义。

次联承首联意,曰:"南国枭卢谁剧孟,北平鸡酒有田畴。"剧孟,博徒,以侠显,《史记·游侠列传》云:"……洛阳有剧孟,周人以

417

商贾为资,而剧孟以任侠显诸侯。吴、楚反时,条侯为太尉,乘传车将至河南,得剧孟,喜曰:'吴、楚举大事而不求孟,吾知其无能为已矣。'天下骚动,宰相得之若得一敌国云。剧孟行大类朱家,而好博,多少年之戏。然剧孟母死,自远方送丧盖千乘。及剧孟死,家无余十金之财。"时人曰:"夫一旦有急叩门,不以亲为解,不以存亡为辞,天下所望者,独季心、剧孟耳。"(《史记·袁盎列传》)剧孟"好博",六博之戏也,牧斋句以"枭卢"指代。枭、卢,六博中二种彩色,枭为么,最胜,卢为六,次之,亦泛指赌博。田畴事见晋王嘉《拾遗记》卷七,乃事君死生不渝者也。"田畴,北平人也。刘虞为公孙瓒所害,畴追慕无已,往虞墓设鸡酒,恸哭之音,动于林野……畴卧于草间,忽有人通云:'刘幽州来,欲与田子泰言平生之事。'畴神机远识,知是刘虞之魂。既近而拜,畴泣不自支,因相与进鸡酒。畴醉,虞曰:'公孙瓒求子甚急,宜窜伏以避害!'畴拜曰:'闻君臣之义,生则尽礼,今见君之灵,愿得同归九地,死且不朽,安可逃乎!'虞曰:'子万古之贞士也,深慎尔仪!'奄然不见,畴亦醉醒。"牧斋此联盖以剧孟之侠义、田畴之忠贞归研祥,颂其事已如古之忠义士也,对仗尤工整巧妙。

第三联曰:"霜前啼鸟皆朱嘴,月下飞乌尽白头。"此联顺接上联而再转出一新意。曰"皆",曰"尽",喻友朋同志之患难与共也。朱嘴代指杜鹃,其喙色红,故有杜鹃啼血之说。下句含二典。《乐府诗集》卷四九:"《古今乐录》曰:'西乌夜飞'者,宋元徽五年荆州刺史沈攸之所作也。攸之举兵发荆州东下,未败之前,思归京师。所以歌和云:白日落西山,还去来。送声云:折翅乌,飞何处?被弹归。""白头",似用"白首同归"意。《世说新语·仇隙》云:"孙秀既恨石崇不与绿珠,又憾潘岳昔遇之不以礼……收石崇、欧阳坚石,同日收岳。石先送市,亦不相知。潘后至,石谓潘曰:'安仁,卿亦复尔邪?'潘曰:'可谓白首同所归。'"(潘岳前有《金谷集作诗》:"春荣谁不慕?岁寒良独希。投分寄石友,白首同所归。"时人以潘诗适成其谶。)杜鹃啼血,思故国也。"西乌""白首",生死危急时之言也。意者牧斋以此联喻己与研祥皆不忘故国旧君之遗民而履险危之境欤?研祥生平不详,未敢遽言其事之有无,请俟他日再考。

末联曰:"病树枝颠天一握,为君吹笛上高楼。"上句喻境地之险也,其事见《太平广记》(出《玉堂闲话》):"兴元之南,有大竹路,通于巴州。其路则深溪峭岩,扪萝摸石,一上三日,而达于山顶。行人止宿,则以缒蔓系腰,萦树而寝。不然,则堕于深涧,若沉黄泉也。复登措大岭,……其绝顶谓之孤云两角,彼中谣云:'孤云两角,去天一握。'"于此崎岖险峻之路,行人"缒蔓系腰,萦树而寝",或可免高空坠落而死。牧斋却言"病树",则此法亦未必奏效矣。观乎牧斋之"危言耸听","广陵人传研祥北讯",似大不妙。牧斋去年(康熙元年,1662)秋间有《秋日杂诗二十首》之作(见《有学集》卷12),诗其十九下半咏及研祥,曰:"西陵短冯生,卓荦亦等伦。乱世干网罗,佣雇全其身。举举鲜华子,蒙头灰涸尘。吾衰失二子,趼踔嗟半人。冯生盍归来,从我东海滨。"观此,研祥或惹官非而困厄流离于外。《病榻消寒杂咏》诗本联"为君吹笛上高楼"句,牧斋以表"思旧之心"也。《文选》向秀《思旧赋》序中有语云:"于时日薄虞渊,寒冰凄然。邻人有吹笛者,发音寥亮。追思曩昔游宴之好,感音而叹,故作赋云。"唯向秀赋文并序无"高楼"之意象,此牧斋所添益者。"上高楼",登高以望远也。置此一语,益显牧斋思念研祥之殷切矣。

《病榻消寒杂咏四十六首》其二十三笺释

中年招隐共丹黄,栝柏犹余翰墨香。

画里夜山秋水阁,镜中春瀑耦耕堂。

客来荡桨闻朝咏,僧到支筇话夕阳。

留却中州青简恨,尧年鹤语正悲凉。

孟阳议仿《中州集》体列,编次本朝人诗。

【笺释】

牧斋此首,追思故友程嘉燧(孟阳,1565—1644)者也。牧斋与孟阳情同手足,友谊真挚,当时后世,传为美谈。牧斋《初学》《有学》二集中,孟阳之名数百见。孟阳殁于崇祯十六年十二月,当志其隧道之文者,牧斋而外,不作二人想。唯孟阳卒而国变燖,牧斋羁绁世网,浮湛丧乱经年,未遑经纪故人身后事矣。孟阳殁后五年,牧斋编成《列朝诗集》,收录孟阳诗甚夥,为撰《松圆诗老程嘉燧》小传(在"丁集下"集首),特详尽,乃为孟阳谋身后名而追忆与故人之情谊者也。据之,程嘉燧,字孟阳,休宁人,侨居嘉定,以处士终。少学制科不成,去学击剑,又不成,乃折节读书。刻意为歌诗,三十而诗大就。其为诗主于陶冶性情,耗磨块垒,每遇知己,口吟手挥,缅缅不少休,若应酬牵率骩骸说众之作,则薄而不为。谙晓音律,善画山水,兼工写生,嗜古书画器物。与友交,婉娈曲折,生死患难,慷慨敦笃。与唐时升(叔达)、娄坚(子柔)、李流芳(长蘅)称"嘉定四先生"。读书不务博涉,精研简练,晚尤深老、庄、荀、列、《楞严经》诸书。牧斋论孟阳之学问,誉其"迥别于近代之俗学者,于是乎王、李之云雾尽扫,后生之心眼一开,其功于斯道甚大,而世或未之知"。论者以为,牧斋于此不无推扬过甚之虞。或然,而牧斋之爱重孟阳亦可知。传文末云:"世无裕之,又谁知余之论孟阳,非阿私所好者哉!余故援中州之例,谥之曰松圆诗老,庶几千百世而下,有知吾孟阳如裕之者。"孟阳著有《松圆浪淘集》《偈庵集》《耦耕堂集》等,今传。

牧斋《病榻消寒杂咏》之咏孟阳,低徊于"中年招隐"与"中州青简"二大端,宜也,盖前者最能见二人情义与夫相处之乐,而后者乃二人学术文章相激荡之结果。请述如次。

牧斋未第时(二十九岁前)已介李长蘅与孟阳过从,交好无间,万历间乃有栖隐之约。崇祯二年(1629)阁讼终结,牧斋坐杖论赎,削职罢归,六月出都门南返。崇祯三年(1630),牧斋四十九岁,移家拂水山庄,乃招孟阳同居唱和,筑耦耕堂。《初学集》卷四十五《耦耕堂记》云:"而孟阳不我遐弃,惠顾宿诺,移家相就。予深幸夫迷涂之未远,而隐居之不孤也,请于孟阳,以耦耕名其堂,孟阳笑而许之。嗟夫！予与孟阳，遭逢圣世，为太平之幸人，其所为耦耕者，盖亦感闲居之多暇，喜一饱之有时，庶几息劳生而税尘鞅。岂与夫沮、溺者流，辍耕太息于蔡、叶之间，叹滔滔以没世，群鸟兽而不返者哉！"遭逢圣世，为太平之幸人"云云，反话耳。此际牧斋放废里居，心情愤懑可以想见。《病榻消寒杂咏》之咏孟阳，起联曰："中年招隐共丹黄，栝柏犹余翰墨香。"杜甫《别张十三建封》诗有句云："虽当霰雪严，未觉栝柏枯。高义在云台，嘶鸣望天衢。"栝，柏也。栝与桧同，柏叶松身，岁寒后凋树也，牧斋以自喻坚贞。曹丕《典论·论文》云："是以古之作者，寄身于翰墨，见意于篇籍。"牧斋言"犹余翰墨香"，适见其于荣名利禄无望，所可自信者，唯余"翰墨"而已。虽然，拂水之栖隐，牧斋亦真得享山林朋友之乐。《耦耕堂记》又云："人生岁月，真不可把玩。山林朋友之乐，造物不轻予人，殆有甚于荣名利禄也。予之得从孟阳于此堂也，可不谓厚幸哉！"

诗之次联曰："画里夜山秋水阁，镜中春瀑耦耕堂。"第三联曰："客来荡桨闻朝咏，僧到支筇话夕阳。""耦耕堂""秋水阁""闻咏"，皆拂水山庄之构筑，而"夕阳"或亦暗指庄中之"朝阳榭"。牧斋《有学集》卷十八《耦耕堂诗序》云："耦耕堂在虞山西麓下，余与孟阳读书结隐之地也。天启初，孟阳归自泽潞，偕余栖拂水，涧泉活活循屋下，春水怒生，悬流喷激，孟阳乐之，为亭以踞涧右，颜之曰闻咏。又为长廊以面北山，行吟坐卧，皆与山接。朝阳榭、秋水阁次第落成。于是耦耕堂之名，遂假孟阳以闻四方。既而从形家言，斥为墓田，作明发堂于西偏，而徙耦耕堂于丙舍，以招孟阳，庐居比屋，晨夕晤对，其游从为最密。"诗曰"画里""镜中""客来""僧到"，耦耕堂风景如画，无俗客，可以想见。孟阳殁后，"往者山堂涧户，笔床茶灶,绿尊红烛之乐,惊魂噩梦,瞥然不能一至,仅于孟阳诗句仿佛见之耳"。牧斋二十余载后于病榻上追惟旧事,虽雪泥鸿爪、前尘影事,犹挥之不去,不忍割舍,仿如铭刻于藏识中之心灵图像也。

牧斋《松圆诗老程嘉燧》云:"崇祯中,余罢官里居,构耦耕堂于拂水,要与偕隐,晨夕游处,修鹿门、南村之乐。后先十年,辛巳(1641)春,孟阳将归新安,余先游黄山,访松圆故居,题诗屋壁。归舟抵桐江,推篷夜语,泫然而别。又明年,癸未(1643)十二月(1644),孟阳卒于新安,年七十有九。卒之前一月,为余序《初学集》,盖绝笔也。逾年而有甲申(1644)三月之事,铭旌大书曰明处士某,岂不幸哉!"记孟阳逝世前后事如此。孟阳遗集曰《耦耕堂集》,自有纪念与牧斋偕隐斯堂岁月之意。牧斋《耦耕堂诗序》云:"此集则自天启迄崇祯拂水卜居松圆终老之作,总而名之曰《耦耕》者,孟阳之志也。"孟阳殁前二月,作《耦耕堂集自序》,云:"余既归山中,暇日追录遗忘,辑数年来诗文为二帙。会虞山刻《初学集》将就,书来索序甚亟。自念衰病,不能复东下,就见终老,遂以是编寓之,而略序数年踪迹于卷端,使故人见之,庶可当一夕面谈,而因以见余老年转徙愁寂,笔墨之零落如此,或为之慨然而太息也。"(《四库禁毁书丛刊补编》本《耦耕堂集》)孟阳逝世前念挂牧斋如此。后十二年,孟阳嘉定门人谋刻《耦耕堂集》,牧斋遂有上述序文之制,末云"援笔清泪,辍简而不能舍然",信焉。

牧斋于诗末联曰:"留却中州青简恨,尧年鹤语正悲凉。"诗后小注云:"孟阳议仿《中州集》体列,编次本朝人诗。"牧斋《列朝诗集》辍简于顺治六年(1649)前后,顺治九年(1652)牧斋为之序。牧

423

斋联中所谓之"尧年鹤语",正可于序文中求得,其词略云:

> 毛子子晋刻《列朝诗集》成,予抚之,忾然而叹。毛子问曰:"夫子何叹?"予曰:"有叹乎!予之叹,盖叹孟阳也。"曰:"夫子何叹乎孟阳也?"曰:"录诗何始乎?自孟阳之读《中州集》始也。孟阳之言曰:'元氏之集诗也,以诗系人,以人系传,《中州》之诗,亦金源之史也。吾将仿而为之,吾以采诗,子以庀史,不亦可乎?'山居多暇,撰次国朝诗集,几三十家,未几罢去。此天启初年事也。越二十余年,而丁开、宝之难,海宇板荡,载籍放失,濒死讼系,复有事于斯集,托始于丙戌(1646),彻简于己丑(1649)。乃以其间论次昭代之文章,搜讨朝家之史集,州次部居,发凡起例,头白汗青,庶几有日。庚寅阳月,融风为灾,插架盈箱,荡为煨烬。此集先付杀青,幸免于秦火汉灰之余,于乎怖矣!追惟始事,宛如积劫。奇文共赏,疑义相析,哲人其萎,流风迢然。惜孟阳之草创斯集,而不能丹铅甲乙,奋笔以溃于成也。翟泉鹅出,天津鹃啼,《海录》《谷音》,咎征先告。恨余之不前死从孟阳于九京,而猥以残魂余气,应野史亭之遗忾也。哭泣之不可,叹于何有?故曰:予之叹,叹孟阳也。"(《有学集》卷14)

晋太康二年冬,大寒。南州人见二白鹤语于桥下曰:"今兹寒,不减尧崩年也。"于是飞去。(宋刘敬叔撰《异苑》卷3)鹤兮鹤兮,其孟阳与牧斋乎?

《病榻消寒杂咏四十六首》其二十四笺释

至后京华淑景催,紫宸朝散夜传杯。

绿窗银烛消寒去,朱邸金盘送雪来。

板篴歌心迟漏转,花漂酒面逗春回。

残灯欲话升平乐,腰鼓勾阑不尽哀。

【笺释】

本首写时序之感、人生之慨。新正将临,淑景初回,幽阳潜起,人间热闹而牧斋心事却显苍茫。全诗多虚设之词。诗起联曰:"至后京华淑景催,紫宸朝散夜传杯。"想象冬至后京华景象,用杜甫《紫宸殿退朝口号》诗题及句意。杜诗云:"户外昭容紫袖垂,双瞻御座引朝仪。香飘合殿春风转,花覆千官淑景移。画漏稀闻高阁报,天颜有喜近臣知。宫中每出归东省,会送夔龙集凤池。"仇兆鳌《杜诗详注》卷六引《唐六典》云:"紫宸殿,即内朝正殿也。"又引杨慎云："紫宸，便殿也，谓之阁，朔望不御前殿而御紫宸……"或云杜公本诗"浓丽"而实有讽意，以朝仪非礼也。（《杜诗详注》引黄生评）牧斋似只取杜诗字面意，设想京城淑景初延，群臣散朝而"夜传杯"，以春节将至也。（杜牧《酬王秀才桃花园见寄》有句云："桃满西园淑景催，几多红艳浅深开。"）

次联曰："绿窗银烛消寒去，朱邸金盘送雪来。"亦虚写帝京岁末习俗者。"消寒"，《帝京景物略》云："日冬至，画素梅一枝，为瓣八十有一，日染一瓣，瓣尽而九九出，则春深矣，曰'九九消寒图'。""送雪"，《列朝诗集》载明宗藩周宪王《送雪》诗句："准备暖金香盒子，明朝送雪与相知。"注云："汴中风俗，每岁遇初雪，则以盒子盛雪送与亲知，以为喜庆，置酒设席，相请欢饮，亦升平之乐事，宫中尤尚之。"（牧斋诗末联"升平乐"一语或亦本此。）"朱邸"指王第，杜甫《奉汉中王手札》诗有句云："入期朱邸雪，朝傍紫微垣。"本联上句"绿窗银烛"固亦富贵人家所有。

第三联曰："板簇歌心迟漏转，花漂酒面逗春回。"白居易《赠晦叔忆梦得》诗有句云："酒面浮花应是喜，歌眉敛黛不关愁。"牧斋本联似从此翻出。歌、板久之不歇，故言"漏转""迟"。漏，更漏。下句言"花漂酒面"，风吹送之也；新春将至，故言"逗春回"。本联喜气洋洋。

末联曰："残灯欲话升平乐，腰鼓勾阑不尽哀。"意绪、气氛急转作结。"升平乐"者，以上三联所咏种种京华"升平"时乐事也。却以"残灯"领起，难免予人急景残年之感。下句"腰鼓""勾阑"本亦岁末热闹活动。《荆楚岁时记》载："十二月八日为腊日。……谚言：'腊鼓鸣，春草生。'村人并系细腰鼓、戴胡公头，及作金刚力士，以逐疫,沐浴转除罪障。""勾阑"即"勾栏",剧场或卖艺之所。此极热闹欢乐之事,牧斋却以"不尽哀"承接并收束全诗。牧斋此哀感从何而来,诗中无暗示。惟本联以"残灯"一语领起,或喻己桑榆晚景,时日无多,追忆平生所见种种升平乐事,反觉悲哀。又或"残灯"所喻者,乃此种种业已消失之升平时乐事,抚今追昔,不尽悲哀也。

《病榻消寒杂咏四十六首》其二十五笺释

望崖人远送孤藤,粟散金轮总不应。
三世版图归脱屣,千年宗镜护传灯。
聚沙塔涌幡幢影,堕泪碑磨赑屃棱。
莫叹曾孙憔悴尽,大梁仍是布衣僧。
读黄鲁直先忠懿王《像赞》有感。

【笺释】

牧斋本首追思先祖遗事,自伤衰残穷蹇,俯首低回,结以已能如远祖皈依佛法自慰。诗后小注云:"读黄鲁直先忠懿王《像赞》有感。"宋黄庭坚(鲁直)《山谷集》卷十四《钱忠懿王画像赞》云:"文武忠懿,堂堂如春。中有樗里,不以示人。雷行八区,震惊听闻。提十五州,共为帝民。送君者自崖而反,以安乐其子孙。九万里则风斯在下矣,眇大物而成仁。"盖颂五代忠懿王归地赵宋,"共为帝民"为"成仁"之行,其子民亦得"安乐其子孙"。忠懿王者,五代十国吴越国王钱俶(929—988),牧斋为其二十二世后裔也。牧斋《有学集》卷四十九《题武林两关碑记》亦云:"昔我先王,有国吴越。当五代浊乱之季,生全十四州之苍赤,仰父俯子,昌大繁庶。"同意于黄庭坚《钱忠懿王画像赞》。牧斋诗首联曰:"望崖人远送孤藤,粟散金轮总不应。"下句"粟散""金轮"云云,语本唐释道世《法苑珠林》之言"贵贱":"总束贵贱,合有六品:一、贵中之贵,谓轮王等。二、贵中之次,谓粟散王等。三、贵中之下,谓如百僚等。四、贱中之贱,谓骀驽竖子等。五、贱中之次,谓仆隶等。六、贱中之下,谓姬妾等。粗束如是,细分难尽。"牧斋句接以"总不应",则嗟叹先祖贵为王者而己家世并不富贵显赫也。

次联曰:"三世版图归脱屣,千年宗镜护传灯。""脱屣",《汉书·郊祀志》云:"天子曰:'嗟乎!诚得如黄帝,吾视去妻子如脱屣耳。'"又《三国志·魏书·崔林传》云:"刺史视去此州如脱屣,宁当相累邪?"又《列仙传·范蠡》云:"屣脱千金,与道舒卷。"此句本事实为吴越王之归地赵宋。明冯琦原编、陈邦瞻增辑《宋史纪事本末》卷二略云:"太宗太平兴国三年己酉,吴越国王俶来朝。……其臣崔仁冀曰:'朝廷意可知矣,大王不速纳土,祸且至!'俶左右争言不可。仁冀厉声曰:'今已在人掌握,且去国千里,惟有羽翼乃能飞去耳!'俶遂决策,上表献其境内十三州、一军、八十六县。俶朝退,将吏始知之,皆恸哭曰:'吾王不归矣!'"其事确如"三世版图归脱屣"也。此句言先祖"失国"事,对句则称美忠懿王之"千秋大业"。"宗镜"者,延寿所撰《宗镜录》,马端临《文献通考》卷二百二十七云:"晁氏曰:'皇朝僧延寿撰。……建隆初,钱忠懿命居灵隐,以释教东流,中夏学者不见大全,而天台、贤首、慈恩性相三宗又互相矛盾,乃立重阁,馆三宗知法僧,更相诘难,至彼险处,以心宗旨要折衷之。因集方等秘经六十部,华、梵圣贤之语三百家,以佐三宗之义,成此书。学佛者传诵焉。'"吴越王崇佛,礼敬法师延寿,屡加供养,延寿《宗镜录》成且亲为制序。"护传灯",犹护佛法以传之永久也。禅门有《景德传灯录》一类著述,灯以照暗,禅宗祖祖相授,以法传人,如传灯然,故名。其体例介于僧传与语录之间,与僧传相比,略于纪行,详于纪言,与语录相比,灯传撷取语录精要,又按授受传承世系编列,相当于史部中之谱录。牧斋此句乃歌颂先祖于佛法传承之贡献功莫大焉,诚千秋伟业。此联上言人世功业,下言宗门功德,一失一得,发人深省,对仗尤工妙。

第三联曰:"聚沙塔涌幡幢影,堕泪碑磨赑屃棱。"牧斋此联用典繁复,寄托幽眇。上句含二典,皆出佛教典籍。"聚沙塔",聚细沙成宝塔,儿童游戏,而《妙法莲华经·方便品》云:"乃至童子戏,聚沙为佛塔,如是诸人等,皆已成佛道。"其所以故者:"乃至童子戏,若草木及笔,或以指爪甲,而画作佛像,如是诸人等,渐渐积功德,具足大悲心,皆已成佛道。"童子聚沙为宝塔,所积功德已如此。而吴越王真有造塔事佛之举,至今仍为人称颂。《佛祖统纪》载:"吴越王钱俶,天性敬佛,慕阿育王造塔之事,用金铜精钢造八万四千塔,中藏《宝箧印心咒经》,布散部内,凡十年而讫功。""幡幢"即幢幡,刹上之幡也,《法苑珠林》云:"或见佛塔菩萨,或见僧众列坐,或见帐盖幡幢。"童子戏聚沙为塔,三宝感应,诸天欢喜,幡幢涌现。吴越王金铜精钢,十年造塔,塔中藏经典,此多宝塔种种庄严殊胜更不可思议矣。此联上下句对比强烈。"堕泪碑"固诗文习用之典实,然与末联二句合观,知牧斋此句实本苏轼《送表忠观道士归杭》诗。旧注云:"先生《表忠观碑》载赵抃知杭州,言故吴越国王钱氏坟庙在钱塘临安者,皆芜废不治。请以妙因院为观,使钱氏之孙为道士曰自然者居之,以守其坟庙。诏许之,改妙因为表忠观。"(宋王十朋《东坡诗集注》引次公语)知至坡公时,钱氏吴越王坟庙已芜废,无人照拂矣。苏诗云:"先王旧德在民心,著令称忠上意深。堕泪行看会祠下,挂名争欲刻碑阴。凄凉破屋尘凝座,憔悴云孙雪满簪。未信诸豪容郭解,却从他县施千金。""堕泪碑",襄阳百姓于岘山羊祜平生游憩处建碑立庙,岁时飨祭焉,望碑者莫不流涕。杜预因名之曰堕泪碑。羊祜尝云:"自有宇宙,便有此山。由来贤达胜士,登此远望,如我与卿者多矣!皆湮灭无闻,使人悲伤。如百岁后有知,魂魄犹应登此也。"(《晋书·羊祜传》)至唐而李白赋《襄阳曲》,有句云:"岘山临汉江,水绿沙如雪。上有堕泪碑,青苔久磨灭。""赑屃",猛士有力貌。"赑屃棱",许是碑座碑身诸灵兽、力士雕像。本句言"碑",复言"赑屃棱",本最坚硕、期之永久之构设,却嵌"磨"字于其中,则碑已芜废磨灭矣。此联承次联意,咏吴越王之礼佛事并其现世功业,其佛事影响仿佛犹在,而于史上之作为,则已泯灭无闻。

末联曰:"莫叹曾孙憔悴尽,大梁仍是布衣僧。"此振起作结。"曾孙",《事林广记》云:"俗传玉帝与太姥魏真人武夷君建幔亭、彩屋数百间,施云裀紫霞褥,宴乡人男女千余人于其上,皆呼为曾孙。""曾孙""憔悴"云云,实脱自坡公《送表忠观道士归杭》诗一联:"凄凉破屋尘凝座,憔悴云孙雪满簪。"旧注云:"此指言钱道士矣。《尔雅》:'子之子为孙,孙之子为曾孙,曾孙之子为玄孙,玄孙之子为来孙,来孙之子为昆孙,昆孙之子为仍孙,仍孙之子为云孙。'注云:'轻远如浮云也。'""曾孙"者,吴越王之苗裔也。下句"大梁布衣"语出宋李焘撰《续资治通鉴长编》卷十五:"(开宝七年十一月)戊子,吴越王俶遣使修贡,谢招抚制置之命也。并上江南国主所遗书,其略云:'今日无我,明日岂有君!明天子一旦易地酬勋,王亦大梁一布衣耳。'""布衣僧",牧斋自喻也。"大梁仍是布衣僧",即便功业无成,仍是一僧。此句尽显牧斋皈依佛法之坚决不移。

（本诗进一步之诠释,请详本书上编"蒲团历历前尘事"章。）

《病榻消寒杂咏四十六首》其二十六笺释

石语无凭响卜虚,强留春梦慰萧疏。
伥僮背索催年去,王母传筹报岁除。
耳聩却欣听妄语,眼昏犹解摸残书。
莫嗟杖晚如彭老,两脚随身且闭庐。

【笺释】

牧斋此首,岁暮胡思乱想、游戏之作。全诗押上平声六鱼部韵,而实用孟浩然《岁暮归南山》诗韵。孟诗云:"北阙休上书,南山归敝庐。不才明主弃,多病故人疏。白发催年老,青阳逼岁除。永怀愁不寐,松月夜窗虚。"韵脚押"书""庐""疏""除""虚"字,牧斋诗袭用之。孟夫子之诗系五律,岁暮书怀,自伤衰老放废,牧斋诗则七律,句句用典。孟诗疏放,牧斋诗曲折。以寄意言,二诗同于岁末书怀一端,余则无多关涉。

牧斋诗起联曰："石语无凭响卜虚，强留春梦慰萧疏。""石语"，《左传》："(昭公)八年春，石言于晋魏榆。晋侯问于师旷曰：'石何故言？'对曰：'石不能言，或冯焉。'"《注》云："谓有精神冯依石而言。"石语，或有灵魂凭依焉。牧斋句云"无凭"，则石不能言矣，启下"响卜虚"三字。"响卜"，听往来之言，以卜休咎也。五代王定保《唐摭言》卷八载："毕诚相公及第年，与一二人同听响卜。夜艾人稀，久无所闻。俄遇人投骨于地，群犬争趋。又一人曰：'后来者必衔得。'韦甄及第年，事势固万全矣，然未知名第高下，志在鼎甲，未免挠怀。俄听于光德里南街，忽睹一人，叩一版门甚急。良久轧然门开，呼曰：'十三官尊体万福。'既而甄果是第十三人矣。"又宋朱弁《曲洧旧闻》卷九载："《王建集》有《镜听词》，谓怀镜于通衢间，听往来之言，以卜休咎。近世人怀杓以听，亦犹是也。又有无所怀而直以耳听之者，谓之响卜。盖以有心听无心耳，然往往而验。曾叔夏尚书应举时，方待省榜。元夕，与友生偕出听响卜。至御街，有士人缓步大言诵东坡谢表曰：'弹冠结绶，共欣千载之逢。'曾闻之喜，遂疾行。其友生后至，则闻曰：'掩面向隅，不忍一夫之泣。'是岁，曾登科，而友生果被黜。"此"响卜"数事，钱曾注所引述者，而考牧斋生平事迹，似无类似经验。牧斋晚年耳聋剧甚，屡于诗文中言之，颇疑此句喻己耳聋，暗寂无闻。诗第三联上句曰："耳聩却欣听妄语。""石语""响卜"，不亦"妄语"？己虽"欣听"，然"耳聩"，似"无凭"且"虚"矣。"春梦"，苏轼《正月二十日与潘郭二生出郊寻春忽记去年是日同至女王城作诗乃和前韵》云："东风未肯入东门，走马还寻去岁春。人似秋鸿来有信，事如春梦了无痕。江城白酒三杯酽，野老苍颜一笑温。已约年年为此会，故人不用赋招魂。"

又《侯鲭录》载东坡逸事："东坡老人在昌化,尝负大瓢,行歌于田间。有老妇年七十,谓坡云:'内翰昔日富贵,一场春梦。'坡然之。里人呼此媪为春梦婆。"老媪"内翰昔日富贵,一场春梦"云云,牧斋亦必然之,唯"强留"此场"春梦",亦差可"慰萧疏"也。

次联曰:"侲僮背索催年去,王母传筹报岁除。"写年尾送旧迎新之热闹事也。"侲僮",亦作侲童,童子也。"侲僮背索",钱曾注引《后汉书》及张衡《东京赋》为解。《后汉书·礼仪志》云:"先腊一日,大傩,谓之逐疫。其仪:选中黄门子弟年十岁以上,十二以下,百二十人为侲子。皆赤帻皂制,执大鼗。方相氏黄金四目,蒙熊皮,玄衣朱裳,执戈扬盾。十二兽有衣毛角。中黄门行之,冗从仆射将之,以逐恶鬼于禁中。"又《东京赋》云:"尔乃卒岁大傩,殴除群厉。方相秉钺,巫觋操茢。侲子万童,丹首玄制。"(《六臣注文选》薛综曰:"侲子,童男童女也。")此扶阳抑阴,逐衰迎新之法事也。侲僮所为者,类似杂技。张衡《西京赋》亦有句云:"侲僮程材,上下翩翻。突倒投而跟絓,譬殒绝而复联。"薛综注云:"程,犹见。材,伎能也。翩翻,戏橦形也。突然倒投,身如将坠,足跟反絓橦上,若已绝而复连。"唯牧斋诗句中"背索"一语不见上述诸引中,于旧诗文亦罕见。"背索"与下句"传筹"对,应指某种动作或活动,然其确指曰何,未敢断言,望读者有以教我。下句"王母传筹"云云,本《汉书·哀帝纪》:"四年春,大旱。关东民传行西王母筹。"师古注云:"西王母,元后寿考之象。行筹,又言执国家筹策行于天下。"牧斋此联构句从孟浩然《岁暮归南山》"白发催年老,青阳逼岁除"一联化出。

第三联曰:"耳聩却欣听妄语,眼昏犹解摸残书。"此联幽默。

"耳聩""眼昏",老人难免,牧斋晚年诗文屡言之。宋苏轼《仇池笔记》载徐积"耳聩甚,画地为字乃始通;终日面壁坐,不与人接,而四方事无不知"云云。苏轼《次韵秦太虚见戏耳聋》诗有句云:"晚年更似杜陵翁,右臂虽存耳先聩。""听妄语",事本宋叶梦得《避暑录话》卷上载坡公逸事:"子瞻在黄州及岭表,每旦起,不招客相与语,则必出而访客。所与游者,亦不尽择,各随其人高下,谈谐放荡,不复为畛畦。有不能谈者,则强之说鬼。或辞无有,则曰姑妄言之,于是闻者无不绝倒,皆尽欢而后去。设一日无客,则欿然若有疾。其家子弟尝为予言之如此也。"坡公、牧翁,真好事之徒也。下句"犹解摸残书",似"特异功能"。《隋书·卢太翼传》云:"(卢太翼)七岁诣学,日诵数千言,州里号曰神童。及长,闲居味道,不求荣利。博综群书,爱及佛道,皆得其精微,尤善占候算历之术。隐于白鹿山,数年徙居林虑山茱萸涧。请业者自远而至,初无所拒,后惮其烦,逃于五台山。地多药物,与弟子数人庐于岩下,萧然绝世,以为神仙可致。皇太子勇闻而召之,太翼知太子必不为嗣,谓所亲曰:'吾拘逼而来,不知所税驾也!'及太子废,坐法当死,高祖惜其才而不害,配为官奴。久之,乃释。其后目盲,以手摸书而知其字。"

末联曰:"莫嗟杖晚如彭老,两脚随身且闭庐。"上句犹言莫叹衰老"不寿"也。牧斋句当脱自黄庭坚《以虎臂杖送李任道二首》其二:"未衰筋力先扶杖,能救衰年十二三。八百老彭嗟杖晚,可怜矍铄马征南。"屈原《天问》句:"受寿永多,夫何久长?"洪兴祖《楚辞补注》云:"彭祖至八百岁,犹自悔不寿,恨枕高而唾远也。"《庄子释文》引此,"枕高"作"杖晚"。"杖晚",悔扶杖不早邪?下句含二典。"两脚随身",脱自苏轼《次韵孔毅父久旱已而甚雨三首》其三之句:"不如西州杨道士,万里随身惟两膝。"牧斋"两脚随身"云云,喻安分、认命也。"闭庐",《后汉书·乐恢传》:"(乐恢)事博士焦永,永为河东太守,恢随之官,闭庐精诵,不交人物。"本联意甚洒脱。

牧斋本诗,各联自有佳处,唯合观之,则不无凑合之感,有句无篇。此或牧斋用孟夫子诗韵以作文字游戏,"病榻消寒"耳。

《病榻消寒杂咏四十六首》其二十七笺释

由来造物忌安排,遮莫残年事事乖。
无药堪能除老病,有钱不合买痴呆。
未论我法如何是,且道卿言亦自佳。
漫说赵州行脚事,云门犹未办青鞋。

【笺释】

牧斋此首,平易舒缓,表颐养天年,行事一以随缘适意付之可也。起联曰:"由来造物忌安排,遮莫残年事事乖。""造物",犹言命运,逆顺衰盛,初非人力意志可以转移,故言"忌安排"。此意宋陆游诗中屡言之,亦牧斋诗语之所由来也。放翁《北斋书志示儿辈》云:"初夏佳风日,颓然坐北斋。百年从落魄,万事忌安排。乡俗能尊老,君恩许赐骸。饥寒虽未免,何足系吾怀。"又《兀坐久散步野舍》云:"飕洞风号木,萧条雨滴阶。忽思穿两屦,聊用散孤怀。赤脚舂畲粟,平头拾涧柴。先师有遗训,万事忌安排。"又《村舍杂兴五首》其二云:"坚卧非由病,端居不是斋。世情元自薄,人事固多乖。晨饭炊稊米,宵行点豆萁。昔人言可用,第一忌安排。"旧注云:"徐仲车闻安定先生'莫安排'之教,所学益进。"下句"遮莫"一语,宋罗大经《鹤林玉露》云:"诗家用'遮莫'字,盖今俗语所谓'尽教'者是也,……而乃有用为禁止之辞者,误矣。"尽管风烛残年,事事乖违,要之不迎不拒,听之可也。

次联曰:"无药堪能除老病,有钱不合买痴呆。"衰老、疾病,谁不憎厌?却又如何能减除?世间之人,为生老病死之所侵恼,四苦也。王维《秋夜独坐》云:"独坐悲霜鬓,空堂欲二更。雨中山果落,灯下草虫鸣。白发终难变,黄金不可成。欲知除老病,唯有学无生。"白居易《自觉二首》其一则云:"四十未为老,忧伤早衰恶。前岁二毛生,今年一齿落。形骸日损耗,心事同萧索。夜寝与朝餐,其间味亦薄。同岁崔舍人,容光方灼灼。始知年与貌,衰盛随忧乐。畏老老转逼,忧病病弥缚。不畏复不忧,是除老病药。"又陆游《春晚雨中作》云:"冉冉流年不贷人,东园青杏又尝新。方书无药医治老,风雨何心断送春。乐事久归孤枕梦,酒痕空伴素衣尘。畏途回首涛澜恶,赖有云山着此身。"牧斋句"无药"云云,脱自放翁诗,其寄意则近白乐天不畏不忧之教,而更笃定洒然。下句"买痴呆"事,乃吴中除夕风俗。元高德基撰《平江纪事》载:"吴人自相呼为呆子,又谓之苏州呆。每岁除夕,群儿绕街呼叫云:'卖痴呆,千贯卖汝痴,万贯卖汝呆。见卖尽多送,要赊随我来。'盖以吴人多呆,儿辈戏谑之耳。"(吾粤人旧俗则有年三十"卖懒"之举。吴人卖痴呆,粤人卖懒,亦地域文化性格各异之一例也。思之好笑。)牧斋句

439

言"不合买",犹言"不合卖",不买不卖,即诗首句"忌安排"之意也。

第三联曰:"未论我法如何是,且道卿言亦自佳。"此联妙甚,或处世进退应对之良策也。上句事本《晋书·庾峻传》:"王衍不与(庾)敳交,敳卿之不置。衍曰:'君不得为耳。'敳曰:'卿自君我,我自卿卿。我自用我家法,卿自用卿家法。'衍甚奇之。"此盖英语所谓 whatever, let it be(随便)之意乎？下句更幽默,事见《世说新语·言语》注引《司马徽别传》:"徽字德操,颍川阳翟人。有人伦鉴识,居荆州。知刘表性暗,必害善人,乃括囊不谈议时人。有以人物问徽者,初不辨其高下,每辄言佳。其妇谏曰:'人质所疑,君宜辨论,而一皆言佳,岂人所以咨君之意乎？'徽曰:'如君所言,亦复佳。'其婉约逊遁如此。"司马徽盖乱世不强出头、明哲保身之士也。牧斋用此事典,多几分随意自得之感。

末联曰:"漫说赵州行脚事,云门犹未办青鞋。""赵州",牧斋《有学集》卷二十五《石林长老七十序》云:"赵州年一百二十八,十方行脚,则七十已后,正其整理腰包,办草鞋钱之日也。……将使公争强粗力,为尘劳拿攫之事乎？则公为已老。将使公护法利生,为庄严净福之事乎？则公为方壮。然则世固不应老,而公亦不应以自老也。"下句"云门""青鞋"云云,脱自杜甫《奉先刘少府新画山水障歌》句:"若耶溪,云门寺。吾独胡为在泥滓,青鞋布袜从此始。"仇兆鳌《杜诗详注》卷四引胡夏客云:"若耶溪长数十里,凡有六寺,皆以云门冠之。"赵州和尚七十岁始十方行脚,牧翁盍兴乎来,办其青鞋布袜而往游云门,有何不可？又或奋起而弘护大法,谁曰不宜？此亦牧斋诗动静行止,任运随缘之意也。

《病榻消寒杂咏四十六首》其二十八笺释

寒炉竟日画残灰,情绪禁持未破梅。
躲避病魔无复壁,逋逃文债少高台。
生成穷骨难抛得,自锁愁肠且放开。
惭愧西堂分卫毕,旋倾斋钵送参来。
小尽日灵岩长老送参。

【笺释】

本章诗后小注云:"小尽日灵岩长老送参。"长老云谁?灵岩继起和尚是也。释弘储(1605—1672),字继起,号退翁、夫山和尚等,南通州人,俗姓李,明清之际一代名僧,临济宗大和尚。继起国变前已出家,师事三峰汉月(1573—1635),为高弟。其后十坐道场,而住苏州灵岩最久。明清交替,继起身为法王而"以忠孝作佛事",东南士子欲全忠孝大节者仰慕倾心,皈依门下者不在少数。继起座下龙象甚众,缁白出身不同凡响。清末民初人丁传靖(1870—1930)《明事杂咏》有妙句云:"大丞相与大司农,左右灵岩侍退翁。""大丞相",熊开元(1599—1676)是也,南明隆武帝授东阁大学士,投继起剃度为僧;"大司农"指张有誉(1619年进士),南明弘光朝户部尚书,以白衣居士事继起。前辈史家柴德赓曾著《明末苏州灵岩山爱国和尚弘储》一文,详考继起弟子中著名遗民八人,曰:熊开元、董说、赵庚、沈麟生、张有誉、徐枋、王廷璧、郭郁贤。康熙十一年壬子(1672),继起圆寂,其白衣弟子徐枋为《退翁老人南岳和尚哀辞》哭之,于乃师"能以忠孝作佛事"一端大书特书,云:"沧桑以来,二十八年,心之精微,口不能言,每临是讳,必素服焚香,北面挥涕,二十八年,直如一日。"(《居易堂集》卷19)"是讳"者,甲申三月十九日崇祯缢死煤山事也。继起每年三月十九日,"必率徒众为烈皇帝及诸死国大夫士修斋诵经,泪出如雨"(顾苓《塔影园集·灵岩退翁和尚别传》),其眷怀故国旧君之遗民性格表露无遗,宜乎改革之际贤士君子相率肥遁于其门下。徐枋又云:"吾师尝言:'锡类之仁,孝为忠本。'故自为《孝经笺说》以刻之,而复敦请大德居士讲说《孝经》于丛席,俾一千五百衲子无不熏染于其中。而又推其忠孝之心,以翼芘生全天下之忠臣孝子,不容悉数。"顺治八、九年间(1651—1652),继起以"弘法婴难"(木陈道忞语),浙江按院入疏奏弹,命下三院会问,赴臬司投到。继起乃赴杭州投案,后征赴永嘉,院鞫被杖,最后省释放归。继起何故遭此"法难",至今仍为悬案。清全祖望(1705—1755)《鲒埼亭集》卷十四《南岳和尚退翁第二碑》云:"其为人排大难最多,世不尽知也。辛卯,竟被连染。诸义士争救之,久而得脱,好事如故。"于其事之始末语焉不详。清末李元度(1821—1887)《国朝先正事略》卷四十七《董月函先生事略》则云:"浙东起事,亡命者多主之,为画策,连染几及祸。"其事有无,待考。继起于明清易鼎之际之历史、社群意义,则全祖望《南岳和尚退翁第二碑》言之最辨,云:"易姓之交,诸遗民多隐于浮屠,其人不肯以浮屠自待,宜也。退翁本国难以前之浮屠,而耿耿别有至性,遂为浮屠中之遗民,以收拾残山剩水之局,不亦奇乎。故予之为斯文也,不言退翁之禅,而言其大节,仍附之诸遗民之后,以为足比宋之杲公,殆庶几焉。"

继起亦擅诗文,清卓尔堪《明遗民诗》云:"弘储开法灵岩,志士诗人多与交游,常具供给不倦。"

牧斋与继起结缘始于何时,不可确考。牧斋刻行于前明之《初学集》中无诗文及继起。《有学集》中,起己亥(1659)尽一年之"红豆二集"载牧斋奉呈继起二题诗,共六首,为牧斋入清以后咏及继起而年月可确知之最早者。而检《钱牧斋先生尺牍》卷二,有《与继起和尚》五首。第一函略云:"菊月初过吴门,已拟登台入院,践腰包扣访之约。……笺注《首楞》,已五易稿,而未能惬当。……顷乃收召魂魄,誓以余冬,了此宿债。……糖果之贶,老人翻经时,不觉中边皆甜。敬谢法施。"此札当作于顺治十四年丁酉(1657)冬。函中言及《楞严经》笺注已五削稿。牧斋《〈大佛顶首楞严经疏解蒙钞〉后记》云:"蒙之钞是经也,创始于辛卯(1651)岁之孟陬月,至今年中秋而始具草。岁凡七改,稿则五易矣。"文后署"岁在强圉作噩,中秋十有一日,辍简再记于碧梧红豆庄。是岁长至日,书于长干大报恩寺之修藏社"。(《牧斋杂著》,第 476—477 页)"强圉作噩",丁酉年之谓。牧斋致继起函当作于《楞严经疏解蒙钞》辍简后

443

之冬日。是年秋,牧斋曾赴苏州,此适与牧斋函中"菊月初过吴门"云云事合("菊月"即九月)。冬,牧斋在南京,逼除始归。牧斋函中又言继起有"糖果"之赐。以常理言,礼物应送至牧斋常熟府中。综上所述,牧斋致继起函应作于丁酉岁末,牧斋返自金陵后(如此,则公元已在1658年初,盖是岁十一月二十八日已为公元元旦也)。(《钱牧斋先生尺牍》所载致继起另四函约分别写于1659、1660、1662年,最后一函应挪至首函后,顺序始得当。)继起所撰《树泉集》梓行于顺治十年癸巳(1653)秋,集中收书信甚夥,唯无及牧斋者。而细味牧斋丁酉致继起函,二人情谊已非泛泛。总而言之,牧斋与继起交游事迹之见于文字者,始自顺治十四年冬,终于康熙三年甲辰(1664)春牧斋顺世前数月,而实际交往,应更早于顺治十四年,惟在顺治十年以后。其间牧斋与继起相知相重,声气相投。和尚顺治十四年冬赠牧翁以"糖果";后数年,牧斋八十大寿,"灵岩和尚持天台万年藤如意为寿",牧斋大乐,作《老藤如意歌》(见《有学集》卷12);至写《病榻消寒杂咏》本诗时,和尚"送参"。二人又有相访之事。《有学集》中,专为继起所制文有三,篇幅均颇长:《虎丘退庵储和尚语录序》(卷21,作期不详)、壬寅(1662)冬之《报慈图序赞》(卷42)、甲辰(1664)春之《寿量颂为退和尚称寿》(卷25)。《寿量颂》系为贺继起六十大寿作,写于康熙三年二月初,其时牧斋已病榻缠绵,再三月即撒手西归。牧斋殁后,门人严熊(1626—1691)谒继起于灵岩山,有《与灵岩本师和尚夜话有怀牧翁时法堂悬翁手书寿量颂》之作(见《严白云诗集》卷3)。知牧斋所为手书《寿量颂》,继起悬之于法堂。牧斋之为此文,妙笔生花,妙舌莲花,极尽文章之能事,可谓力作,文长且一千六百余字。本年立春日,牧斋有《甲辰立春日口占》一首，前有序，云："立春日早诵《金刚经》一卷，适河东君以枣汤饷余，坐谈镇日。检赵文敏金汁书蝇头小楷《楞严经》示余。余两眼如蒙雾，一字不见。腕中如有鬼，字多舛谬，叹筋力之衰也。口占一绝，并志跋后。甲辰立春日蒙叟题。"诗曰："老眼模糊不耐看，翻经尽日作蒲团。东君已漏春消息，犹觉摊书十指寒。"（《牧斋杂著·牧斋集再补》，第911页）其时牧斋身体衰颓如此。至为继起和尚寿而手书一千六百余字，辛苦吃力可以想见，思之不忍。（牧斋手书，继起悬之法堂，其尺寸肯定不小。不知此墨宝尚存天壤间否？）严熊诗结云："摩挲玩遗笔，一字一涟洏。"良有以也。牧斋之爱重继起可知，继起之想念牧斋亦可知。

灵岩长老送参，牧斋感而作《病榻消寒杂咏》本诗，词气平易，不作道人语，直似向老友道家常，述近况。起联曰："寒炉竟日画残灰，情绪禁持未破梅。"一副百无聊赖之态。"禁持"一语，道破老人郁闷情绪。"竟日画残灰"，对炉取暖，以消永日，亦浑噩无生意。香动梅破，幽阳动，梅先百卉知春回。新正即至而言"未破梅"，或其年大寒，或为牧老心情之隐喻耳。

次联曰："躲避病魔无复壁，逋逃文债少高台。"对仗工整，用典巧妙。上句言病，牧斋晚年诗文屡见。下句喊穷，乃实情，盖牧斋晚年经济条件大不如前，卖文赚取笔润，为其收入之一大宗也。"复壁"，典出《后汉书·赵岐传》："岐遂逃难四方……自匿姓名，卖饼北海市中。时安丘孙嵩年二十余，游市见岐，察非常人，停车呼与共载。岐惧失色，嵩乃下帷，令骑屏行人。密问岐曰……岐素闻嵩名，即以实告之，遂以俱归。嵩先入白母曰：'出行，乃得死友。'迎入上堂，飨之极欢。藏岐复壁中数年，岐作《厄屯歌》二十三章。后诸唐死灭，因赦乃出。"赵岐避难亡命，藏复壁中，获保性命。牧斋亦欲觅一复壁藏匿其中，以躲避"病魔"。"高台"，"避债之台"也。《汉书·诸侯王表》云："有逃责之台，被窃铁之言。"服虔注曰："周赧王负责，无以归之，主迫责急，乃逃于此台，后人因以名之。"《太平御览》引《帝王世纪》云："王虽居天子之位，为诸侯之所侵逼，与家人无异，贳于民，无以归之，乃上台以避之，故周人因名台曰'逃债台。'"周赧王之上高台，以欠百姓钱财而避债也。牧斋亦欲上其高台，乃因"文债"缠身也。《钱牧斋先生尺牍》卷二载《与王兆吉》一函，对此"文债"有所披露，曰："生平有二债，一文债，一钱债。钱债尚有一二老苍头理直，至文债，则一生自作之孽也。承委《南轩世祠记》，因一冬来文字宿逋未清，俟逼除时，当不复云祝相公不在家也。一笑。"（牧斋此函未署作日，然《有学集》卷二十七《南轩世祠记》后押"己亥十一月望日"，则其致王氏函亦应作于顺治十六年[1659]冬。）黄宗羲曾述牧斋殁前一事，知牧斋"文债"云云，非虚写。《思旧录》载："甲辰，余至，值公病革。一见即云以丧葬事相托。余未之答，公言：'顾盐台求文三篇，润笔千金，亦尝使人代草，不合我意，固知非兄不可。'余欲稍迟，公不可。则导余入书室，反锁于外。三文，一《顾云华封翁墓志》，一《云华诗序》，一《庄子注序》。余急欲出外，二鼓而毕。公使人将余草誊作大字，枕上视之，叩首而谢。"黄氏所记，虽《病榻消寒杂咏》本诗后数月间之事，唯冰封三尺，非一日之寒，牧斋晚年鬻文为活，已非秘密，《思旧录》所记情况由来已久。

第三联曰："生成穷骨难抛得，自锁愁肠且放开。"本联承上联自嘲意，唯多几分自我开解之幽默。穷困既命中注定，听之可也，

"自锁愁肠",复何益哉?且自宽怀为宜。本联不用旧典,牧斋诗少见。

末联曰:"惭愧西堂分卫毕,旋倾斋钵送参来。"二句咏灵岩长老送参之隆情美意。丛林制度,东为主位,西住宾位。《禅林象器笺·称呼门》云:"他山前住人,称西堂。盖西是宾位,他山退院人来此山,是宾客,故处西堂。"禅门术语中,"分卫"犹"乞食"。《翻译名义集》:"《善见论》云:'此云乞食。'《僧祇律》云:'乞食分施僧尼,卫护令修道业,故云分卫。'"细味本联上句意,应指退翁和尚施食于西堂僧众。牧斋或以此喻和尚普济众生之功德。继起独好人物,别具至心,当时穷困潦倒之士多得其赠与,而"志士诗人多与交游,常具供给不倦",如"海内三遗民"之名士徐枋穷甚,继起屡加周济扶持,徐枋感激不尽,当时后世传为美谈。下句咏继起"送参"予己。佛门供养,平常蔬果素食,继起却能送参,可见灵岩住持经济条件不差,待牧斋亦厚。

诗后小注言退翁"小尽日"送参与牧斋。"尽"者,月终。唐韩鄂《岁华纪丽》云:"月有小尽、大尽,三十日为大尽,二十九日为小尽。"二十九过年称小尽,而考其年实有年三十,"小尽日"云云,想是牧斋记误。

《病榻消寒杂咏四十六首》其二十九笺释

儿童逼岁趁喧阗,岳庙星坛言子阡。
梦里挨肩争爆竹,忙来哺饭看秋千。
气蒸篱落辞年酒,焰毵星河祭灶烟。
老大荒凉余井邑,半龛残火一翁禅。

【笺释】

牧斋此首苍老浑成,乃《病榻消寒杂咏》诗中之极佳者。全诗除句七"老大荒凉"一语外,全为景语,看似句句模写具体意象(concrete images),其实句句涉虚。本诗意境,须于抽象层次上推求之,而牧斋意中之象,多诉诸感官(senses)。

起联曰:"儿童逼岁趁喧阗,岳庙星坛言子阡。""喧阗",状声音震天,故此语又作"喧天"。牧斋耳聋,如何听得见?盖年关将近("逼岁"),儿童放恣嬉闹玩耍,其高分贝之尖呼声入牧斋之耳。何以上句写儿童欢闹，下句却接以三地景意象？以牧斋耳聋，兼又耳鸣，声音虽入耳，却轰轰然，似远处传来，而牧斋居处稍远，正"岳庙""星坛""言子阡"所在之地。明王鏊《姑苏志》卷九"虞山"云："（山麓）……又西北为拂水岩，崖石陡峻，水奔注如虹，凌风飞溅，最为奇胜。自南循山而西，有致道观，又西有招真宫，昭明太子读书台在焉，又西则岳祠诸庙……"致道观即牧斋句中"星坛"所在，其西即"岳庙"。钱曾注引元卢镇重修《琴川志》云："东岳行祠在县治西虞山南麓，依山高耸，规模雄伟。岁久摧圮，屡虽再新。然创造之由，无碑志可考。"又引《海虞文苑》张应遴《虞山记》云："致道观，庭列虚皇坛，七星古桧，亦昭明所植，天师以神力移之。屈蟠夭矫，如龙如虬，其三犹萧梁时物。"王世贞（弇州，1526—1590）曾述及此古桧，其《弇州四部稿》卷一百三十八《沈启南画虞山致道观昭明手植三桧》云："今天下阙里桧已焚，秦松非旧，独虞山致道观有昭明太子手植七星桧，然其存者三耳，幽奇怪崛，种种横出意表，且在理外。余俱宋人补者，虽自遒伟，方之蔑如矣。余尝欲令钱叔宝、尤子求貌之，袖手莫敢先。晚得沈石田（周，1427—1509）翁画，独其最旧者三株，且为诗歌纪之，与余意甚合。余家小祇园缥缈台望山顶苍翠一抹，今复得此，箧笥中又有虞山矣，何必买百里舴艋也？""言子阡"指"言偃墓"，在虞山东麓，今存，甚宏伟。牧斋句"墓"而言"阡"（"阡"亦有"冢""坟"意），或牧斋先得上句，末字为"阗"，下句末字在韵脚，故改"墓"为平声且协"阗"字韵之"阡"字。

次联曰："梦里挨肩争爆竹，忙来哺饭看秋千。"此联意象虚实交错，思入微茫。"梦里"句可作数解。首联言"儿童"，则本联此处或承上联意，写儿童兴奋，睡梦中犹"挨肩争爆竹"。或此为牧斋之梦,梦境中儿童挨肩争爆竹。又或牧斋梦已返老还童,挨肩争爆竹。又或牧斋在睡梦中,而户外儿童正闹翻天,挨肩争爆竹。上述种种情况都有可能。下句荡"秋千"者,应是儿童,而"忙来哺饭"者,应是大人。《汉书·高帝本纪》有"辍饭吐哺"之语,颜师古注云:"辍,止也。哺,口中所含食也。饭音扶晚反。哺音步。"此句或言大人忙于准备过年物事,得空时"哺饭",站门外看儿童荡"秋千"。

第三联曰:"气蒸篱落辞年酒,焰鼂星河祭灶烟。""篱落",篱笆也。唐柳宗元《田家》诗其二有句云:"篱落隔烟火,农谈四邻夕。""辞年酒",写江南过年风俗。梁宗懔《荆楚岁时记》云:"岁暮,家家具肴蔌,诣宿岁之位,以迎新年。相聚酣饮,留宿岁饭,至新年十二日,则弃之街衢,以为去故纳新也。孔子所以预以陪宾,一岁之出,盛于此节。闰月,不举百事。""祭灶",《荆楚岁时记》云:"十二月八日为腊月……其日,并以豚酒祭灶神。"又案语云:"《礼记》云:'灶者,老妇之祭也,尊于瓶,盛于盆。'言以瓶为樽、盆盛馔也。许慎《五经异义》云:'颛顼有子曰黎,为祝融,火正也。祀以为灶神,姓苏名吉利。妇姓王名搏颊。'汉宣帝时,阴子方者,至孝而仁恩。尝腊日辰炊,而灶神形见,子方再拜受庆。家有黄犬,因以祭之,谓为黄羊阴氏,世蒙其福,俗人所竞尚,以此故也。"本联上句言酒。酒味辛,蒸之,氤氲弥漫,气味充满屋舍内外。下句写祭灶。祭灶用"豚酒",香味亦四溢,灶烟且上升于天。本联味觉强烈,感觉温暖。

末联曰:"老大荒凉余井邑,半龛残火一翁禅。""井邑",故里也,承上三联种种意蕴。《周易》:"井:改邑不改井,井,以不变为德者也。"《正义》曰:"'改邑不改井'者,以下明'井'有常德,此明'井'体有常,邑虽迁移而'井体'无改,故云'改邑不改井'也。""老大荒凉",桑榆晚景,一生显隐穷通,最终只余"井邑",固不无失意落寞之感,然"井邑"者,家庭闾里之慰藉也,安稳实在,故牧斋于末句虽以"一翁禅"之自我形象现身,其徘徊眷恋者,依旧在人间。

(本诗进一步之分析,请详本书上编"蒲团历历前尘事"一章。)

《病榻消寒杂咏四十六首》其三十笺释

衰残未省似今年,穷鬼揶揄病鬼缠。
典库替支赊药券,债家折算卖书钱。
陆机去国三间屋,伍员躬耕二耜田。
叹息古人曾似我,破窗风雨拥书眠。

【笺释】

牧斋于《病榻消寒杂咏》诗其二十八喊穷,谓退翁和尚曰:"躲避病魔无复壁,遁逃文债少高台。"本诗直似该联之申写,上半抱怨为"穷鬼""病鬼"所折磨,下半写己如何为古今最穷之人。

首联曰:"衰残未省似今年,穷鬼揶揄病鬼缠。"上句言己之"衰残"以今年最甚,下句乃以"穷鬼揶揄""病鬼缠"况之。宋陆游《西路口山店》诗有句云:"淹泊自悲穷不醒,衰残更着病相缠。"亦有"穷""衰残""病""缠"字样,惟牧斋句似非从此翻出。"穷鬼"难打发,韩愈早有奇文叙之,其《送穷文》有云:"三揖穷鬼而告之曰:'闻子行有日矣,鄙人不敢问所涂,窃具船与车,备载糗粮,日吉时良,利行四方,子饭一盂,子啜一觞,携朋挚俦,去故就新,驾尘彍风,与电争光,子无底滞之尤,我有资送之恩,子等有意于行乎?'"古今穷与不穷人读此,难免忍俊不禁。牧斋所用之穷鬼事亦好笑。钱曾注引《宋书·刘损传》以解,唯审其引文,实出《南史》而非《宋书》,其事则刘伯龙贫穷,为鬼所嘲笑:"损同郡宗人有刘伯龙者,少而贫薄,及长,历位尚书左丞、少府、武陵太守,贫窭尤甚。常在家慨然,召左右将营十一之方,忽见一鬼在傍抚掌大笑。伯龙叹曰:'贫穷固有命,乃复为鬼所笑也。'遂止。"牧斋句"穷鬼""病鬼"并举,"鬼"字句内不避重复,生动,妙甚。

次联曰:"典库替支赊药券,债家折算卖书钱。"此联承上"穷""病"意,而言之更确凿。上句"典库"即今所谓当铺。句谓无力支付医疗费用("药券"),须典当以换取所需之资。对句同其趣,言"债家"讨债,无法偿还,唯有卖书换钱予之。"典库替支"云云,想系比喻而已,而"卖书"一事则大有可能。牧斋收藏书画文物本甚富,人皆艳羡,"大江以南,藏书之富,必推绛云为第一"(顾苓《河东君小传》)。牧斋曾语曹溶曰:"我晚而贫,书则可云富矣。"(曹溶《题词绛云楼书目》)顺治七年(1650)冬,绛云楼失火,楼与书俱尽,所藏古籍只有少量幸存,牧斋有卖之换钱之举。曹溶《题词绛云楼书目》曾述一事可证,"(牧斋)谓予曰:'古书不存矣。尚有割成明臣志传数百本,俱厚四寸余,在楼外,幸无恙。我昔年志在国史,聚此。今已灰冷,子便可取去。'予心艳之。长者前未敢议值,则应曰:诺诺。别宗伯,急访叶圣野,托其转请。圣野行稍迟,越旬日,已为松陵潘氏购去。叹息而已"。牧斋之另一"买家",应系其族曾孙钱曾。《读书敏求记校证》云:"然绛云一烬之后,凡清常手校秘钞书,都未为六丁取去,牧翁悉作蔡邕之赠。天殆留此以佽助予之《诗注》耶!"(卷二之下"杨衒之《洛阳伽蓝记》"条)"蔡邕之赠"云云,雅言耳,以旧时文人礼数言,钱曾应有回报之物(或钱)。《读书敏求记》"李诚《营造法式》"条云:"己丑(1649)春,予以四十千从牧翁购归。牧翁又藏梁溪故家镂本。庚寅(1650)冬,不戒于火,缥囊缃帙尽为六丁取去,独此本流传人间,真稀世之宝也。"(卷二之上)读此条知牧斋、遵王之书籍买卖,于绛云失火前已开始。又如"高诱注《战国策》"条云:"予初购此书于绛云楼,……得之如获拱璧。"(卷三之上)则遵王向牧斋购书之另一例也。无论如何,牧斋晚年经济条件大不如前乃事实,《病榻消寒杂咏》诗其二十八笺释中已述黄宗羲代牧斋笔三文(充任 ghost-writer)以赚润笔千金之事,可参。牧斋殁后,黄宗羲悼念牧斋之诗亦有句云:"凭裀引烛烧残话,嘱笔完文抵债钱。"夹注云:"问疾时事。宗伯临殁,以三文润笔抵丧葬之费,皆余代草。"(见《八哀诗》,《南雷诗历》卷2)可见牧斋"穷鬼揶揄"之叹,非尽夸张之词。

第三联曰:"陆机去国三间屋,伍员躬耕二秅田。"此联言古人虽在困厄中,犹有若干治生之资。上句典出《世说新语·赏誉》:"蔡司徒在洛,见陆机兄弟在参佐廨中,三间瓦屋,士龙住东头,士衡住西头。士龙为人文弱可爱,士衡长七尺余,声作钟声,言多慷慨。"下句用《史记·吴太伯世家》事:"伍子胥之初奔吴,说吴王僚以伐楚之利。公子光曰:'胥之父兄为僇于楚,欲自报其仇耳。未见其利。'于是伍员知光有他志,乃求勇士专诸,见之光。光喜,乃客伍子胥。子胥退而耕于野,以待专诸之事。""三间屋""二耜田",以喻陆机、伍员困顿中之寒酸与夫卑微也。牧斋于《世说新语》得"三间屋"之意象,乃以"二耜田"巧为之对,《史记》言伍子胥"耕于野",并未言其所耕作面积之大小。(《周礼·冬官·考工记》:"匠人为沟洫。耜广五寸,二耜为耦。一耦之伐,广尺深尺谓之畎。"或云古"耦耕"为二人各执一耜,共同耕作。牧斋"二耜"云云,喻其小也。)

末联曰:"叹息古人曾似我,破窗风雨拥书眠。""曾似我",犹言"谁似我"也。陆机兄弟去国,犹有"三间屋"可住,伍员隐忍复仇,仍可耕其"二耜田",己则衰残老病,须以典当、卖书维持生计,逊于古人矣。宋王安石《莫疑》诗有句云:"露鹤声中江月白,一灯岑寂拥书眠。"牧斋末句"破窗风雨拥书眠"或受其启发,唯荆公原诗不无洒脱自得之意,牧斋此联则尽懊恼自嘲耳。

《病榻消寒杂咏四十六首》其三十一笺释

雀罗门巷隘荆薪,上相传呼访隐沦。
岂敢低回迟伏谒,即看扶服出城闉。
霜风压顶寒欺骨,冰雪生肤卧浃旬。
多谢台星犹照户,烧船病鬼去逡巡。

戏拟老杜《客至》之作。

【笺释】

牧斋此首讽意辛辣,语含讥诮。当代"隐沦"之士览之,得无赧然?牧斋所讽刺者,或有特定对象,又或其时"多谢台星照户"之诸多"隐沦"之士,不必一一坐实。清顺治元年,颁诏天下,有语曰:"故明建言罢谪诸臣及山林隐逸怀才抱德,堪为世用者,抚按荐举,来京擢用。"(《清史稿·世祖本纪》)此"荐擢"之命,终顺治一朝执行。牧斋所讥议者,或此等为清廷擢用之士。再者本诗起联所指称者,乃本"雀罗门巷隘荆薪"之"隐沦"辈,而末句谓"烧船病鬼去逡巡",则牧斋诗旨,未必在刺其出或处,而在此等"隐沦"寒士之逢迎"上相",冀得其周济关照。复次,牧斋此首自嘲之词乎?牧斋自嘲之篇什固多,《病榻消寒杂咏》诗中亦屡见,唯此数年间访牧斋于常熟者,皆门生故旧耳(如吴伟业、周亮工、李元鼎、施伟长、方文、归庄等),并无"上相"一流人物,不切诗中所咏,故此首似非自嘲之作。

牧斋谓此首乃"戏拟老杜《客至》之作"。杜甫《客至》云:"舍南舍北皆春水,但见群鸥日日来。花径不曾缘客扫,蓬门今始为君开。盘飧市远无兼味,樽酒家贫只旧醅。肯与邻翁相对饮,隔篱呼取尽余杯。"仇兆鳌《杜诗详注》卷九引原注云:"喜崔明府相过。邵氏注:公母崔氏。明府,其舅氏也。此是草堂既成后春景。黄鹤编在上元二年。张綖注:前有《宾至》诗,而此云客至,前有敬之之意,此有亲之之意。"又引黄生云:"上四,客至,有空谷足音之喜。下四,留客,见村家真率之情。前借鸥鸟引端,后将邻翁陪结,一时宾主忘机,亦可见矣。"牧斋之"戏拟"老杜,直似《客至》之"滑稽仿作"(parody),诙谐苛刻,兼而有之,与老杜所咏之宾主忘机、清幽绝俗迥然不同。

起联曰:"雀罗门巷隘荆薪,上相传呼访隐沦。""雀罗",捕鸟雀之网罗,《史记·汲黯传》云:"太史公曰:夫以汲、郑之贤,有势则宾客十倍,无势则否,况众人乎!下邽翟公有言,始翟公为廷尉,宾客阗门;及废,门外可设雀罗。翟公复为廷尉,宾客欲往,翟公乃大署其门曰:'一死一生,乃知交情。一贫一富,乃知交态。一贵一贱,交情乃见。'汲、郑亦云,悲夫!""荆薪",柴草,陶潜《归园田居》诗之五句云:"日入室中暗,荆薪代明烛。"则此"无势""隐沦"之士,本处穷闾隘巷,无人闻问,门堪罗雀。"上相",宰相之尊称。(《史记·陆贾传》云:"陆生曰:'足下位为上相,食三万户侯,可谓极富贵无欲矣。然有忧念,不过患诸吕、少主耳。'")"访隐沦"之"访",本谓"上相"爱才若渴,折节见穷闾隘巷之隐者,伉礼下布衣之士。牧斋却谓"上相传呼",气焰甚盛,非礼贤下士者可知矣。"隐沦",固有沉沦埋没之意。《文选》鲍照《行乐至城东桥》诗有句云:"尊贤永照灼,孤贱长隐沦。"旧注云:"隐沦,谓幽隐沉沦也。"而甘于隐沦者,闲居隘巷,室迩心遐,富仁宠义,职竞弗罗,乃传统所颂美之高士也。今之"隐沦"者如何? 牧斋下三联即写"上相传呼"时,彼等之举措与心态。

次联曰:"岂敢低回迟伏谒,即看扶服出城闉。""伏谒",谒见尊者,伏地通姓名。"扶服",亦作"扶匐",同"匍匐"。《礼记正义》:"匍匐,犹颠蹶。""扶服",状急遽、竭力貌。又扬雄《长杨赋》句云:"皆稽颡树颌,扶服蛾伏。"《六臣注文选》李善云:"《说文》曰:'匍匐,手行也。'扶服与匍匐音义同。""城闉",《说文》:"闉,城内重门也。"亦泛指城郭。此联状"隐沦"之士猥琐不堪。"上相传呼","隐沦"之士莫不争先恐后,颠蹶出城外,恭候"上相"冠盖至而伏地通姓名也。二句用"岂敢""即看"分别领起,生动传神,嘲讽之意,溢于言表。

第三联曰:"霜风压顶寒欺骨,冰雪生肤卧浃旬。"写"隐沦"之士之狼狈可怜状。"浃旬",十日。"上相"未至,"隐沦"之士风霜雨雪,顶风冒寒苦苦守候。

结联曰:"多谢台星犹照户,烧船病鬼去逡巡。""台星",三台星,《晋书·天文志》云:"三台六星,两两而居,起文昌,列抵太微。一曰天柱,三公之位也。在人曰三公,在天曰三台,主开德宣符也。"借以喻宰辅,犹上述之"上相"。"烧船病鬼"云云,用韩愈《送穷文》意。《送穷文》略云:"凡此五鬼,为吾五患。饥我寒我,兴讹造讪。能使我迷,人莫能间。朝悔其行,暮已复然。蝇营狗苟,驱去复还。""五鬼"者,"智穷""学穷""文穷""命穷""交穷"是也。穷鬼闻言,反驳云:"……虽遭斥逐,不忍子疏。谓予不信,请质《诗》《书》。""主人于是垂头丧气,上手称谢,烧车与船,延之上座。""逡巡",拖延,迁延也。"病鬼""穷鬼"之难送如此,无怪乎"隐沦"之士唯盼"台星""照户",多所施与,周济穷困,俾脱饥寒之苦也。

《病榻消寒杂咏四十六首》其三十二笺释

高枕匡床白日眠,闲看世态转颓然。
湛河不信多为石,卖鬼还愁少得钱。
凿空旧能雕混沌,舞文新拟案丁零。
睡余偶忆柴桑集,画扇萧疏仰昔贤。

示遵王、敕先。

【笺释】

此首若与上首(其三十一)作于同时,则牧斋赋"戏拟老杜《客至》之作"毕,意犹未尽,续写本诗以讽刺其时投机逐利、舞文弄法之文士。诗后小注云:"示遵王、敕先。"则弟子遵王(钱曾,1629—1701)、敕先(陆贻典,1617—1686)适过谈,牧斋示彼以本诗,又或因二人来访,牧斋乃即席作本诗,以资谈助。遵王、敕先,牧斋常熟里人,晚年极亲近之门人。

王应奎(亦常熟人,1683—约1760)《海虞诗苑》卷四"钱文学曾"小传云:"曾,字遵王,牧翁宗伯之族曾孙也。在绮襦纨绔之间,而能以问学自励。宗伯器之,授以诗法。是时海内之学于宗伯者,户履恒满。君每执都养,相与上下其议论。宗伯大喜,谓得君而门人加亲也。诗学晚唐,典雅精细,陶炼功深。宗伯晚年撰《吾炙集》,以君《宿破山寺》诗为压卷,并书其后云:'每观吴越间名流诗句,字襞绩殊,若眼中金屑。今观遵王新句,灵心慧眼,玲珑漏穿,本之胎性,出乎毫端,不觉老眼如月。"莫取琉璃笼眼界,举头争忍见山河。"取出世间义写世间感慨。此何异忉利天宫殿楼观影现琉璃地上乎!'其推许如此。君为宗伯诗注,庾辞谶语,悉发其覆,梵书道笈,必溯其源,非亲炙而得其传者不能。著有《读书敏求记》及《怀园》《莺花》《交芦》《判春》《奚囊》等集。"遵王于牧斋殁前数年着手笺注牧斋诗,后成今传之《初学集》《有学集》《投笔集》诸诗注,其得牧斋亲授玄机,于诗之寄意、本事、故实之发覆,他人难望企及,诚牧斋诗流传后世之功臣。本书之成,亦得遵王诗注沾溉极巨。惜乎牧斋殁后不久,遵王旋即卷入牧斋"家难"之是非中,有逼死柳夫人之嫌疑,为士林所不齿,其著述除《读书敏求记》一种以外,流传甚稀。谢正光先生费数纪工夫,搜访遵王遗集于海内外,并为笺注校订,梓行《钱遵王诗集笺校》,遵王诗始再流通于世。年前"中研院"中国文哲研究所为谢先生出版《笺校》增订本,先生命余任校雠之役,遂得以细读遵王诗并谢先生笺注,获益良多,幸甚!

牧斋《有学集》卷十九有《陆敕先诗稿序》。《海虞诗苑》卷五"陆文学贻典"小传云:"贻典,字敕先,号觏庵,自少笃志坟典,师东涧(牧斋)而友钝吟(冯班,亦牧斋弟子),学问最有本原。钱曾笺注

461

东涧诗,僻事奥句,君搜访佽助为多。为人笃于友谊,如钝吟及孙岷自、释石林遗诗,皆赖君编辑付梓。君没后,所著诗亦赖其友张文镜之子道淙出诸蠹蚀之余,为付梓焉。人为食报不远,犹有天道,洵不诬云。"

牧斋本诗须读至末联,其寄意始明。"柴桑集"指陶渊明集,"画扇"则陶公之《扇上画赞》,其所颂者悉古之隐士。牧斋于上三联所抒发者,乃对其时汲汲于名利之徒之讥讽也。

诗首联曰:"高枕匡床白日眠,闲看世态转颓然。""高枕"犹高卧,古诗文用此语,多谓弃官退隐家居,故能无忧无虑,高枕"匡床"。(《淮南子·主术篇》:"匡床蒻席。"高诱注:"匡,安也。")唐白居易《喜杨六侍御同宿》诗咏此高卧最妙,云:"岸帻静言明月夜,匡床闲卧落花朝。二三月里饶春睡,七八年来不早朝。浊水清尘难会合,高鹏低鷃各逍遥。眼看又上青云去,更卜同衾一两宵。"牧斋"闲看世态"而发"转颓然"之叹,沮丧于世态炎凉、人心不古也。此"世态"启下二联。

次联曰:"湛河不信多为石,卖鬼还愁少得钱。"此联讽人之贪得无餍。上句"湛河"云云,事本《水经注》卷五"河水":"及子期篡位,与敬王战,乃取周之宝玉沉河以祈福。后二日,津人得之于河上,将卖之,则变而为石;及敬王位定,得玉者献之,复为玉也。"牧斋句倒装,意谓"不信湛河多为石",不信得之于湛河之宝玉为石,故多取之。下句"卖鬼"事出《太平御览》卷八百八十四引《列异传》,略云:"南阳宋定伯年少时,夜行逢鬼,问曰:'谁?'鬼曰:'鬼也。'鬼曰:'卿复谁?'定伯欺之,言:'我亦鬼也,欲至宛市。'……定伯复言:'我新死,不知鬼悉何所畏忌?'鬼答曰:'惟不喜人唾。'……行欲至宛,定伯便担鬼至头上,急持之。鬼大呼,声咋咋,索下,不复听之。径至宛市中,着地化为羊,便卖之。恐其变化,乃唾之。得钱千五百,乃去。"牧斋句倒装,意谓"还愁卖鬼少得钱",卖鬼得钱已为"无本生意",犹嫌钱少得也。上下句"多""少"二意原典所无,牧斋用其事而增益者也。湛河拾得宝玉、夜行逢鬼卖之得钱,无本生利,不劳而获,犹嫌少,喻投机逐名逐利辈之多欲,贪求无餍,剥人以肥己也。

第三联曰:"凿空旧能雕混沌,舞文新拟案丁零。""雕混沌",事见《庄子·应帝王》:"南海之帝为儵,北海之帝为忽,中央之帝为浑沌。儵与忽时相遇于浑沌之地,浑沌待之甚善。儵与忽谋报浑沌之德,曰:'人皆有七窍以视听食息,此独无有,尝试凿之。'日凿一窍,七日而浑沌死。""浑沌",喻自然淳朴。凿之死者,伪修混沌,破碎雕镂,失彼天然也。"凿空"亦相关语;"凿空之论",谓凭空无据,穿凿。唐韩愈《答刘秀才论史书》有云:"巧造语言,凿空构立善恶事迹。"下句含二典。"舞文",舞文弄法。《史记·汲黯传》:"主意所不欲,因而毁之;主意所欲,因而誉之。好兴事,舞文法,内怀诈以御主心,外挟贼吏以为威重。"《集解》:"如淳曰:'舞犹弄也。'"《史记·货殖列传》亦云:"吏士舞文弄法,刻章伪书,不避刀锯之诛者,没于赂遗也。""舞文弄法"者,玩弄文字,扭曲作直,曲解法律也。"案丁零"云云,《后汉书·孔融传》云:"后操讨乌桓,(融)又嘲之曰:'大将军远征,萧条海外。昔肃慎不贡楛矢,丁零盗苏武牛羊,可并案也。'旧注云:'《山海经》曰:'北海之内,有丁零之国。'《前书》苏武使匈奴,单于徙北海上,丁零盗武牛羊,武遂穷厄也。""并案"者,深文周纳,无限上纲,构织罪状也。此联上句言"旧",人心虚伪邪曲,由来已久;下句言"新拟",似喻近事,特不知牧斋所指者何耳。此数年间,顺治十七年(1660),郑成功入长江败后,清廷秋后算账,大狱屡起,史称"通海案"。顺治十八年(1661),清廷以江南绅衿"抗粮"而兴"奏销案"。康熙二年(1663),"明史案"结,得重辟者七十人,凌迟者十余。类似之事均可能为牧斋句中"舞文新拟"所影射之"案"。

末联曰:"睡余偶忆柴桑集,画扇萧疏仰昔贤。"陶渊明作品("柴桑集")中有《扇上画赞》("画扇")一篇。陶诗所咏者,古之隐士也,即荷蓧丈人、长沮、桀溺、於陵仲子、张长公、丙曼容、郑次都、薛孟尝、周阳珪九人。陶公云:"三五道邈,淳风日尽。九流参差,互相推陨。形逐物迁,心无常准。是以达人,有时而隐。"此等耦耕不仕之达人,本乎道义,与时进退,乃陶公"缅怀千载,托契孤游"者,亦牧斋所景仰之"昔贤"也。牧斋本联,固亦瓣香于不为五斗米而折腰,隐居故里柴桑之陶公者也。牧斋以本联所咏之隐士对比令其"颓然"之功利熏心,得利忘义辈。隐士之对立面,固朝廷官吏或助纣为虐之权要人物也。牧斋厌之。

《病榻消寒杂咏四十六首》其三十三笺释

老病何当赋《子虚》?形容休讶列仙如。
黄衣牒授刘中垒,琼笈图归董仲舒。
篱桂冬荣疑月地,瓶梅夜落想云居。
笑他脉望空干死,绛帕蒙头读道书。

闻定远读道书,戏示。

【笺释】

本章诗后小注云:"闻定远读道书,戏示。""定远"者,冯班(1602—1671)也,常熟人,与兄冯舒(1593—1649)吴中称"海虞二冯",牧斋高弟。王应奎《海虞诗苑》卷四"钝吟诗老冯班"小传云:"班,字定远,嗣宗先生次子也。为人傥荡悠忽,动不谐俗,胸有所得,辄曼声长吟。行市井间,足滔淖,衣挂木,掉臂不顾,眼中若不见有一人者。当其被酒无聊,即席恸哭,人不知其所以。钱宗伯诗所谓'愿借冯班恸一场'者也。里中指目为痴,先生怡然安之,遂自署曰:二痴。顾其衡量古今,论列是非,则又洞识窾要症结,殊不痴也。为诗律细旨深,务裨风教。自唐李玉溪后,诗家多工赋体,而比兴不存。先生含咀风骚,独寻坠绪,直可上印玉溪。虽或才力小弱,醇而未肆,而于温柔敦厚之教,庶乎其不谬矣。著有《钝吟诗集》九卷、《钝吟杂录》十卷行世。其《杂录》持论最善,益都赵赞善执信、长洲何学士焯并遵信之。"(案:王应奎所引牧斋诗句见《初学集》卷十一《一叹示士龙》,今本作"要倩冯班恸一场"。句后小注云:"里中小冯生善哭。")

定远得诗名早,牧斋于前明已序其诗,亟推许不置。《初学集》卷三十二《冯定远诗序》略云:"定远,吾友嗣宗之子也,而游于吾门。其为人悠悠忽忽,不事家人生产,衣不掩骭,饭不充腹,锐志讲诵,亡失衣冠,颠坠坑岸,似朱公叔。燎麻诵读,昏睡爇发,似刘孝标。阔略眇小,荡佚人间,似其家敬通。里中以为狂生,为崇愚,闻之愈益自喜。其为诗,沉酣六代,出入于义山、牧之、庭筠之间。其情深,其调苦,乐而哀,怨而思,信所谓穷而能工者也。"

此首幽默。师弟间相契甚厚,调笑为乐,牧斋戏谑作此。诗起联曰:"老病何当赋子虚?形容休讶列仙如。""赋子虚",借司马相如《子虚赋》事嘲定远之读道书。《汉书·司马相如传》云:"相如见而说之,因病免,客游梁,得与诸侯游士居,数岁,乃著《子虚》之赋。"《子虚赋》设为楚子虚先生与齐乌有先生之言,奢谈齐楚之盛丽瑰玮。"子虚乌有",想象虚构之谓。"老病"而读"道书",求仙长生,不亦虚诞妄作乎?此牧斋上句之寓意。《汉书·司马相如传》又云:"相如以为列仙之儒居山泽间,形容甚臞,此非帝王之仙意也,乃遂奏《大人赋》。"(颜师古注云:"儒,柔也。术士之称也。凡有道术皆为儒。")牧斋下句从此传文翻出,言定远既读道书,则莫讶其"形容"或如"列仙"之臞瘦也。二句脱胎自旧史文,为定远读道书写照,用典工切,复生动传神,妙甚。

次联曰:"黄衣牒授刘中垒,琼笈图归董仲舒。"刘中垒即汉刘向,官终中垒校尉,后世称刘中垒。"黄衣牒"云云,有关刘向得仙人授书传说。晋王嘉《拾遗记》卷六载,"刘向于成帝之末,校书天禄阁,专精覃思。夜有老人,着黄衣,植青藜杖,登阁而进,见向暗中独坐诵书。老父乃吹杖端,烟燃,因以照向,说开辟已前,向因受《五行洪范》之文,恐辞说繁广忘之,乃裂裳及绅,以记其言。至曙而去,向请问姓名。云:'我是太一之精,天帝闻金卯之子有博学者,下而观焉。'乃出怀中竹牒,有天文地图之书,'余略授子焉'。至向子歆,从向受其术,向亦不语于人焉。"下句以"董仲舒"对上"刘中垒",尚可,人名对不易工。"琼笈",玉饰书箱,多指道书。董仲舒亦有得仙籍之传说。《汉武帝内传》载:"上元夫人语帝曰:阿母今以穷笈妙蕴,发紫台之文,赐汝《八会》之书,《五岳真形》,可谓至珍至贵,上帝之玄观矣。王母曰:汝欲授《五岳真形》者,董仲舒似其人也。帝承王母言,以元封二年七月,斋戒以《五岳真形图》授董仲舒登受。"(案:本段文字移录自钱曾诗注,检《四库全书》本《汉武帝内传》,并无此引,钱曾所据当系别本。)牧斋本联用刘向、董仲舒得仙人授以天书故事,喻定远本如刘、董,笃志于学,今则读其道书,亦盼仙家垂顾,传授玄机秘籍乎?

第三联曰:"篱桂冬荣疑月地,瓶梅夜落想云居。""月地云阶",仙境之谓。唐牛僧孺《周秦行纪》有句云:"香风引到大罗天,月地云阶拜洞仙。"牧斋析"月地云阶"为二语,置本联上下句末,又以下句末字韵脚,易"阶"为"居"。上句"冬荣"云云,本《楚辞·远游》句:"嘉南州之炎德兮,丽桂树之冬荣。"《楚辞补注》云:"元气温暖,不殒零也。补曰:桂凌冬不凋。"南方温暖,故桂树经冬不凋。下句"瓶梅夜落",苏轼《次韵杨公济奉议梅花》十首其四有句云:"月地云阶漫一尊,玉奴终不负东昏。"唯牧斋诗所言为"篱桂""瓶梅",则非殊方灵草神木,乃家园所见物事。牧斋本联乃云:定远家中读道书,篝灯丙夜,逸思入微茫,举头见"篱桂冬荣""瓶梅夜落",都成"月地云阶",仿佛仙境矣。

末联曰:"笑他脉望空干死,绛帕蒙头读道书。"此联直似"卡通"(cartoon),引人发噱。"脉望",传说蠹鱼所化之物。唐段成式《酉阳杂俎》续集卷二载:"建中末,书生何讽常买得黄纸古书一卷。读之,卷中得发卷,规四寸,如环无端,何因绝之。断处两头滴水升余,烧之作发气。讽尝言于道者,吁曰:'君固俗骨,遇此不能羽化,命也。据仙经曰:"蠹鱼三食神仙字,则化为此物,名曰脉望。夜以规映当天中星,星使立降,可求还丹。取此水和而服之,即时换骨上宾。"'因取古书阅之,数处蠹漏,寻义读之,皆神仙字,讽方哭伏。"下句"绛帕蒙头"云云,语本《三国志·孙策传》注文,略云:"时有道士琅邪于吉,先寓居东方,往来吴会,立精舍,烧香读道书,制作符水以治病,吴会人多事之。……策曰:'昔南阳张津为交州刺史,舍前圣典训,废汉家法律,尝着绛帕头,鼓琴烧香,读邪俗道书,云以助化,卒为南夷所杀。此甚无益,诸君但未悟耳。今此子已在鬼箓,勿复费纸笔也。'即催斩之,悬首于市。诸事之者,尚不谓其死而云尸解焉,复祭祀求福。"此钱曾注已引,唯钱曾尚有失察者,则牧斋本联下句实摘自苏轼诗。坡公《客俎经旬无肉又子由劝不读书萧然清坐乃无一事》诗有句云:"从今免被孙郎笑,绛帕蒙头读道书。"脉望断而两头滴水,服之实时羽化升仙,牧斋上句何以言"脉望干死"?盖定远"绛帕蒙头读道书",卷中"神仙"字为其挖取食尽,脉望无字可食,故干死也!呵呵。本联亦可作另一种解读:牧斋于此乃嘲定远虽"绛帕蒙头读道书",实为凡夫俗子,即便卷中脉望显现,大概亦如古之何讽,不知其为助化神物,断之使白白干死耳。

定远之读道书,实由来已久,今传《钝吟集》中,有《游仙诗》二卷,上卷有其兄冯舒壬午年(1642)所为撰序,下卷则定远自序,有语云:"余自丁丑(1637)之岁作游仙诗五十首,家兄序之,变革已来,二十余年奔走乞索,不知文字为何物矣。……于残落诗稿中得向时所刻,读之惘然,有如昨梦,因更作此五十章,以呈敕先、斧季。"此五十首其中一首用牧斋本诗韵,或系定远读牧斋诗后之回应。诗云:"凡骨辛勤望碧虚,漫抛尘累事山居。役夫却是神仙者,冷笑先生读道书。"定远自嘲之词亦颇幽默。

究其实,"读道书"者,不唯钝吟诗老,东涧牧翁亦殷勤读之,晚年且于虞山构"胎仙阁",练延年益寿之术。虞山素有仙山之称,养生修炼之风气,常熟一地实甚盛。

《病榻消寒杂咏四十六首》其三十四笺释

老大聊为秉烛游,青春浑似在红楼。
买回世上千金笑,送尽生年百岁忧。
留客笙歌围酒尾,看场神鬼坐人头。
蒲团历历前尘事,好梦何曾逐水流。

追忆庚辰冬半野堂文宴旧事。

【笺释】

本诗诗后小注云:"追忆庚辰(1640)冬半野堂文宴旧事。"牧斋本诗追忆二十余年以前,与一代才妓柳如是缔缘伊始时之美好时光。牧斋门人顾苓(1626—1685以后)《河东君小传》云:"庚辰冬,(柳)扁舟访宗伯。幅巾弓鞋,着男子服,口便给,神情洒落,有林下风。宗伯大喜,谓天下风流佳丽,独王修微、杨宛叔与君鼎足而三,何可使许霞城、茅止生专国士名姝之目。"其时为前明崇祯十三年庚辰十一月。柳如是翩然来访,止居半野堂,牧斋为筑我闻室,十日落成,钱、柳等文宴欢娱浃月于斯。半载以后,二人结褵于茸城(松江)舟中,柳随牧斋返常熟,乃称柳夫人,结束前此将近十年之迁转飘泊。牧斋筑绛云楼于半野堂后,二人优游其中,仿如神仙眷侣。柳如是嫁入钱家时二十四岁,而牧斋已届耳顺之年。庚辰仲冬,牧斋之迷醉于柳氏不难想见。来年仲春,牧斋尝言:"庚辰之冬,余方咏《唐风·蟋蟀》之章,修文宴之乐,丝肉交奋,履舃错杂,嘉禾门人以某禅师开堂语录缄寄,且为乞叙。余不复省视,趣命僮子于蜡炬烧却,扬其灰于溷厕,勿令污吾诗酒场也。"(《书西溪济舟长老册子》,《初学集》卷81)牧斋亢奋如热恋中之公子哥儿。至牧斋赋《病榻消寒杂咏》本诗时,钱、柳二人已相守相随逾二十载矣。牧斋病榻缠绵之际,追忆庚辰冬半野堂文宴旧事,依然心花怒放。诗结句云"好梦何曾逐水流",更可见牧斋始终爱恋柳如是。

　　诗上四曰:"老大聊为秉烛游,青春浑似在红楼。买回世上千金笑,送尽生年百岁忧。"陆游《学射道中感事》诗有句云:"得闲何惜倾家酿,渐老真须秉烛游。"不及牧斋意兴之高昂。鲍照《代白纻曲》其六下半云:"卷幌结帷罗玉筵,齐讴秦吹卢女弦,千金顾笑买芳年。"庶几牧斋千金买笑之欢,而牧斋句醇雅过之。牧斋此四句,实从《古诗十九首》之《生年不满百》一首翻出。《生年不满百》云:"生年不满百,常怀千岁忧。昼短苦夜长,何不秉烛游。为乐当及时,何能待来兹。愚者爱惜费,但为后世嗤。仙人王子乔,难可与等期。"牧斋虽云"聊为"秉烛之游,实则兴致勃勃,乐而忘返,盖"青春浑似在红楼"也。"愚者爱惜费,但为后世嗤。"《六臣注文选》李周翰曰:"至愚之人皆爱惜其财,不为费用,一朝所灭,为后世所笑。"牧斋不作此"爱惜费"之笨伯,不惜千金买美人一笑,送尽生年百岁之忧。钱、柳等文宴浃月,其时穷冬,虞山苦寒地,然我闻室中想已春意盎然矣。

诗第三联曰:"留客笙歌围酒尾,看场神鬼坐人头。"上句"留客"以"笙歌",可以想象,而"酒尾"一语却甚费解。明万历间许自昌《樗斋漫录》卷十二云:"吴中俗人宴会好说酒尾,盖饮后说古诗一句是也。"则"酒尾"或指饮酒后;"笙歌围酒尾",意谓饮酒后继以笙歌围簇。下句"看场神鬼坐人头"一空依傍,全无旧典,而"神鬼坐人头"之景况与宴会气氛、场面殊不谐协。钱曾注此句云:"公云:文宴时,有老妪见红袍乌帽三神坐绛云楼下。"若非钱曾为转述牧斋语,述其"本事"如此,吾人读牧斋此句必百思不得其解。钱曾牧斋诗注之可贵,于此亦可见一斑。虽然,此解尚可疑议者,则"神鬼坐人头"之处,是否即绛云楼?牧斋已明言,此为庚辰冬半野堂文宴旧事,而绛云楼之筑,在钱、柳结褵后二年,即崇祯十六年(1643),庚辰冬文宴时绛云楼尚未存在。以此,注中"绛云楼"云云,若非牧斋记误,即为钱曾笔误矣。"神鬼"示现处,应在半野堂或我闻室。

末联曰:"蒲团历历前尘事,好梦何曾逐水流。"上句"前尘事",钱曾注引《楞严经》"若分别性,离尘无体,斯则前尘,分别影事"云云作解,治丝益棼,大可不必。要之,禅者视外境为"浮尘",为"幻化相",六尘非实存,虚幻如影,故有"前尘""影事"之说,此即牧斋"前尘事"一语之寄意也。牧斋学佛人,坐"蒲团"上,固知五蕴皆空,一切经历无非前尘影事,唯与柳如是之情事犹历历在目,不忍割舍,纵堕情障所不计也。下句"好梦"之典原甚凄丽,元陆友仁

《吴中旧事》引《竹坡诗话》云:"姑苏雍熙寺,每月夜向半,常有妇人往来廊庑间歌小词,且哭且叹。闻者就之,辄不见。其词云:'满目江山忆旧游,汀洲花草弄春柔。长亭舣住木兰舟。好梦易随流水去,芳心空逐晓云愁。行人莫上望京楼。'好事者录藏之。士子慕容岩卿见之,惊曰:'此予亡妻所为,外人无知者,君何从得之?'客告之故。岩卿悲叹曰:'此寺盖其旅榇所在也。'"牧斋乃反用"好梦易随流水去"之意,以言与柳如是之情缘乃其生命中之好梦美梦,虽日月丸飞,星霜驹逝,世事到头须了彻,可前尘影事,事事关情,一切宛如昨日,刻骨铭心。

(本诗进一步之诠释,请参本书上编"蒲团历历前尘事"一章。钱柳情缘,笔者另撰有《情欲的诗学——钱谦益、柳如是〈东山酬和集〉窥探》一文,载拙著《牧斋初论集》,可参。)

《病榻消寒杂咏四十六首》其三十五笺释

一剪金刀绣佛前,裹将红泪洒诸天。
三条裁制莲花服,数亩诛锄穤稑田。
朝日妆铅眉正妩,高楼点粉额犹鲜。
横陈嚼蜡君能晓,已过三冬枯木禅。

同下,二首,为河东君入道而作。

【笺释】

牧斋于诗后置小注,云:"同下,二首,为河东君入道而作。"本首凄美。

首联曰:"一剪金刀绣佛前,裹将红泪洒诸天。"句构利落而意绪紊乱。"一剪金刀",脱自元好问《紫牡丹三首》其二,其诗云:"梦里华胥失玉京,小阑春事自升平。只缘造物偏留意,须信凡花浪得名。蜀锦浪淘添色重,御炉风细觉香清。金刀一剪肠堪断,绿鬓刘郎半白生。"遗山诗"一剪"者,犹"一枝",宋人称一枝曰一剪。"金刀一剪"者,剪花一枝,缄寄远人,以表相思也。以牧斋诗句言,"一剪金刀",剪花供"绣佛"前,自是礼佛所宜。唯本诗既为"河东君入道而作",则此"金刀一剪",谓剪断烦恼丝乎？下句亦有所本,刘禹锡《怀妓四首》其一云:"玉钗重和两无缘,鱼在深潭鹤在天。得意紫鸾休舞镜,能言青鸟罢衔笺。金盆已覆难收水,玉轸长抛不续弦。若向蘼芜山下过,遥将红泪洒穷泉。""裹将红泪洒诸天"与"遥将红泪洒穷泉"构句大似,意象相近,谅非偶合。刘禹锡诗题"怀妓",而河东君亦妓人出身,此层关涉,恐亦非偶然。"红泪",旧诗文中借指美人之泪。(晋王嘉《拾遗记》载:"文帝所爱美人,姓薛名灵芸,常山人也。……灵芸闻别父母,歔欷累日,泪下沾衣。至升车就路之时,以玉唾壶承泪,壶则红色。既发常山,及至京师,壶中泪凝如血。"后因以"红泪"称美人泪。)"诸天",天空、天界,亦佛教名相:三界二十八天,即欲界六天、色界十八天、无色界四天。亦指各天之护法天神。刘禹锡诗题"怀妓",实怨妓、恨妓之词,以玉钗无缘重合,覆水难收,妓有新人而不我眷怀也。本诗牧斋为柳如是入道而作,何以起首即启人以此种种哀怨凄恻之联想？抑牧斋仅援用旧诗文之字面意象,无他深意？

次联曰:"三条裁制莲花服,数亩诛锄稂稗田。""三条","三衣""条衣"之谓。比丘有"三衣":大众集会或行受戒礼时穿大衣,或名众聚时衣;礼诵、听讲、说戒时穿上衣;日常作业、安寝时穿内衣。僧衣由割截之布片缝合而成,有九条至二十五条之别,故曰"条衣"。释法云《翻译名义集》云:"《菩萨经》云:'五条名中着衣,七条名上衣,大衣名众集时衣。'《戒坛经》云:'五条下衣,断贪身也。七条中衣,断嗔口也。大衣上衣,断痴心也。'""莲花服"亦即三衣、条衣。《翻译名义集》云:"《真谛杂记》云:'袈裟是外国三衣之名,名含多义:或名离尘服,由断六尘故;或名消瘦服,由割烦恼故;或名莲华服,服者离着故;或名间色服,以三如法色所成故。'"本句言河东君"入道",裁制袈裟。下句所以对者则出人意表。"诛锄",根除草木,《楚辞·卜居》:"宁诛锄草茅,以力耕乎?""穮稄",杜牧《郡斋独酌》诗云:"罢亚百顷稻,西风吹半黄。尚可活乡里,岂唯满囷仓。""罢亚"后夹注:"稻名。"宋赵与时《宾退录》卷十引苏轼诗亦有"翠浪舞翻红穮稄,白云穿破碧玲珑"之句。"穮稄"云云,似无佛教典实。牧斋或以"诛锄"、力耕喻河东君精进修行,修善断恶、去染转净?

第三联曰:"朝日妆铅眉正妩,高楼点粉额犹鲜。""朝日",曹植《美女篇》句:"容华耀朝日,谁不希令颜?"上句"妆铅"、下句"点粉"实有所本。徐陵《玉台新咏》卷九载《王叔英妇赠答一首》,元末明初陶宗仪《说郛》引《林下诗谈》云:"王淑英妇,刘孝绰之妹,幼有辞藻。春日,淑英之官,刘不克从,寄赠以诗曰:'妆铅点黛拂轻红,鸣环动佩出房栊。看梅复看柳,泪满春衫中。'时人传诵之。"牧斋易"黛"为"粉",并析原文为二语,嵌上下句中。("粉",五代马缟《中华古今注》卷中云:"自三代以铅为粉。秦穆公女弄玉有容德,感仙人萧史,为烧水银作粉与涂,亦名飞云丹,传以箫曲终而同上升。")上句"眉正妩"云云,亦有典实。《汉书·张敞列传》云:"(敞)又为妇画眉,长安中传张京兆眉怃。有司以奏敞。上问之,对曰:'臣闻闺房之内,夫妇之私,有过于画眉者。'上爱其能,弗备责也。然终不得大位。"(宋祁曰:"怃,音妩媚之妩。")下句典出唐释道世《法苑珠林》卷三十一引《杂宝藏经》："佛在迦毗罗卫国入城乞食,到弟孙陀罗难陀舍,会值难陀与妇作妆香涂眉间,闻佛门中,欲出外看,妇共要言:'出看如来,使我额上妆未干顷便还入来。'难陀即出,见佛作礼,取钵向舍,盛食奉佛。佛不为取,过与阿难,亦不为取,阿难语言:'汝从谁得钵,还与本处。'于是持钵诣佛,至尼拘屡精舍。佛即敕剃发师,与难陀剃发。难陀不肯,怒拳而语剃发人言:'迦毗罗一切人民,汝今尽可剃其发耶。'佛问剃发者:'何以不剃?'答言:'畏故不敢为剃。'佛共阿难,自至其边,难陀畏故,不敢不剃。虽得剃发,常欲还家,佛常将行,不能得去。"《玉台新咏》所载《王叔英妇赠答一首》有"看梅复看柳"之句,本联二句实牧斋"看柳(如是)"(gaze)之写照。张敞为妇画眉甚妩,阿难为妇点额上妆,皆"闺房之内,夫妇之私",牧斋以本联暗示与柳夫妇恩爱之情。本诗为柳入道而作,牧斋何故作此绮语,勾起情欲之想,堕入情障?

末联曰:"横陈嚼蜡君能晓,已过三冬枯木禅。"本联寄意,耐人寻味。"横陈嚼蜡"云云,出《楞严经》卷八,经文云:"我无欲心,应汝行事。于横陈时,味如嚼蜡。命终之后,生越化地。如是一类,名乐变化天。"此所谓"欲界六天"之"乐变化天",居第五界天,前四界为"四天王天""忉利天""须焰摩天""兜率陀天"。以性事言,四天王天能止身之外动,忉利天内动微细,须焰摩天过境方动,兜率陀天境遇尚能不违心。所同者,为心超形外,似离于动。至于乐变化天,已无淫欲念,肉体横陈于前,不能引发淫欲之思,应汝行事,味同嚼蜡。此等人命终时,能生超越色尘化成自受乐之地,不必假借异性淫行而得乐,因无五欲之乐,故名乐变化天。牧斋言

"横陈嚼蜡",不必寄托此全部义蕴,毕竟此是诗语而非法语,或只强调无淫欲之思一端。此意亦见于下句"三冬枯木禅"一典。宋释普济《五灯会元》卷六载:"昔有婆子,供养一庵主,经二十年。常令一二八女子送饭给侍。一日,令女子抱定,曰:'正恁么时如何?'主曰:'枯木倚寒岩,三冬无暖气。'女子举似婆。婆曰:'我二十年只养得个俗汉。'遂遣出,烧却庵。"于横陈时,味同嚼蜡,女子抱庵主,庵主只觉枯木倚寒岩,无暖气,二事同一理趣。牧斋句言"君能晓",乃指河东君晓得此道理,无欲念,抑指河东君知晓牧斋无性欲?都有可能。惟本诗既为河东君入道而作,此联似归河东君为妥。则牧斋言河东君无欲念。虽说佛经常就众生"性欲",方便说法。《法华经·方便品》即云:"今我亦如是,安隐众生故,以种种法门,宣示于佛道。我以智慧力,知众生性欲,方便说诸法,皆令得欢喜。"且色即是空,空即是色,亦大彻大悟之门。但此首写柳如是入道,牧斋于第三联写夫妇闺房中之恩爱,复于此联言性欲之有无,渲染烘托,发人遐思,究竟有无必要?

"入道",皈依我佛,昨日种种,譬如昨日死,今日种种,譬如今日生。牧斋写柳如是入道,却满载不忍不舍之情,且出以绮词俪语,肃穆不足,艳丽有余。此老之心思真难摸透。

(本诗及下一首进一步之诠释,请参本书上编"蒲团历历前尘事"一章。钱柳情缘,笔者另撰有《情欲的诗学——钱谦益、柳如是〈东山酬和集〉窥探》一文,载拙著《牧斋初论集》,可参。)

《病榻消寒杂咏四十六首》其三十六笺释

鹦鹉疏窗昼语长,又教双燕话雕梁。
雨交澧浦何曾湿,风认巫山别有香。
初着染衣身体涩,乍抛绸发顶门凉。
萦烟飞絮三眠柳,扬尽春来未断肠。

【笺释】

本首宜与上首(其三十五)合读,盖牧斋于上首诗后置小注云:"同下,二首,为河东君入道而作。"故本首亦牧斋咏柳如是"入道"之诗。上首笺释对本诗之理解亦有帮助,或可先观看。较诸上诗,本诗典故较简单,句法亦较平易,唯诗之寄意依然耐人寻味。

首联曰:"鹦鹉疏窗昼语长,又教双燕话雕梁。"牧斋于上首第三联曰:"朝日妆铅眉正妩,高楼点粉额犹鲜。"乃言夫妇闺中之恩爱者,出之以绮艳之词。本诗首联似亦写钱、柳琴瑟之好,家庭之乐,而造意较静好醇雅。《说文》云:"鹦鹉,能言鸟也。""双燕",似比目鸳鸯之可羡。"疏窗""雕梁",庭院朗畅,层阁雕梁堪稳栖。"昼语长""话雕梁",可以想象恋人絮语绵绵。

次联曰:"雨交澧浦何曾湿,风认巫山别有香。""澧浦",《楚辞·九歌·湘君》云:"捐余玦兮江中,遗余佩兮醴浦。"("醴"同"澧")《山海经·中山经》云:"洞庭之山……帝之二女居之,是常游于江渊,澧沅之风,交潇湘之渊。"李白《远别离》云:"远别离,古有皇英之二女,乃在洞庭之南,潇湘之浦。海水直下万里深,谁人不言此离苦!日惨惨兮云冥冥,猩猩啼烟兮鬼啸雨。我纵言之将何补?"此三湘之地帝尧二女娥皇、女英之传说。古以帝舜陟方而死,葬苍梧之野,二妃从之,俱溺死湘江,遂为潇湘之神。合下句读,知牧斋句非取义于二女之传说。"巫山",钱曾注引《六臣注文选》李善引《襄阳耆旧传》云:"赤帝女曰姚姬,未行而卒,葬于巫山之阳,故曰巫山之女。"引实未完,后有"楚怀王游于高唐,昼寝,梦见神遇,自称是巫山之女"云云。究其实,此巫山神女故事方是牧斋句结穴所在,钱曾宜引宋玉《高唐赋》作解。《文选》载宋玉《高唐赋并序》云:"王问玉曰:'此何气也?'玉对曰:'所谓朝云者也。'王曰:'何谓朝云?'玉曰:'昔者先王尝游高唐,怠而昼寝,梦见一妇人曰:"妾巫山之女也,为高唐之客。闻君游高唐,愿荐枕席。"王因幸之,去而辞曰:"妾在巫山之阳,高丘之阻,旦为朝云,暮为行雨。朝朝暮暮,阳台之下。"旦朝视之如言,故为立庙,号曰"朝云"。'"又《文选》载宋玉《神女赋并序》云:"楚襄王与宋玉游于云梦之浦,使玉赋高唐之事。其夜王寝,果梦与神女遇,其状甚丽。王异之,明日以白玉。……忽兮改容,婉若游龙乘云翔。嫷被服,侻薄装。

沐兰泽,含若芳。性和适,宜侍旁。顺序卑,调心肠。"此巫山神女云雨之事正牧斋本联赋咏之焦点,"雨""湿""风""香"云云,亦取象于宋玉之赋文,上句"澧浦"之事特其陪衬耳。牧斋本联言荐枕席之事;巫山云雨,男女合欢之喻。唯牧斋赋此,却言"何曾湿""别有香",大似上首诗笺所引《楞严经》"我无欲心,应汝行事。于横陈时,味如嚼蜡"之寓意。牧斋于柳氏下发"入道"之际,于首联寄托夫妇琴瑟和谐之感,复于本联渲染巫山云雨之事,难免勾起绮思情恨,何苦来哉?

第三联曰:"初着染衣身体涩,乍抛绸发顶门凉。"牧斋本联正写柳如是下发"入道"。"染衣",《华严经·梵行品》云:"尔时,正念天子白法慧菩萨言:'佛子!一切世界诸菩萨众,依如来教,染衣出家。云何而得梵行清静,从菩萨位逮于无上菩提之道?'"染衣即僧服,出家后,脱去在俗之衣,改着木兰色等坏色所染之衣。出家时,须落发并着染衣,始成僧尼,故称"剃发染衣"。"绸发",《诗经·小雅·都人士》:"彼君子女,绸直如发。"《传》曰:"密直如发也。"此"绸发"一语之出处。"绸"犹"稠",多而密也。柳如是固未真正落发着染衣,出家为沙门,牧斋本联泛写耳。柳如是之"入道",应系受某戒,通过某种仪式而已,仍是在家居士,带发修行。复次,本诗上联既出以绮语丽词,本联"身体涩""顶门凉"之意象亦难免沾上绮思(对柳氏身体之凝视、想象)。本联别本作:"斫却银轮蟾寂寞,捣残玉杵兔凄凉。"旧言月中有玉桂,有蟾蜍,有玉兔,有姮娥,有吴刚。(李白《古朗月行》有句云:"白兔捣药成,问言与谁餐。"又云:"蟾蜍蚀圆形,大明夜已残。")牧斋诗联言月中仙人仙物互动之"失序"(disorder),以表"寂寞""凄凉"之感。牧斋似言,柳

481

如是"入道",自己顿失伴侣,不免寂寞凄凉。

末联曰:"萦烟飞絮三眠柳,扬尽春来未断肠。""三眠柳",宋计敏夫《唐诗纪事》卷五十三云:"商隐赋云:'岂如河畔牛星,来年只闻一过;不及苑中人柳,终朝剩得三眠。'注:'汉(苑)中有人形柳,一日三起三侧。'""三眠柳"一语藏柳氏名,牧斋用以暗指柳氏,此用例牧斋诗文中屡见。末句云"扬尽春来",此柳"未断肠",似咏柳如是"入道"时之心情。"未断肠",是否即平安喜乐,法喜充满?此意不见于二诗他处,未敢遽言矣。

诗其三十五、三十六合观,牧斋于柳如是入道之际,未见心生欢喜,喜得法侣,依旧爱欲痴慕,不忍不舍。语言则绮语丽词,启人绮思遐想。柳如是入道,牧斋心中究竟作如何想,似未能于二诗中探得。

《病榻消寒杂咏四十六首》其三十七笺释

夜静钟残换夕灰,冬缸秋帐替君哀。
汉宫玉釜香犹在,吴殿金钗葬几回?
旧曲风凄邀笛步,新愁月冷拂云堆。
梦魂约略归巫峡,不奈琵琶马上催。

和老杜"生长明妃"一首。

【笺释】

本首及下一首,辞旨惝恍飘忽,扑朔迷离。苦思数日,真欲起牧斋于九泉而问之,否则难得确解。诗其三十七后,牧斋置小注,云:"和老杜'生长明妃'一首。"杜甫《咏怀古迹》五首其三云:"群山万壑赴荆门,生长明妃尚有村。一去紫台连朔漠,独留青冢向黄昏。画图省识春风面,环佩空归夜月魂。千载琵琶作胡语,分明怨恨曲中论。"牧斋诗中所咏,亦以王昭君出塞嫁匈奴恨事为主脑,唯次联及第三联中,却有逸出此象限、不可解之细节(details)。要之,王昭君本蜀郡秭归人(据《汉书》注),后献于西汉元帝,入长安(今陕西西安)宫中,次联"汉宫"云云切其事,然对句"吴殿金钗葬几回"则吴王与西施旧事,与王昭君何涉?又"葬几回"于义云何?第三联下句"拂云堆"乃塞外昭君青冢所在,唯上句"邀笛步"在上元县,即今南京市青溪桥右,此与昭君事亦无涉。诗其三十八后牧斋之小注云:"和刘屏山'师师垂老'绝句。"则咏北宋末汴京(今河南开封)名妓李师师者。惟牧斋诗起句即云"秦淮池馆御沟通",乃以"秦淮池馆"喻汴京之青楼瓦子乎?比拟不伦,不甚可取。第三联中"舒隋苑""坠汉宫"之意蕴亦费解。此牧斋"廋辞谲语"之例乎?有寄托、象征意义闪烁于字里行间,而过于隐晦迷离,吾人数百载以后读之,难于索解。

陈寅恪于《柳如是别传》第四章"河东君过访半野堂及其前后之关系"中曾附论牧斋此二诗,云:"此两首列于'追忆庚辰冬半野堂文宴旧事'及'为河东君入道而作'诸诗后。和杜一首为董白作,和刘一首为陈沅作。牧斋所以如此排列者,不独因小宛、畹芬(案:即董小宛、陈圆圆)与河东君同为一时名姝,物以类聚,既赋有关河东君三诗之后,遂联想并及董、陈,亦由己身能如卢家之终始保有莫愁,老病垂死之时聊借此自慰,且以河东君得免昆冈劫火为深幸也。"董小宛乃冒襄之爱妾,此习明清文史者所熟知。冒襄《影梅庵忆语》记小宛死于顺治八年(1651),而世有传小宛未死,实为北兵掠去,且入清宫而为顺治帝之董鄂妃。陈寅恪同意于孟森《董小宛考》一文之论证,认为董鄂妃不能即董小宛,然陈氏又言:"然则小宛虽非董鄂妃,但亦是被北兵劫去,冒氏之称其病死乃讳饰之言欤?"此陈氏"假死"之说,异于孟森考证小宛真死于顺治八年者也。复次,陈氏认为,牧斋亦以小宛为"假死",且相信董鄂妃即小宛:"观牧斋'吴殿金钗葬几回'之语,其意亦谓冒氏所记述顺治八年正月初二日小宛之死……乃其假死,清廷所发表顺治十七年(1660)八月十九日董鄂妃之死即小宛之死,故云'葬几回',否则钱诗辞旨不可通矣。"至陈氏以牧斋诗其三十八乃咏陈圆圆者,其主要理据亦在陈圆圆有被劫北去之经历。陈圆圆事迹经吴梅村《圆圆曲》为之赋咏,吴三桂"冲冠一怒为红颜"之传奇至今仍脍炙人口。

详味牧斋此二诗文词,确有嗟惜吴地名妓命运不辰,落入帝王家而遭殃之意。陈寅恪以董小宛、陈圆圆坐实其人。陈氏之说固不无可能,然若以之为不刊之论则大可不必,盖牧斋诗中无足够内部证据(internal evidence)以资建立牧斋之所咏与董小宛、陈圆圆之间之必然联系。陈说可从与否,在读者之自择矣。笔者浅学,本首与下首之笺释,以解说故实为主,不敢妄谈诗之"本事"。

诗其三十七首联曰:"夜静钟残换夕灰,冬缸秋帐替君哀。"上句言"夜静""钟残""夕灰",长夜寂寂,意兴阑珊。下句"冬缸秋帐",脱自江淹《别赋》:"君结绶兮千里,惜瑶草之徒芳。惭幽闺之琴瑟,晦高台之流黄。春宫闷此青苔色,秋帐含兹明月光,夏簟清兮昼不暮,冬缸凝兮夜何长。""春宫""秋帐""夏簟""冬缸",言四时之相思。牧斋"冬缸秋帐"云云,亦此意也。牧斋本联上句言日既逝,夜悠长,下句言四时相思,哀伤不尽。"替君哀",诗人对此孤独女子寄予同情也。

次联"汉宫玉釜香犹在,吴殿金钗葬几回?"上句"汉宫玉釜"云云,实含二典。"玉釜"事,出旧题汉东方朔《海内十洲记》,略云:

"聚窟洲……山多大树，与枫木相类，而花叶香闻数百里，名为反魂树。……伐其木根心，于玉釜中煮，取汁，更微火煎，如黑饧状，令可丸之，名曰惊精香，或名之为震灵丸，或名之为反生香，或名之为震檀香，或名之为人鸟精，或名之为却死香。一种六名，斯灵物也。香气闻数百里，死者在地，闻香气乃却活，不复亡也。以香熏死人，更加神验。""汉宫"云云，本唐白居易《李夫人》诗，其上半云："汉武帝，初丧李夫人。夫人病时不肯别，死后留得生前恩。君恩不尽念未已，甘泉殿里令写真。丹青画出竟何益，不言不笑愁杀人。又令方士合灵药，玉釜煎炼金炉焚。九华帐深夜悄悄，反魂香降夫人魂。夫人之魂在何许，香烟引到焚香处。"下句"吴殿金钗"典出唐沈亚之《沈下贤集》卷四《杂著·异梦录》，略云："吴兴邵合曰：'吾友王炎者，元和初，夕梦游吴，侍吴王。久之，闻宫中出辇，鸣箛吹箫击鼓，言葬西施。王悼悲不止，立诏词客作挽歌。炎遂应教诗曰："西望吴王国，云书凤字牌。连江起珠帐，择土葬金钗。满地红心草，三层碧玉阶。春风无处所，凄恨不胜怀。"词进，王甚嘉之。及寤，能记其事。'"陈寅恪谓牧斋此联中"葬几回"暗喻董小宛顺治八年之死讯为假，顺治十七年董鄂妃之死始为董小宛之真死，故有"葬几回"之叹，否则牧斋"辞旨不可通"云云。究其实，以原典及牧斋之诗性表述（poetic representation）言，牧斋此句词意尚可解，盖春秋战国时之西施固久葬，而唐时王炎又有梦葬西施事及诗，此不亦"葬几回"乎？其真正费解者，乃在于既言咏王昭君事，却又衍出汉宫"反魂香"、吴地葬西施之枝节，此皆与王昭君传说无涉者。就其大者而言，牧斋固可措意于王昭君、西施、李夫人红颜薄命、风尘困瘁之"普遍意义"（universal meaning），然若如此，句中则不宜置过于个人化之细节(particularizing details),否则事与义间难以圆通。今观此联"香犹在""葬几回"云云,不能索解于原来王昭君故事之意义系统,乃牧斋之微言隐语,唯此中影射之事,牧斋不说破,钱曾不揭露(或慎不敢言),陈寅恪试为发覆,其说却稍嫌曲折,真恼人。

第三联曰:"旧曲风凄邀笛步,新愁月冷拂云堆。"本联地景,上句江南,下句塞外;"旧曲""新愁"为对,亦似寄今昔之感,凄怆莫状。上句"邀笛步"者,本魏晋韵事。宋祝穆《方舆胜览》卷十四"邀笛步"云:"旧名萧家渡,在城东南青溪桥之右,今上水闸是也。《晋书》云:'桓伊善乐,尽一时之妙,为江左第一。有蔡邕柯亭笛,常自吹之。王徽之赴召京师,泊舟青溪侧。伊素与徽不相识,令人谕之曰:"闻君善吹笛,试为我一奏。"伊便下车据胡床,为作三弄毕,便上车去,客主不交一言。'故名。""邀笛步"亦予人另一种"风流"联想,盖此地后为教坊所在地,故亦泛指歌妓处所。牧斋"旧曲"云云,或兼指桓伊三弄笛与金陵秦淮歌乐。下句"拂云堆"乃昭君塞外青冢所在。宋乐史《太平寰宇记》卷三十八云:"拂云堆,在(榆林)县北一百七十里。"唐杜牧《题木兰庙》诗云:"弯弓征战作男儿,梦里曾经与画眉。几度思归还把酒,拂云堆上祝明妃。"本联下句切王昭君事,上句不相关,似咏金陵歌妓。上言"旧曲风凄",下言"新愁月冷",句意相续相连,今昔之感、沧桑之叹寓焉。地则由南而北,似哀惜江南歌妓倏然零落于塞外荒烟蔓草之间。本联寄意,近于上联,而其影射之本事亦难以确指。

末联曰:"梦魂约略归巫峡,不奈琵琶马上催。"杜甫诗结联曰:"千载琵琶作胡语,分明怨恨曲中论。"此牧斋联之所本也。王昭君

487

本蜀郡秭归人，故牧斋以"巫峡"代指。"琵琶"云云，《文选》载石崇《王明君词五言并序》云："王明君者，本是王昭君，以触文帝讳，改之。匈奴盛，请婚于汉。元帝以后宫良家子昭君配焉。昔公主嫁乌孙，令琵琶马上作乐，以慰其道路之思。其送明君，亦必尔也，其造新之曲，多哀怨之声，故叙之于纸云尔。……"老杜"琵琶作胡语""怨恨曲中论"之叹，亦牧斋"不奈琵琶马上催"之托意欤？若然，则其怨恨之语乃"满语"矣。

牧斋言本诗乃"和老杜'生长明妃'一首"。老杜之诗旨，仇兆鳌《杜诗详注》卷十七云："此怀昭君村也。上四记叙遗事，下乃伤吊之词。生长名邦，而殁身塞外。此足该举明妃始末。五六，承上作转语，言生前未经识面，则殁后魂归亦徒然耳，唯有琵琶写意，千载留恨而已。"又引黄生云："怨恨者，怨己之远嫁，恨汉之无恩也。"牧斋之和"生长明妃"，词意非在明妃之身世始末，亦非在明妃远嫁匈奴之"怨恨"，其措意者，在诗中人之返魂（"香犹在"）、再葬（"葬几回"）并其零落飘沦之感（"旧曲""新愁"），此皆与明妃遗事或杜诗旨意无多关涉。"和杜"云云，幌子而已。牧斋诗别有寄托，耐人寻味，其所赋咏对象，非为明妃，乃一吴地女子，歌妓出身，转徙流离，经历曲折，乃至于魂断异乡。特其本事云何，笔者浅陋寡闻，不敢穿凿附会，强作解人，幸读者谅之。

《病榻消寒杂咏四十六首》其三十八笺释

秦淮池馆御沟通,长养娇娆香界中。
十指琴心传漏月,千行佩响从翔风。
柳矜青眼舒隋苑,桃惜红颜坠汉宫。
垂老师师度湘水,缕衣檀板未为穷。

和刘屏山"师师垂老"绝句。

【笺释】

  本首诗旨,陈寅恪谓与上首关系密切,其说之大要,已于上首诗笺中述介,读者宜先参看。牧斋于本诗后置小注云:"和刘屏山'师师垂老'绝句。"上首诗后,牧斋之小注云:"和老杜'生长明妃'一首。"讽咏二诗,知牧斋和老杜、刘屏山之作,非只文字游戏而已,有深意寓焉。陈寅恪认为,牧斋上首所喻,实董小宛,本首所喻,乃陈圆圆,以董、陈二名姝,同有被掠北去,一入宫闱,一入侯门之离奇、不幸遭遇,故牧斋以婉曲笔法赋咏其事。今观本诗"秦淮池馆御沟通""舒隋苑""坠汉宫"等意象,确耐人寻味,似别有本事,非关师师。至若陈寅恪以陈圆圆坐实其人,为一可能之推测,但陈氏并未举述具体证据,不必视为确论。

刘屏山即刘子翚(1101—1147),南北宋之交人,道学家,亦有诗传世。清吴之振编《宋诗钞》卷五十三云:"刘子翚,字彦冲。以父韐任授承务郎,辟幕属。韐死靖康之难,子翚痛愤哀毁。服除,通判兴化军事,以羸疾丐祠,归隐屏山,学者称屏山先生,而自号病翁。与籍溪胡原仲、白水刘致中为道义交,所学深远。朱子受遗命往游其门,子翚告以《易》'不远复'三言,俾佩之终身。一日感微疾,即谒庙,诀别家人,与朱子言入道次第而殁。诗与曾茶山、韩子苍、吕居仁相往还,故所诣殊高。五言幽淡卓炼,及陶谢之胜,而无康乐繁缛细涩之态,则以其用经学不同,所得之理异也。"

"师师垂老"绝句,载刘子翚《屏山集》卷十八,系其《汴京纪事》二十首最后一首,诗曰:"辇毂繁华事可伤,师师垂老过湖湘。缕衣檀板无颜色,一曲当时动帝王。"李师师者,北宋末汴京青楼名妓,传与宋徽宗曾有风流韵事,好事者以故传诵,吟咏不辍。或云金兵破汴,师师弃家为女道,金主帅欲献之与金太宗,师师"乃脱金簪自刺其喉,不死,折而吞之,乃死"。(事载宋代传奇,或明季伪作之《李师师外传》)或云师师于混乱中南渡,流寓江浙,仍以卖唱为生。北宋张邦基《墨庄漫录》云:"士大夫犹邀之,以听其歌,然憔悴,无复向来之态矣。"审子翚诗文词,固亦以师师未死于金兵之破汴,而落魄江浙,花憔柳悴为其下场也。南宋刘克庄《后村集》卷十八"诗话下"云:"汴都角妓郜六、李师师,多见前辈杂记。郜即蔡奴也。元丰中,命待诏崔白图其貌入禁中。师师著名宣和,入至掖庭。顷见郑左司子敬云,汪端明家有《李师师传》,欲借抄不果。刘屏山诗云:'辇毂繁华事可伤,师师垂老过湖湘。缕衣檀板无颜色,一曲当年动帝王。'亦前人感慨杜秋娘、梨园子弟之类。"李师师北宋末一代名妓,传闻曾入宫并被封为皇妃,而近世王国维已曾考辨,宋徽宗嫖娼应属实,但师师从未进宫廷。

牧斋诗首联曰:"秦淮池馆御沟通,长养娇娆香界中。"起句即启人疑窦。若牧斋以"御沟通""长养娇娆"影射李师师与宋徽宗有染,以青楼名媛而受宠于帝王,属词比事,尚属允洽。唯师师所居汴京青楼瓦子何得云"秦淮池馆"?北宋风月场所,青楼瓦子栉比,丝竹调笑,而"秦淮池馆"之桨声灯影、锦绣辉煌则属晚明之文化记忆(cultural memory),虽同是烟花地,韵致始终不同。牧斋本首写晚明名妓,可谓"立竿见影"矣。"娇娆",妍媚貌。女貌娇娆,谓之尤物。杜甫《春日戏题恼郝使君兄》云:"使君意气凌青霄,忆昨欢娱常见招。细马时鸣金騕袅,佳人屡出董娇饶。东流江水西飞燕,可惜春光不相见。愿携王赵两红颜,再骋肌肤如素练。通泉百里近梓州,请公一来开我愁。舞处重看花满面,樽前还有锦缠头。"仇兆鳌《杜诗详注》卷十一云:"此望郝携妓而来。……不相见,指佳人而言,王、赵,乃使君家妓。""王赵两红颜",犹上"佳人屡出董娇饶",妓也。"香界",《楞严经》云:"阿难!又汝所明,鼻香为缘,生于鼻识。此识为复因鼻所生,以鼻为界。因香所生,以香为界。"牧斋用"香界"之字面义耳,与佛经义理无涉,实与所谓"天香国色"于义为近。本联二句合观,可知牧斋暗喻秦淮池馆之娇娆名姝入于帝王之家,唯此究为何人,如上首,不可确考矣。"娇娆香界中"云云,启诗次联二句。

次联曰:"十指琴心传漏月,千行佩响从翔风。""漏月"事,见汉佚名《燕丹子》:"秦王曰:'今日之事,从子计耳!乞听琴声而死。'召姬人鼓琴,琴声曰:'罗縠单衣,可掣而绝。八尺屏风,可超而越。鹿卢之剑,可负而拔。'轲不解音。秦王从琴声负剑拔之,于是奋袖超屏风而走,轲拔匕擿之,决秦王,刃入铜柱,火出,秦王还断轲两手。轲因倚柱而笑,箕踞而骂,曰:'吾坐轻易,为竖子所欺,燕国之不报,我事之不立哉!'"(案:此事钱曾注引杨慎《禅林钩玄》所载,不若径引《燕丹子》。)"翔风"事,详晋王嘉《拾遗记》卷九,略云:"石季伦(崇)爱婢名翔风,魏末于胡中买得之。年始十岁,使内房养之。至十五,无有比其容貌,特以姿态见美。妙别玉声,巧观金色。石氏之富,方比王家,骄侈当世,珍宝奇异,视如瓦砾,积如粪土,皆殊方异国所得,莫有辨识其出处者。乃使翔风别其声色,悉知其所出之地。言西方北方,玉声沉重而性温润,佩服者益人性灵;东方南方,玉声轻洁而性清凉,佩服者利人精神。……崇常择美容姿相类者十人,装饰衣服大小一等,使忽视不相分别,常侍于侧。使翔风调玉以付工人,为倒龙之佩,萦金为凤冠之钗,言:'刻玉为倒龙之势,铸金钗象凤皇之冠。'结袖绕楹而舞,昼夜相接,谓之'恒舞'。欲有所召,不呼姓名,悉听佩声、视钗色,玉声轻者居前,金色艳者居后,以为行次而进也。"牧斋诗于首联主脑已立,此"漏月""翔风"一联可视作其"衬笔""旁笔",乃借古帝宫豪门中"娇娆"女子之传奇事迹、风流韵事以侧写"秦淮池馆"名妓之不可多得、多才多艺。

第三联曰:"柳矜青眼舒隋苑,桃惜红颜坠汉宫。"牧斋此联转得妙,看似闲笔,点缀余情,实寓古今之慨,复对薄命红颜寄予同情。艳如桃柳,美人尤物之容姿,眉如柳叶,眼若桃瓣,倾国倾城。梁苑隋堤,行乐快意,而游龙戏凤,盼地久天长,终归风流云散。牧斋联甚似唐韩琮《杨柳枝》诗意:"梁苑隋堤事已空,万条犹舞旧春风。那堪更想千年后,谁见杨花入汉宫。"

末联曰:"垂老师师度湘水,缕衣檀板未为穷。"金人破汴京,师师落魄江南,徐娘半老,犹"缕衣檀板",重操故业。牧斋言"未为穷",固以身在为幸,然师师"无复向来之态矣"。虽言"未为穷",难免兴发潦倒落寞之悲感。

刘屏山《汴京纪事》二十首,成于靖康之难后不久,宋室南渡之初,山河破碎,内外交困。屏山赋此二十章,可谓诗史,慨念故国,伤心禾黍,追惟家国破灭之由,愤慨时事,非寻常思旧篇什之比。兹录如后,以备读者观览:

> 帝城王气杂妖氛,胡虏何知屡易君。
> 犹有太平遗老在,时时洒泪向南云。(其一)

> 玉玺相传舜绍尧,壶春堂上独逍遥。
> 唐虞盛事今寥落,尽卷清风入圣朝。(其二)

> 圣君尝胆愤艰难,双跸无因日问安。
> 汉节凋零胡地阔,北州何处是通汧。(其三)

> 朝廷植党互相延,政事纷更属纪年。

曾读上皇哀痛诏,责躬犹是禹汤贤。(其四)

联翩漕舸入神州,梁主经营授宋休。
一自胡儿来饮马,春波惟见断冰流。(其五)

内苑珍林蔚绛霄,围城不复禁刍荛。
舳舻岁岁衔清汴,才足都人几炬烧。(其六)

空嗟覆鼎误前朝,骨朽人间骂未销。
夜月池台王傅宅,春风杨柳太师桥。(其七)

御路丹花映绿槐,曈曈日照五门开。
五皇欲与民同乐,不惜千金筑露台。(其八)

神霄宫殿五云间,羽服黄冠缀晓班。
诏许群臣亲受箓,步虚声里认龙颜。(其九)

宫娃控马紫茸袍,笑捻金丸弹翠毛。
凤辇北游今未返,蓬蓬艮岳内中高。(其十)

笃耨清香步障遮,并桃冠子玉簪斜。
一时风物堪魂断,机女犹挑韵字纱。(其十一)

万炬银花锦绣围,景龙门外软红飞。

凄凉但有云头月,曾照当时步辇归。(其十二)

云芝九干麦双岐,盍有嘉生瑞圣时。
玉殿称觞闻好语,时教张补撰宫词。(其十三)

桥上游人度镜光,五花殿里奏笙簧。
日曛未放龙舟泊,中使传宣趣郓王。(其十四)

天厩龙媒十万蹄,春池蹴踏浪花飞。
路人争看萧衙内,月下亲调御马归。(其十五)

盘石曾闻受国封,承恩不与幸臣同。
时危运作高城炮,犹解捐躯立战功。(其十六)

梁园歌舞足风流,美酒如刀解断愁。
忆得少年多乐事,夜深灯火上樊楼。(其十七)

仓黄禁陌夜飞戈,南去人稀北去多。
自古胡沙埋皓齿,不堪重唱蓬蓬歌。(其十八)

河汉如云扫沴寥,登东寒铁响清宵。
竹窗惊破高人梦,门外骎骎万马朝。(其十九)

辇毂繁华事可伤,师师垂老过湖湘。

缕衣檀板无颜色,一曲当时动帝王。(其二十)

> 案:四库本《屏山集》不载此诗其一及三,固以中有"胡虏""南云""汉节""胡地"等字样也。

屏山所咏,固北宋末、南渡初时事,唯所写君臣误国之由、宋室偏安一隅,苟延残喘,移之以状明季并南明弘光朝史事亦无不可。则牧斋诗虽和屏山诗之最后一章,或亦有其他十九首在其眼目中?若然,牧斋之和"师师垂老",寄慨遥深,不唯对"秦淮池馆""娇娆"女子命运之喟叹矣。

《病榻消寒杂咏四十六首》其三十九笺释

编蒲曾记昔因缘,蒲室蒲庵一样便。
宽比鹅笼能缩地,温如蚕室省装绵。
灯明龙蛰含珠睡,风暖鸡栖伏卵眠。
针孔藕丝浑未定,于今真学鸟窠禅。

新制蒲龛成。

【笺释】

牧斋诗后小注云:"新制蒲龛成。"新制"蒲龛"完成,牧斋似颇得意,赋诗记之。此首语带幽默,自得自嘲,兼而有之。

首联曰:"编蒲曾记昔因缘,蒲室蒲庵一样便。""蒲龛",以蒲草编制之小室,用以礼佛奉佛,犹"禅龛"。杜甫《谒文公上方》诗有句云:"吾师雨花外,不下十年余。长者自布金,禅龛只晏如。"牧斋联嵌三"蒲"字样,为义本各不同。"编蒲","编蒲书"之谓,本喻苦学

497

不倦。《汉书·路温舒传》云："路温舒,字长君,钜鹿东里人也。父为里监门,使温舒牧羊,温舒取泽中蒲,截以为牒,编用书写。"南朝梁任昉《为萧扬州荐士表》云："既笔耕为养,亦佣书成学。至乃集萤映雪,编蒲辑柳。先言往行,人物雅俗,甘泉遗仪,南宫故事,画地成图,抵掌可述。"牧斋"编蒲"云云,似非取此编蒲为牒,用以书写意,只因其禅龛亦编蒲而成,遂牵连及此,有点胡言乱语。下句"蒲室""蒲庵",可同义通假,指草庵、佛龛,如元张翥《蜕庵集·奉答新仲铭禅师》云:"我识新公老禅衲,一灯蒲室是真传。"宋陆游《梅市暮归》云:"何当倚蒲龛,一坐十小劫。"元周伯琦《答复见心长老见寄》云:"浙水东头佛舍连,蒲庵上士坐忘年。"唯"蒲庵"云云,又有"思亲"义。钱曾注引明初宋濂(景濂)《蒲庵禅师画像赞》云:"师名来复,字见心。兵起,避地会稽山慈溪,与会稽邻壤,中有定水院,师主之,为起其废。寻以干戈载途,不能见母,筑室寺东涧,取陈尊宿故事名为蒲庵,示思亲也。"牧斋固知"蒲庵"此"思亲"义者,特其新制蒲龛成,高兴,"编蒲"也好,"蒲室"也好,"蒲庵"也好,"一样便"。牧斋意兴高,语无伦次。"便",安也,适宜也,启下二联。

次联曰:"宽比鹅笼能缩地,温如蚕室省装绵。"此联言蒲龛大小适中,温暖。上句"鹅笼能缩地"云云,含二典。"鹅笼",钱曾失注。"鹅笼"事,见梁吴均《续齐谐记》:"东晋阳羡许彦于绥安山行,遇一书生,年十七八,卧路侧,云:'脚痛',求寄彦鹅笼中,彦以为戏言,书生便入笼。笼亦不更广,书生亦不更小。宛然与双鹅并坐,鹅亦不惊。彦负笼而去,都不觉重。""缩地",晋葛洪《神仙传·壶公》云:"(费长)房有神术,能缩地脉,千里存在,目前宛然,放之复舒如旧也。""鹅笼",下句以"蚕室"对,妙,牧老诙谐。"蚕室"谓宫刑,《汉书·张汤传》颜师古注云:"谓腐刑也。凡养蚕者,欲其温而早成,故为密室蓄火置之。而新腐刑亦有中风之患,须入密室乃得以全,因呼为蚕室耳。"此联"温"字启下一联。

第三联曰:"灯明龙蛰含珠睡,风暖鸡栖伏卵眠。"此联写此蒲龛给予牧斋之温暖、安稳感。钱曾注引陈抟(希夷)《五龙甘卧法》云:"修仙之心,如如不动,如龙之养珠,鸡之抱卵。""五龙甘卧法"或称"五龙酣睡诀""五龙蛰法",道家"睡功",内丹胎息之法,其语常见于修仙口诀灵文,甚或房中术。牧斋固非于此蒲龛修此道家胎息睡功,特借龙养珠、鸡抱卵之意象、感觉,以喻此龛之安泰耳。牧斋用此而添"灯明""风暖"二语领起上下句,益增温暖安逸之感,信宜"睡",宜"眠"。

末联曰:"针孔藕丝浑未定,于今真学鸟窠禅。"此联另起一意作结。下句"鸟窠禅"承上各联"蒲龛"之意蕴。宋释普济《五灯会元》卷二"鸟窠道林禅师"云:"(禅师)后见秦望山有长松,枝叶繁茂,盘屈如盖,遂栖止其上,故时人谓之鸟窠禅师。复有鹊巢于其侧,自然驯狎,人亦目为鹊巢和尚。"道林禅师许是搭"简易棚"于树上而住之,牧斋谓己制蒲龛而礼佛其中似之。上句"针孔""藕丝"却况不安、"未定"之感。"针孔",西晋傅咸《小语赋》云:"唐勒曰:'攀蚊髯,附蚋翼,我自谓重彼不极,邂逅有急相切逼,窜于针孔以自匿。'"《古文苑》卷二载宋玉《小言赋》云:"景差曰:'载氛埃兮乘剽尘,体轻蚊翼,形微蚤鳞,聿遑浮踊,凌云纵身。经由针孔,出入罗巾,飘妙翩绵,乍见乍泯。'"宋章樵注云:"言奋身腾踊不过由针眼穿罗巾。""藕丝"事较恐怖。《佛说观佛三昧海经》卷一云:"我持此法当成佛道,令阿修罗自然退败。作是语时,于虚空中有四刀轮,帝释功德故自然而下,当阿修罗上时,阿修罗耳鼻手足一时尽落,令大海水赤如绛汁。时阿修罗即便惊怖。遁走无处,入藕丝孔。""针孔""藕丝"云云,牧斋自嘲也,谓己藏匿于蒲龛,求其稳暖,自欺欺人,无关道行修为。牧斋实不必如此计过自讼,常熟冬日苦寒,制一蒲龛窝于其中(如猫儿藏身纸盒),礼佛、取暖"一样便"!

(本诗进一步之诠释,请参本书上编"蒲团历历前尘事"一章。)

《病榻消寒杂咏四十六首》其四十笺释

信笔涂鸦字不齐,丛残篇什少诗题。
心情痒痒如中酒,手腕腾腾欲降乩。
搜索句穷翻壁蠹,喔咿吟苦伴邻鸡。
才华自分龙褒并,未敢囊诗付小奚。

【笺释】

此首述衰老无奈之状,大概即前诗其三十所谓"衰残未省似今年"之意,又嗟叹才思枯竭,江郎才尽。牧斋描状老态,入木三分,自嗟才尽,属词比事,亦甚传神。此首平易道来,干净利落,颤颤牧翁,栩栩如在目前,真不可多得之好诗。

首联曰:"信笔涂鸦字不齐,丛残篇什少诗题。"《病榻消寒杂咏》前序谓"卧榻无聊,时时蘸药汁写诗,都无伦次",正本联所状之景况。《病榻消寒杂咏》一目,想系辍简后补题,故此时言"少诗题",纪实也。牧斋卧榻,信笔写此等"杂咏",至本诗已积四十篇,是可以言"丛残篇什"矣。"涂鸦",写字潦草似"鬼画符",而古之诗人,唐卢仝《示添丁》诗道之最有趣,有句云:"数日不食强强行,何忍索我抱看满树花。不知四体正困惫,泥人啼哭声呀呀。忽来案上翻墨汁,涂抹诗书如老鸦。父怜母惜掴不得,却生痴笑令人嗟。"盖述孙子之淘气捣蛋状者也。"丛残",琐碎、零乱之谓,《文选》江淹《杂体诗·李都尉陵》有句云:"袖中有短书,愿寄双飞燕。"《六臣注文选》李善注云:"桓子(桓谭)《新论》曰:'若其小说家,合丛残小语,近取譬论,以作短书,治身治家,有可观之辞。'"

次联曰:"心情痒痒如中酒,手腕腾腾欲降乩。"写老人衰颓貌,惟妙惟肖,呼之欲出。"痒痒",《诗·邶风·二子乘舟》云:"愿言思子,中心养养。"《传》云:"养养然忧不知所定。"《笺》云:"心为之忧养养然。"则"痒痒"本有"忧"义。然合下"中酒"语观之,不若读如字,乃状受刺激需要抓挠之感(英语可译 itchy,亦有不安、神经质之意)。"中酒",饮酒半酣,《汉书·樊哙传》:"项羽既飨军士,中酒,亚父谋欲杀沛公。"颜师古注:"饮酒之中也。不醉不醒,故谓之中。"或即指醉酒。"手腕",钱曾引《太平广记》载《谭宾录》述苏颋事为解,略云:苏颋年少聪俊,为中书舍人,初当剧任,文诏填委,动以万计。"颋手操口对,无毫厘差失。主书韩礼,谭子阳转书诏草,屡谓颋曰:'乞公稍迟,礼等书不及,恐手腕将废。'"而合下语"腾腾"看,"手腕"实不烦出注。"腾腾",唐白居易《劝酒诗十四首·不如来饮酒七首》其六云:"鱼烂缘吞饵,蛾焦为扑灯。不如来饮酒,任性醉腾腾。"牧斋句之最妙者,在以"欲降乩"状"手腕腾腾"——扶乩时神灵下降附体,不自主抖动,牧斋以此喻手抖无法控制。《病榻消寒杂咏》本首写后不久,牧斋有《甲辰立春日口占》一首,其诗前小序适可与牧斋本句合观。牧斋云:"立春日早诵《金刚经》一卷,适河东君以枣汤饷余,坐谈镇日。检赵文敏金汁书蝇头小楷《楞严经》示余。余两眼如蒙雾,一字不见。腕中如有鬼,字多舛谬,叹筋力之衰也。"(《牧斋杂著·牧斋集再补》,第911页)

第三联曰:"搜索句穷翻壁蠹,喔咿吟苦伴邻鸡。"此联言才尽词穷,搜索枯肠,不成一句。"壁蠹",杜甫《归来》诗有句云:"开门野鼠走,散帙壁鱼干。"苏轼《九月十五日迩英讲〈论语〉终篇……》诗句云:"壁中蠹简今千年,漆书科斗光射天。"王十朋《东坡诗集注》卷二十七厚注云:"鲁共王坏孔子宅,于壁中得古文《论语》。"此二引见钱曾注,其实大可不必,盖牧斋句以蠹虫蛀书喻己觅句之难,其意甚显。虽然,牧斋晚年诗好用僻典、佛典,牧斋"翻壁蠹"喻己才尽,只得求诗料于坟典,亦不无可能。若如此,则钱曾注亦无妨。"喔咿",状禽鸣声,牧斋喻己苦吟如喔咿也。韩愈《天星送杨凝郎中贺正》诗句云:"天星牢落鸡喔咿,仆夫起餐车载脂。"旧注云:"喔咿,鸡鸣声。"陆游《新寒》诗有句云:"此怀拟向何人说,赖有昏灯伴苦吟。"不及牧斋本句之绘声绘影,生动传神。

末联曰:"才华自分龙褒并,未敢囊诗付小奚。"此牧斋自我揶揄之词,谓己所作非诗,"趁韵"而已。"才华",《颜氏家训·文章》云:"近在并州,有一士族,好为可笑诗赋,诮擘邢、魏诸公,众共嘲弄,虚相赞说,便击牛醼酒,招延声誉。其妻,明鉴妇人也,泣而谏之。此人叹曰:'才华不为妻子所容,何况行路!'至死不觉。自见之谓明,此诚难也。""龙褒"亦"好为可笑诗赋"者,事见宋计敏夫《唐诗纪事》卷八十"权龙褒":"景龙中,(权龙褒)为左武卫将军,

503

好赋诗而不知声律,中宗与学士赋诗,辄自预焉。帝戏呼为权学士。……尝吟《夏日》诗:'严雪白皓皓,明月赤团团。'或曰:'岂是夏景?'答曰:'趁韵而已。'……始赋《夏日》'严霜''明月'之句,乃皇太子宴赋诗。太子援笔讥之曰:'龙褒才子,秦州人士。明月昼耀,严雪夏起。如此诗章,趁韵而已。'""囊诗"事则与上述二笑话迥异,乃李贺苦吟之传奇。《唐诗纪事》载:"(贺)常从小奚奴,骑距驴,背一古破锦囊,遇有所得,即书投囊中。及暮归,太夫人使婢探囊出之,见所书多,辄曰:'是儿要当呕出心始已耳!'"李贺所投锦囊中者,呕心沥血之佳句,必留传后世,牧斋之所以"未敢囊诗付小奚",乃以己涂鸦之作只如并州土子、权龙褒"趁韵"之"可笑诗赋"而已,未敢献世,贻笑方家也。

《病榻消寒杂咏四十六首》其四十一笺释

落木萧萧吹竹风,纸窗木榻与君同。
白头聋聩无三老,青镜须眉似一翁。
行药每于参礼后,安禅即在墓田中。
永明百卷丹铅约,少待春灯烂漫红。

怀落木庵主。

【笺释】

牧斋诗后小注云:"怀落木庵主。"本诗乃牧斋岁末怀人之作。落木庵主,徐波(元叹,1590—1663?)是也,明清之际诗人,牧斋老友,少牧斋八岁。元叹《清史稿·文苑传》有小传,甚简略。沈德潜(1673—1769)颇景仰元叹之为人,为作传甚传神,略云:徐元叹,名波,苏之吴县人,其称"顽庵",前代国变后所更号也。少孤,向学,为诸生,旋入太学。负意气,任侠,急友朋难,至欲为报仇,破其家不顾。喜为诗,湔除尘俗,抽思炼要。吴中求同调不易得,之楚交钟伯敬、谭友夏。时两人欲变王、李习见,孑孑生新,不主故常者力扬诩之,名大著吴楚间。当是时,先生年未艾,欲留其身有为,不以文人终也。后见庙堂水火,蛾贼四起,柄国者泄泄,无救时术,慨然曰:"此乾坤何等时,尚思燕巢幕上乎?"决志归隐。与友夏别,友夏曰:"子还吴,如落叶归根矣。"书"落木庵"三字以赠,后揭诸庵门。鼎革后,葬父母天池山麓,遂结庐老焉。松栝蔽空,缚帚扫叶,以供茶灶。先生既结庐天池,与灵岩、中峰二高僧游,写像各贮佛寺,谈讨多出世语言,外人弗能闻也。年七十四卒。沈德潜论元叹云:"读其自撰《顽庵生圹志》,廉悍之气犹在简中。先生固逃于虚空者耶?吴人士或目为迂人,或目为诗老,或目为枯禅,而识者称为遗民,庶得其真云。"(见清李桓辑《国朝耆献类征初编》卷470补录)

元叹之别友夏归吴,在崇祯六年(1633)。明末清初徐崧、张大纯纂辑《百城烟水》云:"落木庵,在天池山中。为吾宗元叹丙舍,其额竟陵谭友夏所题也。钟退谷因写《支硎山图》以赠之。明末竟陵派吴门四诗家,曰徐波元叹、刘锡名虚受、张泽草臣、叶襄圣野,而元叹为巨擘。灵岩继起和尚捐资刻元叹诗,庵因归灵岩。"明季清初攻排竟陵派之最力者,牧斋也(可参拙著《钱谦益攻排竟陵钟、谭侧议》,载《中国文哲研究通讯》第14卷第2期[2004年6月]),而牧斋又与元叹友善,从无讥呵言,此牧斋有所偏私邪?牧斋《初学集》卷九有《戏题徐元叹所藏钟伯敬茶讯诗卷》(1631);卷十七《姚叔祥过明发堂共论近代词人戏作绝句十六首》(1640)其十四论及元叹,云:"安期(周永年)下笔无停手,元叹(徐波)捻毫正苦心。赢得老夫双眼饱,探箱拂壁每长吟";卷三十二有《徐元叹诗序》

(1642?),内云:"元叹之为人,淡于荣利,笃于交友,苦心于读书,而感愤于世道,皆用以资为诗者也。元叹之诗,为一世之所宗。则夫别裁伪体,使学者志于古学而不昧其所从,元叹之责也。"入清以后,《有学集》卷二有《徐元叹六十》(1649);卷十有《徐元叹劝酒词十首》(1659);卷四十八有《香观说书徐元叹诗后》(1660);至《病榻消寒杂咏》本首(1663/1664)亦及元叹。此外,《钱牧斋先生尺牍》卷二有《与徐元叹》二函(1659、1660)。读之可知牧斋与元叹友情深厚,至老弥笃。

牧斋《病榻消寒杂咏》"怀落木庵主"诗起联曰:"落木萧萧吹竹风,纸窗木榻与君同。""落木"云云,一语双关。元叹与竟陵谭友夏别,友夏为书"落木庵"三字以赠。元叹归吴,构庐天池山麓,乃颜之曰"落木庵"。"落木萧萧""纸窗木榻",则言庵主生活之清贫,超轶远尘俗也。卓尔堪《遗民诗》卷三云:"(元叹)情性如澄潭止水,居落木庵,断炊绝粒,灵岩退翁分钵中餐以周之,他有所遗,不屑也。"顺治六年(1649),元叹六十岁,牧斋作《徐元叹六十》为寿,所咏亦正可与本联对读:"飘然领鹤驻高闲,石户云房处处开。万事总随青鬓去,此身留得翠微间。隐将佛土逃三劫,贫为诗人炼九还。若问少微星好在,钩帘君自看西山。"牧斋言"与君同",固谓元叹与己为知己同调,然亦有己清贫如元叹之意。顺治十六年(1659),元叹七十岁,牧斋为作《徐元叹劝酒词十首》,诗其九即云:"落木庵空红豆贫,木鱼风响贝多新。长明灯下须弥顶,雪北香南见两人。"

次联曰:"白头聋聩无三老,青镜须眉似一翁。"此嗟叹元叹与己为桑沧劫余之人,且垂垂老矣。古礼,天子帅群臣躬养三老、五更于辟雍。三老,老人知天、地、人事者;五更,长老之称。(见《后汉书·礼仪志》及注)牧斋句用其字面义耳,"无三老",则只二老,落木庵主与牧斋老人也。此句亦以元叹为前贤遗老也。《徐元叹劝酒词十首》其一云:"皇天老眼慰蹉跎,七十年华小劫过。天宝贞元词客尽,江东留得一徐波。"其二云:"项背交游异世尘,衣冠潦倒笔花新。后生要识前贤面,元叹今为古老人。"即本联诗言下之意也。"聋聩",耳聋。《国语·晋语四》:"聋聩不可使听。"韦昭注:"耳不别五声之和曰聋。生而聋曰聩。""白头聋聩",状元叹及己之老态。"似一翁"乃隐语,谓元叹"须眉"容貌似己。李白《赠潘侍御论钱少阳》诗有句云:"虽无二十五老者,且有一翁钱少阳。眉如松雪齐四皓,调笑可以安储皇。"牧斋盖以"一翁钱少阳"指代"一翁钱牧斋"也。

第三联曰:"行药每于参礼后,安禅即在墓田中。"元叹究心佛学,晚年礼中峰读彻苍雪法师、灵岩继起弘储禅师,时人甚或以"枯禅"视元叹,故牧斋本联有"参礼""安禅"之咏。"安禅即在墓田中",牧斋盖谓元叹行将就木乎?非也。元叹葬父母于天池山麓,遂结庐老焉,故落木庵所在,亦元叹父母墓田丙舍之地,故云。

结联曰:"永明百卷丹铅约,少待春灯烂漫红。"钱曾注云:"徐元叹见公所著《宗镜提纲》,欢喜赞叹,欲相资问,故有春灯之约。"是元叹与牧斋为法友矣。"永明百卷"指五代永明延寿禅师(904—975)所纂《宗镜录》,凡百卷,八十余万字。牧斋著有《宗镜提纲》一卷(今似不传)。"丹铅约",元叹欲就是书相资问,牧斋允相与研讨也。(韩愈《秋怀》十一首其七有句云:"不如觑文字,丹铅事点勘。")"春灯之约",二老恐无法实现矣。牧斋写本诗后不及半年即顺世,而此时元叹甚或已卒。沈德潜谓元叹"年七十四卒",则元叹殁于康熙二年(1663),正牧斋写《病榻消寒杂咏》诗之年。牧斋岁末仍有此首怀落木庵主之作,且有"春灯"之约,固以元叹尚在人世。或牧斋写本诗时未悉元叹逝世之噩耗？或沈归愚记误？待确考。

《病榻消寒杂咏四十六首》其四十二笺释

丈室挑灯饯岁余,披衣步屧有相于。

诗诠丽藻金壶墨,谓编次唐诗。史覆神逵玉洞书。余将订《武安王集》。

穷以文章为苑囿,老将知契托虫鱼。

无终路阻重华远,自合南村订卜居。除夜定远、夕公、遵王见过。

【笺释】

牧斋诗后小注云:"除夜定远、夕公、遵王见过。"知除夕夜,弟子定远、夕公、遵王来谒,相谈甚欢,牧斋作本诗纪之。定远者,冯班也。遵王即钱曾,二人介绍请参上诗其三十二、三十三笺释。夕公,王应奎辑《海虞诗苑》卷四"钱文学龙惕"云:"龙惕,字夕公,为诸生,有时名。屡蹶场屋,遂谢去,刻意为诗。其诗原本温、李,旁及于子瞻、裕之,憔悴婉笃,大约愁苦之词居多,与其族父履之倡和最数,相得欢甚,一时有竹林大小阮之目。著有《大兖集》五卷。君熟精义山诗,尝作小笺数条,颇为精审。今附载朱氏义山诗注中。"

诗首联曰:"丈室挑灯饯岁余,披衣步屟有相于。""丈室",佛教名相,唐释道世《法苑珠林》卷二十九云:"于大唐显庆年中,敕使卫长史王玄策,因向印度过净名宅,以笏量基,止有十笏,故号方丈之室也。"后多以指寺院之正寝。牧斋句用此语泛指斗室耳,不必拘泥原义,如白居易《秋居书怀》诗云:"何须广居处,不用多积蓄。丈室可容身,斗储可充腹。""饯岁",设酒宴送别旧岁也。"屟",《说文》云:"履中荐也。"泛指屐、鞋。"步屟",杜甫《遭田父泥饮美严中丞》云:"步屟随春风,村村自花柳。田翁逼社日,邀我尝春酒。""相于",相厚,相亲近也。曹植《当来日大难》诗云:"日苦短,乐有余,乃置玉樽办东厨。广情故,心相于。阖门置酒,和乐欣欣。"杜甫《赠李八秘书别三十韵》诗句:"此行非大济,良友昔相于。"仇兆鳌《杜诗详注》卷十七引《易林》云:"患解忧除,良友相于。"除夕夜,亲近弟子过访,诗酒欢会,牧斋兴致高,"披衣步屟",谈兴甚浓,下联即告众弟子以已拟编著之二书。

次联曰:"诗诠丽藻金壶墨,史覆神逵玉洞书。"上句后牧斋置小注云:"谓编次唐诗。"牧斋此唐诗之编为未成之书,其稿本则甚可贵,乃绛云楼火灾劫余之物。《钱牧斋先生尺牍》卷一载《致程翼苍》其二云:"衰残多病,闭户翻经。企想绛帐缃帷,如在天外。顷承翰教,所索唐诗,以数十年编集之书,幸逃煨烬。禅诵之暇,晨夕检括,不离几案。半千兄如欲校雠,必须身至虞山,假馆数日,便可卒业而去。若欲取全本奉阅,则万万不能也。"函中所称之"唐诗",

应即本诗所指者。牧斋殁,此稿本钱曾得之,后归季振宜。季氏递辑汇整为七百一十六卷、一百一十九册,收诗四万二千余首。论者谓钱、季是编或即康熙敕编之《全唐诗》底本。钱、季稿本今珍藏于台湾。"丽藻",牧斋所编集唐人之诗也。(陆机《文赋》云:"咏世德之骏烈,诵先人之清芬。游文章之林府,嘉丽藻之彬彬。")牧斋以"金壶墨"一典喻己"诗诠"所费之心力。晋王嘉《拾遗记》卷三载:"浮提之国,献神通善书二人,乍老乍少,隐形则出影,闻声则藏形。出肘间金壶四寸,上有五龙之检,封以青泥。壶中有黑汁,如淳漆,洒地及石,皆成篆隶科斗之字。记造化人伦之始,佐老子撰《道德经》,垂十万言。写以玉牒,编以金绳,贮以玉函。昼夜精勤,形劳神倦。及金壶汁尽,二人刳心沥血,以代墨焉。递钻脑骨取髓,代为膏烛,及髓血皆竭,探怀中玉管,中有丹药之屑,以涂其身,骨乃如故。老子曰:'更除其繁紊,存五千言。'及至经成工毕,二人亦不知所往。"牧斋用此典故,喻己编次唐诗之形劳神倦,刳心沥血。

牧斋之编订《武安王集》,其因缘甚曲折离奇。武安王,关羽云长,关圣帝君是也,元时有封关羽为"显灵义勇武安英济王"之举,故称。牧斋与关圣帝君结缘甚早。《有学集》卷二十七《河南府孟津县关圣帝君庙灵感记》末段披露:"谦益为举子时,梦谒帝北台上,取所乘赤兔马掞送。锡鸾之声,醒犹震耳。厥后浟更闵凶,诏告不绝。"顺治十八年(1661)三月,牧斋红豆村居被盗,而牧斋适以宴客城中拂水山庄,得免于难。牧斋以此为关帝救护脱险,乃发愿重订《武安王集》,以酬神恩。《钱牧斋先生尺牍》卷二载《与李梅公》函云:"相知聚首,乐极生悲。山堂燕及之辰,即江村胠箧之夕。

山妻稚子,匍匐荒田。片纸寸丝,遂无剩余。幸以扁舟早出,免于白刃。关帝降灵呵护,灵响赫然。不然殆矣。以此自幸,余生犹不为神明所吐弃,知己者当开颜相庆也。"同卷又载《与赵月潭》书,内云:"逆贼之来,焚如突如,意诚不在货财也。仆以石台公祖赴酌,仓卒入城,彼不及知,幸免于难。数日前,敝乡迎关帝赛会,示梦社人云:'钱家庄上有大难。廿八至初二日,要往救护,过此方许出会。'则此日之得免,与一家之九死不死,大帝之救护昭昭矣。方以为幸,方以为感,岂复有芥蒂于中乎?"牧斋句"玉洞书"云云,指此《义勇武安王集》,关圣帝君之神迹遗事也。"神逵",冥冥中显示灵异,赐福降灾之神道。《文选》载张衡《思玄赋》云:"神逵昧其难覆兮,畴克谋而从诸。"旧注云:"九交道曰逵。覆,审也。"又云:"逵,道也。"牧斋"史覆神逵"云云,则透露其将订《武安王集》之方法也。钱曾《读书敏求记》卷二"重编义勇武安王"条云:"公斋心著是书者,盖所以答神佑也。元季巴郡胡琦编刻《关王事迹》。嘉靖四年,高陵吕柟复校次刊之,名《义勇武安王集》。公取二书次第厘定,考正删补,而谓之'重编'者,因名仍吕公之旧耳。公又取钱塘罗贯中撰《通俗演义三国志》及内府《元人杂剧》,摭拾其与史传抵牾者,力为举正。"以此知牧斋之重编是集,除订正文字外,尚有考史之役,此即诗中"史覆"之意也。钱曾《读书敏求记》有此书之记,可推知牧斋殁后,此稿亦入钱曾述古堂书库矣。牧斋此稿尚存世,1990年收入《北京图书馆古籍珍本丛刊》第十四辑,影印出版,虽年久日远,字迹尚算完整,且此稿乃牧斋顺世前数月所制,借之可观牧斋遗笔,弥足珍贵。顾牧斋生平之求于关圣帝君者,有重于一己身家性命财产者。《牧斋杂著·牧斋有学集文钞补遗》有牧斋《关壮缪侯画像赞》一首,其词曰:"惟壮缪侯,虎臣国士。王封帝号,崇我明祀。羯奴蛾贼,盗贼之靡。游魂未灭,惟帝之耻。都山铁刀,东沸黑水。长沙铜柱,肃镇南纪。阴护金绳,阳耀玉玺。佑我皇明,亿万年只。"审其文词,当系写于明季,祈求关圣显灵,外驱满人,内杀流贼者也。牧斋此求,关帝未之应。

第三联曰:"穷以文章为苑囿,老将知契托虫鱼。"本联上句应次联上句,下句应次联下句。"唐诗"集诗数万首,洵为词章苑囿,可怡乐其中,而"虫鱼"考证注释,不必即雕虫小艺,犹有待博学洽闻之士如牧斋始能善其事。

末联曰:"无终路阻重华远,自合南村订卜居。"本联脱自陶渊明数诗。"无终",陶公《拟古》九首其二云:"辞家夙严驾,当往志无终。问君今何行?非商复非戎。闻有田子春,节义为士雄。其人久已死,乡里习其风。生有高世名,既没传无穷。不学狂驰子,直在百年中。""无终",田子春,节义之士,陶公所仰慕者。旧注云:"田畴,字子春,汉北平无终人,时董卓迁帝于长安,幽州牧刘虞欲遣使奔问行在,无其人闻。畴,奇士,乃署为从事。畴将行,道路阻绝,遂循间道至长安,致命诏拜骑都尉,畴以天子蒙尘远,不可荷佩荣宠,固辞不受。得报还,虞已为公孙瓒所灭。畴谒虞墓,哭泣而去。瓒怒曰:'汝何不送报章于我!'畴答曰云云。瓒壮之,畴得北归,遂入徐无山中。""重华",陶公《咏贫士》七首其三有句云:"重华去我久,贫士世相寻。"虞舜(重华)以圣人治世,天下太平,无贫穷之人,《庄子·秋水》云:"当尧舜而天下无穷人。"今重华远去,只余贫士不断"相寻"。牧斋本句乃谓欲远举求友节义之士不得,且贫如陶公之所咏。末句钱曾失注。"南村卜居"云云,脱自陶公《移居》二首其二:"昔欲居南村,非为卜其宅。闻多素心人,乐与数晨夕。怀此颇有年,今日从兹役。敝庐何必广,取足蔽床席。邻曲时时来,抗言谈在昔。奇文共欣赏,疑义相与析。"牧斋写此句以谢定远、夕公、遵王除夕夜之过访也。牧斋以心地纯洁、淡泊世情之"素心人"视数子,愿与为邻,晨夕相见,共赏奇文,相析疑义也。

《病榻消寒杂咏四十六首》其四十三笺释

翻经点勘判年工,头白书生砚削同。
岂有钩深能摸象,却愁攻苦类雕虫。
牢笼世界莲花里,磨耗生涯贝叶中。
岁酒酌残儿女闹,犍椎声殷一灯红。

【笺释】

牧斋于生命之最后十余年间,花大力气著成《心经》《金刚经》《楞严经》《华严经》诸疏解。《病榻消寒杂咏》诗本首乃牧斋回忆年来注经甘苦之作。牧斋写本诗时,《心经》《金刚经》《楞严经》诸疏已付梓人,本诗之咏,或专指《华严经疏钞》,此牧斋治佛书之最后一种。《金谱》康熙二年(1663)条末云:"《华严经注》亦辍简。"

诸经疏中,牧斋之制《大佛顶首楞严经疏解蒙钞》,自创始至付梓,前后历十载光阴,五易其稿,其间艰辛备尝,于佛学功德无量,亦最能见出牧斋于佛学著述之精勤。牧斋治佛经之时节因缘,其中之艰难,于数篇《楞严经疏解蒙钞》之《缘起》《后记》文字中有恳切之叙述,其言曰:"万历己亥(1599)之岁,蒙年一十有八,我神宗显皇帝二十有七年也。帖括之暇,先宫保命阅《首楞严经》。中秋之夕,读众生业果一章,忽发深省,寥然如凉风振箫,晨钟扣枕。夜梦至一空堂,世尊南面凝立,眉间白毫相光,昱昱面门。佛身衣袂,皆涌现白光中。旁有人传呼礼佛,蒙趋进礼拜已,手捧经函,中贮《金刚》《楞严》二经,《大学》一书。世尊手取《楞严》,压《金刚》上,仍面命曰:'世人知持诵《金刚》福德,不知持诵《楞严》,福德尤大。'蒙复跪接经函,肃拜而起。既寤,金口圆音,落落在耳。由是忆想隔生,思惟昔梦。染神浃骨,谛信不疑矣。"其开悟之神异如此。然令牧斋之发愿注经,犹待五十年后庚寅(1650)冬绛云楼之一火。牧斋云:"庚寅之冬,不戒于火,五车万卷,荡为劫灰。佛像经厨,火燄辄返。金容梵夹,如有神护。震慑良久,蹷然憬悟。是诚我佛世尊,深慈大悲,愍我多生旷劫,游盘世间文字海中,没命洄渊,不克自出。故遣火头金刚猛利告报,相拔救耳。克念疮疣,痛求对治。刳心发愿,誓尽余年,将世间文字因缘,回向般若。忆识诵习,缘熟是经,览尘未忘,披文如故。抚劫后之余烬,如寤时人说梦中事。开梦里之经函,如醒中人取梦中物。此《楞严经疏解蒙钞》一大缘起也。"(《牧斋杂著·牧斋有学集文钞补遗·大佛顶首楞严经疏解蒙钞缘起论》)牧斋此《缘起》署年"阏逢敦牂",即甲午,1654年,在庚寅绛云火灾后五年,书于《楞严经疏解蒙钞》稿之初成。数年后,牧斋又云:"蒙之钞是经也,创始于辛卯[1651]岁之孟陬月,至今年[1657]中秋而始具草。岁凡七改,稿则五易矣。七年之中,疾病侵寻,祸患煎逼,僦居促数,行旅喧呶,无一日不奉经与俱。细雨孤舟,朔风短檠,晓窗鸡语,秋户虫吟。暗烛晕笔,残膏渍纸,细书饮格,夹注差行。每至目轮火爆,肩髀石压,气息交缀,懂而就寝。盖残年老眼,著述之艰难若此。今得溃于成焉,幸矣!"(《文钞补遗·〈大佛顶首楞严经疏解蒙钞〉后记》)知至顺治十四年(1657)中秋,《楞严经疏解蒙钞》五削稿矣。后数年,牧斋又云:"逾三年己亥(1659),江村岁晚,覆视旧稿,良多踳驳。抖擞筋力,刊定缮写。寒灯暗淡,老眼昏花,五阅月始辍简。……明岁(顺治十八年,1661),余年八十,室人劝请流通法宝,以报佛恩,遂勉徇其意。"(《文钞补遗·〈大佛顶首楞严经疏解蒙钞〉重记》)则牧斋之撰《楞严经疏解蒙钞》,历时几十载始成,六易其稿。牧斋于是书耗费心血之巨,思之令人动容。

牧斋《病榻消寒杂咏》本诗首联曰:"翻经点勘判年工,头白书生砚削同。""点勘",点校也。韩愈《秋怀诗》十一首其七句云:"不如觑文字,丹铅事点勘。""判年"犹半年,牧斋之制《楞严经疏解蒙钞》费时几一纪,其言"判年"者,或指其付梓前于顺治十六年(1659)最后一次整稿所耗时间("五阅月始辍简"),或指其治《华严经疏钞》费时半年。"砚削","摩研编削"之谓,典出《后汉书·苏竟传》:"(竟)王莽时,(与)刘歆等共典校书……与龚书(刘歆兄子)晓之曰:'君执事无恙。走昔以摩研编削之才,与国师公从事出入,校定秘书……'"注云:"《说文》曰:'编,次也。'削谓简也,一曰削书刀也。""摩研",切磋研究也。"编削",编次简册也。此联状己之辛勤注经。《钱牧斋先生尺牍》卷一载《与赵月潭》书,有语云:"别后掩迹荒村,自了翻经公案。寒灯午夜,鸡鸣月落,揩摩老眼,钻穴贝叶。人世有八十老书生,未了灯窗夜债,如此矻矻不休者乎？朔风日竞,青阳逼除。俯仰乾坤,又将王正。"所述适本诗此联情状。

次联曰:"岂有钩深能摸象,却愁攻苦类雕虫。"此牧斋自谦之词,谓经义精深,虽黾勉为之,犹恐未得正解。"钩深","钩深致远",出《易·系辞上》:"探赜索隐,钩深致远,以定天下之亹亹者,莫大乎蓍龟。""摸象",永明延寿《心赋注》注引《大涅槃经》云:"明众盲摸象,各说异端,不见象之真体,亦况错会般若之人。依通见解,说相似般若,九十六种外道,及三乘学者,禅宗不得旨人,并是不见象之真体。唯直下见心性之人,如昼见色,分明无惑,具己眼者,可相应矣。""雕虫"云云,扬雄《法言·吾子》云:"或问:'吾子少而好赋。'曰:'然。童子雕虫篆刻。'俄而曰:'壮夫不为也。'"牧斋用此取其"雕虫篆刻"之字面义以自谦抑也。

第三联曰:"牢笼世界莲花里,磨耗生涯贝叶中。""牢笼世界",钱曾注引南朝齐王融《三月三日曲水诗序》"牢笼世界,弹压山川"云云为解。此二语实出《淮南子·本经训》:"帝者体太一,王者法阴阳,霸者则四时,君者用六律。秉太一者,牢笼天地,弹压山川……"高诱注云:"牢,读屋溜,楚人谓牢为溜。弹山川,令出云雨,复能压止之也。"牧斋"牢笼世界"后置"莲华里"三字,则易此太一世界为佛世界矣。《华严经·华藏世界品》云:"此上过佛刹微尘数世界,有世界名宝莲华庄严;形如半月,依一切莲华庄严海住,一切宝华云弥覆其上,七佛刹微尘数世界围绕,纯一清净,佛号功德华清净眼。"莲华世界如此美好,而己则作佛奴,抖擞筋力为佛经作疏解。(《有学集》卷十二《赠归玄恭八十二韵戏效玄恭体》

[1662]有句云:"吾老归空门,卖身充佛使。贝叶开心花,明灯息意蕊。三幡研精微,四轮征恢诡。")"磨耗",损耗也。吴梅村《周栎园有墨癖蓄墨万种岁除以酒浇之作祭墨诗友人王紫崖话其事漫赋二律》其一结联云:"磨耗年光心力短,只因耽误楮先生。"是人各有"磨耗"生命之不同方式也。"贝叶",贝多罗叶,梵语 pattra 之音译,略称贝多、贝叶,古印度以此种树叶书写经文,故佛经又称贝叶经。宋释法云《翻译名义集》卷三引《西域记》云:"南印建那补罗国北不远有多罗树林,三十余里。其叶长广,其色光润。诸国书写,莫不采用。"

末联曰:"岁酒酌残儿女闹,犍椎声殷一灯红。"前明天启七年(1627),牧斋有《丁卯元日》之作,其词云:"一樽岁酒拜庭除,稚子牵衣慰屏居。奉母犹欣餐有肉,占年更喜梦维鱼。钩帘欲迓新巢燕,涤砚还疏旧著书。旋了比邻鸡黍局,并无尘事到吾庐。"(见《初学集》卷4)三四十年后,时日相近,牧斋依旧"砚削书生",唯此时所疏之书已非前贤之"旧著书",乃贝叶经也。"儿女闹",或脱自宋范成大诗。范成大《冬至晚起,枕上有怀晋陵杨使君》云:"新衣儿女闹灯前,梦里庄周正栩然。骑马十年听晓鼓,人生元有日高眠。""犍椎",又作犍迟、犍槌、犍抵,寺院敲打用之报时器具。《翻译名义集·犍椎道具篇》云:"阿难升讲堂击犍椎者,此是如来信鼓也。"此钱曾注所引,而阿难此事实出《佛说受新岁经》:"是时尊者阿难闻此语已,欢喜踊跃不能自胜,即升讲堂手执犍槌,并作是说:'我今击此如来信鼓,诸有如来弟子众者尽当普集。'"是"受新岁日"号召众如来弟子来集者也。则本联上句言家人热闹过年,下句召弟子来集,欢乐度岁。

《病榻消寒杂咏四十六首》其四十四笺释

满堂欢笑解寒冰,红烛青烟暖气凝。
妇子报开新冻饮,儿童催放来年灯。
旧朝左个凭宵梦,早拜东皇戒凤兴。
银榜南山烦远祝,长筵朋酒为君增。
归玄恭送春联云:"居东海之滨,如南山之寿。"

【笺释】

本诗写将近过年光景,兼谢弟子归庄送赠春联。诗中典故、难字不多,钱曾注却治丝愈棼。

诗首联曰:"满堂欢笑解寒冰,红烛青烟暖气凝。"文从字顺,过年老少合家团圆,"满堂欢笑",祭灶祭祖,故"红烛青烟"点燃萦绕。此"欢笑""暖气"足以解寒冰。"解寒冰",钱曾引韩愈《赠张籍》诗"喜气排寒冰"作解,误字。《赠张籍》诗句应作"喜气排寒冬"。

次联曰:"妇子报开新冻饮,儿童催放来年灯。"此联承上联意,写"妇子""儿童"喧腾,欢笑一堂。孟春之月,《礼记·月令》云:"东风解冻,蛰虫始振,鱼上冰,獭祭鱼,鸿雁来。"上句"报开新冻饮"云云,应是喻春意萌发,寒冰渐解。钱曾注引《楚辞》宋玉《招魂》:"挫糟冻饮,酎清凉些!"王逸注云:"冻,冰也。"钱曾此注,真"失时"之极。牧斋句写孟春之事,钱曾却以盛夏之故实以解。《招魂》句"冻"为"冰","糟"为"酒滓",可以"冻饮"。宋洪兴祖《楚辞补注》卷九云:"言盛夏则为覆蹙干酿,提去其糟,但取清醇,居之冰上,然后饮之。酒寒凉,又长味,好饮也。"知此为盛夏饮"冰镇"之酒,何得移以言牧斋句中之春饮?下句"来年灯",钱曾注引周密《武林旧事》"自去岁九月赏菊灯之后,迤逦试灯,谓之预赏"云云作解。周密所记实南宋临安(杭州)元夕"禁中"旧事,引以注牧斋本句似无必要。江南一带素有观灯、赏月、猜灯谜习俗,而常熟元宵灯会、虞山尚湖观灯亦远近知名。"来年"犹旧年,新岁即至,儿童迫不及待,催大人张灯结彩以玩乐也。

第三联曰:"旧朝左个凭宵梦,早拜东皇戒夙兴。""左个",《礼记·月令》云:"孟春之月……天子居青阳左个。"旧注云:"青阳左个,大寝东堂北偏。"牧斋此句似言昔日奉帝君之岁月早逝,而今只能于"宵梦"中重温。一宵之后即元旦,故有下句之对。"东皇",钱曾注引屈原《九歌·东皇太乙》五臣注云:"太乙,星名,天之尊神。祠在楚东,以配东帝,故曰东皇。"此注大可不必。"东皇",司春之神,《尚书纬》云:"春为东皇,又为青帝。""戒夙兴",戒夙兴夜寐。《诗·大雅·抑》云:"夙兴夜寐,洒扫庭内,维民之章。"孔颖达疏云:"侵早而起,晚夜而寐,洒扫室庭之内。"《诗·小雅·小宛》云:

"题彼脊令,载飞载鸣。我日斯迈,而月斯征。夙兴夜寐,无忝尔所生。"大臣夙兴上朝,劳谦日昃,牧斋已无王事须效劳,大可晏眠,故曰"戒"。

末联曰:"银榜南山烦远祝,长筵朋酒为君增。"后置小注云:"归玄恭送春联云:'居东海之滨,如南山之寿。'""榜"本指"榜额""匾额",此处指归玄恭所送之春联,所书字许是以银粉写成,故曰"银榜"。钱曾却引《太平御览·神异经》"东明山有宫,墙面一门,门有银榜"云云作解,真不知所云。(钱曾引未完,后尚有"以青石碧镂,题曰'天地长男之宫'"之语。)"长筵",曹植《名都篇》云:"鸣俦啸匹侣,列坐竟长筵。""朋酒",朋酒之会,《晋书·陶潜传》:"性不解音,而畜素琴一张,弦徽不具,每朋酒之会,则抚而和之……"牧斋写此联以谢归玄恭寄赠春联祝福,并邀其来虞山喝春酒也。

归玄恭(1613—1673),名庄,号恒轩,昆山人,明清之际诗人、书家、大怪人。王德森《昆山明贤画像传赞》云:"(玄恭)为人豪迈尚气节。年十四,补诸生。纵览六艺百家之书,尤精《司马兵法》。既遭家难,遂弃儒冠,浪迹江湖间。尝南渡钱塘,北涉江淮,所至遇名山川,凭吊古今,辄大哭,见者惊怪,而公不顾也。与顾炎武齐名,时有归奇顾怪之目。诗仿香山、剑南,而豪逸过之。善擘窠大字及狂草墨竹,醉后挥洒,旁若无人。年六十卒。太仓张应麟赞曰:'草圣张颠,酒狂阮籍,野服终身,嗜奇成癖。'"(见《归庄集》附录二"传略")牧斋与归氏一家"三世有缘"。玄恭乃归有光曾孙。明清之际,牧斋推扬归有光不遗余力,归之学术文章始粲然于世。至玄恭谋刻归有光全集,乃以体例、编次之役请于牧斋。牧斋与玄恭父归昌世(文休,1574—1645)为挚友,感情笃厚(牧斋《初学集》

卷四十有《归文休七十序》、《有学集》卷三十二有《归文休墓志铭》)。归昌世殁于弘光元年(1645),生前已"篚日使三子端拜摄斋,授经于余(牧斋)"。(见《归文休墓志铭》)牧斋殁而玄恭有《祭钱牧斋先生文》,内云:"小子某,始也昧昧,及门之后,熏炙陶镕。始知家学之当守,而痛惩夫妄庸。二十余年,谈经问字,庶几侯芭之与扬雄。"(见《归庄集》卷8)玄恭之身影,屡见于牧斋晚年诗文。《有学集》中,专为玄恭所作者,有卷五《冬夜假我堂文宴诗·和归玄恭》(1654);卷十九《归玄恭恒轩集序》(1656);卷九《题归玄恭僧衣画像四首》(1658);卷四十九《读归玄恭看花二记》(1661);卷十二《赠归玄恭八十二韵戏效玄恭体》(1662);卷四十四《原讳》(1662年或以后);及《病榻消寒杂咏》本诗(1664)。玄恭拜牧斋为门下士,牧斋喜甚,亲近无间。牧斋康熙元年(1662)写《赠归玄恭八十二韵戏效玄恭体》诗首云:"衰老寡朋旧,最爱玄恭子。玄恭亦昵余,不以老髦鄙。江村蓬藋乡,一岁数倒屣。懒病常畏人,蛛丝络巾履。啄木响仓琅,柴门撼马棰。无乃玄恭乎?招延果然是。牵手共绝倒,岂但跫然喜。过从永夕夜,笑抃移日晷。子如汗血驹,腾骧抹千里。怜我老识道,创残重依倚。问我诵读法,访我述作轨。"可征。牧斋殁后,门生故旧有祭文以悼牧斋者,只二人,一为龚鼎孳,一即归庄玄恭。牧斋家难起,柳夫人自缢身亡,玄恭撩衣奋臂,声讨凶手。凡此种种,均可见玄恭对牧斋之情义深长。玄恭《祭钱牧斋先生文》内云:"窥先生之意,亦悔中道之委蛇,思欲以晚盖,何天之待先生之酷,竟使之赍志以终。"洵为平情之论。(牧斋与玄恭关系进一步之探究,请参本书上编"陶家形影神"一章)

归玄恭春联云:"居东海之滨,如南山之寿。"上句用《孟子·离娄上》语:"伯夷辟纣,居北海之滨,闻文王作,兴曰:'盍归乎来!吾闻西伯善养老者。'太公辟纣,居东海之滨,闻文王作,兴曰:'盍归乎来!吾闻西伯善养老者。'二老者,天下之大老也,而归之,是天下之父归之也。天下之父归之,其子焉往?诸侯如有行文王之政者,七年之内,必足以为政于天下矣。"玄恭"居东海之滨"云云,应是取"天下之大老"之义以颂牧斋也。牧斋《有学集》卷十二《秋日杂诗二十首》(1662)其二十有句云:"冯生盍归来?从我东海滨。"牧斋固亦以太公自喻也。"南山之寿"云云,《诗·小雅·天保》第六章云:"如月之恒,如日之升。如南山之寿,不骞不崩。如松柏之茂,无不尔或承。"玄恭援用以祝牧斋新岁安康,老如松柏,寿比南山。玄恭之春联,弟子新正伊始之吉祥语也,大概如明人洪楩《清平山堂话本·花灯轿莲花女成佛记》所云:"寿比南山,福如东海,佳期。从今后,儿孙昌盛,个个赴丹墀。"特陈寅恪《柳如是别传》第一章"缘起"有语云:"又鄙意恒轩此联,固用诗经孟子成语,但实从庾子山哀江南赋'畏南山之雨,忽践秦庭。让东海之滨,遂参周粟'脱胎而来。其所注意在'秦庭''周粟',暗寓惋惜之深旨,与牧斋降清,以著书修史自解之情事最为切合。"过大年,陈公却不"给假",志士仁人君子仍须夙兴夜寐,无忝所生,继续"遗民"。陈氏之说固自成脉络,唯其将如何解释牧斋诗与玄恭春联所构成之"诠释循环"(hermeneutical circle)?

《病榻消寒杂咏四十六首》其四十五笺释

新年八十又加三,老耄于今始学憨。
入眼欢娱应拾取,随身烦恼好辞担。
山催柳绿先含翠,水待桃红欲放蓝。
看取护花幡旋动,东风数日到江潭。

元旦二首。

【笺释】

本首及下一首,牧斋自注云:"元旦二首。"确是春意盎然,充满生趣。

本诗首联曰:"新年八十又加三,老耄于今始学憨。"康熙三年甲辰(1664),牧斋八十三岁。"老耄",《礼记·曲礼上》:"八十、九十曰耄,七年曰悼,悼与耄虽有罪,不加刑焉。""憨"者,痴也。"学憨",求其适意任情也,启下一联。

次联曰:"入眼欢娱应拾取,随身烦恼好辞担。"日子波澜不惊,自有喜乐年华,当心存感慰。"辞担",犹"弃担",《大智度论·大智度初品中》云:"(经)弃担能担。(论)五众粗重常恼故,名为'担'。如佛所说:'何谓担?五众是担。'诸阿罗汉此担已除,以是故言'弃担'。'能担'者,是佛法中二种功德担应担:'一者、自益利,二者、他益利。'一切诸漏尽,不悔解脱等诸功德,是名自利益;信、戒、舍、定、慧等诸功德能与他人,是名他利益。是诸阿罗汉,自担、他担能担,故名'能担'。复次,譬如大牛壮力,能服重载;此诸阿罗汉亦如是,得无漏根、力、觉、道,能担佛法大事担。以是故诸阿罗汉名'能担'。"牧斋句未必全依此佛学名义,只愿"随身烦恼"消,远离忧患常安乐,自在清静。

第三联曰:"山催柳绿先含翠,水待桃红欲放蓝。"此望早日春回大地,青山绿水,绿水青山。

末联曰:"看取护花幡旋动,东风数日到江潭。"《岁时风土记》云:"立春之日,士大夫之家,剪彩为小幡,谓之春幡。或悬于家人之头,或缀于花枝之下。""护花幡"事则出《太平广记》卷四百十六载《酉阳杂俎》及《博异记》事,略云:唐天宝中处士崔玄微于洛东宅中,三更后有女子来访,有绿裳者杨氏、李氏、陶氏,绯衣小女石阿措,色皆殊绝,满座芳香,馥馥袭人。坐未定,报封十八姨来。乃命酒,各歌之送之。十八姨持盏,性颇轻佻,翻酒污阿措衣,阿措作色,众遂散去。明夜阿措复来,谓崔曰:"诸侣皆住苑中,每岁多被恶风所挠,居止不安,常求十八姨相庇。昨阿措不能依回,应难取力。"乃求崔每岁岁日,与作一朱幡,上图日月五星之文,于苑东立之,则可免难。崔依其言,立幡。是日东风振地,自洛南折树飞沙,而苑中繁花不动。崔乃悟。诸女曰姓杨李陶,及衣服颜色之异,皆众花之精也。绯衣名阿措,即安石榴也。封十八姨,乃风神也。牧斋书此联以祈神明庇护,风和日暖,繁花似锦。

《病榻消寒杂咏四十六首》其四十六笺释

排日春光不暂停,凭将笑口破沉冥。
苔边鹤迹寻孤衲,花底莺歌拉小伶。
天曳酒旗招绿醑,星中参宿试红灯。
条风未到先开冻,闲杀凌人问斩冰。

【笺释】

此首乃牧斋"元旦二首"之二,亦《病榻消寒杂咏四十六首》最后一首。

首联曰:"排日春光不暂停,凭将笑口破沉冥。""排日",每日、逐日之意。陆游《梦与数客剧饮或请赋诗予已大醉纵笔一绝觉而录之》云:"高谈雄辩凭陵酒,豪竹哀丝蹴蹋春。占断名园排日醉,不教虚作太平人。"又有《小饮梅花下作》云:"脱巾莫叹发成丝,六十年间万首诗。排日醉过梅落后,通宵吟到雪残时。偶容后死宁非幸,自乞归耕已憾迟。青史满前闲即读,几人为我作蓍龟。""沉冥",钱曾注引扬雄《法言·问明》云:"蜀庄沉冥。"并吴秘注云:"晦迹不仕,故曰沉冥。"实则此语不烦出注,读如字即可。"沉冥",昏暗、幽暗也。春回大地,笑口开,送走昏暗冬日也。

次联曰:"苔边鹤迹寻孤衲,花底莺歌拉小伶。"本联上句应是自白居易《小台》诗化出。白诗云:"新树低如帐,小台平似掌。六尺白藤床,一茎青竹杖。风飘竹皮落,苔印鹤迹上。幽境与谁同,闲人自来往。"牧斋诗中之幽境则野鹤与"孤衲"共徘徊。此句寂静,对句则热闹。"花底"百啭歌者,不辨为春莺抑小伶。

第三联曰:"天曳酒旗招绿醑,星中参宿试红灯。""酒旗",星座名,《晋书·天文志上》云:"轩辕右角南三星曰酒旗。酒官之旗也。主宴飨饮食。五星守酒旗,天下大酺。"酒旗星于天上曳动,诱人间品尝美酒。皮日休《酒中十咏·酒星》云:"谁遣酒旗耀,天文列其位。彩微尝似酣,芒弱偏如醉。""绿醑",美酒也,色绿。白居易《戏招诸客》诗云:"黄醅绿醑迎冬熟,绛帐红炉逐夜开。谁道洛中多逸客,不将书唤不曾来。""参宿",二十八宿之一,《吕氏春秋·孟春纪·正月纪》云:"孟春之月,日在营室,昏参中,旦尾中。"高诱注云:"参,西方宿,晋之分野。尾,东方宿,燕之分野。是月昏旦时,皆中于南方。"古参宿又称福禄寿三星、将军星,参宿乃其中之寿星,所谓"三星高照,新年来到"。参宿甚明耀,故有人间"红灯"之联想。联中写星是衬托,"绿醑""红灯"写实,过年热闹取乐也。

末联曰:"条风未到先开冻,闲杀凌人问斩冰。""条风",又名融风,主立春四十五日,《史记·律书》云:"条风居东北,主出万物。条之言条治万物而出之,故曰条风。"《淮南子·天文训》云:"何谓八风?距日冬至四十五日,条风至;条风至四十五日,明庶风至。"又云:"条风至,则出轻系,去稽留;明庶风至,则正封疆,修田畴;清明风至,则出币帛,使诸侯。""凌人",周代官名,掌管藏冰之事。《周礼·天官·凌人》:"凌人,掌冰;正岁十有二月,令斩冰,三其凌。"("三其凌",三其室也。)牧老感春意融融,兴致高,乃幽"凌人"一默。寒冰已解,气濡水,"凌人"无冰可斩,故曰"闲杀"。牧斋写此诗时为元旦日,春冰未解,迟日犹寒,特过年高兴,欣然发此快语耳。

(2010年岁次庚寅孟秋之月稿成于台北温州街"路上捡到一只猫"咖啡馆)

原版后记

本书于过去数年间断续写成。感谢"中研院"提供近乎理想的研究环境与资源；中国文哲研究所同仁们的支持、厚爱以及问难；台湾、香港、大陆（内地），以及美国地区众多师友、同好的惕励；母亲、家人无条件的爱、包容（与纵容）；听过我讲牧斋以及其他明清之际诗人的课的同学们；我来台服务以来先后助理们认真不懈的工作……中心藏之，无日忘之。

不能不特别感谢业师孙康宜教授（Prof. Kang-i Sun Chang）及前辈学者谢正光教授（Prof. Andrew Hsieh）。年来每有疑义难解处，未敢自信者，辄电邮呈正于二位教授。总是很快便收到二师的回复，予以鼓励、去疑解惑、分享文献，不一而足，启我助我良多！师恩浩瀚，永铭于心。"中研院"出版委员会聘任之二位匿名审查人，耐心读完近三十万字的书稿，提供善意、中肯的修改建议，使得本书更臻完善，不胜感激之至。

还有台北温州街咖啡馆善良的小友们，知道我眼睛不好，总是把有灯光的桌子让给我,有你们真好。这是我写牧斋的第二本书,十多年前在美东榆城陪伴我开始苦读牧斋的爱猫南子(Nancy),已经飞到彩虹桥了,如果她能看到书的出版,会有多好。

岁月倥偬,狰狞如虎静如秋,直到今天我仍能安静平和地读诗,是好的。

Halloween 2011, Taipei City

新版后记

本书台湾联经版自2012年行世以来,转瞬已逾一纪,承蒙读者抬爱,已经二刷。而年来大陆师友、读者,因购买不便,颇有直接来信索取者。适年前广西师范大学出版社社科分社刘隆进社长来函,洽谈推出本书大陆新版;先生隆情厚意,致力推广学术与图书交流,甚合愚意,今拙著遂有机会与更广大读者群见面,何其幸也!

本书台版原稿,系手写,研究助理输入电脑时,文句与原始材料中,颇存在一些讹误,而其时余事极冗烦,未遑细校,以致谬种流传,赧颜之至。今倩港中大黄君怡同学为查核所有材料,改正错误,以期不负先后读者之期许。本书责任编辑赵英利女士,故人也,情谊殷厚,不辞劳苦,悉心编印本书,感甚,感甚。

复有一事,谨记于此。2014年前后,本书有幸获台"中研院"颁发"人文及社会科学学术性专书奖"。前辈学者余国藩教授闻讯,特来函,命我寄上一册,谓幼学时令祖曾授其牧斋诗,兴味无穷,今颇欲重温旧业,云云。信件乃请其高足、我"中研院"旧同事李奭学兄所转寄者,不意此信于电邮系统中竟付浮沉,余教授仙逝后,我才知悉此事。前辈雅意,我未能遵嘱寄奉,至今犹感遗憾。

2024年春,岁在甲辰,严志雄识于香港吐露港畔中文大学

参考书目

丁功谊:《钱谦益文学思想研究》(上海:上海古籍出版社,2006)。

大慧宗杲:《大慧普觉禅师语录》,收入大藏经刊行会编《大正新修大藏经》(台北:新文丰出版公司),1983年影印大正十三年至昭和九年大正一切经刊行会排印本,第47册。

川合康三著,蔡毅译:《中国的自传文学》(北京:中央编译出版社,1999)。

马缟:《中华古今注》(台北:台湾商务印书馆),1983年《景印文渊阁四库全书》影印台北故宫博物院藏本,第850册。

马端临:《文献通考》(台北:台湾商务印书馆),1983年《景印文渊阁四库全书》影印台北故宫博物院藏本,第610—616册。

王十朋:《东坡诗集注》(台北:台湾商务印书馆),1983年《景印文渊阁四库全书》影印台北故宫博物院藏本,第1109册。

王士禛著,袁世硕主编:《王士禛全集》(济南:齐鲁书社,2007)。

王夫之:《姜斋诗话》,《清诗话》(上海:上海古籍出版社,1963)。

王兆鳌纂修:《朝邑县后志》(台北:成文出版社),1969年《中国方志丛书》,华北地方陕西省第241号影印清嘉庆间重刊康熙五十一年(1712)刊本。

王抃:《王巢松年谱》(上海:上海书店),1994年《丛书集成续编》,史部第37册影印吴中文献小丛书。

王时敏:《王烟客先生集》(苏州:振新书社,1916)。

王应奎辑:《海虞诗苑》,清乾隆二十四年(1759)王氏家刊本。

王宝仁编:《奉常公年谱》(北京:北京图书馆出版社),1998年《北京图书馆藏珍本年谱丛刊》影印清道光十八年(1838)刻本,第66册。

王钟翰点校:《清史列传》(北京:中华书局,1987)。

王维撰,赵殿成注:《王右丞集笺注》(台北:台湾商务印书馆),1983年《景印文渊阁四库全书》影印台北故宫博物院藏本,第1971册。

王弼、韩康伯注,孔颖达疏,陆德明音义:《周易注疏》(台北:台湾商务印书馆),1983年《景印文渊阁四库全书》影印台北故宫博物院藏本,第7册。

王锡爵:《王文肃公文集》(北京:北京出版社),2000年《四库禁毁书丛刊》影印北京大学图书馆藏明万历王时敏刻本,第7—8册。

王嘉:《拾遗记》(台北:台湾商务印书馆),1983年《景印文渊阁四库全书》影印台北故宫博物院藏本,第1042册。

王豫、阮亨辑:《淮海英灵续集》(上海:上海古籍出版社),2002年《续修四库全书》影印清道光刻本,集部总集类第1682册。

王鏊:《姑苏志》(台北:台湾商务印书馆),1983年《景印文渊阁四库全书》影印台北故宫博物院藏本,第493册。

元好问:《遗山集》(台北:台湾商务印书馆),1983年《景印文渊阁四库全书》影印台北故宫博物院藏本,第1191册。

韦昭注:《国语》(台北:台湾商务印书馆),1983年《景印文渊阁四库全书》影印台北故宫博物院藏本,第406册。

毛亨传,郑玄笺,孔颖达疏,陆德明音义:《毛诗注疏》(台北:台湾商务印书馆),1983年《景印文渊阁四库全书》影印台北故宫博物院藏本,第69册。

毛奇龄:《西河合集》,"中研院"傅斯年图书馆藏清康熙间李塨等刊萧山陆凝瑞堂藏板本。

仇兆鳌:《杜诗详注》(台北:台湾商务印书馆),1983年《景印文渊阁四库全书》影印台北故宫博物院藏本,第1070册。

公羊高撰,何休解诂,徐彦疏,陆德明音义:《春秋公羊传注疏》(台北:台湾商务印书馆),1983年《景印文渊阁四库全书》影印台北故宫博物院藏本,第145册。

文翔凤:《皇极篇》(北京:北京出版社),2000年《四库禁毁书丛刊》影印天津图书馆藏明万历刻本,集部第49册。

方良:《钱谦益年谱》(北京:线装书局,2007)。

方良:《钱谦益清初行踪考》,《江南大学学报(人文社会科学版)》第4卷第4期,2005年8月,第45—48页。

方良:《清初钱谦益、柳如是到德州考辩》,《常熟理工学院学报(哲学社会科学)》第9期,2008年9月,第118—120页。

计六奇:《明季南略》(北京:中华书局,1984)。

参考书目

计有功:《唐诗纪事》(台北:台湾商务印书馆),1983年《景印文渊阁四库全书》影印台北故宫博物院藏本,第1479册。

孔安国传,孔颖达疏,陆德明音义:《尚书注疏》(台北:台湾商务印书馆),1983年《景印文渊阁四库全书》影印台北故宫博物院藏本,第54册。

艾玛纽埃尔·勒维纳斯(Emmanuel Lévinas),余中先译:《上帝·死亡和时间》(*Dieu, la mort et le temps*)(北京:生活·读书·新知三联书店,1997)。

左丘明传,杜预注,孔颖达疏,陆德明音义:《春秋左传注疏》(台北:台湾商务印书馆),1983年《景印文渊阁四库全书》影印台北故宫博物院藏本,第143—144册。

龙树菩萨造,鸠摩罗什译:《大智度论》,收入大藏经刊行会编《大正新修大藏经》(台北:新文丰出版公司),1983年影印大正十三年至昭和九年大正一切经刊行会排印本,第25册。

卢之颐:《本草乘雅半偈》(台北:台湾商务印书馆),1983年《景印文渊阁四库全书》影印台北故宫博物院藏本,第779册。

卢世㴶:《尊水园集略》(上海:上海古籍出版社),2002年《续修四库全书》影印复旦大学图书馆藏清顺治刻十七年(1660)卢孝余增修本,集部别集类第1392册。

归庄:《归庄集》(上海:上海古籍出版社,1984)。

田雯:《古欢堂集》(济南:山东大学出版社),2006年《山东文献集成》影印山东省图书馆藏清康熙间德州田氏刻本,第1辑第35册。

白居易:《白氏长庆集》(台北:台湾商务印书馆),1983年《景印文渊阁四库全书》影印台北故宫博物院藏本,第1081册。

冯梦龙辑:《古今谭概》(上海:上海古籍出版社),2002年《续修四库全书》影印明刻本,子部杂家类第1195册。

冯琦原编,陈邦瞻增辑:《宋史纪事本末》(台北:台湾商务印书馆),1983年《景印文渊阁四库全书》影印台北故宫博物院藏本,第353册。

司马迁撰,裴骃集解,司马贞索隐,张守节正义,《史记》(北京:中华书局,1959)。

《圣经》(香港:香港圣经公会,1970)。

吉川幸次郎:《吉川幸次郎全集》(东京:筑摩书屋,1970)。

刘义庆撰,刘孝标注:《世说新语》(台北:台湾商务印书馆),1983年《景印文渊阁四库全书》影印台北故宫博物院藏本,第1035册。

刘子翚:《屏山集》(台北:台湾商务印书馆),1983年《景印文渊阁四库全书》影印台北故宫博物院藏本,第1134册。

刘安撰,高诱注:《淮南鸿烈解》(台北:台湾商务印书馆),1983年《景印文渊阁四库全书》影印台北故宫博物院藏本,第848册。

刘侗:《帝京景物略》(上海:上海古籍出版社),2002年《续修四库全书》影印明天启刻崇祯增修本,史部地理类第729册。

刘昫等:《旧唐书》(北京:中华书局,1975)。

刘禹锡:《刘宾客文集》(台北:台湾商务印书馆),1983年《景印文渊阁四库全书》影印台北故宫博物院藏本,第1077册。

刘歆撰,葛洪辑:《西京杂记》(台北:台湾商务印书馆),1983年《景印文渊阁四库全书》影印台北故宫博物院藏本,第1035册。

刘勰:《文心雕龙》(台北:台湾商务印书馆),1983年《景印文渊阁四库全书》影印台北故宫博物院藏本,第1478册。

米歇尔·福柯(Michel Foucault)著,佘碧平译:《性经验史》(增订版)(上海:上海人民出版社,2002)。

许自昌:《樗斋漫录》(上海:上海古籍出版社),2002年《续修四库全书》影印明万历刻本,子部杂家类第1133册。

许慎撰,徐铉增释:《说文解字》(台北:台湾商务印书馆),1983年《景印文渊阁四库全书》影印台北故宫博物院藏本,第223册。

许德金、朱锦平:《转义》,收入赵一凡等编《西方文论关键词》(北京:外语教学与研究出版社,2006)。

孙之梅:《钱谦益与明末清初文学》(济南:齐鲁书社,1996)。

志磐:《佛祖统纪》,收入大藏经刊行会编《大正新修大藏经》(台北:新文丰出版公司),1983年影印大正十三年至昭和九年大正一切经刊行会排印本,第49册。

严志雄:《钱谦益攻排竟陵钟、谭侧议》,《中国文哲研究通讯》第14卷第2期,2004年6月,第93—119页。

严志雄:《情欲的诗学——钱谦益、柳如是〈东山酬和集〉窥探》,收入严志雄《牧斋初论集:诗文、生命、身后名》(香港:牛津大学出版社,2018)。

严耀中:《江南佛教史》(上海:上海人民出版社,2000)。

杜甫著,钱谦益笺注:《钱注杜诗》(上海:上海古籍出版社,2009)。

杜联喆辑:《明人自传文钞》(台北:艺文印书馆,1977)。

李元春选辑:《河滨遗书钞》(上海:上海古籍出版社),2010年《清代诗文集汇编》影印清嘉庆谢兰佩谢泽刻本,第34册。

李白:《李太白文集》(台北:台湾商务印书馆),1983年《景印文渊阁四库全书》影印台北故宫博物院藏本,第1066册。

李轨、柳宗元注,宋咸、吴祕、司马光添注:《扬子法言》(台北:台湾商务印书馆),1983年《景印文渊阁四库全书》影印台北故宫博物院藏本,第696册。

李昉编:《太平广记》(台北:台湾商务印书馆),1983年《景印文渊阁四库全书》影印台北故宫博物院藏本,第1043—1046册。

李格非:《洛阳名园记》(台北:台湾商务印书馆),1983年《景印文渊阁四库全书》影印台北故宫博物院藏本,第587册。

李焘:《续资治通鉴长编》(台北:台湾商务印书馆),1983年《景印文渊阁四库全书》影印台北故宫博物院藏本,第314—322册。

李肇:《唐国史补》(台北:台湾商务印书馆),1983年《景印文渊阁四库全书》影印台北故宫博物院藏本,第1035册。

杨连民:《钱谦益诗学研究》(北京:社会科学文献出版社,2007)。

连瑞枝:《钱谦益与明末清初的佛教》(新竹:台湾清华大学历史研究所硕士论文,1993)。

连瑞枝:《钱谦益的佛教生涯与理念》,《中华佛学学报》第7期,1994年7月,第315—371页。

吴伟业著,李学颖集评标校:《吴梅村全集》(上海:上海古籍出版社,1999)。

吴言生:《禅宗诗歌境界》(北京:中华书局,2001)。

何乏笔(Fabian Heubel):《从性史到修养史——论傅柯〈性史〉第二卷中的四元架构》,《欧美研究》第32卷第3期,2002年9月,第437—467页;又收入黄瑞祺主编《后学新论:后现代/后结构/后殖民》(台北:左岸文化,2003)。

何乏笔(Fabian Heubel):《自我发现与自我创造——关于哈道特和傅柯修养论之差异》,收入黄瑞祺主编《后学新论:后现代/后结构/后殖民》(台北:左岸文化,2003)。

何晏集解,刑昺疏,陆德明音义:《论语注疏》(台北:台湾商务印书馆),1983年《景印文渊阁四库全书》影印台北故宫博物院藏本,第195册。

何龄修:《〈柳如是别传〉读后》,《五库斋清史丛稿》(北京:学苑出版社,2004)。

《佛光大辞典》(高雄:佛光出版社,1988)。

佛驮跋陀罗译:《大方广佛华严经》,收入大藏经刊行会编《大正新修大藏经》(台北:新文丰出版公司,1983),第9册。

佛驮跋陀罗译:《佛说观佛三昧海经》,收入大藏经刊行会编《大正新修大藏经》(台北:新文丰出版公司,1983),第15册。

鸠摩罗什译:《妙法莲华经》,收入大藏经刊行会编《大正新修大藏经》(台北:新文丰出版公司),1983年影印大正十三年至昭和九年大正一切经刊行会排印本,第9册。

汪世清:《石涛生平的几个问题——石涛散考之一》,《卷怀天地自有真:汪世清艺苑查疑补证散考》(台北:石头出版股份有限公司,2006)。

沈约:《宋书》(北京:中华书局,1974)。

宋琬著,辛鸿义、赵家斌点校:《宋琬全集》(济南:齐鲁书社,2003)。

张廷玉等:《明史》(北京:中华书局,1974)

张伯伟:《宫体诗与佛教》,《禅与诗学》(杭州:浙江人民出版社,

1992)。

张嵛:《蜕庵集》(台北:台湾商务印书馆),1983年《景印文渊阁四库全书》影印台北故宫博物院藏本,第1215册。

陆友仁:《吴中旧事》(台北:台湾商务印书馆),1983年《景印文渊阁四库全书》影印台北故宫博物院藏本,第590册。

陆世仪:《复社纪略》(台北:明文书局),1991年《明代传记丛刊》影印排印本,第7册。

陆时化:《吴越所见书画录》(上海:上海古籍出版社),2002年《续修四库全书》影印复旦大学图书馆藏清乾隆怀烟阁刻本,子部艺术类第1068册。

陆游:《剑南诗稿》(台北:台湾商务印书馆),1983年《景印文渊阁四库全书》影印台北故宫博物院藏本,第1162—1163册。

陈寿撰,裴松之注:《三国志》(北京:中华书局,1959)。

陈寅恪:《柳如是别传》(上海:上海古籍出版社,1980)。

范成大:《石湖诗集》(台北:台湾商务印书馆),1983年《景印文渊阁四库全书》影印台北故宫博物院藏本,第1159册。

范成大:《吴郡志》(台北:台湾商务印书馆),1983年《景印文渊阁四库全书》影印台北故宫博物院藏本,第485册。

范晔撰,李贤等注:《后汉书》(北京:中华书局,1965)。

范景中、周书田编纂:《柳如是事辑》(杭州:中国美术出版社,2002)。

欧阳询等:《艺文类聚》(台北:台湾商务印书馆),1983年《景印文渊阁四库全书》影印台北故宫博物院藏本,第887—888册。

罗濬:《宝庆四明志》(台北:台湾商务印书馆),1983年《景印文渊阁四库全书》影印台北故宫博物院藏本,第 487 册。

竺法护译:《佛说受新岁经》,收入大藏经刊行会编《大正新修大藏经》(台北:新文丰出版公司),1983 年影印大正十三年至昭和九年大正一切经刊行会排印本,第 1 册。

金鹤冲:《钱牧斋先生年谱》,收入钱谦益著,钱曾笺注,钱仲联标校《钱牧斋全集》(上海:上海古籍出版社,2003)。

周在浚等辑:《赖古堂名贤尺牍新钞·藏弆集》(北京:北京出版社),2000 年《四库禁毁书丛刊》影印清华大学图书馆藏清康熙赖古堂刻本,集部第 36 册。

《法苑珠林》,收入大藏经刊行会编《大正新修大藏经》(台北:新文丰出版公司),1983 年影印大正十三年至昭和九年大正一切经刊行会排印本,第 53 册。

宗懔:《荆楚岁时记》(台北:台湾商务印书馆),1983 年《景印文渊阁四库全书》影印台北故宫博物院藏本,第 589 册。

房玄龄等:《晋书》(北京:中华书局,1974)。

孟元老:《东京梦华录》(台北:台湾商务印书馆),1983 年《景印文渊阁四库全书》影印台北故宫博物院藏本,第 589 册。

赵与时:《宾退录》(台北:台湾商务印书馆),1983 年《景印文渊阁四库全书》影印台北故宫博物院藏本,第 853 册。

赵尔巽等:《清史稿》(北京:中华书局,1976—1977)。

赵煜:《吴越春秋》(台北:台湾商务印书馆),1983 年《景印文渊阁四库全书》影印台北故宫博物院藏本,第 463 册。

赵翼:《瓯北诗话》,收入郭绍虞编选,富寿荪校点《清诗话续编》(上海:上海古籍出版社,1983)。

胡仔:《渔隐丛话》(台北:台湾商务印书馆),1983年《景印文渊阁四库全书》影印台北故宫博物院藏本,第1480册。

胡幼峰:《清初虞山派诗论》(台北:编译馆,1994)。

柳宗元:《柳河东集》(台北:台湾商务印书馆),1983年《景印文渊阁四库全书》影印台北故宫博物院藏本,第1076册。

施闰章:《学余堂文集》(台北:台湾商务印书馆),1983年《景印文渊阁四库全书》影印台北故宫博物院藏本,第1313册。

洪兴祖:《楚辞补注》(台北:台湾商务印书馆),1983年《景印文渊阁四库全书》影印台北故宫博物院藏本,第1062册。

祝穆等:《古今事文类聚》(台北:台湾商务印书馆),1983年《景印文渊阁四库全书》影印台北故宫博物院藏本,第925—929册。

姚宽:《西溪丛语》(台北:台湾商务印书馆),1983年《景印文渊阁四库全书》影印台北故宫博物院藏本,第850册。

班固撰,颜师古注:《汉书》(北京:中华书局,1962)。

夏诒钰等纂修:《永年县志》(台北:成文出版社),1969年《中国方志丛书》,华北地方河北省第187号影印清光绪三年(1877)年刊本。

顾嗣立编:《元诗选·初集》(台北:台湾商务印书馆),1983年《景印文渊阁四库全书》影印台北故宫博物院藏本,第1468—1471册。

柴德赓:《明末苏州灵岩山爱国和尚弘储》,《史学丛考》(北京:中华书局,1982)。

钱谦益:《列朝诗集小传》(上海:上海古籍出版社,1983)。

钱谦益:《楞严经疏解蒙钞》,《卍新纂续藏经》(台北:新文丰出版公司,1987),第13册。

钱谦益著,钱曾笺注,钱仲联标校:《牧斋有学集》(上海:上海古籍出版社,1996)。

钱谦益著,钱曾笺注,钱仲联标校:《牧斋初学集》(上海:上海古籍出版社,1985)。

钱谦益著,钱曾笺注,钱仲联标校:《钱牧斋全集》(上海:上海古籍出版社,2003)。

郭象注:《庄子注》(台北:台湾商务印书馆),1983年《景印文渊阁四库全书》影印台北故宫博物院藏本,第1056册。

郭璞:《山海经》(台北:台湾商务印书馆),1983年《景印文渊阁四库全书》影印台北故宫博物院藏本,第1042册。

陶宗仪:《说郛》(台北:台湾商务印书馆),1983年《景印文渊阁四库全书》影印台北故宫博物院藏本,第876—882册。

陶渊明:《陶渊明集》(台北:台湾商务印书馆),1983年《景印文渊阁四库全书》影印台北故宫博物院藏本,第1063册。

黄宗羲:《黄梨洲诗集》(香港:中华书局,1977)。

黄宗羲撰,沈善洪主编:《黄宗羲全集》(杭州:浙江古籍出版社,2005)。

黄庭坚:《山谷集》(台北:台湾商务印书馆),1983年《景印文渊阁四库全书》影印台北故宫博物院藏本,第1113册。

黄瑞祺:《自我修养与自我创新:晚年傅柯的主体/自我观》,《后学新论:后现代/后结构/后殖民》(台北:左岸文化,2003)。

萧士玮:《春浮园集》(北京:北京出版社),2000年《四库禁毁书丛刊》影印北京大学图书馆藏清光绪刻本,集部第108册。

萧驰：《抒情传统与中国思想：王夫之诗学发微》（上海：上海古籍出版社，2003）。

萧统编，李善等注：《六臣注文选》（台北：台湾商务印书馆），1983年《景印文渊阁四库全书》影印台北故宫博物院藏本，第1330—1331册。

清圣祖御定：《御定全唐诗》（台北：台湾商务印书馆），1983年《景印文渊阁四库全书》影印台北故宫博物院藏本，第1423—1431册。

清高宗：《御制诗集·三集》（台北：台湾商务印书馆），1983年《景印文渊阁四库全书》影印台北故宫博物院藏本，第1302—1331册。

葛万里：《牧翁先生年谱》，收入雷瑨、君曜编《清人说荟二编》（上海：扫叶山房，1917）。

韩非撰，何犿注：《韩非子》（台北：台湾商务印书馆），1983年《景印文渊阁四库全书》影印台北故宫博物院藏本，第729册。

韩愈撰，马其昶校注，马茂元整理：《韩昌黎文集校注》（上海：上海古籍出版社，1986）。

韩愈撰，魏仲举编：《五百家注昌黎文集》（台北：台湾商务印书馆），1983年《景印文渊阁四库全书》影印台北故宫博物院藏本，第1074册。

傅云龙、吴可主编：《船山遗书》（北京：北京出版社，1999）。

焦竑：《澹园集》（北京：中华书局，1999）。

释义玄、慧然集：《镇州临济慧照禅师语录》，收入大藏经刊行会编《大正新修大藏经》（台北：新文丰出版公司），1983年影印大正十三年至昭和九年大正一切经刊行会排印本,第47册。

释延寿:《心赋注》,《卍新纂续藏经》(台北:新文丰出版公司,1987),第63册。

释法云:《翻译名义集》,收入大藏经刊行会编《大正新修大藏经》(台北:新文丰出版公司),1983年影印大正十三年至昭和九年大正一切经刊行会排印本,第54册。

释觉范:《石门文字禅》(台北:台湾商务印书馆),1983年《景印文渊阁四库全书》影印台北故宫博物院藏本,第1116册。

释普济:《五灯会元》,《卍新纂续藏经》(台北:新文丰出版公司,1987),第80册。

释慧能述,宗宝编:《六祖大师法宝坛经》,收入大藏经刊行会编《大正新修大藏经》(台北:新文丰出版公司),1983年影印大正十三年至昭和九年大正一切经刊行会排印本,第48册。

道原纂:《景德传灯录》,收入大藏经刊行会编《大正新修大藏经》(台北:新文丰出版公司),1983年影印大正十三年至昭和九年大正一切经刊行会排印本,第51册。

谢正光、范金民编:《明遗民录汇编》(南京:南京大学出版社,1995)。

谢正光:《钱谦益奉佛之前后因缘及其意义》,《清华大学学报(哲学社会科学版)》第21卷,2006年第3期,第13—30页。

谢正光:《清初诗文与士人交游考》(南京:南京大学出版社,2001)。

谢正光笺校,严志雄编订:《钱遵王诗集笺校》(增订版)(台北:"中研院"中国文哲研究所,2007)。

谢榛:《四溟诗话》(北京:中华书局),1985年影印《丛书集成初编》本。

鲍照:《鲍明远集》(台北:台湾商务印书馆),1983年《景印文渊阁四库全书》影印台北故宫博物院藏本,第1063册。

蔡营源:《钱谦益之生平与著述》(苗栗:作者自印,1976)。

裴世俊:《四海宗盟五十年》(北京:东方出版社,2001)。

裴世俊:《钱谦益古文首探》(济南:齐鲁书社,1996)。

裴世俊:《钱谦益诗歌研究》(银川:宁夏人民出版社,1991)。

僧肇选:《注维摩诘经》,收入大藏经刊行会编《大正新修大藏经》(台北:新文丰出版公司),1983年影印大正十三年至昭和九年大正一切经刊行会排印本,第38册。

Blake, William. "Auguries of Innocence," *Blake: The Complete Poems* (Harlow, England; London: Pearson/ Longman, 2007).

Brook, Timothy. *Praying for Power: Buddhism and the Formation of Gentry Society in Late-Ming China* (Cambridge, Mass: Harvard University Press, 1993).

Chang, Kang-i Sun. "Qian Qianyi and His Place in History." In Idema, Wilt. L., Li, Wai-yee and Widmer, Ellen, eds. *Trauma and Transcendence in Early Qing Literature* (Cambridge [Massachusetts] and London: Harvard University Asia Center, 2006), pp. 199–219.

Chang, Kang-i Sun. *Dynasties Poetry* (Princeton, New Jersey: Princeton University Press, 1986).

Dardess, John W. *A Ming Society: T'ai-ho County, Kiangsi, in the Fourteenth to Seventeenth Centuries* (Berkeley & London: University of California Press, 1996).

Davidson, Arnold I. "Archaeology, Genealogy, Ethics." In Hoy, David Couzens, ed. *Foucault: A Critical Reader* (Oxford, UK & Cambridge, MA: Blackwell Publishers Ltd., 1986), pp. 221-233.

De Man, Paul. *The Rhetoric of Romanticism* (New York: Columbia University Press, 1984).

Dreyfus, Hubert L. and Rabinow, Paul. *Michel Foucault: Beyond Structuralism and Hermeneutics* (Chicago: University of Chicago Press, 1982).

Folkenflik, Robert. *The Culture of Autobiography: Constructions of Self-Representation* (Stanford, California: Stanford University Press, 1993).

Foucault, Michel. "Technologies of the Self." In Rabinow, Paul, ed. Hurley, Robert & others, trans. *Ethics: Subjectivity and Truth* (New York: The New Press, 1997), pp. 223-251.

Foucault, Michel. *The Use of Pleasure: The History of Sexuality: Volume 2.* Trans. Robert Hurley (London: Penguin Books, 1992).

Martin, Luther H., Gutman, Huck & Hutton, Patrick H., eds. *Technologies of the Self: A Seminar with Michel Foucault* (Amherst: The University of Massachusetts Press, 1988).

Preminger, Alex et al., eds. *The New Princeton Encyclopedia of Poetry and Poetics* (Princeton, New Jersey: Princeton University Press, 1993).

Strozier, Robert M. *Foucault, Subjectivity and Identity: Historical Con-*

structions of Subject and Self (Detroit: Wayne State University Press, 2002).

Wittgenstein, Ludwig. *Prototractatus* (London: Routledge & Kegan Paul, 1971).

Wong, Siu-kit, trans. *Notes on Poetry from the Ginger Studio* (Hong Kong: The Chinese University Press, 1987).

Yim, Lawrence C. H. (严志雄) *The Poet-historian Qian Qianyi* (London & New York: Routledge, 2009).

Zhang, Longxi. *The Tao and the Logos: Literary Hermeneutics, East and West* (Durham & London: Duke University Press, 1992).

大学问，广西师范大学出版社学术图书出版品牌，以"始于问而终于明"为理念，以"守望学术的视界"为宗旨，致力于以文史哲为主体的学术图书出版，倡导以问题意识为核心，弘扬学术情怀与人文精神。品牌名取自王阳明的作品《〈大学〉问》，亦以展现学术研究与大学出版社的初心使命。我们希望：以学术出版推进学术研究，关怀历史与现实；以营销宣传推广学术研究，沟通中国与世界。截至目前，大学问品牌已推出《现代中国的形成（1600—1949）》《中华帝国晚期的性、法律与社会》等80多种图书，涵盖思想、文化、历史、政治、法学、社会、经济等人文社会科学领域的学术作品，力图在普及大众的同时，保证其文化内蕴。

"大学问"品牌书目

大学问·学术名家作品系列

朱孝远　《学史之道》
朱孝远　《宗教改革与德国近代化道路》
池田知久　《问道：〈老子〉思想细读》
赵冬梅　《大宋之变，1063—1086》
黄宗智　《中国的新型正义体系：实践与理论》
黄宗智　《中国的新型小农经济：实践与理论》
黄宗智　《中国的新型非正规经济：实践与理论》
夏明方　《文明的"双相"：灾害与历史的缠绕》
王向远　《宏观比较文学19讲》
张闻玉　《铜器历日研究》
张闻玉　《西周王年论稿》
谢天佑　《专制主义统治下的臣民心理》
王向远　《比较文学系谱学》
王向远　《比较文学构造论》
刘彦君　廖奔　《中外戏剧史（第三版）》
干春松　《儒学的近代转型》
王瑞来　《士人走向民间：宋元变革与社会转型》

大学问·国文名师课系列

龚鹏程　《文心雕龙讲记》
张闻玉　《古代天文历法讲座》
刘　强　《四书通讲》

刘　强　《论语新识》
王兆鹏　《唐宋词小讲》
徐晋如　《国文课:中国文脉十五讲》
胡大雷　《岁月忽已晚:古诗十九首里的东汉世情》
龚　斌　《魏晋清谈史》

大学问·明清以来文史研究系列
周绚隆　《易代:侯岐曾和他的亲友们(修订本)》
巫仁恕　《劫后"天堂":抗战沦陷后的苏州城市生活》
台静农　《亡明讲史》
张艺曦　《结社的艺术:16—18世纪东亚世界的文人社集》
何冠彪　《生与死:明季士大夫的抉择》
李孝悌　《恋恋红尘:明清江南的城市、欲望和生活》
李孝悌　《琐言赘语:明清以来的文化、城市与启蒙》
孙竞昊　《经营地方:明清时期济宁的士绅与社会》
范金民　《明清江南商业的发展》
方志远　《明代国家权力结构及运行机制》

大学问·哲思系列
罗伯特·S.韦斯特曼　《哥白尼问题:占星预言、怀疑主义与天体秩序》
罗伯特·斯特恩　《黑格尔的〈精神现象学〉》
A.D.史密斯　《胡塞尔与〈笛卡尔式的沉思〉》
约翰·利皮特　《克尔凯郭尔的〈恐惧与颤栗〉》
迈克尔·莫里斯　《维特根斯坦与〈逻辑哲学论〉》
M.麦金　《维特根斯坦的〈哲学研究〉》
G·哈特费尔德　《笛卡尔的〈第一哲学的沉思〉》
罗杰·F.库克　《后电影视觉:运动影像媒介与观众的共同进化》
苏珊·沃尔夫　《生活中的意义》
王　浩　《从数学到哲学》

大学问·名人传记与思想系列
孙德鹏　《乡下人:沈从文与近代中国(1902—1947)》
黄克武　《笔醒山河:中国近代启蒙人严复》
黄克武　《文字奇功:梁启超与中国学术思想的现代诠释》
王　锐　《革命儒生:章太炎传》

保罗·约翰逊　《苏格拉底:我们的同时代人》
方志远　《何处不归鸿:苏轼传》

大学问·实践社会科学系列
胡宗绮　《意欲何为:清代以来刑事法律中的意图谱系》
黄宗智　《实践社会科学研究指南》
黄宗智　《国家与社会的二元合一》
黄宗智　《华北的小农经济与社会变迁》
黄宗智　《长江三角洲的小农家庭与乡村发展》
白德瑞　《爪牙:清代县衙的书吏与差役》
赵刘洋　《妇女、家庭与法律实践:清代以来的法律社会史》
李怀印　《现代中国的形成(1600—1949)》
苏成捷　《中华帝国晚期的性、法律与社会》
黄宗智　《实践社会科学的方法、理论与前瞻》
黄宗智　周黎安　《黄宗智对话周黎安:实践社会科学》
黄宗智　《实践与理论:中国社会经济史与法律史研究》
黄宗智　《经验与理论:中国社会经济与法律的实践历史研究》

大学问·雅理系列
拉里·西登托普　《发明个体:人在古典时代与中世纪的地位》
玛吉·伯格等　《慢教授》
菲利普·范·帕里斯等　《全民基本收入:实现自由社会与健全经济的方案》
田　雷　《继往以为序章:中国宪法的制度展开》
寺田浩明　《清代传统法秩序》

大学问·桂子山史学丛书
张固也　《先秦诸子与简帛研究》
田　彤　《生产关系、社会结构与阶级:民国时期劳资关系研究》
承红磊　《"社会"的发现:晚清民初"社会"概念研究》

其他重点单品
郑荣华　《城市的兴衰:基于经济、社会、制度的逻辑》
郑荣华　《经济的兴衰:基于地缘经济、城市增长、产业转型的研究》
王　锐　《中国现代思想史十讲》
简·赫斯菲尔德　《十扇窗:伟大的诗歌如何改变世界》

北鬼三郎 《大清宪法案》
屈小玲 《晚清西南社会与近代变迁:法国人来华考察笔记研究(1892—1910)》
徐鼎鼎 《春秋时期齐、卫、晋、秦交通路线考论》
苏俊林 《身份与秩序:走马楼吴简中的孙吴基层社会》
周玉波 《庶民之声:近现代民歌与社会文化嬗递》
蔡万进等 《里耶秦简编年考证(第一卷)》
张 城 《文明与革命:中国道路的内生性逻辑》
蔡 斐 《1903:上海苏报案与清末司法转型》
洪朝辉 《适度经济学导论》
秦 涛 《洞穴公案:中华法系的思想实验》
李竞恒 《爱有差等:先秦儒家与华夏制度文明的构建》